名家谈诗词

叶嘉莹 主编

陈斐 执行主编

一代宗师、方家泰斗讲给大家的诗词课

诗坛点将录

钱仲联 著

罗时进 编选 导读

生活·讀書·新知 三联书店 生活書店 出版有限公司

图书在版编目（CIP）数据

诗坛点将录 / 钱仲联著 ; 罗时进编选、导读 . --
北京 : 生活书店出版有限公司 , 2021.7
（名家谈诗词 . 钱仲联卷）
ISBN 978-7-80768-320-9

Ⅰ . ①诗… Ⅱ . ①钱… ②罗… Ⅲ . ①古典诗歌—诗歌研究—中国 Ⅳ . ① I207.22

中国版本图书馆 CIP 数据核字 (2020) 第 029094 号

责任编辑　苏　毅
装帧设计　罗　洪
责任印制　常宁强
出版发行　生活書店出版有限公司
（北京市东城区美术馆东街 22 号）
邮　　编　100010
印　　刷　北京顶佳世纪印刷有限公司
版　　次　2021 年 7 月北京第 1 版
2021 年 7 月北京第 1 次印刷
开　　本　880 毫米 ×1230 毫米 1/32　印张 16.25
字　　数　338 千字　图 3 幅
印　　数　0,001–5,000 册
定　　价　69.00 元
（印装查询：010–64052612；　邮购查询：010–84010542）

总序

叶嘉莹

我从小喜欢读诗、背诗，1945年大学毕业后就开始登上讲台教授古典诗词。我所以一生以诗词为伴，不是出于对学问的追求，而是古典诗词生发的精神力量对我的感动和召唤，这一生命感发蓄积着古代伟大诗人的心灵、智慧、品格、襟抱和修养。我一生经历很多苦难和挫折，在外人看来，我一直保持乐观、平静的态度，这与我热爱古典诗词实在有很大关系。

诗歌价值在于滋养精神和文化。中国古代伟大诗人往往是用生命谱写诗篇、用生活实践诗篇，他们把自己内心的感动写了出来，千百年后的我们依然能够体会到同样的感动，这就是中国古典诗词的生命力。古典诗词凝聚了中华文化的理念、志趣、气度、神韵，是我们民族的血脉、中华儿女的精神家园。

读诗、讲诗有三个层次。第一个层次是直觉的、感性的。比如李商隐“无题诗”到底说些什么，你可能不懂，可是你一读，觉得它意象很美，声音也很美，这就是你对一首诗的直觉感受。第二个层次是知性的、理性的，即考察一首诗的历史、背景、思想。第三个层次则完全从读者接受角度来读，我们对一首诗的诠释不一定是作者原来的意思。意大利学者墨尔加利就曾经提出来一个术语“创造性背离”，即我们对一个作品的阐释有自己的创造，这个创造很可能不同于作者原意。像王国维在《人间词话》中以古人写爱情的小词说明“成大事业大学问”的三种境界，就是这样一个例子。也就是说，当你在读诗或词时，不仅探讨作者原意，更读出一种真正属于你自己的、从你内心兴发出来的东西。

其实这就是中国古老的、孔子说诗的方法。孔子说诗可以“兴”，是说诗可以给读者兴发感动，引起读者更多感发和联想——这样的感发正是诗歌强大的生命力所在，这样讲诗词才是真正的诗教传承。

我一向认为，“兴”是中国诗歌精华所在，使你内心涌动生生不已的活泼的生命。几千年来，中国有这么多伟大诗人留下这么多诗篇，让千古之下的我们读过之后内心震动，从而豁然兴起，这是一件多么美好的事情！

今天我们诵读诗词，如果只为能背会写，无异于买椟还珠。诵诗读诗，重要的是体会一颗颗诗心，与古人生命情感发生碰撞，进而提升自己当下修为。我的老师顾随先生也曾经讲过“中国说‘诗教’，不是教作诗，是使做好人”。今天我们提倡中华诗教，就是要透过诗词，用今人的生命体悟和古人交流，用诗人的生命品格滋养今人的生命质地，这个过程本身将产生强大的感发作用，使作者、讲者与听者都得到生生不已的力量。在这种以生命相融会、相感发的活动中，自有极大的乐趣。

这些年有关部门和机构推进《中国诗词大会》、“中华经典诵读工程”，2019年开始举办“迦陵杯·诗教中国”诗词讲解大赛。比赛以我的别号命名，专门面向全国中小学语文教师，鼓励古典诗词的读诵与讲解。去年暑期，虽然我还在病中，但仍然和决赛选手们在南开大学见面，与大家一同齐声高诵我的小诗：“中华诗教播瀛寰，李杜高峰许再攀。喜见旧邦新气象，要挥彩笔写江山。”我衷心希望这个大赛能选拔出一批优秀语文教师，大家一起把古典诗词薪火传续下去。如闻一多先生指出的：“诗人对诗的贡献是次要问题，重要的是使人精神有所寄托”，我们这些诗教传薪者的使命，就在于发掘古典诗词中的感发力量，让中国古典诗词成为更多人生命中的指路明灯。每一代人有每一代人的责任，学人文科学的人更应该担当起传承民族精神命脉的责任。

此时此刻全球抗疫，不知道有多少人可以从中华诗词中获得慰藉和勇气。作为一位96岁的老人，我一生经历过很多苦难。记得2007年冬季我因肺炎住院，病愈后曾写过一首和友人的小诗：“雪冷不妨春意到，病痊欣见好诗来。但使生机斫未尽，红蕖还向月中开。”数千年来，中华优秀传统文化代有承传，千百年来传诵的古典诗词也必将滋养一代代中华儿女的精神世界。

（本文由南开大学文学院教授张静整理，原题为《红蕖还向月中开》，初刊于2020年3月20日《人民日报》。经叶老授意，作为本丛书总序。）

附记：

余初学诗，读叶嘉莹先生以兴发感动解说诗词的论著，甚为心契。后来读顾随、俞陛云等先生的说诗文字，读《唐诗解》

《山满楼笺注唐诗七言律》等明清诗解、诗说，才慢慢明白，由叶嘉莹先生发扬光大并注入新质的说诗理路，在我国由来已久。当我自己也走上诗词研究之路、对学界状况有所了解后，又恍然觉得：这种真正能够接续中华诗词命脉的说诗理路，在当下面临着严峻的传承危机。盖说诗和引诗不同，引诗可以断章取义、各取所求，说诗则必须符合诗词自身的表意规则及互文语境。诗词表意具有含蓄性、暗示性和跳跃性，“语码”系统更为独特，不像散文语言那样直白、连贯、易解，更与日常生活中使用的社会话语相去甚远。《文心雕龙·知音》云：“夫缀文者情动而辞发，观文者披文以入情。”作诗是抒志摛文、将情志外化为文字的“编码”过程，而说诗则是沿波讨源、通过文字探求情志的“解码”过程。现代学术将“研究”与“创作”断为二事，部分学者的国学功底相对比较浅狭，且缺乏创作体验，对诗词这套独特的“语码”系统不甚了解，难以还原互文语境，故其说诗，难免隔靴搔痒、支离破碎。而一切研究，不管选题、理论、方法如何，都应该奠基于对文本的准确解读之上，否则无异于空中楼阁。欲提高对诗词文本的感悟力和解读力，除了学习写诗丰富创作体验外，揣摩擅于说诗的名家的理路、方法，亦必不可少。

我把自己的这个“杞忧”说给叶嘉莹先生和三联书店的郑勇先生，并提议编选一套“名家谈诗词”丛书，对近代以来国学功底深厚且研究与创作兼擅的名家的诗词研究成果进行梳理、总结，得到了他们的鼎力支持。具体来说，“名家谈诗词”丛书拟分辑陆续推出，每辑十家，每家一本。每一名家，均邀请对其治学比较熟悉的门生弟子或与其研究领域相近的领军学者进行编选：从该名家的所有说诗文字中撷取精华篇章都为一集，以普及性为主，兼顾学术性和代表性。每本卷首，由编选者撰写一篇“导读”，介绍该名家的生平和说诗理念、方法、特点、成就、影响等。整体而言，“名家谈诗词”丛书既由点成线，串联起了近代以来诗词研究的学术史，同时也撷英采华，凝聚了近代以来诗词研究的成果精华，非但普通读者可藉此走近、了解中华诗词的“正脉”，专家学者也能由此揣摩路数，提高感悟力和解读力。

“名家谈诗词”丛书从动议到编选都受到叶嘉莹先生的关心、指导。王兆鹏、刘跃进、陈水云、蒋寅四位先生欣然出任丛书编委并进行把关。葛晓音、罗时进、张伯伟、彭玉平、戴伟华、曹辛华、缪元朗等先生愉快地接受编选邀请，他们不仅在选目上精心斟酌，而且撰写了精彩的“导读”。这些“导读”，既通俗扼要，亦不乏学术洞见，有些已先期在《文学遗产》《清华大学学报》等重要学术期刊上发表，颇受好评。丛书策划动议与三联·生活书店一拍即合，郑勇、廉勇等先生为丛书的出版费心费力，他们不放过任何细节、精益求精的精神令人感动。对于以上诸位先生的支持与付出，谨致以诚挚的谢意！

好诗凝聚了人生最美好的心志和情感，读诗可以变化气质、涵养灵魂。中华诗教也就在这“好峰随处改”的快意阅读中传承、光大，社会风气也就在这“润物细无声”的陶冶煦育中好转、净化。希望大家喜欢这套多方殊胜因缘共同襄赞而成的“名家谈诗词”丛书，一起欣赏好诗，共同创造美好的人生和世界！

陈 斐

2020年8月

钱仲联先生青年时代留影

钱仲联先生晚年与夫人合影

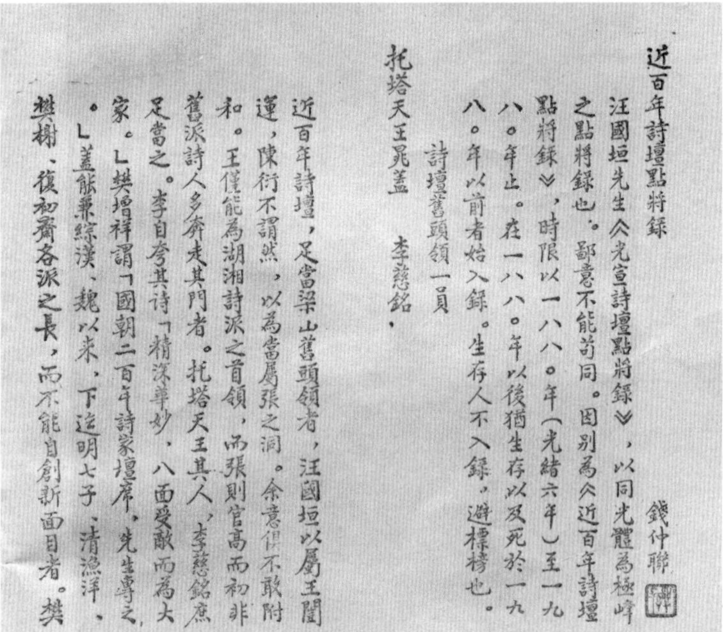
近百年詩壇點將錄　錢仲聯

汪國垣先生《光宣詩壇點將錄》，以同光體爲極峰之點將錄也。鄙意不能苟同。因别爲《近百年詩壇點將錄》，時限以一八八〇年（光緒六年）至一九八〇年止。在一八八〇年以後猶生存以及死於一九八〇年以前者始入錄。生存人不入錄，避標榜也。

詩壇舊頭領一員

托塔天王晁蓋　李慈銘，

近百年詩壇，足當梁山舊頭領者，汪國垣以屬王闓運，陳衍不謂然，以爲當屬張之洞。余意俱不敢附和。王僅能爲湖湘詩派之首領，而張則官高而初非舊派詩人多奔走其門者。托塔天王其人，李慈銘庶足當之。李自夸其詩「精深華妙，八面受敵而爲大家。」樊增祥謂「國朝二百年詩家壇席，先生專之。」蓋能兼綜漢、魏以來，下迄明七子、清漁洋、樊榭，復初齋各派之長，而不能自創新面目者。樊

钱仲联先生手稿，一九八六年夏病中书

目　　录

诗坛点将录

怎样研究清诗

诗词集叙论

梦苕庵诗话

导读：钱仲联先生的说诗方法与诗学观念

罗时进

在二十世纪历史上，有一批生于晚清而长期活跃于现当代的学者进入了“大师级”的行列，他们以旧学为本而参以新学，著书立说，培育后学，为学术事业作出了巨大贡献。在古代文学研究领域，这类学者更加集中，其奠基学术、引导学科之力更加显著。他们似乎是天然的星斗，照耀了近一个世纪的学术天空。钱仲联先生以其“霸才”，成为诗学界的“世纪星斗”之一。

一、生平行迹及学术历程

钱仲联先生，名萼孙，字仲联，中年后以字行，号梦苕。原籍浙江湖州，生于清光绪三十四年九月初三日（1908年9月27日）。祖父振伦，清翰林院编修，著名骈文家。祖母翁端恩，翁同龢之姊，工词，有《簪花阁集》，《全清词钞》选其词。祖父过世后，翁同龢在老家常熟虞山镇引线街购老屋三进赠予姐姐翁端恩，自此钱家寄籍常熟。钱先生室名“梦苕庵”和“望虞阁”，分别寄寓了对湖州和常熟的系念之情。

钱先生的母亲是晚清著名诗人沈汝瑾的从妹，母教对他有很大的影响，他曾回忆“四五岁时，常依母怀，听母亲柔声唱吴语山歌、吟诵唐诗、讲弹词故事。我至今记得……读到的第一首诗是贺知章的‘少小离家老大还’那一首，是母亲亲授的。‘青灯有味是儿时’‘童心来复梦中身’，深深在我脑海中留下烙印，成为一种永久的记忆”。[1]

1924年初，钱先生因姑丈俞锺銮介绍考入无锡国学专修学校，成为唐文治夫子的门生，次年奉师命每周一次赴苏州，从曹元弼夫子修习经学。1926年以第一名毕业于无锡国专，并于《学衡》杂志发表《近代诗评》一文，时年十九岁。其后受邀至大夏大学、无锡国专、中央大学任教，曾任中央大学文学院院长。其间与王蘧常先生合刊的《江南二仲诗》为之赢得了广泛的“诗人”声名，而他陆续在《中央时事周报》与《国专月刊》上连载的《梦苕庵诗话》则显示出非凡的“诗评”见地，引起世人关注。在诗学研究上，他先后出版的著作有《清诗三百首》《人境庐诗草笺注》《宋诗选》，发表了《浙派诗论》等一系列有影响的论文，《鲍参军诗集补笺》《海日楼诗集笺注》《文廷式年谱》《韩昌黎诗系年集释》的撰写工作也渐次开展并完成。从1926年至1949年，钱先生以天才般的才华出现在江南，创作与研究双翼击空，在文学和学术的天际留下了雄姿壮影。

中华人民共和国成立后，钱先生一度担任南京师范大学教授，1958年江苏师范重建中文系，奉调前往苏州，任江苏师范

---

[1] 钱仲联：《钱仲联学述》，浙江人民出版社1999年版，第7页。

学院中文系教授、古代文学教研室主任。改革开放后新的学位制度实行，他成为国内首批博士生导师，建立明清诗文研究室，专注于明清诗文尤其是清诗研究。作为终身教授，直至晚年一直从事学术工作，并不断培养硕士、博士研究生。2003年12月4日逝世于苏州，享年九十六岁。

1957年至1958年是钱先生学术史上具有里程碑意义的时期。这两年（上海）古典文学出版社连续出版了他的《人境庐诗草笺注》（修订本）《韩昌黎诗系年集释》《鲍参军集注》三部著作，虽然是多年前学术的积累，但一旦正式行世，还是引起了学界极大的关注，视为诗歌笺证之学的标志性成果。“文革”结束后不久，其《后村词笺注》于1980年由上海古籍出版社出版，开启了他学术研究的新征程。其后出版的著作主要有《剑南诗稿校注》、《沈曾植集校注》、《牧斋初学集》（编校）、《牧斋有学集》（编校）、《宋诗三百首》、《清诗精华录》、《近代诗举要》、《近代诗三百首》、《陈衍诗论合集》、《万首论诗绝句》（与郭绍虞、王蘧常合编）等，而其主编的《清诗纪事》，使自计有功《唐诗纪事》以来的各代诗歌纪事臻于齐备，极大地推动了海内外的清诗研究。

晚年钱先生有两部书最为萦怀难释。一部是《沈曾植集校注》，此书倾注了他数十年心血，2001年12月由中华书局出版。2001年12月30日嘉兴市为纪念沈曾植去世八十周年举行沈曾植纪念馆开馆仪式，中华书局派人带若干套《沈曾植集校注》到会祝贺，钱先生十分高兴，携弟子一行同赴嘉兴，返程途中作《沈乙庵先生纪念馆开幕之日下午，偕禾中旧友及同行之弟子游鸳鸯湖烟雨楼，赋此》：“束发倾心海日名，颓龄再履古禾城。鸳鸯湖上寻诗约，烟雨楼前结伴行。相对如愚甘让我，别来无恙各关情。吴根越角春回早，分看梅边好月生。”[1]这是他平生最后一首出游诗，抒发了自束发之龄至老未减的“海日楼”情结。在最后病重住院期间，他坚持将已经插着不少签条的《沈曾植集校注》带到床头，说“要随时翻翻，个别地方还是有点问题”。

另一部书即《清诗纪事》，其编纂工作是自1981年开始的，其时钱先生已七十四岁，历时八年编竣，由江苏古籍出版社出版，随即在学界产生极大反响，为其赢得盛誉。该书规模很大，总约1200万字，在资料核正和人物编次上都不免存在一些不足，他颇自责“后期验核松了”，修订工作已实难亲为，希望学生“有个长期全面的修订计划”。鉴于学术界广泛需求，2003年凤凰出版社姜小青社长出面商请先照原书再版，钱先生深感欣慰。12月3日上午，倪培翔先生代表出版社前来签署再版协议，已经处于病危之中的先生见到凤凰社来人，示意“知道了”，让学生取出印章亲自钤印，数小时后即与世长辞。可以说，钱先生是在学术理想和实践中走完生命的最后历程的。

二、说诗方法：坚持古代文论的传统

大致说来，钱先生属于传统文人，其学术自始至终显示出的是一种“保守的积极力量”。他自述“小时候受《学衡》影响，而不是受《新青年》影响。《新青年》，我那时候很看不起它”，

[1] 这首诗为钱先生从嘉兴乘车返回苏州途中所作，即兴吟诵，我跟着记录。在车上尾联虽得二句，但自认为“不好，不算数”，说“回家补上”。第二天我到先生家，他将尾联补写钞示。此诗未发表过，今借此机会刊布。

直到晚年仍然说“我不喜欢新时的文艺理论”，对于“许多弄西洋东西，套中国文学”每每表示不屑。[1]正因为如此，钱先生在说诗方法上主要采用传统的形式。

这种传统的说诗方法在形式上主要是论文体、讲章体、诗话体、论诗诗体和点将录体。

论文，是其主要采取的形式之一。如果说钱先生学术中有某些新学内容的话，在论文中表现得最为突出。他晚年在《治学篇》中总结说：自己在“刊物上发表研究论文，第一篇是在《学衡》杂志五十一期发表的《近代诗评》，是十九岁时所写的骈体文。直到现在，论文发表了七十多篇，随着年龄而积累知识较多，内容也后胜于前。由于解放后学习了马列主义理论，立场观点方法也有所改变”。但即使如此，我们在他于中华人民共和国成立后撰写的论文中，仍然能看到点评为主、敏锐切入、精悍利落的特点，这显然与传统文学批评中“批点”方式的深刻影响有关。近三十年来，国内出版社出版的《中华大典·文学卷》《全宋诗》《全清词》《宋诗话全编》等大型总集，以及包括饶宗颐在内的许多诗人的诗集、学者的著作，都请钱先生作过序。这类序文是其表达诗学观念的主要渠道之一，可视为一种精致化的论文，基本都用骈语，要言不烦，文辞典雅。

讲章，即讲解文字。前人将经书正文上端空白处刊印的讲解文字，称为“高头讲章”，这里将钱先生的课堂讲稿与诗词讲读概称“讲章”。前者以魏中林教授整理的《钱仲联讲论清诗》为

[1] 魏中林整理：《钱仲联讲论清诗》，苏州大学出版社2004年版，第155、165页。

代表，后者以《唐宋词谭》为代表。这类文字有一定的书面色彩，但自然口语很多，且经常将“我”置入其中。如谈诗歌创作虚与实的关系处理，说：“东西写出来，本身就有主观感情在里面。作品，毕竟不同于照相机。我写东西，当中就有我的想象，有添枝加叶的东西在里头，现实里并未发生。不要说诗，小说都是如此。”[1]这类讲章体，全无人们心中的“高头讲章”的意味，极爽朗明快。

诗话，钟嵘《诗品》发其端而定名于欧阳修《六一诗话》，其后历代诗话写作流为风尚。现当代学者的诗话之作，卓荦杰出者有顾随《驼庵诗话》、陈声聪《兼于阁诗话》等，《梦苕庵诗话》足可与之媲美，而在某种程度上，“梦苕庵”之名也因“诗话”而广闻于世。钱先生的诗话写作受前辈陈衍所作《石遗室诗话》影响较多，但自有特点，正如自序所云：“余撰诗话，与前人诗话不同，重点在于系统详论清代名家与作品，介绍与考订有诗史价值之杰构，而一般诗话之摘句与记述友朋间琐事者，余仅附带及之。”《梦苕庵诗话》对研究清诗史具有重要价值，而近代部分所涉之诗人，多与钱先生家族或其本人有直接或间接的交游关系，读来真切可感。

论诗诗，起例于杜甫《戏为六绝句》，元好问《论诗三十首》扩展了它的影响，钱先生《小诗二首祝元遗山诞辰八百周年纪念大会成功·其二》云：“绝句论诗三十篇，一亭野史几遗编。新天高会群贤集，衣钵传来八百年。”他极熟谙此体，曾与郭绍虞、

---

[1] 魏中林整理：《钱仲联讲论清诗》，苏州大学出版社2004年版，第165页。

王蘧常先生积半个世纪之力编成《万首论诗绝句》，在学界颇有影响。其《悼郭绍虞先生》云："绝句论诗万首多，与公灰里拨阴何。苦心五十年来积，寿枣如公不见何。"钱先生所作各种类型的论诗诗较多，有单篇寄赠的，如《论诗与汪启东先生》："东坡内静外豪放，双井貌韩心义山。当时两雄不并立，各穷其力拔一关。眼前尔我亦奇绝，纸上英灵相唤还。诗统直将二子续，绝境不许千人攀。"有组诗酬答的，如《许疑庵先生寄示论诗二首，次韵答和》："不倦春红眼，谁爱大冬月。不厌粱肉味，谁嚼梅花雪。突兀黄岳松，镵云必斗绝。十年野狐身，期公换我骨。""学诗如学佛，初不贵神通。海印有华严，乃出圆觉中。疑庵礼东野，何输宛陵翁。堂堂忍古楼，弥天角两雄。"有专题性大型论诗组诗，如作于1936年的《论诗四十首》，所论诗人起自道光龚自珍，迄于民国金鹤望。四十多年后他将这组诗重加增删，每首诗下添加评语，更名为《论近代诗四十家》发表。通篇来看，几如一部简明的近代诗史。

点将录之体，这里需要特别提及。自1983年钱先生推出《近百年词坛点将录》《近百年诗坛点将录》后，又陆续发表了《顺康雍诗坛点将录》《道咸诗坛点将录》《南社吟坛点将录》和《浣花诗坛点将录》，遂成为学界注意的文学批评现象。明末王绍徽作有《东林点将录》，这是为打击东林党人而借说部狡狯之笔作政治罗织的"黑名单"。乾、嘉时期，舒位用这一"水浒英雄排座次"的形式论列当代诗坛人物，创造了"点将录"这样一种特殊的文学批评方式。近人汪辟疆《光宣诗坛点将录》承接舒位手法而光大之，一时颇有影响。然而钱先生认为汪氏"文词了无生气，为诗话之变相”，对部分评点亦不愿苟同，在杨无恙的鼓动下，作《近百年诗坛点将录》纠正其偏颇。[1]钱先生所作的几部《点将录》，除了舒位已经涉猎的乾、嘉诗坛外，将清代、近代重点诗人都纳入了他的学术视野。《浣花诗坛点将录》是20世纪80年代初应成都杜甫研究学会及《草堂》编辑部之邀而作的唐宋以降学杜谱系，足见其学问博洽，论诗功力深厚。“点将录”一体易成笔墨游戏，而钱先生以独特的文学史家眼光进行研究，力求严谨允当，“生存人概不阑入，宁贻遗珠之憾，庶避标榜之嫌”。他认为此类文字，“世有解人，谓为石碣碑文也可，谓为封神榜也亦无不可”。（《近百年词坛点将录》引言）足见自信，而其言不虚也。

从晚清走来，虽然经历了现当代文化的影响，但钱先生从形式选择到语言运用，似乎还是坚守“老根柢”，而且在诗话、点将录这样的文论形式中，将传统发挥到了极致。而由于这个“老根柢”之“根”在传统文化的土壤中脉系深广，坚忍不拔，反而显示出一种“保守”的积极意义——对具有存在价值的传统的保护。或许，当花样翻新的文本阐释方法走向过度化一端时，人们会怀念这种传统的文论形式，从简约典雅中感受其审美价值。

---

[1] 钱仲联：《近百年诗坛点将录》引言，《梦苕庵论集》，中华书局1993年版，第356页；魏中林整理：《钱仲联讲论清诗》，苏州大学出版社2004年版，第149页；钱仲联：《梦苕庵诗话》，齐鲁书社1986年版，第161页。按：钱先生除了对汪辟疆的《光宣诗坛点将录》评价不高外，对范烟桥撰写并刊载于《文艺捃华》上的《诗坛点将录》“仅三十八人，未能配全”也颇觉遗憾，对范氏将“抄袭者徐某”点为“赛仁贵”更表示“不敢赞同”。

三、诗学观念：性情观·历史感·新奇性

与方法和形式相比较，钱先生的诗学观无“保守”与“积极”之分，有“前期”与“后期”之别。其中当然有社会环境的影响，但重要的还是他对诸如“为什么写诗”“何谓好诗”“怎样理解诗歌文本”等问题的认识有所变化。尽管如此，仍然有一些属于基本观念，是其平生所秉持的。

在说明钱先生所秉持的诗学观之前，我们先将他“不赞成”的几个观点介绍一下，由此可以从一个侧面了解他对诗歌创作、诗史发展、诗学审美的态度。

首先，他不赞成“将中国文学分为现实主义、浪漫主义”。他认为，“其实二者割不断的，二者自然有区别，但不是截然分开，而是互相高度融合的”“现今人讲典型，将鲁迅的话抄得来，是‘杂凑’的角色。我说典型是一滴水而见大海，一个月亮照在千江万河。作品写一小角落，但能显示出整个社会，这也是典型”。[1]不能说这个典型中真实或现实的成分多了，就是现实主义，想象或虚构的成分多了，就是浪漫主义。采用机械的“两分法”，是不了解文学创作的规律，至少是对包括诗歌在内的各种体裁的创作缺乏实践和切身体会。

其次，他不赞成“学人之诗”“才人之诗”“诗人之诗”的提法。他说：“清人好讲学人之诗、才人之诗、诗人之诗，我看诗无所谓学人之诗、才人之诗，只有诗人之诗，其中只是侧重点不同。即使顾亭林之诗，亦是诗人之诗，不存在学人之诗。”他认

[1] 魏中林整理：《钱仲联讲论清诗》，苏州大学出版社2004年版，第165页。

为:“学人可以作诗，学人可以作考证等，但作诗就是诗人，以诗人为主，作出来的是诗就罢了。陈石遗作诗走杨万里一路，很少以学问为诗，但他学问广博,《元史》就读了三遍。而章太炎作诗风格就不同了，其诗古色古香，风格高古。但即使如此，也还是诗人。”[1]在这个基本观念下，他对强判唐、宋诗之分，也不提倡。其谈宋诗，往往由宋人溯及李商隐、韩愈而至李、杜，不单纯就宋诗论宋诗。“不取一法，不坏一法”(金蓉镜《论诗绝句寄李审言》自注)，融唐铸宋，于诗史精华广采博收，而成自家诗人面貌，是其内在主张。

再次，他不赞成“以人论诗”“以人废言”，这从他对钱谦益的评价中即可见一斑。他明确提出“方苞贬钱谦益‘其秽在骨’，不对”“他对牧斋抗清事不了解，认为牧斋人品、文品皆伪”。[2]他花费极大精力点校整理《初学集》《有学集》，并揭示其《投笔集》的意涵，即欲还其本来面目和复杂的人性。而注意“人的发展、分化”，是其重要的“作家论”观点。他曾以南社为例，承认这是一个“革命团体，但高旭后来参加曹锟贿选，投入北洋军阀”“处在社会动荡中，人都在分化。文学活动，不能单独孤立运行——要注重相互关系，这是我历来强调的”。[3]即使对阮大

[1] 魏中林整理:《钱仲联讲论清诗》，苏州大学出版社2004年版，第54—55页。这里要稍加说明的是，钱先生受前辈学者影响，在某些场合也曾将“学人之诗”“诗人之诗”作为文论概念使用，如论郑珍为“张学人之诗与诗人之诗合一帜”者，但总体来看，特别是越到晚年，他越不赞成此说。

[2] 魏中林整理:《钱仲联讲论清诗》，苏州大学出版社2004年版，第29页。

[3] 同上，第172页。

铖这样平生亏污甚明的作家，钱先生对其诗歌创作及诗史地位，仍然给予客观评价。他并不讳言“从小就喜欢他的诗”，其《明清诗精选》收73位诗人，每人选入一二首，唯阮大铖选五首，他认为阮氏五言古、近体胎息陶、韦、王、孟、谢翱，诚可当得陈三立所谓“五百年作者”之誉。

由于钱先生本身是一位杰出的（旧体）诗人，对“诗歌何谓”与“诗人何为”有深切感悟，同时又通晓洞明历代诗歌理论，故其说诗体现出创作与理论统一的立场。主要体现在性情观、历史感和新奇性三个方面。

性情观。这是他评价诗歌价值的首要标准。钱先生推崇王国维《人间词话》，特别对其“有我之境”与“无我之境”说相当心契，称“王国维是喜欢主观诗人、通过个性表现的，就是诗人的特色。所谓个性言者，不等于写个人，个性是诗艺必要的东西”[1]。这里的个性，便是他一贯强调的性情。他不喜欢诗人持一副空架子大言炎炎，尤其讨厌那种貌似古人而落于空腔者，欣赏“才从学出，情以性镕”，[2]认为“盖大家未有不深于情者”。[3]他在相当长一段时间中一直推郑珍诗为“清诗第一”，认为“清诗三百年，王气在夜郎”。(《论近代诗四十家·郑珍》)之所以如此推尊郑珍，乃因“子尹诗盖推源杜陵，又能融香山之平易、昌黎之奇奥于一炉，而又诗中有我，自成一家面目”。(《论近代诗四十家》)尤其褒扬“他写家庭朋友，真情真性，是可以上接杜甫的，这类

[1] 魏中林整理：《钱仲联讲论清诗》，苏州大学出版社2004年版，第85页。

[2] 同上，第84页。

[3] 钱仲联：《梦苕庵诗话》，齐鲁书社1986年版，第134页。

东西，苏、陆、黄等人写不出”。[1]在他看来，世界的意义在于人的意义，人是有情者，情能让客观世界变成主观世界，能让这个世界鲜活起来，使人们面对客观之物时产生感动，得到审美体悟。所以作为诗人，就不能“单纯谈技巧，而是讲写作才能，包括生活实践及选择生活、表现生活的态度和方式”。[2]正是基于这一认识，他对虽然有性情、性灵，但表现得较为浮滑的袁枚诗也不以为然。“乾嘉诗风，浓腻浮滑，到了极敝”（《论同光体》），这一论述便包含了对袁枚的批评。可见，他的性情观是求“真”的，既是源于内心的“真情”，又从态度上表现出“真我”。

历史感。钱先生特别强调：“一个作家生在其时代，从其作品中看不出时代的影子，不是好作家。故王、孟不是一流作家。但诗别有一面，不一定都写诗史。历史事件、人类生活是一面，对大自然的爱好是另一面，诗歌描写大自然也是好诗，但不一定是第一等诗。”“衡量诗歌，要看现实性。无论山水、恋情，只有与社会现实有关系，反映了时代社会者才为主流。”好的诗歌，要“契合时代，契合自己的感情，显出自我面貌”。[3]他颇注重“寄托”在诗歌创作中的作用，视之为诗人与社会、历史、时代的人文情感维系。他称道“牧斋、梅村得义山神韵，好处在于有社会政治时事在里面”“牧斋、梅村涉及艳情之作，多在寄托政

[1] 魏中林整理：《钱仲联讲论清诗》，苏州大学出版社2004年版，第85页。

[2] 同上，第168页。

[3] 同上，第35、84页。

治”。[1]他说自己“一生不写女人，如有，也是寄托”，[2]诗“尤贵有寄托，否则究属无谓”。[3]在近代诗人中，他为黄遵宪《人境庐诗草》作笺注，不仅因为黄氏开诗界革命之风，而且在于其诗深刻反映出晚清社会历史变化。他赞赏丘逢甲，甚至极言“其深到之作，魄力雄厚，情思沉挚，人境亦当缩手”。(《近百年诗坛点将录》)给予如此评价，便在于逢甲诗中有社会现实的缩影，即使是写风景之作，如“写罗浮山的诗，(也)首首有时代的影子”。[4]他同样高度评价金松岑的诗，尝云：晚清“骚坛赤帜，俯视闽赣，舍松岑其谁？”(《论近代诗四十家·金天羽》)究其原因，不仅因天羽诗融会诸家，“千锤百炼而成，读之极妥帖，造之极艰辛”；还在于《天放楼诗》“一方面新，另一方面反映现实”。[5]但需要注意的是，他既强调诗歌应当反映时代与社会，又不赞成将诗歌作为宣传工具，这在对南社的评价上即可看出。他说：“我们承认南社是文学团体，但将文学作宣传用，宣传政治，作品肯定不会高明。”[6]

新奇性。钱先生力主诗歌创作要变化出新，不喜欢陈陈相因的老调。他称赞宋湘《与人论东坡诗二首·其一》：“纵不前贤畏后生，名山胜水本无形。唐翻晋案颜家帖，几首唐诗守六经？”

[1] 魏中林整理：《钱仲联讲论清诗》，苏州大学出版社2004年版，第17页。
[2] 同上，第166页。
[3] 钱仲联：《梦苕庵诗话》，齐鲁书社1986年版，第144页。
[4] 魏中林整理：《钱仲联讲论清诗》，苏州大学出版社2004年版，第85页。
[5] 同上，第150—151页。
[6] 同上，第174页。

评论道："'几首唐诗守六经'，出于前人而不拘于前人。正如陈石遗说，宋诗出于唐人，但又力破馀地。沈曾植认为是'开埠头，创世界'之本领。这两人见解似同而实异。继承不能单纯是继承，而须发展。"[1]循此观念，他在内容上对于诗歌中出现以往未有之新元素持肯定态度，在形式上对于诗人借鉴其他文体（哪怕是俗文学）也予以宽容。钱先生曾论道："王闿运曾说吴梅村诗像天花雨弹词传奇。王昶未点名，但说过现今有人作古诗，像弹词一类。说明诗在他们眼里，是正统。""旧式文人对戏曲小说极鄙视，故吴梅村被贬为天花雨、莲花落一类。但这应看作吴梅村的创新，故评价要高于渔洋，渔洋无独创。"[2]这种创新意识落实到写作上便表现出对新警生奇之境的追求。他主张"用典之道，要熟典生用，死典活用，僻典熟用，一典多用"。[3]他对皎然"采奇于象外"说颇为会心（《皎然〈诗式〉简论》），在《梦苕庵诗话》中对这类作品尤多激赏。如称赞杨无恙写富士山"神龙飘忽挂沧海，云雾中间出一头"句为"奇景得未曾有"；谓范伯子《吾所植荷既开尽，而风雨频至，坐见其萎谢，慰别以诗》"别出手眼，超乎象外""殊不多见"；"（吴）野人今乐府，即事写情，变通陈迹，凄急幽奥，自为一宗"；而"黎二樵《五百四峰堂诗钞》，镵刻奇警，融少陵、昌黎、昌谷、山谷于一炉"。[4]《梦苕庵诗话》之精彩处，一方面是本事诗的阐述，一方面是诗

[1] 魏中林整理：《钱仲联讲论清诗》，苏州大学出版社2004年版，第72页。

[2] 同上，第177页。

[3] 同上，第26页。

[4] 钱仲联：《梦苕庵诗话》，齐鲁书社1986年版，第153、171、181、195页。

性的抉发，后者更具学理价值。

大致说来，性情观、历史感、新奇性是一些普遍性的诗学要求，也是钱先生诗学观的有机组成部分，其中既有卓越“诗人”的实践感悟，也有杰出“学者”的学理升华，故其普遍性包含着经典性的价值，当以20世纪诗学“财富”视之。

四、作为“诗人”与“学者”的影响

白居易《暮江吟》诗云：“可怜九月初三夜，露似真珠月似弓。”钱先生正是出生在这个充满诗意的日子里，也许与“诗”结缘，是他命中注定的。

他青少年时代的诗才，见推于当时名家，金松岑夫子《梦苕庵诗存序》称，“仲联之诗，其骨秀，其气昌，其词瑰玮而有芒，盖骎骎乎造作者之堂矣”“异日者，图王即不成，退亦足以称霸。夫霸，亦诗人之隆轨也已”。王元化先生在《钱仲联先生九秩晋五寿序》中更热情称赞：“吾民族所承受之文化，为一种人文主义之教育，贤者多以文学创造为旨归，而传统文学创造之主流，端在诗歌一脉，虞山梦苕庵钱公仲联先生，一代诗豪也！”

钱先生亦擅词，夏承焘曰：“苕翁弱龄以诗名，中年出其绪馀为词。往在沪楼共晨夕，尝饫其绪论。去冬承嘱读其全集，开卷诵桂林、阳朔诸篇，殆欲目空朱、厉；感时之什，如感埃及近事、京口渡江、丙午元旦等，亦使幼霞、彊村缩手；写山水清嘉，如苏堤步月、西湖初秋诸阕，皆可颉颃忆江南馆。”（《梦苕庵词跋》）

诗歌写作达到一定的境界，必对创作规律有深切理解，进而自然深入诗歌评论的领域中。钱先生先以《近代诗评》闻世，继而以《梦苕庵诗话》竖起诗学大纛，产生了极大影响。需要注意的是，“诗人”和“诗话”写作只是他成为诗学理论家的一个方面的条件，如果没有广博无涯的学问根柢，没有深入精湛的研究实践，没有丰富曲折的人生经历，他的诗学观念不可能如此高明而坚实、通彻而圆熟。故饶宗颐先生评曰：“钱老博通众学，旁及释氏，其诗文多摭用之；他对整个清代诗学之理解，学术界无出其右；而他的文学批评，稳妥有力，众人咸服。钱老的诗文，当代大师无不推服，世有公论。”(《梦苕庵诗文集序》)

钱先生的《诗坛点将录》极为著名，曾评价了多少诗人！今人盱衡当代诗坛和学林撰写“点将录”，将其分别封之以“梁山泊总兵都头领天魁星呼保义宋江”[1]和“天寿星混江龙李俊”[2]，这虽然是一个见仁见智的评价，但无论如何，钱先生已成为现当代诗歌史、学术史上的一个极其重要的里程碑。其丰富的诗学遗产值得珍视，那“大智度”的境界，需要不断地通过研究加以体悟和发现。

[1] 冯永军：《当代诗坛点将录》，华东师范大学出版社2011年版，第7页。

[2] 胡文辉：《现代学林点将录》，广东人民出版社2010年版，第129页。

诗歌理论研究

论诗绝句简论

用诗来说诗，是我国古代诗歌理论常见形式之一。在大量的论诗诗中，七言论诗绝句，占有较多的比重。这一体裁，滥觞于杜甫的《戏为六绝句》，后人踵事增华，作者不下七八百家。其中单是标题为论诗绝句的组诗的作者，自戴复古、元好问以下，就有一百二十家左右。我和郭绍虞、王蘧常两先生几十年来褒辑所得，竟达九千五百十余首之多。这些作品，总的可分为四大类型：

甲、属于诗学理论的，有一千一百四十多首。

乙、属于作家作品评论的，有八千一百九十多首。其中有统论历代作家作品的，有分论各个时代作家作品的，有专论一家的，有分论地方诗人的，有专论女子诗的，有论方外诗的。

丙、属于论诗歌选集的，有九十余首。

丁、论诗话的，有八十余首。

四类中以前二类为主。当然，二者不能绝对区分，阐说理论，不能不涉及作家作品；评骘作家作品也体现了理论，不过主次有不同而已。

这里，总括论述一下论诗绝句的具体内容：

首先，在阐说理论部分，唐宋以来的古典诗论，几乎都可以接触到。例如杜甫《戏为六绝句》主张“不薄今人爱古人”“递相祖述”“转益多师”，而清人如赵翼的《论诗》、宋湘的《说诗》，都着重在变古方面立论；宋人论诗强调穷而后工，贺铸《题诗卷后》、宋伯仁《勉吟者》、俞桂《吟诗》、房皞《读杜诗》之二以及清人赵翼《论诗》之四诸作，都主张此说，而清人查慎行《题宋山言学诗图》之二则持相反之论；宋人论诗好谈活法，就有方丰之的《绝句》、赵蕃的《琛卿论诗用前韵》、张镃的《携杨秘监诗一编登舟，因成二绝》之二、史弥宁的《诗禅》等论到这问题；宋以后人好以参禅喻诗，就有吴可、龚相的《学诗》、王镃的《题友人诗集》、赵蕃的《阅复斋闲纪所载吴思道、龚圣任学诗三首，因次其韵》、戴复古的《论诗十绝》之七、杨梦信的《题江浙纪行集句诗》之二、萧立之的《题东畋陈上舍吟稿》二首之一、《题丁虚江诗卷》二首之一、徐瑞的《雪中夜坐杂咏》、元好问的《答俊书记学诗》、都穆的《学诗》、游潜的《和学诗诗》、樊增祥的《赋得“学诗浑似学参禅”和宋人》九首等作；宋人论诗，重视雕琢工夫，尚奇崛，尚艰涩，王安石《题张司业诗》有“看似寻常最奇崛，成如容易却艰辛”、戴复古《论诗十绝》之十有“玉经雕琢方成器”之论，而在陈与义《秋试院将出，书所寓窗》、吴可《学诗》三首之一、龚相《学诗》三首之一和二、杨万里《读张文潜诗》、陆游《即事》《杂兴》《读近人诗》、张镃《觅句》《次韵吕浩然》、张蕴《寄鹤田》、房皞《读杜诗》之二、元好问《论诗三十首》之二十九诸作中，却提出了不着工夫、反对雕琢之论，在刘克庄《答惠州曾使君韵》、徐瑞《书怀》之一、房皞《读杜诗》之一、丘濬《与友人论诗绝句》中，提出了反对尚奇、尚涩之论；宋人论诗有主张不可言说的妙悟一派，林光朝的《直甫见示次云乞豫章集数诗，偶成小绝，因以自喻》之二就有这种说法，流衍而为清人王士禛的神韵说，士禛的《戏仿元遗山论诗绝句》就贯彻了这一精神，黄承吉的《偶题沧浪诗话》，是神韵说的左袒者，而赵执信的《论诗》二首，则隐然和王说为敌，俞爻心的《杂题》、叶观国的《秋斋暇日抄辑汉魏以来诗，作绝句》的末首、翁方纲《论诗家三昧》十三首之三和十，都是反对妙悟与神韵的；宋人好谈夺胎换骨，陆游的《夜吟》中曾阐说到，而金人王若虚《戏作四绝》之三、清人吴之振《论诗偶成》之二，都持反对之论；宋代有自成一派的理学家诗论，在论诗绝句中也有邵雍、张载、曹彦约诸人所作为代表。至于在诗歌发展史上起过较大影响，并代表一种主张如王士禛神韵说那样的，还有袁枚、赵翼、张问陶诸家所作，楬櫫的是性灵派的宗旨，翁方纲所作为肌理派张目，陈衍所作为同光体一派的评骘标准，丘逢甲所作为诗界革命的号角。此外，零碎的问题，如刘克庄的《答惠州曾使君韵》反对评诗流于穿凿，黄承吉的《偶题》反对堆砌故实以为诗，郑梁的《或问，近诗惟作七言律、绝，时有出韵者，赋答》三首主张音节出于自然，曾习经的《壬子八九月间读书题词》十五首之三强调制题的重要，金蓉镜《论诗绝句寄李审言》之二和三谈谋篇造句，以及系统地论作诗方法的唐鼎元《苦咏三十诀》等等，更难以悉举了。

复次，在占比重较多的评论作家作品部分，除了评论到每个时代最著名作家外，并大量论到了许多次要的和不知名的作家。这些作品，有的采用大型组诗的形式，统论历代作家或一个朝代作家或一个地方作家或一种人物作家；有的则是分散零碎的单篇。大型组诗，有的一题多到四五百首，如冯继聪《论唐诗绝句》五百七十一首、陈融《论岭南人诗绝句》四百十九首；一题包括一二百首的也有好几家，如钱陈群《宋百家诗存题词》一百首、谢启昆《读全唐诗仿元遗山论诗绝句》一百首和《读全宋诗仿元遗山论诗绝句》二百首、林昌彝《论本朝人诗》一百五首、廖鼎声《拙学斋论诗绝句》一百九十八首、沈景修《读国朝诗集》一百首、郭曾炘《杂题国朝诸名家诗集后》一百二十四首、方廷楷《习静斋论诗百绝句》，陈芸《小黛轩论诗诗》二百二十一首；一题包括几十首的，为数更多，大约统计，有七十多家。它们主要是评论作家作品的艺术特色，也体现着作者的论诗宗趣，如元好问《论诗》三十首中，就贯穿了这样几条线：主张从现实生活中取得创作源泉，反对模拟；主张自然天成，反对夸多斗靡；主张高雅，反对险怪俳谐怒骂；主张刚健豪壮，反对纤弱窘仄；主张真诚，反对伪饰。也有涉及褒贬人物的，如元好问《论诗》鞭挞了潘岳之为人，宫尔铎《读元遗山、王渔洋论诗绝句，爱其文词之工，惜其所言尚非第一义，漫成此作，以质知音》二十五首，就是从论人的角度以论诗的。也有纪述琐闻逸事的，如钱陈群的《宋百家诗存题词》，其中论事的诗不少，可以跟厉鹗《宋诗纪事》、孙涛《全宋诗话》参证。再如茹纶常《国朝诸名家逸事杂诗》、谢启昆《书五代诗话后》、郭曾炘《杂题国朝诸名家诗集后》

等组诗里，也都有记事之作。至于摘句评骘的，更属常见，元好问《论诗》三十首中就曾摘取秦观“有情芍药含春泪，无力蔷薇卧晚枝”诗句与韩愈《山石》相比较；王士禛《戏仿元遗山论诗绝句》，摘取过崔华的“溪水碧于前渡日，桃花红似去年时”、朝鲜诗人的“淡云微雨小姑祠，菊秀兰芳八月时”诗句入诗；而如叶廷琯的《病中摘句怀人诗》三十二首、赵允怀的《记佳句诗》九首，则全部都是摘句欣赏了。

评论作家作品的大型组诗，涉及面广，自成系统，可以作为诗学批评史读。其中统论历代作家的，如元好问、王士禛、屈复、姚莹、况澄、朱庭珍、李希圣、邓镕诸家所作，可以作古代诗歌史或诗歌批评史读；专论一代作家的，如虞鈖、冯煦论六朝人诗，谢启昆、俞国琛、冯继聪论唐诗，焦袁熙、钱陈群、谢启昆、钱世锡论宋诗，谢启昆、袁翼、蔡琳论金诗，田雯、顾嗣立、谢启昆、袁翼、彭蕴章、蔡琳论元诗，钱谦益、沈德潜、谢启昆、朱炎、张埙、吴应奎、张之杰、钱桂笙论明诗，袁枚、舒位、洪亮吉、方于穀、彭光澧、翁心存、杨季鸾，毛国翰、张鸿基、林昌彝、沈寿梧、张云骧、沈景修、郭曾炘、陈衍、金葆桢、孙雄、欧阳述、黄人、方廷楷、蒋士超、姚锡钧、胡先骕论清及近代诗，都可以作断代的诗歌史或诗歌批评史读；论一个地区的，涉及江苏、浙江、江西、湖北、湖南、四川、山东、山西、福建、广东、广西、云南十二部分，其中如夏葆彝、黄小鲁论湖北诗，邱晋成、林思进论四川诗，杨深秀论山西诗，杨浚、谢章铤论福建诗，陈融论广东诗，廖鼎声论广西诗，都是数量很多，可以作为地方文学史的重要参考资料；再如沈彩、张佩纶、陈芸论女子诗，则可以作妇女诗歌史或艺文志读。所有这些作品的评论，未必一一确当，但都有一定的参考价值。其中特殊一些的，是陈芸的《小黛轩论诗诗》，那差不多是一种以人名诗集名组织而成的歌诀，根本没有理论与品评，它的式样是："《瘦影》《雯窗》澈道人，《懒云》《古雪》《九疑》神。《翠薇》鲜洁《吟香》冷，求福何须必耦秦。"二十八字里，包括人名一、诗集名十。二百二十一首都是这样，似乎无可取。但其自注中搜罗的清代女诗人的材料和著录的诗集名，不下数千，等于小型的清代女子艺文略。从这些诗集的名称不少是《绣馀》《黹馀》这一点上看，也反映了旧时代妇女的生活面貌和她们作品内容的局限性。所以这样的论诗绝句，仍然有它的参考用途。

值得注意的是：在许多评论重要作家作品的绝句里，由于作者的观点不同，得出的结论也往往有殊异，汇合起来看，倒可以使我们对某一作家得到较全面的看法。例如论陶渊明诗，较多的是重视其平淡真朴风格一面，如元好问、许奉恩等人所论就是；另外，也有肯定其悲凉沉郁的风格的，如龚自珍、唐仁寿、李希圣、洪允祥诸人所论就是；综合两方面的品评，可以看到"这'猛志固常在'和'悠然见南山'的是一个人，倘有取舍，即非全人，再加抑扬，更离真实"（鲁迅《且介亭杂文二集·题未定草六》）了。又如论陆游诗，有的对陆游党附韩侂胄一事，致不满之评，如舒位、王昶、金学莲、姚椿、张洵、李遐龄等人所论就是；但也有为陆游翻案，认为游是从抗金爱国的立场出发，与侂胄合作，如谢启昆、陆世庆、许标、李绮青等人所论就是。又如论李商隐诗，一般着眼于他的《锦瑟》《无题》等香奁作品作褒贬，如元好问、戴森等人所论都是；而不少作者，也指出了他的《行次西郊作一百韵》《韩碑》等篇的雄伟风格，如邵长蘅、俞国琛、李孚青、李必恒、沈德潜、谢启昆、白永修、朱应庚、冯继聪、陈廷庆、张晋诸人所论就是。有些绝句，还提出了一些独到的看法，如钟廷瑛《论诗绝句》指出宋人诗宗法韩愈，李希圣《题山谷集》指出黄庭坚学李商隐、《论诗》指出江西派学王安石，洪允祥《论诗绝句》不同意黄庭坚赞叹杜甫夔州以后诗的说法等等，都能给评诗家以启发。

论诗绝句的作者，本身就是诗人，不少还是杰出的诗人。诗人论诗，以诗论诗，这不仅是理论从实践中来，同时绝句本身，也颇多是优秀的艺术作品。这是论诗绝句的特点，不同于枯燥无味的诗论之处。组诗中写得出色的，至少也有元好问、王士禛、袁枚、王昶、谢启昆、朱炎、舒位、洪亮吉、张问陶、张晋、宋湘、况澄、林昌彝、朱庭珍、屠倬、吴应奎、翁心存、苏时学、吴仰贤、王闿运、沈景修、郭曾炘、丘逢甲、杨深秀、金蓉镜、李希圣、徐嘉、黄人诸人的作品，其他如陆游等人的单篇，也尽多是富有艺术价值的佳构。我们在读这些作品的时候，不仅在理论上可以取得有益的东西，而且还得到了美的享受。当然，也有诗句写得较为拙劣的，如焦袁熙、冯继聪诸家的大量组诗，就只能参考他的议论和材料了。

论诗绝句也正如其他古代诗歌、诗论一样，其中有精华，也有糟粕。比较突出的问题，是作者们站在封建统治阶级立场的持论，不少人对某些作家的褒贬尺度，并不是正确的。例如焦袁熙《读太白诗偶题》，以忠于一君的封建观点对李白大肆诽谤；而王丹墀《书老杜集后》，以同样的观点对杜甫大加赞扬。焦袁熙《论诗绝句》五十二首自注，谓“元末明初诸诗，无一人乐祸喜乱，不以旧国旧君为念者，可谓得诗之本矣”。称反元的农民起义为祸乱，称胡元统治者为旧国旧君，以诗人不忘这样的旧国旧君为得诗之本，这是彻头彻尾在替清朝统治者说教。钱世锡《论宋人绝句》十二首论王安石的《明妃曲》，自注中贬斥王安石为奸慝，也是封建统治阶级中顽固派的陈词滥调。在探讨诗歌艺术部分的理论，也颇多偏重形式的纯艺术观点。这份遗产，是要经过批判去芜存精才能吸收过来以为今用的。

（选自《梦苕庵论集》）

皎然《诗式》简论

唐人诗歌理论，有两条不同的路线：其一重视诗歌的现实内容与社会意义，由陈子昂发展到白居易、元稹，一直到皮日休；其一比较侧重于诗歌艺术，发挥了较多的创见，并且写成了专书，由皎然的《诗式》发展到司空图的《二十四诗品》。

《诗式》一书，有五卷本与一卷本。《唐宋丛书》《学海类编》《历代诗话》所收，都只有一卷，惟清末陆心源《十万卷楼丛书》所收，为五卷足本。所谓“诗式”，即是诗的法则。全书标举论诗宗旨，也品评了具体作品。品评的等第，即是书中所楬橥的五种诗格准则。精髓部分在于理论，它接触到诗歌的风格、意境、内容形式的关系、复古与通变等问题。

《诗式》在诗歌原则上确认了诗的崇高地位，以为“夫诗者，众妙之华实，六经之菁英，虽非圣功，妙均于圣”，“向使此道尊之于儒，则冠六经之首；贵之于道，则居众妙之门；崇之于释，则彻空王之奥”。因此，他又提出了诗体与诗德论，见诗道之所以可尊。诗体有十九字，其中有属于思想内容的贞、忠、节、志、德、诚、悲、怨、意，所以为“六经之菁英”；有属于艺术风格的高、逸、气、情、思、闲、达、力、静、远，所以为“众妙之华实”。认为这样是“风律外彰，体德内蕴，如车之有毂，众辐归焉。其一十九字，括文章德体风味尽矣”。所谓诗德，即是诗的准则。七德之中，高古、典丽、风流、精神，也都属于风格的范畴。艺术上达到了这样的境地，才算是“高手述作”，“造其极妙”，“虽非圣功，妙均于圣”。为了阐明“众妙之门”之所以为妙，于是在“四不”“四深”“二要”“二废”“四离”“六至”等口诀中，对各个艺术问题作了辩证的阐说，把露、疏、苦涩、怒张、迂远、轻浮、虚诞、缓慢、诡怪、僻、弱等等摒斥于艺术美的领域之外。而皎然所特别强调的最高艺术标准，则是要做到“真于情性，尚于作用，不顾词彩，而风流自然”，“但见情性，不睹文字”，才真是“发皆造极”，“诗道之极”。后来司空图所谓“不着一字，尽得风流”，严羽所谓“羚羊挂角，无迹可求”，其说即本于皎然。

要达到如上的诗歌艺术标准，《诗式》提出了取境问题。皎然在《秋日遥和卢使君游何山寺宿敭上人房论涅槃经义》一诗中曾说过：“诗情缘境发。”他把诗歌的基本因素情和境有机地统一了起来。皎然所说的“境”，即后人所谓意境，乃是客观存在的境反映于主观意识中的艺术境界。他以为“诗人之思初发，取境偏高，则一首举体便高；取境偏逸，则一首举体便逸”。又以为“静，非如松风不动，林狖未鸣，乃谓意中之静。远，非如淼淼望水，杳杳看山，乃谓意中之远”。这样阐说意境，在古典诗论中，还是个开端，最后发展为王国维《人间词话》的境界说。诗的意境即不等同于单纯属于客观世界的境，因此要“气象氤氲”，“意度盘礴”。他指出：“两重意已上，皆文外之旨。”要“采奇于象外”（见皎然《诗评》），“情在言外”，“旨冥句中”。“象”“言”“句”“文”，只是用以显示“奇”“情”“旨”的形迹。情文并茂，意境双融，才是诗家极诣。后来司空图谈“超以象外”，严羽谈“入神”，谈“言有尽而意无穷”，王士禛谈“神韵”，一线相承的脉络，显然可寻。与意境相联系，皎然解释比兴，也赋予它以新的含义。他以为“取象曰比，取义曰兴。义即象下之意。凡禽鱼、草木、人物、名数，万象之中义类同者，尽入比兴”。他强调“比兴等六义，本乎情思，亦蕴乎十九字中”。而他所谓“情”，是与境结合的东西，说是“缘境不尽曰情”。所以皎然所说比兴，实际是属于意境范畴。有比兴即是有象外之奇，文外之旨，言外之情，以此区别于单纯取象作比喻而不能融境于情的属于修辞范畴的比。陶潜《咏贫士》诗的取兴于孤云，正是融境入情的最好范例。江淹《咏扇》诗的取象于秦女乘鸾，也正是“假象见意”，“兴生于中，无有古事”的说明。

由取境而进一步说到如何取境，皎然主张要站得高，看得远，“如登衡、巫，觌三湘、鄢、郢山川之盛”；要“绎虑于险中”（见皎然《诗评》），“不入虎穴，焉得虎子”，“放意须险，定句须难，虽取由我衷，而得若神表”；要“由先积精思，因神王而得”。他特别强调了诗人主观神思的作用，却忽视了现实生活磨炼的重要。因此，他说到谢灵运诗之所以“造极”，是由于“性颖神澈，及通内典，心地更精”，“空王之道助”。一个诗人而又是佛教徒的皎然，“世事喧喧，非禅者之意”，很自然地会产生这种诗禅论的唯心偏向。他所楬櫫的“真于情性”，“势逐情起”，实质上也就不能不偏于韵味淡远的一路。

有关诗歌创作问题，皎然所论，虽注意到内容，以为“古人后于语，先于意”（见皎然《诗评》），但也重视形式。他以为“无盐阙容而有德，曷若文王太姒有容而有德”。既反对“酷裁八病，碎用四声”的偏尚形式，但在重内容的前提下，又以为“韵合情高，此未损文格”，“作者措意，虽有声律，不妨作用”，“用律不滞，由深于声对”。既主张“不用事第一”，又以为“用事不直，由深于义类”。并且说“虽欲废巧尚直，而思致不得置；虽欲废言尚意，而典丽不得遗”。而《诗式》一书较多论述的还是艺术方面。

在继承与创新的问题上，皎然强调的是变。他以为“反古曰复，不滞曰变。若惟复不变，则陷于相似之格”。“复忌太过，诗人呼为膏肓之疾”，“后辈若乏天机，强效复古，反令思扰神沮”。因此，他主张自立新意，“无有依傍”，要复古而能“通于变”，“变若造微，不忌太过”。从诗歌形式的发展角度看问题，他就肯定了“沈、宋复少而变多”，批判了“陈子昂复多而变少”。而在写诗技巧方面，他又嘲讽了诗家的三偷，对“偷语”“偷意”，绝不容恕，只有“才巧意精，若无朕迹”的“偷势”，才是“诗人偷狐白裘于阃域中之手”。

《诗式》文字简约，其精蕴往往含而未申，有待于后人的探索。这一类型的诗论，有所谓李峤的《评诗格》、王昌龄的《诗格》、白居易的《金针诗格》、齐己的《风骚旨格》等等，大都出于宋以后人伪托，不能与《诗式》相提并论。

（选自《梦苕庵论集》，中华书局1993年版）

宋代诗话鸟瞰

诗话是我国古代文学理论批评的一种专著形式，而且是数量较多的一种，《四库全书》等旧时书目分类，把它列在“诗文评类”里。何谓诗话？北宋末许顗《许彦周诗话》开宗明义就说：“诗话者，辨句法，备古今，记盛德，录异事，正讹误也。”诗话的用意，最初不过是“以资闲谈”（欧阳修《六一诗话》），所以《四库全书总目》说它是“体兼说部”。但后来诗话的内容，还不限于许顗所举，作用也不限于“以资闲谈”，逐步进入理论批评的领域，其内容大致包括标举论诗宗旨、推溯流派渊源、评论作家作品、摘录佳句、漫谈诗法、记述有关诗歌的掌故以及考订、解释等。采用的大多是随笔体裁，不成系统。

宋代第一部诗话是欧阳修《六一诗话》，据现存材料，在此以前，还没有标名为“诗话”的书。《六一诗话》记述了故事性材料如西南方人用蛮布弓衣织梅尧臣《春雪》诗之类；也有品诗的部分，如论贾岛、梅尧臣诗等；也有理论部分，如引梅尧臣的论诗主张。宋代绝大部分诗话都不外是这种类型。清代何文焕编印《历代诗话》、近代丁福保编印《历代诗话续编》《清诗话》，被辑入的并不限于标名为“诗话”的书，从钟嵘《诗品》开始，《诗式》《二十四诗品》《本事诗》等都被大量收入，这是较广泛意义上的“诗话”。今人郭绍虞《宋诗话考》、罗根泽《两宋诗话年代存佚残辑表》所列，基本上都与何、丁二家的广义诗话相同。而在宋代诗话大量写作的时候，宋人对诗话的理解，其广泛意义还不止于此。阮阅《诗话总龟》前集卷首《集一百家诗话总目》所列，自陶岳《零陵总记》、毕田《湘中故事》以下九十二种就包括历史、地理、小说、随笔、考证等著作在内。这些著作中属于诗话性质的各条，都算作诗话，名标“诗话”的只有八种。所分门类有四十六门之多，记事性的占压倒多数。这可以说是更广义的诗话。

章学诚《文史通义·诗话》说诗话源于钟嵘《诗品》，那确是写成论诗专书的第一部。它是从文学标准立论、根据文学艺术特征而写的。虽然不像《文心雕龙》那样“体大而虑周”(《文史通义》)，但也不像《文心雕龙》那样杂有非文学性质的史传、章表等评论的弊病。虽然形式上和闲谈式的宋代诗话不同，它是有系统的论述，不是零星的随录，但宋代诗话所包括的内容，它已大致具备。如果从更广义的方面去溯源，那么，何文焕《历代诗话序》所说“诗话于何昉乎？赓歌纪于《虞书》，六义详于古序，孔、孟论言，别申远旨，春秋赋答，都属断章。三代尚矣。汉、魏而降，作者渐夥，遂成一家言”无疑是正确的，并不必像罗根泽的看法，以为“三代的说法，坠于玄渺”。(《中国文学批评史》) 具体地说，《虞书》的赓歌，《论语》的接舆歌，《孟子》的沧浪歌，《左传》隐公元年所载郑庄公与其母的大隧赋，宣公二年所载宋城者讴，《说苑》所载子文歌、越人歌，《新序》所载徐人歌之类，就是故事性的诗话；《虞书》命女典乐节，《论语》诗三百节、巧笑倩兮节、关雎节、韶尽美矣节、兴于诗节、鲤趋而过庭节、小子何莫学夫诗节，《左传》襄公二十九年吴季札观乐节，《孟子》咸丘蒙节、孟子谓万章节、论《小弁》之怨节，《论衡·艺增》鹤鸣九皋节、维周黎民节，就是评论性的诗话。六朝以来，《世说新语》中也有不少。《任诞》的山季伦为荆州条，《排调》的郝隆三月三日诗条、王子猷论七言诗条、袁羊调刘恢诗条、殷洪远答孙绰诗条，《文学》的七步成诗条、谢安与子弟论《诗经》佳句条、夏侯湛作周诗条、阮孚赞郭璞诗句条、晋简文帝称许询诗条，都是诗话性的。《颜氏家训》祖孝征论沈约诗条、论梁简文《雁门太守行》条、论王籍《入若耶溪》诗条、评萧悫诗条、评何逊诗条，也是诗话。唐五代著作如《两京新记》记乐昌公主诗条，《刘宾客嘉话录》记九日不敢题“糕”字、张巡诗的故事等条，《鉴诫录》记贾岛、杜荀鹤诗各条，更是多得不胜枚举。有的收辑在《诗话总龟》《苕溪渔隐丛话》等书中，《唐诗纪事》不著故事来源，大抵也出于唐人的笔记。这些零星分散的材料，虽然沉沉夥颐，但毕竟在各部书中是一鳞半爪，专名为诗话的书，只能以《六一诗话》为首创。

宋代的诗话，其中一部分已经失传，一部分只有片段见于他书所引而保存下来。郭绍虞《宋诗话辑佚》一书大体上已把这些佚文收罗完备。现在把全部完整的和残缺的以及辑佚本一起统计，据郭绍虞《宋诗话考》所著录，还有八十八种之多。（罗根泽《两宋诗话年代存佚残辑表》所记存、残、辑的有九十五种。）大批宋人诗话与唐以前的零散作品相比，是大大地集中了，专门化了，这是一个进步。尽管这些诗话大部分是随笔式的，缺乏系统条理，但读者仍然不难从其中看出诗话作者的不同观点与见解，了解到不少作品的写作背景，有助于知人论世之用，并且也不难利用这种材料清理出一些头绪，使它系统化、条理化，为古代诗歌理论批评史的研究提供有用的东西。

据郭、罗两家所列举的宋代诗话，大致包含如下各种类别：

一、诗话别集。

1. 记事为主的。如欧阳修《六一诗话》、司马光《温公续诗话》、叶梦得《石林诗话》。

2. 评论为主的。谈理论的如张戒《岁寒堂诗话》、朱熹《清邃阁论诗》、姜夔《白石道人诗说》、严羽《沧浪诗话》，评论作家作品的如黄彻《䂬溪诗话》、刘克庄《后村诗话》、范晞文《对床夜语》等。

3. 考证性的。欧阳修《六一诗话》、刘攽《中山诗话》、吴开《优古堂诗话》、周紫芝《竹坡诗话》、吴聿《观林诗话》、葛立方《韵语阳秋》、周必大《二老堂诗话》、严羽《沧浪诗话》等，都有数量不等的考证专条，大部分是关于用事出处的考订，这与苏、黄以后主张作诗要“无字无来历”的风尚有关系。

因为诗话毕竟是闲谈式的，所以以上三种内容，除个别诗话专属于某一种形式外，大多数是各种内容往往兼而有之，不过比重不同而已。

二、诗话总集。

1. 按内容分类的诗歌故事汇编。如阮阅《诗话总龟》。

2. 按作家时代先后排列的评论、故事等的汇编。如胡仔《苕溪渔隐丛话》、计有功《唐诗纪事》、何溪汶《竹庄诗话》、蔡正孙《诗林广记》等都是。厉鹗《宋诗纪事》是清人所编，但其中所采辑的材料大部分是宋人的诗话和杂著。今人所编的宋代诗话辑佚本，其材料很多是取自胡仔书中，可以证明这种诗话总集的资料价值。

3. 诗论和摘句的分类选编。如魏庆之《诗人玉屑》就是，着重于理论品藻，选录较严，其中也引到今天已佚的诗话。今天尚存的诗话，此书所引文字也有出入，如所引《沧浪诗话》就是，郭绍虞即曾据以校正今本的错误。

4. 一个作家评论的专辑。如方深道《集诸家老杜诗评》，只汇辑，无辨正。蔡梦弼《草堂诗话》则有辨正。

宋代诗话的概况，略如上述。大量的宋诗话，其中属于闲谈性的、资料性的较多，纯粹是理论的已经较少，有系统的理论专著更少。这些理论，还包括了一些谈诗病诗法的部分，那价值更不大。今天我们研究宋代诗话，是要吸取其中一些有益的见解，进一步达到古为今用的目的。那么，宋代诗话究竟为我们提供了哪些有益的理论呢？

要分辨宋诗话中理论的精华与糟粕，不能不了解它在当时的现实意义。因为宋诗理论的产生和发展是和宋代诗歌发展史有密切的联系的。宋诗在初期，是几个过着荣华富贵生活的宫廷侍臣所写的“西昆体”独占诗坛，由于他们精神生活的空虚，写诗不得不在词藻典故上下工夫。经过石介等人的扫荡，梅尧臣等人出而为宋诗开辟了一条反映现实、语言清新的道路。梅尧臣关于诗歌要“意新语工，得前人所未道”的主张，即载于欧阳修的《六一诗话》中。欧阳修领袖一代文坛，王安石、苏轼都出于他的门下。他们一方面反对宋初华丽文风而掀起宋代古文运动，大力提倡韩愈古文，一方面却把韩愈“以文为诗”的做法引进诗歌领域。发议论、竞用事，成为他们的共同癖好。苏轼门下黄庭坚，变本加厉，更提出了“点铁成金”“夺胎换骨”的写诗方法论，成为江西派诗的主要指针。于是南宋初年以张戒为代表的《岁寒堂诗话》对此大加抨击，提出了较完整的理论，强调言志，反对以议论为诗、以“补缀奇字”为能，继承了梅尧臣的诗歌艺术主张。但张戒的诗论在当时没有引起人们的重视，南宋诗坛在初期仍泛滥着江西派的颓风，后来叶适等人“以文为诗”的习气也很重。著名诗人陆游从江西诗派的圈子里摆脱出来，提出诗歌要反映现实生活的主张并见之于实践，陆诗基本上扫除了以议论为诗的恶习。严羽在继承张戒等人的理论的基础上，明白提出了“别材”“别趣”“妙悟”等一整套理论，对宋诗和宋人诗论作了总结，并提出了学习盛唐以纠正宋人“以文为诗”的主张。中国诗歌的发展从此转向了学唐，从元明一直到清前期，“以文为诗”的歧路便堵塞住了，严羽的理论是起过一定的影响的。从这里清楚地看到宋代诗话的理论的针对性。今天，无疑还有借鉴的作用，如关于形象思维的讨论便是一例。

宋人诗话提出的诗论，就管窥蠡测所及，重要的有如下几个论题。

一、言志为本说和怨刺说。

一般的看法，宋人诗话多谈艺术性，少谈思想性。这不完全符合事实。诗话最初以记琐闻、资闲谈为主，北宋后期以后内容才有了扩充。既然是闲谈，谈艺术技巧那一套自然较适合读者口味，谈起来花样也越来越多。但是，诗话中较少严肃、正经的谈思想性，不等于诗话作者对思想性的无知。何况宋人诗话对诗歌的根本问题也并非不谈，有时还着重地谈。张戒《岁寒堂诗话》就说："建安、陶、阮以前，诗专以言志；潘、陆以后，诗专以咏物；兼而有之者，李、杜也。言志乃诗人之本意，咏物特诗人之余事。古诗、苏、李、曹、刘、陶、阮，本不期于咏物，而咏物之工，卓然天成，不可复及。其情真，其味长，其气胜，视《三百篇》几于无愧。凡以得诗人之本意也。潘、陆以后，专意咏物，雕镌刻镂之工日以增，而诗人之本旨扫地尽矣。"这是明确的思想第一、艺术第二观点。而古代诗人言志，也不是一般的情志，主要是黑暗社会中各种矛盾现象所激起的怨愤不平之心。黄彻《䂬溪诗话》自序指出："士之有志于为善，而数奇不偶，终不能略展素蕴者，其胸中愤怒不平之气无所舒吐，未尝不形于篇咏而见于著述者也。"所以其书评价作家作品，几乎大部分从思想内容着眼，特别是他重视诗歌的怨刺作用，跟《毛诗序》、刘安、司马迁、钟嵘的说法相通。如说："山谷云：'诗者人之性情也，非强谏争于庭、怨詈于道、怒邻骂坐之所为也。'余谓怒邻骂坐，固非诗本指，若《小弁》亲亲，未尝无怨，《何人斯》'取彼谮人，投畀豺虎'，未尝不愤，谓不可谏争，则又甚矣。箴规刺诲，何为而作？……如《雅》云：'匪面命之，言提其耳。'‘彼童而角，实讧小子。'‘忧心惨惨，念国之为虐。'‘乱匪降自天，生自妇人。'忠臣义士欲正君定国，惟恐所陈不激切，岂尽优柔婉晦乎？故乐天寄唐生诗云：‘篇篇无空文，句句必尽规。'”尽管怨刺说是继承传统诗论而来，但黄彻却给怨刺与怒骂作了区别，特别强调怨刺必须激切，不为儒家温柔敦厚的诗教所束缚。这不仅在纠正江西诗派诗论方面有针对性，而且就北宋末南宋初的政治现实来说，也对诗人创作有启示作用。在今天，也有助于我们对有关问题的讨论，当然不是宣扬封建观点。我们研究宋代诗话理论，这些主张是首先应该注意到的。

二、强调诗歌创作来源于生活现实和它的感染教化作用。

古代文论有作家作品得“江山之助”（《文心雕龙·物色》）和“文变染乎世情”（《文心雕龙·通变》）的传统主张。钟嵘《诗品序》说：“嘉会寄诗以亲，离群托诗以怨。至于楚臣去境，汉妾辞宫；或骨横朔野，魂逐飞蓬；或负戈外戍，杀气雄边，塞客衣单，孀闺泪尽；或士有解佩出朝，一去忘返；女有扬蛾入宠，再盼倾国。凡斯种种，感荡心灵，非陈诗何以展其义？非长歌何以骋其情？”后来的进步诗论大多能继承这一传统。宋人诗话，并不例外。黄彻《䂬溪诗话》说：“山川历目前而英灵助于文字，太史公南游北涉，信非徒然。观杜老《壮游》云：‘东下姑苏台，已具浮海航。到今有遗恨，不得穷扶桑。……剑池石壁仄，长洲荷芰香。嵯峨阊门北，清庙映回塘。……越女天下白，鉴湖五月凉。剡溪蕴秀异，欲罢不能忘。归帆拂天姥，中岁贡旧乡。……放荡齐赵间，西归到咸阳。'其豪气逸韵可以想见。序《太白集》者，称其‘隐岷山，居襄、汉，南游江、淮，观云梦，去之齐、鲁，之吴，之梁，北抵赵、魏、燕、晋，西涉岐、邠，徙金陵，止浔阳，流夜郎，泛洞庭，上巫峡。’白自序亦曰：‘偶乘扁舟，一日千里，或遇胜景，终年不移。’其恣横采览，非其狂也。使二公稳坐中书，何以垂不朽如此哉？燕公（张说）得助于江山，郑綮谓相府非灞桥，那得诗思，非虚语也。”谈的正是诗歌来源于生活现实的道理，尽管他所说的生活面只限于山川旅途，没有涉及广泛的社会现实，但这一理论的本意在于强调生活与创作的关系，是应该肯定的。葛立方《韵语阳秋》说：“老杜寄身于兵戈骚屑之中，感时对物，则悲伤系之，如‘感时花溅泪’是也。”那就进一步指出诗歌来源于时代生活的道理。甚至着重谈诗歌艺术的严羽《沧浪诗话》，也未尝不注意到这个问题，他说：“唐人好诗，多是征戍、迁谪、行旅、离别之作，往往能感动激发人意。”严羽是极力推尊唐诗，谓作诗“当以盛唐为法”的。而这里指出的“唐人好诗”，却“多是”一种来源于不寻常生活的作品。不难看出，严羽以盛唐诗为得“大乘正法眼”，至少要包含这种前提在内，不应单纯着眼于艺术。而他指出这种诗歌具有“感动激发人意”的效果这一点，则较之黄彻、葛立方所论更深入了一步。

三、反对“以议论为诗”，主张“别材”“别趣”。

宋人诗有的违反形象思维的文学写作规律，而是“以文为诗”“以议论为诗”就是其表现之一。此风开始于欧阳修，继之以王安石、苏轼、黄庭坚。张戒《岁寒堂诗话》首先出来予以批判：“子瞻以议论为诗，鲁直又专以补缀奇字，学者未得其所长，而先得其所短，诗人之意扫地矣。”严羽《沧浪诗话》更进一步从诗歌写作的原理出发进行论述："夫诗有别材，非关书也；诗有别趣，非关理也。""诗者，吟咏情性也。盛唐诸人惟在兴趣……近代诸公乃作奇特解会，遂以文字为诗，以才学为诗，以议论为诗。夫岂不工？终非古人之诗也。盖于一唱三叹之音有所歉焉。"议论与吟咏情性不合，与形象性的特征不合，与一唱三叹的情韵不合，所以严羽肯定"不涉理路，不落言筌"的向上一路。他的理论破中有立。

四、反对用事，反对求出处。

写诗用事起于六朝。钟嵘《诗品序》早已加以抨击，以为"吟咏情性，亦何贵于用事？""观古今胜语，多非补假，皆由直寻"。指斥那种"殆同书钞"的作品，是"拘挛补衲，蠹文已甚"。唐人好诗，大多不用事。李商隐诗喜欢掉书袋，只能损害它的真美，是缺点而不是优点。宋代西昆体诗、江西派诗都以用事为工。江西派初祖黄庭坚并提出了一套理论，说："自作语最难。老杜作诗，退之作文，无一字无来处。盖后人读书少，故谓韩、杜自作此语耳。古之能为文章者，真能陶冶万物。虽取古人之陈言入于翰墨，如灵丹一粒，点铁成金也。"(《答洪驹父书》)惠洪《冷斋夜话》引黄庭坚话："诗意无穷而人才有限；以有限之才追无穷之思，虽渊明、少陵不得工也。不易其意而造其语，谓之换骨法；规摹其意而形容之，谓之夺胎法。"江西派人宣扬这种夺胎换骨法为"活法"。(见俞成《萤雪丛说》)南宋姜夔《白石道人诗说》所云"僻事实用，熟事虚用"，也是这种玩意儿。对此，魏泰《临汉隐居诗话》就提出了反对意见，说："黄庭坚作诗得名，好用南朝人语，专求古人未使之事，又一二奇字，缀葺而成诗。自以为工，其实所见之僻也。”朱弁《风月堂诗话》也说：“篇章以故实相夸……自颜、谢以来乃始有之，可以表学问而非诗之至也……世之爱老杜者，尝谓人曰：此老出语绝人，无一字无来处……不知《国风》《雅》《颂》，祖述何人？此老句法妙处，浑然天成……近体……词不遗奇，杂以事实……殆以文为滑稽，特诗中之一事耳。”张戒《岁寒堂诗话》干脆说：“用事押韵，何足道哉？苏、黄用事押韵之工，至矣尽矣。然究其实，乃诗人中一害，使后生只知用事押韵之为诗，而不知咏物之为工，言志之为本也。风雅自此扫地矣。”这更指出了用事的害处。陆游《老学庵诗话》更就杜诗作具体分析，驳斥用事为工的谬说。他说：“今人解杜诗，但寻出处，不知少陵之意，初不如是。如《岳阳楼》诗……此岂可以出处求哉？纵使字字寻得出处，去少陵之意益远矣。盖后人元不知杜诗所以绝古今者在何处，但以一字亦有出处为工。如《西昆酬唱集》中诗，何曾有一字无出处者，便以为追配少陵，可乎？且今人作诗，亦未尝无出处，渠不自知，若为之笺注，亦字字有出处，但不妨其为恶诗耳。”严羽《沧浪诗话》说：“近代诸公……多务使事，不问兴致。用字必有来历，押韵必有出处，读之反复终篇，不知着到何处。”他主张“押韵不必有出处，用字不必拘来历”。诸家论旨大致相同，不但击中了这部分宋人诗的要害，也对人们的写作指出了应该走的道路。后来一些著名诗人如顾炎武、吴伟业、钱谦益、沈曾植诸家都喜用事，尽管用得精切，读者却有不看笺注不易弄懂之苦。这可以反证这些反对用事的主张是正确的。

五、以禅说诗。

宋代禅学极盛，著名诗人如苏轼、黄庭坚等人都通禅学，都和僧徒来往。苏、黄两家都有以禅说诗的话。以禅说诗，包括以禅理论诗和借禅语喻诗两种。一般都是借禅喻诗，单纯以禅理论诗，如苏轼《送参寥师》所云“欲令诗语妙，无厌空且静。静故了群动，空故纳万境”，那是并不多见的。以禅喻诗，主要是谈“悟”，其次是借禅宗语录中的许多话头作论诗的词语使用。苏轼所赏识的吴可，既写了“学诗浑似学参禅”的七绝三首，又在他的《藏海诗话》中楬橥了“凡作诗如参禅，须有悟门”的宗旨。跟他同时代的韩驹，在《赠赵伯鱼》诗中也说：“学诗当如初学禅，未悟且遍参诸方。一朝悟罢正法眼，信手拈出皆成章。”这种禅喻，不过说明写诗窍门要凭“悟入”，看似神秘，其实寻常。严羽《沧浪诗话》出，以禅喻诗，发展到顶点。他不仅谈“悟入”的功夫，以为从楚词到盛唐名家，“酝酿胸中，久之自然悟入。虽学之不至，亦不失正路。此乃是从顶𩕄上做来，谓之向上一路，谓之直截根源，谓之顿门，谓之单刀直入”，“悟有深浅，有分限之悟，有透彻之悟，有但得一知半解之悟”。而且阐说了悟入的艺术最高境界，以为“禅道惟在妙悟，诗道亦在妙悟。且孟襄阳学力下韩退之远甚，而其诗独出退之之上者，一味妙悟故也。惟悟乃为当行，乃为本色”。他说：“盛唐诸人唯在兴趣，羚羊挂角，无迹可求。故其妙处莹彻玲珑，不可凑泊，如空中之音，相中之色，水中之月，镜中之象，言有尽而意无穷。”论“诗之极致有一，曰入神。诗而入神，至矣，尽矣，蔑以加矣。惟李、杜得之，他人得之盖寡也”。把这些话联系起来看，妙悟是当行本色，入神是诗之极致，用语不同，所指境界则一。妙悟悟些什么，就是要证悟诗之入神。孟浩然一味妙悟，正是能做到入神。什么是入神？神是对形而言的。月和象是形，是实体，那只是诗歌所写形象的外形，仅仅写形是不够的，更重要的是在形这一实体基础上体现的神，那才是“水中之月，镜中之象”，这样的神才能蕴藏着无穷之意。言所写的形是有尽的，神所含的意是无穷的。这和《文心雕龙·隐秀》所云“情在词外曰隐，状益目前曰秀”（《岁寒堂诗话》引），皎然《诗式》所云“两重意以上，皆文外之旨”，“采奇于象外”，司空图《二十四诗品》所云“超以象外，得其环中”，《与李生论诗书》所云“咸酸之外”的“醇美”，“韵外之致，味外之旨”，《与极浦书》所云“象外之象，景外之景”，梅尧臣所云“必能状难写之景，如在目前，含不尽之意，见于言外，然后为至矣”，貌异而心同。所谓“韵外”“味外”“象外”“景外”“文外”“言外”，指的都是神。妙悟之所以为妙，就是妙在能入神。韩愈诗写事物外形，像词赋家那样雕刻词句，形外无神，就是不能妙悟。诗写形象，不是神气索然的叙述，而必给人以艺术美的享受，因此必须具有“象外之象”的神。神不能离形，而形不即是神，其妙处确是“莹彻玲珑，不可凑泊”的，“妙悟”正是悟到这一境界的妙处。“盛唐诸人惟在兴趣”，缺乏“神”的“形”，那是土木形骸，索然无味，有何兴趣可言。严羽继承前代诗论而提出的妙悟说、入神说，使用了不少禅门语言，不必认真核实。后来冯班的纠谬，胶柱刻舟，转不如王士禛见解虽偏而确能领悟。

宋人诗话中的诗歌理论不限于此，这里只是举其荦荦大者。

其他有关诗法诗病、语法修辞、诗句鉴赏等，繁琐杂乱，至多可以帮助人们对作家作品的赏析和了解，有的反会把读者引入形式主义的歧路。元人赵文《郭氏诗话序》早有“诗话盛而诗愈不如古”的慨叹，这里就略而不论了。

（原载《古代文学理论研究》
丛刊第3辑，上海古籍出版社1981年版）

境界说诠证

王国维论诗词，楬橥“境界”说。在《人间词话》里谈到“境界”的有十多条。单言之则称“境”，重言之则称“境界”，换言之又称“意境”。界即是境，并无分别；意与境则是不可分割的统一体。王氏“境界”说的要义，包含如下各点：

1. “境非独谓景物也。喜怒哀乐，亦人心中之一境界。故能写真景物、真感情者，谓之有境界；否则谓之无境界。”（《人间词话》）“文学之事，其内足以摅己而外足以感人者，意与境二者而已。上焉者意与境浑，其次或以境胜，或以意胜。苟缺其一，不足以言文学。”（《人间词乙稿序》）

2. “境界”有“无我之境”与“有我之境”的区别，一优美，一宏壮。（《人间词话》）

3. “境界”有“造境”与“写境”的区别，但理想与现实又难于截然划分。（《人间词话》）

4. “境界”是根本，“有境界则自成高格，自有名句”。“气质、神韵，末也。有境界而二者随之矣。”“古今

词人格调之高，无如白石。惜不于意境上用力，故觉无言外之味，弦外之响，终不能与于第一流之作者也。”（《人间词话》）

什么是“境界”？近人用艺术形象去解释它，其说有一定的理由。文学作品的特点就是借形象以反映社会生活。诗人在生活的图画里所显示的东西，总是体现着一定的思想情感。所以“境界”不仅是指真实地反映客观现实的生活图景，也包括了作者主观的情感。但是就“境界”这一用语的概念来说，还不完全等同于形象。王氏说“喜怒哀乐，亦人心中之一境界”，如果说成“喜怒哀乐，亦人心中之一形象”，就欠妥切。（当然，诗人在作品中所塑造的自然形象，包蕴着喜怒哀乐的感情在内，但总不能说成喜怒哀乐的本身就是人心中的一种形象。）王氏说“能写真景物、真感情者，谓之有境界；否则谓之无境界”，诗词中某些具有形象而缺乏真情实感之作，说它是无境界，当然可以，说它是没有形象，也就令人难以索解了。其实，王氏所说“境界”，还涉及现实主义与浪漫主义的关系问题，涉及与神韵、格调的关系问题，怕不是“形象”这一概念所能拘囿。向来谈格调的，着眼在诗词风格的外形。而王氏提高到境界上说，有优美或宏壮的境界，自然体现为相应的格调。神韵说之弊在于迷离恍惚，陷于空虚。神何尝能离形而存在？王氏落实到境界上就有途径可寻。因此，王氏的境界说，可以说是在旧诗词理论基础上的提高。

王氏自诩：“沧浪所谓‘兴趣’，阮亭所谓‘神韵’，犹不过道其面目，不若鄙人拈出‘境界’二字，为探其本也。”言外之意，似谓“境界”说是自己所独创，这却未免英雄欺人。就我所涉猎的材料，在王氏以前或同时，用“境界”一词以说诗或词的，就已有司空图、王世贞、王士禛、叶燮、梁启超、况周颐诸家。尽管他们所阐说的并没有王氏的全面，说法也不完全相同，但总不失为王氏“境界”说的先河。为此，将这些材料勾出，为进一步研讨王氏“境界”说提供一些线索。

司空图谈境的，有：

五言所得，长于思与境偕，乃诗家之所尚者。(《与王驾评诗书》)

“思与境偕”一语与王氏所谓“意与境浑”，实相接近。《二十四诗品》里还专列“实境”一品，而如“雄浑”“冲淡”“纤秾”“沉著”“高古”“劲健”“绮丽”“豪放”“清奇”“悲慨”“飘逸”诸品，实质上所谈的都是境界。

王世贞《艺苑卮言》里谈“境界”的，有：

才生思，思生调，调生格。思即才之用，调即思之境，格即调之界。

《诗》旨有极含蓄者，隐恻者，紧切者；法有极婉曲者，清畅者，峻洁者，奇诡者，玄妙者。骚赋、古选、乐府、歌行，千变万化，不能出其境界。

乐府之所贵者，事与情而已。张籍善言情，王建善征事，而境皆不佳。

严沧浪……七言律得一联云：“晴江木落时疑雨，暗浦风多欲上潮。”然是许浑境界。

《卮言》这里，对境界还缺乏明白的阐说。然而有几点可以注意。一是主张有了事与情，还要得有境。所谓境，应该与《人间词话》所说“优美”“宏壮”的境有相通之处。二是把境界与格调、境界与风格联系在一起说，把境界作为作家在艺术风格上所达到的独特境地说，则跟《人间词话》所谓“有境界则自成高格，自有名句”，“少游词境最为凄婉”等说，也是一脉相通的。

王士禛也谈到境：

> “采采流水，蓬蓬远春”二语，形容诗境亦绝妙。(《香祖笔记》)

叶燮《原诗·内篇》，也有谈“境界”的话：

> ……天下惟理、事之入神境者，固非庸凡人可摹拟而得也……（杜甫）《夔州雨湿，不得上岸作》“晨钟云外湿”句，以晨钟为物而湿乎？云外之物，何啻以万万计？且钟必于寺观，即寺观中，钟之外，物亦无算，何独湿钟乎？云外之物，何独湿钟乎？然为此语者，因闻钟声有触而云然也。声无形，安能湿？钟声入耳而有闻，闻在耳，止能辨其声，安能辨其湿？曰“云外”，是又以目始见云，不见钟，故云“云外”。然此诗为雨湿而作，有云然后有雨，钟为雨湿，则钟在云内，不应云外也。斯语也，吾不知其为耳闻邪？为目见邪？为意揣邪？俗儒于此，必曰“晨钟云外度”，又必曰“晨钟云外发”，决无下“湿”字者。不知其于隔云见钟，声中闻湿，妙悟天开，从至理实事中领悟，乃得此境界也……

原文前后举杜诗以阐说凡四例，这里为节省篇幅，举一以概其全。《原诗》所阐述，与《人间词话》所说“‘红杏枝头春意闹’，著一闹字，而境界全出；‘云破月来花弄影’，著一弄字，而境界全出矣”“美成《解语花》之‘桂华流瓦’，境界极妙”毫无二致。但王氏语简，没有说出其所以然，《原诗》却谈得较为细致。

与王氏同时的梁启超，也谈到了“境界”：

……公度之诗，独辟境界，卓然自立于二十世纪诗界中，群推为大家。(《饮冰室诗话》)

陈伯严吏部……其诗不用新异之语，而境界自与时流异，酞深俊微，吾谓于唐、宋人集中罕见伦比。(《饮冰室诗话》)

余虽不能诗，然尝好论诗，以为诗之境界，被千余年来鹦鹉名士占尽矣。虽有佳章句，一读之，如在某集中曾相见者，是最可恨也……欲为诗界之哥伦布、玛赛郎，不可不备三长：第一要新意境，第二要新语句，而又须以古人之风格入之，然后成其为诗。(《新大陆游记》)

梁氏写这些文章，较早于王氏《人间词话》的发表年代(1908)。虽然于“境界”没有什么阐发，但也使用了这一术语。至于在词论的领域里，谈“境”与“境界”的，则有况周颐。况氏年辈，又较先于王氏。其所著《蕙风词话》涉及这问题的，有如下各条：

填词在天资，要学力。平日之阅历，目前之境界，亦与有关系。无词境，即无词心。矫揉而强为之，非合作也……

人静帘垂，灯昏香直。窗外芙蓉残叶飒飒作秋声，与砌虫相和答。据梧冥坐，湛怀息机。每一念起，辄设理想排遣之。乃至万缘俱寂，吾心忽莹然开朗如满月，肌骨清凉，不知斯世何世也。斯时若有无端哀怨枨触于万不得已。即而察之，一切镜像全失，唯有小窗虚幌，笔床砚匣，一一在吾目前。此词境也。三十年前，或月一至焉，今不可复得矣。

词有穆之一境，静而兼厚、重、大也。淡而穆不易，浓而穆更难……

词境以深静为至。韩持国《胡捣练令》过拍云："燕子渐归春悄，帘幕垂清晓。"境至静矣，而此中有人，如隔蓬山。思之思之，遂由浅而见深。盖写景与言情，非二事也。善言情者，但写景而情在其中。此等境界，唯北宋人词往往有之。持国此二句，尤妙在一"渐"字。

《云庄词·酹江月》云："一年好处，是霜轻尘敛，山川如洗。"较"橘绿橙黄"句有意境。

涩之中有味、有韵、有境界，虽至涩之调，有真气贯注其间，其至者可使疏宕，次亦不失凝重，难与貌涩者道耳。

况氏谓"无词境即无词心"，与王氏所谓"虽如何虚构之境，其材料必求之于自然"之说相合。谓"词有穆之一境"，"词境以深静为至"，以及"人静帘垂"一节所阐述，正是《人间词话》所谓"无我之境，人惟于静中得之；有我之境，于由动之静时得之""有我之境，以我观物，故物皆著我之色彩；无我之境，以物观物，故不知何者为我，何者为物"的说明。至于说"写景与言情，非二事也，但写景而情在其中"的境界，跟王氏所说"境非独谓景物也"一节的话也相近。所以，况氏又说"'真'字是词骨，情真景真，所作必佳”。谓“涩调”中“有韵，有境界”，跟王氏以境界与高格、神韵相联系的说法也相通。不过，王氏把问题说得全面，讲得明白，况说则不免旧时代词论家持论，谈词境偏主于深静，陷入了神秘的境地。

（原载《文汇报》1962年第14期）

诗歌艺术分析

谈诗歌中的联想

在我国几千年的诗歌园地上，诗人们不同的构思与手法，开放了万紫千红的艺术花朵。联想，就是其中之一。

由外界的环境引起诗人的思潮的泛滥，这便是联想的主要含义。诗人的现实生活越广阔，想象力越伟大，联想也就越丰富。于生活的海洋里搏斗过来的我们祖先，对自然现象和社会现象有清楚而深刻的认识与体验。他们在栉风沐雨跟自然界进行斗争过程中所观察到的事物，很自然地会跟他们喘息在奴隶主、农奴主的鞭棒之下的痛苦与愤怒相联系，从而在歌唱中曲折而又亲切地表达了自己的感情。早在穹远的二千五百年以前的诗歌总集《诗》三百篇里，已经出现了不少由于联想而产生的诗作。古代诗论家所说的比兴，其实是属于联想的范畴。刘勰《文心雕龙》的《比兴》篇指出："附理者切类以指事，起情者依微以拟议。起情故兴体以立，附理故比例以生。""诗人比兴，触物圆览。物虽胡越，合则肝胆。"正是联想的很好说明。特别是兴，在实际的运用时，离开了联想是很难想象的。《论语》何晏集解引孔安国说："兴，引譬连类。"也正是联想的意思。当然，比兴属于联想的范畴，而联想则并不局限于比兴。诗人在直陈情事的赋体里，也经常运用由此及彼的联想，变化百出，不拘一格。联想，成为诗人饱和的感情在作品中充分流露的桥梁。好的联想，会加强作品炽烈的感情，带来深远的感染力。因此，它在诗歌创作的领域中，占着极为重要的一席。

联想，以多种形式出现于诗作中。

触景生情，这是写诗时最为普遍的现象。情之生，是为景所感，也是由于诗人的联想。陆机《文赋》指出："遵四时以叹逝，瞻万物而思纷；悲落叶于劲秋，喜柔条于芳春。"说的正是触景生情的联想。它首先总是由物而联想到人的。当《采薇》诗人接触到"采薇采薇，薇亦作止""采薇采薇，薇亦柔止""采薇采薇，薇亦刚止"，这一个薇菜由出生到肥嫩到老硬的时光易逝的过程的时候，就联想到自己久戍不归"靡室靡家，猃狁之故"的劳苦。而这种联想，可以从相同的方面着想，也可以从相反的方面着想。《硕鼠》诗人当他看到吞吃自己庄稼的土耗子的时候，不由得联想到剥削阶级对自己的残酷剥削，正是和土耗子相差不远，从而愤怒地发出"硕鼠硕鼠，无食我黍。三岁贯女（汝），莫我肯顾。逝将去女，适彼乐土"的诅咒。《萚兮》诗人当他听到"萚兮萚兮，风其吹女"这一风吹萚叶的相和声时，不由得联想要和爱人飘飘起舞，你唱我和，从而写出"叔兮伯兮，倡予和女"的快乐调子。这都是从相同的方面联想的。《东山》诗人在离家远征三年之久的归途中，看到了野生蚕蛾长久地生活于桑树间的自得其所——"蜎蜎者蠋，烝在桑野"，相反地联想到"敦彼独宿，亦在车下”的自己，就有露宿野地，不得与家室团聚的苦楚。《君子于役》诗人当“鸡栖于埘，日之夕矣，羊牛下来”的时光，感到家禽家畜日暮都有归宿，相反地联想到自己的丈夫倒是久役不归，从而发出“君子于役，不知其期，曷至哉”“君子于役，如之何勿思”的嗟叹。这都是从相反的方面联想的。《诗》三百篇的这种手法，给后代诗人提供了良好的范本。

触景生情的联想，不仅是可以由物及人，也可以由物及物，也可以由人及人。就空间方面说，可以由此方到彼方，也可以由彼方到此方；就时间方面说，可以由现在到过去，也可以由现在到将来。请看，唐诗人高适的《除夜》诗，写的是诗人在“旅馆寒灯独不眠，客心何事转凄然”的他乡，联想到故乡的妻子是在怎样地怀念自己：“故乡今夜思千里，霜鬓明朝又一年。”《八声甘州》的作者宋词人柳永，当自己“不忍登高临远，望故乡渺邈，归思难收。叹年来踪迹，何事苦淹留”在客中远望的时光，联想到对方爱人也同样地在苦念自己：“想佳人妆楼凝望，误几回天际识归舟。争知我，倚阑干处，正恁凝愁？”人物的形象，也在联想中生动地呈现。这两个例子，诗人同时运用了由此及彼和由彼及此的联想，从而使抒情达到曲折而又深刻的境界。再看，大诗人杜甫在《咏怀古迹》咏刘备永安宫的一首中写着：“翠华想像空山里，玉殿虚无野寺中。”这是从当前空山野寺的荒寂联想到过去翠华、玉殿的庄严，而诗人吊古苍凉的情感，也就渗透在诗行之中。南宋大词人辛弃疾三十六岁在江西造口，对着赣江的流水，联想到南渡初年金人南侵到这里，百姓遭殃，在江头流下多少的血泪，由当前的水而联想到当年的泪，于是在《菩萨蛮》词里就写下了“郁孤台下清江水，中间多少行人泪”这样震撼人们心弦的名句，并连带激发了“西北望长安，可怜无数山”这一“风景不殊，举目有河山之异”的沉痛心情。这都是由现在而联想到过去的。杜甫在沦陷区的长安，对月怀人，写出那首著名的《月夜》诗，当他在想到“今夜鄜州月，闺中只独看”的同时，更进一步联想到“何时倚虚幌，双照泪痕干”的将来会面时的高兴。李商隐《夜雨寄北》诗，同样是由“君问归期未有期，巴山夜雨涨秋池”的现在，联想到“何当共剪西窗烛，却话巴山夜雨时”的将来对今天的回味。善于运用联想的好诗，是数之不尽的，这里所举，不过是一勺水知大海味而已。

必须指出，最好的联想，是决定于诗人正确的世界观、宏伟的怀抱的。伟大现实主义诗人杜甫的《茅屋为秋风所破歌》之所以传诵千古，就在于诗人在目击自己的茅屋为秋风所破后引起的联想是：“安得广厦千万间，大庇天下寒士俱欢颜，风雨不动安如山？呜呼！何时眼前突兀见此屋，吾庐独破受冻死亦足！”这一联想，正是崇高的道德情愫的体现，也是全诗人民性的主干。再如，杜甫在那首《自京赴奉先县咏怀五百字》的不朽杰作里，叙述到经过骊山脚下，在“蚩尤塞寒空，蹴踏崖谷滑。瑶池气郁律，羽林相摩戛”这一幅骊宫冬晓的图景触动下，立刻引起了自己的联想：封建统治集团是在过着怎样纵情声色的生活，广大人民是在挨着怎样艰苦悲惨的日子。他在描述了“君臣留欢娱，乐动殷胶葛。赐浴皆长缨，与宴非短褐”之后，接着进一步联想到“彤庭所分帛”的来源是：“本自寒女出。鞭挞其夫家，聚敛贡城阙。”一丝一缕都出于劳动妇女之手的绫罗绸锦，都被统治者用残酷的手段抢夺到京城里来，供皇帝的享受，供百官的浪费，作者心头是何等的沉痛与愤怒。接着又进一步联想到贵戚豪门的糜烂生活是：“况闻内金盘，尽在卫霍室。中堂舞神仙，烟雾散玉质。暖客貂鼠裘，悲管逐清瑟。劝客驼蹄羹，霜橙压金橘。”诗人想到这里，不禁要联想到长安街头的饿殍了。“朱门酒肉臭，路有冻死骨”，传诵千古的名句，烈焰般地从诗人的胸口喷发了出来。死亡线上的广大人民，行乐图中的统治集团，隔着的只是一道朱门的墙，却出现了两个不同的天地，两种不同的人生。而“朱门酒肉臭”的生活，恰恰是建筑在对广大人民财富的剥夺以致造成“路有冻死骨”的惨痛现实之上的。诗人这样的联想，决不是一种偶然，而是清楚地看到这两者之间的内在联系。这是一种了不起的诗歌艺术。通过这一联想，诗人有力地揭露了封建统治者深重的罪恶，表现了对这一群豺狼的无比憎恨和对苦难人民的无限同情。不仅如此，在这诗的末段里，诗人叙述了到家时幼子因饥饿而死亡、秋收不能解除贫困威胁两件事后，接着又跨进了联想的境界。他把自己的悲惨命运和广大人民的悲惨命运联系起来，和国家的命运联系起来。他的感情并不停留于小我的圈子里，他想到自己总还是个“生常免租税，名不隶征伐”的官吏，苦虽苦，还不算顶苦。在骚动不安的社会里，一般平民的苦，不知要超过自己多少倍。“默思失业徒，因念远戍卒”，他们怎样生活下去呢？最后，诗人自然是“忧端齐终南，澒洞不可掇”，忧从中来，不可断绝，漫过了终南山，与大海一样混茫了。这样一种使“人们能在诗人的忧郁中认识自己的忧郁，在他的灵魂中认识自己的灵魂”（别林斯基语，转引自季摩菲耶夫《文学发展过程》）的深厚感情，正是借助于联想的威力，在诗作中放射了耀眼的光辉。

联想是作者感情的产物。它还常常以比喻的形式出现于诗行中。南宋杰出的爱国诗人陆游有首《弋阳道中遇大雪》，这样写道："我行江郊暮犹进，大雪塞空迷远近。壮哉组练从天来，人间有此堂堂阵。"谁也不会怀疑，这是比喻，以组练（军队里的组甲和被练，白色，古代士卒的甲服）来比喻纷纷扬扬的一场大雪。但如果诗人没有"思为君王扫河洛"的壮志，又怎么会从雪联想到组练呢？也正因为由此联系而产生的比喻，为此诗创了一个新的意境，为"雪"这一自然的景物披上壮烈的色彩，而诗人时刻不忘国事的思想也于诗作中毕露无遗。

夜来风吹窗纸之声，可以说是极为平常，似乎无诗可写。但在陆游的笔下却写出了这样的诗句："夜听簌簌窗纸鸣，恰似铁马相磨声。"这与组练的诗句出现于同一首中，也是比喻，也是诗人身在南方而心在沙场的爱国情怀的产物。没有这种情怀，也不会产生这种联想，更谈不上会用战场上铁蹄的奔驰来比喻窗纸鸣了。

与陆游齐名的范成大，在《病中绝句》写着："病中心境两俱降，犹忆江湖白鸟双。今夜雨声鸣纸瓦，听成飞雪打船窗。"这跟陆游诗同样由于听了窗纸鸣声引起联想，同样运用了拟议的机杼，但一是爱国激情的升华，一是江湖悠闲心情的流露。不同的世界观所决定的不同的诗中境界，差距又是多么的辽远。

因此，我们不妨这样说，要写好诗，根本的条件还是作者的思想感情。联想的优劣，也决定于作者的思想感情。

（选自《梦茗庵论集》）

关于古代诗词的艺术赏鉴问题

具有我们民族特色的古代诗词经历周、汉以来的长期发展过程，其中名篇佳制，流传至今，尚能感动无数读者，这不是偶然的事。重要原因在于，作者能够使自己的思想感情，通过艺术形象，准确而鲜明地表达出来，使读者受到很深的艺术感染。这种表达是非要有高超的艺术技巧不可的。古代作家的艺术技巧很值得我们借鉴；然而要借鉴得好，首先要有很好的赏鉴。本文即就赏鉴问题，略谈一点浅见。

赏鉴诗歌，由来已久。吴季札观乐，即结合赏诗。季札每观一国之乐，往往发出赞美、感叹，若“美哉，泱泱乎大风也哉”之类，其中亦含有对诗的艺术赏鉴。孔、孟是强调诗歌的教育作用的，如认为诗可以“兴、观、群、怨”，可以“知人论世”等，也与赏鉴有关。魏晋以来，人们赏鉴诗歌往往别有神会。如《世说新语·文学》载：“郭景纯诗云：‘林无静树，川无停流。’阮孚云：‘泓峥萧瑟，实不可言。每读此文，辄觉神超形越。’”梁代钟嵘《诗品》、刘勰《文心雕龙》便从文论的角度，探讨诗歌赏鉴问题。后世诗话、词话等，在这方面的研究，更为沉沉夥颐。

怎样赏鉴？首先，赏鉴诗词必须使读者自己的心与作者的心融而为一，做到“心有灵犀一点通”，方能深刻领悟作品精神，即《文心雕龙·知音》所谓“披文以入情”，通过文字上的揣摩研究深入作品中去，与作品中所表现的思想感情产生“共鸣”。甚至可以进一步加入赏鉴者自己的主观心情去领会，仁者见仁，智者见智，作者未必有此意，而读者却未尝不可有此心。

其次，赏鉴诗词必须从作品的声、色两个方面入手。姚鼐所说的“神、理、气、味、格、律、声、色”八字，其中即包括声、色，虽谈的是古文，也可通于诗词。这里，就“声”“色”二方面来谈。

先谈“声”。声，指声调、音节而言，亦即诗歌的音乐美问题。

古代诗乐不分。《尚书·尧典》云：“诗言志，歌永言，声依永，律和声。”这四句是完整统一的。说明声调音律与“诗言志”是不可分割的。

后世诗乐分开，但也不是截然分家，而是以朗诵代替配乐。

朗诵诗歌，也是古已有之，如《庄子·让王》篇记载曾子歌《商颂》“声满天地，若出金石”，想来是很高亢铿锵的了。其时曾子正贫困，当然也不可能有乐人伴奏，他纯用朗诵欣赏。

《语林》载王敦诵曹操诗：“老骥伏枥，志在千里，烈士暮年，壮心不已”，为之“击节”叹赏，竟然为了打拍子，而击碎了珊瑚唾壶，可见是十二分赞赏了。

沈约发现“四声”，对后代诗歌音律方面实有不可磨灭之贡献。近体诗词读来更比古诗美听。所以方东树《昭昧詹言》说:“音响最要紧，调高则响。大约即在所用之字平仄阴阳上讲，须深明双声叠韵喜忌，以求沈约四声之说。同一仄声，而用入声，用上、去声，音响全别。”

六朝人很讲究声、色问题。梁元帝《金楼子·立言》篇云:“文者惟须绮縠纷披，宫徵靡曼，唇吻遒会，情灵摇荡。”

至清姚鼐更强调文章之精妙，不出“字句声色之间”，舍此以外，无他法可以寻求。姚范更认为文章之“神气”靠音节表现，音节高则神气高，音节低则神气亦低，“音节是神气之迹象”，“字句是音节之规矩”。姚鼐又说作诗作文“必须从声音证入，不知声音，终身是门外汉”。

何谓“声音”，诗歌中的“声音”，体现在音节方面，简单地说：有大小、有长短、有疾徐、有高下、有刚柔、有断续、有抑扬、有顿挫。抑扬、顿挫，尤其是音节的关键所在。作品的神情往往在抑扬特别是顿挫中传出。

何处该用顿挫，视作品中感情的波澜起伏而定。仍是一个内容决定形式的问题。

试从具体篇章，谈诗的顿挫问题。以吴梅村诗《听女道士卞玉京弹琴歌》为例:

自“玉京与我南中遇”至“对门却是中山住”四句都是叙事，朗诵时应用和婉声调。

自“中山有女娇无双”换韵，音节转为昂扬，接下“归来女伴洗红妆”写玉京看到“中山好女”的富贵繁华，对比自己的风尘沦落，忽生感慨之心，诗的句法随着起变化，一连三句用韵，至“如此才得当侯王”，末三字如果读成“当——侯——王”，如此顿挫，便得其神情。

“万事仓皇在南渡”又韵转，“诏书忽下选蛾眉”至“高门愁被旁人妒”写中山好女入选时的情况，仍是和婉叙事。

“尽道当前黄屋尊”忽又一扬，接着“谁知转盼红颜误”，便又一顿，接下“南内方看起桂宫，北兵早报临瓜步”又一扬一抑，作一大顿挫。朗诵至此，读者的心中自然发生对南明小朝廷醉生梦死的痛恨。

“闻道君王走玉骢”换韵以下，音节转入平婉。

“当时错怨韩擒虎”二句以反衬作顿挫，感慨甚深，张丽华与中山好女相比，显得中山好女之命运更为悲惨。

“但教一日见天子，玉儿甘为东昏死”至“青冢凄凉竟如此”换韵，又一大顿挫。以玉儿之得幸对比中山好女之未入宫而死更为凄凉。

“我向花间拂素琴”换韵，又转为柔和之音，紧扣弹琴，为全首诗的中坚。

“昨夜城头吹筚篥”句换韵，转入弹琴者本人的身世，音调化为高昂。其紧急、仓皇的情感，即在朗诵中传出。

“私更装束出江边”至“携来绿绮诉婵娟”又转为低抑、柔和。

“此地繇来盛歌舞”句以下以今昔的繁华和荒凉对比，声情极顿挫、跌宕之致。“月明弦索更无声，山塘寂寞遭兵苦”，读之如闻呜咽之声。

“十年同伴两三人”以下以豪家贵族衬托歌妓同伴：“贵戚深闺陌上尘，吾辈漂零何足数！”一大顿挫；感情既极抑郁，声调亦有停顿。朗读下三字“何足数”，需表现为沉着有力。

吴梅村此诗，就一个角落、一个侧面反映满洲贵族军事集团南侵时社会动荡、人民流离之苦，也是相当深刻的。

我们所熟悉的杜甫的诗，更以“沉郁顿挫”闻名，他自云：“新诗改罢自长吟”，很注意声调音律的美，像他的《观公孙大娘弟子舞剑器行》即可谓极尽开合顿挫之能事。

严羽《沧浪诗话》中讲作诗之法，其五曰“音节”，又说：“近代诸公乃作奇特解会，遂以文字为诗，以才学为诗，以议论为诗。夫岂不工？终非古人之诗也。盖于一唱三叹之音，有所歉焉。”

诗歌要能声情并茂，能“一唱三叹”，有音乐美。

赏鉴古人名篇佳制，决不可一看而过，光看不可能看出诗中精神。应该反复朗诵，才能体会出它的传神之处。严羽《沧浪诗话》又说：“孟浩然之诗，讽咏之久，有金石宫商之声。”可见，是要“讽咏之久”才行。

一句中顿挫往往从虚字中表现。因虚字动荡，能开合呼应，悠扬委曲。如“吾辈漂零何足数”之“何足”二字即是。但不用虚字，也可以顿挫传神，像“山塘寂寞遭兵苦”，并无虚字，亦有顿挫。

诗歌创作要使声调与感情高度结合，音节如从肺腑中出，龚自珍所以说：“高吟肺腑走风雷。”

“声”之外，还有一个“色”的问题。诗文要有文彩、需藻饰，所谓：“义归乎翰藻”，所谓“绮縠纷披”。陆机《文赋》、刘勰《文心雕龙·物色》中均有专论。我们这里讲的“色”，指古代诗词中讲究的设色之法。赏鉴诗词艺术，色彩之美，不可忽略。

通过设色，增加形象描绘之美，给读者以鲜明的、深刻难忘的印象，达到其艺术效果。

诗究竟不是画，其色彩之美不能由直观感受，须通过揣摩体会和想象，方能明之。

最早的如《诗经》《楚辞》中即有，如：

“桃之夭夭，灼灼其华”，以“灼灼”喻桃花明艳之色。

“秋兰兮青青，绿叶兮紫茎”用青、绿、紫三色作点染。

后代诗歌于设色更有进一步的讲究。简言之：

一曰，浓丽之色。

李贺诗：“黑云压城城欲摧，甲光向月金鳞开。角声满天秋色里，塞上燕脂凝夜紫。”浓丽中显出阴郁、凝重。

“老兔寒蟾泣天色，云楼半开壁斜白。玉轮轧露湿团光，鸾珮相逢桂香陌。”其浓，有如油画一般，甚至有点“浓得化不开”。色彩亦光怪陆离，缤纷斑驳。

杜甫诗中“风含翠篠娟娟静，雨浥红蕖冉冉香”，其色彩可谓清丽明艳之至。

李白诗“日照香炉生紫烟”，红日照青峰，又被烟云缭绕呈现紫色，何等浓丽。

李商隐诗：“蜡照半笼金翡翠，麝熏微度绣芙蓉。”

韩偓诗：“碧栏干外绣帘垂，猩色屏风画折枝。”

苏轼诗：“海山仙人绛罗襦，红纱中单白玉肤。”

诸如此类，均属浓丽之色。

词中周邦彦、吴文英词，色彩特别浓丽。吴文英《八声甘州》：“箭径酸风射眼，腻水染花腥，时靸双鸳响，廊叶秋声。”何等浓丽耀眼。“七宝楼台”之喻，能说明它的特点。

二曰，淡素之色。

这种淡素之色，在陶渊明诗、王维一派山水诗中常见。如“采菊东篱下，悠然见南山”，“行到水穷处，坐看云起时”，“松际露微月，清光时为君”之类，皆似无色，而实有色。其色淡素，其境界恰如韩愈诗所说：“草色遥看近却无。”

三曰，参酌于浓、淡之间的色。有的是淡色中显现浓丽之景，像韩愈的《山石》诗，几乎全用淡素遒劲的笔墨勾勒，忽有“山红涧碧纷烂漫，时见松枥皆十围”着色句作点染，真可谓：“动人春色不须多。”

杜甫诗“花浓春寺静”五个字中，色彩可谓浓中有淡，淡中有浓。浓丽之春花却反衬出空山无人寺院的岑寂，这正是艺术的辩证之理。

色彩介乎浓丽、淡素之间的，又可以姜白石诗词为例，如：“梅花竹里无人见，一夜吹香过石桥。”又如：“长记曾携手处，千树压，西湖寒碧。”写美人只写背景之美，色彩极柔和、绚丽而又淡雅，用一“碧”字，点染佳绝。背景有如此之美，则美人之美亦自然烘托而出。写景写人物如此，真千古名句。在白石以前，如周邦彦词：“相将见翠丸荐酒，人正在空江烟浪里。但梦想，一枝潇洒，黄昏斜照水。”李易安词：“试问卷帘人，却道海棠依旧。知否？知否？应是绿肥红瘦。”其设色也是在淡素、浓丽之间。

景物描绘，固宜设色，抒情之作，亦要有色彩之美。李商隐《锦瑟》诗，一说是“悼亡”之作，即以浓丽之色写悲伤哀怨之情。元稹《悼亡》诗“唯将终夜长开眼，报答平生未展眉”，用的却是淡素之色。苏轼词《江城子》记梦之作，同样能以淡素之色写悼亡之情，十分真挚感人。

纳兰性德《蝶恋花》词："辛苦最怜天上月，一昔如环，昔昔都成玦。若似月轮终皎洁，不辞冰雪为卿热。无那尘缘容易绝，燕子依然，软踏帘钩说。唱罢秋坟愁未歇，春丛认取双栖蝶。"也是悼亡之作。用淡素与浓丽之间的色彩，表现了缠绵哀婉的深情。

苏轼《水调歌头》词："我欲乘风归去，又恐琼楼玉宇，高处不胜寒。"全首俱用淡素之色写情；而文廷式《水龙吟》词下半阕云："我是长安倦客，二十年软红尘里，无言独对，青灯一点，神游天际。海水浮空，空中楼阁，万重苍翠。待骖鸾归去层霄，回首又，西风起。"与苏词意境相同，而色彩则较为浓丽。

色彩的运用，总的来说，亦视诗词中思想感情而定。只要表达的感情自然真挚，则用淡素之色固佳，用浓丽之色亦佳。只要是真正的美人，是"淡妆浓抹总相宜"的。

以上谈的是古代诗词的艺术赏鉴问题，偏重于谈形式方面。为了使形式更好地服务于内容，形式美不可不讲究。袁枚《随园诗话》中有一段话说："阮亭之色，亦并非天仙化人，使人心惊者也。不过一良家女五官端正，吐属清雅，又能加宫中之膏沐，熏海外之名香，倾动一时，原不为过。"论王渔洋的诗，颇有些道理。七分人才，有十分打扮则更好。好的思想感情也要用美的文辞去修饰，则更能充分表达。讲究诗词的声、色问题，也是为了更好地塑造艺术形象。作者既是这样用意，读者便应从这方面进行赏鉴，那么，就不难从古代诗词的艺术技巧方面吸取有用的东西。

（选自《梦苕庵论集》）

古代山水诗和它的艺术论

山水诗，是我国古代诗歌中一笔为数可观的遗产。随着山水诗的出现，长期以来，又有各种有关山水诗的艺术理论散见于各类文章和诗话等著作中，值得探索，扬弃其糟粕，吸取它可供今天写新的山水诗借鉴的有益部分。然而多年以来，研究古代文学史或诗歌理论者，对这一蕴藏丰富的宝库，往往注意不够，有的是根本没有接触到，有的是视而不见，有的甚至一概抹杀为封建士大夫趣味的东西。因此，深入的研究，还有所待。本文试图对这一问题简略地提供一些研究途径，意在引起大家对古代山水诗的重视。

揭开我国诗歌史的幕布，大量的可靠的结集，无疑是开始于《诗三百篇》。但它都是言志抒情述事的作品，不涉山水，即使是在抒情诗中用来点缀的写景佳语，如“昔我往矣，杨柳依依。今我来思，雨雪霏霏”（《小雅·采薇》）、“蒹葭苍苍，白露为霜。所谓伊人，在水一方”（《秦风·蒹葭》）之类，也是少而又少。所以有关《诗三百篇》的诗论自《论语》《孟子》到《诗大序》等，对山水诗问题自然不着一字。屈原的作品，也是抒情诗，却开始有了以山水为背景描写的篇章，在《九章》《九歌》中大量出现。“帝子降兮北渚，目眇眇兮愁予。袅袅兮秋风，洞庭波兮木叶下。”（《九歌·湘夫人》）“余处幽篁兮终不见天，路险难兮独后来。表独立兮山之上，云容容兮而在下。杳冥冥兮羌昼晦，东风飘兮神灵雨。”（《九歌·山鬼》）“深林杳以冥冥兮，乃猨狖之所居。山峻高以蔽日兮，下幽晦以多雨。霰雪纷其无垠兮，云霏霏而承宇。”（《九章·涉江》）“上高岩之峭岸兮，处雌蜺之标颠。据青冥而摅虹兮，遂倏忽而扪天。吸湛露之浮凉兮，漱凝霜之雰雰。依风穴以自息兮，忽倾寤以婵媛。冯昆仑以瞰雾兮，隐岷山以清江。惮涌湍之礚礚兮，听波声之汹汹。”“观炎气之相仍兮，窥烟液之所积。悲霜雪之俱下兮，听潮水之相击。”（《九章·悲回风》）使人们读了，仿佛身入于神缥缈之境。淮南小山《招隐士》继承了这一传统。在这种情景交融的楚骚作品的基础上，刘勰《文心雕龙》因而总结出如下的理论：“山川无极，情理实劳。”（《辨骚》）指出了它对后人的影响：“吟讽者衔其山川”，“论山水，则循声得貌。”（同上）并进一步指出写诗者“神思方运，万涂竞萌，规矩虚位，刻镂无形。登山则情满于山，观海则意溢于海。我才之多少，将与风云而并驱矣”。（《神思》）“若乃山林皋壤，实文思之奥府，略语则阙，详说则繁。然屈平所以能洞监风骚之情者，抑亦江山之助乎？”“山沓水匝，树杂云合。目既往还，心亦吐纳。”（俱引自《物色》）这里，阐明了山水与诗作的关系问题，景与情的关系问题。但屈词本身毕竟仍是抒情诗而不是山水诗。汉代，五言古诗与乐府兴起，也未发现山水诗。惟一的是汉末曹操《步出夏门行·观沧海》诗，是第一次出现在诗歌史上以赞美祖国壮丽海山为主题的作品，沈德潜以为“有吞吐宇宙气象”。(《古诗源》) 它开创了后代山水诗雄奇风格的一派。

晋初，左思第一个在诗中表述了他对山水的审美观点：“何必丝与竹，山水有清音。”(《招隐》) 基于对山水的美的认识，东晋时期，王彪之、孙绰、王玄之、王徽之、孙总、庾阐、李颙、袁宏、陶潜、谢混、宗炳、湛方生、慧远、庐山诸道人、帛道猷诸人写作了少量山水诗，但这些山水诗，往往和玄言或佛理相结合。到晋末宋初，谢灵运的出现，我国诗歌史上才有第一位杰出的山水诗人。刘勰《文心雕龙·明诗》说：“宋初文咏，体有因革，庄老告退，而山水方滋。俪采百字之偶，争价一句之奇。情必极貌以写物，辞必穷力而追新。此近世之所竞也。”指出了谢氏山水诗“俪采”“追新”的特色。但它也并不和玄、佛绝缘。谢氏本人精通佛学，和当时著名的和尚慧远、慧严、慧观等有来往，曾经整理过《大般涅槃经》，世称南本，又尝注《金刚般若经》，著《辩宗论》阐扬当时道生的顿悟说。谢家从谢安、谢玄以来，以玄学世家著称。谢灵运山水诗，就是那种贵族的生活环境和佛老的思想意识方面的产物。它用华美富丽的色彩，来精致摹绘东南山水，“吐言天拔”(梁简文帝《与湘东王书》)，“如初发芙蓉，自然可爱”(《南史·颜延之传》引鲍照语)，改变了庾阐诸人作品的枯燥无味，而以美丽动人的面貌出现，勾勒出不少幅骀宕迷人的图画。例如这样的诗句：“时竟夕澄霁，云归日西驰。密林含余清，远峰隐半规。”(《游南亭》)“扬帆采石华，挂席拾海月。溟涨无端倪，虚舟有超越。”（《游赤石进帆海》）“昏旦变气候，山水含清晖。清晖能娱人，游子憺忘归。”（《石壁精舍还湖中作》）“猿鸣诚知曙，谷幽光未显。岩下云方合，花上露犹泫。”（《从斤竹涧越岭溪行》）“连嶂叠巘崿，青翠杳深沉。晓霜枫叶丹，夕曛岚气阴。”（《晚出西射堂》）这些设色妍丽像金碧楼台一样的诗句，的确称得上“兴会飙举”（《宋书·谢灵运传》），“富艳难踪”（钟嵘《诗品》）。与谢灵运同时的鲍照，也写过一些山水诗，名句如：“青冥摇烟树，穹跨负天石。”（《从登香炉峰》）“凉埃晦平皋，飞潮隐修樾。孤光独徘徊，空烟视升灭。涂随前峰远，意逐后云结。”（《发后渚》）“参差玉绳高，掩蔼瑶井没。广岸屯宿阴，悬崖栖归月。”（《岐阳守风》）“松色随野深，月露依草白。”（《过铜山掘黄精》）可以说是达到洗炼精警的程度。继谢、鲍而起的，是南齐的谢朓，名句如：“窗中列远岫，庭际俯乔林。日出众鸟散，山暝孤猿吟。”（《郡内高斋闲望答吕法曹》）“江路西南永，归流东北骛。天际识归舟，云中辨江树。”（《之宣城郡出新林浦向板桥》）“白日丽飞甍，参差皆可见。余霞散成绮，澄江静如练。”（《晚登三山还望京邑》）“寒城一以眺，平楚正苍然。”（《宣城郡内登望》）“朔风吹飞雨，萧条江上来。”（《观朝雨》）“日华川上动，风光草际浮。”（《和徐都曹出新林渚》）形象鲜明，非常突出，影响了唐人的写作。李白不止一次地形诸吟咏，如说“解道澄江静如练，令人长忆谢玄晖”（《金陵城西楼月下吟》），“我吟谢朓诗上语，朔风飒飒吹飞雨”（《酬殷明佐见赠五云裘歌》）等都是。六朝诗人把山水诗推上了诗歌舞台，唐宋以来，诗人们更大大扩大了山水诗的领域。祖国的名山胜水，峨眉、匡庐、天台、黄山、五岳、长江、黄河、太湖、西湖等数不尽的胜景，出现在李、杜、王、孟、韦、柳、韩愈、孟郊、白居易、苏轼、陆游、元好问以及明、清、近代各大家、名家集子里，争奇斗妍，各显神通，各成面目，历千载而光景常新。这还不值得我们今天的借鉴吗？

产生山水诗的前提，当然是生活。没有山水的实践，不可能写出不同风貌的山水诗。李、杜、韩、柳、苏、陆，无一不是“身行万里半天下”的人。这一点，陆游在《题庐陵萧彦毓秀才诗卷后》诗中曾指出：“法不孤生自古同，痴人乃欲镂虚空。君诗好处吾能识，正在山程水驿中。”元好问《论诗三十首》中也说：“眼处心生句自神，暗中摸索总非真。画图临出秦川景，亲到长安有几人？”只有亲到秦川，才能眼处心生，实参实悟。闭户冥索，唐临晋帖般去雕镂虚空，当然难以写出好的山水诗。但只有山水游历的生活，也未必便能写出好的山水诗来。这里还有一个艺术上的问题。托名王昌龄的《诗格》中说：“诗有三境。一曰物境。欲为山水诗，则张泉石云峰之境，极丽绝秀者，神之于心，处身于境，视境于心，莹然掌中，然后用思，了然境象，故得形似。”这里谈的是由观察到构思的过程。皎然《评论》中说：“或曰：诗不要苦思，苦思则丧于天真。此甚不然。固当绎虑于险中，采奇于象外，状飞动之趣，写真奥之思。”则进一步指出苦思锻炼的必要，并指出要传出象外之奇，方能超越形似而得神似。两家理论，基本上概括了写山水诗的诀窍。

古代山水诗的艺术风格，总的可以划分为雄奇和清远两大派。语言艺术，则有设色妍丽和白描淡素之分，刻意雕琢和自然天成之分。清远风格的山水诗，语言又往往以白描自然的为多；雄奇风格的山水诗，语言往往以藻丽雕刻的为多。然而也并非绝对，不可生硬划分，如谢灵运风格清远而语言妍丽，阮大铖风格清远而语言雕琢都是。

王、孟、韦、柳，向来被认为山水诗人的代表，代表的是清微淡远一派。追溯渊源，诗论家总把他们与陶渊明相联系。其实陶渊明的山水诗远不如他的田园诗的数量，王、孟诸家也是兼宗谢灵运的。特别是柳宗元，元好问《论诗三十首》自注就说："柳子厚，唐之谢灵运。"曾习经《读柳河东集》自注："柳州五古，固酷摹大谢。"这派诗人，唐代除王、孟四家外，裴迪、常建、刘昚虚诸人都是。影响到后代，宋代的"九僧""四灵"，明末的竟陵派、阮大铖，清代的厉鹗，近代俞明震、何振岱诸家的西湖诗都是。陈衍《石遗室诗话》卷三论清道光以来两个诗派，说"一派为清苍幽峭，自《古诗十九首》、苏、李、陶、谢、王、孟、韦、柳，以下逮贾岛、姚合，宋之陈师道、陈与义、陈傅良、赵师秀、徐照、徐玑、翁卷、严羽，元之范梈、揭傒斯，明之钟惺、谭元春之伦，洗炼而熔铸之，体会渊微，出以精思健笔，蕲水陈太初（沆）《简学斋诗存》四卷、《白石山馆手稿》一卷，字皆人人能识之字，句皆人人能造之句，及积字成句，积句成韵，积韵成章，遂无前人已言之意，已写之景，又皆后人欲言之意，欲写之景。当时嗣响，颇乏其人"。陈衍在这里所说，并不限于山水诗，但山水诗清远一派基本上就是属于此派。这派山水诗占主要的一种，便是王士禛所标举的"隽永超诣"的神韵派诗。王氏总结这派的写作理论，说：

香炉峰在东林寺东南，下即白乐天草堂故址，峰不甚高。而江文通《从冠军建平王登香炉峰诗》云："日落长沙渚，层阴万里生。"长沙去庐山二千余里，香炉何缘见之？孟浩然《下赣石诗》："暝帆何处泊？遥指落星湾。"落星在南康府，去赣亦千余里，顺流乘风，即非一日可达。古人诗只取兴会超妙，不似后人章句，但作记里鼓也。(《渔洋诗话》)

唐人五言绝句往往入禅，有得意忘言之妙，与净名默然，达摩得髓，同一关捩。观王、裴《辋川集》及祖咏《终南残雪》诗，虽钝根初机，亦能顿悟。(《香祖笔记》)

严沧浪以禅喻诗，余深契其说，而五言尤为近之。如王、裴辋川绝句，字字入禅。他如"雨中山果落，灯下草虫鸣"，"明月松间照，清泉石上流"，以及太白"却下水精帘，玲珑望秋月"，常建"松际露微月，清光犹为君"，浩然"樵子暗相失，草虫寒不闻"。刘昚虚"时有落花至，远随流水香"。妙谛微言，与世尊拈花，迦叶微笑，等无差别。通其解者，可语上乘。(《蚕尾续文》)

对这类山水诗的赏鉴，可以上溯到晋代。《世说新语·文学》说："郭景纯诗云：'林无静树，川无停流。'阮孚云：'泓峥萧瑟，实不可言。每读此文，辄觉神超形越。'"符合这种诗篇艺术特色的，王、孟诸家都是。然清远而以白描取胜的山水诗，也并不限于静远闲适、超然物外的一种。如韩愈《山石》七古一诗，白居易《游悟真寺诗一百三十韵》五古一篇，则是以白描取胜的散文游记；白居易《钱塘湖春行》《西湖晚归回望孤山寺赠诸客》，则是用七律体描写西湖清远湖山的名作。语言都是“秋水出芙蓉，天然去雕饰”，而风格却不是王、孟、韦、柳超然世外的一路。后代的山水诗属于这一类型的并不少，宋人苏轼、黄庭坚、陈与义、范成大、陆游、姜夔等都是。清人郑珍《云门磴》云：“眉水若处女，春风吹绿裙。迎门却引去，碧入千花村。”这种文章天成、妙手偶得的好语，代表了王、孟以外的清远派。同属王、孟派，阮大铖《咏怀堂诗》，便以雕镂肝肾为能事，合王、孟、孟郊、谢翱为一手，又另开了门户。宋人杨万里、清人江湜又有用七绝形式、白描笔触描绘旅途中山川风光的，有的是大量的组诗，那又是一种独创。总的说，这类诗又和设色妍丽的谢灵运诗不同，正如何焯《义门读书记》评《山石》诗所说：“……变谢家模范之迹，如画家之有荆、关也。”

与清远的山水诗派不同，另一派是雄奇派。描述的是祖国壮丽的山水，奇情壮采，神气飞扬，能激扬人们的风发意气。如李白的《庐山谣寄卢侍御虚舟》《梦游天姥吟留别》，杜甫的《望岳》、自秦州往成都所作以及在夔州一带描绘三峡风光之作，韩愈的《南山诗》，孟郊的《游终南》《峡哀》，苏轼的《庐山二胜》《白水山佛迹岩》《行琼儋间肩舆坐睡……》《游金山寺》，陆游《风雨中望峡口诸山奇甚，戏作短歌》，杨万里《池口移舟入江，再泊十里头潘家湾，阻风不止》，元好问《涌金亭示同游诸君》，钱谦益游黄山诸诗，吴伟业《廿五日偕穆苑先、孙浣心、叶予闻、允文游石公山盘龙、石梁、寂光、归云诸胜》，屈大均《莲花峰篇赠黄山闵宾连》《登罗浮绝顶奉同蒋、王二大夫作》，黎简漓江诸诗，姚燮普陀山诸诗，郑珍《正月陪黎雪楼舅游碧霄洞作》，高心夔庐山诗，刘光第游峨眉诸诗，陈三立庐山诸诗，许承尧游黄山诸诗，俞明震甘肃山水诸诗，金天羽大量游黄山、庐山、天台、普陀、泰山、滇、蜀诸山水纪游之作，都属于这一风格。王闿运《八代诗选》上说："一丘一壑，则有画工写景之法。五岳溟渎，非神力举之不足以称。"因此，这类山水诗，往往大气盘旋，吞吐天地，语言力求惊人，缒幽凿险，有的还运用汉代大赋的奇字僻词以入诗。徐震《南山诗评释》说："以韵语刻画山水，原于屈宋。汉人作赋，铺张雕绘，益臻繁缛。谢灵运乃变之以五言短篇，务为清新精丽，遂能独辟蹊径，擅美千秋。昌黎《南山》，取杜陵五言大篇之体，摄汉赋铺张雕绘之工，又变谢氏轨躅，亦能别开境界，前无古人。顾嗣立谓之光怪陆离，方世举称其雄奇纵恣，合斯二语，庶几得之。"徐氏所论，虽指《南山》，也基本上概括了上举的不少大篇的艺术特色。所以陈衍评郑珍《游碧霄洞作》一诗，也说是"效昌黎《南山》而变化之"。（《石遗室诗话》卷四）至于上举黎简、姚燮、高心夔、刘光第、许承尧、俞明震诸家之作，则主要是五言短篇。它们的精心雕琢，刻画奇险雄伟的山水，又另出手眼，可以说是合杜、韩、孟郊诸家为一手。陈衍《石遗室诗话》卷三论清道光以来诗派中说："其一派生涩奥衍，自《急就章》《鼓吹词》《铙歌十八曲》，以下逮韩愈、孟郊、樊宗师、卢仝、李贺、黄庭坚、薛季宣、谢翱、杨维桢、倪元璐、黄道周之伦，皆所取法。语必惊人，字忌习见。郑子尹珍之《巢经巢诗钞》为其弁冕，莫子偲（友芝）足羽翼之。近日沈乙庵（曾植）、陈散原（三立），实其流派。"谈的不仅是山水诗，而这派山水诗的艺术特色和部分作家也包括在内。当然，雄奇的山水诗，不一定都需要雕琢奇词，如李白的作品就是。也不一定都是长篇巨制，也可以用五、七言绝句的形式来写，如王之涣《登鹳雀楼》，李白《陪侍郎叔游洞庭醉后》第三首，陆游《过灵石三峰》之类，都能纳须弥于芥子，具有负山岳而趋的力量。至于杜甫集中大量的五、七律写雄奇山水之作，更是为人们所熟知，如“吴楚东南坼，乾坤日夜浮”（《登岳阳楼》）、“声拔洞庭湖”（《北风》）、“不尽长江滚滚来”（《登高》）、“三峡星河影动摇”（《阁夜》）之类名句，长远以来，激起了我们对祖国壮丽河山的自豪感。

山水，可以用画笔来描绘，也可以用诗笔来描绘。《东坡题跋·书摩诘蓝关烟雨图》云：“味摩诘之诗，诗中有画；观摩诘之画，画中有诗。”张舜民《画墁集》云：“诗是无形画，画是有形诗。”诗情画意，其理相通。陈衍《石遗室诗话》卷十四云：“孟浩然‘挂席几千里，名山都未逢。泊舟浔阳郭，始见香炉峰’四语，王摩诘至写以为图。”因此，古代画论，也影响了诗论。如“神韵”一语，就早见于南齐谢赫《古画品录》之《第二品》和唐张彦远《历代名画记》卷一《论画六法》中。明末董其昌论山水画分南北宗，影响了清初王士禛的诗论。山水诗中的清远、雄奇二派，正可以南北宗来解释。王士禛《池北偶谈》说：“世谓王右丞画雪中芭蕉，其诗亦然。如‘九江枫树几回青，一片扬州五湖白’。下连用兰陵镇、富春郭、石头城诸地名，皆寥远不相属。大抵古人诗画，只取兴会神到，若刻舟缘木求之，失其指矣。”王维是南宗画的宗祖，王士禛论其画而又论其诗，这一理论，正是王士禛所主张的“唐贤三昧”，是以南宗画论诗的确证，也是南宗山水画画理的概括。但王士禛的诗论，并不局限于南宗一隅，他的朋友宋荦《论画绝句》说：“华原（范宽）雪景特雄奇，笔底全将造化窥。韩碑杜句取相况，解道文人即画师。”这是谈北宗画的雄奇特点与诗相通之理。王士禛《跋论画绝句》附和宋说，大谈北宗，说：“近世画家专尚南宗而置华原、营丘（李成）、洪谷（荆浩）、河阳（郭熙）诸大家，是特乐其秀润，惮其雄奇，予未敢以为定论。不思史中迁、固，文中韩、柳，诗中甫、愈，近日之空同（李梦阳）、大复（何景明），不皆北宗乎？牧仲中丞论画，最推北宗数大家，真得祭川先河之义，足破聋瞽，予深服之。”（《蚕尾集》卷十）明确指出杜甫、韩愈是北宗，肯定北宗的地位，纠正了自己过去专重王、孟古澹清音一宗的偏见，实际也是对雄奇、清远两派山水诗艺术风格的总结。

诗画一理，画家南宗崇尚高逸简远，象外有神。王楙《野客丛书》论“太史公如郭忠恕画，天外数峰，略有笔墨，意在笔墨之外”，所以南宗画列逸品于神品、妙品、能品之上。（见唐朱景玄《唐朝名画录序》）而诗家南宗论者强调“不著一字，尽得风流”，举李白“牛渚西江夜”、孟浩然“挂席几千里”两诗为例，以为“诗至此，色相俱空，政如羚羊挂角，无迹可求，画家所谓逸品是也”（见王士禛《分甘馀话》）。北宗画重视魄力雄厚，雕镂功深，所谓“南宗平远穷纤秾，北宗莽苍堆高空”（鲁一同《题徐子容溪山垂钓长卷》），“元气淋漓障犹湿，真宰上诉天应泣”（杜甫《奉先刘少府新画山水障歌》），说明了它的特色。所以王士禛把杜甫、韩愈、李梦阳、何景明列于北宗诗派。画论、诗论的南北宗之说，又都是来源于禅宗。禅宗自六祖以后有南北宗之分，慧能为首的南宗重顿悟，因此画家南宗重逸品，诗家南宗重妙悟，重神韵，论《二十四诗品》以为“神澹”“自然”“清奇”“三者品之最上”（见王士禛《高津草堂诗集序》）。禅宗以神秀为首的北宗重渐修，画家北宗所以重视气魄雄厚，雕镂功深，诗家北宗也重视雄浑、豪放风格，以“积健为雄”“真力弥满”（《二十四诗品》）为尚。禅宗的哲学观点和画论家、诗论家的美学观点一脉相通。所以主张画分南北宗的董其昌，以“画禅”名其室。主张“论诗如论禅”的严羽，高谈“向上一路”“直截根源”，“顿门”“禅道惟在妙悟，诗道亦在妙悟”（俱见《沧浪诗话·诗辨》）。主张神韵的王士禛也说：“舍筏登岸，禅家以为悟境，诗家以为化境，诗禅一致，等无差别。”（《香祖笔记》卷一）这些理论，基本上可以概括山水诗艺术论的全面。恩格斯在《致约·布洛赫》信中说到上层建筑的“一切因素间的交互作用”（《马克思恩格斯选集》第4卷477页），又在《致符·博尔吉乌斯》信中说到“政治、法律、哲学、宗教、文学、艺术的发展”时，指出“它们又都互相影响”（同上506页）。禅学和画论、诗论的血脉贯通，正可以用这一马克思主义的原理来说明。

（原载《文艺理论研究》1981年第2期）

唐宋词谭

渔父　　张志和

西塞山前白鹭飞，桃花流水鳜鱼肥。青箬笠，绿蓑衣，斜风细雨不须归。

扁舟从吴兴碧浪湖朝西南方向摇去，约莫二十多里的水程，拖青抹黛的西塞山影迎船扑来。一行行的白鹭在澄翠如玉的河面掠过，划破了水乡的空寂。正当三月桃花水涨的芳菲季节，活跃在渔家心头眼底的，自然是无过于鲜肥可爱的鳜鱼了。绿蓑青笠的渔翁出现在这一幅“欸乃一声山水绿”（柳宗元《渔翁》诗句）的有声画里，他的快乐自在心情几乎不是笔墨所能形容的。“斜风细雨不须归”，是全词中必不可少的一句，正因为浓春的风片雨丝，在曾经与江湖白浪搏斗过来的人看来，并不算一回事。词作所描绘的，不是一般的渔翁形象，而正是以“烟波钓徒”自号，浮家泛宅于苕、霅二溪间作者的自我写照。

渔家生活，有苦的一面，也有乐的一面。试看柳宗元《江雪》诗：“千山鸟飞绝，万径人踪灭。孤舟蓑笠翁，独钓寒江雪。”在酷寒的冰天雪地里孤舟独钓，该不是有闲阶级的闲情逸致，而是一种在生活重压下的哀鸣吧。跟《渔父》对照，它们分写一苦一乐，可以说是各有独到。

作者几笔传神，生动地渲染了这幅绝妙的渔家乐图。在艺术成就上，达到了信手拈来的自然境界。清代词论家刘熙载《艺概》赞扬它为“妙通造化”，似乎说得神秘了些。其实不难理解，这正是指词作的妙造自然而言的。艺术上的自然风格，同时体现了作者自在无拘的词心。另外，这词在平淡之中具有鲜明的色彩，但又绝不同于乐馀，这也是它长远以来所以能陶醉读者心魂的关键。这是早期文人词名篇，《竹坡诗话》说当时“和《渔歌子》者无算”。《西吴记》也说：“志和有《渔父》词，刺史颜真卿与陆鸿渐、徐士衡、李成矩递相唱和。”传入日本，并为嵯峨天皇和贵族们仿作。著名的诗人苏轼在《寒芦港》绝句里，曾经忍不住强取豪夺过一次，写下了“还有江南风物否？桃花流水鮆鱼肥”的诗句。

调笑令　　韦应物

胡马，胡马，远放燕支山下。跑沙跑雪独嘶，东望西望路迷。迷路，迷路，边草无穷日暮。

边塞，是唐诗里颇为突出的一个题材。不少诗人用他们雄浑刚健的诗笔，给大漠风光勾勒了壮阔的画面，为出塞征人抒写了去国的心声。而在唐词的领域里，以此为题材的倒极少。韦应物的《调笑令》算是弥补了这方面的缺憾。

胡马、边雪、沙漠、塞草、落日，这是在唐人边塞诗中可以经常接触到的景象。这首小词，则是用胡马之“独”安放在塞外的“无穷”境界里去写，有力地显示边境的苍凉景色。开头点明胡马远放之地是燕支山（在今甘肃省山丹县东）。提起燕支山，谁也知道是那首著名的胡族歌谣“夺我燕支山，使我妇女无颜色”的产生之地，它标志着是塞外的绝域。从“远放”的“远”逗起四、五两句“跑沙跑雪独嘶，东望西望路迷”，这里点明了“独”字。失群的胡马所以要在胡沙塞天、大雪无边的空间奔跑着狂嘶着，因为是“迷路”了，它在东张西望地寻找它的归宿。可是在苍茫的边草落照里，大漠的大地是如此的广阔，哪里是归路呢？胡马的迷路自然不能不令人联想到出塞征人“日暮途远”的心情了。尽管这样，这一幅用强烈的塞外秋色所点的画轴，给读者的感受却是悲壮而不是低沉。优秀的唐人边塞诗，好处往往在此；这首词，好处也在此。

与王维、孟浩然、储光羲、柳宗元并称的山水田园诗人韦应物，能写出这样雄浑的边塞词，说明杰出的诗人或词人，其艺术风格是不会拘囿于一格的。

菩萨蛮　　无名氏

枕前发尽千般愿，要休且待青山烂。水面上秤砣浮，直待黄河彻底枯。　　白日参辰现，北斗回南面。休即未能休，且待三更见日头。

这是一首唐代的民间曲子词，它正面抒写真挚坚贞的爱情。民间词人在这极短的篇幅里，集中了青山、黄河、参辰、北斗、日头等许多自然现象间所起的亘古未有的大变化，和水面浮秤砣的反常之事，来表现女子爱情的专一。这许多不相连系的现象出现于词中，是有一个共同之点的，那就是它们都是必不可能出现的现象，因而各别的现象就统一在完整的形象中了。这些反常的现象，既然是不可能出现的，那么，女子要和她的情人休绝也是必不可能。词一开头，用“千般愿”总冒全阕，接着用反笔说这些必不可能的要是变为可能的话，再说“休”不迟。其实，即使是这些必不可能的变为可能，但仍然是“休即未能休”，坚贞的爱情是永矢不移的。这是透过一层的写法。全首四十九字，一口气喷涌而出，有力地表现了女子情绪的急迫和誓心的坚定。表现手法跟著名的汉乐府《上邪》极为相似。“海枯石烂”，人们已经习惯地用作表示永恒爱情的词语，可见它艺术感染力之深和影响之远。

词，和其他的诗歌形式一样，它的最初创造者是人民群众。它先在市民阶层间流行，在乐工和歌妓的口头传播，逐渐影响到文人的创作。现存最早的民间词，是在敦煌发现的无名氏曲子词一百六十多首。这些词反映的生活面比较广阔，风格爽朗，语言朴素通俗，清楚地打着民间文学的烙印。句式也较自由，往往同一词调，格式并不一样，不像文人词那样定型。这首《菩萨蛮》可作敦煌曲子词的代表作，上阕的三四两句，下阕的末句，就跟后来文人所填《菩萨蛮》的五言句式不同。

梦江南　　温庭筠

梳洗罢，独倚望江楼。过尽千帆皆不是，斜晖脉脉水悠悠。肠断白蘋洲。

晚唐的温庭筠，是文人使用词这一形式进行大量创作最早的一人。温词的语言特色在于藻彩浓郁。这首《梦江南》是温词里最为清新疏朗的一阕。

这词所写，是女子在盼望爱人归来的情景，它淡着脂粉地塑造了这么一个动人的形象。主人公从清晨梳洗才罢，就已倚着望江的高楼在远望了。“独”字点明了孤单之身，“望”字点明了她的动态，而“望江楼”又展开了下面两句广阔的画面。这里，不仅清楚地交待了从妆罢倚楼到千帆过尽、斜日西沉是整整一天的过程，而且细致地刻画了她浸在相思海洋中的心理与情感。她是在痴望着东下的江船，“帆”一幅幅地掠过不停，意味着都不是归人的船。剩下的只有斜晖与人脉脉相对。斜晖的脉脉含情，是从主人公自己脉脉含情的心眼所感觉到的。而送千帆过去的无情江水就只能激起主人公百折的回肠了。“汀洲采白蘋，日暖江南春”（柳恽诗句），这一特定的魅人环境，经作者用淡素的词笔一勾勒，把读者一同带进了迷茫的词境。

这是首抒情词，但不是采用直接抒情的方式写，情是通过了形象描绘而显示。情中交织着景，景即是情，水乳交融而不可分。通首是完整的形象固不待言，选词方面也善于用形象的语言，既鲜明，又精练。不说“千船”而说“千帆”，不仅是以局部代全体，也不仅是“帆”字声音远比“船”字清亮，而且远望江船，见到也只能是帆。不说“不见”而说“不是”，不仅这“不是”的语气，比“不见”有力得多，也因为江船中即使有归人，也不可能望见，而千帆的一直过去，“不是”倒是可以肯定的。词中不直说主人公的身份，却用“梳洗罢”来暗示她是女子，写主人公“望”的是谁？“不是”是指谁？“肠断”是为谁？也都含蓄不露，比明白点出耐人寻味得多。

全词结构，极见匠心。“望”字是眼目，总摄了全首景象。“千帆”“水”“白蘋洲”都紧紧钩住了“江”。“脉脉”“悠悠”“断肠”，也是逐层递进的。初期文人词的小令，往往保存一些从七绝蜕变而来的痕迹。一般七绝的写法，在全首一气融贯的前提下，第三句要特别着力，它是全首的关键。这首词的“过尽千帆皆不是”正是七绝的表现技巧在词中的运用。

思帝乡　　韦庄

春日游，杏花吹满头。陌上谁家年少，足风流？妾拟将身嫁与，一生休。纵被无情弃，不能羞。

《思帝乡》词是正面抒写女子在婚姻生活上要求自由选择的强烈愿望的情歌。它充分体现了女子追求爱情的狂热而大胆的精神。在旧礼教的钳制下，封建社会的女子要是自己表示要选择婚姻对象，人们是会投以轻蔑的目光的。词中的主人公却是干脆地说要嫁与风流的年少，这在古代文人的词作里是很少出现的。就冲决封建礼教樊篱这方面来说，有它一定的时代意义。

作者用极短的篇幅，作了生动的形象描绘和心理刻画。前三句在主人公心眼里活动着的“风流年少”，人物从陌上春游的镜头中出现。“杏花吹满头”一句在中间，“杏花”勾住了上句的春，“吹满头”逗起了下句的人，同时衬出了游春者的风流，用笔既紧凑，又经济。但它不是叙述，而是一幅骀荡美丽的画面渲染。后三句一往倾吐了主人公的心里话，话是说得那么咬钉嚼铁式的坚决。“妾拟将身嫁与一生休”，一句话就已把情澜直涌向高峰。但还不够，作者用拗折生铁的笔锋突然一转，“纵被无情弃，不能羞”。为了婚姻生活的自由，一切可能产生的不幸遭遇，也决心由自己承担而无后悔，决不羞羞涩涩地瞻前顾后向吃人的礼教屈服。这转笔很重要，否则就像温庭筠在《南歌子》里也曾写过的“不如从嫁与，作鸳鸯”那类话了。词中思想性的深度，正是通过了作者高度的艺术显示出来。

词的意境较白居易《井底引银瓶》所写“妾弄青梅倚短墙，君骑白马傍垂杨，墙头马上遥相顾，一见知君即断肠”相近似。但白诗写主人公被抛弃后的心情是“今日悲羞归不得”。白诗在同情的基础上，还作了这样的说教：“寄言痴少人家女，慎勿将身轻许人！”显然，韦词所表现的坚强意志，与白诗大不相同。

韦庄是《花间》词派的重要作者，与温庭筠齐名。但温词秾丽，而韦词比较俊爽。这词正如贺裳《皱水轩词筌》所指出的，是“作决绝语而妙者”。

江城子　　牛峤

鵁鶄飞起郡城东，碧江空，半滩风。越王宫殿，蘋叶藕花中。帘卷水楼鱼浪起，千片雪，雨蒙蒙。

在秾丽的《花间集》里，牛峤的《江城子》是一首松秀清新的好词，跟同时代欧阳炯的《江城子》“晚日金陵岸草平”、鹿虔扆的《临江仙》“金锁重门荒苑静”二篇凭吊王国兴亡的作品相比，可以鼎足而三。

这是首写景词，也是怀古词。词作的背景是越溪，郡城指会稽城，春秋末越王勾践王都所在，越王台的古迹就在越溪边。冲烟惊飞的白鸟出现在滩声江影里，使读者一开头就接触到一幅动人的画面。然而这幅画面，却染有凄淡的气氛。碧江还是越王时代的碧江，可是给人的感觉是空寂：半滩风显然不是当年春风如锦的气氛。于是四五两句急转直下，说到越王的霸图消歇，遗殿无存，留下的只是一片绿蘋红荷，凄迷野水。宫殿与蘋藕，形成今昔的对比，盛衰的衬映。蘋荷年年不改风貌的美好，而变灭了的宫殿，却是隐藏了多少亡国的悲哀。作者把两种不同的景物摄纳在一起。越王宫殿的繁华，从当前的蘋叶藕花中想象而得，使词作达到绵邈迷离的境界。不难看出，作者是从杜甫《咏怀古迹》的“翠华想象空山里，玉殿虚无野寺中”诗句得到启示的。而李白《越中览古》所谓“宫女如花满春殿，只今惟有鹧鸪飞”，也同样诱发了作者用鸡鹬飞起作对照的词心。后三句仍然描绘越溪风物，在空蒙烟雨里，鱼吹雪浪，风卷楼帘，是绝妙的诗情，也是绝妙的画意。这么一收束，见得永恒存在的自然风物，是多么够人陶醉：而豪华一霎的王霸雄图，又是多么渺小可怜。这就使读者不至完全堕入萧索的情绪中。

全阕都是写景，怀古的感情透过了写景的纱幕而体现出来，并不直接着一笔抒情语，只需用“越王宫殿”九字轻轻一点就够了。前人论诗词，往往说情景交融，像这样才可以算是做到水乳无痕的境地。五代，是国内军阀混战的大乱年代。词人对越王霸业消亡的漠视，实质上也正是对当时那些帝王所作的“美梦”敲起了丧钟。

临江仙　　毛文锡

暮蝉声尽落斜阳，银蟾影挂潇湘。黄陵庙侧水茫茫，楚山红树，烟雨隔高唐。　　岸泊渔灯风飐碎，白蘋远散浓香。灵娥鼓瑟韵清商，朱弦凄切，云散碧天长。

洞庭潇湘，是诞生南国神话的摇篮。湘阴县北四十里的洞庭湖边，即是湘水女神黄陵庙所在地。这里竹林幽邃，啼妆凝黛，充满着神秘的浪漫气氛。人们面对这奇丽空灵的自然景色，不会不联想起那饱含悲剧意义的帝舜二妃——娥皇、女英哀感人天的形象。当二妃在湘水边听到舜死苍梧的消息，南望悲啼，斑斑血泪弹满了竹林，终于投水而殉。这一激动人们心弦的生离死别的故事，长久成为神圣爱情的象征。伟大的诗人屈原正是在这奇特幽丽的环境里写下了不朽的《湘君》《湘夫人》。《花间》词人毛文锡这阕《临江仙》可说是屈原《九歌》的浪漫精神在倚声领域中的再现。

这词，写的是词人扬舲楚泽、月夜访黄陵庙的感受。时间是一个清秋季节，凄切的暮蝉声正送却了黄淡的斜辉，迎来了皎洁的银蟾。银蟾，在词人的心目中分明是湘水女神的化身，她留影湖山，本无生灭。这时，烟水苍茫，万籁岑寂，黄陵庙依约在望。刹那间，又勾起了词人另一遐想：巫山十二峰，不同样是魅人的神女来往的灵区吗？楚山红树与烟雨高唐，尽管有一尘之隔，总的是构成了南国瑰异的词境，为词人提供了幻想的来源。以下反幻为实，写到岸边系缆，风飐渔灯，蘋香远送，骨冷魂醒。于是再涉遐想，仿佛听到湘瑟哀弦弹清商之调，曲终云散，江上峰青，真可说是朱弦凄韵，极一唱三叹之致。

《花间集》（现存最早的词总集，选录晚唐、五代十八家词五百首）里的词内容大都写些艳情，词句以堆砌词藻为工，可取的作品并不太多。毛文锡的这首词虽有色彩但不浓丽，确是不可多得的。

渔家傲　　范仲淹

塞下秋来风景异，衡阳雁去无留意。四面边声连角起。

千嶂里，长烟落日孤城闭。　浊酒一杯家万里，燕然未勒归无计。羌管悠悠霜满地。人不寐，将军白发征夫泪。

向来的词论家把唐、五代、两宋的词，划分为“婉约”和“豪放”两大流派。在北宋前期，婉约派独占了词的天下。但当绮罗香泽的浓雾笼罩着的时候，豪放派词也已经茁长了幼芽。范仲淹第一个把词引到向上一路，到苏轼、辛弃疾诸人出来，就进一步开辟了波澜壮阔反映广阔的生活画面的豪放派词的新阵地。

范仲淹是北宋有名的爱国将帅，也是一位有较进步改革主张的政治家。他生活时代的后期，正值西北的西夏点起了向赵宋王国侵略的火炬。他在宋仁宗康定元年（1040）被派到西北边境担任防御工作，庆历三年（1043）调回中央。在他仅存的五首词作里，《渔家傲》一首就是写在边帅任上的。

这词上半阕把边塞风光作了粗线条的勾勒，构成了一幅莽苍悲凉的画面。发端从鸿雁南飞，点出了塞下秋天的到来。不仅是在感觉边地秋景的异于南国，也反衬了征人远戍不返不及北雁得以南去，遥遥领起下半阕的“归无计”。紧接着写“四面边声”，而以特别震撼征人心魄的角声作领先，纸上也仿佛奔来了一片价的秋声。这是写声，写的是动境。随着呈现了边城的晚色，万峰屏立，孤城紧闭，用长烟落日一烘染，越显得秋气逼人。这是写色，写的是静境。边声晚角，出现在静境中，是静中之动；它正可以托出静境的死寂，所以又是动中之静。下半阕是抒情，以上半阕的实境描写作基础。“家万里”“归无计”，都跟上半阕有内在联系。“归无计”，由于“燕然未勒”，悲苦语却含着了壮心。“羌管悠悠霜满地”是夜景，从角声落照的晚景直递而下，仍然是动中的静境。这一句介在前后抒情语的中间，融情入景，即景生情。酒入愁肠的人处在这特定的环境里，他的不寐，有多少的心事在内。最后七字表现了自己因忧心国事而至于白发，对出征军士的戍边不归也表示了深厚的同情。

必须指出，作为抗敌统帅的“龙图老子”（当时羌人对仲淹的称呼），在这词中，却强调战地生活悲苦的一面，多少是冲淡了反抗侵略战争的拿云壮气，因而也就缺乏鼓舞人心的积极力量。在当时，欧阳修就呼他为“穷塞主”，这不能不说是这首词的一个缺陷。

山亭柳　　赠歌者　　晏殊

家住西秦，赌薄艺随身。花柳上，斗尖新。偶学念奴声调，有时高遏行云。蜀锦缠头无数，不负辛勤。　　数年来往咸京道，残杯冷炙谩销魂。衷肠事，托何人？若有知音见采，不辞遍唱阳春。一曲当筵落泪，重掩罗巾。

这词的题目是“赠歌者”，作者用歌者自己的口吻，倾诉她痛苦的遭遇，并表现了作者深厚的同情。

在旧时代，歌女是被凌辱的对象。她们的生活史是用辛酸的泪水写成的。作者在这词里，沉痛地介绍了这位“家住西秦”，奔走风尘，在花边柳外的歌台舞榭，凭着尖新歌艺以糊口的歌女身世。作者对她的惊人的艺技作了馨香膜拜的颂赞。“高遏行云”的歌声不是轻易取得的，是“辛勤”苦练的结果。换来的“蜀锦缠头无数”，该是她衷心的安慰吧？不，这“不负辛勤”的安慰并不经常。她更多的日子是在饥寒中度过。残杯冷炙，独自伤心，天地虽大，能托衷肠的怕不多了。得一知音，可以无恨，所以要尽情地遍唱《阳春》之曲。知音，不单纯是音乐上的识曲听真者，而应该是对她的身世有深切的同情。但是，这只能是愿望，残酷的现实给予她否定的答复。一曲当筵，自然只有千行热泪的倾泻了。

词作出色地塑造的旧时代歌女形象，是有代表性的。它不仅代表了歌者，也包括多少不幸的人们在内。“残杯与冷炙，到处潜悲辛”，不正是诗人杜甫的自白吗？生活在幸福社会里的我们，通过对这首词的体会，认识一下旧时代的侧影，对照今天，发挥力量，是有好处的。

这词的调子抑扬高下，随着情澜的起落而变化。开头四句是低沉的凄调。接着四句突然振起，高遏行云。高浪随即沉下来，换片后四句又是一番凄调。知音两句，忽地换了高音，激楚之声，可以裂竹。然后转入回肠荡气的尾声。正像骏马飞奔在万丈顶峰的时候，陡然向着倾崖斜坡疾趋下注，寸步不停留。这样的一波三折，使读者的呼吸跟词中主人公的脉搏一同紧驰上下。表达功能上受着字数限制的词，往往不适宜叙事。作者却只用七十九字的中调，以叙事为抒情，取得了和白香山《琵琶行》同样的成功，这真是“纳须弥于芥子”的手段。

采桑子　　欧阳修

轻舟短棹西湖好，绿水逶迤，芳草长堤，隐隐笙歌处处随。　　无风水面琉璃滑，不觉船移，微动涟漪，惊起沙禽掠岸飞。

欧阳修《采桑子》共十三首，其中联章歌咏颍州西湖景物者十首。颍州治所汝阴，在今安徽阜阳。北宋仁宗皇祐元年（1049），欧公四十三岁时移知颍州，“爱其民淳讼简而物产美，土厚水甘而风气和，于时慨然已有终焉之意也”（《思颍诗后序》）。二十二年之后，神宗熙宁四年（1071），欧公六十五岁，以观文殿学士、太子少师致仕，归颍州私第居住，果如所愿。颍州西湖在北宋时曾是清澈幽美的。据明代正德《颍州志》卷一：“西湖在州西北二里外。湖长十里，广三里。相传古时水深莫测，广袤相齐……湖南有欧阳文忠公书院基。”熙宁五年，“正值柳绵飞似雪”的暮春季节，老同事赵概由南京应天府（今河南商丘）远道相访，高谊雅兴，传为文坛佳话。《蔡宽夫诗话》云：“文忠与赵康靖公概同在政府，相得欢甚。康靖先告老，归睢阳（商丘）；文忠相继谢事，归汝阴（颍州）。康靖一日单车特往过之，时年几八十矣。留剧饮逾月，日于汝阴纵游而后返。前辈挂冠后，能从容自适，未有若此者。”（《苕溪渔隐丛话后集》卷二十三引）欧公这一组十首《采桑子》，从内容看非写一时之景。词前《西湖念语》云“并游或结于良朋，乘兴有时而独往”，盖是通其前后诸胜游的感受以入词，又不止与赵概同乐之事了。词成，并在盛大的宴会上令官妓歌唱以佐清欢。此词就是这组歌词的第一阕。

作者用轻松淡荡的笔调，描绘了在春色怀抱中的西湖。轻舟短棹，一开头就给人以悠然自在的愉快感受。不仅是“春草碧色，春水绿波”，跟绵长的堤景掩映着，看到的是一幅淡远的画面；而且在短棹轻纵的过程里，随船所向，都会听到柔和的笙箫隐隐地在春风中吹送。这些乐曲处处随着词人的船，仿佛是为着词人而歌唱。这么短短的几笔就把读者带进了一个可爱的冶春季节的气氛中。下片着重描写湖上行舟、波平如镜的景色。西湖是上下空明、水天一色的，用琉璃来比拟它的滑溜和澄澈再贴切不过。“不觉船移”四字更是语妙天下。正因为春波之滑，所以不等风吹，而船儿已自在地漾去。联系上片的“笙歌处处随”来看，船是不断地在前移，歌声也就不住地在后随，词人是觉到的，偏说是不觉，就有力地显示了水面琉璃之滑。但船移毕竟不可能绝不触动水波，于是，下文就递到“微波涟漪”，词人的观察力和艺术构思可算是细入毫芒。最后，“惊起沙禽掠岸飞”这一动态，划破了境界的宁静。使全幅画面都跳动起来，更显得词心的活泼。

北宋前半时期的小令语言比较清新自然。这词清空一气，正如素面佳人，不施粉黛，便能动人。南宋后期那些用浓艳的藻彩去涂抹湖山的作品，倒不免是唐突西施了。

江城子　　密州出猎　　苏轼

老夫聊发少年狂，左牵黄，右擎苍。锦帽貂裘，千骑卷平冈。为报倾城随太守，亲射虎，看孙郎。　　酒酣肝胆尚开张，鬓微霜，又何妨？持节云中，何日遣冯唐？会挽雕弓如满月，西北望，射天狼。

苏轼于宋神宗熙宁八年，官密州（今山东诸城县）太守，冬季出城祭常山，与同官们习射放鹰，写下这词。这时，西北和北方正处在西夏和辽国的侵略威胁之下。从熙宁三年到六年，夏人连续侵犯边境；熙宁七年，辽国派人来议河东疆界，结果，宋割了七百里地方给辽。在国家多难的日子里，作者这次出猎，意味着在作抗敌报国的准备。这首词作就表现了这一强烈的爱国思想。

上片渲染出猎的景象，下片抒写猎后饮酒高歌的爱国激情，统摄在“老夫聊发少年狂”一语之中。开头出现了这样一位“锦帽貂裘”的太守形象，他不是安坐在衙门里，而是牵着黄犬，举着苍鹰，匹马当先，与滚滚千骑一同翻上了平冈。满城的老百姓正相随着，为的是来看这一幕太守“亲射虎”的惊人场面。这里寥寥几笔，却渗透了作者豪迈和愉快的心情。这正是“少年狂”的具体表现；不，这是作者关心国家安危，于行猎之中，寓讲武之意，而不是单纯的少年狂气的发泄。

接着写猎后痛饮，肝胆开张，是“少年狂”进一步的表现。作者这时已是四十岁的人了，但是少年狂气和报国热望在支持着他，点鬓微霜，又算得什么？年老的冯唐，还能有机会被汉文帝重用，持节到云中（今山西大同一带）赦免云中太守魏尚，在抗击匈奴的事业中作出了一番贡献。而自己呢？现在被闲放在密州，年华易逝，报国的宏愿未酬，他是多么迫切地期待宋王朝会及时起用他。“何日遣冯唐”，这不仅是个人建功立业的祈求，而正是“举长矢兮射天狼”（《楚辞·东君》句）屈原那样爱国精神所驱使。结尾三句就有力地突出了词作的主题。

全词连续使用了“牵”“擎”“卷”“随”“射”“看”“开张”“遣”“挽”“望”等一连串表现动态的词儿，把作者从出猎到酣酒到抒怀的过程一气直贯而下，汇成了昂扬开阔的情调。又通过了行猎者、猎犬、猎鹰、猎场、猎弓等具体形象，涂染成一幅有声有色的出猎图。如果与王维《观猎》诗相比，描绘艺术各有千秋，而雄壮的气概和积极的主题思想，王诗就不能不较逊一筹了。

定风波 苏轼

莫听穿林打叶声，何妨吟啸且徐行。竹杖芒鞋轻胜马，谁怕？一蓑烟雨任平生。 料峭春风吹酒醒，微冷，山头斜照却相迎。回首向来萧瑟处，归去，也无风雨也无晴。

东坡是宋词豪放派的开山手，那种“须关西大汉铜琵琶、铁绰板唱大江东去”的雄壮风格的长调，固然可以开拓人们的心胸，而另一种表现坦荡襟抱的中、短篇，也同样够令人回味。

这首《定风波》题目是“三月七日，沙湖道中遇雨，雨具先去，同行皆狼狈，余独不觉，已而遂晴，故作此”。试想，当“杂花生树，群莺乱飞”的芳菲季节，临水登山，原是快意之事。如果中途来了一阵疾风横雨，弄得你衣袂淋漓，那就不能不发生“杀风景”之感了。东坡却不是这样。这词一开头就摆脱一切挂碍地说，尽管那穿林打叶的雨声在恶作剧，且不要去听它，我只是吟我的诗，安步从容，慢慢地欣赏雨景。对雨中的“竹杖芒鞋”，有“轻胜马”的感受，说明词人“徐行”时的心情是轻松的。这是为什么？“谁怕”，用问语作转笔，接着就自答，为的是“一蓑烟雨”的生涯，以往曾经体验过，以后也将持续下去，霎时的风雨，又算得什么。在风雨过程中，忘却了寒冷。雨过后的“料峭春风”，吹得人酒意微醒，才陡然有轻寒的感受，这是很自然的。高兴的是西峰晚照，却在展开笑靥迎人。这样，冷意又包孕着温暖，“却”字又是一转笔。于是再绾合前半，刚才风雨萧瑟之处，正是词人黄昏归去的路程。“也无风雨也无晴”，连晴亦不在话下，用意更逼进一层，发人深思。

这词是东坡谪居在黄州时所写，词笔是秀逸峭折的，当时生活上虽处逆境，写的却是“坦荡荡”的胸次。游山遇雨，是眼前境界而未经人道。纸上清脆地发出的风声、雨声、林叶声、吟啸声，以及淡墨点染的“夕阳无限好”的晚晴，构成了动人的艺术美。

虞美人　　李廌

玉阑干外清江浦，渺渺天涯雨。好风如扇雨如帘，时见岸花汀草涨痕添。　　青林枕上关山路，卧想乘鸾处。碧芜千里思悠悠，惟有霎时凉梦到南州。

李廌，字方叔，北宋词人留存作品很少的一个。这首《虞美人》，写春夏之交的雨景以及由此而勾起的怀人情绪。

上片从近水楼台的玉阑干写起。清江烟雨，是阑干内人物所接触到的眼前景物；渺渺天涯，是一个空远无边的境界，隐藏着下片的抒情内容。“好风如扇”句比喻新颖，近代词人况周颐《蕙风词话》以为“似乎未经人道”。春夏之交，往往有这样的景色。陶渊明诗“春风扇微和”的“扇”字是动词，作虚用；这里的“扇”是名词，作实用，同样给人以风片柔和的感受。“雨如帘”的绘景更妙，它不仅曲状了疏疏细细的雨丝，像后来杨万里《小雨》诗“千峰故隔一帘珠”那样的联想，而且因为人在玉阑干内，从内看外，雨丝就像挂着的珠帘。“岸花汀草涨痕添”，也正是从隔帘看到。“微雨止还作”（苏轼《端午遍游诸寺得“禅”字》），是夏雨季节的特征。一番雨到，一番添上新的涨痕，所以说是“时见”。“涨痕添”从“岸花汀草”方面着眼，便显示了一种幽美的词境。这是精细的描绘，跟一般写壮阔的江涨气势采用粗线勾勒的作法全不相同。

下片由景入情。见到天涯的雨，很自然地会联想到离别的人，一种怀人的孤寂感，不免要涌上心头，于是窈想就进入了枕上关山之路。（“青林”句是化用杜甫《梦李白》诗：“魂来枫林青，魂返关塞黑。”）乘鸾处，即游仙处，亦即喻冶游处。乘鸾的旧踪何在？只有模糊的梦影可以回忆。碧芜千里的天涯，怎能不引起“王孙游兮不归”的悠悠之思呢？可是温馨的会面，在梦里也不可能经常遇到。“惟有霎时凉梦到南州”，这么一结，进一层透示这仅有的一霎欢娱应该珍视，给人的回味是悠然不尽的。

怀人念远的词，容易写得凄抑，读者往往会感到心情上的不舒畅。这词却能扫除一切流泪断肠的字面，达到况周颐所说歇拍“尤极淡远清疏之致”的神境。

六州歌头　　贺铸

少年侠气，交结五都雄。肝胆洞，毛发耸，立谈中，死生同。一诺千金重，推翘勇，矜豪纵，轻盖拥，联飞鞚，斗城东。轰饮酒垆，春色浮寒瓮，吸海垂虹。闲呼鹰嗾犬，白羽摘雕弓，狡穴俄空，乐匆匆。　　似黄粱梦，辞丹凤，明月共，漾孤篷。官冗从，怀倥偬，落尘笼，簿书丛，鹖弁如云众，供粗用，忽奇功。笳鼓动，渔阳弄，思悲翁。不请长缨，系取天骄种，剑吼西风。恨登山临水，手寄七弦桐，目送归鸿。

以“梅子黄时雨”词名著名的贺铸，看来，语言婉丽是他的专长。但也不尽然，在《东山词》里，有部分硬语盘空、英多磊落的作品，可以说是由苏轼到辛弃疾的过渡。

这首《六州歌头》，就是以横放杰出制胜的名作。它笔酣墨饱地塑造了词人由少年到悲翁的自我形象。在上半阕中出现的主人公，首先是肝胆照人，立谈之顷可以生死相付，一诺重于千金，描绘的是义侠高气的性格；复次是乘坚策肥，轰饮有吸海之量，夸张的是豪纵使酒的生活；最后，在莽苍的原野上呼鹰猎射，雕弓响处，狡兔成擒，渲染的是骁勇快捷的身手。用“乐匆匆”一语束住，于迈往的气概中，却隐藏着年少光阴不堪回首的感喟。

下半阕写到自己在北宋哲宗元祐年间谪宦淮、泗的抑郁心情，明月孤篷的天涯旅泊，簿书困人的冗官况味，消耗了壮年意气。于是感慨万状地提到鹖弁（军人的帽）如云，仅供粗用，而不能为国家建立不世出的功业。处在契丹、西夏侵略威胁下的爱国志士，是不能不有沙场歼敌的心愿的。渔阳箛吹，怎能不激起作者“闻鼓声而思将帅”呢？“不请长缨，系取天骄种，剑吼西风”，奇峰突起的如椽之笔，声可裂云地抒发了壮志莫酬的悲愤，充满了昂扬的爱国感情。以“恨登山临水，手寄七弦桐，目送归鸿”作收，身在江湖，心驰边塞，“雄姿壮采，不可一世”（夏敬观评语）的奇作，留下这一起伏回旋的尾声，给人以无尽的回味。

善于论词的王国维，却鄙薄贺铸词，说是于北宋名家中最次。况周颐又强调其得力于书卷的酝酿。这种评价，都是忽视了贺词积极的思想性的。笔者对此，不能作随声的附和。

苏幕遮　　周邦彦

燎沉香，消溽暑。鸟雀呼晴，侵晓窥檐语。叶上初阳干宿雨，水面清圆，一一风荷举。　　故乡遥，何日去？家住吴门，久作长安旅。五月渔郎相忆否？小楫轻舟，梦入芙蓉浦。

宋代文人写词，就语言艺术方面说，有雕刻与自然两种不同的路径。曾经被词论家捧为“词中老杜”“两宋之间，一人而已”的周邦彦，就是以雕刻取胜的。他的词集一名《片玉集》，可是集中大部分作品，并不能做到“咳唾落九天，随风生珠玉”那样的天然美好，而是用镂金刻玉的手段以掩盖它真美的不足。但像这首《苏幕遮》，倒是“清水出芙蓉，天然去雕饰”的，在周词中，可算是少数的例外。

这词以写雨后风荷为中心，由此而引入故乡归梦。以一个家住吴门、久客京师的作者，面对着象征江南陂塘风色的荷花，很自然地会钩起乡心。词的结尾用“小楫轻舟，梦入芙蓉浦”（古人也称荷花为芙蓉）绾合，上下片联成一气，融景入情，不着痕迹。而全首突出动人之处，全在“叶上初阳干宿雨，水面清圆，一一风荷举”三句所写荷花的神态。试想，当宿雨初收，晓风吹过水面，在红艳的初日照耀下，圆润的荷叶绿净如拭，亭亭玉立的荷花随风一一颤动起来。这样一个活泼清远的词境，要把它作十分生动的素描再现于读者面前，却颇非容易。作者只用寥寥几笔就达到了这种境地，只一个“举”字，便刻画出荷花的动态。王国维《人间词话》赞扬它为“真能得荷之神理者”，是一点也不错的。

提起写荷花，“风裳”“水佩”“冷香”“绿云”“红衣”等字面，往往摇笔即来，而荷花的形象却在这些词儿的掩蔽下模糊了。这样的词，读者必然会发生雾里看花隔着一层的感觉。这首《苏幕遮》之所以为写荷绝唱，正是在于它能洗尽脂粉，为凌波微步的仙子作了出色的传神。记得清代大诗人郑珍的《春尽日》

诗句："绿荷扶夏出，嫩立如婴儿。春风欲舍去，尽日抱之吹。"可算是文章天成，妙手偶得，跟周词有异曲同工之妙。

渔家傲 **记梦** 李清照

天接云涛连晓雾，星河欲转千帆舞。仿佛梦魂归帝所。闻天语，殷勤问我归何处？ 我报路长嗟日暮，学诗漫有惊人句。九万里风鹏正举。风休住，蓬舟吹取三山去。

易安居士李清照是我国词史上杰出的女词人。在婉约与豪放二大词派里，她是被称为"婉约之宗"的。她曾写过《词论》一篇，提出了"词别是一家"的主张，强调词的音律性的重要，不满意于"句读不葺之诗"的苏轼词，可是，也并不满意于"虽协音律，而词语尘下"的柳永词。因此，她的后期作品，往往不是柳永、晏殊、秦观等婉约一派所能拘囿，而颇有跌宕昭彰，接近于豪放派风格的。近代词人沈曾植就认为"易安倜傥有丈夫气，乃闺阁中之苏、辛，非秦、柳也"。这首《渔家傲》，充满豪放气概，显然是受了苏轼词的影响。

词以"记梦"为题，梦的是词人在海水天风的奇境里神游天外。黑风吹海，雾气弥空，当斗转参横的残夜，千帆掀舞在拍天高浪中前进，这是多么令人气壮的境界！而词人这时正展开想象的翅膀，向寥阔的神话世界自由地翱翔。这种浪漫主义的奇谲幻想，分明是《离骚》《九歌》传统精神在词作中的再现。正是因为这一"钧天帝所"的漫游，是跟词人对当时现实环境的不满、对美好未来的祈求紧密地结合在一起的。清照晚年遭受北宋亡国的惨祸，由于自己的爱国热情的炽烈，才锋锐露，招来了异己者的诬谤。她的惊人诗句，无疑是路长日暮哀怨的喷发。伍子胥在遭受政治迫害出亡异国时所说的话，词人选用它来表达自己的幽愤，是有共鸣的感情为基础的。现实的黑暗，使词人的美好理想跨上了顶峰。培风九万里以上的大鹏，没遮拦地伴送着蓬舟飞向蓬莱。它不是“超凡脱尘”地逃避现实，而是“乘风破浪会有时，直挂云帆济沧海”（李白诗句）那种愿望的追求。当然它只能是愿望，是当时不可能实现的愿望。

这词风格雄浑高迈，一切脂粉气的词儿洗涮净尽。以海天的惊人景象作起结，用一问一答作上下片的连锁，使全阕词于严整中极动荡之致，于逶迤中郁风雷之声，俱见作者艺术构思的灵变。

水调歌头　**闻采石战胜**　张孝祥

雪洗虏尘静，风约楚云留。何人为写悲壮？吹角古城楼。湖海平生豪气，关塞如今风景，剪烛看吴钩。剩喜燃犀处，骇浪与天浮。　忆当年，周与谢，富春秋。小乔初嫁，香囊未解，勋业故优游。赤壁矶头落照，肥水桥边衰草，渺渺唤人愁。我欲乘风去，击楫誓中流。

南宋投降派于绍兴十一年杀害了岳飞，与金人和议以后，满以为可以偷安半壁。然而历史总是给人证明，侵略者的野心是不会餍足的，屈辱投降不是取得和平的道路。仅仅二十年的时间，金主完颜亮便撕毁和盟，大举南犯，妄想实现他所谓“立马吴山第一峰”的幻梦。当时敌军以百万渡淮，直趋采石，饮马长江。正当东南震动的时光，爱国政治家、中书舍人虞允文却以文人督率三军，建立了使敌军“樯橹灰飞烟灭”的奇功，促成了逆亮玩火自焚的下场。这一辉煌的战绩给当时词人提供了可以使词史生色的主题。

张孝祥是南宋初期爱国词人的旗手，在词派上，是苏轼与辛弃疾之间的桥梁。这首《水调歌头》就是为歌唱采石之胜而作，跟他另一首《六州歌头》，同样是《于湖词》里有代表性的名作。

上半阕一起揭开了雪卷胡尘的耀眼场景，高唱入云地吹出了城头画角的雄壮凯歌。那一种含笑看吴钩的湖海豪气和愉快心情，是为河山还我的胜利现实所激发。燃犀烛怪的采石所在地，而今已是百魅潜形。拍天高浪的长江天堑是不容侵略者窥觑的，词境把读者带进了壮阔的天地。下半阕进一步展开了联想的翅膀。赤壁破曹的周瑜，肥水歼秦的谢玄，分明是当前虞允文的写照。尽管“矶头落照”“桥边衰草”，古人已成陈迹，不免使人发生一些怀古的惆怅，可是他们的勋业却仍然是鼓舞人们坚强抗敌的力量。爱国词人张孝祥，当然不能不因此而激起乘风破浪、击楫中流的雄心。这样掉尾一振，笔力极为踔健。

用词体以表现爱国之情，必须反映现实。有真实的生活，有生动伟岸的形象，有沸人肝肠的热情，才是上乘。像这首《水调歌头》，真是够得上毛晋所称“潇洒出尘之姿，自在如神之笔，迈往凌云之气，犹可以想见也”的评赞。

汉宫春　　初自南郑来成都作　　陆游

羽箭雕弓，忆呼鹰古垒，截虎平川。吹笳暮归野帐，雪压青毡。淋漓醉墨，看龙蛇飞落蛮笺。人误许、诗情将略，一时才气超然。　　何事又作南来，看重阳药市，元夕灯山？花时万人乐处，欹帽垂鞭。闻歌感旧，尚时时流涕尊前。君记取、封侯事在，功名不信由天。

这首词是作者于孝宗乾道九年（1173）春在成都所作，时年四十九岁。八年冬，四川宣抚使王炎从南郑被召回临安，陆游被改命为成都府路安抚司参议官，从南郑行抵成都，已经是年底。题目说初来，词中写到元夕观灯、花时游乐等等，应该已是九年春。词中又说到看重阳药市，那是预先设想的话，因为九年秋直到年底，陆游代理知嘉州，不在成都。陆游活动在南郑前线时，对抗金的前途怀着胜利的希望。调到后方，拿云心事不得舒展，极为苦闷，而要收复河山的信念，仍然是坚定不移。在不少诗篇和词作里，往往激发着慷慨昂扬的声音。这首《汉宫春》是有代表性的。

词的上片，表明作者对在南郑时期的一段从军生活，是这样的珍视而回味着。他想到在那辽阔的河滩上，峥嵘的古垒边，手缚猛虎，臂挥健鹰，是多么惊人的场景！这不是大言空话，而是活生生的事实。在陆游的诗作里，时常提到。《书事》诗道："云埋废苑呼鹰处。"《忽忽》诗道："呼鹰汉庙秋。"《怀昔》诗道："昔者戍梁益，寝饭鞍马间……挺剑刺乳虎，血溅貂裘殷。"《三山杜门作歌》诗道："南沮水边秋射虎。"写的都是南郑从军时的生活。他又想到晚归野帐，悲笳声里，雪花乱舞，兴酣落笔，草下了龙蛇飞动的字幅和气壮河山的诗篇，又多么值得自豪！当然，这更是书生本色而不是虚话了。可是卷地狂飙，突然吹破了词人壮美的梦境。成都之行，意味着抗金愿望暂时不能实现。自己的文才武略何补时艰？"人误许"三字，不是谦词，而是对当时朝廷压抑主战派、埋没人才的愤怒控诉。

下片跟上片作鲜明的对照。在繁华的成都，药市灯山，百花如锦，是有人在那里沉醉的。可是，在民族灾难深重的年代里，在词人的心眼里，锦城歌管只能换来尊前的流涕了。“何事又作南来”一问，蕴藏着多少悲愤在内！词人最后的回答是：破敌功名的取得，要靠人的力量，不是由天决定。陆游大量诗篇里反复强调的人定胜天思想，在词作里再一次得到了表现。这里，说明词人的意志并没有因为环境的变化而消沉，而是更坚定了。

这首词的艺术特色总的是用对比的手法，以南郑的过去对比成都的现在，以才气超然对比流涕尊前，表面是现在为主、过去是宾，精神上却是过去是主、现在是宾。中间又善于用反笔钩锁等写法，“人误许”“功名不信由天”两个反笔分别作上下片的收束，显得有千钧之力。“诗情”“将略”分别钩住前七句的两个内容，“闻歌”钩住“药市”“灯山”四句，“感旧”钩住上片。在渲染气氛、运用语言方面，上片选择最惊人的场面，出之以淋漓沉雄的大笔，下片选择成都地方典型的事物，出之以婉约的风调，最后又一笔振起，仍然是高调而不是低调。词笔刚柔相济，结构波澜起伏，情调高下抑扬，从而使通篇迸发出爱国主义的火花，并给读者以美的享受。

夜游宫　**记梦，寄师伯浑**　陆游

雪晓清笳乱起，梦游处，不知何地。铁骑无声望似水。想关河，雁门西，青海际。　睡觉寒灯里，漏声断、月斜窗纸。自许封侯在万里。有谁知，鬓虽残，心未死。

陆游有大量抒发爱国主义激情的记梦诗，在词作里也有。这首《夜游宫》主题就是这样。师伯浑是陆游认为很有本事的人，是在四川交上的新朋友，够得上说是同心同调，所以把这首记梦词寄给他看。

上片写的是梦境。一开头就渲染了一幅有声有色的关塞风光画面，雪、笳、铁骑等特定的北方事物，放在秋声乱起和如水奔泻的动态中写，有力地把读者吸引到作者的词境里来。中间突出一句点明这是梦游所在。先说是迷离惝恍的梦，不知是什么地方；然后进一步引出联想——是在梦中的联想，这样的关河，必然是雁门、青海一带了。这里，是单举两个地方以代表广阔的西北领土。这样莽苍雄伟的关河如今落在谁的手里呢？那就不忍说了。作者深厚的爱国感情，凝聚在短短的九个字中，给人以非恢复河山不可的激励，从而过渡到下片。

下片写梦醒后的感想。一灯荧荧，斜月在窗，漏声滴断，周围一片死寂。冷落的环境，反衬出作者报国雄心的火焰却在熊熊燃烧。自许封侯万里之外的信心是何等执着。人老而心不死，自己虽然离开南郑前线回到后方，可是始终不忘要继续参加抗战工作。“有谁知”三字，表现了作者对朝廷排斥爱国者的行径的愤怒谴责。梦境和实感，上下片呵成一气，有机地联系着，使五十七字的中调，具有壮阔的境界和教育人们为国献身的思想内涵。

卜算子　　咏梅　　陆游

驿外断桥边，寂寞开无主。已是黄昏独自愁，更著风和雨。　　无意苦争春，一任群芳妒。零落成泥碾作尘，只有香如故。

被誉为傲骨奇干的梅花，向来以洁白孤高的化身，出现在古代文人的诗作中。爱国诗人陆游是咏梅的能手，在《剑南诗稿》

中，保存着为数极多的梅花诗。

陆游笔下的梅花形象，和一般文人所写的颇异其趣。它不是“雪满山中高士卧”（高启《梅花》句）的象征，而是“精神每遇雪月见，气力苦战冰霜开。羁臣放士耿独立，淑姬静女知谁媒？摧伤虽多气愈厉，直与天地争春回”（《故蜀别苑》咏梅诗句）那样地富有坚强的战斗性格。当然，在他词中的梅花形象，也正是诗人“十年走万里”（《雪后苦寒》句）受投降派排挤的身世和“思为君王扫河洛”（《弋阳道中遇大雪》）壮志未就的心境的鲜明写照。《卜算子》就是这样。

乾道二年（1166），陆游因“力说张浚用兵”的罪名，被罢免了隆兴通判的官职。在山阴寂寞地度过了四个年头，便开始了西行万里的远游。这首词的上片，以梅花独放于饕风冷雨的寒冬昏夜，寂处于驿外断桥边，隐喻词人的不幸遭遇和不得志的心情。词人饱经忧患，可敬的是始终保持着他的爱国情操，不屑跟排挤他的官僚们争夺荣华。

词的下片，便以“春”“群芳”隐喻当时的官场，并表现词人不愿同流合污的品格，更有力地表现了词人在黑暗的环境里坚持战斗，虽粉身碎骨而此志不移的精神。正因为如此，词中尽管有“寂寞”和“愁”等字面出现，而总的意义却不是消极的。产生这种“寂寞”和“愁”的根源，是罪恶的封建政治。我们现在读它，认识旧时代诗人的不幸，对照开放在东风世界里的梅花，加强生活的幸福感和建设新社会的意志，是有好处的。

咏物词，能抒写作者的主观情思，做到词中有人，不同于单纯写物的试帖诗，这固然是主要的。但如果只是单纯写个人主观情思，而不能做到词中有物，主客观统一，情寄于物，物因情见，并体现出客观对象的特殊性，也就不能算是咏物的上乘。这首词的特色，正在于物我融浃，突出梅花的特性。桥边驿外、黄昏风雨的背景，无意争春、俯视群芳的标格，切定梅花，移用于他花不得。通首不出现梅花字面，却不脱不粘地传出了梅花之神。特别是末二句，更是言简意深，给读者留下了非常广阔的想象余地。

好事近　　陆游

晓上莲峰，高蹑倚天青壁。谁与放翁为伴？有天坛轻策。　　铿然忽变赤龙飞，雷雨四山黑。谈笑做成丰岁，笑禅龛榔栗。

想象或梦游华山的诗，陆游写了不少，大多是借来表达收复河山的思想。这首词，也是写神游华山，但主题在于抒写为人民造福的人生态度。

上片，作者奇想破空地持着天台藤杖（词中的天坛，即天台山，产藤杖著名，见叶梦得《避暑录话》，该书也写作天坛。策即是杖），乘着清爽的秋晨，登上莲花峰顶，踏在倚天峭立的悬崖上。只“谁与放翁为伴”一句，不仅给华山，而且给自己写下了一个俯视人间的形象。又从可以为伴的“天坛轻策”，很自然地过渡到下片。

在下片里，可以看到作者的化身——龙杖在雷雨纵横的太空里飞翔（杖化为龙，用《后汉书·费长房传》事，韩愈《赤藤杖歌》有“赤龙拔须血淋漓”语）。“铿”地一声，天坛杖化成赤龙腾起，雷声大作，四边山峰黑成一片。可是他一点也没有忘怀人间，他要降及时之雨为人们造福，田禾得到好收成，让人们过丰衣足食的日子。而这种出力为人的事业，在自己看来，完全可以办得到的，不经意的谈笑之间，人们得到的好处已经不小了。对照一下那些禅房里拖着禅杖（词中的禅龛，原指供设佛像的小阁子，泛指禅房；楖栗，印度语“刺竭节”的异译，僧徒用的杖），只顾自己不关心别人生活的僧徒——隐指一般逃避现实的人，同持一杖，作用大有不同。作者鄙夷一笑，体现了他的“所慕在经世”（《喜谭德称归》诗）的积极思想。

这首词的艺术风格是雄奇豪迈的，它强烈地放射了积极浪漫主义的光芒。陆游词派的继承者刘克庄在《清平乐》里，幻想骑在银蟾背上畅游月宫，“醉里偶摇桂树，人间道是凉风”，分明是陆游这首词精神的再现。

秋波媚　　七月十六晚登高兴亭望长安南山

陆游

秋到边城角声哀，烽火照高台。悲歌击筑，凭高酹酒，此兴悠哉！　　多情谁似南山月，特地暮云开。灞桥烟柳，曲江池馆，应待人来。

陆游一生怀着抗金救国的壮志。四十五岁以前，长期被执行投降路线的当权派所排挤压抑。孝宗乾道八年（1172），陆游四十八岁。这年春天，他接受四川宣抚使王炎邀请，来到南郑，担任四川宣抚使公署干办公事兼检法官，参加了九个月的从军生活。南郑是当时抗金的前线，王炎是抗金的重要人物，主宾意气十分相投。高兴亭，在南郑内城的西北，正对南山。长安当时在金占领区内，南山即秦岭，横亘在陕西省南部，长安城南的南山是它的主峰。陆游在凭高远望长安诸山的时候，收复关中的热情更加奔腾激荡，不可遏止。集中有不少表现这样主题的诗，但多属于离开南郑以后的追忆之作。而这首《秋波媚》词却是在南郑即目抒感的一篇，情词特别昂扬，充分显示了词人的乐观主义精神。

上片从角声峰火写起，峰火指平安火，高台指高兴亭。《唐六典》说："镇戍每日初夜，放烟一炬，谓之平安火。"陆游《辛丑正月三日雪》诗自注："予从戎日，尝大雪中登兴元城上高兴亭，待平安火至。"又《感旧》自注："平安火并南山来，至山南城下。"又《频夜梦至南郑、小益之间，慨然感怀》："客枕梦游何处所，梁州西北上危台。暮云不隔平安火，一点遥从骆谷来。"都可以和这首词句互证。高歌击筑，凭高洒酒，引起收复关中成功在望的无限高兴，从而让读者体会到上面所写的角声之哀、歌声之悲，不是什么忧郁哀愁的低调，而是慷慨悲壮的旋律。"此兴"的"兴"，兼切亭名。

下片从上片的"凭高"和"此兴悠哉"过渡，全面表达了"高兴"的"兴"。作者把无情的自然物色的南山之月，赋予人的感情，并加倍地写成为谁也不及它的多情。多情就在于它和作者热爱祖国河山之情一脉相通，它为了让作者清楚地看到长安南山的面目，把层层云幕都推开了。这里，也点明了七月十六日夜晚，在南郑以东的长安南山头，皎洁的月轮正在升起光华。然后进一步联想到灞桥烟柳、曲江池台那些美丽的长安风景区，肯定会多情地等待收复关中的宋朝军队的到来。应，应该。这里用"应"字，特别强调肯定语气。人，指宋军，也包括作者。词中没有直接说到收复失地的战争，而是以大胆的想象、拟人化的手法，描绘上至“明月”“暮云”，下至“烟柳”“池馆”，都在期待宋军收复失地、胜利归来的情景，来暗示作者所主张的抗金战争的前景。这种想象是在上片豪情壮志抒发的基础上，自然引发而出，具有明显的浪漫主义情调。全词充满着乐观气氛和胜利在望的情绪，这在南宋爱国词作中是很少见的。

青玉案　　元夕　　辛弃疾

东风夜放花千树，更吹落，星如雨。宝马雕车香满路。凤箫声动，玉壶光转，一夜鱼龙舞。　　蛾儿雪柳黄金缕，笑语盈盈暗香去。众里寻他千百度。蓦然回首，那人却在，灯火阑珊处。

在封建社会里，不肯奔走豪华而自甘寂寞，应该是一种值得肯定的品格。这种品格，不能片面地看作消极的表示，它与积极入世的精神并不相互排斥。像爱国的词人辛弃疾，人生态度无疑是积极的。当他在政治上未能实现拯救祖国的宏伟怀抱时，心情不免抑郁，但他是宁被闲置，决不肯走趋炎附势之路的。这首《青玉案》词表达的正是这种心情。

这词用对比衬托的表现手法，以元宵佳节的繁华气象作背景，用绝世孤往的美人作自我寄托。上片以秾丽藻彩的词笔尽情地描绘了火树银花、马龙车水的灯市，写到焰火，写到歌管，写到月色，写到鱼龙曼衍的灯舞。这一切，汇成春宵欢乐的海洋。下片从上面的热闹场景里，着重地写到看热闹的女子。她们打扮得那么花团簇锦，边说边笑地随着人潮涌来，又随着人潮涌去。她们都是招展的花枝，东风拂处，散着阵阵芬芳。可是，作者所馨香礼赞的，却并不在此，而是在那冷落孤寂之所的她。她是那么幽独芳洁，当然不可能在万人如海中去寻找。然而一下子突然回头看，她原来正是在灯火阑珊的地方悠悠地独行着。繁盛的灯市，并不足以打动她的心，幽静，才是她所喜爱的境界。这样一个人物，是美人，是作者，已不容饶舌分别了。这几句是淡墨，跟上片的浓墨渲染，恰好是对照。而笔致的变化转换，又像龙跳虎脱一样。

"绝代有佳人，幽居在空谷"，"天寒翠袖薄，日暮倚修竹"，这样高贵的美人品格，第一次出现在杜甫《佳人》诗里。辛弃疾成功地运用它的神理到倚声领域中，给千古的元宵词留下了沁人心脾的杰构。

水龙吟　**过南剑双溪楼**　辛弃疾

举头西北浮云，倚天万里须长剑。人言此地，夜深长见，斗牛光焰。我觉山高，潭空水冷，月明星淡。待燃犀下看，凭栏却怕，风雷怒，鱼龙惨。　峡束苍江对起，过危楼，欲飞还敛。元龙老矣！不妨高卧，冰壶凉簟。千古兴亡，百年悲笑，一时登览。问何人又卸，片帆沙岸，系斜阳缆？

祖国的壮丽河山到处呈现着不同的面貌。吴越的柔青软黛，自然是西子的化身；闽粤的万峰刺天，又仿佛森罗的武库。古来多少诗人词客分别为它们作了生动的写照。辛弃疾这首《过南剑双溪楼》，就属后一类的杰作。

宋代的南剑州，即是延平，属福建。这里有剑溪和樵川二水，环带左右。双溪楼正当二水交流的险绝处。要给这样一个奇峭的名胜传神，颇非容易。作者紧紧抓住了它具有特征性的一点，作了全力的刻画，那就是“剑”，也就是“千峰似剑铓”的山。而剑和山正好融和着作者的人在内。上片一开头就像将军从天外飞来一样，凌云健笔，把上入青冥的高楼，千丈峥嵘的奇峰掌握在手，写得寒芒四射，凛凛逼人。而作者生当宋室南渡，以一身支拄东南半壁进而恢复神州的怀抱，又隐然蕴藏于词句里，这是何等的笔力。“人言此地”以下三句，从延平津双剑故事翻腾出剑气上冲斗牛的词境。又把山高、潭空、水冷、月明、星淡等清寒景色汇集在一起，以“我觉”二字领起，给人以寒意搜毛发的感受。然后转到要“燃犀下看”（见《晋书·温峤传》），一探究竟。“风雷怒，鱼龙惨”，一个“怒”字，一个“惨”字，紧接着上句的“怕”字，从静止中进入惊心动魄的境界，字里行间，却跳跃着虎虎的生气。

换片后三句，盘空硬语，实写峡、江、楼。词笔刚劲中带韧性，极烹炼之工。这是以柳宗元游记散文文笔写词的神技。从高峡的“欲飞还敛”，双关到词人从炽烈的民族斗争场合被迫退下来的悲凉心情。“不妨高卧，冰壶凉簟”，以淡静之词，勉强抑遏自己飞腾的壮志。这时作者年已在五十二岁以后，任福建提点刑狱之职，是无从施展收复中原的抱负的。以下千古兴亡的感慨，低回往复，表面看来，情绪似乎低沉，但隐藏在词句背后的，又正是不能忘怀国事的忧愤。它跟江湖山林的词人们所抒写的悠闲自在心情，显然是大异其趣的。

粉蝶儿　　**和晋臣赋落花**　　辛弃疾

昨日春如十三女儿学绣，一枝枝不教花瘦。甚无情便下得雨僝风僽，向园林铺作地衣红绉。　　而今春似轻薄荡子难久。记前时送春归后，把春波都酿作一江春酎，约清愁杨柳岸边相候。

“落花”是古典诗词里一个熟题目，作者多如牛毛，但往往是涂饰许多浓艳的词藻，强作一些无病的呻吟，好的并不太多。辛弃疾这首《粉蝶儿》，不论是意境或语言风格，都能打破陈套旧框，在落花词里，可以算是一阕别开生面的绝妙好词。

《粉蝶儿》的艺术构思颇为巧妙，前、后阕作了对比的描写，而在前半阕中，前二句与后二句又作了一个转折。主题是落花，却先写它未落前的秾华。用十三岁小女儿学绣作明喻，礼赞神妙的春工，绣出像蜀锦一样绚烂的芳菲图案，“一枝枝不教花瘦”，词心真是玲珑剔透极了。突然急转直下，递入落花正面。好花的培养者是春，而摧残它的偏又是无情的春风春雨。于是，用嗔怨的口气，向春神诘问。就在诘问的话中，烘染了一幅“残红作地衣”的着色画，用笔非常经济。下半阕“而今”一句跟上阕“昨日”作对照，把临去的春光比之于轻薄荡子，紧跟着上句的“无情”一意而来，作者“怨春不语”的心情也于言外传出。“记前时”三句又突作一转，转到过去送春的旧恨。这里，不仅春水绿波都属有情之物，酿成了醉人的春醪，连不可捕捉的清愁也形象化了，在换了首夏新妆的杨柳岸边等候着。正因为年年落花，年年送春，清愁也就会年年应约而来。就此煞住，不须再着悼香、惜红一字，而不尽的馀味，已曲包在内。

这是首白话词。用白话写词，看来容易，倒也很难。如果语言过于率直平凡，就缺乏魅人的力量。而自然的语言要配合音律严谨的词调，也是要煞费苦心的。这首《粉蝶儿》寓秾丽于自然，散句（上、下阕的前二句）与整齐句（上、下阕的后二句），组成“如笛声宛转”（近代词人夏敬观评语）的音节，所以不是一般的白话诗，而是白话词。通首写自然景物，用拟人化的表现手法，十分新鲜。遣词措语，更能不落庸俗。以清诗人袁枚所写“春风如贵客，一到便繁花”相较，高下立显。词笔于柔韧中见清劲，不是艺术修养达到升华火候，是不能办到的。

永遇乐　**京口北固亭怀古**　辛弃疾

千古江山，英雄无觅孙仲谋处。舞榭歌台，风流总被雨打风吹去。斜阳草树，寻常巷陌，人道寄奴曾住。想当年，金戈铁马，气吞万里如虎。　元嘉草草，封狼居胥，赢得仓皇北顾。四十三年，望中犹记，烽火扬州路。可堪回首，佛狸祠下，一片神鸦社鼓。凭谁问，廉颇老矣，尚能饭否？

在烽火漫天的长、淮道上，提携着抗金队伍，快马如飞，奔向南方祖国的怀抱——这一慷慨的英雄形象，当爱国词人六十四岁的年头，还在梦魂深处飞动着。而这已是远隔四十三年的前尘影事了。苟安已久的南宋小朝廷，现在总算出现了一线复国的希望——抗金派的首脑韩侂胄大权在握，正在策划北伐。词人也被起用，被任命为镇江知府，到达了抗敌的前线基地。他在登临著名胜迹北固亭的时候，抚今思昔，产生无限感慨是很自然的。

千古江山，在词人的视野中揭开了宏丽的绒幕。这座被鞺鞳涛声震撼着的历史舞台，曾经活跃过雄霸江东、不向曹操屈膝的孙权，和北伐中原、灭燕扫秦的刘裕（小名“寄奴”）等英雄人物。尽管舞榭歌台已毁灭于风吹雨打，寄奴巷陌只剩下草树斜阳，可是“金戈铁马，气吞万里如虎”的英雄气概，还是多么令人向往啊！对照一下长期以来偷安半壁的南宋王朝，词人对古人业绩的膜拜，分明就是对当时腐朽统治者深沉的愤慨。

下片紧接入刘裕之子宋文帝元嘉年间北伐失败的场景。文帝所发的“封狼居胥”的豪语，是要有充分的实力准备和周密的战略战术来实现的，而他的轻举妄动，只能导致“仓皇北顾”的后果。缺乏老谋深算的韩侂胄，会不会重演一次历史的悲剧呢？在当时，辛弃疾是有一个十年准备的主张的，韩侂胄并不能对它作冷静的考虑，而正在迫不及待地要冒进。韩、辛之间已存在着矛盾，词人不能不感到忧虑了。忧虑，不能不联系到个人身世，但它不是个人的利害得失。个人命运与祖国命运的纽带，词人是把它紧紧结合在一起的。这就是由回忆四十三年前的我而愤慨到今天“廉颇老矣”的我的原因。风景不殊，河山未复，“佛狸祠下，一片神鸦社鼓”，是太平景象吗？不，它意味着某些人们对历史上民族耻辱的忘怀。这怎能不使爱国的老词人悲慨交集呢！但悲慨并不等于悲观，身负国家重寄，既是回澜有术，何怕报国无路。于是呵天一问，壮气拿云，四十三年前的少年猛志，仍然在喷发着万丈的火焰。

这是首怀古之作，当然要涉及历史上人物的事迹，它并非故实的堆砌，而是被用来为主题服务的，以达到“借古讽今”的目的。用典虽多，但有豪壮之气驱使它，正如零星的钢材铁料，一入高手熔铸，便成为一个不可分割的整体，而青虹宝剑的光芒，就能惊人地在纸上飞舞。

沁园春　寄辛承旨。时承旨招，不赴

刘过

斗酒彘肩，风雨渡江，岂不快哉！被香山居士，约林和靖，与坡仙老，驾勒吾回。坡谓："西湖，正如西子，浓抹淡妆临照台。"二公者，皆掉头不顾，只管传杯。　白言："天竺去来，图画里峥嵘楼阁开。爱纵横二涧，东西水绕；两峰南北，高下云堆。"逋曰："不然，暗香浮动，不若孤山先访梅。须晴去，访稼轩未晚，且此徘徊。"

韩愈"以文为诗"，扩大了诗的表达功能。辛弃疾又作了些"以文为词"的尝试，给词开辟了新的写作途径。同时刘过，在这方面也是取得了成就的，这首《沁园春》就是代表作。

刘、辛相识，都在晚年。其时辛方任浙东安抚使在绍兴，闻刘词名，邀往幕府。刘客于杭州，有事未及行，写这首词道意。但辛氏终于邀请了他去，游宴经月。这首婉谢的词，倒成为加速二人相见的媒介。

不论结构与语句，这里出现了与一般词作不同的写法。就结构说，借白、苏、林三人的话以达意，是屈原《卜居》《渔父》的类型。就语句说，"岂不快哉"，"坡谓""白言""逋曰"，"二公者"，"不然"等等，固然纯粹是文章句子，而通篇词句也可以说是散文化的。

一起三句，破空而来，先表示了满想风雨渡江的豪情，让对方看了高兴一下。这样的构思就不平直。然后一笔兜转，交待不能来的原因，是被香山居士等勒住了驾。"欲把西湖比西子，淡妆浓抹总相宜""东涧水流西涧水，南山云接北山云”“暗香浮动月黄昏”，把三人诗句信手拈来，借作他们的话，明明是掉书袋却泯灭了堆垛的痕迹。尤其巧妙的是东坡说罢，不就接白、林答言，而横插入“二公者，皆掉头不顾，只管传杯”三笔，这不仅使读者如闻其声，而且如见其人。本来三人的话很难压缩在半阕词中，有此一隔，白、林的话很自然地可以安排在后半阕，而上半阕也有了收煞。三人的话，也有变化，苏谈西湖，白夸天竺，林说孤山。白、苏强调山水风光，林则更突出了梅花，从“不若孤山先访梅”。转到“须晴去，访稼轩未晚，且此徘徊”，毫不费力地回应了开头的“驾勒吾回”，扣紧了题目的“不赴”二字。

全首灵活使用了大量故实，一句话，不过是说山水留人而已。这种手法，对后来词人是有所启发的。当然，生硬地去套，也会弄巧成拙。当时岳珂就曾嘲笑他：“词句固佳，然恨无刀圭药，疗君白日见鬼症耳。”救弊之谈，不可不知。

扬州慢　　姜夔

淳熙丙申至日，予过维扬。夜雪初霁，荠麦弥望。入其城则四顾萧条，寒水自碧，暮色渐起，戍角悲吟。予怀怆然，感慨今昔，因自度此曲。千岩老人以为有黍离之悲也。

淮左名都，竹西佳处，解鞍少驻初程。过春风十里，尽荠麦青青。自胡马窥江去后，废池乔木，犹厌言兵。渐黄昏，清角吹寒，都在空城。　　杜郎俊赏，算而今，重到须惊。纵豆蔻词工，青楼梦好，难赋深情。二十四桥仍在，波心荡，冷月无声。念桥边红药，年年知为谁生！

《扬州慢》，姜夔的自度曲。万树《词律》说：“《扬州慢》，白石因游扬州而作。创为新调，即以词意名题，其所言即扬州之事。”扬州在唐代是极繁华的都市。宋高宗建炎三年（1129），金统治者初犯扬州，劫掠一空，时在姜夔作此词前四十多年；绍兴三十一年（1161），金主完颜亮南犯，扬州二度受到兵祸。这词是姜夔的名篇，写于孝宗淳熙三年（1176）。姜词可以编年的，这是第一首。这时他二十馀岁，从汉阳沿江东下经过扬州，上距完颜亮南侵已有十六年，扬州的乱后荒凉景象，还没有改变。作者面对现实，想到唐时繁盛风光，发出了感慨。但他所发出的感慨，只是一种“黍离”的悲伤，反映的不是当时的斗争内容。而且作品中关于今昔的对照是通过杜牧诗意，从“波心荡冷月无声”引起“二十四桥”昔日繁华消逝的惆怅；这种感慨，又是从当年的“青楼梦好”和眼前的“桥边红药，年年知为谁生”这一冶游生活着眼的，这就和当时人民的思想感情相距甚远。词中又渗透了厌战思想，这又是和人民要用正义的战争消灭敌人、统一全国的心情根本不同的。

这首词炼字能着力，又能自然，如上片结尾着一“吹”字以渲染气氛；下片着一“荡”字以描写水月动态，都是传神之笔。运用故实，又能切地，唐人咏扬州的诗，杜牧诗最著名，姜词中便多引杜句。但这样的表现手法，是为作品消极伤感的思想内容服务的，因而更加显得调子低沉。

姜夔词以工于制小序著称，小序往往是一篇写景抒情小品，这词的小序，就可以代表。序文与词情调一致，“夜雪”“荠麦”“寒水”“暮色”等自然物色和“戍角”声音融合在一起，通过“初霁”“弥望”“自碧”“渐起”“悲吟”等动态逐层逼进，构成了一幅荒凉萧条的画图。“感慨今昔”四字交待了写作动机，也概括了主题思想。

长亭怨慢　姜夔

予颇喜自制曲，初率意为长短句，然后协以律，故前、后阕多不同。桓大司马云：“昔年种柳，依依汉南。今看摇落，凄怆江潭。树犹如此，人何以堪！”此语予深爱之。

渐吹尽枝头香絮，是处人家，绿深门户。远浦萦回，暮帆零乱向何许？阅人多矣，谁得似长亭树？树若有情时，不会得青青如此！　日暮，望高城不见，只见乱山无数。韦郎去也，怎忘得玉环分付？第一是早早归来，怕红萼无人为主。算空有并刀，难剪离愁千缕。

词人写儿女离情，风格往往不免于“香而弱”。自花间派到北宋欧、晏、柳、秦，都是这一路。这些词，多读了，肠胃会感到发腻，就需要硬毫健笔的词来洗濯一下。姜夔词具有这样的功能，《长亭怨慢》一阕可以代表。

姜夔早年，在合肥有过一段恋情生活。这词是他在南宋光宗绍熙二年春自合肥东归时忆别所作。如水柔情，却是通过了遒峭瘦硬的笔触曲曲地传出。全首词怀人念别，抚今思往，万千思绪，摄纳在九十七字中，而一气盘旋而下，不留一些斧凿痕迹。一开头三句渲染了一幅绿杨门户的残春烟景，它是忆别对象的所在，词心也正像际海蟠天的空中香絮般飘荡而来。紧接着出了迂回的南浦、接天的帆影，这是送别之境，沁透着多少离人的眼泪在内，而作者就是其中的一个。送别，不能不令人想起折柳赠别的故事。可是阅人已多的长亭树，偏是冷漠无情，年年送尽行人，年年青青不灭。这四句一波三折，自问自答，反笔扑起，树无情越显得人有情。上片就此束住，是追忆别时。

换片以下写与情人分袂以后的动态和心理过程。征帆在暮色苍茫中投向天际了，回头望去，乱山重叠地遮掩着，高城望不见了，何况是城中的情人！于是临歧时的喁喁情话，又难免要涌向心头了。玉环分付，早早归来，却偏说是“怕红萼无人为主”，情人宛转表达的苦痛心情，就够得离人长远地不能忘怀。本没有剪水的并刀，即使有，像柳丝般的千万离愁，也还是“剪不断，理还乱”啊！又是一个曲折，同时隐隐关注了上片的杨柳。

这首词的艺术特点，第一是用笔曲折，像风江春水，皱痕层叠。第二是笔力瘦劲，又像拿空的古藤一样。在襟韵高绝之中也淡着些儿脂粉，则又像“老树着花无丑枝”一样，增添了缠绵之致。

贺新郎　　**送陈子华赴真州**　　刘克庄

北望神州路。试平章这场公事，怎生分付？记得太行兵百万，曾入宗爷驾驭。今把作握蛇骑虎。君去京东豪杰喜，想投戈下拜真吾父。谈笑里，定齐鲁。　　两河萧瑟惟狐兔。问当年祖生去后，有人来否？多少新亭挥泪客，谁梦中原块土？算事业须由人做。应笑书生心胆怯，向车中闭置如新妇。空目送，塞鸿去。

刘克庄是南宋后期爱国词人之一，风格上属于辛弃疾一派。这首词不仅是《后村长短句》的代表作，也是宋词中爱国精神特别昂扬的一篇。写作时作者四十一岁，正当意气风发的壮年，时正在知建阳县任上。陈真州，名韡，字子华，福建侯官人。宝庆元年（1225），真德秀荐举子华。次年，命知兴化军（治所在莆田）。刚到任，四月，奉命移知真州。自兴化北上，经建阳与作者会面话别。真州在南宋属淮南东路所辖，治所在今江苏省仪征，是靠近抗金前线的要地。为此，词中寄予了恢复失地的殷切希望。

词的上片首先提出怎样才能收复失地的问题，它着重指明依靠人民力量的重要性。本来，在女真族入侵黄河流域以来，宋王朝的一部分统治者走着投降或逃跑的路线，而英勇的中原人民，则坚持了前仆后继的抗金斗争。太行山的八字军就是一面鲜明的旗帜。他们推动了爱国的将帅和诗人们投入这一场民族斗争的高潮，并给以抗敌的力量。著名的抗金英雄宗泽依靠了王善、杨进、王再兴等人民武装，捍卫了东京。辛弃疾早年就投奔义军首领耿京，合作抗金。而坚持与人民为敌、靦颜事仇的反动统治集团，则把人民看作蛇虎一样地可怕，不敢也不想依靠人民去湔雪国家的耻辱。这首词的上半片毫不含糊地划清了这二者不同的界线，认定抗金的人民是豪杰，是谈笑定齐鲁的基本力量。满怀希望陈韡此去，能继承宗泽的路线和策略，使京东义师"投戈下拜"，同心合作。词中所说"豪杰喜"的"喜"字，是深刻体会了人民的心情才能道出的，是作者的感情靠拢人民的表征，它扎根在爱国的场合之上。

下半片对照地鞭挞了偷安半壁的南宋统治者。当时沉醉在临安销金窟里的士大夫们，能像新亭名士那样抹眼泪的已经不算是坏，连做梦也不敢设想到还我河山。于此，作者不能不激动地喊出"事业须由人做"的呼声，给陈韡以有力的鼓舞。而自己不能同往前线，倒不免有些愤慨，而自笑为"书生心胆怯"了。当然，作者何曾胆怯！《后村集》里那些表示坚强抗敌的作品，对此正好作否定的回答。

清平乐 **五月十五夜玩月** 刘克庄

风高浪快，万里骑蟾背。曾识姮娥真体态，素面原无粉黛。　身游银阙珠宫，俯看积气濛濛。醉里偶摇桂树，人间道是凉风。

“月到中秋分外明”，在这团圆佳节，当人们凝视着穹远的碧海青天而发生遐想的时候，不能不因远古的神话传说——嫦娥奔月——而为之神往。正因为雾鬓风鬟的月里嫦娥，是人间千百万美人的永恒化身，所以长远以来，多少诗人词客，对她馨香膜拜，为她写下绝代销魂的名篇。这些名篇，也正像光辉的明月一样，留影山河，长无生灭。

但是，这美丽的题材毕竟太熟了，写的人太多，就不免陈陈相因，很少新意。刘克庄的这首《清平乐》可以说是突破了老框子的。

刘克庄词属于辛弃疾词的一派。这首词的豪迈风格和浪漫主义色彩，较之辛词，几乎有出蓝之胜。试看辛弃疾的名作《木兰花慢·中秋饮酒将旦,客谓前人诗词,有赋待月,无送月者,因用〈天问〉体赋》，起六句是：“可怜今夕月，向何处，去悠悠？是别有人间，那边才见，光景东头？”王国维《人间词话》赞叹为“词人想象，直悟月轮绕地之理，与科学家密合，可谓神悟”。可以说是词中的《天问》，但它还不能体现出词人宏伟的怀抱。显然，刘词所放射的积极浪漫主义光芒是更为强烈的。词的上片，作者奇想破空，乘着天风，跨上银蟾的背，认清了嫦娥的本来面目。只“素面原无粉黛”一句，不仅写出了月魄的皎洁无尘，绝代佳人的洗尽铅华，而且也告诉人们，一切真美的东西，包括诗词在内，总是“清水出芙蓉，天然去雕饰”的。

下片，词人继续驰骋想象，在寥廓的太空里俯瞰人间。他一点也没有忘怀人间，他要使人间化为清凉世界。“醉里偶摇桂树，人间道是凉风。”本来，伟大的事业，在英雄自己看来，并不认为是什么了不起的。不经意地偶摇桂树，给人们的好处已经不小了。杜甫“安得广厦千万间，大庇天下寒士俱欢颜”的精神，在这里分明得到了再现。

在载人宇宙飞船连续上天的时代，我们欣赏这词，特别感到亲切有味。词人所驰骋的万里骑蟾去看嫦娥素面的想象已经成为现实。这首绝妙好词，也就不仅是广寒玉宇的写照，而且可以移作人间天堂的法曲了。

丑奴儿慢　**双清楼**　吴文英

空濛乍敛，波影帘花晴乱。正西子梳妆楼上，镜舞青鸾。润逼风襟，满湖山色入阑干。天虚鸣籁，云多易雨，长带秋寒。　遥望翠凹，隔江时见，越女低鬟。算堪羡烟沙白鹭，暮往朝还。歌管重城，醉花春梦半香残。乘风邀月，持杯对影，云海人间。

在南宋，以“销金锅子”著称的西子湖，是不少词客们觞咏流连之地。说来也动听，他们是“互相鼓吹春声于繁华世界，能令后三十年西湖锦绣山水，犹生清响”。(郑思肖《玉田词题辞》)可惜的是大好湖山就在这回肠荡气的玉箫声里断送了。吴梦窗就是南宋后期为西湖写出不少词作的一人。

在梦窗所写的西湖词里，这首《丑奴儿慢》要算是较有深刻的思想性并有高度艺术成就的一阕。这里，不仅给西湖作了妍丽的写照，而且也反映了当时多少人们生活在怎样一个醉生梦死的世界里。上片，从雨后风光写起：空濛的雨丝刚才收敛，风片轻吹，荡漾得帘花波影，晴光撩乱，这一画境，已够浓丽。再以西子梳妆楼上，青鸾舞镜作比拟，染成了异样藻彩。西子比西湖的山水，青鸾舞镜比西湖，是比中之比。上面用了浓笔，“润逼风襟”二句换用淡笔。它不仅把上文所渲染的雨气山光一语点醒，而且隐然透示披襟倚阑，此中有人。“天虚鸣籁”三句捶炼入细，写的是阴雨时节给人以秋寒感受。下片扩展到隔江远望，以低鬟越女比拟隐约中的隔江山翠。接着，把自己所企羡的往还自由的烟沙白鸟跟沉醉于重城歌管的人们作一对照。在万人如海的王城里，这种人不在少数，词人用“醉花春梦半香残”作嘲讽，当头棒喝，发人深省。于是意想突然飞越，自己要乘风邀月，对影高歌，云海即在人间。词人本身高朗的襟抱，跟醉花春梦者流，又来一个对照。

以“七宝楼台”著称的梦窗词，虽然以严妆丽泽取胜，但像这首词就不是徒眩珠翠而全无国色之美的。

贺新郎　**陪履斋先生沧浪看梅**　吴文英

乔木生云气。访中兴、英雄陈迹，暗追前事。战舰东风悭借便，梦断神州故里。旋小筑、吴宫闲地。华表月明归夜鹤，叹当时花竹今如此！枝上露，溅清泪。　遨头小簇行春队。步苍苔、寻幽别坞，问梅开未？重唱梅边新度曲，催发寒梢冻蕊。此心与、东君同意。后不如今今非昔，两无言、相对沧浪水。怀此恨，寄残醉。

吴梦窗词，内容则绮罗香泽，语言则镂金刻翠，词论家往往把他和北宋的周美成并提，当然和辛稼轩、刘后村等豪放一派大异其趣。然而梦窗也偶有以爱国主义为主题的杰构，《八声甘州·灵岩陪庾幕诸公游》和这首《贺新郎》就是。两首词又同中有异，《八声甘州》"奇情壮采"诚如麦孟华所赞叹，然而秾丽密致的风格，仍能不为大笔淋漓所掩。这首《贺新郎》却较为疏宕，周济《介存斋论词杂著》说吴词"意思甚感慨，而寄情闲散"，况周颐《香海棠馆词话》说吴词"与东坡、稼轩诸公，实殊流而同源"，指的正是这种。

本篇主题是怀念抗金名将韩世忠,因而感及时事，却借沧浪亭看梅而发。沧浪亭是苏州名胜，原是中吴节度使孙承祐的池塘，后废为寺，寺后又废。苏舜钦谪官苏州时用四万钱买得，后为韩世忠别墅。宋以来写沧浪亭的诗词，很少着眼到韩世忠事迹，这词是别开生面的一首。题中的履斋先生是吴潜，曾在苏州做地方官，梦窗是他的幕客。词前半阕从韩世忠沧浪亭别墅写起。"乔木生云气"，不仅写故家旧宅的郁郁葱葱气象，并显示南渡英雄人物在此寓迹时间已隔得很久，树木都长得云气苍然了。"战舰东风悭借便"，是用典，周瑜曾乘东风之便，大破曹操军于赤壁。这里是反用，意思是天不助人。悭，是吝惜的意思。这句连同以下两句，用沉着悲壮的语言，为当日黄天荡一战未能生擒兀术、英雄的陕北故乡仍然沦于敌手而致惜，特别是为世忠后来因避权奸迫害休官退居而寄慨。"华表月明归夜鹤"，用丁令威化鹤重归辽东的典故。这句连同以下三句从世忠当时转入梦窗今日的看花游春，"叹当时花竹今如此"，神韵凄绝，"风景不殊，正自有河山之异”，和新亭挥泪同样说不尽的感慨，含蕴在八字之中。由人事而说到花竹，又由花竹而感到人事，然后用“枝上露”点明梅花，“溅清泪”双绾花和人。写得浑成自然，毫无刻意经营的痕迹。

后半阕，紧接着从看梅写起。宋代的知州出游，被称为“遨头”，苏轼词中又写作“遨游首”，点明此来是陪吴潜寻幽探春。问梅开未，催花唱曲，不仅是点题应有之笔，而且这是用意双关，把催花开放，隐喻对当政者寄予发奋图强的希望。东君是春神，借以指东道主人吴潜，“此心与东君同意”，表明宾主的思想一致。陈洵《海绡说词》说此句“能将履斋忠款道出。是时边事日亟，将无韩、岳，国脉微弱，又非昔时。履斋意主和守而屡疏不省，卒致败亡，则所谓‘后不如今今非昔，两无言相对沧浪水。怀此恨，寄残醉’也。言外寄慨，学者须理会此旨”。此论深得作者用意所在。梦窗写此词，时代已非南宋前期，因此，词意虽然表示了作者对国势的关心，但后不如今、寄恨残醉的调子是低沉的，缺乏鼓舞人心的昂扬斗志，不同于辛稼轩词的大声鞺鞳处正在于此。吴潜有和韵一首，意思更加消沉。

这首词通篇结构严密，陈洵说：“前阕沧浪起，看梅结；后阕看梅起，沧浪结，章法一丝不走。”全首清空一气，只用了“战舰东风”和“华表归鹤”两个典故，跟梦窗大部分词作过多地填砌典故词藻的大有不同，可见能手是无所不可的。

六州歌头　　刘辰翁

乙亥二月，贾平章似道督师至太平州鲁港，未见敌，鸣锣而溃，后半月闻报赋此。

向来人道，真个胜周公。燕然眇，浯溪小，万世功，再建隆。十五年宇宙，宫中赝，堂中伴，翻虎鼠，搏鹯雀，覆蛇龙。鹤发庞眉，憔悴空山久，来上东封。便一朝符瑞，四十万人同。说甚东风，怕西风（都人窃议者称西头）。　甚边尘起，渔阳惨，霓裳断，广寒宫。青楼杳（都城籍妓，皆隶歌舞无敢犯），朱门悄，镜湖空，里湖通。大纛高牙去，人不见，港重重。斜阳外，芳草碧，落花红。抛尽黄金无计，方知道前此和戎。但千年传说，夜半一声铜，何面江东？

“温柔敦厚，诗教也”，这一传统的儒家说诗教条，长远以来，被封建统治者片面地利用，钳制诗人们以诗歌来批评政治。谁的诗歌里有反抗的声音，谁就应该得到“非圣无法”的罪名。因此，宋人从黄庭坚到严羽，不约而同地提出了反对以骂詈为诗的诗论，实质上就是不准尖锐地讽刺黑暗现实。对诗的要求尚且如此，对所谓“香而弱”的词，当然更不待说。

然而，早在被儒生们认作经典的《诗》三百篇里，就已经出现过“取彼谮（谗）人，投畀（与）豺虎”（《巷伯》）、“赫赫宗周，褒姒灭之”（《正月》）一类骂詈式的诗句了。从汉乐府到白居易的乐府里，也不难听到这种声音。词里比较少见，但例外的不是没有，试看这首《六州歌头》。

这词痛骂的对象是南宋末年的奸相贾似道。这是一位以斗蟋蟀出名把宋末政治搞得一团糟的相公。在理宗开庆元年忽必烈南犯的时候，他屯兵黄州，遣密使议和纳币。恰值元军因内乱北撤，他便隐瞒和议真相，谎报战功，因而入朝后窃得政治大权。

度宗年代，元军再度南侵，前线告急，名城失守，他搁置不理。恭帝德祐元年春，才抽集各路精兵十三万出御元军，他自己督后军驻鲁港，前锋不战溃逃，他便弃军遁走扬州。权奸误国，把民族推向灾难的深渊，说来令人发指。爱国词人刘辰翁为此对他作了辛辣的讽刺。这在词中是较长的慢词，作者用“放笔为直干”的手法去写。前半写他劫持国柄十五年，势焰熏天，炙手可热，后半写他鲁港大败的丑剧，跟前半作鲜明对照。“抛尽黄金无计，方知道前此和戎”，揭露他的卖国阴谋。“夜半一声铜，何面江东？”这一鞭挞，不减祢衡骂曹、渔阳三挝的愤激。通首大笔淋漓，钟声鞺鞳，是辛弃疾词派的继承，也是对“温柔敦厚”论者的无情回击。

燕归梁　　风莲　　蒋捷

我梦唐宫春昼迟，正舞到，曳裾时。翠云队仗绛霞衣，慢腾腾，手双垂。　　忽然急鼓催将起，似彩凤，乱惊飞。梦回不见万琼妃，见荷花，被风吹。

试设想这样一个境界：当残暑季节的清晓，一阵阵的凉风在水面清圆的万柄荷伞上送来，摆弄得十里银塘红翠飞舞。这晓风透露给人们一个消息，莲花世界已面临秋意凋零的前夕了。这是空灵的画境，是迷惘的词境。怎样以妙笔去传神，画工给词人出下了这一个不易着手的难题。

词人通过他灵犀一点的慧思，在笔底开出了异彩绚烂的花朵，幻出了一个美绝人天的梦境。出现在梦里的莲花完全人格化了。她是唐代大画家周昉腕下的唐宫美人，她是在作霓裳羽衣之舞。沐浴在昭阳春昼的旖旎幻境中的她，缕裙曳烟，珠袚飘雾，玉光四射，奇丽袅娜的身影回旋在人们心上，是多么难以恝置的美艳的传奇！不，它的背后，已带来了燃眉的邦国大祸。果然，撼地掀天雨点般的急鼓，惊破了舞曲，惊散了凤侣，一晌贪欢的梦境霎时幻灭。“梦回不见万琼妃”，词人声泪俱下地唱出了宗国沦亡的哀歌。“见荷花，被风吹”，这么临去秋波的一转，点明本题，让上面的梦境完全化为烟云。你说她是琼妃也好，是荷花也好，幻想与现实和谐地交织成为完美的艺术图案。

这词的艺术构思，迥出于寻常蹊径之外。莲花不易传神，风莲更不易传神，咏风莲而有寄托，更难，有寄托而不见寄托痕迹，难之尤难。作者巧妙地通过了梦，通过了拟人化的形象，通过了结尾画龙点睛的手法，好像绝不费劲地达到了如上的要求。这是莲，但不是泛泛的莲，而是风中的莲。如果说翠仗绛衣是一幅着色画，那么彩凤惊飞的神态，更是画所不能达到。我们读这首词，须得理解作者是宋末的遗民，是南宋亡国历史悲剧的见证人，透过这奇幻浓郁的浪漫主义风貌，去探索它的现实性，它将会使你更加感到怅惘不甘，当时南宋沦亡的挽歌还会在你的灵魂深处荡漾着。

这是一首有寄托的咏物词，但寄托不同于影射，更不是要使读者去猜谜，它本身就是一种艺术美。这首词，即使撇开它的寄托意义不谈，仍然是一首咏风莲的绝唱，给人以美的享受。清代常州派词论家周济在《宋四家词选目录序论》中说：“夫词，非寄托不入，专寄托不出。一物一事，引而伸之，触类多通，驱心若游丝之罥飞英，含毫如郢斤之斫蝇翼。以无厚入有间，既习已，意感偶生，假类毕达，阅载千百，謦欬弗违，斯入矣。赋情独深，逐境必寤，酝酿日久，冥发妄中；虽铺叙平淡，摹绘浅近，而万感横集，五中无主；读其篇者，临渊窥鱼，意为鲂鲤，中宵惊电，罔识东西，赤子随母笑啼，乡人缘剧喜怒，抑可谓能出矣。”这首《燕归梁》好就好在入而能出。

沁园春　　题睢阳庙　　文天祥

为子死孝，为臣死忠，死又何妨？自光岳气分，士无全节；君臣义缺，谁负刚肠？骂贼张巡，同心许远，留得声名万古香。后来者，无二公之节，百炼之刚。　人生翕数云亡，好烈烈轰轰做一场。当时卖国，甘心降虏，受人唾骂，安得流芳？古庙幽沉，仪容俨雅，枯木寒鸦几夕阳。邮亭下，有奸雄过此，子细思量。

吊古之作要能寄寓作者自身深远的思想感情，才算是上乘。否则只是为吊古而吊古，填砌一些历史故实，看不出有时代的面貌与作者的我在内，就没有多大意义。如果作者本人就是一个杰出的历史人物，那么，借古以抒情，必然于古人身上寄托着自己的灵魂。文天祥这首《沁园春》就属于这一类型。

张巡、许远，旧时被称为“双忠”。江、淮以南地区，到处有双忠祠。他们在胡人安禄山叛唐的战乱中，孤军扼守睢阳城，保障东南，坚守数月之久，最后粮尽援绝，城陷被执，先后以身殉国。他们的英雄行为长期以来成为爱国者学习的榜样。文天祥过睢阳庙而要作词凭吊，正是从这一巨大的教育意义出发，并非单纯是抒写一些怀古幽情。

这首词对“双忠”作了馨香膜拜的歌颂，目的在于激励后人。首先，“为子死孝，为臣死忠”，这一封建道德观点，在天祥的意识里，是与爱国爱民族的精神联系在一起的。降敌偷生，贻羞祖宗，是不孝，而死忠不是单纯为了皇帝，当时恭帝投降，而天祥仍然抗元，就是明证。“死又何妨”大无畏精神是以“死孝”“死忠”为前提的，它是在严重关头考验一个爱国者的试金石。接着，作者指出了“流芳”“遗臭”两条道路。一种是“留得声名万古香”的“双忠”，一死重于泰山，鼓舞着有“百炼之刚”的战士“好烈烈轰轰做一场”。另一种是“无二公之节”，“甘心降虏，受人唾骂”的卖国贼，天祥对他们作了无情的鞭挞，要他们对着“双忠”，仔细思量。这里，作者的爱憎极为分明，而自己选择的道路正是前者而不是后者。

就词论词，也极见惨淡经营。前半正面写“双忠”，但已逗起后半对奸雄的口诛笔伐。后半呵斥奸雄，仍然从“双忠”过渡，并扣紧了睢阳庙落笔。“古庙幽沉”三句，把读者带进了幽淡古异的词境，由此而引出“邮亭下，有奸雄过此，子细思量”的当头棒喝，声情激越，富于感染力，不同于缺乏形象性的说教。

满江红　　文天祥

和王夫人《满江红》韵，以庶几后山《妾薄命》之意。

燕子楼中，又捱过、几番秋色。相思处、青年如梦，乘鸾仙阙。肌玉暗消衣带缓，泪珠斜透花钿侧。最无端蕉影上窗纱，青灯歇。　　曲池合，高台灭。人间事，何堪说！向南阳阡上，满襟清血。世态便如翻覆雨，妾身元是分明月。笑乐昌一段好风流，菱花缺。

我国古代诗词有所谓用美人香草寄托君国大事的传统。文天祥这首《满江红》词就是借美人以隐寓自己对南宋的忠贞情操的。

题目自称是“以庶几后山《妾薄命》之意”。后山是北宋人陈师道，曾巩的学生，曾写《妾薄命》诗，自比喻一生崇拜曾巩。文天祥借以说明忠于宋朝不事元朝的初心。作品的主题就在题目中清楚交代。王夫人名清惠，是宋朝宫廷里的昭仪。宋亡时，她随着恭帝等于丙子（1276）三月被俘北行，经过汴京夷山县的时候，题《满江红》一词于驿壁，抒写亡国的惨痛。最后二句是“问嫦娥、于我肯从容，同圆缺”。天祥被囚在金陵，读到这首词认为这话有欠商量，因此写这和词，还有《代王夫人再用韵》一首。邓剡、汪元量二人都有和韵，而天祥这首词，却是独出冠时。

全首用唐代张愔的爱姬关盼盼自比。“燕子楼”两句，用“燕”字两意的音异形同，暗指自己被囚于燕京已历经岁月。接着回忆年轻时中状元出仕宋王朝的前尘梦影，正如美人乘鸾上仙阙一样。被囚以后，生活突变，肌玉暗消，泪珠洗面，为了国家，忍受这青灯独对的苦味。这和《正气歌》序中所正面描写的，同一心境，不同的彼是实写，这是比喻而已。“高台”“曲池”二句是用桓谭《新论》所载雍门周说孟尝君的话：“千秋万岁后，高台既已倾，曲池又已平。”高台、曲池的变灭，分明是王朝覆亡的缩影，而自己对祖国不渝的忠贞，又何异于美人向旧主的墓阡上倾泻千行的血泪。汉代原涉自署墓道为“南阳阡”，陈师道《妾薄命》诗有“相送南阳阡”“有泪当彻泉”等句。这词是自拟于《妾薄命》的，所以便融化《妾薄命》的诗语入词。“世态便如翻覆雨，妾身元是分明月”，是全首的命脉所系。尽管在沧桑更变以后，不少人弹冠新朝，而天祥的精忠不二，却正如中天的皓月一样，绝不含糊。乐昌是陈朝的公主，陈将亡时，驸马徐德言预料夫妻难免离散，因击破铜镜各执一半，为他日重见时的凭证。陈亡，乐昌公主为杨素所有，但后来仍得与徐德言团圆。事见唐人韦述《两京新记》、孟棨《本事诗》。天祥对那般像乐昌公主一样逞风流的新贵们只能投以轻蔑的目光，笑它菱花破镜，一缺不能再圆，“一失足成千古恨，再回头是百年身”了。语气虽然和缓，而天祥岸然的劲节，真有不可侵犯的尊严。昂扬的爱国精神，通过动人的美人形象而体现，它的感人力量，就不是单纯的说教所能及了。

天祥词的艺术风格基本上属于豪放派，而这首词却是婉约派的当行之作。可见一个杰出的作家，其风格往往是多样化的。

（选自《梦苕庵论集》）

诗坛点将录

浣花诗坛点将录

诗坛之有点将录，始于清人舒位之《乾嘉诗坛点将录》，近人汪国垣之《光宣诗坛点将录》继之，范镛之《当代诗坛点将录》又继之。借说部狡狯之笔，为记室评品之文，与东林点将属于政治罗织者殊科。舒、汪点将，综一百零八员天罡地煞之数，且冠以旧头领托塔天王一员，实为一百零九人。范氏所点，则为数简略，并天罡之数亦不足。成都杜甫研究学会及《草堂》编辑部嘱余撰文，余久病不斟，握管如锥。因思老杜诗圣，唐宋以来至近人，评赞者如林，讥贬者亦有。余何人斯，敢妄加议论！因戏为《浣花诗坛点将录》，择杜以后学杜诸家当于我意者三十五人，比附于天罡星座。不扩大为一百零八之数者，难得其人，不欲强加罗列。凡所举，限于学杜或摹杜者，否则虽大家、名家如青莲、昌谷、宛陵、东坡、石湖、诚斋、青丘、大樽、渔洋以至定庵诸家，皆不阑人。于各家之下，略附简评，或有取诸前人，为吾意所首肯者，亦不求备。此乃游戏笔墨，一家私言，初非诗国之阳秋也。

都头领二员

天魁星呼保义宋江　　杜甫

浣花大名与灵均、青莲鼎足而三。必欲求四，庶几渊明。然屈、李皆今人所谓浪漫主义诗人，与浣花殊派；而陶诗又限于四言、五言古体，非如杜诗之无所不有，开后人无穷法门也。世尊诗圣，非公莫当。足将草堂诗坛。戏为绝句一首当引嗅：

到海黄河汇百川，穷源星宿对遗编。千秋诗圣兼诗史，卅五天罡拜座前。

天罡星玉麒麟卢俊义　　韩愈

杜、韩并称，自唐已然。叶燮《原诗》云："唐诗为八代以来一大变，韩愈为唐诗之一大变。其力大，其思雄，崛起特为鼻祖。宋之苏、梅、欧、苏、王、黄，皆愈为之发其端，可谓极盛。"此就韩诗之成就及影响言也。至如吕惠卿以为"诗人亦未有如退之者"；惠洪以为"其用事深密，高出老杜之上"。过情之褒，未得其平。惟方东树以为，"杜公本《小雅》、屈子之志，集古今之大成，而全浑其迹。韩公后出，原本六经，根本盛大，包孕众多，巍然自开一世界"，"韩公纵横变化，若不及杜公，而丘壑亦多。盖是特地变，不欲似杜，非不能也"。杜、韩相比，前者神化不测，如金翅擘海；后者力大无朋，如香象渡河，不免步步挨走，故当屈韩为第二。

握管机密军师二员

天机星智多星吴用　　白居易

香山广大教主，如万顷良田，可耕可耨。首尊杜老，其义于

《与元九书》中发之。新乐府运动之理论，此为首倡。

天闲星入云龙公孙胜　　元稹

“即事名篇，无复依傍”。元微之《乐府新题序》楬橥之宗旨，用以赞杜甫《悲陈陶》《哀江头》《兵车》《丽人》等歌行者也。又为杜《墓系铭》，谓“诗人以来，未有如子美者”，而又特赞其“铺陈终始，排比声韵，大或千言，次犹数百，词气豪迈而风调清深，属对律切而脱弃凡近”。致遭元遗山“微之识珷玞”之讥，盖微之自运，亦以排律学杜与乐天争妍，而微有不逮。新乐府运动之理论，与乐天实桴鼓相应。

掌管钱粮头领二员

天贵星小旋风柴进　　李商隐

义山为唐宗室。义山诗有“我系本王孙”之语可证，朱、张诸谱考之尤详。陈曾寿《与杨无恙论诗书》云：“老杜而后，得其传者为昌黎、玉溪。昌黎得阳刚之美，玉溪得阴柔之美。”论定玉溪，无如此论之精当者。

天富星扑天雕李应　　陆游

放翁“六十年间万首诗”，历代学杜诗人，篇章之富，无出其右者。其诗抒写爱国激情，足以振华夏民族之气。七律风格，嗣响杜陵，世有定论，无待赘言。

马军五虎将五员

天勇星大刀关胜　　王安石

半山由韩入杜，一代大家。吕留良、吴之振《宋诗钞》之论半山诗："其精严深刻，皆步骤老杜所得。"如《纯甫出释惠崇画、要予作诗》，置之杜集，已难甲乙。方东树所谓"千锤百炼，无一字一笔懈，如挽百钧之弩也"。

天雄星豹子头林冲　　黄庭坚

陈师道曰："豫章之学博矣，而得法于少陵，故其诗近之。"《诗林广记·豫章先生传赞》："山谷自黔州以后，句法尤高，笔势高纵，实天下之奇作。自宋兴以来，一人而已。""工部百世祖，涪翁一灯传"，江西派诗人曾幾诗句也。宋末方回《瀛奎律髓》以杜为"一祖"，山谷为"三宗"之首。方东树以为："杜、韩以后，真用功深造而自成一家，遂开古今一大法门，亦百世之师也。"《养一斋诗话》："老杜诗法，得其全者无一人。若得其一节以名世者亦有之，唐之义山、宋之山谷皆是也。"综观诸人之评，可以知黄诗声价。八十万禁军枪棒教头，非翁莫属。

天猛星霹雳火秦明　　元好问

遗山挟幽、并之气，雄跨一代。当金、元兴灭之际，感喟沧桑，悲凉跌宕，杜陵诗史之亚。《养一斋诗话》曰："自李、杜后，诗遂无大句。元裕之崛起四百年后，有志追而复之"，"雄伟苍秀，实一大家"，"歌行放恣新奇处，亦时以苏、黄为粉本，大体则学杜耳"，"遗山诗在金、元间无敌手。其高者，即南宋诚斋、致能、放翁诸名家，均非其敌"。笃论也。

天威星双鞭呼延灼　　吴嘉纪

《养一斋诗话》："吴野人《陋轩集》，其诗字字入人心腑，殆天地元气所作，陶、杜之真衣钵。"范崇简《题吴野人集后》："浣花若使寻蹊径，得列门墙是此翁。"洪亮吉《更生斋诗论截句》以野人与顾亭林并举，自是具眼。野人诗自清初周亮工诸人以来，赞之者沉沉夥颐，然皆未尊之为一代独出之巨匠也。近人胡先骕以野人与郑珍并推为有清一代两大诗人，而后吴诗之论遂定。

天立星双枪将董平　　郑珍

近代尚宋诗者，无不推重郑珍。梁启超曰："咸称子尹诗为能自辟门户，有清作者举莫及。"陈衍《近代诗钞》以为："历前人所未历之境，状人所难状之状，学杜、韩而非摹仿杜、韩。"盖郑珍以经师而为诗人，所谓"学人之言与诗人之言合"（《近代诗钞》）者之旗帜，开出清后期诗坛一大变局。其学古趋向，推源杜陵，而又融香山之平易、昌黎之奇奥于一炉。沈曾植、陈三立、范当世诸家皆其传衣。胡先骕推其为清代诗人第一，不为过也。

马军八骠骑兼先锋使八员

天英星小李广花荣　　陈师道

后山学杜工深。《诗人玉屑》四引《后山诗话》，自谓"学诗当以子美为师"。黄山谷《答王子飞书》亦云："陈无己，天下士也……其作诗深得老杜之句法，今之诗人不能当也。"其风格则如敖陶孙《诗评》所云："如九皋独唳，深林孤芳，冲寂自妍，不求赏识。"《四库提要》："五言律诗佳处往往迈杜甫，而间失之僻涩……五七言绝句纯为杜甫《遣兴》之格，未合中声。"此论贬多于褒。潘德舆《养一斋诗话》云："予读陈后山集，而叹杜之未易学，而不可以不学也。杜诗沉而雄，郁而透。后山只得其沉郁，而雄力透空处不能得之，故弥望皆晦涩之气。然使假以大年，功力所至，则锋铩洞穿，其所造必在山谷上。后山诗‘人言我语胜黄语’，当信有之也。如《送外舅郭大夫西川提刑》《别三子》《示三子》，沛然至性中流出，而笔力沉挚，又足以副之。虽使老杜复生，不能过……用力于杜者久，故下笔深重，为一代作家而有馀。”若近代同光体诗人学后山而走入“诗成不得夸神韵，只好从人笑钝根”一路者，立论过偏，吾所不取。

天佑星金枪手徐宁　　陈与义

简斋，方回位之于江西派“三宗”之末，而吕居仁《江西宗派图》中初无其名。与山谷、后山同学老杜，而面目大异。刘后村谓：“元祐后诗人迭起，不出苏、黄二体。及简斋始以老杜为师。建炎间避地湖峤，行万里路，诗益奇壮。造次不忘忧爱，以简严扫繁缛，以雄浑代尖巧。第其品格，当在诸家之上。”

近人学宋，步趋简斋者较多。

天暗星青面兽杨志　　刘基

青田先仕蒙元，后为明祖佐命功臣，可方诸先为梁中书送生辰纲，终归山寨之青面兽。其集中《二鬼诗》，怪句奇语，直破卢仝、马异之胆。沈德潜《明诗别裁集》谓：“元季诗都尚辞华，文成独标高格，时欲追逐杜、韩，故超然独胜，允为一代之冠。”潘四农云：“刘之深重，岂惟开国之巨擘，实亦一代之宗工。”

天空星急先锋索超　　钱谦益

牧斋诗，结明诗之局，而实清诗之先行者。其门人归庄谓：“宗伯于诗，除榛莽，塞径窦，然后诗家始知趋于正道，还之大雅。”老归空门，不忘注杜。此余所以以天空星急先锋一员予之也。其诋明“七子”及竟陵诗派之诗论，俱见于《初学集》《有学集》及《列朝诗集》中。降清以后，不久南归，先后与黄毓祺、郑成功、瞿式耜等有联系，曾因黄案下狱。其抗清事迹，俱详于金鹤翀《牧斋先生年谱》及陈寅恪《柳如是别传》。其《哭稼轩留守相公一百十韵》，论者谓“情词悱恻，接武少陵”。其《和吴梅村艳体诗四首》，阎若璩以为“神矣圣矣，义山复生，无以加之矣。七百年无此诗也”。《投笔集》，陈寅恪《柳如是别传》云：“诸诗摹拟少陵，入其堂奥，自不待言。且此集牧斋诸诗中颇多军国之关键，为其所身预者，与少陵之诗仅为得诸远道传闻及追忆故国平居者有异。故就此一点而论，《投笔》一集实为明清之诗史，较杜陵尤胜一筹，乃三百年来之绝大著作也。”牧斋之为世诟病久矣，故详引诸家之论，亦不以人废言之意。

天捷星没羽箭张清　　吴伟业

梅村一代诗坛之射雕手也。名位声望，稍次于牧斋。由荐而出仕清廷，不同于降表佥名，诗词中又深自责备，遂为后人所曲谅。“梅村体”歌行，上追长庆。然其五七古、五律追步杜陵《北征》、“三吏”“三别”之作者，尤擅胜场。钱牧斋贻书梅村，称其“精求于韩、杜二家，吸取其神髓，而佽助之眉山、剑南”。赵翼称其“宗派既正，词藻又丰，不得不推为近代中之大家”。林庚白《丽白楼诗话》：“梅村以亡国大夫而委蛇于两朝。其境遇甚苦，情感甚真，心迹甚哀，此所以直摩浣花之垒而为古今五言律之泰斗也。但赏其工力，非能知梅村者。”此为定论，无待予更赘一词矣。

天满星美髯公朱仝　　朱彝尊

彝尊于明亡时年才十七，十八岁所写《晓入郡城》、十九岁所写《舟经震泽》，渲染乱后嘉兴之荒凉，凭吊抗清义军之首领。稍后如《捉人行》《马草行》，皆杜陵乐府嗣响。三十一岁客山阴，与祁理孙、祁班孙游，曾参与郑成功、张煌言进军长江之密谋，事败走温州逭祸。五十岁出仕清廷，不免“夷、齐下首阳”之诮。所为《楝亭诗序》谓“天下岂有舍学言诗之理”。与王渔洋齐名，“王爱好，朱贪多”，其然岂其然。后来秀水诗派，一脉传灯。沈乙庵弟子金蓉镜《论诗绝句》所以有“乙翁硬句接朱翁，不怕新来火雨攻。未到昆仑谁信及，中天原有化人宫”之褒也。

天微星九纹龙史进　　钱载

陈衍《近代诗钞》曰：“有清一代诗宗杜、韩者，嘉、道以前，推一钱萚石。”吴应和《浙西六家诗钞》谓其“至性至情，发而为诗。其旨敦厚，其气清刚，其意沉著，其辞排奡。汉魏、六朝、三唐、两宋体制靡不兼有，尤得力于少陵。造诣深沉，脱尽肤言浮响，自成一大家面目。苍莽之极，转似荒率，难乎为识者矣”。《萚石斋集》中《僮归》十七首，清真刻挚，号称名作。七律《到家作》，张维屏以为“少陵嫡派，香山、放翁则雁行耳”。洪亮吉评同时诗人，以萚石冠首，不为无因。集中应酬及“以文为诗”之病，皆所难免。但如方东树《昭昧詹言》所诟詈，则桐城派人偏见耳。

天究星没遮拦穆弘　　江湜

《伏敔堂诗录》，近代闽派诗人所推尊也。陈石遗《近代诗钞》以为“弢叔近体，出入少陵”。林庚白《丽白楼诗话》谓“清代之江湜，直与李、杜埒”。又谓“《伏敔堂集》，且突过《巢经巢集》”。则不免褒之过甚。要之，江湜白描手段嗣响诚斋，“苦语使人不欢，危语使人毛戴”（谭复堂语），则与杜陵有肹蠁相通处。

步军头领十员

步军头领，取其诗以反抗异族侵略之爱国主义精神为主题者。其人或为抗敌而献身，或为遗民而守志；或控诉近代西方列强之侵略罪行，或主张政治之改良。其诗之风格，则皆本于杜陵者也。

天孤星花和尚鲁智深　　文天祥

花和尚，水浒第一流英雄也；文信国，我中华民族第一流爱国人物也。诗其馀事。吕留良《宋诗钞》云：“诗集不多，有《指南录》三卷，皆奉使、脱难、兴复纪事之作；又有《吟啸集》，则囚燕所作；又狱中集杜诗二百首。自《指南录》以后，与初集格力，相去殊远，志益愤而气益壮，诗不琢而日工。此风雅正教也。至集杜句成诗，裁割镕铸，巧合自然，尤千古擅场。”朱竹垞之歌玉带生也，云“俾汝流传天地间，忠魂墨气常凝聚”。请以移颂信国之诗。

天伤星行者武松　　顾炎武

亭林一代学人冠冕，读万卷书，行万里路。诗亦大家。杼山长老所云“清景当中，天地秋色”，最足状其诗境。汪端《明三十家诗选》：“亭林诗，凭吊沧桑，语多激楚。茹芝、采薇之志，黍离、麦秀之悲，渊深朴茂，直合靖节、浣花为一手。”沈德潜谓其“词必己出，事必精当。风霜之气，松柏之质，两者兼有。就诗品论，亦不肯作第二流人”。合而论之，得亭林诗之实矣。

天异星赤发鬼刘唐　　屈大均

大均诗奇才横溢，壮彩飞腾，行脚万里，吊古伤时，岂特“岭南三家”之魁，实亦明季遗民之杰。《广东诗粹》谓“一灵自谓五律可比太白，而今体亦多似杜”，可谓知言。近人金天翮《与郑苏戡先生论诗书》：“天翮于三百年诗人，服膺亭林、翁山，谓其歌有思，其哭有怀。其拨乱反正之心，则犹《春秋》《骚》《雅》之意也。”又《答樊山老人论诗书》云：“清代之诗，以不佞居常平议，谓亭林端委，能抉经心；翁山奇服，别具仙骨。”明末遗民诗人，二家盖双峰并峙也。

天退星插翅虎雷横　　杜濬

茶村以五言擅胜，骨力坚苍，明遗民诗人之娇娇者。《静志居诗话》云：“启、祯间，楚风无不效法公安、竟陵者。于皇独以少陵为宗，是亦豪杰之士。”陈田《明诗纪事》：“于皇诗师法杜陵。身际沧桑，与杜陵天宝之乱略同。故其音沉痛悲壮，读之令人酸楚。”可谓定论。

天煞星黑旋风李逵　　姚燮

大梅山人工诗工骈文，擅戏曲，擅画梅，极才人之多能。而其诗则又包罗万象，佛典道笈，澜翻笔底，横扫嘉、道诗坛，有毗岚风摧阎浮提之势。谭复堂论其诗，推为嘉、道间浙东一巨匠，似犹局于一隅而言。英吉利寇我甬东，梅伯流离兵间，身世亦同杜陵。乐府长篇，七言组诗，真挚飞动，亦接武《兵车行》《北征》、“三吏”“三别”、《秋兴》之作。程恩泽谓其“处境愁郁，故旨合风骚；拓胸阔大，故辞无庸浅。李、杜再世，定当把臂入林”。可以当之无愧。

天巧星浪子燕青　　鲁一同

鲁通甫为潘四农弟子，智过其师，乃能传法。其诗魄力沉雄，苍凉盘郁。古诗如《三公篇》《崖州司户行》等，七律如《有感》《重有感》等，皆感鸦片战争而作，嗣响杜陵。目空一代之李莼客所以亦有"通甫诗气象雄阔，浩荡之势，独往独来，传之将来，足当诗史"之叹也。

天牢星病关索杨雄　　朱琦

伯韩诗，粤西大家，在王拯之上。《怡志堂集》中如《王刚节公家传书后》《老兵叹》《朱副将战殁，他镇兵遂溃，诗以哀之》，皆记载鸦片战争之不朽名篇。梅曾亮谓其"学韩而自开异境。其下笔老重，乃天禀所独得。乐府及五七古视近体尤胜，其中长篇雄深峻迈，如百金骏马，蓦坡注涧，绝不蹉跌。此古人成体之诗，今日岂复有此！"盖取径昌黎而火逼草堂者。

天慧星拼命三郎石秀　　黄遵宪

黄遵宪，诗界革命之魁杰也。何以列诸草堂诗坛？请征诸遵宪自言及侪辈之品评。遵宪曾汇钞戊戌至辛丑四年之诗凡八九十首寄梁任公，谓与李、杜、苏、陆足并驾齐驱。与任公书自称："吾之五古诗，自谓凌跨千古。若七古诗，不过比白香山、吴梅村略高一筹，犹未出杜、韩范围。"何藻翔之言曰："人境庐律诗纯以古诗为之。其瘦峭处，时类杜老入夔后诸作。"温仲和之言曰："集中五古，其言情似杜，其状景似韩。"丘逢甲之言尤为明确，曰："地球不灭，诗教永存。有倡庙祀诗圣者，太牢之享，必有一席。信作者，兼自信也。悬此言集中，二十世纪中人，必有圣其言者。"

天暴星两头蛇解珍　　丘逢甲

丘沧海诗，黄遵宪与梁任公书所推为“真天下健者”也。“渠自负曰：‘二十世纪中，必有刻黄、丘合稿者。’”是亦诗界革命之旗手也。《岭云海日楼诗钞》中，五古如《己亥五月二日东山大忠祠祝文信国公生日五首》，一代名作。其他七律组诗，层见迭出，沉雄悲壮，皆杜陵《秋兴》《诸将》之遗。五律工者，亦得杜法。

天哭星双尾蝎解宝　　梁启超

梁任公，诗界革命之倡导者也。然后期诗学宋人，学杜陵，全以旧风格写新现实。《朝鲜哀词》五律二十四首，康南海评为“沉郁雄苍，合少陵《诸将》《洞房》《秦州》而冶之。义正词严，上承小雅，岂愧诗史，其详赡亦前无古人。诗至此观止矣”。七古《赠台湾逸民林献堂兼简其从子幼春》，南海评曰：“以杜、韩之骨髓，写小雅之哀怨，遂觉家父、凡伯犹在人间。惟其有之，是以似之。”五排《南海先生倦游欧美，载渡日本，同居须磨浦之双涛阁，述旧抒怀，敬呈一百韵》，南海评曰：“惟其情深，是以文明。根柢深厚，置少陵集中不能辨。”“江汉滔滔，涧谷互回，中有松石、兰芷靡曼。如游大山，如舒夏云。其转捩顿挫，尤见力量。”“不独杜陵诗史，身当危局，哀感顽艳。”“开阖顿挫，深得少陵法。”可称晚清诗史。牧斋《哭稼轩留守相公一百韵》后无此作也。

四寨水军头领六员

水军头领，我以明、清两朝之摹古派当之。以其摹古有迹，不同于上列诸家之自开生面也。

天寿星混江龙李俊　　李梦阳

梦阳为前“七子”之冠。王世懋《艺圃撷馀》曰：“子美而后能为其言而真足追配者，献吉、于鳞两家耳。”此后“七子”之言，自非笃论。明人大多颂扬献吉，而持论分寸亦各有不同。王世贞《艺苑卮言》谓“国朝习杜者凡数家，唯献吉具体而微”。此谓李尚不及杜也。胡应麟《诗薮》曰：“李献吉诗文，山斗一代……七律雄浑豪丽，深于杜陵。”此谓李胜于杜也。杨慎《升庵集》则谓：“唐子元与余书，论本朝之诗，李、何一出，变而学杜，壮乎伟矣。然正变云扰，而剽袭雷同；比兴渐微，而风骚稍远。”则以后来学杜之弊，归咎于献吉。钱谦益《列朝诗集》更病诋之不留馀地。清人重献吉者，至谭献而极。《明诗录序》云：“吾观北地、信阳，质有其文，始终条理。匪必智过其师，亦足当少陵之史矣。”然《复堂日记》则自谓此乃“一时兴到语耳”。

天平星船火儿张横　　何景明

李、何齐名。《升庵集》云：“仲默枕藉杜诗，不观馀家。其于六朝、初唐，未数数然也。与予及薛君采言及六朝、初唐，始恍然自失。”故李诗一味摹杜。何取径稍异。顾起纶《国雅品》谓：“二公并出楚骚词、汉乐府而宪章少陵者，近体尤酷拟杜。李古胜何，何近胜李。”王士禛《分甘馀话》谓何歌行“深得少陵之体，特以秀色掩之耳”。

天损星浪里白条张顺　　王世贞

弇州博综群笈，谙习掌故。与李于鳞狎主齐盟，而诗才远出于鳞之上。王世懋《艺圃撷馀》曰：“家兄谳狱三辅时，五言诗刻意老杜。深情老句，便自旗鼓中原。所未满者，意多于景耳，青州而后，情景杂出，似不必尽宗矣。”牧斋诟詈“七子”，而于弇州多恕辞，推明其晚年定论，持论斯得其平矣。

天剑星立地太岁阮小二　　邓辅纶

湘中选体，镂金错采。白香、湘绮，笙、磬同音。《湘绮楼说诗》云：“邓弥之幼有神慧，而思力沉苦。每吟一句，必绕室百转。诗学杜甫，体则谢、颜。至其《东道难》《鸿雁篇》，古人无此制也。”

天罪星短命二郎阮小五　　高心夔

《湘绮楼说诗》：“高伯足诗少拟陆、谢，长句在王、杜之间。中乃思树帜，自异湘吟。尤忌余讲论，矜求新古。尝……录稿传余，并探月旦。余云：‘五字相连，皆不能解；一一认之，固自可识。吾无以名之矣。’高颇自失。及将卒前数年，偶见其歌行一二篇，逸气高情，足压同辈。惜乎其中夭也。”《湘绮楼论诗绝句》又有“饶思秀涩开新派，终作楞严十种仙”之微辞。然《陶堂志微录》中五律如《奉赠邓八、许六两兄三首》《客子吟九首》《伤怀寄弟六首》，五古如《移家五首》《匡庐山诗七首》，七律如《汉家四首》《城西二首》，七古如《鄱阳翁》《苦雨三首》，树杜陵之骨格，而以雕炼之笔出之，胜湘绮之一味摹古者矣。

天败星活阎罗阮小七　　王闿运

陈衍《近代诗钞》谓“湘绮五言律必杜陵《秦州》诸作”，指《发祁门杂诗二十二首》也。谓其“墨守古法，不随时代风气为转移，虽明之前、后‘七子’无以过之也”。其弟子金蓉镜《论诗绝句寄李审言》亦不得不云“白香、湘绮两诗豪，已诩长生未伐毛”矣。

总探声息头领一员

天速星神行太保戴宗　　潘德舆

四农为诗，宣扬儒家诗教，以曹植、陶潜、李白、杜甫为诗圣，而比“杜如周、孔，统括千秋”。著《养一斋诗话》，附《李杜诗话》于后。其《杜诗话》二卷，兼评论与考订，可与同时刘凤诰之《杜诗话》抗衡。四农自为诗，早从杜甫入，中间广及他家，四十岁时，复以杜甫为宗。在京与黄爵滋、徐宝善、汤鹏、张际亮、叶名澧、孔继鑅等游，一时京诗坛坫称极盛。鲁一同则四农之同乡高足弟子也。

（原载《草堂》1982年第2期）

顺康雍诗坛点将录

诗坛之有点将录，昉自舒位之《乾嘉诗坛点将录》，近人汪国垣《光宣诗坛点将录》继之。虽云游戏之笔，然点将而以封建统治时代指为叛逆者之《水浒》一百零八将为目，置于正面肯定之地位，即足以证明舒位对当时诗坛人物之评议出于进步之观点，斯其所以点性灵派首脑之袁枚为及时雨宋江也。汪录则不然，以宋诗派之同光体作者陈三立、郑孝胥为都头领，而置光、宣时代诗坛主流之诗界革命诸巨子于附庸，此其观点之陈旧、倒退可知。余为纠正其偏，故别为《近百年诗坛点将录》，以黄遵宪、丘逢甲为都头领，与汪录异其所不得不异，亦区区之微旨也。然逊清一代，三录不足概其全，顺治、康熙、雍正之清前期及道光、咸丰之晚清前期，尚付阙如。而此二时期，亦诗人辈出，流派众多，诗坛大放光芒之时。余乃不辞浅陋，分别草创二录，庶几从有机联系之系统中，可以管窥其时之诗坛活动现象，而此乃近人治文学史者所未加措意者也。为此诗坛作整体安排，点如何之将，如何各得其所，匪不加思考，可以信手拈来。兹为顺、康、雍一录，舒位录中已点及之沈德潜、李绂、杭世骏、金农、屈复、胡天游，按其写诗活动年代，皆清前期中人物，因已入舒录，不再复出。清初，南明抗清殉国之臣能诗者，如黄淳耀、黄道周、陈子龙、夏完淳、瞿式耜、张同敞、张煌言以及奉明正朔于台湾之郑成功，皆属明诗坛，故不入此录，仅录在明未入仕途、入清不出之遗民，包括死难之魏耕、邝露。道、咸录中，如金和，主要诗作在道、咸，但已入汪录，则亦不复出。斯其大较也。

已巳春，吴兴钱仲联于苏州大学

诗坛旧头领一员

托塔天王晁盖　　钱谦益

东林一星天巧，诗坛两朝领袖。儒林黄阁倾倒，钵袋渔洋祇受。文章司命江南，亭林亦得俯首。投笔集胜杜陵，定论出自寒柳。

诗坛都头领二员

天魁星呼保义宋江　　吴伟业

嗣响长恨，赞佛清凉。圆圆一曲，压倒连昌。兰成萧瑟，劫阅兴亡。陈芳诗史，花开红桑。早清主盟，共推太仓。诗人碣在，吴岭梅香。

天罡星玉麒麟卢俊义　　王士禛

东涧传衣，桂冠后加。派开神韵，录著精华。秋柳明湖，雨丝秦淮。绝代销魂，芬吐天葩。正宗世推，第一曾夸。袁谭论在，是耶非耶？

掌管机密军师二员

天机星智多星吴用　　朱彝尊

诗坛牛耳，北王南朱。爱好何妨，贪多实诬。明诗综在，匡救钱书。瓣香七子，掉鞅康衢。不入名家，高途是趋。万卷淹通，惊便小儒。

天闲星入云龙公孙胜　　赵执信

两使君，眄入城。陆浑火，轰雷霆。谈龙一录，石破天惊。东云西云，鳞甲飞行。王朱诤臣，石碣齐盟。

掌管钱粮头领二员

天贵星小旋风柴进　　纳兰性德

叶赫华胄，曼珠贵臣。乌衣门第，裙屐青春。缑岭吹笙，跨鹤前身。北宋以来，词场一人。岂知诗坛，逸足绝尘。渌水亭边，趋走群伦。

天富星扑天雕李应　　曹寅

宫廷密使，江南织造。昭阳纳锦，气通丰镐。财雄振世，亦主风雅。楝亭一集，射雕手也。

马军五虎将五员

天勇星大刀关胜　　顾炎武

经师人师，肩担道义。踏破两戒，诗国虎视。下笔有神，五经腹笥。宝刀明月，辉光无际。色正芒寒，斗柄垂地。秋色当中，乾坤正气。

天雄星豹子头林冲　　宋琬

荔裳早达，杰出冠时。分藩建节，南北骋驰。祸生骨肉，踬险骑危。赐环柄用，南鹊惊飞。诗穷乃工，斯论得之。

天猛星霹雳火秦明　　吴兆骞

绝塞龙沙，前虎后兕。千里万里，非生非死。歌哭者谁？江南季子。罗刹肆凶，我军东指。箭如霹雳，战尘飙起。天意玉成，穷边诗史。

天威星双鞭呼延灼　　施闰章

北宋南施，诗名早起。百尺楼台，筑自平地。分符江右，时颂循吏。春陵有作，道州媲美。五律长城，千金一字。清诗三家，姚郑鼎峙。濂亭具眼，我亦云尔。

火青气紫鼓洪炉，字字真金炼不枯。西子一颦原绝代，邻姬爱斗十眉图。（黄人《论诗》）

天立星双枪将董平　　查慎行

清初六家，他山殿奔。赵标十子，继踵梅村。书史便便，小仓所尊。玉局衣钵，别开法门。东洲一叟，后起同论。

马军八骠骑兼先锋使八员

天英星小李广花荣　　钱曾

遵王为诗，得蒙叟指授，具体而微。未刊全集藏于美国。我友美国谢正光教授为全集笺校，弥见功力。（常熟图书馆藏铁琴铜剑楼钞本《钱遵王诗稿》，非全本，只占全集三分之一。）

天佑星金枪手徐宁　　陈恭尹

吞声野老意如何？南海明珠化泪多。逐鹿中原无赤帝，真王反让老夫佗。（黄人《论诗》）

“岭南三家”，屈大均、陈恭尹皆遗民，志事相同，而诗风格不同。气魄局度，陈不如屈。《独漉堂诗》，以五、七律擅胜，置之“大历十子”中，未见逊色。恭尹为邦彦之子，自邦彦死节，恭尹奔走南北，策画复明大计，虽于康熙十七年曾下狱，次年事解，幸未撄祸，可云天佑矣。

天暗星青面兽杨志　　潘耒

次耕为潘力田弟，传亭林衣钵，后乃弹冠新朝。其诗浑灏流转，响切光坚。沈归愚称其“登临怀古诸作，尤为光焰腾上，一时名流，几罕与俪者”。

天空星急先锋索超　　高其倬

铁岭名家，文良独步。古北五言，雪山七古。正论垂法，边议戒扰。五律长城，七律杜老。无怪随园，低心倾倒。

天捷星没羽箭张清　　黄任

清前期闽峤诗家，莘田独出冠时。《香草斋集》存诗近千首，而七绝居三之二。诗专学李商隐、杜牧、温庭筠、苏轼诸家，风格俊逸，故袁枚《论诗绝句》以为“唐代诗原中晚佳”也。五古近王、孟，讽谕之作学元、白。没羽箭之神技，殆足当之。

天满星美髯公朱仝　　李邺嗣

甬东诗派，杲堂启之。千辟万灌，语重句奇。东野双井，上规拾遗。梨洲门下，深丛孤罴。诗心奥邃，智过其师。

天微星九纹龙史进　　张笃庆

昆仑山人，山左一宗。独抱遗经，能究始终。吟坛顾盼，敌手罕逢。渊源李杜，积健为雄。明季百一，诗史谁同？

天究星没遮拦穆弘　　严遂成

浙西六家，厉隽严豪。咏史绝唱，没骨写桃。豫楚滇黔，万里游遨。没遮拦手，能赋登高。掷地金声，海珊诗钞。

马军小彪将兼远探出哨头领一十六员

地煞星镇三山黄信　　许友

三山杰，推许友。吾炙集，誉极口。持论同，竹垞叟。

地勇星病尉迟孙立　　孙枝蔚

风起中流浪打船，秦人失色海云边。也知赋命原穷薄，尚欲西归太华眠。（豹人游焦山，中流遇大风，赋此诗。）三原诗杰，于此故自不凡。

地杰星丑郡马宣赞　　侯方域

壮悔堂主人，"明末四公子"之眉目，以应新朝科举，世所惋惜。其诗感怀时事之作，取径"七子"，故自可传。

地雄星井木犴郝思文　　邵长蘅

青门以古文名，诗亦能品。沈归愚称其"浏漓顿挫，力追唐人"，"晚岁入宋商丘（荦）中丞幕府，乃变苏、黄、范、陆之派，亦宋诗中矫矫者。然视从前如二手矣"。

地威星百胜将韩滔　　尤侗

西堂才情焕发，泉源涌出，八面受敌，百战百胜。禁中称为真才子，老名士。笔墨游戏，是所不免。然其合作，诚如沈归愚所称："四十至六十时诗，开阖动荡，轩昂顿挫，实从盛唐诸公中出也。咏明史乐府一卷，尤为神来之作。"

地英星天目将彭玘　　汤右曾

西崖崛起仁和，为渔洋入室弟子。沈归愚以为"浙中诗派，前推竹垞，后推西崖。竹垞学博，每能变化，西崖才大，每能恢张，变化者较耐寻味也。后有作者，几莫越两家之外"。再入翰林掌院事，领袖蓬山，大小雅材，俱归陶冶矣。

地奇星圣水将单廷珪　　申涵光

聪山开河朔诗派，高节凌霜，贞风厉俗。诗存不多，沉郁苍凉，宗法浣花。卒年五十九，与杜相同。圣水在河北。

地猛星神火将魏定国　　方殿元

殿元番禺人，粤中以殿元及其二子还、朝并程可则、陈恭尹、王邦畿、梁佩兰称为"岭南七子"。《九谷集》诗，论者称为"纯以神行，境界甚高"。

地辟星摩云金翅欧鹏　　柴绍炳

沈德潜曰："《西泠十子诗选》，虎臣与毛稚黄为主，悯诗教陵夷而斟酌论次，以期力追渊雅也。"毛先舒《西泠十子诗评》："柴虎臣如云夏屋，无论楹栋，即欂栌支撑，都无细干。"

地阖星火眼狻猊邓飞　　丁澎

飞涛少有《白燕楼诗》，流传吴下，士女争相采摭以书衫袖。婺州吴之器有句云："恨无十五双鬟女，教唱君家白燕楼。"毛先舒《西泠十子诗评》："丁飞涛如黻帐初寒，银筝未阙，月光通曙，与灯竞辉。"

地强星锦毛虎燕顺　沈谦

朱彝尊云："去矜少喜温、李，后乃循汉、魏之规矩，得初、盛之风致。其意贞而不滥，其声和而不流。"毛先舒《西泠十子诗评》："沈去矜如秦川织女，巧弄机杼，心手既调，花鸟欲活。"

地明星铁笛仙马麟　毛先舒

稚黄出陈子龙门。柴绍炳《西泠十子诗选序》："驰黄素工韵语，复精裁鉴，沉婉名秀，罕出其右。或整栗微乖，神韵恰合。"毛先舒《西泠十子诗评》："虎臣谓先舒曰：'君诗如伶伦调管，气至音成，比竹之能，而欲近天籁。'"

地周星跳涧虎陈达　董以宁

文友少与陈维崧、邹祗谟、黄永，有"毗陵四才子"之目。乐府诸篇，皆有为而发。《闺怨》诗句云："留得当时临别泪，经年不忍浣衣裳。"龚自珍《己亥杂诗》之一有云："欲浣春泥仍护惜，乾清门外泪痕多。"巧于偷意，封建意识浓，未能出蓝。

地隐星白花蛇杨春　陆次云

《澄江》一集，初无大名，然诗出肺腑，语多沉着。《咏史》七绝，石破天惊。《出门》五古，字字真至。其他佳构弥多。

地暗星锦豹子杨林　恽格

南田以画家工诗，上继云林，下启冬心、醇士，皆取其格高也。幽渺凄清，托寄遥深，不徒诗以画重，亦诗以人重也。

地空星小霸王周通　周起渭

胜清三百年，诗家力破天荒，乃在夜郎。巢经崛起，遂成大国。桐野早于康熙间开其先声，图王不成，亦足以霸矣。

步军头领一十员

天孤星花和尚鲁智深　　钱秉镫

六十二斤铁禅杖，横扫天下。六君咏气为丐者扬，髯绝篇怒把神奸骂。早岁飞腾结客场，生逢桑梓变龙荒。麻鞋万里趋闽桂，诗史名山一阁藏。蛇起陆，血玄黄。铢衣石上历兴亡。浣花白陆俱羞学，我自昌诗莫笑狂。（末二语本纳兰性德《原诗》）

天伤星行者武松　　屈大均

景阳打虎，威振乾坤。杜陵之骨，青莲之魂。灵均苗裔，芳馨通于帝阁。奇士奇文，定论孰如羽琌山民。

天异星赤发鬼刘唐　　杜濬

落花春去，红桑成田。长歌当哭，秦淮灯船。五律金焦，祭酒师焉。时当变雅，缘嗔成篇。混茫元音，垂三百年。

天退星插翅虎雷横　　吴嘉纪

冰冷野人，肝肠内热。退栖衡门，乃心邦国。白雁南来，扬州十日。以诗作证，血点露臆。穷年忧民，胞与怀切。临场有歌，义愤辞激。朱门肉臭，杜陵之匹。尚论清初，吴诗第一。

天煞星黑旋风李逵　　黄周星

楚州酒人，冞入骚理。横行天下，百怪披靡。九逝郢魂，泪积寸纸。大丹九转，紫烟升起。午日沉红，方驾屈子。

天巧星浪子燕青　邝露

海雪畸人死抱琴，朱弦疏越有遗音。九疑泪竹娥皇庙，字字离骚屈宋心。（王士禛《戏仿元遗山论诗绝句》）

咏怀堂上传诗钵，云辨娘边掌秘书。浪子少年不羁马，知音终属屈骚余。

天牢星病关索杨雄　　潘柽章

一代文章，千秋仁义。钱顾倾服，国史考异。虎林漫唱，慷慨犴狴。歼我良人，万流陨涕。

天慧星拚命三郎石秀　　冒襄

公子风流水绘园，家山破碎影梅庵。明湖秋柳谁能和？急管哀筝最断魂。

天暴星两头蛇解珍　　邢昉

狷而实狂，石臼标胜。具体少陵，西陂论定。陋轩而外，无抗手人。诗坛正宗，身世田春。

天哭星双尾蝎解宝　　方文

乾坤反复，惟有痛哭。嵞山一集，群愚瞠目。北走卢龙，南泛西江。桐城坛坫，田间与双。

步军将校一十七员

地默星混世魔王樊瑞　　金人瑞

批点浣花集，腰斩水浒传。诡托泐仙凭，终罹哭庙案。魔王混一世，魔难四方到。开拓万世功，廖燕独倾倒。

地暴星丧门神鲍旭　　吕留良

晚村其人其学其诗，与黄梨洲有渊源。抗清，其事同也；治性理之学，其学问同也；提倡宋诗，其诗学宗趣同也。终乃反噬梨洲。“甲申以后山河尽，留得江南几句诗。”“十年游侠千金尽，九世仇雠一剑知。”身后得祸，非无因也。

地飞星八臂哪吒项充　　魏耕

雪窦居士往来吴越，策划郑成功、张煌言江上之师，与牧斋亦有来往。奸人告密，遂罹析骨析肉之惨祸。屈大均、朱彝尊为其在祁氏寓山园密谋之同道者，皆推许其诗。朱以为学杜学李，未见其止境。

地走星飞天大圣李衮　　万寿祺

万年少，遗民之多才艺者。乙酉笠泽起义，年少与焉。事败被系得脱，奔走江淮，未尝一日懈其志。顾亭林赠诗，所谓“何人诇北方，处士才无两”也。《隰西草堂诗集》取径中唐，卓然成家。

地幽星病大虫薛永　　阎尔梅

阎古古复社眉目，饶奇计。明亡，往来江北、鲁、豫，有所图划。家散千金，身留一剑，屡系狱幸免。诗才浑灏，古律俱工，为吕留良等所重。

地伏星金眼彪施恩　　陆世仪

桴亭先生，清初纯儒，学求实用。诗多有为而作，朴属微至，汉、唐之遗音。娄东一隅，梅村春华，桴亭则秋实矣。

地镇星小遮拦穆春　　沈受宏

受宏，桴亭弟子。诗受知于梅村。客游南朔，诗才富有。《赠昆陵恽正叔一百韵》纪恽格平生，关涉隆武朝事，可谓诗史杰构，不特可资以订《随园诗话》《子不语》叙述之误而已。

地僻星打虎将李忠　　李良年

秋锦青鞋布袜，行踪万里。早为激楚之音，后多法度之作。与竹垞齐名，差足肩随，亦后来秀水诗派之滥觞也。

地异星白面郎君郑天寿　　汪琬

尧峰胸次隘窄，詈人多诬。其诗学宋人，尤近范石湖，时有秀语，标致吴风。

地魔星云里金刚宋万　　蒋超

虎臣自称前身为峨眉老僧，遍游名山，后入蜀，没于峨眉之伏虎寺。其《金陵旧院》《文殊院》绝句脍炙人口，遂尔千秋。

地妖星摸着天杜迁　　李世熊

洒酒烹蔬自祭诗，骚宗雅系嗣无儿。新编突兀如天问，六代三唐彼一时。（李世熊《寒支集》）

愧庵遗老，出黄石斋门下，晦迹遁身，心事未了。《寒支》一集，险拔诡异，陈石遗谓“似元人之学长吉者，时复与黄石斋、倪鸿宝相仿佛”。

地短星出林龙邹渊　　吴雯

莲洋为阮亭所揄扬，目为仙才，诗集出其点定。赵执信谓其“千顷之陂，不可清浊，天姿国色，粗服乱头亦佳”。尝得“岳色河声”古铜印，论者谓可援印语作其诗评。

地角星独角龙邹润　　田雯

山姜诗雄，从阮亭上下议论。沈归愚谓其“才力既高，取材复富，欲兼唐、宋而擅之，山左诗家中另开一径”。

地捷星花项虎龚旺　　杜诏

清前期提倡中、晚唐诗者，当数梁溪杜紫纶。杜以诗受知于圣祖，赐进士，入词馆，玉堂香案，优游蓬山。中岁选《唐诗叩弹集》，皆中、晚唐人名作。其所自运，副其宗旨。“自是东风无着处，本来西子有归时”“百花多在未开时”“香魂只合伴梅花”，名句络绎，欲与黄莘田媲美矣。

地速星中箭虎丁得孙　金德瑛

秀水诗派，竹垞晚参宋人，终是唐音。至蕣石始以山谷为宗，开其先金桧门。金蓉镜《论诗绝句》所谓“先公手变秀州派，善用涪翁便契真”也。

地恶星没面目焦挺　徐兰

金翅盘空斫水开，柳州（桑悦）而后又生才。琴河剑石无奇气，谪向穷边觅句来。（黄人《论诗》）

芬若人奇、境奇、诗奇，出塞之作，几于前无古人。“马后桃花马前雪，出关争得不回头”，旗亭赌唱，视“黄河远上”之词何如？

地丑星石将军石勇　陈祖范

虞山诗派，自牧斋、“二冯”以降，末流失之涂泽。司业诗清真朴老，丑枝着花，弥见真美。中流砥石，勇于力挽狂澜。

四寨水军头领八员

天寿星混江龙李俊　王夫之

水军头领，以清前期词家六人、曲家二人属之。词、曲家已见前者不列入。

苍梧恨，竹泪已平沉。万古湘灵闻乐地，云山韶濩入凄音。字字楚骚心。（朱祖谋《望江南·杂题我朝诸名家词集后》）

江谢遗音久未闻，王何二李枉纷纷。船山一卷存高韵，长伴沅湘兰芷芬。（王闿运《湘绮楼论诗绝句》）

船山诗取径六朝、初唐，力排宋人。“清初三大儒”诗中，王于顾较近，而与梨洲之宗宋者远。诗词兼擅，则王又不同于顾、黄矣。

天平星船火儿张横　　彭孙遹

彭羡门词，为王阮亭所推重，有“吹气如兰彭十郎”之目。陈廷焯以为：“意境较厚，但不甚沉着，仍是力量不足。”诗亦名家，沈归愚曰：“羡门词气和平，在唐人中最近‘大历十子’，在‘十子’中最近文房。”

天损星浪里白条张顺　　毛奇龄

争一字，鹅鸭恼春江。脱手居然新乐府，曲中亦自有齐梁。不忍薄三唐。（朱祖谋《望江南·杂题我朝诸名家词集后》）陈廷焯曰：“西河经术湛深，而作诗却能谨守唐贤绳墨。词亦在五代、宋初之间。但造境未深，运思多巧。境不深尚可，思多巧则有伤大雅矣。”

天剑星立地太岁阮小二　　陈维崧

迦陵韵，哀乐过人多。跋扈颇参青兕气，清扬恰称紫云歌。不管秀师诃。（朱祖谋《望江南·杂题我朝诸名家词集后》）

迦陵，阳羡词派初祖。逊清一代，前推迦陵，后推芸阁，出于稼轩而拔帜自成一队。陈廷焯以为：“迦陵词沉雄俊爽，论其气魄，古今无敌手，若能加以浑厚沉郁，便可突过苏、辛，独步千古”，“偏至之诣，至于绝后空前，亦令人望而却步，其年亦人杰矣哉”！迦陵诗传梅村一派，各体均擅，跌荡飞扬，哀感顽艳，论其成就，当匹吴汉槎。

天罪星短命二郎阮小五　　顾贞观

云海约，明镜已秋霜。但愿生还吴季子，何曾形秽汉田郎。归老有纻塘。（朱祖谋《望江南·杂题我朝诸名家词集后》）

梁汾救吴汉槎生还，《金缕曲》二首，纳兰性德以为“河梁生别之诗，山阳死友之传，得此而三”。词林佳话，一时无偶。

杜诏序其《弹指词》，以为“极情之致，出南北两宋，而奄有众长，词之集大成者也”。评价可谓至高。诗作不多，临没自选成一卷，不满四十篇，沈归愚以为“皆味在酸咸外者”。

天败星活阎罗阮小七　　厉鹗

南湖隐，心折小长芦。拈出空中传恨语，不知采得颔珠无？神悟亦区区。（朱祖谋《望江南·杂题我朝诸名家词集后》）

樊榭诗词，俱浙派中坚。陈廷焯曰：“厉樊榭词，幽香冷艳，如万花谷中杂以芳兰，在国朝词人中可谓超然独绝者矣！”“大抵其年、锡鬯、太鸿三人，负其才力，皆欲于宋贤外别开天地。”“樊榭词拔帜于陈、朱之外，窈曲幽深，自是高境。”樊榭诗居“浙西六家”之首，厥品清夐，五古尤胜，在唐人王、孟、刘昚虚、常建之间。七绝亦佳，七古较弱，七律有开随园一路者，故姚鼐斥为恶诗。至饤饾挦扯，则其流派之失，樊榭集中不多也。

地进星出洞蛟童威　　孔尚任

一曲新词往事伤，桃花扇底谱兴亡。红桥烟柳题诗处，未碍当筵小杜狂。

地退星翻江蜃童猛　　洪昇

曲罢长生殿已凉，才人身世共回肠。诗坛传得渔洋钵，合与天章角短长。

四店打听声息邀接来宾头领八员

东山酒店地数星小尉迟孙新　　黄宗羲

南明时梨洲结寨四明，奔走吴越，为复明事业尽瘁。复广招生徒讲学，提倡宋诗于举世罕为之日。自运虽非极诣，然言皆有物，自是豪杰之士。

地阴星母大虫顾大嫂　毕著

毕著，歙县人，昆山王圣开室。早年在蓟丘，曾力战入侵之清军，有诗自纪其事。“梨花枪万人无敌，铁胎弓五石能开。”其人其诗，足以千秋矣。

西山酒店地刑星菜园子张青　费密

成都跛道士，万里下峨岷。虎口身曾拔，蚕丛句有神。大江流汉水，孤艇接残春。（二句密诗）十字须千古，何为失此人？（王士禛《读费密诗》）

清代西川诗派，费密为开山，《国朝全蜀诗钞》奉为宗祖。

地壮星母夜叉孙二娘　刘淑英

淑英，江西庐陵人。南明时，募士卒成义师一旅。督辅何腾蛟置十三家中，散驻楚地。张先璧扎永新，谒见淑英，意欲纳之。淑英大怒，大书壁上曰：“销磨铁胆甘吞剑，抉却双瞳欲挂门。”先璧请罪。淑英散所部归田里。有专集存世。

南山酒店地囚星旱地忽律朱贵　梁佩兰

“岭南三家”，药亭非屈、陈之敌，此言志事也。若诗则梁亦有可传者在。晚登翰苑，群推前辈，南方风雅，故赖扬扢。

地全星鬼脸儿杜兴　程可则

可则科名较先，终宦桂林。《海日堂诗》，沈归愚称其“俊伟腾踔，声光熊熊，亚于渔洋。后之选岭南诗者，只取屈、梁、陈而不及程，何也”？

北山酒店地奴星催命判官李立　龚鼎孳

“江左三家”，芝麓位尊，久在京师，爱才乐士，士之归往者如川赴壑。不但以诗文见者，必欲使其名流布于时，因其才品之高下而次第之。且当时遗民志士，得其护庇救助者，亦大有人，物论因此恕其降清。古诗用力杜陵，七绝神韵绝世，鼎峙钱、吴，差不折足。

地劣星霍闪婆王定六　　徐乾学

健庵大司寇，久宦京师。门第之隆，宾客之盛，一时无两。知人得士，有"人伦水镜"之目。元礼龙门，百川归海。《澹园集》诗品醇雅，情深于文。盖亭林外甥，濡染有自，蔚然成一家言。

总探声息头领一员

天速星神行太保戴宗　　郑方坤

清前期诗人传记勒成专书，以隽妙之文笔，传吟坛之韵事，见闻广而收罗富，旁皇周匝，评骘恰当者，无过于郑方坤《国朝名家诗钞小传》四卷。郑于是书外又有《补五代诗话》十卷、《全闽诗话》十二卷。自为诗则有《蔗尾诗集》十五卷。《清史列传·文苑传》称"方坤记诵广博，其诗下笔不休，有凌厉一切之概。尤力攻严羽诗不关学之非，故虽好驰骋，不甚规规于法，然才华既富，有真意以驱之，自非涂泽者所及"。

军中走报机密步军头领四员

地乐星铁叫子乐和　　李雯

李雯早岁，与陈子龙、宋征舆倡幾社，李、宋诗才亚于子龙。子龙殉明，李、宋仕清。摄政王致史可法书，相传出于李手。吴日千书其诗卷后云："庾信文章真健笔，可怜江北望江南。"悲其遇也。云间诗派，摹拟三唐，不脱"七子"窠臼。

水寨点将，地乐星以下四人，俱为好汉。用于诗坛，其中之金毛犬、鼓上蚤、白日鼠三员，舒位列为"隐姓埋名头领"，而云："拟人不伦，有伤忠厚；付之阙如，亦以免咎。"则贬之也。汪国垣之录，埋名而不隐姓，亦取贬义。今兹所点，义循舒、汪。

地贼星鼓上蚤时迁　　宋征舆

征舆入清，官至副都御史。其诗博丽，与李雯世无轩轾。

地狗星金毛犬段景住　　阮大铖

大铖奄党佥壬，复肆恶弘光朝，终于降清而毙。然其诗则陈三立称为"芳洁深微，妙绪纷披，具体储、韦，追踪陶、谢，不以人废言，吾当标为五百年作者"。章炳麟亦云："大铖五言古诗，以王、孟意趣而兼谢客之精练。律诗微不逮，七言又次。然榷论明代诗人，如大铖者甚少矣。"孔雀有毒，不掩文章，持较钤山，要为突过。

地耗星白日鼠白胜　　马士英

马、阮同年进士，同为祸于弘光朝，同降清后死，故同入本录。士英《咏怀堂丙子诗叙》云："向余从集之为牛首游，集之有'落叶满空林'句，余亦有'深机相接处，一叶落僧前'句。"计发《鱼计轩诗话》载士英七绝一首，为大铖以私怨欲尽杀东林、复社诸人，士英不欲而赋。是士英亦能诗，且通内典。士英能画，大铖能曲、能书法，小人多才艺，无独有偶。

守护中军马军骁将二员

地佐星小温侯吕方　　王士禄

西樵为阮亭长兄，阮亭诗学所从出。沈归愚谓其“诗以才情擅长，运古而不见使事之迹，一时名流，故应敛手。”

地佑星赛仁贵郭盛　　王士祜

计东曰：“子侧为西樵之弟，阮亭之兄，才堪颉颃，而西樵、阮亭早发，声望先布，不必视为蜂腰也。”

守护中军步军骁将二员

地猖星毛头星孔明　　冯舒

“二冯”兄弟，为牧斋疑丞，虞山诗派先导。舒古诗才气纵逸，律体宗法晚唐。晚年以《怀旧集》选诗涉及谤清，被文字之祸。

地狂星独火星孔亮　　冯班

钝吟论诗，宗尚西昆，力诋严羽。所作隐文谲喻，哀感顽艳，自是偏至之诣。赵秋谷以私淑门人刺拜其墓前，笃好几于嗜痂，实则借以贬阮亭耳。

专掌行刑刽子手二员

地平星铁臂膊蔡福　　吴乔

吴修龄《围炉诗话》排击赝体诗魔，议论精到。黄廷鉴以为“词锋凌厉，间伤忠厚，殆以王、李之派迷溺已深，有激使然欤”？

地损星一枝花蔡庆　　贺裳

黄公持论，与吴修龄所见多合。修龄谓贺裳《载酒园诗话》：“深得三唐作者之意，明破两宋膏肓，读之则宋诗可不读。”盖二家臭味同也。

掌管三军内探事马军头领二员

地微星矮脚虎王英　归庄

玄恭遗民，牧斋弟子，奔走于抗清事业，与牧斋有秘密联系。顾亭林在淮上招纳豪杰，玄恭亦屡诣之。归奇顾怪，时所并称。其诗反映乱离，意酸辞苦。《万古愁》一曲，直《天问》后奇作。

地慧星一丈青扈三娘　柳如是

巾帼须眉一代雄，桃花得气美人中。犒师鲸海如平地，阮氏姑娘拜下风。

一同参赞军务头领一员

地魁星神机军师朱武　叶燮

《原诗》内外篇，以完整之诗学理论体系卓立于清诗话之林。其诗早受知于王渔洋，王称其能熔铸古昔，而自成一家之言。沈德潜出其门下。横山可谓一身通神韵、格调二派之邮。较其实际，则胜于沈而不逮王，更不能副《原诗》之所言。

专管行文走檄调兵遣将一员

地文星圣手书生萧让　林佶

吉人工楷法，亦善篆隶。文师汪琬，诗师陈廷敬、王士禛。琬之《尧峰文钞》、廷敬之《午亭文编》、士禛之《渔洋精华录》，皆其手书付雕，精美为世所称。《别裁集》选其古风《甘泉宫瓦歌》《游武夷登一览亭》，俱为合作。

专管定功赏罚军政司一员

地正星铁面孔目裴宣　　顾嗣立

侠君编《元诗选》，网罗广博，存蒙元一代文献。王士禛称其“甚有雅裁”，翁方纲评为“体裁洁净，胜于吴孟举《宋诗钞》远矣”。各家小传，评价俱有分寸。其所自运，沈归愚评曰：“诗品初仿金、元，继跻昌黎，后臻王、孟、韦、柳，垂老以未步趋李、杜为憾。盖其诗得江山之助，游历愈广，风格愈上。《桂林》《嵩岱》二集，尤为平生之冠云。”

掌管考算钱粮支出纳入一员

地会星神算子蒋敬　　刘大槐

刘海峰为桐城派“三家”中之承先启后者。桐城以文派名，亦有诗派，姚范、姚鼐为中坚，海峰亦其一，宗趣均在于调适唐、宋。海峰选《历朝诗约选》，煌煌九十二卷之巨。姚鼐承师说，因有《五七言今体诗钞》之选。

掌管专工监造大小战船一员

地满星玉幡竿孟康　　萧诗

松江萧诗，隐于梓人。其《答董子绍舒》云：“一褐常见肘，数椽聊寄身。所志在不苟，食力甘苦辛。”可以觇其趣矣。

掌管专造一应兵符印信一员

地巧星玉臂匠金大坚　　周亮工

栎园著《印人传》，自是行家。历官方镇，好士怜才，才名稍亚芝麓，一时名流多从之游。诗亦可诵。

掌管专造一应旌旗袍袄一员

地遂星通臂猿侯健　　黄之隽

云间诗学，唐堂中兴。其得名乃在《香屑》一集，集唐诗九百四十三首，各体皆备。其自序集骈文三千馀字，工巧浑成，千变万化，屈伸自如，极才人之能事。诚如其《自题唐香屑集后》所云：“诗中得意应千首（姚合），颇学阴何苦用心（杜甫）。”

掌管专攻医兽一应马匹一员

地兽星紫髯伯皇甫端　　陆圻

陆丽京为“西泠十子”眉目，南明初走海上，参义军，不得当，归隐于医。黄宗羲《感旧》诗所云“药笼偷生忆陆圻”也。庄廷鑨史狱，圻列名参校，以行赇关通要津，得免究。自耻苟全，弃家云游，不知所终。

掌管专治诸疾内外科医生一员

地灵星神医安道全　　傅山

青主诗险辟精奥，雄奇疏荡，语多未经人道。书画兼医学皆绝伦。论者谓其文不如诗，诗不如画，画不如医，医不如人。遗民诗人中一杰也。

专管监督打造一应军器铁甲一员

地孤星金钱豹子汤隆　　吴之振

吴之振选编《宋诗钞》，对清代宋诗之传播有功。其《黄叶村人诗》亦具宋法。

掌管专造一应大小号炮一员

地轴星轰天雷凌振　　徐述夔

述夔康熙时东台举人，著《一柱楼编年诗》，因"大明天子重相见，且把壶儿搁半边""明朝期振翮，一举去清都"诗句，身后成诗狱。壶儿者，胡儿也。借朝夕之朝为朝代之朝，去者灭去之谓。

掌管专一起造修葺房舍一员

地察星青眼虎李云　　徐釚

电发早岁声华藉甚，檠敦缟纻，遍吴、越、齐、鲁。晚岁编《本事诗》，存诗坛文献，远地购求，几于洛阳纸贵。其自述云："新诗学放翁，谁人画团扇？"可知其得力所自。

掌管专一屠宰牛马猪羊牲口一员

地羁星操刀鬼曹正　　曹溶

秋岳入清，不获遂初，扬历内外，屡蹶屡起，亦既试操刀一割之用。其诗气体自然，风格俊逸，并时名家如李因笃、李良年、陈维崧、潘耒、邓汉仪，并加称许。郑方坤至称为"卓然为国初一大家"，则褒之过当。

掌管专一排设筵席一员

地俊星铁扇子宋清　　宋荦

牧仲高门朊仕，两膺节钺，圣祖南巡，竭尽供张。又复风流宏长，力能主持一代文柄，清香画戟，延纳俊流，选刻《江左十五子诗》，隐然自为盟主。邵长蘅刻阮亭、牧仲二家诗钞，谓其诗“含吐蕴藉，标格隽上，如良玉之温润缜栗，而精采四映”。然二家究非雁行之比，牧仲固亦自云“绵津三舍避渔洋，诗屋新题讵敢当”也。

专管监造供应一切酒醋一员

地藏星笑面虎朱富　　尹继善

文端历任封疆，晚归台阁，公余一卷，如老诸生。与士流课诗谈艺，扬抡风雅，其诗所云“何人非过客，去住争先后”，“尚书故态是书生”是也。为诗沿溯中唐，而以范成大、陆游为圭臬。

掌管专一筑梁山泊一应城垣一员

地理星九尾龟陶宗旺　　曾灿

曾青藜名在易堂诸子之列，牧斋称其诗“其思则《黍离》《麦秀》也，其志则《天问》《卜居》也”。晚岁颓唐，已失精悍之色。选《过日集》，搜采宏博，陈田《明诗纪事》录遗民诗，自云“得之《过日》为多”。沈德潜《国朝诗别裁集》则谓其“所选纯不胜杂，而人才略备”。

掌管专一把捧帅字旗一员

地健星险道神郁保四　　邓汉仪

汉仪早负诗名，与吴梅村、龚芝麓游，为一时骚人所向往。尝辑《诗观》四集，搜罗至丰，其中遗集罕传者，赖以得梗概，且有后来被禁毁之作。沈归愚以为“虽未脱酬应，然亦足备后人采择”。取“观”为书名，隐然以尼父“兴、观、群、怨”之帜自树，具见其别裁伪体、力追大雅之旨。自作以《题息夫人庙》一首最脍炙人口，“千古艰难惟一死，伤心岂独息夫人”，狼藉时流多矣。

（原载《苏州大学学报》1991年第1期）

道咸诗坛点将录

道、咸诗坛，鸦片战争前后时期之诗坛，太平天国革命时期之诗坛也，亦要求改革之启蒙思想发轫时期之诗坛也。此一时期，中国社会才开始步入半封建半殖民地社会，中国与外国侵略者之矛盾处于主要地位。出现于此一时期之诗歌，有关鸦片战争者为其主流。然鸦片战争诗歌并非一种流派，而分属于各种不同流派。此一时期之诗，亦并非限于鸦片战争之主题，其他各种题材与风格亦在争奇斗妍。诗坛上主要出现宋诗派，为光、宣时期“同光体”之先驱；出现创造新体之龚自珍一派；力破陈规之张际亮、汤鹏以及名家巨匠如姚燮、朱琦、鲁一同、贝青乔等不立宗派者。道、咸以前，有舒位之《乾嘉诗坛点将录》；同、光以后，有汪国垣之《光宣诗坛点将录》及余之《近百年诗坛点将录》，今为此录，则前后可以衔接矣。

己巳春，吴兴钱仲联于苏州大学

道、咸诗坛人物，除若干大家外，不甚为今日读者所熟稔者较多，故此录写法，与拙撰《顺康雍诗坛点将录》《近百年诗坛点将录》稍有不同，各家下叙述、议论及引述评论较详。军中走报机密步军头领四员，亦遵《水浒传》精神，不作反面人物处理。

诗坛旧头领一员

托塔天王晁盖　　程恩泽

春海诗为道、咸以来宋诗派之先导。有清一代，诗宗山谷而另出手眼者，嘉、道以前推钱萚石，嘉、道时期则程春海，陈石遗所谓“多于句调上见变化者”。春海主要学术与文学活动在道光朝，历典文衡，郑子尹、何蝯叟皆出其门，遂于清代阮亭神韵、归愚格调二派之后，别拓疆宇，石遗所谓“合学人、诗人之诗二而一之也”。春海殁于道光十七年，即鸦片战争爆发前三年，年才五十三。大力倡导宋诗之任，遂由曾涤生完成之。今点将道、咸，以旧头领一人予程，亦因宋诗派终属于艺术上学古范畴，道、咸诗坛之主体不在是也。

诗坛都头领二员

天魁星呼保义宋江　　龚自珍

龚诗在胜朝，不囿旧天地。当时万马喑，风雷作生气。掉臂琉璃屏，晚参第一义。(《论近代诗四十首》)

经笥便便笔自奇，回肠荡气此声希。砚池一勺研朱水，中有神龙破壁飞。(黄人《论诗》)

龚自珍是鸦片战争前夜之启蒙思想家，生活于充满黑暗、

“万马齐喑”之道光年代，无愧为召唤“九州生气”之“风雷”。彼自云：“一事平生无齮龁，但开风气不为师。”(《己亥杂诗》)其诗笔乃横扫一世之彗星，光芒辐射，有意破除乾、嘉诗坛“天教伪体领风花，一代人材有岁差”(《歌筵有乞书扇者》)之局，拔奇于古人之外，境界独辟。沈曾植称之曰：“其声非寻常之声也，其色非寻常之色也。其回薄激宕，江海不足以为深，山岳不足以为高。群天下魁儒、硕学、长德、伟人、大豪、大奸邪、大盗、大猾，震之、骇之、颂之、赞之、摈弃之、绝之，而其幽灵殊异之心，疏通知远，体物无遗之智，如电入物，如水注地，积微造微，泯然藏密，不可思议。”“定庵之才，数百年所仅有也。”(《海日楼文集·书龚定庵集后》)

天罡星玉麒麟卢俊义　　魏源

今文说龚魏，各以诗振聋。吾爱清夜斋，厥境能浑雄。石遗识珷玞，位诸幽峭宗。(《论近代诗四十首》)

龚、魏皆今文学经师，旨在经世致用。默深立足神州，放眼世界，欲学习异域科技为我用。论诗则龚氏创新处多，魏氏泽古功深。《清夜斋诗》，石遗以之羽翼陈沆，谓为清苍幽峭一派之宗，“而才气所溢，时出入于他派”。然魏诗终以雄浑遒劲、气势奔放者为主。无论反映现实之爱国主义作品，足称时代强音，大量山水诗，亦以才为胜。与陈沆之以幽邃胜者不尽同也。

掌管机密军师二员

天机星智多星吴用　　林昌彝

道、咸时代，前后两次鸦片战争之时代也。昌彝撰《射鹰楼诗话》，即以大量网罗反抗外国侵略之诗歌为职志，为古今诗话别开生面，谓为鸦片战争之诗史秉衡者可。为《论诗绝句》一百五首，于“岭南三家”欲祧梁佩兰而配以黎简，又进蒋士铨而退赵翼，具有别裁。昌彝自为诗，陈寿祺称其“直合亭林、竹垞为一手”，则亦未免过褒。

天闲星入云龙公孙胜　　姚燮

圣洞海潮音，百灵起狂沸。大梅降龙手，诗国偶游戏。王圣仙佛鬼，入林共把臂。(《论近代诗四十首》)

姚大梅，谭献所称道、咸间“浙东一巨匠”也。岂特浙东，直是一代之杰。其诗包罗万象，释典道笈，澜翻笔底。鸦片战争甬东之役，大梅身经兵祸，写成大量诗史。其他名篇如《双鸩篇》，吸取民间文艺鼓词与子弟书之特点，交织以藻采，反映当时社会新问题，可谓奇作。《南辕杂诗》一百八首，为五古组诗之特创。普陀、四明等山水游诗，辟前人未辟之异境。大量新乐府、古乐府，融汉魏、唐人于一手。《游仙诗》创辟天上神仙境界，亦自来游仙诗所未有。其他描写歌舞、杂技、书画、土风等作品，层现迭出。有关诗学理论之作，散见于《复庄诗问》中者亦不鲜。程恩泽评其诗，以为“旨合风骚”，“李、杜再世，定当把臂入林”。陈文述谓：“其博大昌明，如摩诘之王；其出神入化，如少陵之圣；其枯寂空灵，如阆仙之佛；其飘忽绵邈，如太白之仙；其幽艳崛奇，如昌谷之鬼。君才诚不可斗石量也，后有论者，当目为诗中之神。”水寨之公孙先生，微大梅，其谁与归？

掌管钱粮头领二员

天贵星小旋风柴进　祁寯藻

文端官至体仁阁大学士，贵极人臣。与程春海同为道光朝宋诗派之先导。春海早逝，文端耆寿。陈石遗选《近代诗钞》，据公羊家所见之世为上限，遂以文端冠首，以为“文端学有根柢”，当“丧乱云朊”之时，其诗合于变风变雅。然陈选摭录，偏重技巧，意在张宋诗之帜。实则《䜱䜣亭集》中如《采棉行》《打粥妇》《痘诗付彭孙》等，民生疾苦，固所关切也。

天富星扑天雕李应　谭莹

谭莹助伍崇曜编刻《粤雅堂丛书》一百数十种，并选刻《楚庭耆旧遗诗》七十四卷，又告崇曜汇刻粤人著述《岭南遗书》五十九种，《粤十三家集》一百八十二卷，风雅总持，可谓富润屋矣。弱冠为阮元所赏，与邑人结西园吟社，为学海堂学长。以骈文著称，诗以华赡胜，晚年为激壮凄切之音。

马军五虎将五员

天勇星大刀关胜　曾国藩

曾涤生诗，七古全步趋山谷，以此为天下倡，遂开道光以后崇尚江西诗派之风气。其《题彭旭诗集后即送其南归》云：“大雅沦正音，筝琶实繁响。杜韩去千年，摇落吾安放？涪叟差可人，风骚通肸蚃。造意追无垠，琢辞辨倔强。伸文揉作缩，直气摧为枉。自仆宗涪公，时流颇忻向。女复扬其波，拓兹疆宇广。”诚实录也。其七律偶参义山，《读李义山诗集》云：“渺绵出声响，奥缓生光莹。太息涪翁去，无人会此情。”是述义山、山谷相通之微旨。此外，参学左思、鲍照、杜甫、韩愈，主于雄厚。然近体诗犷悍之气，犹未能免。

天雄星豹子头林冲　　陈沆

陈秋舫，嘉庆二十四年状元，入道光，五年而殁。《简学斋诗》，为近世同光体诗流所推崇，陈石遗奉为道光以来清苍幽峭一派之祖，其诗话中所列举，多属此格，虽不可谓之“微之识珷玞”，要之，未见其大处也。秋舫诗乐府、古诗、律、绝，佳处多在雄浑苍凉，感慨国事，关怀民生，言之有物。魏默深几于每首有评语，指出其筋骨所在。龚定庵亦有评语，称其《扬州城楼》一律为“裂笛之作”。同时进步作者如贺耦耕、包慎伯，俱深致倾倒，此非戴盆望天之辈所能知矣。

天猛星霹雳火秦明　　贝青乔

海鹰昔破关，鬼灯万家黑。军中咄咄吟，天挺此雄特。滇游凿鸿荒，山水为生色。(《论近代诗四十首》)

贝子木《咄咄吟》，乃七绝之大型组诗，反映鸦片战争时期敌寇之横暴，清政府官吏之昏聩，将士与人民之英勇抗敌，字字为血泪凝成。不特思想性强，艺术性亦高。论其体制，宋人刘子翚《汴京纪事》、汪元量《湖州歌》等，无此伟观也。同时则龚定庵《己亥杂诗》亦其类。子木游滇南时，模山范水之作，刻画奇险，独辟蚕丛，知能者故无所不有。

天威星双鞭呼延灼　　郑珍

清诗三百年，王气在夜郎。经训一菑畲，破此南天荒。莫五偶齐名，才薄难雁行。(《论近代诗四十首》)

同光体诗人张学人之诗与诗人之诗合一之帜，力尊《巢经巢诗》为宗祖。陈石遗《近代诗钞》称其诗濡染于程春海者甚深，春海“私淑昌黎、双井，在有清诗人，几欲方驾萚石斋。天不假年，而子尹与道州从而光大之，为道、咸以来诗家一变局。莫子偲序子尹诗，谓：‘盘盘之气，熊熊之光，浏漓顿挫，不主故常。以视楦酿篇牍，自张风雅者，其贵贱何如也？’”胡先骕曰：“郑珍卓然大家，为有清一代冠冕，纵观历代诗人，除李、杜、苏、黄外，鲜有能远驾乎其上者。”

天立星双枪将董平　　何绍基

麻姑掷丹砂，往往弄狡狯。我读蝯叟诗，快若爬痒疥。如何翻筋斗，仍未出三界。(《论近代诗四十首》)

石遗《近代诗钞》曰：“湖外诗墨守骚、《选》、盛唐，勿过雷池一步。蝯叟及程春海侍郎之门，出入苏、黄，才思皆有余。”金松岑《艺林九友歌序》曰：“晚清诗人学苏最工者，推何蝯叟、范伯子。”《东洲草堂诗钞》中《飞云岩》等篇，奇想破空，可称杰构。近体未尽摆脱乾、嘉人习气。其论诗之旨，见于《使黔草自序》《题冯鲁川小象论诗》《与汪菊士论诗》诸文者，主张“立诚”“不俗”“阅历”“真我”，反对“逐时好”“傍古人”，正论足箴时敝。

马军八骠骑兼先锋使八员

天英星小李广花荣　　汪瑔

谷庵二十一岁所作《葛将军妾歌》，记定海战役，补各家所未及作。其后谅山之战，亦有诗记事。一生不仕，历参刘坤一、曾国荃等幕府，主办洋务。张维屏称其“绮岁清才，其诗清圆如春莺啭树，矫健如秋隼盘空，言情写景，妙出性灵，慨乱伤离，时露风骨”。林昌彝曰：“烟波绮丽，风月清新，逸兴遄飞，感均顽艳。上迫长吉、义山，下瞰君采、四溟，近压仲则、兰雪，而独成一子矣。”文廷式序其《随山馆诗》，称其“称物芳而志弥洁，出辞婉而情弥深。渊乎有忧世之心，而在言逾逊；泊乎有高世之概，而与物无争。”谓源兼儒、道二家。

天佑星金枪手徐宁　　徐子苓

徐西叔，谭献所刻《合肥三家诗》之首也。陈衍以为戴家麟不如王尚辰，王尚辰不如徐，诚然。徐于浣花，致力甚深，盘郁坚苍，良不易到。

天暗星青面兽杨志　　莫友芝

郑、莫齐名，郘亭尚非子尹匹敌。子尹序郘亭诗，拟以东野、后山。翁同书序之曰：“凡为诗不尚流美，非恶流美矣，未至于流美，则蕲其流美，能流美矣，而专务以悦世，不入于卑靡不止。是故贵有以矫厉之，然后风骨高而性情出。一切文章之事皆然。子偲之诗，可谓不务流美者。”

天空星急先锋索超　　王尚辰

王尚辰诗较徐子苓为隽快，取径不同也。清空幽静，时多合作。

天捷星没羽箭张清　　黄燮清

韵珊工词曲，哀感顽艳，脍炙人口。《倚晴楼诗》多感时有为而作者，《武林纪事》《兵船行》《甬江行》《灾民叹》等皆是。

天满星美髯公朱仝　　林寿图

林欧斋诗，少壮时取径高、岑、《选》体，后乃学山谷，开晚清闽派先声。诗集后半多刺时之作，游华山诗亦极工。盖诗家之多面手。

天微星九纹龙史进　　孙衣言

孙琴西出祁寯藻门下，故七古步趋山谷，亦出入乐府、三唐。鸦片战役以来，感事之作不少，进于史矣。

天究星没遮拦穆弘　　王柏心

《晚晴簃诗汇》曰："子寿学识过人，有国士之誉。诗少宗王、李，既乃变化，雄丽深博，探源汉、魏。军兴以来，感时书事，引古喻今，汪洋恣肆，别辟门径。"惜感时诗中，多与太平军对立之词，当时诗人通病。

马军小彪将兼远探出哨头领一十六员

地煞星镇三山黄信　　汪士铎

士铎，江宁学人，曾居太平军城中，后脱出。诗笔排奡，刳窣探理窟。《晚晴簃诗汇》谓其"朴属微至，择言尤雅，良由经腴史馥，根柢既深，所谓学人之诗，其所蕴者厚也"。三山在南京长江中，谢朓、李白诗俱及之。

地勇星病尉迟孙立　　方濬颐

方氏诗多且奇，喜杜甫、韩愈、苏轼，有句云："游踪已遍九行省，门径颇窥三古人。"

地杰星丑郡马宣赞　　陈克家

孙鼎臣以徐子苓、鲁一同及克家并举，以为卓然鼎时。然克家之名不甚显。

地雄星井木犴郝思文　　王权

王心如，甘肃伏羌人。道光二十四年举人，历任教谕、知县。著作宏富，近代陇右人无过之者。有《笠云山房诗集》，稿本未付梓，后归钱杏村先生。集中挽林则徐及有关英法联军入寇之《愤诗》，尤称“诗史”。陈世镕赠诗，谓其“笔下有风云，眼底无富贵”。任其昌《书心如集》谓其“追锋飞马足，入握炼珠光。势捷生廉悍，神来动激昂”。其人之风度与诗格可见。

地威星百胜将韩滔　　李联琇

李小湖精于治经，而诗亦戛戛独造，无一语落人窠臼。崇尚东野、诚斋，以白描制胜之江弢叔，与之论诗不合。

地英星天目将彭玘　　戴熙

钱塘戴醇士，画继“四王”，诗笔清苍，能肖画境。《哀瘘人》《哀游民》《哀贪夫》则香山乐府之遗矣。

地奇星圣水将单廷珪　　张穆

石洲学人，阮元见其撰述，叹为天下奇作。诗雄深奇肆，迥绝辈流，可谓北方之杰。《晚晴簃诗汇》称其“根柢深厚，真气盘郁，能自写其性情”。

地猛星神火将魏定国　　黎兆勋

与郑子尹同学，纵才力为诗，选词隽颖，摆脱凡近，以苍老之笔，运深沉之思。黔中诗人之秀也。

地辟星摩云金翅欧鹏　　赵树吉

树吉诗才茂美，托旨深长。道、咸间蜀中推为巨擘。

地阖星火眼狻猊邓飞　　萨大文

萨大文号燕坡，福建闽侯人。元代诗家、西城色目人萨都剌之后裔。道光二十年举人。会试不中，杜门课徒，从学者岁常百十人。《荔影堂诗钞》富有爱国思想，关心民瘼，反对清廷对外妥协、对内剥削。其弟大年、大滋俱能诗。

地强星锦毛虎燕顺　徐时栋

时栋为全祖望再传弟子，学有渊源。诗笔遒健，不懈而及于古。新乐府尤擅长，所咏多关军中史事，有资劝惩。

地明星铁笛仙马麟　易佩绅

佩绅为易顺鼎之父，自称乃唐寅后身，顺鼎亦自谓张灵后身，有其父必有其子。佩绅诗伉爽有奇气，惟晚年溺情仙道，不免颓唐。

地周星跳涧虎陈达　傅霖

其父为海州牧，梦瞿昙入家而生霖。少负异才，诗具奇气。歌行尤诙诡激宕，《葛将军歌》最奇。

地隐星白花蛇杨春　杨彝珍

杨性农诗朴质深厚，蔼然仁者之言。薛福成称其古淡中自然高绮。

地暗星锦豹子杨林　姚濬昌

濬昌为姚莹之子，姚范五世孙，以感事诗见赏于曾国藩。张裕钊称其所作，创意造语，蠲除澳涊，功力之深，殆为罕俪。其七律义法全宗姚鼐，而造词俪事，实与姚范同工。古体尤纵横跌宕，有独往独来之概。

地空星小霸王周通　周寿昌

寿昌工骈文，其诗奄有众妙，要以义山、放翁为归。

步军头领一十员

天孤星花和尚鲁智深　鲁一同

通甫山阳杰，智过养一斋。《三公》与《有感》，学杜非形

骸。拍肩怡志堂，馀子智井蛙。（《论近代诗四十首》）

鲁通甫为潘四农弟子，智过其师，乃能传法。同时坛坫，可与抗衡者不多。其诗魄力沉雄，苍凉盘郁。古诗如《三公篇》《崖州司户行》，七律如《有感》《重有感》等，皆感鸦片战争而作，嗣响杜陵。以好詈著称之李慈铭，所以亦有“通甫诗气象雄阔，浩荡之势，独往独来，传之将来，足当诗史”之叹也。

天伤星行者武松　江湜

弢叔江海士，行藏历坎坷。世儿工效颦，江诗妙有我。无怪李小湖，持论成水火。（《论近代诗四十首》）

《伏敔堂诗》是清代之孟东野、杨诚斋，而又不为东野、诚斋所限。李联琇论诗与之不合。谭献《复堂日记》谓其“苦语使人不欢，危语使人毛戴”。陈衍《近代诗钞》以为“近人则郑子尹、金亚匏未能或之先。寻常命笔，每首必有一二语可味者，咸、同间一诗雄也”。余谓亚匏诗骨不免凡秽，岂能与弢叔伦比。郑子尹诗奥衍处合学人、诗人之诗为一，亦与弢叔之专以白描胜者全异。然林庚白《丽白楼诗话》则谓“即以珍、湜论，《伏敔堂集》且突过《巢经巢集》”，又谓“清代之江湜，直与李、杜埒”，则又褒之过当。惟金天羽《答苏戡先生书》云：“弢叔一穷薄儒素，创坛坫于江海之上，独吟无和。吴中文字绮丽，弢叔独以清刚矫浓嫭，曲折洞达，写难状之隐，如听话言。”斯得其实矣。

天异星赤发鬼刘唐　张际亮

张亨甫气节肝胆，有古烈士风。诗名震道、咸间，陈寿祺称为“翡翠兰苕，鲸鱼碧海，足以雄视天下”。姚莹称为“捕赤蛇，搏生象，含弄风景，出入造化”。盖才气纵横，力破杻械，与并时汤鹏形成一种狂肆不羁之诗坛风气。当时闽中坛坫，际亮高踞首座。自“同光体”闽派兴起以后，声价遂下落。

天退星插翅虎雷横　黄爵滋

黄树斋在谏垣，言论风采，一时清流领袖。请严禁鸦片一疏，发大难之端。后官降至刑部员外郎。诗学杜、韩，纵横跌宕，才与学相发。徐宝善尝作四子论诗图，以张际亮、潘德舆、树斋与己并列。《仙屏书屋集》汇录汤鹏、际亮、德舆诸人评论为自序，盖与诸人笙磬同音也。

天煞星黑旋风李逵　汤鹏

汤海秋负经世才，自郎官直枢府，旋入谏垣。值海疆多事，屡有所创议。其诗酣畅淋漓，言必尽意，不拘缚于格律，类其为人。曾国藩《祭汤海秋文》所云：“狂名一鼓，万口嚣嚣。”“天脱桎梏，放此诗囚。伐肝荡肺，与命为仇。披发四顾，有棘在喉。匪屈匪阮，畴可与投？忽焉狂走，东下江南。秦淮夜醉，笙吹喃喃。”“示我百篇，儿女兵戈。三更大叫，君泗余哦。”颇足以刻画其人其诗。

天巧星浪子燕青　何栻

妃青俪白运金梭，才果能真不患多。多少蹄涔夸暴涨，横流未敢议东坡。（黄人《论诗》）

《晚晴簃诗汇》曰：“廉昉诗乃孙子潇、舒铁云之流，曾文正极赏之，谓其权奇倜傥，才气不可及。惜俗调未除，又喜作工对，韵味反减。其时有透到语，读之意豁，则才人本色也。”

天牢星病关索杨雄　朱琦

桂林天下奇，怡志诗坛首。取径昌黎翁，火逼杜陵叟。抗夷

有史诗，龙壁斯其偶。(《论近代诗四十首》)

伯韩诗，粤西大家，与太平军作战中死。《怡志堂集》与其乡王拯《龙壁山房诗》并称。集中《王刚节公传书后》为压卷之作，叙述密致，于委蛇澹荡中郁风雷之声。其他如《老兵叹》《朱副将战殁他镇，兵遂溃，诗以哀之》，皆不朽名篇。梅曾亮谓其："学韩而自开异境。其下笔老重，乃天禀所独得。乐府及五七古视近体尤胜，其中长篇雄深峻迈，如百金骏马，蓦坡注涧，绝不蹉跌。此古人成体之诗，今人岂复有此！"

天慧星拼命三郎石秀　　王拯

《晚晴簃诗汇》谓王拯"久历兵间，诗伤时感事，跌宕苍凉。如《书愤》与《自题滦阳日乘卷后百韵》《拟古十二首》，皆不愧一朝诗史。古今诸体，功力夙深。京朝名辈，更倡迭和，蔚为大家"。

天暴星两头蛇解珍　　赵函

赵艮甫所为有关鸦片战争之作，为近人所推许。其诗不染时习，不事模拟，自抒所得，有典有则。尝辑乾、嘉两朝诗，所见专集至多，别白流派，以意为干，以辞为葩。自题云："方其下笔时，各谓自千古。辗转成故纸，咄嗟弃如土。复从土壤中，谛观良与楛。存者豹留皮，去者草同腐。勿以我相求，须识匠心苦。"乃甘苦自喻之言。

天哭星双尾蝎解宝　　陆嵩

陆嵩为清末状元陆润庠之祖，《晚晴簃诗汇》曰："其诗由玉溪以溯杜陵，道、咸之际，身历兵事，感时之作为多。"鸦片战争时期，是"我曾芒鞋走乡曲，遍与乡民诉且哭"(《赠龚蓝生大令》）者，认识到“夷人非是虎狼乃豕鹿”（同上）之虚弱本质，在诗篇中表达“苟有长绳不难缚”（同上）之胜敌信心，并对不平等通商之经济后果予以揭露。其认识极为深刻。

步军将校一十七员

地然星混世魔王樊瑞　　蒋敦复

惊才绝艳世谁知，推倒何论彼一时。五十年来殊色少，秋波临去尚相思。（黄人《论诗》）

敦复原名尔锷，以诗文词名重淞沪。道光二十年因哄考得祸，削发为僧，自号铁峰、妙尘。二十三年，原宝山令刘去任，始还俗，更名敦复。其诗才华艳发，慷慨激昂，沉雄郁勃，有把酒问天、拔剑斫地之概。

地暴星丧门神鲍旭　　郑献甫

象州郑小谷，精经史经世之学。《晚晴簃诗汇》曰：“诗直抒胸臆，无所依傍，骨韵甚秀。当时粤西诗人，以朱伯韩、王少鹤、龙翰臣为最著，小谷颉颃其间，其伉爽之气，清越之音，亦拔戟自成一队。”谭献《复堂日记》亦称许之。

地飞星八臂哪吒项充　　赵允怀

赵闾乡生虞山孙原湘诸人之后，而诗骨清苍，不染小仓余派习气。李兆洛志其墓，称其“模山范水，雄奇跌宕，一时无两”。《小松石诗集》中长篇如《刘淑英》《宝莲曲》《书周清泰水灾杂记后》《邵髯行哭阆风少尹》及其他感国事、悼骨肉诸作，俱卓然可传。

地走星飞天大圣李衮　　蒋湘南

洪符孙曰：“君尝揽海岱，驾伊凉、南条、北条之水，太华、空同、贺兰之山，鄂尔多斯、厄鲁特之人，皆足荡胸襟而抒志气，则拓于境矣；治经宗许、郑，著《十三经日记》数十万言，旁通象纬、历律、舆地、水利、农田诸学，不凿空，不泥古，故其诗经籍璘彬，古香古色，则密于学矣。”《晚晴簃诗汇》曰：“子潇诗气奇语壮，骨采飞腾，颇近洪北江，故与幼怀论诗最契，集即幼怀所定。”

地幽星病大虫薛永　　袁翼

袁谷庵擅骈文，诗以工秀胜。晚遭兵事，诗境渐入苍老。所著《珠江乐府》，揭露鸦片为害及敝政败俗，香山乐府之遗。

地伏星金眼彪施恩　　王正谊

王筱佺《牛行迟》《柘泉老妇行》，脍炙人口已久。符南樵《正雅集》称其诗“感抒时事，寄意殊深，慨叹之余，流为愤激。有句云：‘名下士无天下士，眼中人半梦中人。’两语道尽古今矣”。

地镇星小遮拦穆春　　柳树芳

树芳吴江诸生。所作《苦旱行》《大水行》《患盗》《水村新乐府》《苦旱吟》《士可集》，均可备木铎之采。

地僻星打虎将李忠　　吴仰贤

仰贤浙西名家，出官云南，有政绩。其《小匏庵诗存》继承清中叶秀水派传统，以浑成典雅胜。《诗话》附集后，扬推古今，时有创见。

地异星白面郎君郑天寿　　叶英华

叶氏番禺文学世家。英华著《杏花香雪斋诗钞》，芳兰竟体，明月入怀，读之令人口香三日。其感慨岛夷入寇诸作则又沉郁苍凉，足当浣花之史。

地魔星云里金刚宋万　谢元淮

元淮，松滋人，著《养默山房诗稿》。其中《鹾言》二十首论盐政，《从梁茝邻方伯勘吴淞江水利》《官粥谣》《鬻女叹》等，皆有为而作。

地妖星摸着天杜迁　许乃谷

许玉年远官甘肃敦煌知县，因时因地而作之诗，如《七里沟建桥歌》《党河柳桥诗》《抚彝沙》《乞儿行》，俱能状写边塞异域，不仅如其游岱诸诗所谓“嘘气吞江海，腾身出斗牛”（《暮宿东岳庙》）也。

地短星出林龙邹渊　陈偕灿

少香十二岁即能诗，千言立就。早中举人，九应进士试不第，一生数奇。江西诗家自乾、嘉时蒋士铨、吴嵩梁后，少香足据一席。嵩梁称“其诗如出水芙蓉，天然秀洁。久困公车，郁勃苍凉之气，时露篇章。各体皆工，七言歌行夭矫离奇，蚕丛独辟。一时坛坫，几无或先之者”。其《官查盐》《卡兵来》《卖儿行》《县吏尊》《溺兵哀》，庶几香山讽谕之遗，《题陈忠愍公遗像》，足与何子贞之作抗手。

地角星独角龙邹润　徐荣

徐铁孙为汉军旗人，少有才名，受诗学于张维屏，以学海堂试《十台诗》，为阮元所赏。高才博学，发而为诗，雄视海内。诗集且四十卷，八旗中之为诗，无此多且美者。今传世之《怀古田舍诗钞》仅六卷，已是节钞。其中《岭南劝耕诗十二首》《葛壮节公家传书后》，俱为名作。

地捷星花项虎龚旺　　龚易图

龚含真诗出入苏、黄，健拔隽快，次韵尤所擅长，指事类情，辞无不达。陈衍《近代诗钞·石遗室诗话》曰："含真天资敏捷，文字皆下笔立就，诗才雅近随园，间出入于瓯北。宦迹亦兼似两人。"

地速星中箭虎丁得孙　　杨季鸾

季鸾，湘人，成名甚速。《晚晴簃诗汇》曰："紫卿年十二，以《春草》诗得名。入京师后，有'长安车马地，花落不开门'之句，名公卿咸折节与交。足迹遍天下，所至执诗坛牛耳。与何子贞同庚生，相友善，没后，子贞题其墓云：'两人足迹轻天下，千古诗怀在永州。'其诗古体磊砢自喜，于太白、退之为近，近体多清新婉约之作。"

地恶星没面目焦挺　　董文焕

砚樵历官甘肃甘凉道。诗境清迥，寄托遥深。值咸丰末军事方殷，多感时之作。《纪事一百韵》记咸丰庚申英法联军入寇之祸，皇皇巨制，《北征》之遗。惟于肃顺一意贬斥，未为信史。

地丑星石将军石勇　　孙鼎臣

芝房官翰林，家国多事，忧病早卒，为时论所惜。入黔之诗最工，论者比于柳宗元之山水记。至于《君不见》四首、《官兵行》反映鸦片战争时事，则迥非模山范水之作可企矣。

四寨水军头领八员

水军头领，以中枢宰相、封疆大吏、驻外使臣当之。其人除翁、吴外，或曾统水军作战，或首议创船厂，或首涉重洋，故悉归之水军也。

天寿星混江龙李俊　林则徐

历官湖广总督、两广总督、云贵总督。鸦片战争中抗英英杰，文忠为首，诗亦巨匠。《晚晴簃诗汇》曰：“文忠经世之才，余事为诗，缘情赋物，靡不裁量精到，中边俱澈。卓识闳论，亦时流露其间，非寻常诗人所及。谪戍后诸作，尤悱恻深厚，有忧国之心，而无怨诽之迹。”

天平星船火儿张横　邓廷桢

历官两广总督、两江总督、云贵总督、闽浙总督。嶰筠与林文忠同寄封疆重任，协办禁烟作战，同戍伊犁，以诗歌相酬答。《晚晴簃诗汇》称其诗为：“缠绵悱恻，变雅之遗”，“于藻丽丰缛之中，存简质清刚之制，论其品第，亦与云左楼相伯仲也”。

天损星浪里白条张顺　吴振棫

历官四川总督、云贵总督。姚椿曰：“仲云黔行诗雄健古直。其赴官滇中诗曰《苍雪集》，老劲之外，益见秀媚。于时下质闷空滑之习，一无著染，而奋然自进于古。”贺长龄称为“变风变雅之遗”。《晚晴簃诗汇》曰：“仲云累叶称诗，思深力厚，风格老苍，嘉、道以还，为一大家。同年祁文端尤推重之。”

天剑星立地太岁阮小二　翁心存

派出天真色过之，奇花无数绕蟉枝。邺侯自抱飞仙骨，不作姚黄魏紫诗。（黄人《论诗》）

知止斋主人，官至体仁阁大学士，与祁嶲藻同掌中枢。翁幼慧，七岁能文，淹贯经史百家。及贵，以引拔人才为急。祁诗开道、咸宋诗之派，翁诗结乾、嘉传统之局，斯其异焉。

天罪星短命二郎阮小五　　郭嵩焘

筠仙以经世自负，署广东巡抚，与同官龉龁，罢归。再起为出使英国大臣兼驻法国大臣，清廷之有驻外使节自郭始。在英，研讨彼都政事，知旧法窳敝，亟议更张。其时风气未开，诟厉丛集。使还，遂谢病讲学以终。《养知书屋诗集》致力于昌黎及宋人甚深。有《无题》诗云："雀来燕室宁容汝，鸩为鸠媒最恼公。""花防风妒持铃护，月受尘蒙借镜磨。"可以知其遭遇。

天败星活阎罗阮小七　　左宗棠

历官闽浙总督、陕甘总督、协办大学士、两江总督。综其一生，始则镇压太平军革命，后乃肃清回疆叛徒，固吾西圉，功罪相抵。诗存不多，情韵气概，想见其缓带轻裘，自然风雅。其《燕台杂感》诗，作于道光十三年癸巳，犹在公车之岁。其后《秋日泛舟泉湖作》，则卒践所言后踌躇满志之辞。福建船厂为宗棠建议创立，《燕台杂感》有"横海戈船有是非"语，创办船政，则其用心体现于行事者。

地进星出洞蛟童威　　彭玉麟

彭雪琴官水师提督，巡阅长江，戎旃所莅，兼察庶政，威棱甚肃。晚岁在粤抗法，反对和议，督所部奏谅山之捷，足以洗涤其前期镇压太平军之罪。诗其余事，每摇笔立成。早作效法西昆，属对工丽。其体格沉雄，浑浩流转，劲气直达之作，尤肖其为人。"撑空有孤塔，高极不嫌危"（《登狼山大观台》），盖自道也。

地退星翻江蜃童猛　　刘铭传

历官直隶总督、福建台湾提督。督办台湾军务，从事抗法，击退进犯之敌舰。任内加强海防，对开发台湾多所建树。因病离任，卒于家。曾国藩为《大潜山房诗题语》谓：“山谷学杜公七律，专以单行之气运于偶句之中。东坡学太白，则以长古之气运于律句之中。樊川七律，亦有一种单行票姚之气。省三所为七律，亦往往以单行之气，差于牧之为近。”《遣兴》云：“名士无妨茅屋小，英雄总是布衣多。”《赠荩臣子务归里》云：“倾囊各赠千金去，只济人艰莫买山。”可以觇其襟抱矣。

四店打听声息邀接来宾头领八员

东山酒店地数星小尉迟孙新　　梁章钜

长乐梁退庵，历任江苏按察使、山东按察使、江苏布政使、江苏巡抚,署两江总督。长时期任封疆显职。堂庑广大，文士群趋其门，蔚为东南风雅重镇。林则徐为其同乡知友，林在粤查禁鸦片，梁予以声援。道光二十一年抚苏时，亲自带兵赴上海，协同爱国将领陈化成训练士卒，部署防务。英军进攻至镇江时，退庵已去官。其《题金亚伯廷尉大江泛月图》诗有云：“谁识澄清无限思，扁舟一老独茫然。”爱国心情如见。著有《藤花吟馆诗钞》《退庵诗存》《南浦诗话》，编有《师友集》等。

地阴星母大虫顾大嫂　　李长霞

长霞，山东掖县人，柯蘅之室，柯劭忞之母。《晚晴簃诗汇》选录其诗达一百零五首之多，引于澹园语，谓其“格律高古，寄托遥深，蔚为国朝一作家，至其合作，当与施、宋颉颃”。

西山酒店地刑星菜园子张青　　龙启端

龙翰臣，广西临桂人，道光辛丑状元，历官江西布政使。桐城派古文名家。诗不拘一格，寄托遥深，与同乡朱琦、王拯鼎峙，对广西诗派起深远影响。

地壮星母夜叉孙二娘　　沈湘

发轫桂林，息影西蜀。薇卿春卿，中表弟畜。

沈湘，临桂人，宣化、河南按察使唐咸仰室，有《清馥斋诗草》。其表弟为唐景崧、唐景崇。随夫任之河南、山西、直隶，后又就养入四川，遍览名山大川，胸襟开阔。为诗取径随园，在四川年老，犹与髫龄女弟子结社唱和不辍。

南山酒店地囚星旱地忽律朱贵　　朱次琦

朱九江讲学南海，乐育英才，康有为即出其门下。能诗，早年肄业越华书院时，赋《新松》诗，即有“栋材未必千人见，但听风声便不同”之句。道光十三年西江大水，李村堤决，九江作《赴李大招饮诗》百韵，追赋其事，论者以为杜甫《北征》之遗。

地全星鬼脸儿杜兴　　陈澧

陈兰甫为广东学海堂学长数十年，至老主讲菊坡精舍。其学通汉、宋之邮，自天文、地理、乐律、算术、骈散文、诗、词无不究。曾问诗于张维屏，广东诗人大多出其门下。自作雅正清醇。《赠于晦若》句云：“参天二千尺，浑不露文章。”可见其学养。《题潘鸿轩茂才百花卷》云：“暄之沧海日，烂若赤城霞。”又不啻自状其诗境也。

北山酒店地奴星催命判官李立　　边浴礼

边袖石，直隶任丘人。弱冠时，作诗已数千首，有才子之目。入翰林，才益敛，诗益工。道光十六年，苏州陶梁出守大名，采辑《畿辅诗传》，延袖石于郡斋，商榷选事。袖石有诗记事云：“歌到幽燕多感慨，派分河北几趑雄。”外任河南布政使，历游大河南北，山川、古迹、金石、古物遍题咏。更历时变，所作益苍凉悲壮，摩浣花之垒。

地劣星活闪婆王定六　　史梦兰

香匧，直隶乐亭人，著书等身。网罗文献，辑《四朝诗史》《永平诗存》等巨编。自为诗冲和朴厚，无轻佻噍杀之音。其《全史宫词》二十卷，越南、朝鲜争购之。

总探声息头领一员

天速星神行太保戴宗　　符葆森

南樵少工诗赋，奔走齐、楚、吴、越，广交游。后留京师，与朱琦、王拯诸人往来论诗称莫逆。尝仿《国朝诗别裁集》例，编乾隆、嘉庆、道光三朝诗，总二千馀家，凡百卷，名曰《正雅集》，以诗存人，非以人存诗，弃短取长，不拘体格，然于诗教无关者亦不录。自著《寄鸥馆诗稿》。

军中走报机密步军头领四员

地乐星铁叫子乐和　　李鸿裔

李眉生久参曾国藩军幕，薛福成《序曾文正公幕府宾》文中，属于“渊雅”一列。谢事居苏州网师园，以与苏舜钦沧浪亭故址近，自号苏邻。接纳胜流，妍雅多致。曾国藩称其诗俊伟似杜牧。殁年未六十，未竟所学。

地贼星鼓上蚤时迁　　李元度

李次青久佐曾国藩军幕，以偏师败衄，被劾罢。文章尔雅，尤通国故，所著《国朝先正事略》最著。亦能诗，有《天乐山馆诗存》。

地狗星金毛犬段景住　　钱江

钱东平以监生负经世之略。道光二十二年，在广州参加抗英斗争，与何大庚草《全粤义士义民公檄》，被清吏逮捕戍新疆，遇赦归。咸丰中，投左副都御史雷以諴于江北大营，创立厘捐，以筹军饷。因恃才傲物，触怒于雷，被杀。有《六朝杂咏》。《邗江杂感》有云："沧海风涛沉草檄，关山霜雪转飞蓬。匆匆过眼皆陈迹，往日雄心付水中。"岂自慨其身世耶？

地耗星白日鼠白胜　　王韬

走遍环球西复东，莼鲈归隐卧吴淞。可怜一副伤时泪，洒尽吞花卧酒中。（黄遵宪《岁暮怀人诗》）

紫诠幼有神童之誉，十八岁中秀才，后屡试不中。鸦片战争时，曾向清吏献御戎之策，未被采纳。化名"黄畹"上书太平军将领刘肇均，被清廷缉捕。避地香港，历游日本等地，归老上海。有《蘅花馆诗录》，自序谓其诗："不尽与古合，正惟不与古合，而我之性情乃足以自见。"《我诗》谓："但知吟乱离，不能饰平治。"可见其宗旨。黄遵宪甚至称为："才人之诗，只千古而无对。"（光绪六年八月二十九日致王韬函）

守护中军马军骁将二员

地佐星小温侯吕方　　梅曾亮

梅伯言为姚鼐门下"四大弟子"之首，诗亦衍桐城一派，质直浑朴，不尚色泽。其《柏枧山房诗集自序》历陈为诗利敝，自称："少好吟弄，长多坎坷，凡此悲欢，萃此楮墨。"盖桐城诗派之大护法也。

地佑星赛仁贵郭盛　方东树

方东树亦列名姚门“四弟子”，著《昭昧詹言》一书，反复阐释姚范、姚鼐之桐城派诗论。《仪卫轩诗集》往往于造句琢词上致力。

守护中军步军骁将二员

地猖星毛头星孔明　周星誉

谭献曰：“畇叔少擅高名，而远想宏域，诗文俊逸，涉笔清超，使人意远。高接中唐，次亦似明季‘四家’之流。”

地狂星独火星孔亮　周星诒

孙诒让曰：“季贶先生学问淹洽，诗词多造微之作。晚年删定五言律诗五十馀篇，高渺之致，寓诸平易，嵚奇之怀，返之冲淡。杼山长老有云：‘清景当中，天地秋色。’可与论先生之诗矣。”谭献曰：“朴属微至，于古人近元次山，今人则莫子偲。”

专掌行刑刽子手二员

地平星铁臂膊蔡福　尹耕云

历官谏垣，封章数十上。诗伉爽沉郁，类其为人。

地损星一枝花蔡庆　吴可读

柳堂，陇右名家，成进士后，由刑部主事官至河南道监察御史。《除夕有怀，率成七律三十首，呈锡之太守，兼示同人为我和之》，真落日悲笳，众音哀怨之作也。

专管三军内探事马军头领二员

地微星矮脚虎王英　　承龄

尊生为满洲旗人，张之洞《书目答问》举清代词人仅六家，满洲居其二，尊生《冰蚕词》与纳兰性德并列。诗亦清新雅健。出任贵州按察使时，与莫友芝、庭芝兄弟最契。黎庶昌尚为诸生，落拓未遇，赠五古一首，期许甚厚，尤见爱士之风。《奢香墓》七律一首，更为卓识名作。

地慧星一丈青扈三娘　　西林春

西林太清，多罗贝勒奕绘逝后，不容于其家人，携子女屏居邸外。抚孤感逝，涉笔皆哀。其后生子入仕，蔗境乃回甘。太清词名久著，八旗论词，有"男中成容若，女中太清春"之语。世有据龚自珍丁香诗语，诬太清与龚有暧昧，乃冒钝宧、曾孟朴辈谰言，全非事实。《天游阁诗》五卷，论陈文述诗有云："绮语永沉黑暗狱。"其人端严可想。《金缕曲·为阮相国题宋本金石录》，其后半云："南渡君臣荒唐甚，谁写乱离怀抱？遗憾讹言颠倒。赖有先生为昭雪，算生平特纪伊人老。"自注云："相传易安改适事，相国及静春居刘夫人辨之最详。"才媛不幸，异代同怜。

一同参赞军务头领一员

地魁星神机军师朱武　　潘德舆

四农著《养一斋诗话》，昌言诗教，表章刘基、顾炎武、吴嘉纪、黄淳耀诸家之作，力图匡救随园、复初二派颓风。并时诗家如姚燮、张际亮等多与交往，鲁一同则出其门下。《养一斋诗》古淡朴厚，趣向在陶、杜之间。

掌管行文走檄调兵遣将一员

地文星圣手书生萧让　　张裕钊

廉卿先生书法高步晚清，论诗于清代推重施闰章、姚鼐、郑珍三家。施取五律，姚取七律，郑取七古，谓能力追古人而与之并。其所自作，五律效施，清真明秀，七律效姚，拟其苍坚，七古则雄奇诙诡不逮郑，然风格遒上，兼融唐、宋，不失诗家正轨。

掌管定功赏罚军政司一员

地正星铁面孔目裴宣　　沈景修

沈蒙叔诗，为清中叶秀水派之嗣响。有《读国朝诗集》绝句百首，包罗宏富，评骘中肯。诗句亦神韵绝佳，不坠宋、金人论诗绝句“以文为诗”习气。

掌管考算钱粮支出纳入一员

地会星神算子蒋敬　　陆以湉

陆定圃著诗话《耐冷谭》，时有佳话，足资采掇。其自作《既改官作归兴诗》云：“酒从黄叶声中醉，诗向青山影里成。”上句取崔华，下句取阮亭，恰不费力。

掌管专工监造大小战船一员

地满星玉旛竿孟康　　叶廷琯

叶调生生长江南水乡，博识雅望。著《吹网录》《鸥陂渔话》，时涉吟坛坠闻。其诗，吴中汪钝翁之流派。有《叶氏百三十家诗选》，为选本中规模较巨者。

掌管专造一应兵符印信一员

地巧星玉臂匠金大坚　　赵之谦

㧑叔以印名家，有《悲庵诗剩》。《晚晴簃诗汇》曰：“㧑叔性兀傲，于并世作者多所訾议，坐是不谐于世。篆刻书画，用力至深，至今片楮为人所重。诗境力矫肤庸，倔强矫健，是其所长。潘文勤极称之。”

掌管专造一应旌旗袍袄一员

地遂星通臂猿侯健　　刘熙载

刘融斋著《艺概》六卷，分文、诗、赋、词曲、书、经义，多切心餍理之谈。其《诗概》所论，往往有可与文、赋、词曲各概精义互通者。

掌管专攻医兽一应马匹一员

地兽星紫髯伯皇甫端　　董文达

董一诸生，幼避兵居沪上，以医疗贫。癖好吟咏，时有佳句，张文虎颇称之。长于咏物，如《寒菜》云：“近市问谁知此味，闭门须识有奇才。”《落叶》云：“踪迹不知何处密，飘零强作可怜红。”《野菊》云：“独立风前寒似我，未甘篱下偶依人。”皆诗中有人，足箴末俗庸滥痼疾。

掌管专治诸疾内外科医生一员

地灵星神医安道全　　张维屏

松心编《国朝诗人征略初编》六十卷、《二编》六十四卷，收罗道光以前及同时诗家略备，有功于文献。其诗取材富而酝酿深，不失乾、嘉矩矱。《三元里》诸篇，歌颂鸦片战争中人民抗击外国侵略者之力量，为前此诗坛所未有。《清史列传·文苑传》称其“精医术而不著书，自言学医四十年，得黄元御书，乃通长沙之学，其深造过于诗也”。

专管监督打造一应军器铁甲一员

地孤星金钱豹子汤隆　　汤贻汾

汤雨生袭云骑尉世职，历官乐清协副将。风流文采，倾动一时，画与戴熙齐名，时称大家。诗亦卓然作者，歌行尤权奇排奡，有沉毅之气，俊健之骨。清代画家工诗者，恽格、金农、郑燮以后，汤、戴最为超绝矣。

掌管专造一应大小号炮一员

地轴星轰天雷凌振　　洪仁玕

太平天国诸王俱不为诗，今人标为天王所作者，非诗篇也。石达开真诗只五律一首，余皆高旭伪托。惟干王洪仁玕工诗，气作风雷，足以褫胡帝胡天之魄。

掌管专一起造修葺房舍一员

地察星青眼虎李云　　蒋超伯

超伯著《通斋诗话》，考订精审，异于妙手空空之为。其《十国宫词》，属辞比事，多出钱载之外。诸体诗选材幽异，琢语妥贴，力欲别开畦町。

掌管专一屠宰牛马猪羊牲口一员

地羁星操刀鬼曹正　　厉志

厉白华《白华山人诗说》，议论精辟，褒贬恰当，昆吾切玉之刀，深入肯綮。其自为诗，纯学太白，不为貌袭，诚如其《诗说》所云："学古诗最要有力，有力则坚，坚则光焰逼人。"

掌管专一排设筵席一员

地俊星铁扇子宋清　　彭蕴章

咏峨相国，咸丰六年充会试阅卷大臣，得士称盛。历充庶吉士散馆阅卷大臣，考试翰詹阅卷大臣，以其地望，为风雅所归。江湜一生困顿，咏峨吹拂之不遗余力。《松风阁诗钞》时有佳构，《议恤军营阵亡将士，因思酿乱之由，慨然有作》七言长古，洞见乱源，可称巨制。

掌管监造供应一切酒醋一员

地藏星笑面虎朱富　　陶梁

陶凫乡以少宗伯提倡风雅，爱才恤士，耆英领袖，胜流归往。少年时助王昶刻《湖海诗传》。道光十六年守大名，有《畿辅诗传》之辑，先后延请崔念堂、高寄泉、梅树君、边袖石商订，成书六十卷，得诗八百六十馀家，绣梓行世。自著《红豆树馆诗稿》十四卷，夷犹冲远，有悠然自得之趣。

掌管专一筑梁山泊一应城垣一员

地理星九尾龟陶宗旺　　孙桐生

桐生，绵州人，咸丰二年进士。辑《国朝全蜀诗钞》六十四卷，洋洋大帙，地方诗学文献之巨擘也。

掌管专一把捧帅字旗一员

地健星险道神郁保四　　张应昌

张寄庵著述富而年寿高，辑《国朝诗铎》二十六卷，所采皆有裨于吏治、民风、人心、世教之作。其自题云："吾儒吐言辞，于世期有济。岂徒累篇牍，月露风云字。乐府爱香山，陈事比贾谊。诗史称少陵，'三别'与'三吏'。文昌仲初俦，歌行亦其类。上德宣忠孝，下情通讽刺。闻者足警戒，言者无罪戾。"书中有关鸦片祸患及军民抗英战争之诗，俱有诗史价值。书以"铎"名，不特取《说文》遒人以木铎记诗言之义，以求合孔子录诗之旨，而且隐然以"天将以夫子为木铎"之孔子自居。寄庵自撰，有《寿彝堂诗集》,《诗铎》中附载其诗亦不少。

（原载《苏州大学学报》1989年第4期）

近百年诗坛点将录

汪国垣先生《光宣诗坛点将录》，以“同光体”为极峰之点将录也。鄙意不能苟同。因别为《近百年诗坛点将录》，时限以1880年（光绪六年）至1980年止。在1880年以后犹生存以及死于1980年以前者始入录。生存人不入录，避标榜也。

诗坛旧头领一员

托塔天王晁盖　　陈三立

陈三立为“同光体”首领，汪录点为天魁星。“同光体”为学古诗派，故今以旧头领予之。三立在戊戌变法期间，为维新运动成员之一，助其父宝箴及黄遵宪在湖南推行新政。清亡以后，遂为遗老。余《论诗》诗所以云“当年党人儿，老作袖手人”也。“凭栏一片风云气，来作神州袖手人”，三立在湖南时赠梁启超诗句。

诗坛都头领二员

天魁星呼保义宋江　　黄遵宪

黄遵宪为晚清诗界革命之魁杰，世所共推。陈三立在戊戌变法时期，评其诗卷，以为“驰域外之观，写心上之语，才思横逸，风格浑转，出其余技，乃近大家，此之谓天下健者”。又赠黄氏诗，有“千年治乱余今日，四海苍茫到异人”之语，可知黄、陈在当时，不仅政治观点一致，诗亦未尝不笙磬同音，正如晁天王之与宋公明，原是同心相契。

天罡星玉麒麟卢俊义　　丘逢甲

黄遵宪与梁启超书，推逢甲诗为“真天下健者”，谓“渠自负曰：二十世纪中，必有刻黄、丘合稿者”。是亦诗界革命之魁矣。其《论诗次铁庐韵》云：“迩来诗界唱革命，谁果独尊吾未逢。流尽玄黄笔头血，茫茫词海战群雄。”“新筑诗中大舞台，侏儒几辈剧堪哀。即今开幕推神手，要选人天绝代才。”可知其“耻居王后”（唐杨炯语，谓耻居王勃之后）之雄心。《岭云海日楼诗钞》，其深到之作，魄力雄厚，情思沉挚，人境亦当缩手。

掌管机密军师二员

天机星智多星吴用　　陈衍

陈衍为“同光体”之鼓吹者。寿逾八旬，影响近代诗坛甚大。选《近代诗钞》，著《石遗室诗话》及《续编》，虽以“同光体”诗为主，然亦广涉各种流派，如湖湘派之王闿运、邓辅纶，诗界革命派之黄遵宪、康有为、梁启超、金天羽，南社之黄节、诸宗元、沈宗畸、林学衡等亦皆涉及，盖尚非墨守门户之见者。

天闲星入云龙公孙胜　　康有为

梁启超论清代诗，以其师康有为与黄遵宪并举，称为“元气淋漓，卓然为大家”。康氏《出都留别诸公》之二云：“天龙作骑万灵从，独立飞来缥缈峰。”又云：“海内人才孰卧龙？”梁鼎芬赠诗，亦以南阳之卧龙许之，其然岂其然？

掌管钱粮头领二员

天贵星小旋风柴进　　冒广生

广生为元代成吉思汗子孙。诗篇恪守梅村、牧斋、竹垞、渔洋诸家矩矱，虽与陈三立、陈衍诸人交游，而不染“同光体”习气。然广生非不用力于宋贤者，观其《后山诗补笺》，可征其功力之深。夫惟大雅，卓尔不群。

天富星扑天雕李应　　张謇

张謇，翁瓶庐所称江南名士，日本人推为中华实业家，以振兴工、商、农、渔诸业致富。陈衍称其诗为“超超玄箸”，狄葆贤以为“雄放峭峻，肖其为人”。林庚白则云：“同光体诗人什九无真感，惟二张为能自道其艰苦与怀抱。二张者，之洞与謇也。”

马军五虎将五员

天勇星大刀关胜　　金和

梁启超《秋蟪吟馆诗钞序》称金和诗“其格律无一不规于古，而意境、气象、魄力，求诸有清一代未睹其偶。比诸远古，不名一家，而亦非一家之境界所能域也。呜乎！得此而清之诗史不寥寂已”。陈衍称“其古体极乎‘以文为诗’之能事，而一种沉痛惨淡阴黑气象，又过乎少陵、（郑）子尹”。不同流派之两评论家，同致好评如此。然金和诗有大量诋毁太平天国革命之作，实不足当“诗史”之称，才力雄肆，亦不免于粗犷。若胡先骕、徐英之讥议，则又过当矣。

天雄星豹子头林冲　　范当世

范伯子诗为近代学宋诗一派所推，吴闿生选晚清四十家，以伯子冠首。金天羽《答苏戡先生书》谓伯子“贫穷老瘦，涕泪中皆天地民物”，“盖豪杰之士也”。良非过誉。其《过泰山下》诗云：“生长海门狎江水，腹中泰岱亦峥嵘。”是何气概雄且杰？

天猛星霹雳火秦明　　文廷式

文廷式，主张改良之政治家、学者、词人，而亦诗人也。陈三立序其遗诗，尝推为“独追杜司勋，波澜莫二，即身世飘泊，亦颇肖似之”。集中如《谈仙诗》《俄罗斯帝大彼得》《法兰西帝拿破仑第一》《美利坚总统华盛顿》《题埃及断碑为伯希祭酒作》，皆写域外之事与理者，而措语渊懿，似非人境所及。《夜坐向晓》五绝：“遥夜苦难明，他洲日方午。一闻翰音啼，吾岂愁风雨。”借地球昼夜向背之理，兴九域沦胥之忧与风雨鸡鸣之怀，二十字抵人千百矣。

天威星双鞭呼延灼　　金天羽

金天羽早岁曾与章炳麟、邹容等从事革命，于诗亦曾主张诗界革命，集中有仿人境庐《都踊歌》体之作。然《天放楼诗集》泽古工深，而又能自辟境界，其才雄，其气奇，融清人亭林、翁山、石笥、东洲之长而泯其迹。长篇巨制写国内外大事及名山大岳胜景者，尤为突出。对“同光体”抨击甚力，具见于《天放楼文言》诸文中。

天立星双枪将董平　　杨圻

近代学唐而堂庑最大者，必推杨云史。《江山万里楼诗钞》颇难求其匹敌。大声镗鞳，藻采纷披，如《檀青引》则梅村不得擅美，《天山曲》洋洋千言，《秦妇吟》不足道矣。

马军八骠骑兼先锋使八员

天英星小李广花荣　　林旭

林旭，戊戌死难时年仅二十四。闽派诗人学后山者，未有能突过之。五古如《马房沟》等篇实为奇作，无愧为诗坛射雕手。

天佑星金枪手徐宁　　刘光第

《介白堂诗》，胡先骕称“为‘戊戌六君子’之冠”。“精严粹美”，“近可平揖高陶堂、陈仁先、夏吷庵”。杰构如《峨眉游诗》《白雪吟》《杂诗》二十首，或挹拍谢、柳，或追踪青莲。

天暗星青面兽杨志　　沈曾植

曾植在戊戌以前，亦赞助维新者。《海日楼诗》，陈衍推为“同光体”之魁杰。学人为诗，佛藏道笈，僻典奇字，层见迭出。盖硕儒大师，出其绪余，一弄狡狯，而见者则惊为西藏之曼荼罗画也。

天空星急先锋索超　　谭嗣同

谭嗣同为戊戌变法诸人中最激进者。其于诗，在《致刘淞芙书》中自云：“初亦从长吉、飞卿入手，旋转而太白，又转而昌黎，又转而六朝，近又欲从事玉溪，特苦不能丰腴。大抵能浮而不能沉，能辟而不能翕。拔起千仞，高唱入云，瑕隙尚不易见。迨至转调旋宫，陡然入破，便绷弦欲绝，吹竹欲裂，卒迫下隘，不能自举其声。不得已而强之，则血涌筋粗，百脉腾沸，岌乎无以为继。”此诚寸心得失之言也。

天捷星没羽箭张清　　袁昶

渐西村人乃浙派后期巨匠。金天羽“以为能从山谷溯太白，而得蒙庄之神。凡艺事有独至，必真率互见。乔松怪石，不掩其丑。渐西好用道藏佛典，乃为累耳。若乃揉之益骞，啬之弥隽，隐文彰义，标伦卓伍，良不可及”。巨篇如《地震诗》，刘基《二鬼诗》所望而却步也。

天满星美髯公朱仝　　夏敬观

吷庵，江西人，出文廷式之门，其诗并不传文氏衣钵，亦不于双井派中讨生活，平生瓣香宛陵，别标一宗，所谓“老树着花无丑枝”（梅尧臣诗句）也。寿七十时，余为七律一首以祝，中两联云：“传家小海能高唱，着树奇花见逸才。一马祖灯心有印，万牛诗笔力曾回。”于其人其诗，未知能状得分毫否？

天微星九纹龙史进　　陈曾寿

近代宗宋者，往往瘦劲有余，丽泽不足。而《苍虬阁诗》独能以玉溪之神，兼韩、黄之骨，遂觉异彩飞扬。陈三立序其集，谓“比世有仁先，遂使余与太夷之诗，或皆不免为伧父”。

天究星没遮拦穆弘　　俞明震

觚庵论诗，谓“诗人非闳抱远识必无佳构”。（《平等阁诗话》）其度陇诸作，太夷谓得杜意。晚家西湖，五言突过樊榭，同时有作，唯陈曾寿、何振岱可以抗衡。吾友冒叔子景璠《题觚庵诗集》绝句云："郁陶天地色悲凉，度陇高吟气益苍。能道'群羊去如水'，不教敕勒擅穷荒。"

马军小彪将兼远探出哨头领一十六员

地煞星镇三山黄信　　陈宝琛

陈宝琛虽身为帝傅，而其诗在闽派中并不被推为首领。实则太夷、石遗诸家，皆不能驾其上也。暮年值伪满洲国窃据，屡征不出，世重其风节。林庚白谓其"诗以昌黎、荆公、眉山、双井为依归，落笔不苟，而少排奡之气，不甚似荆公，于其他三家，皆有所得。诋之者病其有馆阁气，非笃论也"。

地勇星病尉迟孙立　　朱铭盘

朱铭盘《桂之华轩诗》，狄葆贤称其"惊才照代，太白之流。五古五律，萧寥之中，咸具胜韵。七律典重，微患才多"。《朝鲜柳中使小园听土人杂歌》七古一首，辞采妍妙，弥近元、白。其《赠丘大履平》《东海二壮士行》《丘生剑歌》《游勇行》《朝鲜杂诗》等篇，诚如陈衍所云"天骨开张，风格隽上"者也。

地杰星丑郡马宣赞　　秦树声

陈衍《辛亥岁暮怀人绝句》云："中州人物推秦七，奇字蟠胸扬子云。"《石遗室诗话》录其《和沤尹枉赠》五古一首，谓"或以为造说奇诡，昌谷嗣音，实则樊绍述鄂州城楼之伦"。是盖以丑为美者。

地雄星井木犴郝思文　　梁鼎芬

节庵，戊戌维新运动中首鼠两端，清亡后猥托攀髯之痛。而其诗则峤南之秀，名篇以雄俊胜者不少，其他以超逸胜者更多。

地威星百胜将韩滔　赵熙

香宋为晚清名御史，与刘光第友善，康、梁俱敬仰之。为诗以敏捷著，曾一夕以七律遍赠座客。送友入蜀为绝句三十首，一夕增成六十首。所为峨眉诸诗尤精警。斥一时“宛转相尚”之“诗话中人”为“酒馆名士”，可谓雅谑。

地英星天目将彭玘　杨岘

归安杨藐翁诗经朋辈论定刻集，有经改易者，不尽当其意。《长白山》一首，刺肃顺事，皇皇巨篇，可上追王弇州《袁江流》乐府。

地奇星圣水将单廷珪　杨钟羲

杨钟羲晚号圣遗居士，以良乡圣水而名。著《雪桥诗话》，为满族诗人之重要文献。《圣遗诗集》典雅宁静，大异近人之妙手空空者。

地猛星神火将魏定国　路朝銮

黔中诗伯，嗣响郑、莫。金天羽《艺林九友歌》序云：“晚清诗人学苏最工者，推何蝯叟、范伯子，金坡遗貌取神，与何、范机杼又异。”

地辟星摩云金翅欧鹏　黄节

黄节早岁谈革命，参加南社，晚乃讲学北都大庠。其诗有通嗣宗之神理而遗其貌者。张尔田序其集，与屈翁山、顾亭林并举，谓“得君而三”，似觉逾量。

地阖星火眼狻猊邓飞　诸宗元

诸宗元与黄节皆早入南社而晚与宋派诗人来往者。夏敬观称“贞壮少时，才力横辟，好魏源、龚自珍之学，颜所居曰默定书堂，中岁始更名大至阁”。叶恭绰称其“少好为诗，骨格腾健，中岁益转为苍浑，骎骎与散原、映庵诸公并驰”。

地强星锦毛虎燕顺　　冯开

《回风堂诗》风骨高骞，近世浙东诗人之俊。

地明星铁笛仙马麟　　马浮

一浮精通佛学，诗含哲理，语言简远，兼有晋人及北宋风范。晚岁避寇入蜀，空山拾橡，歌啸伤怀，所诣益进矣。

地周星跳涧虎陈达　　何振岱

读何梅生诗，如置身九溪十八涧间，隽秀刻炼，虽无弘伟之观，无愧山泽之癯。

地隐星白花蛇杨春　　王允皙

又点诗以少许胜人多许，陈衍称其“善于审曲面势，笔意力戒凡近”。何、王二家，皆闽中诗人之秀出者。

地暗星锦豹子杨林　　杨无恙

无恙诗从玉溪、昌谷入，时参以樊榭之隽秀，后更用力于东野、山谷。游黄山、扶桑诸诗，颇多杰构。丧乱以后所作，庶几由简斋以窥杜矣。

地空星小霸王周通　　周达

梅泉《今觉庵诗》，心摹手追于太夷，而微参以玉溪之藻采，琢句之巧，卓尔迈伦。

步军头领一十员

天孤星花和尚鲁智深　　释敬安

八指头陀，方外诗人之魁，目中无贾浪仙也。以白梅诗著称，故朱奇诗有“斟酌新诗谁第一？红梅布政白梅僧”之句。红梅布政，指樊增祥。

天伤星行者武松　　苏曼殊

“行云流水一孤僧”，苏曼殊写赠其仲兄诗中句也。金天羽《艺中九友歌》序云：“曼殊，粤人，曾在吴中公学授武艺。既有夙慧，遂逃于禅。然好为绮语，以乐府神理译英诗人摆伦写情之作。绘祝融峰图，一行脚荷担朝山，盖自状也。又绘红楼笛韵及其他写意诸幅，汇为《文学因缘》一册。”其诗哀感顽艳，未免堕绮语障。屈向邦《粤东诗话》则云：“实则曼殊身世有难言之痛，常借诗篇小说以抒泄之，其事其人，未必真有。”

天异星赤发鬼刘唐　　许承尧

许承尧，皖南诗杰。早期所刊《疑庵诗》，乃戊戌迄辛亥之作。诗中多新意境，寓新哲理，而又机组严密，合昌黎、昌谷为一手，胜于侈言诗界革命者之所诣。如《寄庐泥饮》《沧浪篇》《言天》《灵魂》《过菜市口》，皆奇作也。晚年与“同光体”诸人游，诗风一变。其黄山游诗精美可匹刘光第，与少作《黄海集》迥异也。

天退星插翅虎雷横　　蒋智由

蒋观云诗，梁启超以与夏曾佑、黄遵宪并列为“近世诗界三杰”，以为“此言其理想之深邃宏远也”。然蒋诗实较为粗率，非二家之比。清亡后乃倒退，遂为遗老陈曾寿所首肯。

天煞星黑旋风李逵　　黄人

黄摩西，晚清之王仲瞿也。于书无所不读，自诗词、小说，以及名学、法律、医药、内典、道笈，莫不穷究，兼通诸异术。慕黄石斋、黄陶庵、黄梨洲、黄九烟之为人，自颜其居曰石陶梨烟室。诗兼仲瞿、定庵之长，而更为奇肆。《庚子元旦日蚀诗》寄寓时事，可匹袁昶《地震诗》，而藻采过之。

天巧星浪子燕青　　曾广钧

曾重伯为求阙斋主人之孙，而诗不传求阙韩、黄之绪，黄遵宪赠诗所以有“谁知东鲁传家学，竟异南丰一瓣香”之语也。惊才绝艳，犹是楚骚本色。七律《和李亦元、王聘三庚子落叶词》十二首最负盛名，狄葆贤所谓“摹玉溪之妍辞，继谢家之哀诔”，盖为悼珍妃而作也。

天牢星病关索杨雄　　李希圣

《雁影斋诗》宗法玉溪，《西苑》《望帝》《湘君》皆悼念光绪、珍妃而作。他篇亦大都感怆国事，所谓“楚雨含情皆有托”，非徒绣其鞶帨而已。

天慧星拼命三郎石秀　　曾习经

曾蛰庵少年时为诗沉博绝丽，学玉溪得其神理。中年以后，所作托意深微，祈向在宛陵、后山间。盖绚烂之后，归于平淡矣。

天暴星两头蛇解珍　　樊增祥

樊山诗从随园、瓯北入，上及梅村，取径不高。前后《彩云曲》最负盛名，清亡以后所为如《贾郎曲》，则俗调矣。然少作灞桥旅壁绝句，为谭嗣同赞叹为“所见新乐府，斯为第一”者，不能不令人想张绪当年。

天哭星双尾蝎解宝　　易顺鼎

樊、易齐名，哭庵才大于樊山。自《丁戊之间行卷》至《四魂集》，各体俱备。山水游诗最工，其游庐山诗，经张之洞评定者，皆异彩辐射，炫人眼目。晚年老笔颓唐，率多游戏。

步军将校一十七员

地默星混世魔王樊瑞　金蓉镜

金蓉镜，沈曾植弟子也。《滮湖遗老集》瓣香海日楼，具体而微。面目黔黑之处，索解人正未易也。

地暴星丧门神鲍旭　李瑞清

清道人未第时，其未婚夫人余氏姊妹先后卒，更娶其三妹名梅者，数年亦卒，因不更娶，自号梅痴。其诗学魏晋六朝，名作《弃妇篇》，为安维峻作也。

地飞星八臂哪吒项充　夏曾佑

夏曾佑为诗界革命三杰之一。《饮冰室诗话》云："盖当时所谓新诗者，颇喜挦撦新名词以自表异。丙申、丁酉间，吾党数子皆好作此体，提倡之者为夏穗卿。"然曾佑诗亦颇有意境深邃之作，不尽以新名词眩新异也。

地走星飞天大圣李衮　章炳麟

太炎学人，诗非所措意。然早年所作五律颇高简。后来入集诸诗，学汉魏乐府，诘屈古奥，与其论诗之主张相合。

地幽星病大虫薛永　张鸿

清末吴中诗派宗尚玉溪，与湘人桴鼓相应，张鸿、曹元忠诸人实为之首倡。张时能参异己之长，唐人如樊宗师，宋人如梅尧臣，皆所效法。鸿中岁宦游扶桑，并官译署，谙悉外事，识解开明。晚岁避寇伤足，病卧申江，气节凛然，有足多者。

地伏星金眼彪施恩　汪荣宝

荣宝出太炎之门，长期出使日本。诗宗玉溪，故是吴门诗派后劲。

地镇星小遮拦穆春　林文

林时爽，福建闽侯人，“黄花岗七十二烈士”之首。其父希村有才子之称。时爽渊源家学，诗近唐贤。《春望》前半首云：“残雪犹留树，春声已满楼。睡醒乡梦小，起视大江流。”殊有“雄鸡一声天下白”气象。

地僻星打虎将李忠　程潜

国民党人不乏能诗者，军人工诗者未闻。程潜治军三十余年之久，治诗之年更久。自序《养拙园诗集》，于明尊青田，于清尊湘绮。赵熙为其集序，谓“八代中先生盖久有以自处矣”。又谓“马先生（一浮）曰：是宜嗣阮嗣宗。余亦以集中凡深郁而永扬者如阮无异。湘士又言湘潭王先生恒导人学大谢。余亦以集中凡风华而天秀者如谢无异”。今其集中所存，皆为五言选体，七古乐府仅数首，近体诗无一首。虽其乡邓辅纶、王闿运之笃古，亦不若是之专也。

地异星白面郎君郑天寿　胡汉民

国民党文人高官能诗者，世称胡汉民，与程潜一文一武，对张诗帜。程宗八代，胡尚荆公，流派亦不同。陈衍《石遗室诗话续编》论胡诗綦详，褒扬过情。余则以为胡诗时不免“以文为诗”之病耳。

地魔星云里金刚宋万　易孺

易大庵负奇力学，作诗二千余首，爱艰深，薄平易，提倡宛陵、半山。已刊之集有《双清池馆诗词稿》《孺斋丁戊稿》两种，不及十之一也。

地妖星摸着天杜迁　刘禺生

禺生幼孤，家多藏书。其诗陈诗以为“善于铸词，步武唐贤”。其《洪宪纪事诗》，敢于呵天之诗史也。

地短星出林龙邹渊　　陈衡恪

衡恪，三立长子，精诸艺事，年才四十八而殁。其诗被录于《石遗室诗话》及《近代诗钞》者，皆情真语挚，沁人心脾。但诗笔疏朗，非衍三立一脉者。

地角星独角龙邹润　　胡朝梁

胡朝梁，陈三立诗弟子，自号诗庐，以诗为性命。学山谷七律，兀傲多拗调。五古学后山者，刻挚不易及也。

地捷星花项虎龚旺　　三多

三六桥，蒙古人，樊增祥诗弟子。当举世宗江西派之时，独传樊氏衣钵，可贵也。

地速星中箭虎丁得孙　　丁传靖

传樊增祥诗派者，三六桥外，陈衍推丁闇公。《黄鹄云中曲》逼肖梅村。

地恶星没面目焦挺　　黄侃

太炎门下，季刚称上座，而好恶声詈人，失学者风度。诗故渊雅，然亦赝体八代，无真面目。

地丑星石将军石勇　　沈汝瑾

沈石友其貌灰土，其诗乃为吴昌硕所深服，身后为刊行其《鸣坚白斋诗集》。石友一生宗法杜陵，朴老真挚，多疾恶刺时之作，近世之吴陋轩也。晚岁乃喜用新名词入诗，“蛾眉深浅入时无”？

四寨水军头领八员

天寿星混江龙李俊　　李慈铭

近代诗人宗唐而盛誉明“七子”者，莫如李越缦。自夸其诗

“精深华妙，八面受敌而为大家”。樊增祥为其诗弟子，谓“国朝二百年诗家坛席，先生专之”。皆言过其实。

天平星船火儿张横　　张之洞

《广雅堂诗》自谓“宋意入唐格”，胡先骕比之阮元，阮实不逮张，同为高官，处境不同也。“之洞于各体诗并工绝，其五七言古体诗直可与荆公抗手，无能高下。”林庚白此评，余所首肯。

天损星浪里白条张顺　　张佩纶

陈衍曰：“蒉斋诗才力富有，用事稳切，与张文襄并驱中原，未知鹿死谁手？”“获罪遣戍，所处视琼、儋、柳、永，殆有过无不及。而诗笔剽健，所谓精悍之色，犹见眉间，与凄惋得江山助者，兼而有之。”

天剑星立地太岁阮小二　　邓辅纶

湘中选体，导自白香亭。王闿运以为一时罕有其匹，《论诗绝句廿二首》论邓云：“太阿青湛比芙蓉，销尽锋芒百炼中。颜谢风华少陵骨，始知韩愈是村翁。”倾倒如此，亦云过矣。

天罪星短命二郎阮小五　　高心夔

高心夔为肃顺门客，肃顺败后，高仕宦不达，抑郁没世。诗宗选体，兼学杜甫，千辟万灌，迥不犹人。王闿运《湘绮楼说诗》对之颇有微词，然终谓“及将卒前数年，偶见其歌行一二篇，逸气高情，足压同辈，惜乎其中夭也”。

天败星活阎罗阮小七　　王闿运

王闿运为近代湖湘派魁首，标榜八代，一意摹拟，为世诟病久矣。然七古《圆明园词》实为长庆体名作，五律学杜陵，亦不仅貌似，七律学玉溪生者亦可爱，不能一笔抹倒也。刘慎贻《读湘绮楼诗集》云："白首支离将相中，酒杯袖手看成功。草堂花木存孤喻，芒屩山川送老穷。拟古稍嫌多气力，一时从学在牢笼。苍茫自写平生意，唐宋沟分未敢同。"褒贬差得其平。

地进星出洞蛟童威　谭献

复堂论诗重八代，重三唐，而尤推重明"七子"。盖与李慈铭持论相近，但李不甚言八代耳。至其自作，则慈铭不出清中叶之浙派范围，而谭则步趋"七子"、渔洋，亦不似王、邓之宗选体。要之，皆无创新处。

地退星翻江蜃童猛　陈锐

褒碧为湘绮弟子，诗学选体，不失师门矩矱。

四店打听声息邀接来宾头领八员

东山酒店地数星小尉迟孙新　沈瑜庆

"突兀起东闽"（蔡襄诗）之诗人沈爱苍，陈衍称其"不专心致志于此事，然时有可观者"。又称其"见人佳文字，辄咨嗟叹赏不自已。亲炙知名士，如蚁之附羶"。可见其为一时坛坫所重。其所居涛园，固与陈衍辈说诗之场地也。爱苍虽闽人，而所作与闽派诗风迥异。沈曾植序其集，称昔在南京"读君诗，磊砢豪宕多奇语，今集中往往佚之矣。余顾谓君：'近人言同光派，闽才独盛。假有张为图者，太夷为清奇僻苦主，君为博解宏拔主乎？入室谁？及门几人？'君当时意气遒上，颇自任，犹若有不足者"。今集中壮往舒发之作，仅存一二。

地阴星母大虫顾大嫂　薛绍徽

薛绍徽字秀玉，号男姒，福建侯官人。同邑陈寿彭室。著

《黛韵楼诗集》，乃闺秀中之大手笔。巨篇如《老妓行》，记傅彩云事，较樊山《彩云曲》为翔实；《丰台老媪歌》《同绎如夫子听王玉峰三弦歌》，反映晚清史事，可以接武梅村。

西山酒店地刑星菜园子张青　　程颂万

程子大早岁结湘社，与湘西才人易顺鼎诸人雅集酬唱。陈衍曰："子大惊才绝艳，初刻《楚望阁诗集》，专为古乐府六朝以追温、李、昌谷，不越湖外体格。乱后续出《鹿川田父集》，则生新雅健，迥非凡手所能貌袭矣。"

南山酒店地囚星旱地忽律朱贵　　柳弃疾

亚子为南社冠冕，诗以人重。林庚白《今诗选自序》云："南社诸子倡导革命，而什九诗才苦薄，诗功甚浅，亦无能转移风气。"庚白南社成员，与柳氏至契。殁后，柳氏且为之作家传，称"余与庚白，政治文学，自信见解略同"，而庚白之言如此，知非苛论。抑柳氏在庚白所称"什九"之外者乎？

地全星鬼脸儿杜兴　　陈去病

陈去病与柳弃疾同乡，又同为南社发起人，同以诗文鼓吹反清革命。柳反对当时之宋诗派，陈力予支持。陈所著《浩歌堂诗钞》，抒怀及借凭吊历史人物以宣传民族思想者为多。

北山酒店地奴星催命判官李立　　盛昱

盛昱为清宗室名士，崇尚风雅，奖成后进，意园林亭，胜流所集。《郁华阁遗集》中诗，肮脏悱恻，入人肝脾。乃年才五十，病殁京邸。论者以为"幸以己亥殁耳，若至庚子，必殉国矣"。

地劣星霍闪婆王定六　　王树楠

王树楠为北方学者祭酒。《文莫室诗》肆力杜、韩，挥霍雷电，吞吐河岳，是何神勇！

总探声息头领一员

天速星神行太保戴宗　　梁启超

任公戊戌后走东瀛，于《新民丛报》发表《饮冰室诗话》，昌言诗界革命，一时豪杰，奔趋其旗纛之下，影响所及，远暨南溟。其所自作，天骨开张，才情横溢。《朝鲜哀词》五律二十四首、《赠台湾逸民林献堂兼简其从子幼春》《南海先生倦游欧美，载渡日本，同居须磨浦之双涛阁，述旧抒怀，敬呈一百韵》，皆不朽巨篇，康有为手评，屡以少陵比之。

军中走报机密步军头领四员

林庚白《今诗选》，附录元恶巨憝三人，谓"皆不与同中国者"，"盖寄斧钺于诗史之中也"。今益三人为四，不加评骘。

地乐星铁叫子乐和　　郑□□

地贼星鼓上蚤时迁　　汪□□

地狗星金毛犬段景住　　梁□□

地耗星白日鼠白胜　　黄□

守护中军马军骁将二员

地佐星小温侯吕方　　王瀣

伯沆先生，南雍大师。覃思博览，群伦翕服。早为陈三立所赏，其子寅恪等皆亲侍皋比。其诗早期以五言幽夐取胜，得《咏怀堂集》神理。晚岁困卧南都，坚夷、齐薇蕨之操。所为律诗，陈芳诗王，千载如晤。

地佑星赛仁贵郭盛　　胡光炜

小石先生，寐叟高足，以书法名列清道人之门。与伯沆分据南雍讲座。小石诗五言学东野者，玄思窎想，百炼千锻，一校中伯沆外无敌手也。

守护中军步军骁将二员

地猖星毛头星孔明　　王易

王易亦掌教南雍，所著《国学概论》《词曲史》等，嘉惠士林，为功匪尠。诗学后山，江西派之护法神也。

地狂星独火星孔亮　　王浩

王然父诗亦宗后山者，非如瞰谷所嘲之钝根，时有神韵可味。眉山兄弟，可云二妙。

专掌行刑刽子手二员

地平星铁臂膊蔡福　　郁华

郁曼陀久长申江法院，艺事多能，诗画双绝。遗集近体居多，明珠美玉，触手是宝。坚抗敌寇，血染瓯脱，其人其诗，俱不朽矣。

地损星一枝花蔡庆　　郁达夫

达夫乃曼陀之弟，新文学家而能诗，取法仲则，才华动人。星岛劫火，遂致兵解，与曼陀有同厄焉。

掌管三军内探事马军头领二员

地微星矮脚虎王英　　王国维

静安先生《人间词话》，其论通之于诗，亦有径论诗者，如论长庆、梅村诗之高下是也。其少作不过放翁境界。清亡后所为五律，简雅有古致。《颐和园词》尤为名构，《圆明园词》之匹也。

地慧星一丈青扈三娘　　沈祖棻

点近世诗坛女将，沈祖棻其临去之秋波矣。《涉江诗稿》，近体多绝代销魂之作。“傅厚岗前血溅尘，沉沉冤魄恨奔轮”，其吊凌敬言之句也。岂知落伽山下，后人又以此吊祖棻乎？

一同参赞军务头领一员

地魁星神机军师朱武　　陈诗

陈子言诗名卓著，同时胜流如文廷式、沈曾植、俞明震、陈衍、夏敬观等皆与接座。所著《尊瓠室诗话》论及近世诗人较多，但卷帙远不逮《石遗室诗话》之富，采录多小篇，宏制杰构甚少。所辑《皖雅》亦有此病。自为诗亦属“四灵”之流，可厕名家之末。

掌管行文走檄调兵遣将一员

地文星圣手书生萧让　　吴俊卿

昌硕书法，近代大家。陈衍谓其诗“造句力求奇崛，如其书画篆刻，实如其人，如其貌，殆欲语羞雷同，学其乡冬心、萚石两先生而益以槎枒者。统观全诗，生而不钩棘，古而不灰土，奇而不怪魅，苦而不寒乞，直欲举东洲、巢经、伏敔而各得其所长。异哉！书画家诗，向少深造者，缶庐出，前无古人矣”。

掌管定功赏罚军政司一员

地正星铁面孔目裴宣　　狄葆贤

狄平子《平等阁诗话》刊于宣统二年。开宗明义，谓：“风人之咏，流派万变。综其橐籥，不外感物而鸣。意有所触而成声，声之所荟而成句。世代递嬗，灵境日辟，标新树异，务屏陈言。义无悖乎古人，辞自推为作者。”其诗话能“猎其华而存其概”，“执简以驭繁”，自范当世以下，去取确当，新旧两存。其在当时，影响颇大。

掌管考算钱粮支出纳入一员

地会星神算子蒋敬　　金兆蕃

徐世昌《晚晴簃诗汇》，金兆蕃所代为选编也。皇皇巨帙，可备一代诗歌文献，与钱谦益《列朝诗集》、朱彝尊《明诗综》并存。然选诗标准并不高，所录多价值不大之小篇，名章杰构不多。应将清代名家一二百人另行精选，其他不必重选，清诗之全貌即可概见。兆蕃自著《安乐乡人诗集》，不过秀水派余风。其中《宫井篇》一首，咏珍妃事者，步武梅村，无愧诗史。

掌管专工监造大小战船一员

地满星玉旛竿孟康　　胡先骕

胡先骕出沈曾植、陈衍之门，力张宋诗旗帜。所撰评论郑珍、金和、张之洞、陈曾寿、刘光第、俞明震诸家诗集之专文，阐述详尽，评骘精确，究心近人旧体诗者，不可不读也。

掌管专造一应兵符印信一员

地巧星玉臂匠金大坚　　李息

弘一法师与曼殊上人同隶南社，曼殊逃释归儒，弘一逃儒归释，神通游戏，斯其异也。弘一篆刻名家，平生所雕金石不下二千方，封壁西泠印社，刊字于壁曰“印藏”。示寂后，其弟子刊其遗集，辑得遗诗仅二十七首、歌曲三十五首。其辛巳冬所为红菊花偈云：“亭亭菊一枝，高标矗劲节。云何色殷红？殉教应流血。”可以觇其志矣。

掌管专造一应旌旗袍袄一员

地遂星通臂猿侯健　　姚锡钧

维妙维肖，优孟衣冠。亦步亦趋，海藏散原。真假悟空，当面难辨。手中亦有金棒，亦能七十二变。如来一眼觑破，猕猴原形毕现。

掌管专攻医兽一应马匹一员

地兽星紫髯伯皇甫端　　萧蜕

萧蜕亦南社成员，小学、诗文、书法皆足名家，尤邃医理。其诗古音落落，与南社诸子殊趣。

掌管专治诸疾内外科医生一员

地灵星神医安道全　　周树人

树人为诗不多，少作亦时调，风华流美。后臻简雅，得其师太炎风格。亦有学长吉者，要皆自存真面。留学东瀛时，本治医学，为救国病，乃攻文学。为《摩罗诗力说》，楬橥摩罗诗派之言，“立意在反抗，指归在动作”，“大都不为顺世和乐之音，动吭一呼，闻者兴起，争天振俗，而精神复深感后世人心，绵延至于无已”，“发为雄声，以起其国人之新生，而大其国于天下”。树人诗云：“我以我血荐轩辕。”请即以斯言还颂其诗。

掌管监督打造一应军器铁甲一员

地孤星金钱豹子汤隆　　高旭

高旭为南社发起人，晚节为人诟病。其诗气势奔放，叱咤风云，恨浅率处多。早年受诗界革命影响，著《愿无尽庐诗话》，谓“世界日新，文界诗界当造出一新天地”，而又谓“新意境、新理想、新感情的诗词，终不若守国粹的用陈旧语句为愈有味也”。所言皆梁任公所已言。

掌管专造一应大小号炮一员

地轴星轰天雷凌振　　孙景贤

孙景贤为沈鹏参“三凶”疏而作之《轰天雷》说部，见称一时。清末曾在日本长崎领事馆任职。手定《龙吟草》，宗法玉溪，选择谨严。所为《宁寿宫词》梅村体长篇，咏李莲英事，一代之诗史也。

掌管专一起造修葺房舍一员

地察星青眼虎李云　　孙雄

孙雄编《道咸同光四朝诗史》，保存清后期诗史资料。其书甄录未精，有诗史价值之作不多。其自为诗多属应酬、标榜之类，但怀人、感逝诸组诗亦有资掌故。

掌管专一屠宰牛马猪羊牲口一员

地羁星操刀鬼曹正　　邓散木

邓散木学治印于虞山赵古泥。诗功不浅，颇露圭角。

掌管专一排设筵席一员

地俊星铁扇子宋清　　李宣龚

拔可闽派后劲，多金好客，硕果亭中，时有文燕，裙屐趋集。其诗得海藏楼法乳，闽士无出其上者。皖中周达可与抗衡。

掌管监造供应一切酒醋一员

地藏星笑面虎朱富　　潘飞声

潘兰史早游欧西，晚岁侨寓申江。粤中名士，往还者多。其诗俊秀，时有可诵。所著《在山泉诗话》，可见太邱道广。

掌管专一筑梁山泊一应城垣一员

地理星九尾龟陶宗旺　　汪国垣

辟疆先生以诗学讲授南雍，力尊江西坛坫，自作亦限于此畛域。所著《光宣诗坛点将录》，以宋诗派为主体，他派置于附庸地位，一家之言，未为的论。又著《近代诗派与地域》，亦可参证。

掌管专一把捧帅字旗一员

地健星险道神郁保四　　林庚白

林庚白初为同光体诗，为其乡陈衍所赏誉。后乃于闽派中作反戈一击，颇中要害。编《今诗选》，自选独多。《丽白楼诗话》云："尚论今古之诗，当推余第一，杜甫第二。余诗实尽得古今之体势，兼人人之所独专。"是耶非耶，千载当有定论。

（原载《中国近代文学研究》第1、2辑，

广东人民出版社1983，1985年版）

近百年词坛点将录

清人舒位创为《乾嘉诗坛点将录》，近人汪国垣踵为《光宣诗坛点将录》，借说部狡狯之笔，为记室评品之文，与东林点将，属于政治罗织者殊科。其在倚声家，则朱祖谋曾为《清词坛点将录》，仅见榜名，未有成文。夏敬观于清词颇有微词，其序叶恭绰《广箧中词》，于谭献亦致"结习仍所不免"之诮，而称"临桂王给谏鹏运在中书日，振衰扶雅，况舍人周仪辈翕然从之，同时文学士廷式、郑舍人文焯、朱侍郎祖谋、陈大令锐，蔚起为词宗，海内益向风趋正轨。故评清词者愈晚出愈胜于前，此不易之论也"。此说是从清真、梦窗一派立场持论，晚清词坛固不能尽域于此。联中岁为词，实为门外，惟不向彊村门下乞残膏剩馥，差可自信。因试拟此《近百年词坛点将录》，与海内词流商榷。点将限于其人殁在光绪初元以后，生于宣统辛亥以前而今已谢世者。此百年间，词人甚多，不能遍及，聊作隅举。生存人概不阑入，宁贻遗珠之憾，庶避标榜之嫌。世有解人，谓为石碣碑文也可，谓为封神榜也亦无不可。

1977年农历丁巳冬，仲联记于吴门

词坛旧头领一员

托塔天王晁盖　　谭献

复堂总结清词，选《箧中词》《箧中词续》，拓常州派堂庑而大之。彊村以前，久执词坛牛耳。自为词托体风骚，一代正宗。然学古功深，创新犹嫌未足。方之于诗，殆如北地、信阳之摹盛唐，白香、湘绮之仿汉魏，难免映庵之诮矣。

词坛都头领二员

天魁星呼保义宋江　　朱祖谋

彊村领袖晚清民初词坛，世有定论。虽曰樆櫱梦窗，实集天水词学大成，结一千年词史之局。《彊村丛书》之刊，整理校勘，厥功至伟，无待赘说。

天罡星玉麒麟卢俊义　　王鹏运

彊村《望江南》词云："香一瓣，长为半塘翁。得象每兼花外永，起孱差胜茗柯雄。岭表此宗风。"幼遐崛起天南，转移风会，彊村自云瓣香所在，谅非谦词。《四印斋所刻词》之精审，亦《彊村丛书》之先导焉。

掌管机密军师二员

天机星智多星吴用　　况周颐

蕙风致力倚声五十年，所为词话，扬榷今古，洞瞩渊微，彊村推为绝作。自为词沉思独往，王静安以为"彊村虽富丽精工，犹逊其真挚"。褒扬未免过当。要之，一时巨匠，与半塘、彊村、大鹤被称为"清末四大家"，各树旗鼓，自有真价。

天闲星入云龙公孙胜　　郑文焯

《樵风乐府》，融清真、白石为一手，清华灵秀，采异声高。感时之作，足当词史。斠律之细，媲美彊村。彊村《望江南》词云：“招隐处，大鹤洞天开。避客过江成旅逸，哀时无地费仙才。天放一闲来。”斯为定论。

掌管钱粮头领二员

天贵星小旋风柴进　　盛昱

意园主人，曼殊贵胄，学苑祭尊。《郁华阁词》，其言有物。《八声甘州·送伯愚都护之任乌里雅苏台》一阕，狄平子以为“雄放似辛稼轩”，叶遐庵以为“幽情苦绪，出以清雄之笔，源出东坡乐府”。与半塘、芸阁二阕，鼎峙而三。

天富星扑天雕李应　　叶恭绰

遐庵词学世家，席丰履厚，又为北洋“交通系”政要，财力雄富，为并世词流所不及。编《全清词钞》，所收词人达三千一百九十六家，使有清一代词学之源流正变得以推寻，有功于艺苑者匪细。遐庵自为词亦工，间接闻谭献绪论，于彊村、蕙风、芸阁，均亲接謦欬，其造诣之深，非偶然也。

马军五虎将五员

天勇星大刀关胜　　文廷式

逊清词坛，前有迦陵，后有芸阁，皆传稼轩法乳，而又自出手眼。芸阁学人而志在改革政治，宏图不遂，忧愤以殁。其词遂得楚骚遗意，持比迦陵，自当突过。视并世诸贤，不越清真、梦窗雷池一步者，自亦迈往不屑。彊村《望江南》词云：“闲金粉，曹郐不成邦。拔戟异军成特起，非关词派有西江。兀傲故难双。”可谓不囿于门户之见者。

天雄星豹子头林冲　　张尔田

孟劬史学山斗，填词渊源家学，复与大鹤探讨，濡染者深。《遯庵乐府》感时抒愤之作，魄力沉雄，诉真宰，泣精灵，声家之杜陵、玉溪也。

天猛星霹雳火秦明　　陈洵

海绡词极为彊村推许，与蕙风并举，称为“并世两雄，无与抗手”，《望江南》词有“新拜海南为上将，试要临桂角中原，来者孰登坛”之语，谓其词“处处见腾踏之势”，可以知其概矣。

天威星双鞭呼延灼　　夏敬观

剑丞诗词俱绝世，诗承散原，词继王、朱之后，称为尊宿。孟劬称为词家之郑子尹，又谓其“取径自别”，“下笔能辣”，一言论定，见其偏胜独至之光价。

天立星双枪将董平　　陈曾寿

苍虬四十为词，瑶台婵娟，天生丽质，写情寓感，时杂悲凉，遐庵以为“门庑甚大”，“并世殆罕俦匹”，则不知其置彊村、大鹤于何地。孟劬谓：“苍虬诗人之思，泽而为词，似欠本色。”又谓：“苍虬颇能用思，不尚浮藻，然是诗意，非曲意，此境亦前人所未到者。”斯乃持平之论也。

马军八骠骑兼先锋使八员

天英星小李广花荣　　李绮青

汉父为词三十载,《听风听水词》《草间词》，岭表词场之射雕手，上接翁山。持节龙荒，铜琶乱拔，雄丽绵密，得未曾有。“暖风吹遍蛮花，海天更产英雄树”（《水龙吟·木棉》）可即为汉父词赞。

天佑星金枪手徐宁　　张上龢

芷莼为孟劬之父，曾从蒋鹿潭受词学。侨寓吴门，又与郑叔问为词画至契。《吴沤烟语》，选入《广箧中词》之作，遐庵特多好评。

天暗星青面兽杨志　　张仲炘

《瞻园词》中，颇有与半塘、叔问、彊村酬赠之篇，诚如遐庵所评，“忧生念乱”，“感深情切”，“江南风景，重遇龟年，结舌断肠，言之凄咽”。

天空星急先锋索超　　夏孙桐

龙榆生曰：“孙桐与朱祖谋为儿女亲家，祖谋尝言其从事倚声，实由孙桐诱导。”叶遐庵以为“正法眼藏，非公莫属”。此是彊村词派之月旦。

天捷星没羽箭张清　　赵熙

尧生工诗，世称捷才。壬子归蜀，始为词，于六百日中成《香宋词》三卷，能得尧章神理。夏吷庵以为“芳芬悱恻，骚雅之遗”。

天满星美髯公朱仝　　梁鼎芬

梁髯词如其诗，吐语幽窈，芳兰竟体。

天微星九纹龙史进　　张景祁

《新蘅词》，谭献评为“骎骎乎北宋之坛宇，江东独秀，其在斯人”。不徒《落梅》一枝，“茵溷飘零，感均顽艳”。（谭献评）基隆、马江诸作，笳吹鲲洋，词而进于史矣。

天究星没遮拦穆弘　　陈锐

袌碧湘绮高足，久客吴趋，与朱、郑为词甚早。彊村《望江南》词云：“《秋醒》意，袌碧契灵襟。生长茝兰工杂佩，较量台鼎让清吟。欣戚导源深。”袌碧《水龙吟·题大鹤山人樵风乐府》云：“十年雪涕神州，气酣西蹴昆仑倒。”殆夫子之自道。

马军小彪将兼远探出哨头领一十六员

地煞星镇三山黄信　　张祥龄

子苾名辈较先，取列地煞前茅。其次南唐北宋词韵之作，遐庵以为“词家之中晚唐诗”。又与半塘、蕙风有合和《珠玉词》一卷。论词宗旨，见于《半箧秋词序录》者，论清真、白石、梦窗、玉田，以为“三王之道若循环，皆图自树之方，非有优劣”。又谓“词主谲谏，与诗同流”。皆非隅拘之见。

地勇星病尉迟孙立　　曾习经

蛰庵诗笔瑰丽，岭表名家。其词狄平子谓为“婉约善言情，直如万缕晴丝，袅空无尽”。遐庵评其《高阳台》一阕为“词中温李，上溯浣花”，《桂枝香》为“变雅之音”，《天香》为“寓物兴怀，义兼比兴”，可以知其诣矣。

地杰星丑郡马宣赞　　陈廷焯

《白雨斋词话》于内容重寄托，于风格尚沉郁，历来词话，篇幅之多，无出其右。但勇于立论，疏于考核，时有附会失实之谈。自为词温婉、跌宕之作俱有之。

地雄星井木犴郝思文　　廖恩涛

忏庵词追踪梦窗，于奇丽万态之中见青虹倚天之概。近人学梦窗一派者，难得此风力。

地威星百胜将韩滔　　王德楷

木斋与黄公度、文芸阁交游，《娱生斋词》迥异凡流。《金缕曲·赠公度》有云："一撮乾坤干净土，几许浮埃野马？但斗柄垂垂南挂。脚底三山尘未洗，诏东皇为我飞龙驾。倚阊阖，望华夏。"自可羽翼芸阁。

地英星天目将彭玘　　俞陛云

乐静词安雅俊爽，犹有朱、厉遗轨。所为《宋词选释》，剖析词人用心，颇中肯綮。

地奇星圣水将单廷珪　　潘之博

弱庵《醉蓬莱·题叶南雪秋梦庵填词图》句云："觑词人老去，鬓雪盈簪，泪花斑袖。一寸秋怀，付雁孤虫瘦。"伤心人自别有怀抱。

地猛星神火将魏定国　　麦孟华

蜕庵与弱庵齐名。《六丑·丁未除夕》句云："澜翻万态趋残夕，更箭沉沉，群喧向寂。""铜驼梦断消息。倚危栏黯望，浮云西北。"彊村《水龙吟》挽词所以有"京华游侠，山林栖遁，斯人憔悴"之叹。

地辟星摩云金翅欧鹏　　魏戫

《寄榆词》塞垣边角，秋声哀怨，所谓"算只有，女萝山鬼愁堪诉"也。

地阖星火眼狻猊邓飞　　王以敏

叶遐庵曰："余年十五，学词于梦湘丈。丈词奄有梅溪、梦窗之胜。以不为标榜，故知者较稀。然实湘社中翘楚。"

地强星锦毛虎燕顺　　张祖同

《湘雨楼词》祈向在清真、白石间，遐庵许为雅人深致。慢词怨角清笳，"王家谢家燕子，话闲愁万绪"(《莺啼序·金陵》)，可以状其词境。

地明星铁笛仙马麟　　王允皙

又点诗词，俱以少胜多。《碧栖词》清疏骀宕，胎息姜、张，论者谓可并辔。

地周星跳涧虎陈达　　林鹍翔

铁尊为彊村、蕙风高第弟子。蕙风谓"跐美彊村，非君莫属"。夏吷庵序其《半樱词续》，许其"思精体大"。宦游永嘉时，曾举瓯社以导词学。其门下士夏承焘谓其词"固取径周、吴，而亲炙彊村者。其伤乱哀时诸什，取诸肺肝而出以宫徵，真气元音，已非周、吴之所能囿"。

地隐星白花蛇杨春　　杨玉衔

铁夫升彊村之堂，为《梦窗词笺释》，再易其稿，曾浼余为序。《抱香词》步趋觉翁，楼台虽是装成，而乏七宝瑰丽。

地暗星锦豹子杨林　　庞树柏

叶玉森《鹧鸪天》题檗子词云："绝代才人不碍狂，鹿门月色称萝裳。苦吟舌底参黄檗，散尽天花悟道场。"檗子瓣香彊村，为南社词流眉目。《玉琤玐馆词》趋向南宋，得白石之警秀，其稿为彊村删定。中年伤于哀乐，谢世过早，所诣仅此。其《莺啼序·壬子三月劫后过吴阊感赋，步梦窗韵》，邵次公《声声慢》题词所谓“吴波荡春千里”者，词家之《哀江南赋》也。

地空星小霸王周通　邵瑞彭

次公出彊村门下，夏吷庵称其词“宗尚清真，笔力雄健，藻采丰赡”。遐庵叹其“残膏剩馥，正可沾溉千人”。《蝶恋花》句云：“一路秋虫啼未已，汝南遥夜鸡声起。”知人论世者所当知。

步军头领一十员

天孤星花和尚鲁智深　黄遵宪

公度诗界革命巨子，词不多作。《双双燕·题潘兰史罗浮纪游图》，借风雨离合之境，寄禹域瓜剖之忧，真不愧为“独立苍茫，高唱万峰峰顶”之狮子吼。纷纷学五代，学周、吴之作，一禅杖扫空之矣。

天伤星行者武松　金天翮

天放楼主人才气横溢，诗界革命继人境庐而起。其论词宗旨于《红鹤词序》中见之，阐说音理并针砭晚近声家墨守词律之失。通人之论，振聋发聩。《水龙吟·罗汉观瀑图》《台城路·病起入都，会大雪，亮吉招游中山陵，光景奇绝》《壶中天·灌口二郎神庙》，皆石破天惊之作，足令彊村、大鹤缩手。《广箧中词》《全清词钞》乃仅录其《琵琶仙》一阕，其无乃遗山所云“少陵自有连城璧，争奈微之识碔砆”乎？

天异星赤发鬼刘唐　易顺鼎

实甫少为神童，长为才子，惊才绝艳，放笔自恣。词集有《鬘天影事谱》《楚颂亭词》《丁戊之间行卷词》《湘弦词》《琴台梦语》《摩围阁词》，可谓沉沉夥颐。英词壮采，泉涌飙发，盖照天腾渊之才，窘若囚拘者为之咋舌。

天退星插翅虎雷横　　梁启超

《饮冰室词》，如《六丑》，词评家谓得片玉神味。然其虎步龙行之作，转失之目睫。

天煞星黑旋风李逵　　黄人

黄摩西，清末奇人也。于书无所不读，自诗词、小说，以及名学、法律、医药、内典、道笈，莫不穷究。撰《中国文学史》二十九巨册，不特空前，亦恐绝后。为文章千言立就，盖王昙、龚自珍之流。其词最工，遍和《定庵词》《茗柯词》及《芬陀利室词》，才思横溢，荒忽幼眇，究极情状，牢笼物态。吴梅少时与摩西同讲学吴门，二子齐名，友好无间。金天翮谓黄词"于律度不能沉湎，若丰文逸态，往往驾吴梅而上，如饥鹰怒骥，绁勒所加，惟奔放是惧"。(《艺中九友歌》序）遐庵选《全清词钞》《广箧中词》，乃取其规行矩步者一二阕，云海天鹏，固非抢榆枋者所能知。

天巧星浪子燕青　　曾广钧

"上接孟荀驺论纵，旁通骚赋楚歌狂。澧兰沅芷无穷竟，况复哀时重自伤。"（黄遵宪《酬曾重伯编修》）王湘绮称为圣童之曾重伯，不徒诗笔才华绝世，《环天室词》亦迥异恒蹊。所谓"刻黛量颦，裁琼界恨，有人寄托遥深"（《一萼红·题无爱填词图》）者，即是自我写照。宜海内才人齐声倾倒，如"万朵红莲礼白莲"也。

天牢星病关索杨雄　　吴庠

张尔田序眉孙《寒竽阁词》曰："狂篇醉句，千啼百笑。""豪迈矣而不失之伧，沉骏矣而不失于放。""如公孙大娘舞剑器，浑脱浏亮，斯为工耳。境至此，独非词之一奇耶？”“所谓清雄者非耶？”晚岁病盲，寄身瓯脱，画地自牢。乱离之音，“泪痕血点霑胸臆”，足当词史而无愧。

天慧星拼命三郎石秀　　杨圻

杨云史词，奇丽俊美，自《花间》、南唐以逮宋人，不取一法，不舍一法。如此江山，销魂绝代。

天暴星两头蛇解珍　　高旭

“黄金华发两飘萧，剑气箫心一例消。洗尽东华尘土否？清尊读曲是明朝。”此庞檗子集定庵句赠天梅诗也。天梅与柳亚子创立南社。所为《箫心剑胆词》《沧桑红泪词》《鸳鸯湖上词》等，有八种之多，功力殊胜于柳。短令如《桃源忆故人》，“如怨如慕”，诚如遐庵之评。

天哭星双尾蝎解宝　　叶玉森

荭渔词藻采飞腾，才气亦大。《甘州·夜渡太平洋》《浣溪纱》诸阕，可谓“逸气入云高”。“试问雄飞战史，有几家血泪，几种哀潮？是分明祸水，飓母扇惊飙。待何时波魂涛魄，化中流铜柱压天骄？楼钟震，蚕扶桑晓，海日红烧。”张乐洞庭之野，无此大声鞺鞳。

步军将校一十七员

地默星混世魔王樊瑞　　沈曾植

寐叟博通万卷，不着一字，佛家所谓“圣默然”者也。然叟亦终非不着一字者，诗篇达十四卷之多，经史百氏、髀经地志、竺书云笈，澜翻笔底，世推大家。词如其诗，可作西藏曼荼罗画观。盖魁儒硕师，出其绪余，一弄狡狯，若以流派正变之说求之则傎矣。

地暴星丧门神鲍旭　　康有为

长素《蝶恋花》词："翠叶飘零秋自语，晓风吹堕横塘路。""三十六陂飞细雨，明朝颜色难如故。"岂戊戌失败史之缩影耶？

地飞星八臂哪吒项充　　潘飞声

兰史早岁蜚声域外。《双双燕·追和人境庐罗浮》一词，仙袂飘举，足与公度抗手。然《说剑堂词》才华艳发，与公度亦不尽同也。

地走星飞天大圣李衮　　吴梅

瞿安曲学大师，早年讲学吴门，与黄人相狎。后掌教南雍，门下士遍天下，名乃出黄人上。词笔高逸，不让东塘、昉思擅美于前。

地幽星病大虫薛永　　张鸿

蛮巢词风华绝代，与冒广生、曹元忠相酬答。晚经桑海，病卧申江，皂帽藜床，风节卓著，词才未退，藻采犹腾。

地伏星金眼彪施恩　　曹元忠

君直经师，早岁与蛮巢诸君为诗榻筵西昆，于同光体外，别兴吴中诗派。词笔骚雅，得白石神理。

地镇星小遮拦穆春　　黄侃

余杭门下，棒喝擅名。半庵论词，称清代经师惠定宇、段懋堂辈多工小令。季刚后出，为乾嘉学派殿军。词则不徒小令高华，慢词亦有家数。

地僻星打虎将李忠　　徐树铮

近代武将能词，碧梦庵殆推翘楚。善为拗句，而壮采幽奇，神游象外，遐庵之评如此。

地异星白面郎君郑天寿　　郭则沄

啸麓闽海名家，《龙顾山房诗馀》，遐庵誉其"高者火攻南宋"。

地魔星云里金刚宋万　桂念祖

伯华沉酣内典，妙悟三乘，东游秋津，精究梵语。《临江仙》一阕，梦雨灵风，云英路隔，语含哲理，歌罢魂消，《止观》所谓“转魔事为佛事”也。

地妖星摸着天杜迁　林学衡

庚白自诩其诗古今第一，杜甫第二。《丽白楼词剩》自云：“狂澜砥柱，舍我谁哉？”“殷忧能启圣，终见黄流净。”亦可谓敢于大言者。张坚骑白雀，飞上南天门，能夺刘翁之座则未必。

地短星出林龙邹渊　王易

晓湘著《词曲史》，乃专科文学史之创举。叶遐庵以为“征引繁博，论断明允”。《简庵词》持律谨严，渊雅可诵。

地角星独角龙邹润　王浩

晓湘、然父兄弟诗词并胜，风格特色亦同。《思斋词》之《过秦楼·畅观楼》，词家之《连昌宫词》也。

地捷星花项虎龚旺　顾宪融

《大漠山人集》诗词俱胜，开径自行。《解连环·用清真韵》一阕，遐庵评为“跌宕回复”。《朝中措》云：“十年哀感向残唐，何人知断肠？”可以知怀抱。

地速星中箭虎丁得孙　谢觐虞

玉岑多才艺，常州词人后劲。不幸短命，未能大成。其词盖《金梁梦月》之遗，悼亡之作，如“人天长恨，便化圆冰，夜深伴汝”，可谓断尽猿肠者。《疏影》《木兰花慢·感事》二阕，辽海扬尘时之词史。后一首本事，即余《胡蝶曲》所咏者。

地恶星没面目焦挺　　金蓉镜

甸丞为寐叟高足，诗黔黑奥僻学海日楼，具体而微。《滮湖遗老词》亦略如《曼陀罗寱词》，几堕恶趣。

地丑星石将军石勇　　易孺

大庵为陈兰甫弟子，其词审音琢句，取径生僻，所谓“百涩词心不要通”也。

四寨水军头领八员

天寿星混江龙李俊　　陈澧

兰甫学人，《忆江南馆词》，谭献称其“洋洋乎合于风雅，乃使绮丽、奋发两宗废然知反”。朱祖谋亦推为“雅音”。张尔田《吴眉孙词集序》曰：“余亦尝论一代之词，于我清声家外，独右陈兰甫。”推崇可云备至。兰甫名辈较先，而高才曼寿，至光绪八年始辞世，遂取为水军头领之首，为近百年词坛张目。

天平星船火儿张横　　庄棫

中白经学家，治《易》《春秋》及《纬候》，为常州派词人后劲。名辈亦先，与谭献齐名，卒于光绪四年，因得入近百年词坛。陈廷焯《白雨斋词话》极致推崇，以为“匪独一代之冠，实能超越三唐、两宋，与风骚、汉乐府相表里，自词人以来，罕见其匹。而究其得力处，则发源于国风、小雅，胎息于淮海、大晟，而寝馈于碧山也”。

天损星浪里白条张顺　　王闿运

湘绮八代高文，自谓“余不能词，以文张”(《湘雨楼词序》)，然《湘绮楼词》，亦是作手。叶遐庵编《全清词钞》取冠附录之首。《辘轳金井·废圃寻春见樱桃花感赋》亦可谓从有寄托人，从无寄托出者。

天剑星立地太岁阮小二　李慈铭

越缦高才曼寿，自视高而所作不称。论词归本于玉田清空质实之说（见樊增祥《兰当词跋》），犹是浙派常谈。《霞川花隐词》《桃花圣解庵乐府》，佳处在樊榭、谷人之间。

天罪星短命二郎阮小五　樊增祥

云门为越缦高足，诗于近代亦标一宗。词品略如其师，陶方琦以为“云门词学，自悉伯师外，同辈无与抗者”。其论词谓“梦窗不如玉田”（俱见《兰当词跋》），又以苏、辛为变徵，遗山非极诣（见《东溪草堂词选自序》），晚年所作，率易者多。

天败星活阎罗阮小七　冒广生

鹤亭学人而又才士，博闻强识，并世无双。与陈三立、陈衍、朱祖谋等交往，而诗不为同光体，词不为彊村派，可谓独立不群者。叶遐庵曰：“鹤亭为词，瓣香朱、陈，中年以后，兼采众长，而才情横溢，时露本色。”或谓叶语有皮里阳秋，余谓金风、迦陵，谈何容易。彼撼树蚍蜉，徒见其不自量耳。

地进星出洞蛟童威　林纾

琴南以古文家而为小说家。所译海西说部，时有慢词或小令题其耑，亦前人所未写之题材。晚年所为《子夜歌》一阕，可补樊山《后彩云曲》诗之所遗。

地退星翻江蜃童猛　严复

幾道早游英伦学海军，归而以译事名其家。译哲学、经济名著，与琴南各树一帜。余事为词，情深文明，《摸鱼儿》词，遐庵拟之“嗣宗咏怀”，《金缕曲》评为“胸襟甚大，气倍词前”。

此非刻翠裁红者流所能道。

四店打听声息邀接来宾头领八员

东山酒店地数星小尉迟孙新　　周庆云

叶遐庵曰："梦坡建两浙词人祠堂于西溪，复编《两浙词人小传》《浔溪词征》，沆瀣流传，用意良美。所作亦清拔殊俗。"林鹍桢《齐天乐》挽词云："华发清愁，黄金古调，天与遨头声价。晨风宇下，便一寸青苔，也饶风雅。钟鼎山林，一生心力更无暇。"足为晨风庐主人写照。

地阴星母大虫顾大嫂　　吕碧城

圣因近代女词人第一，不徒皖中之秀。早岁《祝英台近》词，樊山赏为"稼轩'宝钗分，桃叶渡'一阕，不得专美于前"。中年去国，卜居瑞士。慢词《玲珑玉》《旧罗怨》《陌上花》《瑞鹤仙》，俱前无古人之奇作。"休愁人间途险，有仙掌为调玉髓，迤逦填平。"（《阿尔伯士雪山》）"鄂君绣被春眠暖，谁念苍生无分。"（《木棉花》）杜陵广厦，白傅大裘，有此襟抱，无此异彩。《晓珠词》中，杰构尚多，"明霞照海，渲异艳，远天外"。（《瑞鹤仙》）尽足资谈艺家探索也。

西山酒店地刑星菜园子张青　　程颂万

宁乡十发居士，湘西才子，袁绪钦称其词"瑰丽谲诡，驱驾气势，劲出横贯，多而不竭"。（《湘社集序》）盖奇情壮采，不知胸中吞几云梦也。光绪辛卯，编《湘社集》词，作者七人，见一时风雅之盛。

地壮星母夜叉孙二娘　　左又宜

左夫人挺秀湘西，夏敬观室，有《缀芳阁词》，慢词声韵幽美，能得白石、草窗神理。

南山酒店地囚星旱地忽律朱贵　柳弃疾

亚子南社冠冕，以诗词为革命。其叙庞树柏《玉琤瑽馆词》，述己酉冬南社觞集于虎丘，归舟与树柏论词，亚子谓“词盛于南唐，逶迤以及北宋，至美成而始衰，至梦窗而流极。稼轩崛起，欲挽狂澜而东之，终以时会迁流，不竟所志”云云，可以知其宗趣所在。辑《南社词录》，足觇当时风气。

地全星鬼脸儿杜兴　沈宗畸

太侔南社词人，蜚声岭表，曾辑《今词综》四卷。自为《繁霜词》，《烛影摇红》《真珠帘》二首，遐庵谓其皆有本事，辞亦高华。

北山酒店地奴星催命判官李立　杨钟羲

雪桥汉军旗人，于诗有《雪桥诗话》，于词有《白山词介》，皆有功满洲文献之书。其自为《雪桥词》，功力匪浅。《浪淘沙慢·和身云》，讽樊山出仕，遐庵所谓“深心托豪素”者。《东坡第一枝》云：“那堪向易主楼台，又见定巢语燕。”虽属遗老口吻，而对当时袍笏登场之北洋新贵，亦备致揶揄矣。

地劣星活闪婆王定六　耆龄

寿民满洲正红旗人，著有《消闲词》。《三姝媚》一词，遐庵评为“掩抑低回”。“对雨昏烟暝，顿惊春晚。谁与缠绵？帘外又秋红千片。莫再相思，徒说萎枝露泫。”故与《雪桥词》肹蠁相通。

总探声息头领一员

天速星神行太保戴宗　冯煦

蒿庵生早于半塘、大鹤、彊村诸家，而殁后于半塘、大鹤。

词名早著，《蒙香室词》无愧正宗雅音。著《蒿庵词话》，选《宋六十一家词选》，可谓总探词坛声息。

军中走报机密步军头领四员

地乐星铁叫子乐和　　王蕴章

金天翮《艺中九友歌》云："大鹤沤尹双词仙，莼农后起少不廉。扬帆直挂南溟天，象王宫阙蠔山粘，桄榔面涩椰酒甜。蛮姬红语娇胜莲，讵知秋士心肠煎，泪下檀板金樽前。"又序称莼农"弱冠美少年，慷慨世事"，"忧患迭更，陶写丝竹，妍唱遂多"，"《西神樵唱》数十首，庶几梅溪、草窗之遗，东南人士谈及莼农，无不知为梁溪王蕴章也"。莼农为南社初期眉目，方之幾社词人，则"云间三子"之李蓼斋，得无身世相同。

地贼星鼓上蚤时迁　　黄□

地狗星金毛犬段景住　　赵□□

地耗星白日鼠白胜　　梁□□

守护中军马军骁将二员

地佐星小温侯吕方　　汪兆铨

《惺默斋词》，岭南一作手也。芬芳悱恻，自是瑶台婵娟。《买陂塘·落花辛亥冬作》，虽不免殷顽故态，而亦未尝不叹息痛恨于桓、灵之世也。

地佑星赛仁贵郭盛　　汪兆镛

憬吾《雨屋深灯词》，夏敬观《忍古楼词话》谓其"致力姜、辛，自抒怀抱。兰甫门下，斯亦治经治史以外能分词坛一席者"。

守护中军步军骁将二员

地猖星毛头星孔明　　陈衡恪

师曾为散原长子，书画诗词印章，无不工绝。《觭庵词》用清真韵诸作，缜密典丽，流风可仰。

地狂星独火星孔亮　　陈方恪

彦通《鸾陂词》，绝世风神，多回肠荡气之作。“二陆”齐名，俊语似欲突过乃兄。

专掌行刑刽子手二员

地平星铁臂膊蔡福　　黄孝绰

公孟《藕孔烟语词》，铸词工丽，神采飞扬。闽士多才，君家特秀。

地损星一枝花蔡庆　　黄孝纾

匔庵诗词骈文，俱臻高诣。《墨谑高词》语精思邃，郁勃苍凉，“春声海曲，晞发阳阿”，想见其哀乐之过人。

掌管三军内探事马军头领二员

地微星矮脚虎王英　　汪东

旭初与黄季刚为太炎门下“二妙”，词有家数，小令尤胜。掌教南雍，门下多士。办《华国杂志》，扬扢风雅，平章学术。词稿经龙汉之劫多散失，朋辈为之搜辑成卷，风义可尚。

地慧星一丈青扈三娘　　沈祖棻

子苾，女词人，出汪旭初门，能传旭初词学。著《宋词赏析》，剖析精微。姚鹓雏谓其词“短章神韵，直欲胜蓝”。旭初序其《涉江词稿》，谓其所作十余年来有三变，“方其肄业上庠，覃思多暇，摹绘景物，才情妍妙，故其辞窈然以舒；迨遭世板荡，奔窜殊域，国忧家恤，萃此一身，故其词沉咽而多风；寇难既夷，政治日坏，灵襟绮思，都成灰槁，故其词淡而弥哀”。姚、汪月旦，良非轻许。三百年来林下作，秋波临去尚销魂。

一同参赞军务头领一员

地魁星神机军师朱武　　王国维

《人间词话》，时流共推，融西方哲学、美学及我国艺术论于一炉，树谈艺家之新帜，持论虽有偶偏，已得帝之悬解。《人间词甲乙稿》序，谓其“意境两忘，物我一体”，“自永叔以后，未有如其工者”，是耶非耶？其《蝶恋花》有云：“一树亭亭花乍吐，除却天然，欲赠浑无语。当面吴娘夸善舞，可怜总被腰肢误。”诚如钱振锽《羞语》所云：“此亦静安之论词也，‘当面’两字，狼藉时贤多矣。”

掌管行文走檄调兵遣将一员

地文星圣手书生萧让　　李瑞清

梅庵书法名家，小令亦自然馨逸。

掌管定功赏罚军政司一员

地正星铁面孔目裴宣　　刘熙载

融斋早于光、宣一辈词人，至光绪七年始殁，故亦列入近百年词坛。一代经师，文艺特其绪余。《艺概》中《词曲概》一卷，论词列晚唐五代于变调，而特尊苏、辛，谓“周旨荡而史意贪”，“白石幽韵冷香，挹之无尽”，自是确论。自著《昨非集词》，《虞美人》云：“填词有意夸工巧，工处还非妙。要全本色发天机，试问桃花流水岂人为？”可见其高识。

掌管考算钱粮支出纳入一员

地会星神算子蒋敬　　成肇麐

漱泉年辈较先。《唐五代词选》，去取不苟，示人以规矩准绳。自为词亦醇雅之音。

掌管专工监造大小战船一员

地满星玉幡竿孟康　　刘毓盘

子庚著《词史》《词律斠注》，并校辑唐、五代、宋、辽、金、元人词，有功词苑。自著《噙椒词》，“选花评叶”，碎金可贵，所谓“自解罗囊，斩新花样镜中看”也。

掌管专造一应兵符印信一员

地巧星玉臂匠金大坚　　江标

灵鹣阁主，戊戌新政之先行者。诗、画外雅善篆刻，有《红蕉词》一卷，温、韦之遗音。又辑宋、元名家词十五种。

掌管专造一应旌旗袍袄一员

地遂星通臂猿侯健　　何震彝

鬯威著《八十一寒词》《鞮芬室词》各一卷外，又集词为诗，名《词花珠尘》一卷，天衣无缝，为集句之作别开生面。

掌管专攻医兽一应马匹一员

地兽星紫髯伯皇甫端　　王乃徵

病山身登膴仕，晚托悬壶。《霜叶飞》《八声甘州》等与彊村酬唱之作，居然当行。

掌管专治诸疾内外科医生一员

地灵星神医安道全　　马浮

佛为大医王，治众生病。一浮不为医而栖心禅悦，大愿拯溺，《怀人诗》所以有“斧柯已烂尚观棋，驱我山行采药迟。若使归来从季卜，不辞折臂学卢医”之语。《杜芳词剩》则其“活人剑，涂毒鼓，祖师禅”（《水调歌头》），“犹余风画空中，是法非真，待缘一现”（《莺啼序》）者也。

掌管监督打造一应军器铁甲一员

地孤星金钱豹子汤隆　　徐珂

仲可著作等身，词学则有《近词丛话》《清代词学概论》《历代词选集评》《清词选集评》等，度人金针。自著《纯飞馆词》，笔意澹宕疏快，不同于时人之好为艰涩者。

掌管专造一应大小号炮一员

地轴星轰天雷凌振　　孙景贤

蛮巢门下，得龙尾为南岳座下一马，曾著《轰天雷》记沈北山拟劾“三凶”折著名。《梅边乐府》一卷出龙尾手订，篇章少而甄录严。徐兆玮撰序，称其“雕肝琢肾，研精洞微，究极尺寸声律之正变”。“迈往之气，清隽之才，身丁世变，出其所学法家言以从事于检察之庭，亦既有所表曝矣，终不获尽展其长而抑郁以死”。不然，马驹何难踏杀天下。

掌管专一起造修葺房舍一员

地察星青眼虎李云　　缪荃孙

艺风目录名家，所藏历代精椠名钞之词甚富。辑刊《常州词录》，世称其详审。彊村校词，常有函札与之商讨得失，并自谓“学倚声历十年所，毫无心得，拟请紫霞翁指正”云。《碧香词》存词不多，而《水龙吟·桐绵》一阕，遐庵评为“深婉”。

掌管专一屠宰牛马猪羊牲口一员

地羁星操刀鬼曹正　　胡先骕

步曾出寐叟、石遗门下，留美治植物学，而笃好旧诗词，反对白话诗文甚力。所撰论王半塘、文芸阁、朱彊村、赵尧生诸家词集之专文，剖析精微，评骘得当。自为词有被胡适所讥者，时人学梦窗者多有此失，不独步曾为然。

掌管专一排设筵席一员

地俊星铁扇子宋清　　吴昌绶

伯宛《长亭怨慢·题忍庵春蛰吟》句云：“恨芬菲世界，刬地乱红无数”，“采笔零星，赋愁如许”！《松邻遗词》一卷，可作如是观。《双照楼影刊宋元人词》，世称精椠。

掌管监造供应一切酒醋一员

地藏星笑面虎朱富　　林葆恒

子有为林则徐姪孙，《讱庵词》为八闽词后劲。所辑《闽词征》六卷，采集略备。家藏清代词家别集与总集颇为完整，叶遐庵编《全清词钞》，得其赞助者多。

掌管专一筑梁山泊一应城垣一员

地理星九尾龟陶宗旺　　赵万里

斐云早岁就业南雍，词名已鹊起。北游后专精目录版本之学。校辑宋、金、元人词七十三卷，嘉惠词林者不浅。

掌管专一把捧帅字旗一员

地健星险道神郁保四　　龙沐勋

“书林近刊倚声学，画手旧绘传灯图。须知彊村一遗老，托君此道如托孤。毋令雅音遂失坠，必有大力持栾于。黄九秦七未北面，田歌自昔非田夫。”此胡汉民《五叠杜韵寄赠榆生教授》诗句。“书林”句谓其创办《词学季刊》，“传灯图”谓《上彊村授砚图》也。

（选自《梦苕庵清代文学论集》，

齐鲁书社1983年版）

南社吟坛点将录

1934年3月4日，柳亚子在上海开陈去病追悼会。晚间举行南社临时雅集，参加者有社员，亦有闻风而来之非社员，共计一百有余人。亚子与胡怀琛撰“点将录”，开列一名单，在报刊宣布，但附有说明：地煞七十二人，亦有数位南社社友，但大多数非南社社友。其所拟亦未必贴切。宣统元年冬，南社成立，余生才一周年，未及与当时柳、陈、高诸先生游。其后相识之社员，仅汪东、金鹤翔、潘飞声、黄质、陈柱、周国贤、范镛、徐觉、吴庠、陆丹林、陈家庆、蔡守诸人，通书札而未谋面仅高燮。馀虽我乡前辈庞树松、庞树柏、黄人、萧蜕、孙景贤诸先生，俱未曾奉手。今去南社之结束已七十年，以门外之人而试为点将，于一千一百余人之社员中，选择一百零八员入录，其失当必然难免，聊存余稍符客观之一家言而已。云“吟坛”，指诗、词作手，小说散文家以及书画家中不工诗词者不在内，以诗、词标宗趣，虽有部分政治风云人物入录，要亦取其吟事之成就也。新南社成员未参加南社者不录入。

旧头领一员

托塔天王晁盖　　金天羽

托塔天王雄长水泊，而不在天罡地煞一百零八员之数，故舒位、汪国垣暨拙撰多种诗坛、词坛点将录，俱称为旧头领。金天羽不列名南社，而南社魁首柳亚子实金门弟子，承其师教。天羽与南社，貌离而神合，故今以旧头领一员予之。似较亚子、怀琛之录，以此席归蔡孑民为妥切。

陈玉幸《金松岑研究》云："光绪二十六年（西元一九〇〇）把'同里自治学社'改为'同川两等小学'，或称'同川公学'，并斥资办'明华女学'，同里镇始有学校之设立。当时各区的学子负笈来就学者数十人。桀骜不驯之柳亚子，亦其中之一。（见金松岑《天放楼文言·天放楼藏书自记》）故金松岑与柳亚子有师生之谊。柳亚子组织南社，南社为一革命文学团体，而热衷倡导革命的金松岑却没有参加，据说他和南社创办人之一的陈巢南意见不合，故未加入南社的阵营。〔此据柳亚子《自撰年谱》云：'过了癸卯年，明年就是甲辰年了。讲公元是一九〇四年，这就是民国纪元前八年，也就是满清光绪三十年。这年学校开学时，我就决心到同里"自治学社"念书去了。此时的同里正是东南人才荟萃之区，风虎云龙。'（页一七二至一七三）柳亚子为十八岁。又据柳亚子《自撰年谱》云：'只有巢南从日本留学还来以后，他虽和天放是拜把子兄弟，但两人个性不同，他不愿做天放的助手，所以在上海"爱国女学校"教书，这年却又到周庄创办"东江国民学校"，自任校长，独当一面。据他写信给天放，说明他两人的关系，比之满清中兴人物左宗棠和曾国藩，说左氏是不能郁郁屈居曾幕的呢。'（页一七三）金、陈二者恐有隙也。〕金松岑致力于教学，讲学不倦，故有'文皇帝'之称。"

郑逸梅《金松岑创作〈孽海花〉》引天羽弟子钱太初语，谓："一八九六年，就'同川学院'之讲舍立'自治学社'。后改为'同川两等学堂'，柳亚子即毕业于此校。所以亚子有诗，有'同川衣钵谁能同，心折堂堂天放翁'之句。先师下世，亚子又挽联云：'弱冠记从游，革命风云黄歇浦；重逢成永诀，凄凉车马阖闾城。'"

诗界倡革命，堂堂立汉帜。人境庐，陈胜王；天放楼，赤帝子。弟畜南社魁英，不入江西图里。

都头领二员

天魁星呼保义宋江　　柳弃疾

南社昌南音，实以反清始。磨剑诗荡群魔，万丈青虹逼视。晚捧红云上天，一柱峥嵘亚子。

天罡星玉麒麟卢俊义　　陈去病

浩歌堂上起雄风，创社当时亦首功（填写入社书，名次列第一）。一自东南开讲座，夕阳犹似曙时红。

掌管机密军师二员

天机星智多星吴用　　高旭

竹外一枝梅好，几生修到槎轩（高启号槎轩）。大智与愿无尽，原非无佛称尊。晚节暗香浮动，寂寥孤影黄昏。

天闲星入云龙公孙胜　　姚光

石子觥觥，金山之英。龙德而隐，脱略公卿。胸中丘壑，泉石移情。跌宕文史，坐拥百城。天放之闲，早计埋名。亚子辞位，群推主盟。登坛振旅，一军皆惊。意在辅弼，承乏经营。飞龙升云，功有众评。

掌管钱粮头领二员

天贵星小旋风柴进　　于右任

獬豸峨冠，西台贵宗。诗如其书，横卷旋风。末世推尊，让此髯翁。

天富星扑天雕李应　　高燮

山庄闲闲，世外桃源。楼台金碧，水木自然。富能润屋，独占洞天。其诗安雅，德人之言。盟主不就，怡神书间。

马军五虎将五员

天勇星大刀关胜　　宋教仁

桃源渔父，不知有秦。骇机潜发，杀身成仁。奸雄魄褫，勇士气伸。声诗激楚，泣下鬼神。凌云一笑，周命维新。

天雄星豹子头林冲　　叶叶

凤兮凤兮，早岁风华。吴江诗钵，上继汉槎。悱恻其情，绝世奇葩。慷慨其怀，古戍寒笳。

天猛星霹雳火秦明　　林庚白

我诗第一，杜甫第二。丽白楼中，大言惊世。要其千秋，舍生取义。炉峰光焰，长烛霄际。

天威星双鞭呼延灼　　邵瑞彭

《扬荷》词卷，含咀清真。厥品高华，藻采缤纷。《绮罗香》阕，金井招魂。仙云堕影，宫粉雕痕。一纸讨曹，声振九阍。

天立星双枪将董平　　郁华

曼陀才士，三绝超伦。不为臣妾，睥睨秋津。苌弘碧血，朱殷左轮。故乡西台，晞发有人。击竹如意，招朱鸟魂。

马军八骠骑兼先锋使八员

天英星小李广花荣　　王蕴章

南社词场射雕手，西神残客众俯首，高揭梅溪草窗袖。正风学院开堂堂，头衔自署猢狲王，哀吟饭颗侪陈芳。五十人生走牛马，偃仰书城何为者？然脂余韵赖陶写。

天佑星金枪手徐宁　　黄节

少年磊落人，晚被虫鱼诮。五言探嗣宗，兴寄有高调。世论赏拗折，隅见非圆照。

天暗星青面兽杨志　　谢无量

突起天彭此一雄，儒玄文史各精通。政坛学囿双无敌，诗席平分马湛翁。

天空星急先锋索超　　吴虞

早登廖谢门，蜀才屈指数。打倒孔家店，骅骝开道路。四海吴又陵，钱胡接虎步。《秋水》有诗集，馀事多雅趣。

天捷星没羽箭张清　　诸宗元

精猛诸贞壮，越吟格何峻。默定颜书堂，早学知其进。脱手恒千韵，快速骋神骏。志事百不就，穷愁复交刃。苦以无涯嗟，自写吴霜鬓。怀哉大至阁，解脱月相印。

天满星美髯公朱仝　　孙景贤

虞山论近诗，独步《龙吟草》。几家学樊南，谁真天下好？

雅词《宁寿宫》,《永和》焉足道。

天微星九纹龙史进　吴庠

眉孙才调纵横，诗词骈体俱妙。馀事图绘篆刻，亦见匠心之巧。六十以后十载，精删词篇如扫。一编《寒竽阁集》，特示云中鳞爪。时当白雁降瘥，声家杜陵此老。清雄之境高绝，遁庵知其怀抱。

天究星没遮拦穆弘　庞树柏

词伯诗仙，我取龙禅。白石之瘦，樊榭之妍。锻句冥茫，一字生天。不与柳朱唐宋之争，而树抑辛扬姜之旃。

马军小彪将兼远探出哨头领一十六员

地煞星镇三山黄信　林景行

寒碧闽人诗之特异者，五古学谢康乐者，得其神采，馀体则宋人。盖李宣龚为其中表,《寒碧诗》即李所刊。死于车祸。其女北丽适林庚白。或称其自云“余于闽派实无所知”，不可信。

地勇星病尉迟孙立　沈次约

吴江沈剑霜，与顾悼秋、朱剑芒、朱剑锋、周酒痴有“梨村五子”之目，俱能诗。《剑霜龛遗稿》未刊。

地杰星丑郡马宣赞　吴恭亨

悔晦诗诡异崛特，零陵之杰。

地雄星井木犴郝思文　汪文溥

兰皋为毗陵吟坛后劲,《来台集》中，时有佳构。《大江东去·吊广州死难七十二烈士》，气壮河山，辞铿金石，一代词史之丰碑。

地威星百胜将韩滔　马君武

君武通西学，善译诗。自为诗亦能融欧亚文学于一炉，“须从旧锦翻新样，勿以今魂托古胎”，即自道其宗趣。“甘以清流蒙党祸，耻于亡国作文豪”，是何气概雄杰。

地英星天目将彭玘　　沈尹默

吴兴沈尹默，白话诗人之先驱，后乃为旧体，《秋明集》《秋明室杂诗》，诗词皆工。书法其推为书苑祭尊。

地奇星圣水将单廷珪　　朱锡梁

“横刀征北满，击楫立中流”，梁任《渡江》诗句也。梁任为金天羽所标“苏州五奇人”之一，精通音乐，有所创获。溺水而死，乃随灵均。

地猛星神火将魏定国　　张光厚

荔丹川中诗豪，曾游日本、南洋，袁项城称帝时，为讽刺诗至多。又有《老父叹》《寡妇叹》《新婚叹》《新鬼哭》等乐府。

地辟星摩云金翅欧鹏　　任鸿隽

叔永为章太炎门人，留学美利坚，攻理化，发起组织中国科学社。能诗，不多作，有《咏月球火箭》《岁暮杂感》《嫦娥》等篇为人传诵。

地阖星火眼狻猊邓飞　　邓家彦

桂林邓孟硕，在沪时曾入西牢，有狱中诗三首发表于《民权报》，第一首诗“草檄至今空愈疾，著书俟后总雕虫”句，可见其怀抱。一时和者不下数十首。

地强星锦毛虎燕顺　　吕志伊

天民为滇中豪俊，留学东瀛，入同盟会，曾为《讨满洲檄》。参加黄花岗之役，未死，避地申江。有《偶得诗集》《逊敏斋诗集》。

地明星铁笛仙马麟　　马叙伦

天马山房主人，学人，散文家，进步之政治家也。亦能词，就正于刘毓盘。小诗亦可味，《大觉寺赏杏》云：“山中莫道无春色，门外家家有杏花。”“移来小宋尚书宅，染得环山十里红。”民胞物与之怀可见。

地周星跳涧虎陈达　　刘季平

江南刘三，以葬邹容事，义声振四海。擅吟事，有《黄叶楼遗诗》。姚锡钧评云：“刘三如霜后黄花，于淡雅中出幽妍，憔悴支离，俨然高格。”

地隐星白花蛇杨春　　杨天骥

千里吴江才士，诗、文、词、篆刻、书法、小说无不能，主《申报》《新闻报》笔政，后乃出仕。

地暗星锦豹子杨林　　杨铨

杏佛奇士，诗非凡响。我友杨无恙《游仙诗》云：“缘何郭璞成尸解，王母云旗属祸胎。”悼杨之遭毒手也。

地空星小霸王周通　　周斌

芷畦家有汾南草堂，临汾湖，自称汾南渔侠。曾仿朱竹垞《鸳鸯湖棹歌》为《柳溪竹枝词》正续百五十首行世。有《台宕游草》《燕游草》。拟辑《汾湖诗征》未成，成《柳溪诗征》六卷，亦一方诗坛之霸矣。

步军头领一十员

天孤星花和尚鲁智深　　释演音

和尚似花非花，两脚踏遍天涯。剧社开张春柳，登场粉墨茶花。岂知民权鹽脑，寸管胆裂妖邪。晚入南山律宗，雪北香南一家。

天伤星行者武松　　释曼殊

苏晋长斋诗画禅，法喜为妻绮语妍。樱花三岛春漫漫，红楼吹笛写婵娟。闲翻摆伦诗一编，宗风窈窕离言诠。《祝融峰图》现眼前，行脚荷担山万千，终古文学留因缘。

天异星赤发鬼刘唐　　黄侃

章门高第推季刚，朴学专门许升堂。诗词深造非余事，云悲海思春茫茫。五言二谢七言宋，高华词更回人肠。山膏善骂岂豪杰，对镜自顾原堂堂。

天退星插翅虎雷横　　汪东

衮父与寄庵，章门称二妙。七言宗玉溪，二子斯同调。衮父社外人，寄庵遂独啸。廿卷《秋梦词》，清真入堂奥。弥天忍古楼，无怪亦倾倒。

天杀星黑旋风李逵　　黄人

苏州五大奇人列传，海虞摩西高踞其巅。太炎瞿安倾倒其学，早时社结剑气三千。经史方技音律遁甲，揖陶梦梨拜石耕烟。灵宝嫏嬛弹指即现，金铁皮革一炉烹煎。诗词境融奇肆绮丽，玉川羽琌逊其雄妍。尊卢作祟盘古留魂，怪语吓倒龙鬼佛仙。文学史成三十大卷，创论层出冠绝时贤。学人骚人奇材剑客，黑旋风起横扫诸天。

天巧星浪子燕青　　吴梅

粟庐曲学传吴趋，衣钵亲付霜厓吴。《顾曲麈谈》指夷途，《风洞传奇》诛曼殊。馀事吟坛真名姝，惊才绝艳一世无。升平按拍入画图，棠榭兰舟列仙癯，板桥烟柳吹箫俱。

天牢星病关索杨雄　　宁调元

读罢《南幽》浩气吟，楚囚两系志难沉。《明夷》《太乙》篇多少，字字黄龙痛饮心。

天慧星拚命三郎石秀　　周实

诗国山阳殿此公，苌弘血染一编中。胡氛有尽庵无尽，“梦斩楼兰气尚雄”。

天暴星两头蛇解珍　　胡韫玉

朴学斋高矗皖天，霜笳悲角唱华年。馀波绮丽偏多样，“嫩绿随波欲上船”。

天哭星双尾蝎解宝　　胡怀琛

《大江集》与《江村集》，旧体新裁合一家。笔战何妨到《尝试》，妙莲开出笔端花。

步军将校一十七员

地默星混世魔王樊瑞　　陈柱

《守玄阁诗》，又名《待焚诗稿》，颇欲自出手眼，越出其乡朱琦、王拯之樊篱。张尔田比之汤鹏，陈衍谓似宋湘。桂林道中纪游之作至工。馀则奇句如：“月缺何妨千载洁，天高容得万山侵。”“我愿星星皆堕地，一人一星万河山。秦皇汉武随所安，世界永无战争端，尘寰扰扰成仙寰。”奇横无匹，足令小儒咋舌。

地暴星丧门神鲍旭　　刘成禺

袁世凯窃国时，禺生处京师，习闻其事，于是为《洪宪纪事诗》二百首，并取其中九十七首自注本事，自云仿严遂成《明史杂咏》、厉鹗《南宋杂事诗》之体。孙中山为之跋，称其“宣阐民主，鉴前事之得失，示来者之惩戒，国史庶有宗主”。

地飞星八臂哪吒项充　　俞锷

《俞剑华先生遗集》，云兴飙举，惊才绝艳，革命家之本色。晚期色泽稍褪，而锻炼较精。

地走星飞天大圣李衮　　王钟麒

无生寓沪，触怒西人，避逻者之手往维扬。为诗有“敢因风浪违初志，欲驾云霓叩九阍”之句。

地幽星病大虫薛永　　张通典

伯纯早岁列名南学会，辛亥武昌革命，参加苏州易帜。晚岁归隐湖南。《秋柳》四首寄兴，追步渔洋。女默君，亦工诗。

地伏星金眼彪施恩　　沈宗畸

太侔岭南作家，《便佳簃杂钞》多存文苑掌故。《繁霜词》中《烛影摇红》《真珠帘》二词，叶恭绰录入《广箧中词》，称为“皆有本事，词亦高华”。

地镇星小遮拦穆春　　金鹤翔

病鹤先生南社前辈，和易近人。诗词并茂，诗稿曾倩余点定题诗后自刊。辛亥八月，夜梦偕友登黄鹤楼，为《水调歌头》一阕云：“秋冷洞庭水，月断楚江山。一楼千古奇绝，人去月光寒。鹃血峨嵋啼尽，雁信衡阳愈紧，歌响遏云天。旧梦尽抛却，乘醉倚危栏。　敝袍客，烽烟路，甚流连。乾坤旋转谁手，听唱大刀环。高会簪裾先散，孤艇蓑纶难理，何地是宽闲。长笛激风起，与尔共萧然。”开国词史，斯为高唱。

地僻星打虎将李忠　　仇亮

冥鸿二次革命失败，被窃国大盗袁世凯所害。诗以人重，遗著有四厚册。

地异星白面郎君郑天寿　　奚囊

有咏燕诗二首，佳句如“三月新巢营绣户，十年旧梦记红楼”，风华绮旎，因而有“奚燕子”之称。

地魔星云里金刚宋万　　戚牧

戚饭牛工诗及诗钟，著《绿杉野屋诗话》《红树楼吟草》。都讲约翰大学，讲课多妙趣。

地妖星摸着天杜迁　　叶玉森

荭渔词人，早年心事拿云，其《甘州·夜渡太平洋》云：“待何时波魂涛魄，化中流铜柱压天骄。”可以呵壁问天。他作有美成遗韵。（诗亦诡丽雄奇，有《温则宫词》《印度古宫词》。）

地短星出云龙邹渊　　徐啸亚

天啸为枕亚之兄，兄弟齐名同社，工诗及小说。曾任《民权报》编辑。

地角星独角龙邹润　　徐觉

枕亚为鸳鸯蝴蝶派巨擘，《玉梨魂》《雪鸿泪史》，当时几于万本流传，颠倒多少痴男呆女。早年积诗有八百多首，后为悼亡诗一百首，亦复字字温馨，如其说部。

地捷星花项虎龚旺　　林之夏

凉笙为南社首集十七人之一。诗数千首，有《海天横涕楼集》。“兰芷飘零楚水滨，九歌憔悴屈灵均。高丘今日应无女，薄采蘼芜赠美人。”“仙娥听说貌倾城，窈窕应堪百辆迎。我尚未婚君莫嫁，秦楼他日共吹笙。”“天际真人未可期，春风红豆更相思。他年检点缥缃客，泪墨迷离十幅诗。”兴寄高远。

地速星中箭虎丁得孙　　陈以义

仲权反袁氏，拟在沪树独立旗帜，事未成而被逮遇害。其诗有寄托，咏梅花三十首，中有“暗香浮动林逋宅，纵住孤山也不孤”句，为人传诵。有《倚云楼》诗稿。

地恶星没面目焦挺　　陈子范

讨袁军起，勒生有所计划，制爆烈弹，不慎自炸死。有古近体诗一卷，收于《陈烈士勒生遗集》。

地丑星石将军石勇　　李澄宇

李洞庭室名未晚楼，著《万桑园诗》，有警句“落日当筵红可吞”，人呼为“李落日”。

四寨水军头领八员

天寿星混江龙李俊　　黄兴

早浮方壶，归棹三湘。华兴创会，举义五羊。拍肩中山，意气轩昂。黄鹤楼边，汉帜高张。民军司令，我武孔扬。秋津牛货，飙驾回翔。声讨公路，慨当以慷。龙战于野，星殒申江。大江千里，涛澜混茫。身与终始，实系兴亡。余事高吟，焰烛九阊。龙兮龙兮，焕乎文章。

天平星船火儿张横　　田兴奎

土家族中二田，星六名标凤凰。《北征》一篇名世，大计关心荆襄。千首诗存十一，几分秋占夜堂。

天损星浪里白条张顺　　田名瑜

半痴星六群从，高才曼寿九旬。诗词咳唾珠玉，早红晚翠皆春。松岑老人叫绝，武松打虎全神。

天剑星立地太岁阮小二　　刘泽湘

早踏神山鳌背，归帆湘水洞庭。护持宁家烈士，名高南社群英。《鞭影楼词》好在，《劫馀残词》飘零。

天罪星短命二郎阮小五　　刘谦

《峭嶙吟馆》《新生室》，楚国诗坛一席专。最是平生风义重，傅宁遗稿赖君传。

天败星活阎罗阮小七　　刘鹏年

家法今希钵袋承，熊湘左右此疑丞。冬晴红树传名句，枫落吴江未足称。

地进星出洞蛟童威　　沈昌眉

汾湖"二沈"，长公有白眉之誉。兄弟留意乡邦文献。昌眉有《沈长公诗集》。

地退星翻江蜃童猛　　沈昌直

沈氏兄弟，加入南社甚早，填写入社书为十四、十五号，并建分湖支社。其诗清真，与亚子诸人之意气飙发者殊科。

四店打听声息邀接来宾头领八员

东山酒店地数星小尉迟孙新　　朱剑芒

剑芒与柳、陈为同乡，一度赴福建永安办《长风报》，与林秋叶等组织南社闽集。曾在《人报》上发表《南社感旧录》，又在上海《罗汉菜》刊物上撰《南社诗话》。又拟撰《南社人鬼录》，不以生死为判，而以人品区别人鬼。

地阴星母大虫顾大嫂　　徐自华

寄尘参加南社甚早，其填写入社书为十一号。任浔溪女学校长，秋瑾曾在校任教。秋瑾就义，自华为营葬于杭州，为撰墓表。自华工诗，其妹蕴华亦南社社员，先为秋瑾之女弟子。

西山酒店地刑星菜园子张青　　傅屯艮

屯艮，醴陵人，常与宁太一等唱和，更与太一创刊《洞庭波》及《汉帜》，昌言革命。主持南社湘集，与姚大慈、姚大愿、谢晋、李洞庭称“湘中五子”。吕思勉题其诗手迹，有“运际贞元思五子，独留间气在湖湘”之句。有《钝安遗集》。

地壮星母夜叉孙二娘　　陈家庆

家庆，宁乡人，一门多革命之士。就业东南大学，出吴梅诸名家门下，诗词并工。适徐英，亦诗人。伉俪有唱随之乐。叶恭绰《广箧中词》，选入家庆之作。其诗句有“弱水他年如有力，愿浮花片返蓬山”句，可谓仙骨姗姗。

南山酒店地囚星旱地忽律朱贵　　潘飞声

兰史为番禺海山仙馆潘仕成之后，号剑士，与俞锷剑华、傅屯艮君剑、高天梅钝剑，称“南社四剑”。词学承祖与父家法。光绪中叶，随轺海外，讲学柏林大学。返粤后，吟事不辍。晚避地沪滨，其剪淞阁上吟客常满。著《说剑堂集》，并刊行《在山泉诗话》。

地全星鬼脸儿杜兴　　古直

梅县古层冰久据中山大学讲座，桃李盈门。著《陶靖节诗笺》《黄公度先生诗笺》《汪容甫文笺》等。喜高谈八代，自作能扫浮华。

北山酒店地奴星催命判官李立　　景耀月

耀月，山西芮县人，南社第一次雅集十七人之一。曾任教北京大学法学院、东北大学，晚死于北京。一度任《南社丛刊》第五集之诗选编辑，自为诗多慷慨激昂之音。

地劣星霍闪婆王定六　　林百举

一厂，梅县人而流寓北京，为革命奔走，不遗馀力。其《简叶楚伧》《题楚伧汾湖吊梦图》诗，俱佳。后篇有“骚心莫使壮心违”句，可见其意气。

总探声息头领一员

天速星神行太保戴宗　　徐珂

等身书，天苏阁，容斋再世让其博。清稗钞，文献托，教主通天问谁若。近代文艺林，学者资讨索。扬扢风雅，轩轩一鹤。总探声息，夥颐网络。借问何能尔，为有徐仙元祐脚。

军中走报机密步军头领四员

地乐星铁叫子乐和　　闻宥

野鹤诗宗同光体，词学王国维。后收身于学术研究，探源殷墟甲骨文字，成就遂非词章所能限。“走报机密步军头领四员”，旧时点将录多贬以“贼”称，然水泊群英固全蒙“贼”名者也，“贼”而非贼，犹今人所云“叛徒”也。闻宥诸人，于诗俱宗法“同光体”，与亚子之高举“唐”帜者公然对抗，在亚子眼中，则诸人诚南社诗坛之“叛徒”矣。

地贼星鼓上蚤时迁　　姚锡钧

鹓雏诵法散原、海藏，不失板眼时，居然维妙维肖。然彼固才士多能，燕蹴筝弦，亦长说部。诗亦才华时溢闽、赣二派之外，惜未能熔铸成一家面目。

地狗星金毛犬段景住　成平

成舍我与姚锡钧、闻宥、朱玺，皆力倡宋诗以与亚子抗者。姚稍避让。朱不稍屈，遂被亚子驱逐出社。舍我与亚子龃龉事，详舍我所撰《南社与柳亚子》一文。舍我生于光绪戊戌，生肖为犬。

地耗星白日鼠白胜　朱玺

鸳雏在同光体人眼中，不在话下者也，而在亚子眼中，则死敌矣。鹓雏亦为闽、赣诗派张目，然言论上不与亚子争霸，故亚子容之。鸳雏气盛不相让，公然欲对树旗帜，且在《中国新报》刊诗四首刺亚子，痛詈淋漓，斯亚子必欲逐之出社而后快也。然其后亚子亦悔之，有文章自责。

守护中军马军骁将二员

地佐星小温侯吕方　柳无忌

无忌为亚子长子，都讲美国大庠。创建“国际南社学会”颇著功绩。诗参新旧。金绍先寿其八五生日云：“南社初成晚两秋，师门先庆得英雄。喜今家国皆兴起，却看英雄已白头。”“一支椽笔扫千军，赢得寰球博士名。南学宏扬光国际，流风彪炳寿郎君。”

地佑星赛仁贵郭盛　高圭

吹万先生公子，松岑先生门人，诗承家法与师法，具有典型。

守护中军步军骁将二员

地猖星毛头星孔明　王德钟

大觉居青浦渔郎村淀山湖西岸，当杨铁崖建风月社处，有

“只要风流继铁崖”句。著《乡居百绝》《鸳鸯湖即事》《海天新乐府》《风雨闭门斋遗稿》等。

地狂星独火星孔亮　　王德锜

秋崖别署二痴，大觉之弟，移居周庄。兄弟工诗，俱南社健将。

专掌行刑刽子手二员

地平星铁臂膊蔡福　　蔡寅

冶民为亚子姑丈。诗句有“不缘春色撩新梦，独孕冬心发古愁”，为世传诵。早年有《渡江击楫图》，金天羽为题《百字令》，有云：“世乱奇书经早读，腰腹十围如瓠。燕颔飞扬，鸢肩饱啖，戏惹江豚怒。”“不须伸脚，恐君踢翻鹦鹉。”能状其人。早年留学日本，辛亥之际，任沪军司法长。

地损星一枝花蔡庆　　蔡守

哲夫，广东顺德人，能诗，入社极早。夫人谈月色，亦社员，能画梅。哲夫有《寒琼遗稿》。

掌管三军内探事马军头领二员

地微星矮脚虎王英　　陈世宜

匪石，词学名家，服膺张次珊，都讲江宁大庠，有《旧时月色斋词》《倦鹤近体乐府》。叶恭绰选八阕入《广箧中词》，有“郁纡菀结”“壮往萧寥”之评。

地慧星一丈青扈三娘　　吕碧城

碧城于姊妹行为三。近代女词人第一，不徒皖中之秀。《信芳词》《晓珠词》万口流芬。樊云门赏其早作《祝英台近》，谓“稼轩

'宝钗分，桃叶渡'一阕，不得专美于前"。中年去国，卜居瑞士，状异域山水奇丽，前无古人。杜陵广厦、白傅大裘之怀，时时流露。《瑞鹤仙》云："明霞照海，渲异艳，远天外。"其自处如此。

一同参赞军务头领一员

地魁星神机军师朱武　　胡先骕

步曾，植物学宗师，而邃于文学。先后出沈曾植、陈衍门下。留学美国，与胡适同时，而持论抵牾。于诗词根柢深厚，尤精近代。曾撰评论文章，于明代阮大铖、近代文廷式、刘光第、俞明震、赵熙、陈曾寿等家之专集，俱专篇详论，洞见社会关系奥窔，具正法眼藏。无专论者，则于《评胡适〈五十年来之中国文学〉》一文中论及之。以撰著《近代诗钞》之论诗绝句组诗遍论各家。皆发表于《学衡》杂志。其自作得力于阮大铖及同光体诸家，而多新内容。有《胡先骕先生诗集》。

掌管行文走檄调兵遣将一员

地文星圣手书生萧让　　萧蜕

蜕庵书法名家，篆师吴昌硕，金天羽《艺中九友歌》称"萧书茂密古衣冠"。以儒生耽净业，邃医理。尤工诗，五古五律，极多渊古之作。

掌管定功赏罚军政司一员

地正星铁面孔目裴宣　　王文濡

均卿操选政起家，曾选《晚唐诗选》《唐诗易读》《现代十大家诗钞》《历代诗评注读本》《赵云崧诗选》《张南通诗文钞》等，衡量适当，评注简明，嘉惠士林有功，亦能诗。

掌管考算钱粮支出纳入一员

地会星神算子蒋敬　　陈栩

天虚我生以家庭工业社发家。擅文艺，早期为《文苑导游录》，示后学以津梁，宏奖风流，有足多者。一门风雅，俱工诗词，女小翠尤著名。

掌管专工监造大小战船一员

地满星玉旛竿孟康　　李根源

印泉崛起滇南，军政界显要，人罕知其能诗也。晚年家居吴闾，与章太炎、金松岑等创“国学会”，昌明传统文化。有《腾冲战役纪事诗》。

掌管专造一应兵符印信一员

地巧星玉臂匠金大坚　　邓溥霖

尔雅善治印，能诗，有《绿绮园集》。

掌管专造一应旌旗袍袄一员

地遂星通臂猿侯健　　余其锵

十眉为悼亡诗，集定庵句至数十首，名《神伤集》。

掌管专攻医兽一应马匹一员

地兽星紫髯伯皇甫端　　田桐

梓琴追随孙中山有年，中山《建国方略》即由其执笔。精岐黄，并工书法与诗，有《扶桑诗话》《诗存》。

掌管专治诸疾内外科医生一员

地灵星神医安道全　　费公直

公直早期与邹容倡言革命，意气风发。晚岁息机，怡神花木。工岐黄，自设医院。本有“三绝”之誉，诗尤隽绝。

掌管监督打造一应军器铁甲一员

地孤星金钱豹子汤隆　　刘铁冷

铁冷主《民权报》笔政，工骈文与诗。

掌管专造一应大小号炮一员

地轴星轰天雷凌振　　邵天雷

天雷，淮安人，周实介绍其入南社。实称其“诗、古文词颇得先辈养一斋（潘德舆）家法”，又称其“在吾郡可云鹤立鸡群”。辛亥九月，周实殉难淮安，天雷亦回里，幸免于祸，为诗颂周实，有“生为万夫雄，死演革命史”语。有《剥庐诗文》六卷。

掌管专一起造修葺房舍一员

地察星青眼虎李云　　周国贤

瘦鹃工译事、诗文，主《申报·自由谈》笔政，办《紫罗兰》杂志，名满东南，精园艺盆景，以专家名。归隐吴门，小筑有城市山林之幽。“四凶”肆虐时投井死，海内痛之。

掌管专一屠宰牛马猪羊牲口一员

地羁星操刀鬼曹正　　张冰

雪抱与周实旅宁学侣，合志同方，亦加入南社。辛亥九月，积极参加周实光复淮安之斗争。周实殉义，冰遁往上海，奔走为实鸣冤。民国肇造，实案得以昭雪。后任职法院，退为律师。张勋复辟时，一度被囚。有《冰湖诗集》，与邵天雷所著合刊为《冰雷合稿》。

掌管专一排设筵席一员

地俊星铁扇子宋清　　陆丹林

红树室主交游遍海内外，笔底舌端往往极意揄扬。又喜裒集近人作品。散原题其《时贤书画集》云：“扫除圣法等秕糠，坐视传薪国粹亡。剩有痴儿角馀技，对凝神血作光芒。”吟事正可作如是观。丹林亦偶为小诗，未能工也。

掌管监造供应一切酒醋一员

地藏星笑面虎朱富　　包公毅

天笑，文坛耆宿，译事说部，早即驰誉。亦能吟咏，早期为《招国魂》，盖人境庐爱国主义、诗界革命之伦，金松岑曾和之。晚年好为小诗，句如“早起离巢同晓雀，迟眠裹茧作春蚕”，“笑看儿女成翁媪，懒问孙曾读圣贤”，宜其曼寿至九十八也。

掌管专一筑梁山泊一应城垣一员

地理星九尾龟陶宗旺　　蒋箸超

抱玄主编《民权素》，撰《听雨楼诗话》，吟坛之大护法也。评注《韩昌黎诗集》，时有灼见，可征其根柢。

掌管专一把捧帅字旗一员

地健星险道神郁保四　　范镛

烟桥与柳、陈同邑，出金松岑门下，熟悉南社掌故，小品文当行出色。晚为《吴江三大诗人》一文，标举松岑、巢南、亚子，可谓把捧帅字旗者。自为诗信口而成，松岑并不誉之。

（原载《苏州大学学报》1994年第1期）

怎样研究清诗

怎样研究清代诗文？

满眼生机转化钧，天工人巧日争新。预支五百年新意，到了千年又觉陈。

李杜诗篇万口传，至今已觉不新鲜。江山代有才人出，各领风骚数百年。

——赵翼《论诗》

这里谈清代，指的是清王朝（1644—1911）一代，包括鸦片战争以前的封建社会末期和鸦片战争以后的半封建半殖民地社会的一段时期。

清代诗文，一般的看法，认为在中国文学史上已处于衰落时期。其理由是：唐诗、宋词、元曲、明清戏曲小说，一代有一代的文学特色。而诗文在元、明以后，不过陈陈相因，不再有新的开拓。这未免是一种绝对化的偏见。这一问题，还是有商讨余地的。

一代有一代突出的有代表性的新兴的文学体式，这当然是事实。但问题应该看全面，新的文学体式登上文学舞台以后，并非是原有的文学体式便一定无发展余地，便不可能有杰出的作家作品出现，原有的文学体式便不可能反映时代现实。宋代文学虽说是词的天下，但宋诗仍足与唐诗分庭抗礼，不能说诗到唐人已经写完，宋以后大可不作了。王安石、苏轼、黄庭坚、陆游等大家，难道其成就便低于唐代大家吗？大量名家的优秀作品，难道便少于唐人吗？那么，元、明以后的情况又是怎样？无可置疑，元、明两代诗文，出现了倒退的摹仿逆流。元诗主要摹唐，元文没有越出宋"六家"樊篱。明人变本加厉，出现了前、后"七子""文必秦汉、诗必盛唐"的摹古流派。虽然有唐宋古文派出与对抗，但唐宋派也缺乏创新。诗则复古风一直泛滥到明后期，公安、竟陵二派意图挽此狂澜，并未奏效，明末以陈子龙为首的幾社诗人的诗，即是"七子"派的回光返照。因此，元、明诗文，可以说是比较衰落的时期，当然，也有部分优秀作家与好作品。元、明两代诗文复古道路走到尽头，弊病暴露无遗，穷则变，变则通。刘勰《文心雕龙·通变》中说："文律运周，日新其业，变则其久，通则不乏，趋时必果，乘机无怯，望今制奇，参古定法。"清王朝初期，作家在总结明代复古逆流的经验教训的基础上，在怎样继承和发展前代遗产的实践中，在沧桑变革时代风暴的振荡下，开出了清一代诗文超明越元、抗衡唐宋的新局面。

清初诗文名家，如钱谦益、顾炎武、黄宗羲，都是著名学者，他们出来大张旗鼓反对摹拟，不但在理论上写下许多文章，而且在创作方面也都有杰出的贡献。散文做到言之有物，经世致用；诗歌做到各具真面目，爱国主义精神非常突出。清代诗文，没有初期这一风气的转变，以后的发展是难以想象的，没有初期作家的巨大成就，要取得超越元、明的地位也是不容易的。清初风气一经转变，于是“骅骝开道路，鹰隼出风尘”，接着，就呈现众星争耀的伟观了。诗歌方面，在鸦片战争以前，就流派来说，有王士禛为首的神韵派，沈德潜为首的格调派，袁枚为首的性灵派等；就地域来说，有江苏的钱谦益、吴伟业、顾炎武、吴嘉纪、黄景仁，有安徽的钱秉镫、施闰章，有浙江的朱彝尊、厉鹗、胡天游、钱载、龚自珍，有广东的屈大均、宋湘、黎简，有江西的蒋士铨、吴嵩梁，有山东的宋琬、王士禛、赵执信，都是有数的诗坛射雕手。鸦片战争时期则有姚燮、鲁一同、贝青乔、郑珍、江湜、何绍基等大家、名家，清末又有“同光体”的陈三立、范当世、沈曾植、袁昶、陈曾寿、夏敬观、俞明震以及其他流派的邓辅纶、高心夔、张之洞、刘光第、樊增祥、易顺鼎、李希圣等名家，特别是发生了“诗界革命”运动，出现了黄遵宪、丘逢甲、康有为、梁启超等新派诗人，大大革新了旧体诗的形式。在诗歌的体式中，也有新的发展。如吴伟业的“梅村体”，与“长庆体”的纪事诗形式相比，同中有异，陈维崧、陈文述、王闿运、樊增祥、曾广钧、金兆蕃、杨圻、王国维、孙景贤，都写过继承这一传统的名篇。如钱谦益的黄山游诗，姚燮的四明、普陀游诗，刘光第的峨眉游诗，许承尧的黄山游诗，丘逢甲的罗浮游诗等，都是数十首为一组的刻画壮丽河山的杰作，前代诗人从未有过这样宏伟的规模。如龚自珍的《己亥杂诗》三百十五首、贝青乔的《咄咄吟》一百二十首、黄遵宪的《己亥杂诗》八十六首，这是大量的七绝组诗，超越了宋代汪元量的《湖州歌》《越州歌》之作。又如姚燮的《南辕杂诗》一百八首，用杜甫《彭衙行》的单篇五古形式，组成大型的组诗，钱谦益《投笔集》用杜甫《秋兴》韵至十三叠，都是空前大手笔。黄遵宪《锡兰岛卧佛》，洋洋二千余言，梁启超称为“在震旦，吾敢谓有诗以来所未有。有诗如此，中国文学界足以自豪矣”(《饮冰室诗话》)，也非过誉。散文方面，清初顾炎武、黄宗羲、王夫之、唐甄，都是具有进步思想、倡经世致用的大作家，钱谦益是散文的多面手，议论文、抒情文、长篇的传记文等，都有大量名篇。号称清初三家的侯方域、魏禧、汪琬以及朱彝尊、戴名世等都有独特的风貌。桐城派兴起以后，虽内容较为空虚，而在散文语言的纯洁化方面，却作出了贡献。继承该派姚鼐衣钵的梅曾亮，提出了“文章之事，莫大乎因时”，文章“为运会所移，人事所推演，而变异日新者，不可穷极也”，当“随时而变”(《答朱丹木书》)的主张，已经不是用桐城派楬櫫的义理、辞章、考据三者不可缺一的旗帜作号召。在姚鼐编选《古文辞类纂》的同时，陆耀选《切问斋文钞》，“其指以立言贵乎有用”，“以备经世之略”。(方东树《〈切问斋文钞〉书后》) 后来贺长龄编《皇朝经世文编》，规模更大，体例益备。他们上溯清初顾、黄等散文之源，而成为经世致用的一派。此外，全祖望的传记散文、汪中的学术论文和骈体文，章学诚的通论文史的文章，龚自珍的兼擅政治、经济、哲学以及文艺之长的散文，都是在桐城派古文盛行的同时，不受唐宋古文的限制而自开门户。鸦片战争以后，冯桂芬诸人，又继承《经世文编》一派的衣钵，而曾国藩则以经世宗旨纳入桐城派的义法范畴，选了《经史百家杂钞》以发展桐城派，形成了湘乡派。他的门下四大弟子，吴汝纶、张裕钊扬桐城派的余焰，而薛福成、黎庶昌则经世文章较多。以此为过渡，进一步适应变法维新宣传的需要，康有为、梁启超创造了新文体，特别是梁氏的“新民体”，使散文的通俗化有了进一步发展。严复以古文译外国学术性文章，林纾以古文译外国小说，都给古文注入了新内容，扩大了它的表达功能。即使是文笔古奥的章炳麟，其散文内容也是崭新的。这里，简略勾勒了一下清代诗文的轮廓，已可说明清代诗文并未衰落。用清人自己的话说，“直开前古不到境，笔力横绝东西球”（丘逢甲《说剑堂集题词，为独立山人作》），“新世瑰奇异境生，更搜欧亚造新声”，“意境几于无李杜，目中何处着元明”（康有为《与菽园论诗兼寄任公，孺博，曼宣》），这是何等的气概！总之，清代诗文，不特元、明二代不能与之比拟，唐、宋二代也未必便能大大超过它。它是在继承的基础上有所发展的，与戏曲、小说，可以并行而不相悖。至于清代诗文家人数之多，专集、总集之多，单就数量说，也属空前。衰落之说，不是进行全面研究后所下的结论。

浩如烟海的清代诗文，一个人尽一生精力去涉猎它，也会感到困难。那么，怎样入手，才比较能事半功倍呢？对尚未研究清代诗文的初学者来说，当然先要鸟瞰一下清代诗文的简貌。这可以先接触一下中国科学院文学研究所所编《中国文学史》、游国恩等所编《中国文学史》和刘大杰的《中国文学发展史》，这是研究的起点，然后进一步弄清一下清代的诗文理论，再进一步研究作家生平和作品。理论是创作实践的总结与指导，是全面研究的钥匙。这方面的阅读书籍，主要有丁福保所编《清诗话》、袁枚《随园诗话》、林昌彝《射鹰楼诗话》、陈衍《石遗室诗话》、梁启超《饮冰室诗话》、有正书局版的《文学津梁》中所收清人文论、郭绍虞主编的《中国历代文论选》第三第四册、人民文学出版社编的《中国近代文论选》等。丁书是清代诗话汇编，袁、林、陈、梁代表四种不同时期的诗家主张，后两种是精选的理论文章。了解作家生平，不能限于文学史所介绍，必须阅读一些作家传记，如《清史列传》《清史稿》的儒林、文苑两列传以及郑方坤《本朝名家诗钞小传》、张维屏《国朝诗人征略》、邓之诚《清诗纪事初编》小传，这是包括一代或一个时期作家的传记。作家个人的年谱，也不可不读，如金鹤翀《钱牧斋先生年谱》考订牧斋抗清事迹，极为详确，可以使读者对牧斋为人有全面的看法。拙著《黄公度先生年谱》《文廷式年谱》，都包括年谱主人政治、文学多方面的活动。年谱比起那种简括的专传，更有助于知人论世之用。阅读作品，自当从选本入手，方不至茫无头绪。清代诗文，截至今日，一代完整的选本，只有黄人《国朝文汇》、徐世昌《晚晴簃诗汇》两种，都是大部头，不易购置，两书选录，也不够精当。因此，只能利用分阶段的旧选本。乾隆以前的，可看沈德潜的《国朝诗别裁集》（要用初刻本，今中华书局有影印本；后刻本删去钱谦益、吴伟业诸家诗，不好）。清中叶的，可看王昶《湖海诗传》，选录标准，略同于《别裁集》，代表格调派的观点。鸦片战争以后的，可看陈衍《近代诗钞》，代表"同光体"一派人的观点。以上三种选本，卷帙也不少，选择标准都存在偏见，而且没有注释。张应昌《国朝诗铎》一书，分类选录政治、经济等内容的诗，缺乏艺术眼光。我在四十年前曾选过一部《清诗三百首》（上海汉文正楷印书局出版），今略加更换选篇，加上简注，还没有出版。至于新的选注本，目前已出版的只有人民文学出版社所编的《近代诗选》，用新的立场、观点选录，注释详明，便于初学，但选诗限于鸦片战争以后。文集选本，姚椿《国朝文录》是大部头，且所选限于鸦片战争以前，远不如《国朝文汇》的完整。较重要的有王先谦、黎庶昌两家不同的《续古文辞类纂》，王选代表桐城派观点，选文以桐城、阳湖二派的作品为主。黎选代表湘乡派观点，前半部分就是重复《经史百家杂钞》的选篇，后半选清人文，名家如宋潜虚（即戴名世）、章学诚、郑珍等以及部分湘乡派古文家，都是王选所未选。近人蒋瑞藻编《新古文辞类纂》，范围较广，不专主一派，选文自晚清迄于民国，可以涉猎。另外代表经世致用一派的文章，选本有贺长龄所编《皇朝经世文编》和继之而起的续编、三编等，又有《皇朝蓄艾文编》，性质相同，都应略读，以了解清代散文有切实内容的一类，是桐城派散文的对立面。吴曾祺所选《涵芬楼古今文钞》，其中包括不少清代古文。清代又是骈文极盛的时代，号称上追六朝，重要选本有曾燠的《国朝骈体正宗》和继之而起的《续国朝骈体正宗》，选文较精，名篇略具。又有吴鼒的《国朝八家四六文钞》，有许贞幹注和陈衍补注。张相《古今文综》，选录清代骈、散二体名篇佳构至多，也可阅读。当然，这些选本，都是以旧标准选，精华糟粕，要加分析。清人专集，不下万种，阅读也要分缓急先后。先读有代表性的名家集，尤其可以先读有较好注本的集子。如钱曾注的钱谦益《初学集》《有学集》《投笔集》，吴伟业诗用程穆衡的《吴梅村诗集笺注》，王士禛的《渔洋山人精华录》，可用惠栋的训纂本，孙银槎注的朱彝尊《曝书亭诗集》，徐嘉笺注的顾炎武《亭林诗集》，杨积庆注的吴嘉纪的《陋轩诗集》，也都是较好的注本。晚清人别集，只有拙注黄遵宪《人境庐诗草笺注》(有最新版，较旧版为详备)。无笺注的诗集，如前文所已举到的许多作家，他们的专集都应研究。文集则顾炎武《亭林文集》、黄宗羲《南雷文定》、王夫之《姜斋文集》、方苞《望溪文集》、姚鼐《惜抱轩文集》、全祖望《鲒埼亭集》、汪中《述学》(古直曾选其若干骈文作注，名《汪容甫文笺》)、洪亮吉《卷葹阁集》、张惠言《茗柯文编》、阮元《揅经室集》、梅曾亮《柏枧山房文集》、龚自珍《定庵全集》、梁启超《饮冰室文集》、章炳麟《太炎文录》，是最重要的。似乎举得太多了，但在清代大量的别集中，不过一小部分。它们代表了各时期各地区、各流派的风格。我们可以从各派作家之间，进行比较研究，弄清其异同，用马克思主义的立场、观点、方法，分辨其进步与保守，吸取其不同的艺术特长以为今用。一派作家之间也可以进行比较研究，如方苞、刘大櫆、姚鼐、梅曾亮，同为桐城派而理论与创作都有同有异；陈三立、沈曾植、陈衍同为“同光体”而不相同。一个作家的作品，也可以进行前、后的比较研究。这样，对作家作品就能做到较为广泛深入的研讨，得出清代诗文是否衰落的结论，而不至于“矮人看戏何曾见，只是随人说短长”了。

(选自《梦苕庵论集》)

清诗简论

清王朝一代的诗，继宋、元、明诗以后，具有特色。但人们对它的评价，却颇有分歧，一般看法，大致可分两种：

一种看法，以为唐以后诗，愈趋愈下，清诗自不在话下。从严羽到明“七子”，大谈诗必盛唐，近代学者，又张大此论，如章炳麟说：“唐以后诗，但以参考史事，存之可也，其语则不足诵。”（《国故论衡·辨诗》）鲁迅说：“我以为一切好诗，到唐已被做完，此后倘非能翻出如来佛掌心之齐天大圣，大可不必动手。”（《鲁迅全集》卷十）焦循、王国维则从一代有一代之胜的观点立论，王国维说：“凡一代有一代之文学：楚之骚，汉之赋，六代之骈语，唐之诗，宋之词，元之曲，皆所谓一代之文学，而后世莫能继焉者也。”（《宋元戏曲考自序》）

又一种看法，专从清诗的成就着眼，也认为无足取。如文廷式说：“国朝诗学凡数变，然发声清越，寄兴深微，且未逮元明，不论唐宋也。”（《闻尘偶记》）梁启超也说：“以言夫诗，真可谓衰落已极。”（《清代学术概论》）

这两种看法，是不是偏见？柳亚子说："宋词元曲称作手，明清何遽非明堂。自珍变体金和继，平心未拟菲黄康。"（《长歌一首赠步陶、莴楼伉俪》）这是不同于前两种的持平之论。

穷则变，变则通，"望今制奇，参古定法"（《文心雕龙·通变》），清诗作家在总结明代复古逆流经验教训的基础上，在继承发展前代遗产的实践中，在二百六十多年的社会现实的土壤上，开出了超明越元、抗衡唐宋的新局面。

前期清诗的作家和流派

清诗的初期，正当沧桑变革的时代，出现了许多杰出的作家和作品。在诗歌理论方面，有钱谦益、黄宗羲、王夫之诸人，他们在学古上反对墨守唐人，提倡宋诗，提出许多宝贵的创作意见，给明代诗风以大力的扫荡，对清代诗风的转变，作出了贡献。爱国的遗民诗人，数以百计，其作品又有不同的风格特色，如顾炎武诗质实深厚，嗣响杜甫；钱秉镫、吴嘉纪、邢昉同样学杜，却以白描真挚取胜；屈大均兼学李、杜，则又能奇想驰骋，富有浪漫精神。艺术风格各异，而反映现实，各具真面目，突出爱国主义精神则一。顾、钱、吴雄视江南，屈高步岭南，代表了不同地区。而向来称为开国宗匠的钱谦益、吴伟业，虽因为降臣而削减声价，但对清初诗坛的影响，却大于遗民诗人。

谦益在降清后又反清，写了大量反清内容的作品，激楚苍凉，律诗尤胜。伟业创造"梅村体"，五、七言古、近体诗，也是名篇络绎，号称一代诗史。谦益以两朝诗坛领袖的资格，对清初重要诗人，如吴伟业、屈大均、宋琬、施闰章、王士禛都有影响，论定他们的诗，并给他们的诗集都写了序。特别是对王士禛有“代兴”的期许。士禛因谦益的揄扬，继谦益而起，逐步成为康熙时期诗坛的领袖。清代诗歌，没有初期这一风气的转变，以后的发展是难以想象的；没有初期作家的巨大成就，要取得超越元明的地位也是说不上的。清初诗风一经转变，接着，就呈现了众星争辉的伟观。

王士禛主盟诗坛的时期，已是康熙盛世，南明政权已经消失，全国统一，民生比较安定。

清政府对待文人是软硬兼施。王士禛诗的雍容揄扬，适合当时统治者的需要，所以被清帝看中，无形中戴上了“桂冠”。与士禛齐名的朱彝尊，号称“南朱北王”。两家稍稍恢复了明“七子”的路子，但已不像明“七子”那样死仿默学。康熙以后，经过乾隆、嘉庆，到道光前期，这一段漫长时间，清王朝由表面繁荣，逐步走向下坡路。诗坛上出现了不少流派与作家，前后相继、相互影响，艺术上争奇斗巧，而思想性一般是比较平常的。清初诗歌的战斗锋芒，早已铲削。就风格流派说，倒颇不寂寞，有继承王士禛的神韵派，沈德潜为首的格调派，袁枚为首的性灵派，翁方纲为首的肌理派等。以地域为区分的诗派，则朱彝尊、厉鹗为首的浙派独占上风。浙派中又以朱彝尊、钱载、王右曾、钱仪吉等为代表的秀水派最为显著。不立宗派的，如胡天游、黄景仁、宋湘、黎简诸家，为雍、乾时期的射雕手。宋、黎同是广东诗人，而风格不同，黎简镌刻奇秀，宋湘朴素拗折，与江浙诗人对树坛坫。而黎简又深服钱载，浙江的钱仪吉、姚燮又倾倒黎简，姚特别受到黎的影响。宋湘的诗歌主张，和袁枚的性灵说相近，而自己的诗篇，戛戛独造，却又近于钱载，与袁枚趋向不同。袁枚与赵翼、蒋士铨号称“乾隆三大家”，袁、赵主张相同，诗的庸俗浮滑也相同，而赵更多以文为诗的习气。蒋诗沉雄，不同袁、赵，而影响不如袁之大。四川的张问陶，是继袁枚而起的性灵派中坚，有刚劲之骨而无滑易之风。常熟孙原湘，是袁的弟子，直接继承袁的诗派。

大兴舒位，是北方诗人受袁枚影响颇深的人，但又独张一帜，与袁、孙辈不同。舒位的姨甥秀水王昙，却不为秀水派诗，近体格调近袁，古体奇诡，可谓通天神狐，而骨格凡秽。法式善以孙、舒、王并称为“三君”。王昙同时的陈文述，涂泽浮艳，品格愈卑。清诗至此，又到了“穷则变”的地步。早在袁枚同时，桐城派古文家姚鼐，便是与袁枚对立的诗人，他上承同乡前辈刘大櫆的绪论，走王士禛的一路，崇尚唐诗，一定程度上肯定了明“七子”；又继承了叔父姚范的绪论，大力提倡宋人黄庭坚，谓可以洗涤俗诗的肠胃。唐宋结合，形成桐城的诗派。同乡弟子方东树等宣扬其说，桐城派古文家梅曾亮、朱琦、鲁一同继承姚的创作衣钵。鲁一同的乡前辈潘德舆著《养一斋诗话》，极力排斥袁枚诗派，与桐城派桴鼓相应。道光年代著名的宋诗运动先行者祁寯藻、程恩泽都和桐城派人有交游关系，多少受到理论上的影响。晚清的“同光体”诗人，同样离不开桐城派的影响。他们不约而同地志在力挽狂澜，追求新途径的开辟。可是，他们都是在学古的领域内标新，真正能召唤风雷、打破万马齐喑局面的，不得不推龚自珍。龚诗不仅表达了启蒙思想的进步内容，而且在艺术形式上鲜明地表现了独创性，桀骜不驯，大歌大哭，犹如彗星划破夜空，狂风漫卷大地，打破了传统的思想和写法，是真正具有独特面目的清诗。龚自珍死于鸦片战争爆发的次年。鸦片战争划分了清代前后期不同社会的不同性质。

后期清诗的作家和流派

鸦片战争的诗歌，不是一种流派，作者是分属于各种不同流派的诗人。艺术成就卓越的，首推前已提及的姚燮、鲁一同、朱琦，加上贝青乔等四家。其余如张维屏等也写过一些著名篇章。鸦片战争诗歌所具有时代精神的新内容，它的爱国主义的特色，和在此以前旧时代爱国主义作品主要表现国内民族矛盾的有所不同，从而决定了清诗的新面目不同于前代，成为后期清诗的先驱。

后期清诗流派众多。有提倡汉魏、六朝、盛唐的湖湘派，其代表诗人为王闿运、邓辅纶；有提倡南北宋的宋诗派，较先有郑珍、莫友芝、何绍基、江湜；稍后有“同光体”诗人，它又包括“江西派”的陈三立，闽派的陈衍、浙派的沈曾植、袁昶以及不属于这三派的范当世、陈曾寿、俞明震、夏敬观等；有兼采唐宋的一派，代表为张之洞，其门下有樊增祥、易顺鼎；有宗尚李商隐的西昆派，其代表有李希圣、曾广钧；最为重要的则有以黄遵宪、丘逢甲、康有为、梁启超为代表的诗界革命派。近人论晚清诗，除肯定了诗界革命派外，一概贬之为复古、保守。当然，他们都主张学古，但学古而又主张不摹古。即使是最保守的湖湘派，高心夔也蹊径独辟。各派中影响最大，受同时及近人痛骂最厉害的，是“同光体”，几乎成为反动内容与复古形式合一的代称。其实“同光体”中各派，艺术上都有创新，绝不同于明“七子”之摹仿盛唐。即以思想内容论，也不完全都是写些无聊消闲的东西。“同光体”诗人，如陈三立、林旭、沈曾植、陈衍诸人，也是戊戌变法的直接参加者或鼓吹者，他们与诗界革命派的康有为、黄遵宪、梁启超，都有深厚交谊，双方对于对方的诗都互相推崇与赞扬。至于变法失败以后，清亡以后，又倒退而成为清室遗老，则除梁启超外，也无区别。就诗作本身说，当然诗界革命派题材较新，面目较新，但也不废学古，黄遵宪在《人境庐诗自序》中就这样主张，所以这派诗有“旧瓶装新酒”的称号。“同光体”当然学古的倾向重一些，但并非不关心现实政治，陈三立诗中，就有不少从庚子事变到日俄战争时期一系列悲愤国事之作。其他各派，同样如此。王闿运就曾写过《圆明园词》。可以说，晚清诗歌，其中精华的部分，都在不同程度上反映这一时代的现实，表现这一时期文学的主题。而诗界革命一派，成就更为卓越。艺术风格，又大都受到龚自珍的影响，一直到宣扬民主革命的“南社”诗人，诗歌风格，也仍是龚自珍的传统继承。他们论诗，推许龚自珍外，也盛赞黄遵宪、丘逢甲。总的说来，晚清诗歌的成就，正与清初期可以先后媲美，在思想性、艺术性的创新方面，更突过了清初。

诗歌体式的新发展

在诗歌的体式中，清诗也有新的发展。如“梅村体”的纪事形式与“长庆体”相比，同中有异。黄遵宪的乐府诗，与古乐府和元、白新体乐府相比，也是面目全变。如钱谦益的黄山游诗，姚燮的四明、普陀游诗，刘光第的峨眉游诗，都是数十首为一组的刻画祖国壮丽河山的杰作，前代诗人从未有过这样宏伟的规模。如钱谦益《投笔集》，次杜甫《秋兴》韵至十三叠之多，反映南明抗清和他个人参与其事的过程，诗史巨制，为从来七律次韵诗所未有。如姚燮的《双鸩篇》融化古乐府、鼓词、民歌等形式，参以李贺的丽句的长篇叙事诗，是一种新的尝试。如龚自珍《己亥杂诗》三百十五首，贝青乔《咄咄吟》一百二十首，黄遵宪《己亥杂诗》八十六首，是大量的七绝组诗，超越宋人汪元量的《湖州歌》《越州歌》之作。又如姚燮的《南辕杂诗》一百零八首，参用《古诗十九首》、王粲《七哀》、杜甫单篇五古的形式，构成大型的组诗，可谓魄力惊人。黄遵宪《锡兰岛卧佛》，洋洋二千余言，梁启超称为“在震旦，吾敢谓有诗以来所未有”。(《饮冰室诗话》) 至于清诗风格，司空图《二十四诗品》所涉及的，几乎无所不有，各人有各人的风貌，完全不同于明代前、后“七子”时期千篇一律的复制品。至于一代诗人人数之众多，也可以算是空前。仅是录在《晚晴簃诗汇》中的作者便有六千一百多家，与《全唐诗》所收录的二千三百多人相比，几乎接近三倍。这一存在，决定了清诗在中国诗歌史上的地位，是无法抹杀的。以上将清诗作了一个鸟瞰。我们可以从纵的方面，看到他们的继承与发展；从横的方面，看到他们的相互影响与融合。清诗总的倾向是学古而不是复古，复古的只是格调派、湖湘派中少数几家。必须指出，清诗作者，绝大部分是封建士大夫，诗篇中精华与糟粕杂陈，这就需要对它们作去芜存菁的抉择，不应把毒草也当作香花。

（原载《光明时报》1983年12月27日）

三百年来江苏的古典诗歌

江苏，在我们诗歌之国的沃土上，长远以来，万紫千红地开放着绚烂的花朵。它跟全国诗歌的发展有着不可分割的关系，而在某些历史时期里，它还占着领先的地位。

就以江苏总的文化发展的过程来说，早在穹远的新石器时代，它已是黑陶文化和红砂陶文化的分布地区。虽然在以后较长的时间里，江苏的文化落后于黄河流域，而自三国以后，随着南方政治、经济情况的改变，就逐渐形成了与中原争霸的局面。南北朝时代，江苏的文化，特别是文学，是相对地超过北方的。元明以来，江苏已成为人文荟萃之区。鸦片战争后，它跟广东一样，较先受到西欧文化的影响，在我国近代文化的发展中发挥了应有的作用。

江苏诗歌的发展过程是跟它整个文化发展的情况相适应的。《诗三百篇》里还没有吴地的民歌，到秦汉之际，项羽的《垓下歌》和刘邦的《大风歌》才揭开了江苏诗坛的绒幕。建安以后到晋宋，陈琳、陆机兄弟、鲍照等著名诗人先后出现。唐代诗人如张若虚、戴叔伦、李绅、张籍、许浑、赵嘏、陆龟蒙，宋代如王令、陈师道、张耒、秦观、孙觌、尤袤、范成大等，或专长一体，或自开一宗，不同程度地影响了全国的诗坛。而在明代，如开国时期的高启，前“七子”的徐祯卿，后“七子”的王世贞，分别主持了当时的诗盟。尤其是近三百年来，江苏诗歌更放射着惊人的光辉。仅仅据《晚晴簃诗汇》所选录的清诗作统计，全国诗人六千零八十二人中，其中江苏诗人就有一千二百七十人，占五分之一强。这一事实，是研究我国近三百年诗歌史者所不容忽视的，也是研究江苏地方文学者所不容忽视的。本文试图把它的发展情况，勾勒出一个简单的轮廓。

一、明末清初江苏诗坛的三大流派

明代诗歌的总趋向是以摹古代创新。复古派在江苏的代表是后“七子”的首领王世贞。明末，经过公安派的扫荡，“七子”余焰渐成为萤火微光，而在江苏，却还有一定的声势。当时，江苏诗坛出现了三大流派：云间派就是世贞诗派的继承；虞山派树立了反对“七子”的鲜明旗帜；娄东派初则左袒云间，后又折中于两派之间而自开门户。

云间派的首脑是松江陈子龙。他是明末幾社的领袖，也是明代复古派诗人中最后一个代表。幾社是继东林党以后的政治和文艺性的组织，在当时的政治斗争中站在正义一边。子龙自小究心经世之学，又是黄道周的学生，深受爱国教育的熏陶。南明福王朝覆亡以后，他在抗清斗争中殉国，所以又是一位爱国志士。他在《仿佛楼诗稿序》《宣城蔡大美古诗序》中，自述论诗宗旨，趋向在建安、魏晋以前，谓唐以后古诗“益离”，那都是明“七子”的旧说。他强调论诗要“先辨其形体之雅俗，然后考其性情之贞邪”。在实践上，是“取乐府古诗拟之”，“以形似为工”。由于明末时代的激荡，其诗作才渐有“忧愤念乱”的现实内容。《小车行》《卖儿行》是张、王乐府的继承；《辽事杂咏》《晚秋杂感》《秋日杂感》等七律组诗，用杜甫《秋兴》《诸将》的体制，抒发了爱国感情。那首《钱塘东望有感》的名句“禹陵风雨思王会，越国山川出霸才”，雄思健笔，集中表现了重振国威的壮心。这些诗作是可以殿有明一代诗坛而无愧的。但到底是瑰丽的辞采多于悲壮苍凉的高调，摹古的形式限制了广阔内容的反映。云间诗派终于跳不出“七子”的旧框。

子龙的学生夏完淳，九岁能诗，是一个早熟的天才。他十四岁参加抗清斗争，十六岁殉国，又是一个爱国志士。他的早期作品受子龙影响，大量模拟六朝。后期作品如《精卫》《六哀诗》《六君诗》《五子诗》《细林野哭》《吴江野哭》《别云间》《即事》等篇，慷慨悲凉，沁透了斑斑的血泪。感情的激荡，较胜于子龙。

还有嘉定黄淳耀，也以忠节著称，诗名不及子龙，但骨干坚直，气象深博，能扫除明“七子”习气。如《野人叹》《舟夜》等篇，诗论家推为“风人正轨”。与子龙齐名、称为“云间三子”的宋征舆、李雯，拟古的诗格相近，但二人后来都偷生降清，就不能与陈、夏相提并论了。

与云间派相对立、一意反对明“七子”的，有以钱谦益为首的虞山派。

钱谦益是明末东林党的重要人物，又是文坛的领袖。早年为诗，走的也是王世贞的一路。四十以后，受了公安派的影响，转而攻击“七子”。在他所选《列朝诗集》的“七子”小传中以及《初学集》《有学集》的不少文章中，对摹古的弊病，作了切中要害的批评。由批判“七子”的摹拟盛唐，更进一步反对妙悟说。而正面的主张，则强调“有本”，强调内容，强调抒发真性情。谦益自己的诗作，就能摆脱模拟汉魏、盛唐的余习，于杜、韩、卢仝、李商隐、苏轼、陆游、元好问诸家，无所不学，但不取形似，能独创自己的面貌。当陈子龙组织幾社主持东南诗盟的时候，谦益不与同声气。后人因为谦益降清，有亏民族气节，几乎置于不齿之列。其实谦益于明亡后曾实际从事于秘密抗清活动，与爱国英雄郑成功、瞿式耜都有联系，爱国志士如黄宗羲、吕留良、归庄、弘储等人跟他往还尤密。他的后期诗歌，如《西湖杂感》二十首、《哭稼轩留守相公一百十韵》，都是“槎枒于肺腑，击撞于胸臆”之作。阎若璩读了他反映南明亡国时事的《读梅村宫詹艳诗有感书后》四首，甚至说是“神矣圣矣，义山复生，无以加之矣，七百年无此诗也”。特别是《投笔》一集，从郑成功进军长江写起一直写到桂王殉国，中间贯穿了自己与柳如是策划支持义军等事迹，极为沉郁苍楚。至于用《秋兴》韵一迭再迭至十三迭之多，澜翻不穷，更属诗人之余事了。

谦益同乡里的诗人，为谦益所奖掖的，有冯舒、冯班与钱曾。二冯诗都宗法晚唐。冯班于李商隐用力尤深，上溯源于齐梁，虽规模较狭，才力有限，然在亡国以后所作《游仙诗》后五十首、《临桂伯墓下》《江南曲》《感事》等篇，凭吊故国，哀感动人。在诗论上，所著《钝吟杂录》，力排严羽以禅喻诗之说，跟谦益的宗旨相同。钱曾是谦益的族曾孙，曾笺注《初学》《有学》《投笔》三集，自为诗擅长七言近体，较之谦益，具体而微。谦益曾选其诗置于《吾炙集》之首，赞扬他“莫取琉璃笼眼界，举头争忍见山河”二语，谓是“取出世间妙义，写世间感慨，正如忉利天宫殿楼观，影现琉璃地上”。

当云间、虞山二派互争雄长的时候，太仓吴伟业又自为娄东一派相与为鼎足。伟业少出于复社首领张溥之门，与陈子龙往还很密，而于谦益诗论多所非议，其意见在《与尚木论诗书》《太仓十子诗序》里都提出过。他旨在继承同乡王世贞的传统，与陈子龙一鼻孔出气。但伟业毕竟不是墨守盛唐一派的，时时出入于白居易、陆游。加以明亡以后，被迫出仕，心境与谦益相近，于是在诗论上也改变了原来的主张，于《龚芝麓诗序》中采取了折中调和论调，盛推谦益之于诗“可以百世”。伟业诗在才华富丽这一艺术特点上，也是近于谦益而不近于世贞。当时钱、吴齐名，加上外省的龚鼎孳，称为“江左三家”，是有一定理由的。伟业诗突出了两个方面，一是选取了明末清初重要的历史现实为题材；一是大量创作了七言歌行体的叙事长诗，从而取得了“梅村体”的称号。如《直溪吏》《临顿儿》《堇山儿》《芦洲行》《马草行》《捉船行》《打冰行》等篇，是“三吏”“三别”、香山乐府的继响，《矾清湖》等五古长篇是杜甫《自京赴奉先县咏怀五百字》的类型，《清凉山赞佛诗》则运用《长恨歌》的神理于五古之中。除这些名作以外，作为“梅村体”的名篇来说，如《永和宫词》《鸳湖曲》《萧史青门曲》《田家铁狮歌》《临淮老妓行》

《圆圆曲》《听女道士卞玉京弹琴歌》《琵琶行》等，都是通过明清之际上层社会人物的动态，反映了历史现实的一面，哀感顽艳，动人心脾。中国古典诗歌，叙事一体不很发达。长篇巨制，如《孔雀东南飞》《木兰诗》《长恨歌》《连昌宫词》《秦妇吟》等，代不数篇。伟业歌行，由“长庆体”一转手，融冶“四杰”的藻采与明代传奇的特色于一炉，为古典叙事诗开拓疆宇，在诗歌发展史上是应该特笔大书的。清代著名诗人赵翼称他为“近代中之大家”，李慈铭以为“古今独绝”，文廷式、张尔田以为其中若干作品胜过元、白，都是从“梅村体”的成就作出的评价。

娄东诗人，有所谓“娄东十子”，是周肇、王揆、许旭、黄与坚、王撰、王昊、王抃、王曜升、顾湄、王摅。伟业曾给他们的合集作序。他们大抵继承王世贞的衣钵，不能为伟业那样的歌行。以“黄叶声多酒不辞”诗句为王士禛称赏，号为“崔黄叶”的崔华，也与伟业异派。伟业诗派的演播，转在太仓地区以外。吴江吴兆骞，能为梅村体歌行，因事谪戍出塞，所为《秋笳集》，多激楚之音。如《榆关老翁行》《白头宫女行》等，都可以步武梅村。宜兴陈维崧的《湖海楼诗》，也是梅村诗派中的一面旗帜。

二、遗民诗人

明末清初，是一个从尖锐的阶级矛盾的爆发进入以民族矛盾为主要矛盾的时代。在这一时代的大风暴里，就江苏一省来说，扬州十日，嘉定三屠，人民所遭受到的灾祸是深重的，而抗清斗争的浪潮也是连续不绝的。第一批爱国诗人，如陈子龙、夏完淳，于福王朝覆亡的后二年殉国。还有不少爱国遗民，有的继续从事抗清的活动，有的隐居不出，保全民族气节。他们写下了不少诗歌，在清初诗坛上放射了最为耀眼的光辉。仅据清代卓尔堪所选的《遗民诗》十六卷作统计，所选五百零六家的遗民诗里，江苏诗人有二百零三家，占了将近半数之多。他们的作品鼓舞了人们抗敌的激情。这里，主要介绍昆山顾炎武与泰州吴嘉纪。

顾炎武是清初著名的学者，同时又是诗人、爱国志士。他早年参加过复社，明亡后参加过当地的反清军事斗争，失败后，漫游大河南北，积极从事恢复故国的工作。他论诗主张白居易所说的“为时而著”“为事而作”，反对雕虫篆刻；主张直言，不拘囿于温柔敦厚的儒家教条；主张情真，反对巧言作伪；主张法古与变古相结合，反对摹仿。在情真的问题上，他特别强调爱民族爱国家，而不是停留在个人哀乐的小圈子内。这是对明代摹古诗风的总针砭，也是他自己写诗的指针。他的诗作，如《精卫》《感事》《秋山》《海上》《淮东》《王家营》《传闻》《金山》《桃叶歌》《双雁》《河上行》《寄潘次耕，时被荐在燕中》等篇，有的表达了抗清必胜的信心，有的控诉了敌人的残暴，有的歌颂了抗清的英雄，有的鞭挞了卖国的逆贼，有的揭露了统治集团的贪污与荒淫，有的表现了自己坚强不屈的气节，总的反映了当时的历史面貌。其他写个人身世和朋友们战斗友谊的作品，为数极多，都富有深厚的感染力。质实坚苍，是顾诗风格上的特色，它继承了杜甫现实主义诗歌的传统精神。顾炎武不仅是江苏明遗民诗人中的第一人，也是当时诗人中最杰出的一人。

太仓陆世仪是炎武同时的儒学大师，也是一位遗民诗人。他十二岁就能写诗，论诗以兴、观、群、怨为主，宗旨跟炎武不相远。中年遭明亡之痛，所作感慨淋漓，可说是炎武诗的羽翼。此外，江苏遗民中有与炎武同乡又齐名的归庄，与世仪同乡又齐名的陈瑚，有炎武的战友吴江潘柽章，以及铜山万寿祺、沛县阎尔梅、如皋冒襄、上元纪映钟等，都能长歌当哭，权奇兀傲，各具独特风格，不落于同时云间、娄东等诗派的窠臼以内。

遗民诗人中，作品反映阶级矛盾多于民族矛盾的，是泰州吴嘉纪的《陋轩诗》。嘉纪是农村中的贫苦知识分子，一生不做官。陆廷抡序他的诗说："数十年来扬郡之大害有三：曰盐策，曰军输，曰河患。读《陋轩集》，则淮海之夫妇男女辛苦垫隘，疲于奔命，不遑启处之状，虽百世而下，了然在目。甚矣吴子之以诗为史也，虽少陵赋《兵车》，次山咏《舂陵》，何以过？"清人沈德潜、潘德舆都给他以很高的评价。潘氏说"《陋轩诗》字字入人心腑，殆天地元气所结"，"以为陶、杜之真衣钵"。嘉纪所过的生活极为困迫，甚至在盐商债务的逼迫下几乎濒于死亡的边缘。他对下层被压迫的人民，生活既相接近，也有深厚的同情。因此，反映民生疾苦就成为《陋轩诗》的主题。如《临场歌》《翁履冰行》《江边行》《海潮叹》《难妇行》《东家行》《粮船妇》《堤上行》《打鲥鱼》《王解子夫妇》等篇，都是被压迫人民的血泪史。如《挽饶母》《李家娘》《一钱行》《嗟老翁》等篇，有的写扬州十日的惨剧，有的歌颂坚持民族气节的人物。而如《辛亥孟夏二十八日三兄嘉经归葬东淘》《内人生日》《税完》《归东淘答汪三韩过访》《堤决诗》《逋盐钱逃至六灶河》《我昔》等篇，则是写个人身世。从这里可以看到，他几乎经历了从来诗人所未经历过的悲苦遭遇。这些诗篇，风格上都是清真朴老，纯用白描，不施一毫粉泽，不用一个典故。比之于以用典擅场的顾炎武诗，可以说是各有千秋。

明遗民诗人中，高淳邢昉风格上是接近于吴嘉纪的。

三、清全盛时期的江苏诗坛

自清康熙元年，桂王殉难云南，南明最后覆亡，接着三藩起兵被镇压，台湾入清版图，清朝统治完全巩固，全国入于相对安定的时期。而江苏则自顺治十六年郑成功进军长江败退后，早已没有兵事。清统治者兼用怀柔与镇压的政策对待各族人民，文字之狱不断兴起。知识分子在淫威高压下，大多噤不敢声，一般遁入书本中讨生活，或是借山水、歌舞以自娱遣。诗坛上逐渐褪去了初期战斗的色彩，平凡无聊，形成一种低沉的调子。

钱谦益论诗，反对死摹盛唐，自作已阑入了苏轼、陆游。影响所及，吴下诗人趋向于宋人一派。有学步范成大的长洲汪琬，有盛称苏轼的吴江叶燮。论诗则汪琬的清秀胜于叶燮的纤仄，论诗学理论则叶燮有卓越的贡献。叶燮著有《原诗》内外篇，为清人诗论中一部体大思精、自成系统的名著。书中提出了反拟古的“变”的问题，辩证地阐明了“创”与“因”的结合关系，提出了“理、事、情”和“才、胆、识、力”的问题，主张“必先从事于格物，而以识充其才”才能写出“质具而骨立”的作品，脱离现实，无有是处。于古代诗人，则特别推尊杜、韩、苏三家，以为宋诗不亚于唐人。这些理论，对明代复古诗派的余习，仍然有补弊救偏作用。

叶燮的弟子长洲沈德潜，是清中叶格调派的首领。他重扬明“七子”拟古之焰，表面采取了一些师说以张门面，实际与师说是冰炭不相容的。他强调温柔敦厚的诗教，强调“三唐之格”，重视“比兴互陈，反复唱叹”，反对“质直敷陈，绝无蕴蓄”，津津乐道那些帖括式的诗法。所有这些，实质上是引导诗人们不要正视现实，不去尖锐地批评时政，沉溺精神于摹古的深渊中而不能自拔。这一宗风，跟雍正、乾隆时代的政治气氛相适应。因为它有力地为当时封建统治者的需要服务，沈氏本人也从而取得了高宗的激赏。沈氏又选了《唐诗别裁集》《国朝诗别裁集》，高举格调派的旗帜，在当时起了相当广泛的影响。而沈氏自己的诗，从体格到字句，都不脱模拟。明“七子”形式上摹古，但还能写出《袁江流》（王世贞作）那样现实性强烈的诗篇，沈集中只有极少数这样的作品。在格调派主盟下的清中叶诗坛，是死气沉沉，充满了阴暗的迷雾的。沈氏弟子青浦王昶选《湖海诗传》，其选录标准基本上参照《别裁集》。其中大部分作品可看作当时格调派的代表作。

当格调派风靡天下的时候，浙江的袁枚楬橥性灵说，对格调派作了有力的抨击。在江苏，与袁氏桴鼓相应的，先则有兴化郑燮，后则有阳湖赵翼。郑燮像他那苏北同乡的前辈诗人吴嘉纪一样，出身贫苦，较多地与农民接触，了解他们的疾苦。他认为农民是“天下第一等人”，因此对他们有深厚的同情。作品如《悍吏》《私刑恶》《逃荒行》《还家行》《姑恶》《后孤儿行》等篇，都可与《陋轩诗》相媲美，现实主义的精神是强烈的。他贬斥摹古派的诗，以为“扯东补西，拖张拽李，皆拾古人之唾余”，“无真气”，主张无法之法，“自然成壁垒”，都与袁枚的见解相近。所以他很欣赏袁枚，赠袁诗有“君有奇才我不贫”之句。但他却重视诗歌反映人民疾苦、医救时病的作用，要求诗人能“直摅血性”，“沉着痛快”，要像《七月》那样地“描摹民情”，反对“裁云镂月，标花宠草”的作品，这就不是袁枚所能企及。

袁枚曾标榜“三家”之说，谓己与赵翼、蒋士铨。《随园诗话》有赵自居第三之说，赵挽袁诗却说是“三家旗鼓各相当”。蒋氏诗与袁、赵异趣，且非江苏人，兹不论。赵氏诗论与创作，都接近于袁枚。其论诗的主要精神在于创新，不肯随着古人脚步走，认为“诗人随世运，无日不趋新”，“江山代有才人出，各领风骚数百年”，“必创前古所未有而后可以传世”，反对“拾人牙后，人云亦云”。这和袁枚诗论的精神是相契合的。但他也重视功力，既重兴会超脱，又要肌理亲切。晚年论诗，悔早岁“不能息心凝虑，究极本领”，著《瓯北诗话》，能探究不同宗派者的长处。赵氏自为诗，于古人取法杨万里。长于说理，锋芒锐利，机调流快，是它的特点。缺点在于浮滑率易，与袁枚的弊病相同。赞扬他的如王昶，称之为“清才排奡更崚嶒”；鄙夷他的如潘德舆，便称之为“六义颓然付狭邪”了。

清中叶的江苏诗人，成就较为卓越的，集中于常州。其中黄景仁、洪亮吉、孙星衍三人为最突出，在赵翼之上。黄景仁是早熟的天才，一生潦倒失意，三十五岁即客死于山西。所为诗多哀怨之音，善于表达个人身世的感受。袁枚比之于李白，其实黄氏于韩愈、李商隐不同风格的诗，都能吸取他们的长处，自成俊逸的风格。如《新安程孝子行》《恼花篇》等，都是出色的佳构。

在嘉庆、道光、咸丰年代，以江西派为主的宋诗运动尚未掀起以前，景仁诗曾有过广泛的影响，学习他的人不在少数。洪亮吉是景仁好友，是学者，又是骈文家、诗人。近体诗有时不免粗疏，近于袁枚一派。遣戍新疆时所作，有奇伟惊人的地方。孙星衍也是一位学者，早年为诗，袁枚许以奇才。后去而治经，与袁枚议论不合。洪亮吉《北江诗话》载所撰《诗评》，于黄诗称为“如咽露秋虫，舞风病鹤”。于孙少日诗，谓“如天仙化人，足不履地”。可说是极意推崇。三家才力，各有独到，但作品的思想性，较之清初诗人，还是不能比并的。

与“三家”相先后的江苏诗人，常熟有陈祖范、徐兰、吴蔚光、孙原湘、赵允怀，江都有汪中、黄承吉，仪征有阮元，太仓有毕沅、彭兆荪，吴江有郭麐，都成家数，但没有形成为流派。

从嘉庆到道光一段时间，清王朝已开始走向下坡路，诗坛也趋于岑寂。唯一值得重视的是山阳潘德舆。潘氏著《养一斋诗话》，昌言“诗言志”“诗无邪”，以《三百篇》为根本，强调诗歌的教化作用。讥斥性灵派所言性情，不过是嘲风雪、弄花草、叹老嗟卑、荒淫狎邪之语。他标举“柔惠且直”一语以为是“古诗人之性情”。其论诗境，提出“质实”二字以救格调、性灵诸说的偏弊。在诗论方面，跟叶燮《原诗》先后辉映。潘氏自为诗，虽未必能完全实践所言，但乾、嘉诗坛的不良习气已经湔洗净尽，五言古诗能继承陶、杜的传统。

清中叶的江苏诗坛，以潘德舆为结局，还是一个比较令人满意的尾声。

四、鸦片战争和太平天国革命时期的诗

英国侵略者所发动的鸦片战争打开了封建主义旧中国的大门。从此，中国社会的面貌开始向半封建半殖民地转变。接着发生的太平天国革命，有力地震撼了清王朝的统治，促使它早日进入坟墓。鸦片战争以英军进入长江、签订《南京条约》而告一段落：太平天国建立天京，江南成为农民革命政权的心脏。这两个不同性质的大风暴，在江苏地区留下了动人心魄的史迹。在时代的刺激下，奄奄一息的江苏诗坛重新获得了生命，出现了不少反映历史现实的诗篇。这跟清初江苏诗人反映抗清斗争的作品同样具有诗史的价值。

以反映鸦片战争为题材的诗人，有山阳鲁一同、吴县贝青乔、宝山蒋敦复、震泽赵函、元和陆嵩诸家。

鲁一同是潘德舆的同乡后辈，关系在师友之间。作诗的趋向基本上同于潘氏，而才气笔力远在潘诗之上。在道光年代，他是江苏诗坛杰出的一人。李慈铭以为他的诗“气象雄阔，浩荡之势，独来独往，传之将来，足当诗史”。《通甫诗录》中如《有感》《辛丑重有感》《崖州司户行》《三公篇》等篇都是巨制，鞭挞琦善诸人的误国、余步云的不战而逃，歌颂关天培的英勇抗敌、壮烈牺牲，悼惜林则徐的遣戍新疆等，沉郁悲愤，大笔淋漓，可与同时浙江姚燮、广西朱琦并称大家。

贝青乔是写有关鸦片战争的诗歌数量最多的一人。鸦片战争掀起以后，宁波三镇失利，奕经奉命往浙东抗击英军，青乔自请投军。在现实斗争中，他目睹清朝军政的腐败、投降派官僚的丑恶、人民的苦难，非常悲愤。爱国的激情驱使他用诗歌作为战

斗的武器，尽情地揭露了这些现实。他甚至并不害怕可能由此而招致的政治迫害而搁笔，“倘教诗狱乌台起，臣轼何妨窜海南”！说明他的战斗意志是坚定的。他的名篇如《杂歌九章》《留别家人作》《题陈军门遗像》《归里十日，与客约重赴戎幕，诗以寄怀》等，不仅是爱国主义的热情坌涌，而且艺术性也达到了与思想性高度的统一。《咄咄吟》一百十七首，都是七绝，在军中所写，极尽辛辣讽刺的能事，每首都有详细的自注。这种写法，在古典诗歌领域里，是宋末汪元量《湖州歌》《越州歌》以后所仅见的。

蒋敦复是学龚自珍诗的第一人。清末南社诸人学龚诗成为风气，已远在敦复以后。南社诗人黄人《论诗绝句》十六首，论诸人诗以敦复为殿军，说是“惊才绝艳世谁知？推倒何论彼一时。五十年来殊色少，秋波临去尚相思”。可想见倾倒之深。蒋氏集中为鸦片战争所作的诗，量虽不多，然以采藻胜，于当时诸人中别树一帜。赵函所写如《哀虎门》《哀舟山》已开出了后来黄遵宪《悲平壤》《哀旅顺》等篇的写法，精练短峭，以少胜多。陆嵩所写如《有问贼中事者，诗以答之》《江州述感》《夷船夏入江，居民震恐》等篇，反对和议，要求统治者重视民心趋向，都值得一读。

太平天国革命这样一次惊天动地的战斗给诗人安排好了诗史的题材。遗憾的是，这一时期，只有在民歌中放射了奇特的光辉，如苏州地区人民歌颂忠王的歌，就是民间文学中的宝珠。而文人方面只有长洲王韬曾与太平天国往来，所著《蘅花馆诗录》，也还缺少反映农民革命的作品。其他诗人有关太平天国的作品，大多污蔑农民革命，充满反动思想。为同光体诗人陈衍所推重的这时期江苏著名诗人金和与江湜，是有代表性的。

金和，上元人。太平军占领南京后，他在城中约清军攻城，里应外合，破坏革命。阴谋败露，逃出南京。他对农民革命抱着极端仇视的态度。所为诗大多是长篇巨制，用他奔放横肆的笔锋歪曲革命，歌颂刽子手，从而赢得了多少剥削阶级诗人们的共鸣。梁启超把他与黄遵宪、康有为并举，以为“元气淋漓，卓然为大家”。陈衍说他“所历危苦，视古之杜少陵、近之郑子尹盖又过之。其古体极乎以文为诗之能事，而一种沉痛、惨淡、阴黑气象，又过乎少陵、子尹”。都足以说明“内容愈反动的作品而又愈带艺术性，就愈能毒害人民”的道理。在他那一座以毒草织成魅人的地毯的园地里，偶然还可以采摘到一些鲜花，那是早期反映鸦片战争的《围城纪事诗》六首。在太平军革命时间所写，如《兰陵女儿行》《烈女行纪黄婉梨事》等篇，虽然还夹杂些污蔑农民军的称号（称农民军为贼），但客观上却揭露了清朝反动军队危害人民的罪恶，并歌颂了敢于跟强暴势力斗争的英勇女子。而词锋的犀利，叙事的曲折洞达，描绘人物形象的栩栩如生，也是一时无两的。

江湜，长洲人。他的诗七绝学杨万里，接近于赵翼一派。但五古学孟郊、梅尧臣，七古学韩愈，近体出入杜甫、黄庭坚，又开导了晚清同光体一路。陈衍说他“身世坎壈，所写穷苦情况，多东野、后山所未言，近人则郑子尹、金亚匏未能或之先”。他在太平军革命的过程中奔走逃窜，作品内容以个人遭遇为多，往往把兵事中人民所遭受的痛苦算到太平军的账上。但是他没有金和诗那样露骨地表示仇恨农民。写景言情之作清瘦曲折，洗尽俗艳，总的风格在金和之上。艺术性方面，有不少可以借鉴的地方。论述江苏诗派，应该给他以适当的一席。

五、晚清以来的各种复古诗派

晚清诗坛，就全国范围来说，是同光体称霸的时期，而宗法唐诗、西昆的，也还不乏其人。江苏的情况，则唐诗派的势力大于宋诗派。

自江湜诵法黄庭坚，宋诗在江苏诗坛露了头角。这跟清初汪琬等学习范成大的宋诗一派，宗趣全不相同。到了同治、光绪年代，以陈三立为首的同光派诗人，展开了宋诗运动，在江苏的一面旗帜是范当世。

以学习黄庭坚为中心的同光派诗，它的远源实导自桐城派古文家。姚范、姚鼐于山谷诗的兀傲崛奇、玄思瑰句，是备极赞叹的。桐城派古文家兼为诗人的，自姚鼐以后一直到方东树、吴汝纶，都曾取径于山谷。张裕钊选《国朝三家诗钞》，取姚鼐七律为一家，可以窥见他们标立宗旨之意。范当世是裕钊弟子，《范伯子诗集》有《读外舅一年所为诗，因论外间诗派》说："泥蛙鼓吹喧家弄，蜡凤声声满帝城。太息风尘姚惜抱，驷虬乘鹥独孤征。"衣钵相承的脉络显然可寻。吴汝纶之子闿生选《晚清四十家诗钞》，以当世诗冠首，推为大家，又可作为晚清宋派诗跟桐城派紧密关联的一个明证。陈三立对当世诗也很推重，陈衍选了他相当数量的作品入《近代诗钞》。当世诗雄才大笔，浩气盘旋，与其他同光体诗人以僻涩尖新取胜的不同。内容也比较能反映现实。金天羽说："范肯堂贫苦老瘦，涕泪中皆天地民物。"近人论同光体诗，笼统地贬斥为形式主义文学，范当世的作品正好有力地否定了这一不公允的论断。

范氏的苏北同乡如张謇、朱铭盘，所为诗都有一定成就，但不属于宋诗一派。名辈稍后于范氏的镇江王瀣，其诗玄思窈想，得《咏怀堂诗》的神髓，为陈三立所激赏，可以说是宋诗派的后劲。

吴下诗派，西昆体极盛，这是清初虞山派的继承。吴县曹元忠、常熟徐兆玮、张鸿是这一派的代表作者。在清末，他们同官北京，相约作昆体诗，不作江西派语。刊有《西砖酬唱集》，是仿照宋初的《西昆酬唱集》而题的名，西砖是张鸿所住的胡同。张鸿早期作品，隐约缛丽，神肖李商隐。晚年能参取异派的长处，致力于梅尧臣、王安石。而像《游仙诗》五十首、《落花诗》八首，隐文谲喻，寓托时事，仍然保持西昆的特色。张鸿的弟子常熟孙景贤，能继承这一传统，所著《龙吟甲乙草》，恪守西昆家法。长篇如《宁寿宫词》记李莲英事，《正阳门行》记辛亥革命，可称诗史。元和汪荣宝，也是西昆派的健将。稍后有常熟杨无恙，是从昆体入手而出入于李贺、孟郊、黄庭坚、陈与义诸家的。所著《无恙吟稿》《无恙续稿》，其中尽多反映时代面貌的名篇。特别是抗战时期的作品，价值更大。游览之作，如《黄山杂诗》和游日本的诗，摆脱陈法，自出手眼，有时还点化通俗语入诗，这都是其他昆体诗人所不能及的。

不属于西昆诗派的宗唐诗人，成就卓越的有常熟杨圻与沈汝瑾。杨圻著《江山万里楼诗钞》，才华富丽，魄力沉雄，能为唐音而不像明“七子”那样的摹拟无生气。长篇大作，能接步梅村，《天山曲》长数千字，记香妃事，自有七古以来无此长篇。抗战军兴，避寇居香港，所为诗苍凉悲壮，洋溢着爱国感情。沈汝瑾著《鸣坚白斋诗存》，一生专学杜甫而不是摹仿杜甫，吴昌硕佩服他到五体投地，为此刊行他的遗集。沈诗的特色是清真质老，与杨圻同样宗杜，而风格截然不同。悲慨国事、讽刺统治阶级罪恶和反映人民苦难的作品，在集中占有相当多的数量，如《悲马尾》《舟中观刈禾》《纳粮谣》《祈雨叹》《风灾行》《朝议》《冬防谣》《哭雨三章》《东邻》《修塔谣》《禽言》《筑路》《祈雨两章八句》《佣者自田间来，听其言，演而成谣》等篇，富有深刻的思想性，是吴嘉纪、郑燮的嗣响。

如上所述的复古派诗人，都跟明代复古派一味摹古的不同。他们的作品，都还具有不同的独特风格。在文学问题上，也不是一味主张复古，张鸿曾写过《续孽海花》，孙景贤写过《轰天雷》。只是在诗歌方面，不敢像同时代主张“诗界革命”的人们那样大胆地开拓新天地。因此，他们在晚清的江苏诗坛上不能占有首要的地位。

六、诗界革命在江苏

近代中国，由于民族资本主义的发生和发展，出现了资产阶级。这个阶级一经出现，有他自己政治上的要求，于是先则有资产阶级的改良运动，继则有资产阶级的革命。它们推动了当时中国社会的前进。

伴随着资产阶级改良运动的高涨，十九世纪九十年代，在文艺战线上出现了“诗界革命”运动。黄遵宪、梁启超诸人提出了要做“诗界之哥伦布、玛赛郎”的口号，反对当时摹唐仿宋的“鹦鹉名士”。“锐意欲造新诗国”，是他们共同的理想和奋斗目标。

“诗界革命”在江苏的一面大纛是吴江金天羽。他的活动时代稍后于黄、梁诸人，其时资产阶级的改良运动已失去历史的进步意义，随之而来的是资产阶级民主革命的浪潮。金氏早年参加过上海的革命团体爱国学社，写过鼓吹革命的《国民新灵魂》的文章。在文学革命的问题上，他写过《论写情小说于新社会之关系》，强调小说对社会的教育作用；写过《文学观》，主张文学的改革。这都是受了黄遵宪的一定影响而发的。在实践上，他曾写过《孽海花》的前六回，出过《新中国唱歌集》，与黄遵宪所写《出军》《军中》《还军》等歌，声气相应。特别是在诗的领域里，可以与人境庐媲美。由于他具有比较进步的诗学观和沉博绝丽的才华，吸收了前代诗人的营养，不拘一格，没遮拦地表达了“爱自由者”的思想感情，使他的诗歌成就达到了他的时代中的江苏诗人的顶峰。他对同光体诗是不满意的，公开树起了对立的旗帜。他在《答樊山老人书》中贬斥这派诗人是“纤文弱植，未工模写，而瓣香无已，标举宛陵。洎夫临篇搦翰，乃不中与钟、谭当隶圉”。他在继承古人传统问题上，要“胚胎六义，吐纳百家”。他的创作也确能副其所言，自谓“我诗有汉魏，有李、杜、韩、苏，有张、王小乐府，有长吉，有杨铁崖，有元、白，有皮、陆，有遗山、青丘，而皆遗貌取神，不袭形似。自幼学义山，人不知也；学明远、嘉州，人不知也；学山谷，人不知也。

然于此数家功最深”。这是作者得失自知的话。就清代的诗人说，他也兼有屈大均、胡天游、何绍基、袁昶、黄遵宪、范当世诸家的特长。在他的《天放楼诗集》和《续集》里，如《招国魂》《都踊歌》，显然是跟黄遵宪的新派诗异曲同工的。此外，金诗的主要题材是有意识地从两个方面选择。一是选择当时国外所发生的重要事件和人物作为写作的内容，如《虫天新乐府》《黑云都》《花门强》《狮须裘》《桃花宫》《缴兵》《雪橇兵》等都是；一是选择当时国内所发生的重大事件，作为写作的内容，如《感事》《政变》《呵壁》《辽东》《登仙谣》《嵩山高》《中秋月蚀诗》《前七夕》《后七夕》《中牟堤》《长沙炬》《窟室悲》《葫芦腰》《诊痴符》《考异邮》《车载板》《搜粟尉》《代竹金》《抱布泣》《采薪忧》《艰食叹》《车辚辚》《红粉妆》《迎使星》《九师叹》《条支马》《白鹭洲》《飞虎军》等都是。国外事自第一次世界大战写起写到第二次世界大战，国内事自第一次中日战争写起写到第二次中日战争胜利以后，全面反映了六十年中的历史面貌，极尽用旧形式写新内容的能事。天放楼诗之所以不同于同时江苏复古派诗，关键就在于此。至于他大量写祖国壮丽河山的诗篇，雄伟奇谲，千变万化，也是前人所未有的境界，但比之上述内容已是次要的了。

金氏早年从事诗界革命是孤军作战的。当时配合资产阶级革命派所领导的民族民主革命，在文坛上出现了一个革命文学团体——南社。它的成立、活动、发起的人物，都在江苏。南社成立于辛亥革命前二年（1909年）十一月，首次集会在苏州虎丘的张东阳祠，创始人为吴江柳弃疾、陈去病、金山高旭三人。南社之所以称为南，“以此社提倡于东南”，“乐操南音”，含有反抗北方清政府的意思。它是一个用诗文来鼓吹旧民主主义革命、团结爱国知识分子的组织，最初参加的十七人里，就有十四人是同盟会会员。一年以后，社员发展到一百九十三人，最后增加到一千一百七十人之多。《南社丛刊》从1909年的第一集发行到1923年的第二十二集，有文、诗、词和其他文学作品二百多万字。经历时间十五年，影响之大，不亚于明末的幾社与复社。

《南社丛刊》的作品，以诗歌为最多。诗人们一样举起了“诗界革命”的旗帜，在旧形式的范围内写革命的新内容。社刊第一集所载高旭《愿无尽庐诗话》曾说：“世界日新，文界、诗界当造出一新天地，此一定公例也。黄公度诗独辟异境，不愧中国诗界之哥伦布矣，近世洵无第二人。然新意境、新理想、新感情的诗，终不若守国粹的用陈旧语句为愈有味也。”可以证明他们所受黄遵宪影响之深。但实质上却有区别，黄遵宪一派的“诗界革命”，思想内容是属于资产阶级改良派的；而南社所楬橥的“诗界革命”，其思想内容是属于民族民主革命的范畴了。他们的诗学观，突出在反对当时的同光体。南社主任柳弃疾在他的《介绍一位现代女诗人——林北丽》中说：“晚清末年到现在（1944年），四五十年间的旧诗坛是比较保守的。是同光体的人和比较进步的南社派诗人争霸的时代。”他极力提倡龚自珍的诗，认为是“三百年来第一流，飞仙剑客古无俦”。在他的影响下，学习龚诗，反对同光体，就成为南社诗人共同的倾向。但南社内部，在反对宋诗运动这一问题上，还曾展开过斗争。1917年，社员松江朱鸳雏与柳氏进行笔战，柳氏将他开除出社，可知斗争的尖锐。

南社三创始人都能诗。陈去病的《浩歌堂诗钞》多激扬爱国精神、歌颂抗清民族英雄的作品，如《题明孝陵图》《题郑延平战捷图》《江山哀》等篇可以代表。高旭《天梅遗集》的早期诗，富于浪漫主义激情，爱国爱民族的精神非常充沛。如《登富士山放歌》《海上大风潮起作歌》，都极奇伟纵横之观。而如《爱祖国歌》《军国民歌》《光复歌》等新体歌辞，跟黄遵宪、金天羽所作的形式很相近。1906年，他还曾假作石达开诗二十首，在反清革命斗争中起了一定的宣传作用。但陈、高二家的诗作，比起柳弃疾来还是较逊一筹。尤其是高旭后期政治上的倒退，削减了他诗歌的价值。柳弃疾的《磨剑室诗集》悲歌慷慨，一洗靡靡之音。郭沫若说他“意气风发，声调激扬，中国的文学语言，无论雅言或常语，在他的笔下就像是雕塑家手里的软泥，真是得心应手”。为此，它能有力地发挥鼓吹革命的宣传作用。特别是他在政治问题和文学问题上都能随着历史的发展而前进。“五四”运动以后，他积极提倡新文化，重新组织新南社，明白表示“新南社的精神是鼓吹三民主义，提倡民众文学，而归结到社会主义的实行。对妇女问题、劳动问题，更情愿加以忠实的研究”。晚年更靠拢了共产党，在新中国成立以后，写出了热情歌颂的诗篇，并把最后的诗稿命名为《光明集》。

就诗论诗，南社初期的杰出诗人不能不推常熟黄人。他一生写诗很多，不自收拾，乡人辑为《石陶梨烟室诗》。他的诗，奇才横溢，藻采惊人。在艺术风格上，属于胡天游、王昙、龚自珍一派，但用以抒发革命的激情，就取得了比前人更为卓越的成功。他有《论诗绝句》十六首，其中论洪亮吉、孙星衍、张问陶、王昙的一首说："猛火烧天辟历惊，深山大泽聚精灵。筝琵空秽人间耳，爱取三郎羯鼓听。"论舒位的一首说："红日三更海气青，珠宫贝阙滉珑玲。幽灵来往疑无路，那许寻常屐齿经。"论龚自珍的一首说："经笥便便笔自奇，回肠荡气此声希。砚池一勺研朱水，中有神龙破壁飞。"仿佛是自状他的诗境，也可以窥见他的宗趣所在。《戊戌元旦日蚀诗》这一长篇，是他最突出的奇作，以卢仝、马异的体制，融合李贺的丽藻，反映了当时国内外政治形势，在古典诗歌史上可与卢仝的《月蚀诗》和刘基的《二鬼诗》鼎足而三。

南社诗人激发民族民主精神的革命诗歌，使三百年来的江苏古典诗坛在光辉中垂下了幕布。

如今，旧江苏早已一去不复返了，而新江苏的诗坛也早就以它的全新的面貌出现。诗人们已经写出了并且还将写出许多远非前人所可企及的新内容、新形式、新意境的诗篇。为了更好地繁荣今天的诗歌创作，三百年来江苏古典诗人留给我们的一份珍贵的遗产，是值得我们批判地予以继承，作为我们今天创新的借鉴的。

（原载《江海学刊》1962年第11期）

三百年来浙江的古典诗歌

浙江，是祖国壮丽河山的一个组成部分，也是祖国光辉历史的一个组成部分。四明、天台、雁宕、普陀、东西天目的奇秀，七里泷、钱塘潮、西子湖、鸳鸯湖、鉴湖的水声帆影，总的渲染成魅人的画面。三千年来，从勾践沼吴到甬东抗英等的爱国斗争，从东晋孙恩到北宋方腊的农民大起义，一个浪潮接着一个浪潮振撼着越纽的人心。文化也绝不例外，早在鸾远的新石器时代，它已经是黑陶文化的分布地区。尽管在先秦、两汉时还落后于中原，而自三国以后，随着南方经济、政治的发展，改变了朴塞的面貌，它跟毗邻的江苏同样号称为人文荟萃之区。在这一块肥美的土壤上传播的文化种子，长远以来，辐射着闪眼的光芒。与此相适应，诗歌就在这文化的摇篮里自幼年发展到成年。

《诗》三百篇没有越风，稍后就出现了越王勾践夫人的去国之歌、采葛女子的《何苦》之歌、越人送别伐吴军士之歌，成为浙江爱国诗歌的起点；越人拥楫之歌，顽艳缠绵，隐然是楚骚的先声。晋以后，专业诗人大量涌现。王羲之、孙绰是东晋玄言诗的作者，谢灵运开辟山水诗的领域，沈约、丘迟、吴均创造格律诗的新形式。掉鞅在唐、宋诗坛上的，如“初唐四杰”的骆宾王，《箧中集》领队的沈千运，“大历十才子”的钱起，以乐府著称的顾况，为韩愈所倾倒的孟郊，北宋西昆体的首脑钱惟演，隐逸诗人之宗的林逋，南宋伟大的爱国诗人陆游，永嘉诗派的叶适和“四灵”，江湖派巨子的戴复古，爱国遗民诗人林景熙，都在诗歌史上占有地位。元代则有赵孟頫、杨载、杨维桢等名家。明初刘基，明后期徐渭，都有卓越的成就。他们不仅直接影响了清代的浙诗，并且在不同程度上影响了全国诗坛。至于清代的浙诗，总的成就更为突出。仅据《晚晴簃诗汇》所选录的清诗作统计，在入选的全国诗人六千零八十二人中，浙诗人就有一千三百人，占五分之一强，居于全国的首位。单是这一事实，已经足够引起我们的注视了。

一、明末清初的浙诗

明代的诗坛弥漫着复古的云雾。浙江的基本情况则正如黄宗羲所指出：“吾越自来不为时风众势所染。当何、李创为唐诗之时，阳明与之更唱迭和，未几弃去，何、李而下叹惜其未成，不知其心鄙之也。太仓之执牛耳，海内无不受其牢笼，心知徐渭、杨珂之才而欲招之，徐、杨皆不屑就，太仓遂肆其讥弹，而徐、杨之名终不可掩。顾昧者以乡邑二十年之闻见，妄谓吾越无诗。越非无诗也，无今日之假唐诗也。”（《姜山启彭山诗稿序》）这是浙诗的一个优良传统。但复古派在浙江，还是有它的代表人，就是“后七子”之一的徐中行和列于“末五子”的屠隆与胡应麟。

明末，复古派的余焰还没有完全熄灭，又掀起了另一阵不健康的竟陵派诗风。倪元璐的《衣云阁诗》，碎涩幽僻，引导人们走向蚕丛鬼国。正当明诗处于穷极思变的时候，惊天揭地的抗清战争爆发了。在这一时代大风暴里，余姚、会稽、鄞县、舟山、东阳、嘉兴等地的抗清义师，张煌言、孙嘉绩、熊汝霖、郑遵谦、钱肃乐、张国维、钱棅等人，用热血提供了诗史的主题。要反映这样的时代现实，发挥以诗歌鼓舞斗志的作用，复古派、竟陵派那种形式主义者显然不能与形势相适应。而在洪炉的锻炼里，却出现了一面光辉的旗帜，那就是以黄宗羲为首的遗民诗人。

黄宗羲是明末清初著名的政治活动家和具有进步思想的启蒙学者，同时又是文学理论家和诗人。他早年参加过跟阉党的斗争，清兵入浙时，参加了余姚抗清义师的行列。明亡后坚持气节，拒绝清廷的征召。诗歌在他是余事为之，但《南雷诗历》却完全扫除了复古派的摹拟之习，也摆脱了竟陵派的尖僻之风，不拘于唐、宋门户，笔力镵刻沉挚，由谢翱、孟郊以上溯杜甫。诗中所郁结着的炽烈感情，仿佛有风雷的声响在回荡。他的论诗主张也贯彻了这种强烈的情感。他认为沧桑变革的时代就是诗歌极盛的时代，“唐自天宝而后，李、杜始出。宋之亡也，其诗又盛”。(《陈苇庵诗序》) 这是“天地之阳气”，“阳气在下，重阴锢之，则击而为雷”(《缩斋文集序》)，能感染和鼓舞千千万万的读者，传播进步的思想。他强调诗要坦露真性情，反对“干啼湿笑，总为肤受”(《黄孚先诗序》) 的伪饰。所谓真性情，不是仅仅表现个人的哀乐，而要提高到“联属天地万物而畅吾之精神意志”。(《陆鉁俟诗序》) 否则即使是“吴歈越唱，怨女逐臣，触景感物，言乎其所不得不言”，也不过是“一时之性情”。只有“合乎兴观群怨、思无邪之旨”的作品才是“万古之性情”。(《马雪航诗序》) 基于这样的认识，他坚决反对那种“拘以家数”，“无王、孟、李、杜之学，徒借枕藉咀嚼之力以求其似”(《诗历题辞》) 的伪体，反对明“七子”的标榜盛唐，认为“诗之道甚大，一人之性情，天下之治乱，皆所藏纳。古今志士、学人之心思、愿力千变万化，各有至处，不必出于一途”(《诗历题辞》)，而“俗人率抄贩模拟，与天地万物不相关涉，岂可为诗”(《陆鋆侯诗序》)。这是对明代诗风的总针砭，而成为浙江进步诗人所继承发扬的传统精神。

宗羲以学者而为诗人，是反对敝精劳神于捻髭推敲的苦趣中的。他以为：“多读书，则诗不期而自工；若学诗以求其工，则必不可得。读经史百家，则虽不见一诗，而诗在其中；若只从大家之诗章参句炼，而不通经史百家，终于僻固而狭陋耳。”(《诗历题辞》) 这是针对明代文人空疏不学的弊病而发。这种主张，又成为后来浙江诗派以学人之诗与诗人之诗相结合的特色。但宗羲却不是教人贩弄冷僻典故为诗如袁枚所讥的厉鹗一派，也不是教人以议论考证为诗如袁枚所讥的翁方纲一派。他主张“诗之为道，以空灵为主，无事于堆积脂粉，空灵非多读书不可”(《范用宾诗序》)，立论比较全面。

宗羲于诗，重独创而反对模拟，但不是不要借鉴前人。在借鉴的途径上，为了矫明“七子”尊唐抑宋之枉，毋宁侧重于宋人。他说：“天下皆知宗唐诗，余以为善学唐者唯宋……虽咸酸嗜好之不同，要必心游万仞，沥液群言，上下于数千年之间，始成其为一家之学。”(《姜山启彭山诗稿序》)吕留良、吴之振选《宋诗钞》，他曾参加过讨论。他的弟子查慎行、陈讦，是有意识地张宋诗之帜的。查氏学苏注苏，陈讦选《宋十五家诗》，诠释具有意旨。浙派诗宗宋之风，跟宗羲诸人的倡导是有一定的关系的。

与宗羲同时的诗人，最杰出的是张煌言。煌言所领导的义师是当时浙江主要的抗清力量，曾三度进军长江，坚持斗争达十九年之久，最后壮烈殉国。一生所经历的艰苦斗争过程，极似文天祥。《张苍水集》的诗作悲凉慷慨，正气浩然，足与《指南录》后先媲美。这是三百年来浙江诗坛的骄傲。

当时浙江遗民，有诗社的结合，或借诗歌抒发抗清意志，次则逃避于山水风月以全身远害。杨凤苞在《书南山草堂遗集》中说：“明社既屋，士之憔悴失职、高蹈而能文者，相率结为诗社，以抒写其旧国旧君之感。大江以南，无地无之。其最盛者，东越则甬上……甬上僻处海滨，多其乡之遗老，间参一二寓公。”甬上诗社著名的是鉴湖社。主持社事者为李文胤，字邺嗣，号杲堂，后以字行，是诗社中艺术成就最卓越的诗人。所著《杲堂诗钞》，黄宗羲称它是“胸中流出，无比拟皮毛之习”。是能破除“七子”、竟陵的窠臼而毅然别出手眼的。鉴湖社以外，宁波诗社，还有“西湖八子”社、“南湖九子”社、“西湖七子”社、“南湖五子”社等，都是遗民的诗社组织。此外，嘉兴则有萍社、澹鸣社、彝社、广敬社、澄社、经社等，其主社事者钱光绣最著名。杭州有登楼社、碾绿社，前者的主持人为陆圻、朱一是，后者主持人为高克临，诗风可称极盛。

石门吕留良，明亡后用文字为反清宣传的武器。所著《晚村诗集》，纯用宋调，风骨坚苍，怀念故国之作激切无所避忌。为此，身后遭受戮尸的奇祸。他的同乡诗友吴之振，著《黄叶村庄诗集》，出入于梅尧臣、苏轼、黄庭坚之间。二人共纂《宋诗钞》凡百家，门户广博。特别是选录晚宋文天祥、林景熙、谢翱诸家的诗，具有战斗意义。后来浙江诗人处于承平时代，从模山范水的途径学宋诗，已经褪去了初期宋派诗人这种精神的光彩。

此外，遗民诗人较著名的，还有黄宗会、胡承诺、谈迁、彭孙贻、应㧑谦、潘向奇诸人。所为诗都不走模拟一路，以真挚之笔，寄寓故国之情，而调子却不免于低沉。

遗民诗人中与黄宗羲、吕留良一派蹊径殊异的，有钱塘毛先舒，是明末复古派领袖陈子龙的弟子。所著《诗辩坻》一书，扬“七子”而抑竟陵。自为诗藻彩纷披，墨守唐人门户。仁和沈谦也是学陈子龙的，《东江集》具有初唐、晚唐的风致。他们都坚持气节，不负师门的教育。与毛、沈并称为“西泠十子”的，有钱塘陆圻、孙治、陈廷会、张纲孙，仁和丁澎、柴绍炳、吴百朋，石门虞黄昊。大都曾从陈子龙游，拘守复古派旧框，工于摹仿，短于自创。而其中如陆圻、丁澎、虞黄昊都是变节人物，不能与毛、沈相比。

二、浙诗的奠基时期

自清康熙三年，张煌言散军入悬山岙，被执殉国，而浙江已无抗清兵事。康熙二十二年，清师取台湾，南明正朔告终。清朝统治完全巩固，全国入于相对安定时期。清统治者对待知识分子兼用威胁与利诱的办法，这时除少数垂老遗民坚决作采薇的行遁外，大部分诗人借山水、歌舞、咏物、咏古等题目，写一些内容苍白的作品。前人所谓“浙派”诗，就是在这样的现实基础上产生。

黄宗羲、吕留良诸遗民提倡宋诗，而“西泠十子”仍然力尊唐音。秀水朱彝尊，一方面不废“西泠十子”的宗风，一方面兼采宋人，标举黄庭坚。不论学唐学宋，总是在重新树立起把明“七子”略加改变的学古旗帜。他也曾经批判过学唐者之失，谓“自陈先生子龙倡为华褥之体，海内称焉。二十年来，乡曲效之者，往往模其形似而遗其神明。善言诗者从而厌薄之，以为不足传，由其言之无情而非自得者也”。(《钱舍人诗序》) 也曾经批判过学宋者之失，谓“今之言诗者，每厌弃唐音，转入宋人之流派，高者师法苏、黄，下乃效及杨廷秀之体，叫嚣以为奇，俚鄙以为正，譬之于乐，其变而不成方者与？”(《叶、李二使君合刻诗序》) 可是他在自己的创作实践上，模拟的痕迹未化，正如洪亮吉所评：“不能熔铸唐宋，自成一家。”(《北江诗话》) 尤其是思想内容价值不高。本来，当明崇祯亡国，清兵入浙的年头，他还不满二十岁，曾经亲历过流离痛苦的生活。二十一岁客山阴，与祁彪佳之子理孙、班孙游，跟抗清志士共同参预过郑成功、张煌言进军长江的密谋。事败后，逃祸走温州。到五十岁的时候，他变节了，出应清廷博学鸿词的征试，做了七品的官吏。他晚年手定的《曝书亭诗集》，大量保存的是山水、酬赠、花草、咏古、艳情等作品，完全看不到早年斗争的反映。与祁氏兄弟有关的诗篇，也仅仅是写些文酒宴会的事。反映时代面貌的，只有十八岁所写的《晓入郡城》和十九岁所写的《舟经震泽》二首，前者渲染了乱后嘉兴的荒凉景色，后者凭吊了太湖抗清义军首领吴昜，较有现实意义。《捉人行》《马草行》揭露清兵和官府迫害人民的罪恶，可算是杜、白乐府的嗣响。《玉带生歌》通过咏砚以歌颂文天祥，《鸳鸯湖棹歌》一百首描绘乡土风俗，北游雁门诸作风格比较沉雄，都是集中的上乘。以外，可取的作品就不多了。彝尊本是学者，与黄宗羲有来往，论诗受黄宗羲影响，谓“天下岂有舍学言诗之理”。（《楝亭诗序》）他胸中书卷既多，自然极便于掉书袋，那首著名的《风怀》二百韵，就是用大量典故堆砌而成。《斋中读书》十二首是属于“以文字为诗，以议论为诗”的类型。同时赵执信曾致以“朱贪多”的讥嘲，当然没有触及彝尊诗本质上的问题。近人姚大荣又从全集存诗仅有一千七百余首的数量上去驳诘赵说，也未得要领。在当时窒息的年代里，噤不敢声的诗人们，不少逃遁到彝尊所重建的学古旗帜之下。他的同乡李绳远、李良年，儿子朱昆田，共同奠定了浙诗中秀水诗派一支的始基，到稍后的钱载、王又曾出来而臻于全盛。

不属于秀水一派的萧山毛奇龄，海盐彭孙遹，仁和汤右曾，慈溪姜宸英，学古趋向，大抵折中于唐、宋之间。毛奇龄也是以学者而为诗人，所以论诗也主张“必穷经有年而后能矢歌于一日，故夫风人者，学士之为也”。（《俞石眉诗序》）

彝尊兼取宋诗，主要还是学唐。同时海宁查慎行，始专学宋人苏轼。查氏虽是黄宗羲的弟子，最后却是以诗歌取得了康熙帝的宠睐。宗羲常比其诗于陆游，那是从艺术手法方面着眼的。查诗的特色是白描，浙中性灵派的首领袁枚《仿元遗山论诗》绝句说：“他山书史腹便便，每到吟诗尽弃捐。一味白描神活现，画中谁似李龙眠？”可以看出查诗与后来性灵派之间有消息相通之处。而另一性灵派首领赵翼，所著《瓯北诗话》，楬橥历代诗人十家，谓“初白诗工力之深，香山、放翁后一人而已”。又谓“梅村后欲举一家，列唐、宋诸公之后者，实难其人，惟查初白才气开展，工力纯熟，鄙意欲以继诸贤之后”。袁枚以前的浙江诗人，对全国诗坛所起的影响，查氏是比较大的。

查慎行虽高举宋诗的旗帜，但语言风格，以圆熟取胜，与后来厉鹗一派的幽隽、钱载一派的瘦硬，又不相同。

三、清中叶浙诗的四大流派

雍正、乾隆、嘉庆三朝，是继康熙之后清王朝表面繁荣达到顶峰的时期。诗人们仍然是在民族压迫的淫威下喘息着，作品越来越趋于艺术形式上的争奇斗巧。浙江诗坛毫不例外。这时，已由康熙年代的朱、查两支发展成为四个流派。

第一，是传统上被人所称的“浙派”。这一派以钱塘厉鹗为首领。当时全国诗坛，正是为昌言盛唐的格调派所独霸，而厉氏转而借径于宋人，由陈与义以上溯王、孟，刻琢研炼，幽新隽妙，对那种脑满肠肥的伪唐诗，有洗涤腥膻的作用。《樊榭山房诗集》里最好的诗，是描绘西湖风景的部分，真可说是“莹然而清，窅然而邃”，撷取宋诗的精诣，扫除芜杂的渣滓，给冰雪绝尘的西子写照，几乎是持镜不失毫厘了。但厉氏诗却又有不好的一面，由于他读书爱搜奇骛博，钩新摘异，往往把许多冷僻小典，饾饤到诗篇里。他论诗也主张资书以为诗，谓“故有读书而不能诗，未有能诗而不读书……书，诗材也……诗材富而意以为匠，神以为斤，则大篇短章均擅其胜”。(《绿杉野屋集序》)这种论调正是从黄宗羲、朱彝尊、毛奇龄诸人一脉相承而来。而厉氏在实践上，却走上了羊肠小径。以考据为诗的翁方纲，是引厉氏为同调的，说他“以精细之思，得韵得味，正亦从书卷中酝酿而来”。蒋士铨则相反地讥他是“钝根学神仙”，洪亮吉讥他是“气局本小，又意取尖新，恐不克为诗坛初祖”。也未尝不中他的病痛。那种襞积僻典的锢疾，学他的人变本加厉，真如袁枚《随园诗话》所云：“庾词谜语，了无余味。”这一流派之失，厉氏不得不任作俑之咎。

与厉鹗诗风格相近的，有钱塘金农。金诗佳处是幽夐疏秀，缺点也是喜欢摭拾新僻小典作妆点。与厉鹗齐名的是仁和杭世骏，秀隽处与厉相近，但才情烂漫，局度较宏大，虽属同派，风格还是有殊异的。这时仁和赵氏小山堂富藏书，主人赵昱能诗好客，一时诗人被邀作座上宾，互相酬唱。如符曾、丁敬、奚冈诸家，意境大都相近。厉鹗弟子，有符之恒、汪沆，后辈有翟灏。这就形成了一种流派。杭世骏弟子有吴锡麒，在乾、嘉之际有重名，《有正味斋集》流传之广，远及海外。诗笔清润，洪亮吉谓“如青绿溪山，未趋苍古”。但到底不失为厉、杭诗派的后劲。

第二，是才情富艳、奇气横逸的一派。较先在雍、乾之际有山阴胡天游，较后在嘉庆年代有秀水王昙。天游生有异才，博综群籍，以骈文家而为诗人，作品奇情逸藻，才与学相济而成。古体取径韩、孟，七律导源李商隐，光怪雄伟，洞精骇瞩。《石笥山房集》中名篇不少。《海贾》尤为新颖，开后来黄遵宪《番客篇》的先路。王昙为人权奇倜傥，好游侠，通兵家言，善弓矢，上马如飞，慷慨悲歌，不可一世。《烟霞万古楼诗》，博衍幻诞，极波谲云诡的奇观。与他的姨丈大兴舒位齐名，时称“舒王”。舒位说他“七言古诗，别有天地，侪辈之作，罕遇其敌”。在继承的关系上，他是合卢仝、马异、刘叉、王令为一手的。就浙诗来说，由明初刘基的《二鬼诗》发展到徐渭，又发展到胡天游、王昙，一脉相承。再后的龚自珍，又是继王昙而起的一位大家。他们形成了浙诗中富有浪漫特色的传统。

第三，是继朱彝尊之后而形成的秀水一派，其名称见于金蓉镜的《滮湖遗老集》。在当时的浙江诗坛上具有与厉鹗一派分庭抗礼的地位。自朱氏晚年学黄庭坚，金德瑛进一步专法江西，以生硬为宗，钱载出而局面越加开拓。王又曾、万光泰、诸锦、祝维诰、汪孟鋗、汪仲鈖环绕在钱载的周围。钱载子世锡，王又曾子复，能传父学。朱休度接钱载之传，以授钱仪吉、泰吉兄弟。秀水诗派可说是盛极一时。

钱载的《萚石斋诗集》取径于杜甫、韩愈、黄庭坚，造语拗折盘硬，专于章句上争奇，不像厉鹗那样用僻典炫博。《僮归》十七首，清真刻挚，号称名作。七律《到家作》，张维屏以为是“少陵嫡派，香山、放翁则雁行耳”。可惜他生当文网严密的时代，大部分作品只是在技巧上出奇制胜。不少台阁应制的诗，像清高宗所作一样地拙劣。历来诗论家对他的评价往往失之过高。如洪亮吉评同时诗人，以他冠首，吴应和、郭麐都称他为大家，黄培芳说他“空所依傍”，陈衍谓“有清一代诗宗杜、韩者，嘉、道以前，惟一萚石”等等。即使撇开思想内容不谈，专论艺术技巧，这样的推许也是不很恰当的。

与钱载旗鼓相当的是王又曾，所著《丁辛老屋集》，清末浙江诗人沈曾植以为胜于厉鹗。陈衍以为王诗有老于厉鹗之处，而厉诗佳处较多。大抵又曾诗以凝炼精严取胜，写景诗较工，有时又达到信手拈来自成好语的境地。

钱仪吉兄弟是钱载的从侄，都是著名学者。仪吉的《闽游集》《定庐集》《刻楮集》《旅逸小稿》等，清新涩奥，不落寻常窠臼，是学人而能为诗人之诗的。

第四，是以袁枚为首的性灵一派。这在浙诗中，是苍头突起的异军。他说诗著作有《随园诗话》《续诗品》，对当时高谈温柔敦厚、貌袭唐人的格调派，以书本子为诗的肌理派以及饾饤僻典为诗的厉鹗派，都有所针砭。他不像浙江前辈诗人那样建立唐宋门户，他的《答施兰垞书》说："夫诗无所谓唐、宋也。唐、宋者，一代之国号耳，与诗无与也。诗者，各人之性情耳，与唐、宋无与也。若拘拘焉持唐、宋以相敌，是子之胸中有已亡之国号，而无自得之性情，于诗之本旨已失矣。"他是主张独创而否定因袭的，所以他之所谓性灵就是指诗人的个性和灵感。他以为"诗有人无我，是傀儡也"，"诗是性情，近取诸身足矣"，"笔性灵，则写忠孝节义具有生气"，"用笔构思，全凭天分"。(《随园诗话》)他强调先天的性灵，但也不废后天的学力，所以又说"天籁须自人功来"。(《随园诗话》)《续诗品》里就有《博习》《精思》《振采》《安雅》《勇改》《灭迹》等品大谈学力。既需要博习，也就不反对读书。在《再答李少鹤书》里，论到诗家种种妙境的取得，"全在书卷富足"。但又认为"诗人无才，不能役典籍"(《藏园诗序》)，"少陵有读破万卷之说……盖破其卷而取其神，非囫囵用其糟粕也”。(《随园诗话》) 因此，他讥斥王士禛的诗，说他“诗中必用典，可以想见其喜怒哀乐之不真矣”。(同上) 又讥斥翁方纲一派的诗，认为“人有满腔书卷，无处张皇，当为考据骈文，何必借诗卖弄”。(同上) 他也不反对学古，但学古只是借鉴而不是模拟，以为“平居有古人而学力方深，落笔无古人而精神始出”。(同上) 又对那种片面持论的诗说，有所纠正。沈德潜好谈温柔敦厚，他以为那种说法“有褒衣大袑气象”(《答沈大宗伯论诗书》),“‘温柔敦厚’四字，亦不过诗教之一端，不必篇篇如是。二雅之中之‘上帝板板，下民卒瘅’，‘投畀豺虎，投畀有北’，未尝不裂眦攘臂而呼，何敦厚之有”。(《再答李少鹤书》) 他认为神韵“不过诗中一格”，“诗不必首首如是，亦不可不知此种境界”，片面主张神韵和片面的反对，“皆非知诗者”。(《随园诗话》) 这种打破传统束缚而又比较全面地立论的诗说，对清中叶暮气沉沉的诗坛具有振聋发聩的作用。所以其论一出，全国风靡。舒位撰《乾嘉诗坛点将录》，奉他为都头领。《小仓山房诗集》不仅为国内所重视，并流传到琉球等国。就诗论诗，袁枚的创作，其价值远在其理论之下。首先是他所谓以性灵为诗，实际只是凭借“灵犀一点是吾师”的聪明，闲扯一些无聊的生活琐事，歌咏一些风花雪月，思想性很差。虽然如《鸡》诗云:“养鸡纵鸡食，鸡肥乃烹之。主人计自佳，不可使鸡知。”是极为大胆揭破剥削者用心的奇作。又如《马嵬》云:“莫唱当年长恨歌，人间亦自有银河。石壕村里夫妻别，泪比长生殿上多。”表现了对人民苦难的同情。但这类佳构为数不多。其次是艺术风格，虽有通俗明朗的优点，但不免浮滑之病，洪亮吉就评它为“如通天神狐，醉即露尾”。(《北江诗话》)即使是诗论，由于时代的不同，今天看来，崭新之见也已不多。而且《随园诗话》，标榜声气，所收浮滥，不加别择，过去早就引起人们的不满，而如章学诚、潘德舆诸家，以封建正统观点进行抨击，却并没有击中它的要害。

袁枚流派，如赵翼、张问陶、舒位、孙原湘诸人，都不是浙江人，不在本文论述范围以内。弟子如王昙则自树一帜，属于另一派。杭州诗人，为袁枚一派的，有钱琦、张云璈、梁同书诸人，成就都不高。

于上述四派外，浙东山阴也颇有一些作家。如商盘则较早于袁枚，陶元藻与袁枚同时，《随园诗话》都曾称述到，风格也和袁枚相接近。商盘之甥吴璜从舅学诗，同一宗风。惟邵帆曾以诗质疑于袁枚，持论不合。

袁枚论诗，对当时学古宗派有摧陷廓清之功。而后辈仁和宋大樽独重张学古旗帜，诗集即以《学古》标名，学古歌谣作杂言一卷，学汉魏、六朝作五言古诗一卷，学李白作七言古诗一卷，学王、孟、李三家作五言今体诗一卷。集后附《茗香诗论》一卷，主张诗格代降之说。潘德舆却以为其诗在六十年中最为雅音，张维屏以为其五古极有真气。陈衍以为其诗佳者至多，实有神与古会者。龚自珍《题学古集》也说：“杭州几席乡前辈，灵鬼灵山独此声。”可以说是学古而能自具真性情的。

四、鸦片战争前夜和战争时期的浙诗

鸦片战争是旧中国由封建社会开始逐步走向半封建半殖民地

社会的转折点。这一战争，在浙江地区留下了动人心魄的史迹。在战争前夜的道光年代，正如龚自珍所说，是一个“万马齐喑”的中国。战争的风暴初步唤醒了一些酣睡中的人们。这一时期的浙江诗人，有的还是在做乾、嘉“盛世”的美梦，作风月繁华的歌唱，为前一时期的浙诗作后殿，这是钱塘的陈文述；有的则是在这漫漫的长夜作光亮的启明星，在诗国里轰响风雷，鼓动九州的生气，这是仁和的龚自珍；有的亲身经受了这一战争的洗礼，从风雨如磐的黑夜里惊觉，正视了人民的苦难、民族的危机，写出了“感于哀乐，缘事而发”的诗史，这是镇海的姚燮。正是龚、姚二家使衰朽的浙江诗坛重新获得了生命。

陈文述诗以才华富丽著称，所著有《碧城仙馆诗钞》《颐道堂集》《秣陵集》《西泠怀古集》等，外集所编，仅香奁一体，就有二十卷之多。七言歌行，以流转华美学吴伟业，跟浙江诗人面貌绝不相同。王昙称他“集百八十年诗人之大成”，谓“自有诗集”，《碧城》一集，“如秋霄月华，玉轮五色，如春林花燕，绣幔十重；又如天女炫妆，仙娥顾影，吐咳珠玉，随风飞落人间”。这是很不适当的评价。碧城仙馆诗主要以涂泽为工。

龚自珍是旧民主主义革命前夜的启蒙思想家。他自说是“一事平生无齮龁，但开风气不为师”。(《己亥杂诗》)的确，他生活在充满黑暗与丑恶的道光年代，众醉独醒地想打破那窒息的樊笼，要求解放思想，要求改革政治，要求均贫富，要求废八股，在封建主义的土壤上冒出了一些有利于资本主义苗长的幼苗。尽管他没有也不可能与封建主义决裂，但仍然执持着对进步理想的追求。他那支横扫一世像彗星一样地光芒四射的诗笔，也正是作为他宣传进步思想的武器的。《定庵诗集》通过各种不同的题材，揭露了垂死的清封建统治的阴暗。著名的奇作《汉朝儒生行》，就是隐文谲谕，指斥清政府的。在《已亥杂诗》里，他对那种“国赋三升民一斗，屠牛那不胜栽禾”，“只筹一缆十夫多，细算千艘渡此河”的残酷剥削现实，作了沉痛的反映，并自疚地写出了“不论盐铁不筹河，独倚东南涕泪多”，“我亦曾糜太仓粟，夜闻邪许泪滂沱”那样激情的诗句。《咏史》一首讽刺了一群“牢盆狎客操全算，团扇才人踞上游。避席畏闻文字狱，著书都为稻粱谋”的统治集团的奴才。为此，他大声地呼喊：“我劝天公重抖擞，不拘一格降人材。”那种“落红不是无情物，化作春泥更护花”的精神，有力地感染和鼓舞了晚清资产阶级改良派和革命派的人们。正因为这样，他的诗也就赢得了晚清进步诗人的馨香膜拜，从《定庵集》里吸取有益的营养，并形成为那一个时代的诗风。当然，由于封建主义思想的限制，他的全部作品里也还大量存在无聊的艳情诗、个人失意的低沉情调，甚至他还写下了对封建朝廷不忍割弃的诗句，如“亦曾橐笔侍銮坡，午夜天风响佩珂。欲浣春衣仍护惜，乾清门外露痕多”一类作品。当然，这些消极因素，在他的全部创作里，不是主要的一面。

就龚诗的艺术成就来说，奇肆的境界，瑰玮的形象，正如天马策云，不同凡骥，又如天魔献舞，花雨弥空，充沛着浪漫精神。特别是大型组诗的七绝，富丽深峻，才气横溢，有力地为他的深沉新奇的思想内容服务。它不仅突破了浙派诗人的老框子，并且开拓了前代诗人未有之境。用他自己的诗句来形容，“猛忆儿时心力异，一灯红接混茫前”，是思力的精锐；“叱起海红帘底月，四厢花影怒于潮”，是才藻的纷披。墨守陈规的学古派对龚诗是没有好评的。晚清浙江诗人李慈铭说“其诗以霸才行之，而不能成家”，谭献说他“佚宕旷邈，而豪不就律，终非当家”。

姚燮是道光年代文艺界的多面手，是诗人、词人、骈文家、戏曲研究家、画家，主要的成就是诗。他处在戏曲还被排除在正统文学之外的时代，独能编成《复道人今乐考证》一书，可以说明他的文学观点不同于一般封建文人。除了经传子史以外，他还究心小说，博览佛、道二藏，从其中吸取奇幻瑰丽的东西，以丰富他那种富有浪漫色彩的艺术才华。他自说一生写了一万二千多首诗，在已经刊行的《复庄诗问》三十四卷里，还保存了三千多首。在他自己其他著作中，《续蛟川诗系》等总集中，以及《象山县志》等书中，还有他集外的佚诗很多。他的诗才力恣肆，神采瑰异，是它的艺术特点。在继承传统上，远取于汉乐府、李白、杜甫、韩愈、李贺，近则自称早年曾学袁枚，旋即舍去，取径于广东黎简。黎简论诗，最倾倒钱载，所以姚燮多少间接受到清中叶秀水一派的影响，在章句上出奇制胜这一方面有共同之处。同时的著名诗人对他作了极高的评价。程恩泽说：“处境愁郁，故旨合风骚；拓胸阔大，故辞无庸浅。李、杜再世，定当把臂入林。”潘德舆说：“有鞭风叱霆之气，用遏抑掩蔽之法，遂能刻画崖窾，虚空粉碎，生峭幽异，迥绝辈流。”陈文述说：“其博大昌明，如摩诘之王；其出神入化，如少陵之圣；其枯寂空灵，如阆仙之佛；其飘忽绵邈，如太白之仙；其幽艳崛奇，如昌谷之鬼。君才诚不可斗石量也，后有论者，当目为诗中之神。”赞扬虽然不免过分，说他风格上的兼有众美，还是切当的。《诗问》里突出的作品，一是刻画浙江山水的记游诗，如四明、普陀等诗数十篇，秀警镵刻，在清代只有高心夔的匡庐诗、刘光第的峨眉诗可以鼎足而三。一是反映现实的乐府诗，如《谁家七岁儿》《卖菜妇》《战城南》《巡江卒》《迎大官》《量船汹如虎》等篇，揭露阶级矛盾与人民灾难，十分深刻，诗笔兼具古乐府、张王小乐府、元白新乐府的长处。其中，惊人的奇作要算《双鸩篇》了，长一千七百九十五字，以七言为基调，吸取了当时民间文艺鼓词和子弟书等的特点，加以藻丽的词采，用激昂与缠绵相交织的情调，歌颂了封建社会里青年男女追求婚姻自由宁死不屈的反抗精神，题材新颖，不落《孔雀东南飞》及梁祝故事的窠臼。一是通过旅途生活的描述反映社会面貌的组诗，如《南辕杂诗》一百八首，也是前代诗人所未曾有的。一是描写乡土风光的七绝组诗，如《西滬棹歌》一百二十首，可与朱彝尊《鸳鸯湖棹歌》争胜。一是歌咏民间艺术如音乐、舞蹈的长篇，颇多出色的佳构。但在全集中最杰出的，则无过于有关鸦片战争的作品了。道光二十年、二十一年，英国侵略者掀起战争，浙江继广东、福建之后，遭受到敌人的炮火，宁波、定海先后沦陷。姚氏家在贼中，亲身经历战祸，眼看到侵略者的罪行，写下了大量有诗史价值的作品。这些作品，有的是写一家的险恶遭遇，其中也反映了当时的战争形势和人民苦难，如《速速去去五解》《惊风行》《独行过夹田桥，遇郡中逃兵自横山来》《闻皋儿在城中阻夷军不得出，同弟向长春门冒刃入城，至寓馆觅得之，薄暮始乘间出城》等篇；有的是用杜甫“三吏”“三别”的形式直接写动乱中的事情，如《北村妇》《山阴兵》《太守门》《捉夫谣》《兵巡街》等；

有的是歌颂抗英殉国的将帅，如咏定海三总兵的五古；有的是歌颂不肯屈辱于敌手的爱国妇女，如《暗屋啼怪鸥行》等。他采用了多样化的表现手法，有的长言短语，参差错落，宛如生动的口语；有的造句遣词，奇诡生涩，能曲折描绘入险出险的危境。这些通过好的艺术形式去反映现实的作品，足以激发读者对投降逃跑者的憎恨，对外国侵略者的愤怒。

同时浙江诗人，反映鸦片战争的作品，如海盐黄燮清的《倚晴楼诗集》，有《闻浙抚督师海上》《吊关中卒》《寇退后张叔未丈招集八砖精舍，即席赋赠》《甬江行》等篇；鄞县徐时栋的《烟屿楼诗集》，有《八月湖水平》《临高台》《鬼头谣》《乞儿曲》《大将》《诸将》等篇，都很沉痛。嘉善黄安涛的《莺粟瘴》乐府揭示鸦片输入的祸害，比较警切。

五、晚清浙江诗坛的学古流派

太平天国革命的失败，清朝政府继续延长了四十八年的寿命。随着政治上的反动逆流，在曾国藩的鼓荡下，诗坛上也出现了学古派的回光返照。以宋诗派为中心，汉魏六朝派、盛唐派、西昆体，都很活跃。影响到浙江诗坛，已经成为萤火末光的秀水派等，也重新扬起了余焰。

山阴诗人以李慈铭为首。李氏以学人为诗，所著有《白华绛跗阁诗集》《杏花香雪斋诗集》。明“七子”诗在清中叶以后早被人们束置高阁，他却要来翻案，在《越缦堂日记》里，推崇“七子”的话很多。这一点，在浙江诗人里，与清初的朱彝尊、同时的谭献很相似。他自己高自位置，以为能八面受敌为大家，谓以诗而论，世无仲尼，不当在弟子之列。自述平生得力所在，举出自汉代枚乘以下各体的作家五十余人，其中五古、七律、七绝三体，都举到厉鹗。集子里一些幽秀鲜妍的作品，可以说是厉鹗、吴锡麒一派的继承。反映时代现实的，佳构只有《庚午书事》五律二首，斥责曾国藩办理天津教案的卖国罪行。其余，就是早年仇视太平天国革命的几篇，以及流连山水风月与金石考证之作了。慈铭同里的诗人，如周星誉、周星诒、孙廷璋、陈寿祺、王星诚、沈宝森、马赓良、曹寿铭、王诒寿诸家，风格大都相同。

杭州诗坛以谭献为盟主。他是清末著名的词人，学术上力张章学诚的旗帜，而又推崇章氏所诋斥的汪中。其实谭氏学术不足以名一家，诗词不免是赝体。他论词楬橥南唐北宋，高谈比兴寄托，所作如《蝶恋花》，居然逼肖冯延巳，分明是词派中的明“七子”。论诗力主汉魏唐音，他给明“七子”翻案，比李慈铭还要彻底。在《明诗录序》里说：“吾观北地李梦阳，质有其文，始终条理，匪必智过其师，亦足当少陵之史矣。先、后‘七子’，希风建安，接武旁流，差无懦响。”《复堂日记》里颂扬李攀龙、王世贞的话不少。他自己的诗作就是从“七子”入手，只是参取了一些王士禛的神韵，不像“七子”那样呆滞而已。章炳麟早年曾受业于谭献，诗文方面的复古主张，受到他的影响。

李、谭二家以外的晚清浙江诗人，有会稽施山、归安杨岘、乌程施补华、江山刘履芬、安吉吴俊卿，较有成就，与谭献都通声气。德清俞樾独为袁枚一派。

晚清声气最广的诗派是同光体，形式方面，学宋人瘦硬艰涩一路。在浙江的旗帜，是袁昶和沈曾植。同光体以前，宋诗派由祁寯藻、程恩泽诸人的倡导而展开，瑞安孙衣言是祁寯藻的弟子，《逊学斋集》七古学黄庭坚，开导了袁、沈的先路。

袁昶，桐庐人，为清末洋务派官僚，以反对义和团运动被杀。所著有《渐西村人集》《安般簃集》《于湖小集》《袁忠节公遗诗》等。其诗用事遣词力求隐僻。学江西派，却又参取玄言诗和谢灵运山水诗的古淡，寄寓一种官僚而貌为退隐的萧寥闲旷心情。就浙诗来说，是厉鹗诗派的又一转手。沈曾植、陈衍对袁诗极为推许。

沈曾植在晚清宋诗派中的地位高出于袁昶。沈氏为嘉兴人，有《海日楼诗集》。同光体的两大首领，陈三立是江西派的代表，沈氏是浙诗的代表。陈氏专学宋人，而沈氏则也像袁昶一样，并不墨守宋人，于元嘉时代的颜、谢二家用力极深。论诗楬橥元祐、元和、元嘉“三关”之说，谓“通过第三关，自有解脱月在”。(《与金蓉镜论诗书》) 这是他与陈氏同中有异的地方。在浙江诗派的继承关系方面，他是力尊朱彝尊与钱载的，所以他的诗实际是秀水一派的发展。他是晚清杰出的学者，小学、辽金元三史、西北地理以及佛典、道籍，无一不深入探讨。僻典奇字经常出现在诗行里，很不容易读通它。他早期在政治上还是属于变法维新的一派，但后来转趋于保守，清亡后以遗老自居。辛亥以前所作诗，有一部分是艺术性较高的，如《题王元照画山水诗，丁叔衡所藏伟迹也》《题王石谷仿江贯道山水直幅》《题唐子畏雪景》《夜不能寐，未明即起，寓目偶书》《日入》《雨夜》《寒雨闷甚，杂书遣怀，襞积成篇，为石遗居士一笑》《病僧行》《西湖杂诗》等，都能自辟门庭。辛亥后所作，除《杂诗》八首、《病山示我矞医篇，喜其怪伟，属和一章》《审言今年六十》等名篇奇伟不同寻常蹊径外，其余大部分诗篇的内容表现了对满清封建王朝的怀恋。这是《海日楼诗集》后期作品主要的缺陷。

沈曾植的弟子嘉兴金蓉镜有《滮湖遗老集》，从内容到形式都学海日楼。曾植同时的秀水诗人与曾植风格殊异，仍局促在钱载、王又曾范围以内的，有吴仰贤、张鸣珂、沈景修诸家。而金兆蕃的《安乐乡人诗》成就较高，《宫井篇》一长古，以梅村体记珍妃事，反映晚清政局，也掺杂了复辟思想。

清末民初，浙江诗人学宋诗而于袁、沈外别树一帜的，有浙东俞明震与诸宗元。二人诗都取径于陈与义，以清深简远擅胜。俞氏著《觚庵集》，清末在甘肃时所作以及晚年退居杭州西湖时所作，一则沉雄奇警，评论家谓得杜味；一则清神独往，写湖上景色，为厉鹗所不能及。诸宗元著《大至阁诗》，风格隽逸，用笔曲折，为陈衍所叹赏。此外则慈溪冯幵的《回风堂诗》，也是效法宋人，能剥落词华，于简淡中得深味。会稽马浮的《蠲戏斋诗》，时有宋味，玄言梵典，交错行间，颇似沈曾植，但沈奇伟而马淡雅，则是不同之处。

当浙中以同光体诗人为中心的宋派诗极盛的时候，第一个大张旗鼓加以反对的为章炳麟。今人多以反对宋派诗者限于吴中以柳弃疾为首的部分南社作者，尚不够全面。章氏在《国故论衡·辨诗》中说："宋世诗势已尽，故其吟咏情性，多在燕乐。今词又失其声律，而诗龙奇愈甚。考征之士，睹一器，说一事，则纪之五言，陈数首尾，比于马医歌括。及曾国藩自以为功，诵法江西诸家，矜其奇诡，天下鹜逐，古诗多诘诎不可诵，近体乃与杯珓谶辞相等。江湖之士艳而称之，以为至美。盖自商颂以来，歌诗失纪，未有如今日者也。”自注云：“《诗品》云：‘经国文符，应资博古，撰德驳奏，宜穷往烈。至乎吟咏情性，亦何贵于用事。颜延之喜用古事，弥见拘束，于时化之，故大明、泰始中，文章殆同书钞。尔来作者，浸以成俗，遂句无虚语，语无虚字，拘挛补衲，蠹文已甚。’又云：‘任昉博物，动辄用事，所以诗不得奇。’寻此诸论，实诗人之药石。但颜、任诸公足诒书钞之诮，方今作者岂直书钞而已？比之歌括杯珓，夫岂失伦？”章氏此论，并没有击中晚清宋诗派弊病的要害。首先，以考证为诗，除黔中莫友芝《郘亭诗钞》中较突出外，江西派、闽派以至浙诗中很少这类作品，沈曾植偶有一两首。倒是并非宋诗派的李慈铭，还有好多首考订古物等的诗。其次，诗语诘诎不可通，除沈曾植外，并不如此，而沈诗也并非“多诘诎”的。至于用事问题，也是除沈曾植、金蓉镜外，一般重在锤炼字句，用典的并不多。浙中宋派诗的主要弊病，在于思想性不高，有时甚至是反动的，而章氏所论，恰恰偏重在形式方面。因此，尽管章氏以一代朴学大师的身份出来反对宋派诗，却收不到什么效果。

六、诗界革命在浙江

十九世纪九十年代，随着我国的资产阶级改良主义政治运动的高涨，资产阶级的思想家为了扩大文化战线上的阵地，展开了“诗界革命运动”，提出了要做“诗界之哥伦布、玛赛朗”的口号，反对学古派的“鹦鹉名士”，“锐意欲造新诗国”。“诗界革命运动”产生了新派诗，这是古典诗歌史上一个新的发展。这一运动的主要诗人黄遵宪、康有为、丘逢甲、梁启超，都是广东人。而首先提倡新派诗的，是浙江仁和的夏曾佑。梁启超《饮冰室诗话》记载着："当时所谓新诗者，颇喜挦撦新名词以自表异。丙申、丁酉（1896—1897）间，吾党数子皆好作此体。提倡之者为夏穗卿（曾佑字），而复生（谭嗣同）亦綦嗜之。"曾佑的新派诗，有的不免使用一些新名词和外国宗教故实，如《绝句》："冰期世界太清凉，洪水茫茫下土方。巴列塔前分种教，人天从此感参商。"梁启超《饮冰室诗话》谓"冰期、洪水，用地质学家言。巴列塔云云，用《旧约》述闪、含、雅弗分辟三洲事也"。又夏赠梁氏诗"有人雄起琉璃海，兽魄蛙魂龙所徒"句，梁谓"盖其时共读约翰《默示录》"。陈诗《尊瓠室诗话》称赏夏的《出都留别天津诸故人》五古，谓"此诗纡徐不迫，是深于情者，读之如闻穗翁当日之谈玄理，夙喜郭频伽（麐）诗，性固相近也"。说明夏诗也有不属于诗界革命一派风格的。夏曾佑外，诸暨有蒋智由，梁启超尝推黄遵宪、夏曾佑和蒋为"近世诗界三杰"，作《广诗中八贤歌》，首推智由，谓："诗界革命谁欤豪，因明巨子天所骄。"蒋的《时运》一首，确如《饮冰室诗话》所言，"其理想魄力，无一不肖穗卿"。然大部分作品不免粗率。他颇如康有为，后来坚持君主立宪立场。清亡后以遗老自居，诗有"西山薇蕨"之语。自编诗稿，把早期的新派诗全部删掉，因而得到遗老诗人陈曾寿的赞扬，给他的遗集题诗（见《苍虬阁诗》卷六）。从浙江的诗界革命情况看，离不开总的诗界革命趋势，也正如政治上的变法改良运动一样，昙花一现，很快成为历史的陈迹。

结束语

三百年来浙江诗歌的发展过程，大致如此。穷则变，变则通。诗界革命不足以负变通之任，在光绪三十四年（1908），绍兴周树人发表《摩罗诗力说》，借德人尼采之言，大声疾呼："求古源尽者将求方来之泉，将求新源。嗟我昆弟，新生之作，新泉之涌于渊深，其非远矣。"周氏提倡立意在反抗的、积极浪漫主义的"摩罗诗派"，"发为雄声，以起其国人之新生，而大其国于天下"。周氏的诗论，在以后究竟发生了什么影响，这已属于更广阔的范围，不是本文论述所及了。

（原载《文学遗产》1984年第2期）

近代诗坛鸟瞰

近代诗歌，产生在中国社会急剧变化、民族灾难空前深重的时期。它带着这一历史时期所特有的时代特征，在中国古典诗歌的发展史上，留下了极其光辉的篇章。

从1840年鸦片战争开始的中国近代七十多年，是中国漫长的封建社会逐步沦为半封建、半殖民地社会的时期。鸦片战争前夜，清王朝已经日益腐朽、没落；鸦片战争后，西方殖民主义的野蛮入侵，更把中华民族推入了灾难的深渊。外国侵略者的疯狂掠夺和蹂躏中国人民的暴行，清王朝奉行的卖国投降政策和对内压迫的加深，激起了中国人民的愤怒和反抗，激发了无数的爱国志士救亡图强的心愿。七十余年中，从“平英团”到“太平天国”，从中日甲午之战后台湾人民奋起保卫国土的斗争到波澜壮阔的义和团运动，从戊戌维新变法到埋葬清王朝的辛亥革命，斗争浪潮此起彼伏，一浪高过一浪。“夫诗者……盈于情，奋于气，而击发于境风识浪奔昏交凑之时世。”（钱谦益《爱琴馆评选诗慰序》）正是顺应着这动荡剧变的时代，产生了从内容到形式都有了新的变化的近代诗歌。近代诗歌，以它鲜明的时代色彩、突出的爱国主义精神和艺术形式的刻意创新、风格流派的争奇斗妍，在中国诗歌史上划出了一个全新的发展时期。

下面，试将近代诗歌的发展演变勾勒一个大致的轮廓。

在近代诗歌发展史上，开创了一代诗风的杰出诗人，是力主诗歌革新的龚自珍、魏源等人。龚自珍不仅是一位著名的启蒙思想家，同时也是启一世之蒙的诗人。他去世于鸦片战争爆发的次年。正如他自己所说："一事平生无齮龁，但开风气不为师。"(《己亥杂诗》) 无论是他作品的思想内容到艺术形式，还是对整个近代诗坛的影响，称他是首开一代风气之先，是当之无愧的。那时的诗坛，不少人还在做着"乾嘉盛世"的美梦，作着繁华风月、粉饰太平的吟唱，有的人则慑于清王朝的专制统治，"避席畏闻文字狱，著书都为稻粱谋"(龚自珍《咏史》)。经过清初诗人的大力振兴，已被荡涤了的元明时代的衰颓诗风，又弥漫着整个诗坛。正是龚自珍，如漫漫长夜里的一声惊雷，在"万马齐喑"中，发出了一声振聋发聩的呼喊。他的诗歌革新和政治上的革新主张是紧密联系的。他自觉地以诗歌为武器，以他那历史批判家的锐利的眼光和那支横扫一世像彗星一样光芒四射的诗笔，深刻地剖析了他所生活着的那个社会。他更以历史预言家的目光，清醒地揭示了清王朝已历史地进入了它的末世，并大声疾呼变更"风雷"的到来，表现了对"不拘一格降人才"的憧憬和"落花不是无情物，化作春泥更护花"的为社会变革不屈不挠、至死不渝的献身精神。在艺术上，龚自珍的诗境界奇肆，形象瑰玮，想象丰富，才藻纷披，充满着浪漫主义的色彩。它有力地扫荡了清中叶以来诗坛上衰颓不振的诗风，也有力地感染和鼓舞了近代资产阶级改良派和革命派的诗人们。他们从龚诗中吸取有益的营养，并形成了那一时代的诗风。与龚自珍同时而去世较晚的，还有魏源、张际亮、林则徐等，他们在开创近代诗风中也作出了卓越的贡献。魏源和龚自珍在政治上同是力主变革的进步思想家，又是诗坛上的挚友，论诗也和龚自珍的强调感人作用一致。但他一生“喜经世之略”，十分注重研究中国的实际问题，又不像龚自珍过早地离开人世，而是亲历了鸦片战争，并亲自参加抗击侵略者的斗争，因而他的诗与龚自珍狂飙卷地的风格迥异。他更多地注重实际，以诗写史，写作了不少反映鸦片战争史实的作品。他一生喜游名山大川，写作了大量的山水诗，不仅真实地记录了他的游踪，描绘了祖国山河的壮丽景色，表达了他对祖国的深沉的爱，而且也寄托了自己的哲学思想、政治抱负，体现了他的求实精神，为中国的山水诗开拓了新的境界。福建诗人张际亮不满于乾、嘉以来诗坛上复古模拟的诗风，主张作诗要“原本风骚，歌泣鬼神，宣泄万类之情，震荡一世之气”，“经以才气，纬以华藻，不废风格，而不为摹仿”。(《郑云麓诗序》)可以看到，这是和龚自珍的主张相接近的。由于他一生穷困潦倒，壮志难申，郁结于中，因此，他的作品大多反映他在浪迹江湖期间目睹的封建社会的黑暗和腐朽，百姓的灾难和心声，抒写郁勃不平的怀抱，表达变革现状的思想。鸦片战争中，他随浙江人民从战争前线流亡到后方，一路所见，满目疮痍。他写下了不少反映这场战争的作品，表现了他鲜明的爱国感情。在艺术上，他的诗风格沉雄悲壮，朴实自然，但成就不及龚、魏。林则徐是近代著名政治家，不以诗名。早期诗作大多是官场应酬或咏画祝寿之类的内容。但在鸦片战争时期，尤其是因禁烟获罪而遣戍伊犁以后，他写作了不少反对外国侵略、系念国家安危、抒发对投降派的愤懑的作品，慷慨悲壮，情真意切，洋溢着浓郁的爱国主义精神。这些作品，对诗风的转变具有较大的影响。

鸦片战争的风暴，使诗坛发生了强烈的震荡。不少诗人亲身经历了战争的洗礼，从风雨如磐的黑夜中惊醒，正视了国家的危机，民族的灾难。他们跳出了个人生活的狭隘天地，改变了以往吟风弄月、应对酬唱的无聊诗风，写出了深刻反映这一时期历史现实的一代史诗，从而在中国古典诗歌的发展史上揭开了新的一页。外国的侵略，中国人民抗击侵略者的斗争，成为这一时期的重要主题。这时成就卓著的诗人，除上述诗人以外，主要有姚燮、鲁一同、朱琦、贝青乔四家。姚燮是谭献所称的“浙东一巨匠”，他不仅精通诗词，还擅长骈文、书画，除了经传、子、史以外，还潜心小说、戏曲的研究，博览佛、道二藏，从其中吸取奇幻瑰丽的东西，以丰富他那种富有浪漫色彩的艺术作品。鸦片战争中，他的家乡被英军侵占，他亲历战祸，目睹了英军的暴行，因而写下了大量史诗式的作品。此外，他的作品内容还突出地表现在两个方面。一是刻画浙江山水的记游诗，如普陀、四明等都是数十首为一组的大型组诗，秀警镵刻；二是反映现实的乐府诗，揭露阶级矛盾和人民灾难，十分深刻，诗笔兼具古乐府、张王小乐府、元白新乐府之长。其他如通过旅途生活的描述反映社会面貌的组诗，描写乡土风情的七绝，歌咏民间艺术如音乐、舞蹈等的长篇，也颇多佳构。其中突出的名篇是《双鸩篇》。广西诗人朱琦是当时朝廷颇有影响的爱国官员。他的《怡志堂诗稿》，其中不少诗，反映浙东战事，或一诗一事，或一诗一人，吸取了中国纪传文学记事写人的表现手法，情节安排逶迤曲折，刻画人物形象栩栩如生，凝聚了诗人深厚的感情，饱和着风雷激荡的气势，堪称抗英英雄谱。他的诗取径韩愈而又不拘常规，富于变化，风格雄浑奇峻，“如百金骏马，蓦波注涧，绝不蹉跌”（梅曾亮语）。江苏诗人鲁一同是清中叶著名诗人及诗论家潘德舆的同乡后辈，关系在师友之间。鸦片战争中，他以史入诗，写作了不少堪称史诗的巨制，鞭挞投降派琦善诸人的误国、余步云等辈的不战而逃，歌颂关天培的英勇抗敌，壮烈殉国，痛惜林则徐的遣戍伊犁，魄力沉雄，苍凉盘郁，大笔淋漓。连目空一代的李慈铭也不能不称这些诗“气象雄阔”，“浩荡之势，独来独往”，“传之将来，足当诗史”。（《越缦堂日记》）他还写作了一些反映黑暗社会的作品，如《荒年谣》等。贝青乔是同时写有关鸦片战争题材的诗歌数量最多的诗人。鸦片战争中宁波三镇失陷后，他以一介书生，投笔从戎，随奕经东征。在现实斗争中，他目睹了奕经军中的种种腐败和丑恶，也看到了低级官吏和士兵的英勇无畏。激昂的爱国正气，使他写出了像《咄咄吟》这样一百一十余首七绝组成的叙事组诗。他甚至冒着危险而义无反顾，“倘教诗狱乌台起，臣轼何妨窜海南”！这种写法，在近代诗歌中独树一帜，在诗歌史上，也是罕见的。晚年流浪云贵，他又写下了不少模山范水之作，刻画奇险，独辟蚕丛。这四家虽然都同写鸦片战争，但由于他们分属不同的流派，风格各异，因而在诗歌的表现上又呈现了不同的风貌。此外，这一时期还有张维屏、金和等也写了不少鸦片战争题材的作品。张维屏原是受旧诗风影响很深的诗人，但在鸦片战争中，目睹了英军的暴行和广东三元里人民的抗英斗争，诗风也发生了变化。“风人慷慨赋同仇”（《三元里》），促使他写出了像《三元里》这样中国诗史上第一次正面歌颂中国人民奋起反抗外国侵略的正义斗争的光辉诗篇。金和在英军包围南京期间，被围城中，亲身感受了清王朝吏制的腐败和外国侵略军的横暴，写了《围城纪事六咏》，反映南京被围的史实。受到他的外曾祖父吴敬梓《儒林外史》讽刺手法的启示，诗作讽刺尖刻，格调别致。小说对诗歌创作的影响在他诗中得到了体现。太平天国时，他写了叙事长诗《兰陵女儿行》《烈女行纪黄婉黎事》，歌颂了敢于跟强暴势力斗争的英勇女子，客观上暴露了清王朝反动军队危害人民的罪恶，词锋犀利，叙事曲折洞达，人物形象鲜明。但他在太平天国占领南京后，身处城中，约清军攻城，里应外合，企图破坏革命，对农民起义抱着极端仇视的态度。大量的诗作，咒骂农民军，歌颂刽子手，实是用毒草织成的魅人的花环。

这一时期的诗坛上，还出现崇尚宋诗的风尚，主要诗人有郑珍、何绍基、莫友芝、江湜等。他们大多不满于清中叶诗坛上出现的貌袭唐人、摹古无创新的衰颓诗风，志在惩前人之失，追求诗歌新途径的开辟。郑、何、莫三人，都出自程恩泽的门下。程恩泽是著名汉学家，提出“凡欲通义理，必自训诂始”的主张，并贯彻到诗歌方面，成为近代合学人之诗、诗人之诗为一的先驱。诗学韩愈、黄庭坚，走的是清中叶浙人钱载拗折瘦硬的路子。郑、何、莫等人，受他的影响很深，而且都能青胜于蓝。三人中，尤以郑珍的成就最高。郑珍是著名的经学家，是近代同光体所称“学人之言与诗人之言合”（陈衍《近代诗钞》）的旗帜。艺术风格突出地表现为奇奥和平易两种。奇奥的一种，陈衍曾称近代诗“语必惊人，字忌习见，郑子尹（珍）之《巢经巢诗钞》为其弁冕”。但这类作品数量不多，占绝大比重的是平易的一种。何绍基诗出入苏、黄，被后人称为“晚清诗人学苏最工者”。（金天羽《艺林九友歌序》）他的作品大量是模山范水、金石考订的内容，有少数表现爱国思想的佳构，但官场应酬、祝寿宴饮的作品也不少。近体未能脱尽乾、嘉习气，总的成就在郑珍之下。江苏诗人江湜一生身世坎壈，所写作品，以个人遭遇为多，在一定程度上反映了那一时代下层知识分子的痛苦境况。他的大量的山水诗，一扫弥漫于当时江苏诗坛的绮丽之风，清新刚健，意致新隽。他是清代的孟郊、杨万里，而又不为孟、杨所限，以白描瘦折见胜，语言朴素通俗，形成了自己独有的风格，“创坛坫于江海之上，独吟无和”（金天羽《答苏戡先生书》）。总的看来，宋诗派的人在艺术上都各有自己的追求，其中的名家都能形成自己的风格，但由于他们的作品大多脱离当时重大的斗争现实，而且都是在学古的领域里翻新，因此他们的成就就有了局限。

从上面粗略的介绍中，我们可以看到，在从鸦片战争前后到太平天国以后的这一历史时期内，近代诗歌就以它鲜明的时代特色和创新精神开创了一代诗风。浓郁的爱国感情，是这一时期进步诗歌的主旋律。这种爱国主义精神，与在此以前表现国内民族矛盾和渗透着忠君报国等封建观念的有着显著的不同，从而在中国诗歌史上写下了新篇章。在诗歌艺术形式、表现手法和语言运用等方面，适应内容的需要，也有新的创造，表现了不同程度的创新精神。它对乾、嘉以来的诗风是一个重大的突破，开导了近代诗歌发展的先河。但由于这一时期的诗人大多是封建知识分子，在对待农民起义问题上，几乎无一例外地反映了他们封建阶级的立场，因而对太平天国这样波澜壮阔的农民起义，几乎没有留下艺术性强的史诗式的作品。这不能不说是近代早期诗歌中的一大缺憾。

太平天国失败以后，清王朝出现了苟延残喘的局面。19世纪90年代，日本帝国主义发动了侵略中国的中日甲午战争，世界上崛起的帝国主义列强，几乎无一不把它们的魔爪伸向了中国，进一步加剧了我国国内的矛盾，清王朝已处在覆灭的前夜。同时，中国的民族资本主义在帝国主义和封建主义压迫的缝隙中得到了发展、壮大，中国的资产阶级作为一个独立的势力登上了政治舞台。西方的各种新思想、新知识随着中国闭关锁国的大门被打开而涌了进来，不少爱国的有识之士开始睁眼看世界，向西方寻找真理，探求拯救中华的出路。就在这民族危亡的关头，资产阶级改良派的人们兴起了旨在救亡图强的资产阶级改良主义的政治运动。资产阶级思想家为了扩大文化战线上的阵地，展开了“诗界革命运动”，产生了“新派诗”，使诗歌从内容到形式又有了新的变化，而与前期划出了两个不同的时期。这一运动的主要诗人据梁启超《饮冰室诗话》所列有黄遵宪、丘逢甲、康有为、梁启超、夏曾佑、蒋智由、谭嗣同等人，不在梁启超所标队伍中的还有文廷式、许承尧、金天羽等名家。他们有的本身就是维新运动的领袖，有的则是这一运动的直接参加者或积极支持者。他们继承了龚自珍开创的新的诗风，有意识地提出了反对复古、革新诗界的主张。康有为在《与菽园论诗》中说：“新世瑰奇异境生，更搜欧亚造新声”，“意境几于无李杜，目中何处着元明”，表现了突破旧诗藩篱的精神。梁启超、夏曾佑、谭嗣同等正式提出了“诗界革命”的口号。“诗界革命”，按照梁启超的说法，是“革其精神，非革其形式”，“要能以旧风格含新意境”。(《饮冰室诗话》) 他又说：“今日不作诗则已，若作诗……不可不备三长：第一要新意境，第二要新语句，而又须以古人之风格入之，然后成其为诗。”(《夏威夷游记》) 从这里可以看出，“诗界革命”所说的新，是指在运用旧体诗这种形式时，从诗歌的内容到语言技巧都要有新的创造。这样做，是基于他们对诗歌的社会作用的正确理解。黄遵宪晚年给梁启超的信中说：“吾论诗以言志为体，以感人为用。”给邱炜萲的信中说：“诗虽小道，然欧洲诗人出其鼓吹文明之笔，竟有左右世界之力。”所以他们十分重视诗歌的战斗功能，自觉地运用诗歌为他们的政治改革服务。表现在诗歌内容上，一方面，他们写出了大量以救亡图强、鼓吹变革为主题的作品，闪耀着鲜明的爱国精神和时代色彩；一方面，主张写“古人未有之物，未辟之境”，写出了大量“以旧风格含新意境”，表现和宣传新思想、新知识、新事物的作品，极大地开拓了诗歌内容的疆宇。在诗歌形式上，他们在中国古典诗歌的旧规格内刻意创新，对中国古典诗歌的优秀传统，既加以继承，又不受传统形式的束缚，努力开拓新的天地，扩大诗歌的表现力。他们还提出了“我手写我口”，以“流俗语”、新名词入诗，在诗歌通俗化的道路上作出了可贵的探索和尝试。“诗界革命派”的诗人由于各人的经历和艺术追求上的差异，在取得的成就上也就有高下之分，并呈现着不同的风貌。其中“能熔铸新理想以入旧风格”的旗帜，当推黄遵宪。黄遵宪是维新变法运动的重要人物之一。他的作品内容突出地表现在两个方面：一是以诗写史，写下了一系列记录当时国内重大事件的叙事长诗，传出了诗人对祖国失地的悲痛呼号，为保卫国土而发出的铿锵誓词，表达了“倾倒四海水，此耻难洗濯”的悲愤和对侵略者罪恶的控诉，愤怒呵斥了误国庸臣、卖国汉奸，对为国牺牲的壮士作了馨香膜拜的礼赞，为英雄将帅唱出了声入云霄的高歌，形象地体现了诗人炽烈的爱国主义感情。一类是出游海外时和归国后补写的作品，这类作品，反映了当时的国际风云，表现了新鲜事物和异域风情，为近代诗歌输入了新鲜血液，开拓了历代诗歌所从未有过的新题材、新意境。在艺术上，跟他改良主义的思想和诗歌内容相适应，他早年就已楬橥了“别创诗界”的旗帜，在当时笼罩着复古迷雾的诗坛上，他和诗界革命派的诗人们一起，在创新的道路上进行了不懈的探索和努力。他还十分注意从劳动人民口头文学中吸取营养，从而极大地丰富了他的诗歌的艺术表现力。因此，他的诗不仅为“诗界革命”的诗人“群推为大家”（梁启超语），称他是“诗世界之哥伦布”（丘逢甲语），也得到了其他流派诗人一致的称誉。如同光体的魁杰陈三立就称他“驰域外之观，写心上之语，才思横溢，风格浑转，出其余技，乃近大家。此之谓天下健者”。和黄遵宪晚年一起唱和的台湾诗人丘逢甲，是诗界革命的又一重要作家。他遭逢了中日甲午战争失败后割让台湾给日本的奇耻大辱，并亲自领导了台湾义军反抗日本侵占台湾的斗争。兵败内渡大陆以后，念念不忘收复祖国失地，写下了大量的抗日诗歌，悲壮慷慨，表现了他对“大九州当大一统”的坚定信念和“未死终留报国身”的爱国深情，比黄遵宪的诗更富于艺术感染力。他也像黄遵宪一样，写过不少反映新事物的长篇古体。康有为、梁启超、谭嗣同，都是维新变法的领袖，直接参加了变革现实的实际斗争，他们的诗，大都自觉地“能熔铸新理想”。或者感时伤国，倾诉救国救民的情怀；或者意气风发，申述变革现实的抱负；或者淋漓酣畅，以诗鼓吹变法；或者慷慨高歌，抒写献身变革的豪情。在艺术上，又各有追求，风貌各异，体现了诗界革命的实绩。夏曾佑、蒋智由，曾和黄遵宪被梁启超推为“近世诗界三杰”，黄、丘两家，反映现实的面貌，工于外籀；夏曾佑善于融化东西方哲学思想、美学思想为诗，探索蕴藏在内心的秘奥，工于内籀。文廷式、许承尧、金天羽等人是未被梁启超列入诗界革命队伍的诗界革命的重要诗人，他们在政治上也是维新改良运动的支持者或具有改良思想的进步人物，作品中也有大量反映新事物、新哲理的内容。吴江金天羽是稍后的诗界革命在江苏的一面旗帜。这时，资产阶级的改良运动已经过去，随之而来的是资产阶级民主革命的浪潮。他早年参加上海的革命团体爱国学社，受到民主革命思想的影响。由于他有比较进步的诗学观和沉博绝丽的才华，广泛地吸收了前代诗人的营养，不拘一格，在诗歌中表达了“爱自由者”的思想感情。他的诗集中，引人瞩目的是一大批反映国内外重大事件和人物的作品，因此，国际自第一次世界大战至第二次世界大战，国内自中日甲午战争至1945年日本侵略者投降，六十年间的历史面貌，都在他的诗歌中得到了艺术的再现。他的大量描写祖国山河的诗篇，雄伟奇谲，千变万化，也是前人未有的境界。“诗界革命”从总体上说，终究没有能从根本上摆脱旧体诗的束缚，只能在旧体诗的规格内翻新，因此，“诗界革命”也如绚烂的晚霞，很快成为历史的陈迹。尽管如此，他们留下的诗篇和取得的成就，足以突过元明以来的诗坛，成为几千年中国古典诗歌的后劲；他们在诗歌通俗化方面所作的努力，也为“五四”运动前后掀起的白话诗运动架起了桥梁。

继“诗界革命”而起的，是资产阶级民主革命的战士诗人和宣传资产阶级民主革命的“南社”诗人。他们诗歌的形式和风格，仍然是龚自珍的传统的继承，在旧体诗的形式中力图突破传统写法的束缚，与“诗界革命”并无二致。在内容上，与“诗界革命”派则有改良与革命的区别，表现了辛亥革命前后革命党人为拯救祖国危亡，为推翻清王朝专制统治而英勇献身的革命理想和英雄气概，作品中洋溢着强烈的爱国主义和民主主义的革命精神。秋瑾是近代杰出的女革命家，也是为数不多的近代著名的女诗人之一。章炳麟是资产阶级民主主义革命的政治家，诗歌的主张却是复古的，认为“四言自风雅以后，菁华已竭，唯五言犹可仿为”；留下的一些古体诗，形式上效法汉魏乐府，跟革命内容不相称，而早期少数宣传革命的小诗，则颇为出色，后期游历南洋和云南的作品，则力求高简，不尚古奥。南社是这时在诗坛声势颇壮、影响最大的革命文学团体，它是一个用诗文来鼓吹旧民主主义革命、团结爱国知识分子的组织，成立于辛亥革命前二年——1909年11月，以此社提倡于东南，“乐操南音”，寓有反抗北方清王朝的意思，因取名南社。最初参加的有十七人，一年后发展到一百九十三人，最后增加到一千一百七十人之多。经历时间十五年，影响之大，不亚于明末的幾社和复社。南社诗人也高举着“诗界革命”的旗帜，在旧形式的范围内写革命的新内容。但如上所述，它与“诗界革命”派在内容上有着革命与改良的本质区别。他们的诗学观，突出表现在反对当时的“同光体”，认为它是“比较保守的”，并公开宣称，近代“是同光体的人和比较进步的南社派诗人争霸的时代”。（柳亚子《介绍一位现代女诗人——林北丽》）同时，他们又极力提倡龚自珍的诗，认为是“三百年来第一流，飞仙剑客古无俦”（柳亚子）。可以说，学习龚诗，反对同光体，是南社诗人共同的倾向。南社诗人的杰出代表是南社三个创始人之一的柳亚子，最为可贵的是，他始终能追随时代的步伐，跟着历史发展而前进。南社的另一位创始人陈去病，也写了充满革命激情的诗篇。他旧学造诣很深，诗多忧愤国事之作，苍凉悲壮、豪健有力。除柳、陈以外，其他成就较高的南社诗人还有黄人、苏曼殊、黄节、诸宗元、林景行、林学衡等。就诗而论，黄人堪称南社初期的怪杰。他的诗奇才横溢，藻采惊人。在艺术风格上，属于胡天游、王昙、龚自珍一派，但用以抒发革命的激情，就取得了比前人更为卓越的成功。苏曼殊的诗，大部分是自悲身世之作，缠绵悱恻，风格轻清隽永，茜丽绵眇。黄节和诸宗元都是早年加入南社而后来又与宋诗派诗人来往的诗人，诗风也都以冲和淡远取胜。但黄节得力于陈师道，为诗着意于骨格，“笔必拗折，语必凄惋”（陈衍《近代诗钞》）；而诸宗元则才气横溢，师法龚自珍、魏源，早期作品骨格腾健，中年以后，转向苍浑。林学衡早期也是学宋诗的，后期自称“尚论今古之诗，当推余第一，杜甫第二。余诗实尽得古今之体势，兼人人之所独专”。（《丽白楼诗话》）大体说来，南社诗人的作品往往战斗性强，艺术性不足，但他们所激发的民族民主精神，在中国古典诗歌的发展史上，却留下了耀眼的光辉。

除上述诗派和诗人以外，在近代后期的诗坛上，还活跃着众多的流派，有成就的诗人也很不少。这时的诗坛，一方面呈现着繁花似锦的绚烂景象，一方面，又展现了极其复杂的情况。既有不同宗尚的种种学古诗派，又有不属任何诗派的孤吟无和的诗人；诗人中，既有不属诗界革命又不属南社等资产阶级民主革命派的其他爱国者，又有政治上偏于保守、有的在清亡后还以遗老自居，而在诗歌造诣上卓有成就的诗人；就诗派而言，同是学古，又有以宗尚不同而立的，又有以地域不同而分的。在这众多的诗派诗人中，影响最大，也最为人们所诟病的是同光体派。同光体是近代各种宋诗派的总称，正如同光体的巨子陈衍所说："同光体者，苏戡（郑孝胥）与余戏称同（同治）、光（光绪）以来诗人不墨守盛唐者。"（《沈乙庵诗序》）这一派的诗人，大抵上都不满墨守唐人、泥古不化的诗风，继承郑珍、何绍基等开导了先河的宗尚宋诗的风尚，希冀在学古的领域内开拓诗歌的新途径，使诗歌具有新的生机。但由于这一派的诗人除少数曾参加维新运动以外，不少人都是封建统治阶级的高级官吏和封建文人，在近代尖锐复杂的政治斗争中，思想保守，有的在清亡后以遗老自命，有的在政治上堕落成为人们所不齿的反动派，当时就遭到了南社的攻击，甚至被贬为反动内容和复古形式合一的代表而列入扫荡之列。其实，这个诗派，有它艺术上的特点，他们的学古，不同于摹古；其中代表作家的作品，在不同的时期，内容也有比较进步和倒退反动的变化。他们各家的论诗主张和创作实践，也有同有异，有高有低，需要分别研究。同光体按地域和宗尚的不同，可分为三个主要的流派：一是闽派，这一派以陈衍、郑孝胥、沈瑜庆、陈宝琛、林旭为代表，最后由李宣龚等人为殿。他们的学古方向，渊源韩、孟，于宋人偏重于梅尧臣、王安石、陈师道、陈与义、姜夔，沈瑜庆则偏宗苏轼，陈衍又接近于杨万里。陈衍是同光体著名的诗论家，论诗提出了“三元”（开元、元和、元祐）之说，以为“宋人皆推本唐人诗法，力破余地耳”，“若墨守旧说，唐以后之书不读，有日蹙国百里而已”，标举了学宋的旗帜。他还提出合学人之诗与诗人之诗为一的主张，对近代旧诗坛，发生过广泛的影响。他的诗在用笔的曲折等形式技巧上用功甚深，风格清健。陈宝琛是晚清颇有名望的朝廷重臣，曾官至弼德院顾问大臣，任溥仪师傅。但在此以前的二十五年中，因获罪慈禧，长期罢官家居，因多感慨时世的作品，寄托深远，表达了他对国事的萦念，绝不是无病呻吟之作。晚年拒绝溥仪、郑孝胥之邀，坚决不往伪满洲国，表现了崇高的民族气节。诗学王安石，陈三立曾称“感物造端，蕴藉绵邈，风度绝世。后山所称‘韵出百家上’者，庶几过之”。（《沧趣楼诗集序》）林旭为“戊戌六君子”之一，殉难时年仅二十四岁。诗学黄庭坚、陈师道，功夫很深，自称“诗成不得夸神韵，只好从人笑钝根”。二是赣派，远承宋代江西派而来，以黄庭坚为宗祖。其首领为陈三立，其他尚有华焯、胡朝梁、王瀣、王易、王浩及三立之子陈衡恪、陈隆恪等。陈三立被宋诗派推为一代宗师，地位几等于宋代黄庭坚。三立为诗，强调的是要像陶渊明那样平淡中郁风雷之气的特点，诗作与政治紧密结合的特点，追求的是黄庭坚诗经千锤百炼而达到自然天成的境界，但这种炉火纯青的艺术至境，谈何容易！他年轻时也是维新变法的积极参加者，曾在湖南协助其父陈宝箴推行新政。戊戌变法失败，父子同被革职，放归故里，永不叙用。因此，他的作品中有不少反映重大事件的名篇，描绘历史风云，控诉帝国主义瓜分中国的罪行；有的作品则反映动乱时世，揭露清王朝压迫、剥削人民的罪恶；有的鼓吹变法，主张富国强兵，爱国精神是很强烈的。三是浙派，以沈曾植、袁昶为代表，继承者是金蓉镜。这一派上承清初的朱彝尊、清中叶秀水派的钱载，和赣派同被陈衍列为“生涩奥衍”的一支，但和赣派仍有不同。沈曾植是近代著名的学者，精通汉、宋儒学、文字音韵、史地，并深谙佛学。他论诗，创“三关”之说，“三关”是去掉陈衍“三元”说中的开元，换上了元嘉，一元之别，宗趣大异。“三元”重在宗宋，而推本杜、韩；“三关”则重在宗颜延之、谢灵运，要人着意通此关，做到活六朝。元和代表韩、孟，也下及李商隐；元祐代表江西派，也上及梅尧臣，旁及王安石。要人能通经学、玄学、理学以为诗，要因诗见道。由此可以看出，这才是道道地地的“合学人诗人之诗二而一之”的主张。而他的诗，也才真是合学人之诗、诗人之诗于一的典型。因此他的诗艰深奇奥，力避平庸，但也有于“聱牙钩棘中，时复清言见骨，诉真宰，泣精灵”（陈衍《沈乙庵诗序》）的作品。袁昶是清末洋务派的官僚，以反对义和团运动被杀。他的诗用事遣词，力求隐僻，学江西派，却又参取玄言诗和谢灵运山水诗的古淡，寄托一种官僚而貌为退隐的萧寥闲旷的心情。一生中也写一些隐刺时政的作品，较有现实意义。金蓉镜是沈曾植的弟子，从内容到形式，都学其师，成就则不及。除上述三支主要流派外，一般也被认为是同光体而成就卓著的，还有夏敬观、陈曾寿、俞明震、范当世诸家。夏敬观是近代宗宋者专学梅尧臣的代表。陈曾寿是清中叶著名诗人陈沆的曾孙，诗学韩愈、李商隐、黄庭坚，而能博取诸家之长，形成了他独具的高淡深郁的诗境。陈三立称“比世有仁先，遂使余与太夷之诗，或皆不免为伧父”。（《苍虬阁诗存序》）俞明震诗学陈与义，以清深简远取胜。清末在甘肃时所作和晚年退居杭州西湖时所作，前者沉雄奇警，描绘了西北高原的特有景色，评论家称深得杜味；后者清神独往，写湖山胜景，堪称西湖诸诗之冠。他曾参加台湾的抗日斗争，感慨晚清国事，表达忧国之思的作品也不少。范当世曾从张裕钊、吴汝纶学古文，受桐城派影响较深。他的诗雄才大笔，浩气盘旋，兼有苏轼、黄庭坚的长处。由于他一生贫困，对晚清政治的腐朽和黑暗有较深切的感受，因此，忧患国事、壮志难酬的郁勃之气，蕴含在他的作品中。金天羽曾将他和江湜并称，谓他“贫穷老瘦，涕泪中皆天地民物。大江南北，二子者盖豪杰之士也”。（《答苏戡先生书》）

同光体以外，其他主要的学古诗派和诗人还有以王闿运、邓辅纶为代表的提倡汉魏六朝和盛唐的湖湘派，有以张之洞、樊增祥、易顺鼎为代表的兼采唐宋的一派，有以李希圣、曾广钧、曹元忠、汪荣宝、张鸿、孙景贤为代表的宗尚李商隐的西昆派。又有不以派称、自称大家的李慈铭，专宗唐人的刘光第、杨圻等等。张之洞是晚清官僚中能诗的巨匠，他提出了融“宋意入唐格”的主张，为诗宏肆典雅，古体诗才力雄富，在江西、湖湘诗派外另开一宗。林庚白曾将他和江苏张謇并举，称“同光诗人什九无真感，惟二张为能自道其艰苦与怀抱”。(《丽白楼诗话》）他的作品也确能抒发真情实感，表现了这位朝廷重臣在清王朝濒临灭亡之际，面对世事的动荡、朝廷的昏愦，所生的满腔忧愤和感慨。樊增祥、易顺鼎均出张之洞门下。樊增祥诗取径袁枚、赵翼，上及梅村，长于才调，风格不高。易顺鼎曾到台湾，参加抗日斗争，作品各体俱备，惊才绝艳，成就在樊之上。二人在清亡以后所作，大多属文字游戏，平庸浅陋。近代西昆体各家所作大多寄托晚清国事，以美人香草之词，托兴江山摇落之感。他们都是南方人，这派诗，导源于清初的虞山派。清末，曹元忠、张鸿与其他几个同乡诗人同在北京做官，相约作西昆体诗，不作江西派语，并仿宋初《西昆酬唱集》，刻印《西砖酬唱集》，遂开一时风尚。不属于西昆体派的宗唐诗人，成就卓著的是刘光第、杨圻和沈汝瑾。“戊戌六君”子之一的刘光第，其诗为胡先骕誉为“‘戊戌六君子’之冠”。(《读刘光第〈介白堂诗〉》）他以唐人为宗，兼有李白、杜甫、韩愈、柳宗元、李贺的长处。杨圻的诗才华艳发，魄力沉雄，擅写梅村体长篇和巨型五律组诗。抗战时期避寇居香港，所作苍凉悲壮，饱含爱国感情。沈汝瑾是专学杜甫而又不摹仿杜甫的，清真质老，近于清初吴嘉纪，与杨圻同样宗杜，而风格迥异。李慈铭不名一派，自称“八面受敌而为大家”，樊增祥也以“国朝二百年诗家坛席，先生专之矣”称誉他。其实他的诗虽能兼综汉魏以来，下迄明“七子”，清人王士禛、厉鹗诸人之长，却不能自创面目。在近代诗坛上，还有一位诗僧引人注目，他就是湘中释敬安，别号八指头陀。早年与王闿运诸人交往，加入碧湖诗社，诗风亦接近湖湘派，宗尚六朝。但诗格骀宕，不主故常，具有僧人独具的丰采。虽然皈依佛门，但并非不问世事，一生所作，不少名篇表达了他对国事民生的关注，溢露着爱国的深情。他的白梅诗著称一时，曾有“白梅和尚”之称，大多借白梅的素洁抒发对高尚的人品的向往，表现了他美好的情操。综上所述，近代以宋诗派为中心的种种学古诗派和大量的诗人，在学古的基础上，都追求创新，因此各各具有不同的独特的风格。在内容上，则呈现着极其复杂的情况，即便是同一个人，既有闪耀着时代精神、饱和着爱国感情的，也有落后、倒退直至反动的东西，需要具体分析，仔细甄别。

特别要提出，诗歌是抒情的文学作品，它不同于单纯劳动呼喊的“邪许”之声，也不同于散文所能胜任的单纯“言志”。《毛诗序》《史记·屈原列传》对于诗从情生的原理，都有深透的阐述。既然诗歌体现着不同作者喷发感情的流程，就必然打上他们个性的烙印。一个时代的诗，如果只有时代的共性而无诗人的个性，作品嵌在一个共同模式里，怎能形成万紫千红争妍斗胜的局面？同是鸦片战争时期的作家作品，古文工力深厚的鲁一同、朱琦和受小说影响较深的金和、兼受小说戏曲影响较深的姚燮便不相同，鲁、朱之间各不同，金、姚之间更不相同。如金受《儒林外史》尖锐讽刺影响特别深，而姚受荒幻故事的影响较显，从而又形成他们之间的不同个性。再看，同是以启蒙思想家齐名的龚自珍、魏源，龚浪漫色彩浓厚，魏较务实。同是大型七绝组诗，龚自珍《己亥杂诗》突出这一传奇式人物叱咤风云的个性，既和同时贝青乔《咄咄吟》的亲身经历鸦片战争，鞭挞现实丑恶，体现愤怒呼天的个性不同，也和后来黄遵宪同以《己亥杂诗》为题的个性不同。黄从事外交工作，他的务实精神，是他最突出的个性，而这组诗，便是体现这一个性的自传。近代最重要的诗派是诗界革命派，黄遵宪是与康有为、丘逢甲、夏曾佑同为主要代表者。诸家的个性完全不同。黄突出务实精神，康具有挥斥八极的浪漫精神、黄河赴海的写作风格，丘悲歌慷慨，英气勃勃，夏诗从他的历史观点、哲学观点、美学观点出发而形成他特有的个性。诗界革命派以外，同是学古派，湖湘派中的王闿运与邓辅纶不同；同为唐宋兼采者，张之洞与李慈铭不同；同为张门弟子，易顺鼎与樊增祥不同；同为宋诗派，早期郑珍、何绍基同出程恩泽门下，而大不相同；后期同光体，江西派的陈三立与被陈所推重的南通范当世不同；同为闽派，陈衍与沈瑜庆不同；同为浙派，同法晋、宋、山谷，沈曾植与袁昶也不相同。推类而言，同样写名山奇胜，姚燮四明、普陀诗，高心夔、易顺鼎庐山诗，刘光第峨眉诗，许承尧黄山诗，各不相同；同学宋人同写西湖的俞明震、陈曾寿，风调各别。这里只是略举数例，说明问题。

以上我们对近代七十余年间诗歌的发展作了鸟瞰式的粗略介绍。可以看到，在中国由封建末世逐步沦为半封建半殖民地社会这个大动荡的时代中产生的近代诗歌，确是这一时代的一面镜子。近代诗歌的优秀之作，都能从不同的侧面艺术地再现外国侵略者侵入中国以后，“把一个封建的中国变为一个半封建、半殖民地与殖民地的中国的血迹斑斑的图画”（毛泽东《中国革命与中国共产党》），表现了“中国人民不甘屈服于帝国主义及其走狗的顽强的反抗精神”（同上），唱出了时代的强音。而近代诗歌所反映的社会生活的广阔、题材的广泛，则更为前人所不及。诗歌中所表达的忧国忧民的爱国感情，虽然由于诗人所处的阶级地位的不同，各各打上了不同阶级的烙印，体现了不同的层次和深度，但在反对外国侵略、主张国家昌盛这一点上，各个诗派的进步的诗人却几乎是一致的。应该说，它是近代诗歌之魂，是继承了中国古典诗歌爱国主义的优秀传统而又闪耀着时代光辉的精华所在。在诗歌的艺术形式上，从总体上看，近代诗歌都没有脱出旧体诗的框架，都是在旧形式中翻新。但不同的诗派和诗人，在摆脱旧形式的束缚、开拓诗歌表现的新天地方面，都作了程度不同的探索和努力，因而，近代诗坛才呈现出风格流派争奇斗妍的繁荣景象。在诗歌体式、表现手法、诗歌语言的运用上，也有新的创造，从而使近代诗歌在艺术上的成就也达到了唐宋、清初以来一个新的高度，成为中国古典诗歌在它发展后期矗起的又一座高峰。

当然，近代诗歌毕竟是旧时代的产物。近代诗人大部分是封建知识分子，有的还是上层封建官员，有些进步的诗人，也不可避免地受到当时时代的限制和形形色色的封建传统观念和资产阶级思想的影响，不能不使作品在反映现实和批判现实的广度、深度上受到制约，而且也必然地渗进封建性的糟粕，即便是进步的诗作也不可免。所以我们在继承这份宝贵的文化遗产时，应该坚持运用马克思主义的观点，去其糟粕，存其精华，使它更好地为发展和建设社会主义的文学艺术服务。

（原载《社会科学战线》1988年第1期）

论近代诗四十家

一、龚自珍

龚诗在胜朝，不囿旧天地。当时万马喑，风雷作生气。欲近摩邓伽，毋忘如来偈。

龚自珍是旧民主主义革命前夜之启蒙思想家，生活于充满黑暗、“万马齐喑”之道光年代，无愧为唤“九州生气”之“风雷”。彼自云：“一事生平无齮龁，但开风气不为师。”（《己亥杂诗》）其诗笔乃横扫一世之彗星，光芒辐射，拔奇于古人之外，境界独辟。其瑰玮之形象，如天马蹑云，不同凡骥；如天魔献舞，花雨弥空。然今人推崇，亦已过当。晚清李慈铭《越缦堂日记》谓其“诗以霸才行之，而不能成家”；谭献《复堂日记》谓“定庵诗佚宕旷邈，而豪不就律，终非当家”，皆持贬义。而主张诗界革命之梁启超，早喜定庵，晚年亦有“后渐厌之”之言也。摩邓伽女毁戒体之典，出《大佛顶如来密因修证了义诸菩萨万行首楞严经》。

二、魏源

今文说龚魏，各以诗振聋。吾爱清夜斋，厥境能浑雄。石遗识珷玞，位诸幽峭宗。

龚自珍、魏源皆今文学经师。龚诗创新处多，魏诗泽古功深。《清夜斋诗》，陈衍《石遗室诗话》以之羽翼陈沆，谓为清苍幽峭一派之宗，“而才气所溢，时出入于他派”。然魏诗终以雄浑遒劲、气势奔放者为主。其反映现实之爱国主义作品，足称时代强音，大量山水诗，亦以才力胜。与陈沆之以幽邃胜者不尽同也。“少陵自有连城璧，争奈微之识珷玞。”元好问《论诗三十首》中诮元稹语。

三、姚燮

圣洞海潮音，百灵起狂沸。大梅降龙手，诗国偶游戏。王圣仙佛鬼，入林共把臂。

姚大梅，谭献所称道、咸间“浙东一巨匠也”。岂特浙东，直是一代之杰。其诗包罗万象，释典道笈，澜翻笔底。鸦片战争甬东之役，大梅身经兵祸，写下大量诗史，如《速速去去五解》《惊风行》《独行过夹田桥，遇郡中逃兵自横山来》《闻皋儿在城中阻夷军不得出，同弟向长春门冒刃入城，至寓馆觅得之，薄暮始乘间出城》《北村妇》《山阴兵》《太守门》《捉夫谣》《兵巡街》《暗屋啼怪鸱行》等，真《北征》、“三吏”“三别”之遗。其他名篇如《双鸩行》，吸取民间文艺鼓词与子弟书之特点，交织以藻采与激情，歌颂封建压迫下追求婚姻自由宁死不屈之反抗精神，全长一千七百九十五字，可谓奇作。组诗如《南辕杂诗》一百八首，山水诗如普陀、四明等数十篇游诗，皆历前人所未辟之异境。其他乐府诗如《谁家七岁儿》《卖菜妇》《战城南》《巡江卒》《迎大官》《粮船汹如虎》等，融古乐府与新乐府于一炉，而无元、白率易之病，潘德舆评为“有鞭风叱霆之气，用遏抑掩蔽之法，遂能刻划崖窾，虚空粉碎，生峭幽异，迥绝辈流”。程恩泽评为“处境愁郁，故旨合风骚；拓胸阔大，故辞无庸浅。李、杜再世，定当把臂入林”。陈文述谓“其博大昌明，如摩诘之王；其出神入化，如少陵之圣；其枯寂空灵，如阆仙之佛；其飘忽绵邈，如太白之仙；其幽艳崛奇，如昌谷之鬼。君才诚不可斗石量也，后有论者，当目为诗中之神”。斯真落迦山上海潮音也。

四、朱琦

桂林天下奇，来鹤诗坛首。取径昌黎翁，火逼杜陵叟。抗夷有史诗，龙壁差足偶。

朱伯韩诗，粤西大家。《来鹤山房集》，在其乡人王拯《龙壁山房诗》之上。《王刚节公家传书后》为集中压卷之作，王蘧常《国耻诗话》评曰：“叙述密致，于委蛇澹荡中郁风雷之声，斯为可贵。”其他如《老兵叹》《朱副将战殁，他镇兵遂溃，诗以哀之》，皆不朽名篇。梅曾亮谓其“学韩而自开异境。其下笔老重，乃天禀所独得。乐府及五七古视近体尤胜，其中长篇，雄深峻迈，如百金骏马，蓦坡注涧，绝不蹉跌。此古人成体之诗，今日岂复有此”。盖取径昌黎而火逼草堂者。

五、鲁一同

通甫山阳杰，智过养一斋。《三公》与《有感》，学杜非形骸。俯视亨甫辈，无乃眢井蛙。

鲁通甫为潘四农弟子，智过其师，乃能传法。同时坛坫，如张际亮、汤鹏、张维屏辈，皆非其敌。其诗魄力沉雄，苍凉盘郁。古诗如《三公篇》《崖州司户行》，七律如《有感》《重有感》等，皆感鸦片战争而作，嗣响杜陵。目空一代之李慈铭所以亦有“通甫诗气象雄阔，浩荡之势，独往独来。传之将来，足当诗史”之叹也。

六、郑珍

清诗三百年，王气在夜郎。经训一菑畬，破此南天荒。莫五偶齐名，才薄难雁行。

同光体诗人张学人之诗与诗人之诗合一之帜，力尊《巢经巢诗》为宗祖。陈衍《近代诗钞·石遗室诗话》曰：“子尹先生以道光乙酉选拔贡，及程春海（恩泽）侍郎之门。侍郎诏之曰：‘为学不先识字，何以读三代秦汉之书？’乃致力于许、郑二家之学。已而从侍郎于湖南，故其为诗，濡染于侍郎者甚深。侍郎诗私淑昌黎、双井，在有清诗人，几欲方驾萚石斋（钱载）。天不假年，而子尹与道州（何绍基）从而光大之……为道、咸以来诗家一变局。莫子偲（友芝）序子尹诗，谓‘盘盘之气，熊熊之光，浏漓顿挫，不主故常。以视愃醲篇牍、自张风雅者，其贵贱何如也？’窃谓子尹历前人所未历之境，状人所难状之状，学杜、韩而非摹仿杜、韩，则多读书故也。此可与知者道耳。”胡先骕曰："郑珍卓然大家，为有清一代冠冕。纵观历代诗人，除李、杜、苏、黄外，鲜有能远驾乎其上者。"子尹诗盖推源杜陵，又能融香山之平易、昌黎之奇奥于一炉，而又诗中有我，自成一家面目。陈衍取为道、咸以来生涩奥衍一派之弁冕，以为"沈乙庵（曾植）、陈散原（三立）实其流派"，未免以偏概全。莫友芝与之齐名，但《郘亭诗》多以考订议论为诗，虽有山水及旅程之作，亦学古未化，非子尹之比也。

七、何绍基

麻姑掷丹砂，往往弄狡狯。我读蝯叟诗，快若爬痒疥。如何翻筋斗，仍未出三界。

陈衍《近代诗钞·石遗室诗话》曰："湖外诗墨守骚选盛唐，勿过雷池一步。蝯叟及程春海侍郎之门，出入苏、黄，才思皆有余。"金天翮《艺林九友歌序》曰："晚清诗人学苏最工者，推何蝯叟、范伯子（当世）。"《东洲草堂诗钞》中《飞云岩》等篇，奇想破空，可称杰构。近体未尽摆脱乾、嘉人习气，较之《巢经巢诗》，便逊一筹。其论诗之旨，见于《使黔草自序》《题冯鲁川小像论诗》《与汪菊士论诗》诸文者，主张"立诚不欺"，"不俗"，"就吾性情，充以古籍，阅历事物，真我自立，绝去摹拟"，"人与文一，是为人成，是为诗文之家成"，"同流合污，胸无是非，或逐时好，或傍古人，是之谓俗；直起直落，独来独往，有感则通，见义则赴，是谓不俗"。正论足箴时弊。

八、江湜

世儿工效颦，江诗妙有我。无怪李小湖，持论成水火。谁谓学韩黄，知言未云可。

《伏敔堂诗》是清代之孟东野、杨诚斋，而又不为东野、诚斋所限。临川李小湖（联琇）论诗与之不合。谭献《复堂日记》谓其“苦语使人不欢，危语使人毛戴”。陈衍《近代诗钞·石遗室诗话》曰：“弢叔诗力深透，彭咏莪（蕴章）相国以为‘古体皆法昌黎，近体法山谷，无一切谐俗语错杂其间，戛戛乎超出流俗’，固矣。然弢叔近体出入少陵，古体出入宛陵，而身世坎壈，所写穷苦情况，为东野、后山所未言。近人则郑子尹、金亚匏未能或之先。寻常命笔，每首必有一二语可味者。咸、同间一诗雄也。”余谓亚匏诗骨不免凡秽，岂能与弢叔伦比。然林庚白《丽白楼诗话》则谓“即以珍、湜论，《伏敔堂集》且突过《巢经巢集》”，又谓“清代之江湜，直与李、杜埒”，则又张茂先吾所不解。惟金天翮《答苏戡先生书》云：“弢叔一穷薄儒素，创坛坫于江海之上，独吟无和。吴中文字绮丽，弢叔独以清刚矫浓媷，曲折洞达，写难状之隐，如听话言。”斯得其实矣。

九、金和

亚匏工乐府，落手风雨疾。所恨詈红羊，有负杜陵笔。持较伏敔堂，两雄孰得失？

亚匏当太平天国奠鼎金陵时，举家在城中，谋为清军内应，不济，久之得脱逃。陈衍以为“所历危苦，视古之杜少陵，近之郑子尹，盖又过之。其古体极乎以文为诗之能事，而一种沉痛、惨淡、阴黑气象，又过乎少陵、子尹”。梁启超《清代学术概论》以亚匏与黄遵宪、康有为并举，誉为“元气淋漓，卓然称大家”。又为其《秋蟪吟馆诗钞》作序，称“其格律无一不规于古，而意境、气象、魄力，求诸有清一代未睹其偶。比诸远古，不名一家，而亦非一家之境界所能域也。呜呼！得此而清之诗史为不寥寂已”。此实过当之论。亚匏诗才力虽雄伟，品格未高，宜乎胡先骕、徐英具著专文加以讥议。而胡、徐二文，又有“恶之欲其死”之病。唯夏敬观《无恙续稿序》论及江弢叔、金亚匏诗，谓“之二子者，非无当于吾意之诗。然弢叔酸寒，亚匏粗犷，病在空疏不学”，差得其平。

十、贝青乔

海鹰昔破关，鬼灯万家黑。军中咄咄吟，天挺此雄特。复庄怡志堂，诗史共生色。

贝子木《咄咄吟》，乃七绝之大型组诗。反映鸦片战争时期敌寇之横暴、清政府官吏之昏聩、将帅与人民之英勇抗敌，字字为血泪凝成。不特思想性强，艺术性亦高。论其体制，则上承宋人刘子翚《汴京纪事》、汪元量《湖州歌》等而来，同时则龚自珍《己亥杂诗》亦其类也。子木游滇南时，模山范水之作，刻画奇险，独辟蚕丛，知能者故无所不有。

十一、王闿运

七子去不返，死灰燃湘中。托塔首天王，八代扇余风。独有圆明词，平视连昌宫。

王湘绮，近代湖湘诗派之魁首也。陈衍《近代诗钞·石遗室诗话》谓湘绮“五言律必杜陵《秦州》诸作”，指《发祁门杂诗二十二首》也；谓其“墨守古法，不随时代风气为转移，虽明之前、后‘七子’无以过之也”，盖其宗法八代，下及盛唐，与晚清“同光体”一派分道扬镳。近人汪国垣《光宣诗坛点将录》以托塔天王晁盖诗坛旧头领一员当之，诚然。然湘绮拟古，内容亦关涉时事。名篇如《圆明园词》，谭献《复堂日记》所谓“《连昌》《长恨》谈何容易”者，岂能一笔抹煞。

十二、邓辅纶

几辈学神仙，谁见赤霜袍？弥天白香翁，高揖谢与陶。已得长生果，惜哉未伐毛。

湘中选体，镂金错采，王、邓二家齐名。陈衍《近代诗钞·石遗室诗话》云：“弥之诗全学选体，多拟古之作。湘潭王壬秋以为一时罕有其匹，盖与之笙磬同音也。”然邓实胜王。《湘绮楼说诗》云：“邓弥之幼有神慧，而思力沉苦。每吟一句，必绕室百转。诗学杜甫，体则谢、颜。至其《东道难》《鸿雁篇》，古人无此制也。”又《论诗绝句廿二首》论邓诗曰：“太阿青湛比芙蓉，销尽锋芒百炼中。颜谢风华少陵骨，始知韩愈是村翁。”其倾倒如此。谭献《复堂日记》以为“使生晋、宋间，不为鲍则为谢矣”。秀水金蓉镜《论诗绝句寄李审言》云：“白香湘绮两诗豪，已诩长生未伐毛。何物山膏徒善骂，料渠未见赤霜袍。”山膏善骂，指李慈铭。

十三、高心夔

人间径路绝，乃与风云通。陶堂诗似之，秀涩开一宗。楞严十种仙，见嘲湘绮翁。

《陶堂志微录》学选体而能自辟町畦，千辟万灌，语不犹人，白香亭之匹。在江西则开陈三立之先声。《湘绮楼说诗》："高伯足诗少拟陆、谢，长句在王、杜之间。中乃思树帜，自异湘吟。尤忌余讲论，矜求新古。尝刻意作《咏怀诗》廿首，录稿传余，并探月旦。余云：'五字相连，皆不能解；一二认之，固自可识。吾无以名之矣。'高颇自失。及将卒前数年，偶见其歌行一二篇，逸气高情，足压同辈。惜乎其中夭也。"又《论诗绝句廿二首》论高诗云："剑气珠光逞少年，老来长句更芊眠。饶思秀涩开新派，终作楞严十种仙。"末语盖微辞。然《陶堂志微录》中五律如《奉赠邓八、许六两兄三首》《客子吟九首》《伤怀寄弟六首》，五古如《移家五首》，七律如《汉将四首》《城西二首》，七古如《鄱阳翁》《苦雨二首》，或树杜陵之骨，或得玉溪之神，而俱以雕炼之笔出之。《匡庐山诗七首》，缒幽凿险，足使谢、柳却步。《城西》咏肃顺事，盖伯足本其门客。《鄱阳翁》跌宕顿挫，而意在颂扬清将，斯其疵累。楞严十种仙，典出《大佛顶如来密因修证了义诸菩萨万行首楞严经》，指未证佛道者。

十四、翁同龢

知止胎三唐，瓶庐苏黄徒。楚魂郁孤愤，寄意存江湖。渊渊金石气，此境广雅无。

翁心存、同龢父子名宰相，俱以工诗闻。心存《知止斋诗集》，恪守乾、嘉矩矱。并时祁、翁两文端，祁寯藻开晚清宋诗派之先河，与之异趣。松禅老人诗，以有关书画金石之作为最工，时抒悲愤。如《临吴渔山真迹》云："二百年来有后生，庙堂拜疏乞归耕。尖风凉雨秋如此，谁识挑灯作画情？"《临倪文正画二绝句》云："要典焚残士路清，一篇党论太分明。相公煞费推挤力，破帽骑驴了此生。""逐客偏蒙诏语温，论兵筹饷已无门。萧寥数笔云林画，中有忧时血泪痕。"皆身在江湖，不忘魏阙者，不仅如陈衍所云"清隽无俗韵"而已。至其他题跋诸篇，考据精审，亦饶诗味，非翁方纲之以"抄书当作诗"者可比。张之洞同时，此境却非《广雅堂诗》所有。

十五、张之洞

哭庵论南皮，官大诗逾好。宋意入唐格，公诗故自道。身世托梁公，慈恩留吟草。

哭庵，易顺鼎号。"宋意入唐格"，语见《广雅堂诗》。南皮诗自是晚清达官贵人之冠，胡先骕拟之阮元，阮诗除写景之作外，非张敌也。林庚白《丽白楼诗话》云："同光诗人，什九无真感，惟二张为能自道其艰苦与怀抱。二张者，之洞与謇也。之洞负盛名，领重镇，出将入相，而不作一矜夸语。处新旧变革之际，危疑绝续之交，其身世之感一见于诗，视謇为尤挚。浅者讥之洞之诗有纱帽气，不惟不知之洞，且不知诗矣。之洞于各体诗并工绝，其五七言古体诗，直可与荆公抗手，无能高下。"之洞属西太后一党，其《朝天集》中诗以"调停头白范纯仁"自居，解嘲语耳。

十六、陈宝琛

沧趣帝王师，余事为诗宗。平生所祈句，驴背钟山翁。绝爱《感春诗》，郑笺有石公。

弢庵于光绪初元负清流重望。自甲申投劾迄于戊申，凡二十五年，再入都门。不久鼎革，以遗老终身。陈衍《石遗室诗话》载其乙未《感春》七律，逐句为之疏释，后人不至有“只恨无人作郑笺”之叹矣。其《次韵逊敏斋主人落花四首》有句云：“委蜕大难求净土，伤心最是近高楼。”盖弢庵为溥仪师傅，故有“近高楼”之感。用杜句切落花，双关无迹，转有文章天成、妙手偶得之妙。梁任公曾以此诗为人书扇，不加细核，误以为王国维诗。林庚白《丽白楼诗话》谓其“诗以昌黎、荆公、眉山、双井为依归，落笔不苟，而少排奡之气，不甚似荆公，于其他三家皆有所得。诋之者病其有馆阁气，非笃论也”。

十七、黄遵宪

黄公东海来，据地狮子吼。廿年踔大瀛，囊诗括九有。陋儒拘于方，绝倒醢龙手。

黄遵宪在日本时，曾自刊一印曰“东海黄公”。《摩诃般若波罗蜜经》有“狮子吼三昧”。袁昶题遵宪诗集有“陋儒拘于方，不信龙可醢”句。遵宪诗为诗界革命之魁杰，人所共推，无待余之饶舌。黄氏曾汇抄戊戌至辛丑四年之诗寄梁启超，自谓与李、杜、苏、陆足并驾齐驱。同时诗人，俞明震谓其五古“能于杜、韩外别创一绝大局面”，梁启超以为“公度之诗，独辟境界，卓然自立于二十世纪诗界中，群推为大家”，丘逢甲以为“茫茫诗海，手辟新洲，此诗界之哥伦布”，陈三立亦以为“驰域外之观，写心上之语，才思横溢，风格浑转，出其余技，乃近大家。此之谓天下健者”。不同流派之公论如此。然梁启超晚年手批《人境庐诗草》，对黄氏诗有赞美，亦有批评，尤其对黄氏早年之作，贬多于褒。此又为读黄诗者所不可不知也。

十八、李慈铭

越缦负其诗，所诣亦寻常。五古厉樊榭，七绝程孟阳。山膏好骂人，自顾非堂堂。

近代诗人，高自位置，无有如李越缦者。尝语其弟子樊增祥，谓：“今作者虽多，皆仅有其一体，倘杂试十题，鲜不缩手噤口者。若夫精深华妙，八面受敌而为大家，则吾与子不敢多让。”樊氏至誉为“国朝二百年诗家坛席，先生专之矣”。以同光体之魁杰沈曾植，“乃亟称其工”。然沈氏弟子金蓉镜《论诗绝句寄李审言》云：“何物山膏徒善骂，料渠未见赤霜袍。”自注云：“李越缦好骂湘绮，及其自运，又出其下。”此论为余所首肯。

十九、袁昶

渐西以吏隐，结想昆阆巅。山水并老庄，诗境玄又玄。平生沈乙庵，相喻夔怜蚿。

袁昶是后期浙派诗之巨手。光绪壬辰（1892）沈曾植序其《安般簃集》，谓其“比物连类，餐洁茹芳，骚人蝉蜕之心也；回视收思，乐不忘本，《小雅》明发之懿也”，“庶几脱落陶、谢之枝梧，含咀风、雅之推激”。金天翮《答樊山老人论诗书》云：

"渐西吏隐，天际真人之想。"《再答苏戡先生书》："以为能从山谷溯太白，而得蒙庄之神。凡艺事有独至，必真率互见，乔松怪石，不掩其丑。渐西好用道藏佛典，乃为累耳。若乃揉之益骞，啬之弥隽，隐文彰义，标伦卓伍，良不可及。"其推许如此。陈衍《石遗室诗话》谓其"五言古实以潘、陆、颜、谢骨格，傅以北宋诸贤面目，故觉其僻涩苛碎。然工力甚深，终不愧雅音"，则犹未能搔着痒处也。

二十、沈曾植

弹指海日楼，千门立万户。直上透三关，一法不坏取。是博大真人，是通天教主。

沈曾植，晚清杰出之学者也。诗特余事为之，一弄狡狯，陈衍、郑孝胥诸人推为同光体之魁杰。然沈诗并不墨守宋人，于元嘉时代之颜、谢二家，用力尤深。论诗楬橥元祐、元和、元嘉"三关"之说，谓"意通第三关，自有解脱月在"。(《与金潜庐太守论诗书》)佛藏道笈，僻典奇字，诗中层见迭出，小儒为之舌挢不下。盖一代大家，古之博大真人也。其弟子金蓉镜《论诗绝句寄李审言》自注云："乙庵论诗，不取一法，不坏一法，此为得髓。"此为传灯授记之言，不可不知。余患读者之不易索解其诗也，曾为《海日楼诗集》十四卷作注。张尔田先生为我作序，比于施之注苏、任之注黄。注本藏浙江图书馆，无缘绣梓行世也。

二十一、范当世

肯堂一穷儒，高名动卿相。热泪翻海波，声诗助悲壮。

漫怜孟郊囚，胸次故昭旷。

吴闿生选晚清四十家诗，以范伯子冠首。陈衍《近代诗钞·石遗室诗话》云："伯子识一时名公巨卿颇夥。徒以久不第，抑郁牢愁，诗境几于荆天棘地，不啻东野之诗囚也。工力甚深，下语不肯犹人，读之往往使人不欢。"此论未为圆赅，所选亦非范诗之极诣者，不如吴选之能见其大。然伯子佳构，如《吾所植荷既开尽，而风雨频至，坐见其萎谢，慰别以诗》五古，提挈灵象，养空而游，仙乎仙乎之笔，二选皆失之目睫。金天羽《答苏戡先生书》以伯子与江弢叔并举，谓伯子"贫穷老瘦，涕泪中皆天地民物。大江南北，二子者盖豪杰之士也"。斯论能得其实。

二十二、陈三立

当年党人儿，老作袖手人。缚魂闭荒山，吟与木石亲。

万古五老峰，骨立同嶙峋。

"凭栏一片风云气，来作神州袖手人。"此陈散原于戊戌变法时所吟诗句也。小试三湘回天之手，终为义熙甲子之民，亦可哀已。其诗近代宋派诗人奉为宗祖。汪国垣《光宣诗坛点将录》以都头领一员天魁星宋江当之。盖晚清诗承嘉、道以来舒铁云、陈文述词华极敝之后，宋诗派起而救其敝。诚如金天翮《答樊山老人论诗书》所云："夫口餍粱肉，则苦笋生味；耳倦筝笛，斯芦吹亦韵。西江杰异，瓯闽生峭，狷介之才，自成馨逸。"散原之所以能执一时骚坛之牛耳者，职是之故。如欲朝诸夏，抚万方，南面而王诗国，成大一统之业，则散原于此，力尚有所未逮也。

二十三、樊增祥

灞桥柳色黄，摇落何人赋？贞元乐府新，魂断樊山句。不独彩云曲，风情继白傅。

“柳色黄于陌上尘，秋来长是翠眉颦。一弯月更黄于柳，愁煞桥南系马人。”此谭嗣同《论艺绝句》所举不知谁之灞桥旅壁绝句，而盛赞为“意思幽深节奏谐，朱弦寥落久成灰。灞桥两岸萧萧柳，曾听贞元乐府来”。以为“所见新乐府，斯为第一”者也。今此诗实见于《樊山集》中。樊山诗取径随园、瓯北，上及梅村，长于才调，风格不高。庚子事变时所为七律则较工，如《闻都门消息》“犬衔朱邸焚余骨，乌啄黄骢战后疮”，“蛾眉身世惟青冢，貂珥门庭但落花”，“崇恺珊瑚兵子手，宋元书画冷摊中”等，足与梅村金陵诸律抗衡。古诗前后《彩云曲》，实不逮王甲荣所作能得香山遗轨。鼎革以后所为益庸滥，大都属文字游戏。诗道至此，可谓一厄。

二十四、易顺鼎

慧业几生修，子晋前身是。炼诗犹炼丹，九转紫烟起。东西南北魂，招之一灯底。

樊山哭庵，惊才绝艳，并辔诗衢。自《丁戊之间行卷》至《四魂集》，所作沉沉夥颐，各体俱备，转胜樊山。自以为前身是张梦晋，又前身为王昙首，又前身为王子晋，真如陈衍所云：“不过文人结习，托所心好者以自夸异耳。”鼎革后作，率多游戏，与樊山同讥。

二十五、刘光第

裴村餐霞人，伤哉斜日影。一卷峨眉诗，自造仙佛境。定知托尸解，云卧衣裳冷。

陈衍《近代诗钞·石遗室诗话》云："裴村笔力雅健，思路迥不犹人。"胡先骕《读刘光第介白堂诗》云："刘裴村《介白堂诗》，为'戊戌六君子'之冠，近世亦鲜有过之者。以局度论，《介白堂诗》不得称为广大，晚清末季大家胜之者甚夥。以精严粹美论，则远可追踪柳柳州、阮石巢，近可平揖高陶堂、陈仁先、夏吷庵。"集中峨眉纪游诸诗，与姚燮普陀四明游诗、高心夔匡庐游诗、许承尧黄山游诗，缒幽凿险，同一蹊径。其他杰构如《白雪吟》等尚多。指斥时政之作如《城南行》《万寿山》，语尤激烈。《杂诗》二十首，则太白《古风》之亚也。

二十六、林旭

左海尊郑陈，争如晚翠贤。薄命甚后山，冥参曹洞禅。从人嘲钝根，其然岂其然？

林旭在"戊戌六君子"中，年最轻。戊戌七月，李鸿章曾云："顷见林旭，真异才也。"陈衍《近代诗钞·石遗室诗话》云："暾谷力学山谷、后山，宁艰辛，勿流易；宁可憎，勿可鄙。"任渊注陈后山诗，谓"读后山诗，大似参曹洞禅"，读暾谷诗亦然。近代闽派诗，暾谷为其开山之一。但他家大都学半山、简斋、诚斋，真能学后山者，暾谷而已。自谓"诗成不得夸神韵，只好从人笑钝根"。钝根人岂能参曹洞禅者？五古《马房沟》，真力弥满，宋人集中亦不多见也。

二十七、康有为

改制托素王，艳妻遭诃骂。九死走八荒，头颅重声价。诗才信黄河，恣挟泥沙下。

“传书信口诃西母，改制称尊托素王。九死一生仍脱走，头颅声价重天亡。”此黄遵宪《感事》诗句，为康有为作也。艳妻，见《诗经·小雅·十月之交》“艳妻煽方处”，毛传：“艳妻，褒姒。”借以指慈禧后。陈衍《石遗室诗话》云：“南海康长素先生，以逋臣流寓海外十余年，多可传之作。”《近代诗钞》选其《耶路萨冷观犹太人哭所罗门城壁，男妇百数，日午凭城泪下如縻，诚万国所无也，惟有教有识，故感人深远，吾念故国，辄为怆然，赋凡百一韵》五古，可称奇作。梁启超誉其师诗为“元气淋漓，卓然称大家”，则过当矣。

二十八、梁启超

任公钓鳌手，观止叹南海。哀韩章廿四，双涛韵百琲。变雅如可作，于此见奇采。

“三千六百钓鳌客，先看任公出手来。”黄遵宪《赠梁任父》诗句也。任公固诗界革命之旗手，然后期诗乃学宋人、学杜陵，全以旧风格写新现实。《朝鲜哀词》五律二十四首，康南海评为“沉郁雄苍，合少陵《诸将》《洞房》《秦州》而冶之。义正词严，上承《小雅》，岂愧诗史。其详赡亦前无古人，诗至此观止矣”。七古《赠台湾逸民林献堂兼简其从子幼春》，南海评曰：“以杜、韩之骨髓，写《小雅》之哀怨，遂觉家父、凡伯犹在人间。唯其有之，是以似之。”五排《南海先生倦游欧美，载渡日本，同居须磨浦之双涛阁，述旧抒怀，敬呈一百韵》，南海评曰："惟其情深，是以文明。根柢深厚，置少陵集中不能辨。""江汉滔滔，涧谷互回，中有松石，兰芷靡曼。如游大山，如舒夏云。其转捩顿挫，尤见力量。""不独杜陵诗史，身当危局，哀感顽艳。""开阖顿挫，深得少陵法。"推许如此，亦云至矣。

二十九、丘逢甲

诗界谈革命，压倒光宣坛。鲲洋创新国，回风生紫澜。黄丘当合稿，斯语知非谩。

丘逢甲于台湾被清廷割让日本时，率领义军，浴血抗战。兵败内渡，久客粤中，诗中念念不忘收复台湾。黄遵宪与梁启超书推为"真天下健者"，谓"渠自负曰：'二十世纪中，必有刻黄、丘合稿者。'"是亦诗界革命之杰。《岭云海日楼诗钞》中，五古如《己亥五月二日东山大忠祠祝文信国公生日五首》，一代名作。其他七律组诗，层见迭出，沉雄悲壮，皆杜陵《秋兴》《诸将》之遗。罗浮游诗一卷，刻画山水，亦饶胜概。鲲洋，台湾别名。

三十、李希圣

雁影宗玉溪，颦笑皆绝代。岂知颦悦词，中有谲喻在。世间盐嫫流，且莫嘲粉黛。

湖外诗人七律学玉溪者，王湘绮偶为之而极工。若一生专宗玉溪成家者，无过雁影斋。不特湘中，同时吴下如曹元忠等，皆不逮也。陈衍《石遗室诗话》则云曹诗"工处，时出雁影斋上"。陈衍又云："玉溪末流……有专事摘艳熏香，托于芬芳悱恻者，《初学》《有学》二集是也。亦元苦追义山，实与牧斋相近。”此则不特不知亦元，并不知牧斋者也。《扬子法言·寡见》：“今之学也，非独为华藻也，又从而绣其鞶帨。”亦元诗大都寄托晚清国事，如《西苑》《望帝》为光绪帝而作，《湘君诗》为珍妃死于井中作。石遗谓“可以肩随萨天锡”，《雁门集》中，安得有此佳构？

三十一、俞明震

觚庵冰雪人，不着烟火气。谁知度陇诗，乃得浣花味。南湖一角山，终为投老地。

觚庵诗由陈简斋以入杜，早期诗未臻成熟。度陇以后，盘郁苍凉，乃得杜味。晚岁居杭州南湖，湖山胜景，尽归笔底。雕炼幽邃，樊榭缩手。时流尚宋诗者，未能或之先也。

三十二、夏敬观

吷翁学都官，苦涩得鲜新。宋梅老着花，吟苗茁古春。宗派图西江，翁非社里人。

夏吷庵学梅圣俞，苦涩朴素，扫除凡艳。虽为江西人，而非江西派。但古拙处恐索解人不易。早期诗出入唐宋，工力至深，未必老而益工。与人论诗，极诋王弇州，近于蚍蜉撼树。又谓七律组诗至八首，必无佳作，是欲以己所短，掩人所长矣。

三十三、许承尧

疑庵天都精，咳唾骚与雅。古艳挹昌谷，窈吟纳东野。

百首黄山诗，烁破四天下。

歙县许承尧，近代皖省诗人之奇杰。其早期所刊《疑庵诗》，乃戊戌迄辛亥之作。马其昶为之序，谓其“初学唐人温庭筠、李长吉之所为，继乃专主昌黎，赋五言古诗赠余，不谓之韩不可也”。余特重其诗中多新意境，而对时事之迁变，忧愤太息无聊不平之气，往往于诗发之。如《寄庐泥饮》《沧海篇》《言天》《灵魂》《过菜市口》皆是也。近体诗出以古诗笔调，亦前人所未有。《黄海集》写其乡黄山奇景，亦超出牧斋、仲则诸家所诣之外。晚年出游申江，与吷庵、拔可诸先生游，与金松岑先生及余亦时通诗讯。所为黄山诗，乃融东野、宋人于一炉，与早年迥殊，足与姚燮、高心夔、刘光第诸家刻画山水之作争长黄池矣。

三十四、陈曾寿

散原服苍虬，自甘伧父讥。霜气满乾坤，千诗郁深悲。何者共襟抱，花中有义熙。

陈曾寿为陈沆曾孙。陈三立序《苍虬阁诗》谓“比世有仁先，遂使余与太夷之诗，或皆不免为伧父”。陈衍谓其兼“韩之豪、李之婉、王之遒、黄之严”。盖自成其为苍虬之诗，而不同于并世墨守宋人一派者。集中咏松、咏菊以及游览山水之作，最称杰出。南湖诸作，足与觚庵争胜。《游仙》七古为悼光绪帝而作，融昌黎、玉溪于一炉，尤为佳绝。辛亥以后所作，大都遗老口吻。“一畦寒守义熙花”，其咏菊诗句。陈三立手批其《苍虬夜课》，誉为“沉哀入骨，而出以深微澹远，遂成孤诣”者，实指此类作品，斯无可取矣。

三十五、黄节

少年磊落人，晚被虫鱼诮。五言探嗣宗，兴寄有高调。世论赏拗折，隅见非圆照。

黄晦闻早岁谈革命，参加南社。晚乃讲学北都大庠，笺注汉乐府、曹植、阮籍、谢灵运、鲍照、顾炎武诸家之诗。《蒹葭楼诗》有通嗣宗之神理而遗其貌者，盖得力于宋人陈后山诸家。张尔田序晦闻诗，与屈翁山、顾亭林并举，谓“得君而三”。又谓其“味兼酸辣，乃如柠檬树果。信乎君诗之工耶”。陈衍《近代诗钞·石遗室诗话》谓“其为诗，著意骨格，笔必拗折，语必凄惋”，是犹侔色揣称于句律之间，仪毫失墙，未得帝之悬解者。

三十六、诸宗元

精猛诸贞壮，越吟格何峻。能以无涯嗟，自写吴霜鬓。怀哉大至阁，解脱月相印。

冒广生谓“南社社友中，能与社外诗家酬唱者，惟黄晦闻、诸贞壮二人”。《南社丛谈》亦云：“在南社诗人中，以冲和淡远胜者，当推黄晦闻、诸贞壮为巨擘。”盖贞壮少时“才力横辟，好魏源、龚自珍之学，颜所居曰‘默定书堂’。中岁始更名大至阁”。（夏敬观《大至阁诗序》）“才气横溢，赋诗喜和韵。和落叶诗，叠韵至四五十不肯休，朋辈无抗手者。顾其过人处，则在独谣孤咏，情与景融，悠然意远，而不系于更唱迭和之所为也”。（梁某序）其友人朱鉢文董理遗稿，凡七巨册。今仅得见者，乃梁某刊布之三百十二篇。其钞选准则，囿于闽派同光体之目光，知杰构之被删汰者多也。叶恭绰序称其“少好为诗，骨格腾健。

中岁益转为苍浑，骎骎与散原、映庵诸公并驰”。评价不可谓低。解脱月，见《大方广佛华严经》。

三十七、李宣龚

闽派图墨巢，雄视后一代。具体海藏楼，鸾枭不同队。余子传法乳，无讥等自郐。

李拔可，诗学海藏楼者也。闽派后劲，一夔已足。后辈学闽诗，大都不越拔可之樊也。拔可为沈葆桢之弥甥，少时与林旭以经世之学相淬厉。试令桃源，治行称最，以故与布政使樊增祥相龉龁，可见其棱棱风骨。陈石遗《近代诗钞·石遗室诗话》谓其“与暾谷为文字骨肉，为诗共嗜后山，凄惋得江山助”，识者以为知言。杨钟羲序其集，谓“闽人诗，拔可出稍后，深粹坚栗，境界日辟，亦不以千里畏人者”。知弟子莫若其师矣。

三十八、杨圻

千言《天山曲》，目空《秦妇吟》。江山真绝世，鞺鞳此唐音。端己老佐藩，讶多攀髯心。

杨云史为唐音于宋派泛滥之日，可谓豪杰之士。学唐而才华艳发，不同于明“七子”之貌袭。《天山曲》洋洋千言，为长庆体第一首长篇，即论藻采，亦已突过《秦妇吟》矣。弱冠时所作《檀青引》，借檀青遭遇，写文宗荒政，音节哀怨。易顺鼎评为“煌煌巨制，包罗一代掌故，可作咸丰外传读。《长恨歌》《永和宫词》，并此鼎足而三。称之诗史，洵无愧色”。“缘情绮靡，其余事矣”。独怪其早登朊仕，入民国后为吴佩孚秘书，并非遗老，乃诗中充满西山薇蕨之言。余早年为《十五年来之中国诗学》一文，所以有“委身强藩，猥托攀髯之痛”之诮也。其父崇伊乃戊戌党人之死敌，上疏讦告谭嗣同欲兵围颐和园之计者也。乃云史在民国后与康南海往来颇亲，声气相通，又我所不解也。

三十九、孙景贤

虞山论近诗，心折《龙吟草》。几家学樊南，谁真天下好？雅词《宁寿宫》，《永和》焉足道。

清末民初，吴中诗派张玉溪之帜。曹元忠、张鸿、徐兆玮、汪荣宝诸家均是。孙龙尾为张鸿弟子，成就远过其师。《龙吟草》甲、乙二稿，皆手自订定，存诗极少。近人自定诗集之谨严，无逾之者。其人以迈往之气，清隽之才，年仅四十而抑郁死。徐兆玮序其集，所以云“乃并其平生所雕肝琢肾，研精洞微，究极夫声律之正变者，亦若或靳之”。集中《宁寿宫词》以西后、李阉事为经，纬以晚清史事，与王国维《颐和园词》、金兆藩《宫井篇》可以鼎立。《客有道秋舫故妓事者，感叹赋成四律》，感赛金花事而作，比之樊山前后《彩云曲》，古、近体制不同，而孙诗为雅音矣。牧斋再世，为之亦不能过。

四十、金天羽

南风何不竞，骚坛鼓声死。突起苍头军，所向无坚垒。人境陈胜王，公其赤帝子。

松岑早岁从事革命，于诗亦张诗界革命之帜。集中《都踊歌》记英日同盟而作者，即仿人境庐之体。自言“我诗有汉魏，有李、杜、韩、苏，有张、王小乐府，有长吉，有杨铁崖，有元、白，有皮、陆，有遗山、青丘，而皆遗貌取神，不袭形似。自幼学义山，人不知也；学明远、嘉州，人不知也；学山谷，人不知也。然于此数家功最深，而不知者动言似昌黎，似半山，犹皮相也”。论诗宗旨，具见于《天放楼文言》之《答樊山老人论诗书》《与郑苏戡先生论诗书》《答苏戡先生书》《再答苏戡先生书》《五言楼诗草序》《梦茗庵诗存序》中，于同光体颇多抨击。民国后以讲学终身，诗境每变益上。骚坛赤帜，俯视闽、赣，舍松岑其谁？

（原载《社会科学战线》1983年第2期，原题为《论近代诗四十首》）

论“同光体”

“同光体”，作为近代诗坛的一个流派名称，从它的开始出现到形成为各种宋诗派的总名称，有一个复杂的过程。这个诗派，虽然是保守的，但也有它艺术上的特点。其中代表作家的作品，在不同的写作时期，内容也有比较进步和倒退反动的变化，不可以一刀切。他们各家的论诗主张和创作实践也有同有异，需要分别研究。这个诗派在近代文学史上不是推动诗歌发展前进的流派，而在诗坛上却曾经发生过相当的影响，其中作者人数很多，鱼龙混杂。因此，有必要弄清楚它的来龙去脉以及内部的流派，进一步给以适当的评价。

什么是“同光体”？是哪些人标榜出来的？

“同光体”的首领之一陈衍，在《沈乙庵诗序》中说：

余与乙庵（沈曾植）相见甚晚。戊戌（1898）五月，乙庵以部郎丁内艰，广雅（张之洞）督部招至武昌，掌教两湖书院史学，与余同住纺纱局西院。初投刺，乙庵张目视余曰：“吾走琉璃厂肆，以朱提一流，购君《元诗纪事》者。”

余曰：“吾于癸未（1883）、丙戌（1886）间闻可庄（王仁堪）、苏戡（郑孝胥）诵君诗，相与叹赏，以为‘同光体’之魁杰也。”“同光体”者，苏戡与余戏称同（同治）、光（光绪）以来诗人不墨守盛唐者。

这序写于光绪辛丑（1901）。到民国元年壬子（1912），陈衍开始写《石遗室诗话》，连续发表于梁启超主编的《庸言杂志》，第三条便说：

丙戌在都门，苏戡告余：“有嘉兴沈子培（曾植）者，能为‘同光体’。”“同光体”者，余与苏戡戏目同、光以来诗人不专宗盛唐者也。

所述与前文大同小异，前文载陈衍始读沈曾植诗是1883至1886年间，后文确指是1886年；前文推沈为“同光体”魁杰，为郑孝胥、王仁堪、陈衍三人共同的叹赏，后文只说是郑一人之言，且不称为魁杰；前文称“同光体”诗“不墨守盛唐”，后文称“不专宗盛唐”。这些细微出入并非全无关系。1898年，陈衍与沈曾植同客武昌，而沈在十八年前文坛已著盛名，与李慈铭、李文田、黄体芳一辈学者交游，客武昌时，是张之洞聘主两湖书院史席。陈在张之洞幕府时，任官报局编纂，声名未起，所以追叙1886年话，推沈为魁杰，明明是挟沈以自重，是旧时代文人标榜的恶习。陈衍编《石遗室诗话》，标榜声气，不下于袁枚编《随园诗话》，先时张之洞就已感觉到陈的作风，章士钊《论近代诗绝句·张文襄》云：“达官名士一身兼，一味矜名却又嫌。见说鵔鸃冠下客，不教陈衍炫依严。”自注：“集中无与石遗诗，闻已诗亦不令陈和。”这很可帮助我们对陈的理解。但清亡前后，陈衍的名声已逐渐增高，他以闽中诗派作为“同光体”的主体，隐然以自己与郑孝胥为魁杰。所以1912年发表《石遗室诗话》时，沈的“‘同光体’之魁杰”的资格轻轻地改换成“能为‘同光体’”了。这一变换，说明了“同光体”在民初，几乎成为闽派诗的代称的原因。这就得要进一步弄清楚一下,陈衍所谓“不墨守盛唐”是怎么回事？墨守盛唐也好，专宗盛唐也好，都是明代前、后“七子”的复古趋向。所谓盛唐，内容并不是单一的，至少有李白、杜甫、王孟、高岑四种不同风格，而明“七子”则是偏尚杜甫的。这一风尚，到明末幾社的陈子龙便告一结束。清代前期著名诗人吴伟业五古、五律学杜，算是宗盛唐，但七古主要学长庆，七律、七绝参学李商隐下及宋人。王士禛五古学王、孟，后又学杜，也算宗盛唐，但各体于晚唐、宋、元无所不学。朱彝尊继承明“七子”学杜传统，而晚年又转宗宋人黄庭坚。黄景仁号称学太白，也可算是宗盛唐的，但又出入于韩愈、李商隐、苏轼之间。他们都是不专宗盛唐的，是否与“同光体”同一步趋的呢？显然不是。沈曾植之所以被陈衍、郑孝胥视为“不墨守盛唐”，陈衍在《沈乙庵诗序》中转述沈自己的话是：“夙喜张文昌（籍）、玉谿生（李商隐）、山谷内外集，而不轻诋‘七子’。”这基本是沈乡人朱彝尊的路子，沈的大弟子金蓉镜《论诗绝句寄李审言》云：“乙翁硬句接朱翁（自注：谓竹垞），不怕新来火雨攻。未到昆仑谁信及，中天原有化人宫（自注：乙庵师论诗，不取一法，不坏一法，此为得髓。即竹垞诗“不入名家”意，同一关捩）。”就是明证。这和陈衍、郑孝胥所宣扬的“同光体”宗旨，本来不尽相同。而陈、郑所以用“不墨守盛唐”或“不专宗盛唐”一语楬橥为“同光体”

宗旨，只是一种反面的提法，换言之，是以宗宋为主而溯源于韩、杜。就闽派来说，甚至是以宗王安石为主而不是以黄庭坚为主。这才是陈、郑所谓“不专宗盛唐”的“同光体”不同于“同光体”以前清代诗人的“不专宗盛唐”。

现在，可以追溯一下“同光体”的来源了。清代诗歌由宗唐转而为宗宋，《石遗室诗话》第二条说得对：

> 道、咸以来，何子贞绍基、祁春圃巂藻、魏默深源、曾涤生国藩、欧阳磵东辂、郑子尹珍、莫子偲友芝诸老，始喜言宋诗。何、郑、莫皆出程春海侍郎恩泽门下，湘乡诗、文字皆私淑江西，洞庭以南言声韵之学者，稍改故步……都下亦变其宗尚张船山（问陶）、黄仲则（景仁）之风……吾乡林欧斋布政寿图亦不复为张亨甫（际亮）而学山谷。

可见学宋诗特别是学黄庭坚，是“道、咸以来”的新风尚，而不是始于“同光体”。但何绍基等人都比“同光体”诗人先一辈，他们的创作活动时期，是道、咸而不是同、光，当然不得居“同光体”之名。而先后被列在“同光体”内的诗人如沈曾植、陈三立、陈衍、郑孝胥等，按其创作活动的时期而言，却是在光绪以后而不是同治年代。同治末年甲戌（1874）沈曾植才二十五岁，陈三立才二十三岁，陈衍才十九岁，郑孝胥才十五岁。现在他们几个人诗集里的存诗开始年代，都远在光绪元年以后很长一段。所以陈、郑举出“同光体”旗帜，“同”字是没着落的，显然出于标榜，以上承道、咸以来何、郑、莫的宋诗传统自居。后来汪国垣《光宣诗坛点将录》，不用“同、光”划界，而改用“光、宣”之称，便符合客观事实。汪氏《点将录》实际以宋诗运动为主，所以推陈三立为一百零八将的都头领，但也广泛包罗了“同光体”以外其他各派诗人。点将当然点得未必尽确切。由于《石遗室诗话》在民国以后的广泛传布，“同光体”也就约定俗成地作为近代宋诗运动的代称。

为什么清后期会出现“同光体”这一流派？就艺术演变的角度观察，反对“同光体”的吴江诗人金天羽在《答樊山老人论诗书》中曾这样指出：

> 有清一代，诗体数变。渔洋（王士禛）神韵，仓山（袁枚）性灵，张（问陶）、洪（亮吉）竞气于辇毂，舒（位）、王（昙）骋艳于江左。风流所届，遂成轻脱。夫口餍粱肉，则苦笋生味；耳倦筝笛，斯芦吹亦韵。西江杰异（指陈三立），瓯闽生峭（指陈、郑），狷介之才，自成馨逸。纤文弱植，未工模写，而瓣香无己（陈师道），标举宛陵（梅尧臣），洎夫临篇搦翰，乃不中与钟（惺）、谭（元春）当隶圉。文质两敝，在乎偏霸，图霸不出，齐、晋分裂。

这一评论大致上符合实况。乾、嘉诗风，浓腻浮滑，到了极敝，一部分同、光诗人转向到另一面，出现清苦幽隽的流派。但金氏所分析，也并非全部概括得了“同光体”的。他只提到了“西江”“瓯闽”两派，并没有接触到“‘同光体’之魁杰”沈曾植一派。事实上，“同光体”包括三个流派，同中有异，分述如下：

一、闽派

这一派以陈衍、郑孝胥、沈瑜庆、陈宝琛、林旭为首，最后有李宣龚诸人为殿。这一派的学古方向，溯源韩、孟，于宋人偏重于梅尧臣、王安石、陈师道、陈与义、姜夔，沈瑜庆则偏宗苏轼，陈衍又接近杨万里。陈衍在《知稼轩诗序》中有这样的叙述：

> 吾乡人之常为诗者，余识叶损轩（大庄）最先，次苏戡，次弢庵（陈宝琛），又次乃君常（张元奇）……之数子者，身世皆略如其诗。损轩少喜樊榭（厉鹗），继为后村（刘克庄）、放翁（陆游）、诚斋（杨万里）……苏戡原本大谢（灵运），浸淫柳州（柳宗元），参以东野（孟郊）、荆公（王安石），于韩专学清隽一路。

又在《重刻晚翠轩诗序》中说：

> 暾谷（林旭）力学山谷、后山，宁艰辛，勿流易，宁可憎，勿可鄙……后山学杜，其精者突过山谷，然粗涩者往往不类诗语。暾谷学后山，每学此类。

这两篇文章所评述，大致可以看出闽派诗早期各家在学古中各具风貌的特点，至于闽派后期作者，则往往借径于学郑孝胥——有的人学陈衍以追溯两宋，自然难以与早期各家并驾齐驱。陈衍不仅是闽派诗人的首领之一，自著有《石遗室诗集》，而且又是诗论家，著《石遗室诗话》以标宗旨，选《近代诗钞》以扩大影响。其诗论中心为“三元”说、“学人之诗”说。

“三元”说是陈衍在光绪己亥（1899）客居武昌与沈曾植论诗时提出的，《石遗室诗话》第四条就作了详细的记载：

> 子培有《寒雨积闷，杂书遣怀，襞积成篇，为石遗居士一笑》诗八十余韵，余与君论诗语，略具其中。诗云：“……乃知古诗人，心斗日迎拒。程马蜕形骸，杯槃代尊俎。莫随气化运，孰自喙鸣主？开天启疆域，元和判州部。奇出

日恢今，高攀不输古。韩白刘柳骞，郊岛贺籍仵。四河道昆极，万派播溟渚。唐余逮宋兴，师说一香炷。勃兴元祐贤，夺嫡西江祖。寻视薪火传，晳如斜上谱。中州苏黄余，江湖张贾绪。譬彼鄱阳孙，七世肖王父。中泠一勺泉，味自岷觞取。沿元虞（集）范（梈）唱，涉明李（梦阳）何（景明）数。强欲判唐宋，坚城捍楼橹。咄兹盛中晚，帜自闽严树。氏昧荀中行，谓句弦偭矩。持兹不根说，一眇引群瞽。从棘限墙闱，通涂成岨峿。谁开人天眼？玉振待君拊……”盖余谓诗莫盛于“三元”：上元开元，中元元和，下元元祐也。君谓“三元”皆外国探险家觅新世界、殖民政策、开埠头本领，故有“开天启疆域”云云。余言今人强分唐诗、宋诗，宋人皆推本唐人诗法，力破余地耳。庐陵（欧阳修）、宛陵、东坡、临川（王安石）、山谷、后山、放翁、诚斋，岑、高、李、杜、韩、孟、刘、白之变化也；简斋（陈与义）、止斋（陈傅良）、沧浪、“四灵”，王、孟、韦、柳、贾岛、姚合之变化也。故开元、元和者，世所分唐、宋人之枢斡也。若墨守旧说，唐以后之书不读，有日蹙国百里而已。故有“唐余逮宋兴”及“强欲判唐宋”各云云。

这里，陈衍明确指出“三元”是他的主张。二人见解也有不同处，沈强调“三元”都是创新，陈衍强调宋人都是推本唐人诗法。不过，陈衍还是指出宋人力破唐人余地，有变化，则是在学古的基础上要求开辟境界。他在《剑怀堂诗草序》中说：

今之人，喜分唐诗、宋诗，以为浙派为宋诗，闽派为唐诗，咎同、光以来，闽人舍唐诗不为而为宋诗。夫学问之事，惟在至与不至耳，至则有变化之能事焉，不至则声音笑貌之为尔耳。唐人之声貌至不一矣，开、天、元和，不一其人，不一其声貌，所以为开、天、元和也；开、天之少陵、摩诘，元和之香山、昌黎，又往往一人不一其声貌。故开、天、元和者，世所分唐、宋诗之枢斡也。（以下与《诗话》文同，略）子孙虽肖祖父，未尝骨肉间一一相似，壹壹化生，人类之进退由之。况非子孙，奚能刻意蕲肖之耶！天地英灵之气，古之人盖先得取精而用宏矣。取之而不能尽，故《三百篇》、汉、魏、六朝而有开、天、元和、元祐以至于无穷，在为之至与不至耳。

这是闽派诗宗法宋人，学古而不是摹古，与明“七子”宗唐而一味摹仿者仍异其趣。陈衍除楬橥“三元”说外，又极力主张“学人之诗”说，为“同光体”诗人抬高地位。他先在《瘿唵诗序》中提出诗关学问的论点：

严仪卿（羽）有言：“诗有别才，非关学也。”余甚疑之，以为“六义”既设，风、雅、颂之体代作，赋、比、兴之用兼陈，朝章国故，治乱贤不肖，以至山川风土草木鸟兽虫鱼，无弗知也，无弗能言也。素未尝学问，猥曰“吾有别才也”，能之乎？汉、魏以降，有风而无雅，比兴多而赋少。所赋者眼前景物，夫人而能知而能言者也，不过言之有工拙。所谓“有别才”者，吐属稳，兴味足耳……故余曰，诗也者，有别才而又关学者也。少陵、昌黎，其庶几乎！然今之为诗者，与之述仪卿之言则首肯，反是则有难色。人情乐于易，安于简，“别才”之名又夐绝乎丑夷也。

后又在《近代诗钞》中明确指出学人之诗的说法：

> 嘉、道以来，则程春海侍郎、祁春圃相国。而何子贞编修、郑子尹大令，皆出程侍郎之门，益以莫子偲大令、曾涤生相国。诸公率以开元、天宝、元和、元祐诸大家为职志，不规规于王文简之标举神韵，沈文悫之主持温柔敦厚，盖合学人、诗人之诗二而一之也。

道、咸以降，祁、何、郑、莫以来，继之者便是同、光了。《近代诗钞序》谓“见闻所及，录其尤雅者”，无疑是以“同光体”为主体。照此逻辑，“同光体”作者便应该加上“学人之诗”的桂冠，也自然是毫无疑问。本来，学人、诗人努力的方向不同，并无高下之别。而在旧社会，一般文人却怀有学人高出一筹的偏见。陈衍正是用这样的眼光来谈什么“学人之诗”以抬高“同光体”诗人的地位。不妨考察一下，道、咸时期的程恩泽、郑珍、莫友芝诚然是学人，至于“同光体”诗人，只有沈曾植是著名学人，无愧于王国维所说：“先生少年固已尽通国初及乾、嘉诸家之说。中年治辽、金、元史，治四裔地理，又为道、咸以降之学，然一秉先正成法，无或逾越。其于人心世道之污隆，政事之利病，必穷其原委，似国初诸老；其视经史为独立之学，而益探其奥窔，拓其区宇，不让乾、嘉诸先生；至于综览百家，旁及两氏，一以治经、史之法治之，则又为自来学者所未及。”（《观堂集林》卷十九《沈乙庵先生七十寿序》）陈衍本人虽也博览经史，毕竟只是诗人、古文家，是“文苑传”中人物。此外，“同光体”诗人，或是以政治活动家而为诗人，或是从事文学专业的诗人，在那些代表人物中，却举不出学人。由此可知，陈衍“学人之诗”的说法，不仅在理论的本身还值得商榷，即使就事论事，也不符合实际，闽派诗更不是“学人、诗人之诗二而一之”的一派。当然，学人之诗还是诗人之诗，也不是品诗高下的标准。

二、江西派

这一派大都是江西人，远承宋代的江西派而来，以黄庭坚为宗祖。其首领为陈三立。稍后一些有夏敬观，却不学黄庭坚而学梅尧臣。华焯、胡朝梁、王易、王浩诸人，都属三立一派。三立的儿子衡恪兄弟都能诗，但不是江西派诗。陈三立被近代宋诗派诗人推为一代宗师，等同于宋代的黄庭坚。陈衍在《近代诗钞》中说：“散原为诗，不肯作一习见语，于当代能诗巨公，尝云某也纱帽气，某也馆阁气，盖其恶俗恶熟者至矣。少时学昌黎，学山谷，后则直逼薛浪语（季宣），并与其乡高伯足（心夔）极相似。然其佳处，可以泣鬼神诉真宰者，未尝不在文从字顺中也。”三立工于为诗而不像陈衍那样标榜声气，也没有写过整套的理论。在他的诗作中，可以一鳞片爪地窥见他论诗宗旨的，如《漫题豫章四贤像拓本》之《陶渊明》云：

此士不在世，饮酒竟谁省？

想见咏荆轲，了了漉巾影。

把江西诗的渊源，上推到陶渊明。特别强调陶诗于平淡中郁风雷之声的特点、诗作与政治紧密结合的特点，实际就是三立点明自己作诗的宗趣。又《黄山谷》一首云：

驼坐虫语窗，私我涪翁诗。

镵刻造化手，初不用意为。

镵刻造化，是黄诗特点，也是三立诗特点，却说是“初不用意为”，这是祖述黄庭坚诗论的。庭坚《与王观复书》三首之一说：“好作奇语，自是文章病，但当以理为主，理得而辞顺，文章自然出群拔萃。观杜子美到夔州以后诗，韩退之自潮州还朝后文章，皆不烦绳削而自合矣。”又三首之二说：“所寄诗多佳句，犹恨雕琢功多耳。但熟观杜子美到夔州后古律诗，便得句法简易，而大巧出焉。平淡而山高水深，似欲不可企及，文章成就，更无斧凿痕，乃为佳作耳。”又《大雅堂记》说：“子美诗妙处，乃在无意于文，夫无意而意已至，非广之以《国风》《雅》《颂》，深之以《离骚》《九歌》，安能咀嚼其意味，闯然入其门耶？”三立诗论，完全本此。他认为好诗经过千锤百炼，看去却要似自然天成。陈衍赞赏三立诗的话，和三立自己的话相合。其实，这种炉火纯青的境界谈何容易，三立的诗歌创作大部分并没有做到这一点。他的《樊山示叠韵论诗二律，聊缀所触以报》云：

骚赋而还接古悲，散为俶诡托娱嬉。

要抟大块阴阳气，自发孤衾寤寐思。

倒是能对自己诗作的思想性与艺术性作出了基本的勾勒。民国以后，一些依草附木之流，摹仿三立，亦步亦趋，那是没有列入江西宗派图里的资格的。

三、浙派

这不是指嘉、道以前的浙派，而是指以沈曾植为代表的“同光体”中的浙派，它和闽派、江西派都不相同。沈的同派是袁昶，继承者是金蓉镜，都是浙西人。陈衍在《沈乙庵诗序》中评沈诗为“雅尚险奥，聱牙钩棘中时复清言见骨，诉真宰，荡精灵”。张尔田《海日楼诗集钱注序》说：“沈寐叟邃于佛，湛于史，凡稗编脞录，书评画鉴，下及四裔之书，三洞之籍，神经怪牒，纷纶在手，而一用以资为诗。故其于诗也，不取一法，而亦不舍一法。其蓄之也厚，故其出之也富。”陈三立《海日楼诗集跋》说：“寐叟于学，无所不窥，道箓梵籍，并皆究习。故其诗沉博奥邃，陆离斑驳，如列古鼎彝法物，对之气敛而神肃。盖硕师魁儒之绪余，一弄狡狯耳，疑不必以派别正变之说求之也。”陈衍强调沈诗“清言见骨，诉真宰，荡精灵”的一种，这和他强调陈三立诗“泣鬼神诉真宰者，未尝不在文从字顺中”同一论调，虽然道着他们的一面，但反映了陈衍所代表的闽派不尚奇奥的观点。张尔田、陈三立二家的评说，可以说明沈诗才真是“学人、诗人之诗二而一之”的典型。但三立以为“不必以派别正变之说求之”，言外之意，固然是在暗指陈衍、郑孝胥称沈诗为“同光体”魁杰的未必对头。可是沈氏论诗，自有派别正变之说需要推求，三立说不必求，也未必对。沈氏论诗，有“三关”说，“三关”是去掉“三元”说的开元，换上了元嘉。一“元”之别，宗趣大异。此说见于戊午年（1918）《与金潜庐太守论诗书》中：

吾尝谓诗有元祐、元和、元嘉三关。公于前二关，均已通过，但著意通第三关，自有解脱月（按《十住经》云：“是大菩萨众中有菩萨摩诃萨，名解脱月。”《大方广佛华严经》云：“我唯知此一解脱门，犹如净月，能为众生放福德光。”此沈氏语所本）在。元嘉关如何通法？但将右军（王羲之）《兰亭诗》与康乐（谢灵运）山水诗打并一气读。刘彦和言“庄老告退而山水方滋”，意存轩轾，此二语便堕齐、梁人身份。须知以来书“意、笔、色”三语判之，山水即是色，庄老即是意；色即是境，意即是智；色即是事，意即是理；笔则空、假、中三谛之中，亦即遍计、依他、圆成三性之圆成实也。康乐总山水、庄老之大成，支道林（遁）开其先。此秘密平生未尝为人道，为公激发，不觉忍俊不禁。勿为外人道，又添多少公案也。尤须时时玩味《论语》皇（侃）疏（自注：与紫阳（朱熹）注止是时代之异耳），乃能运用康乐，亦能运用颜光禄（延之）。记癸丑（1913）年同人修禊赋诗，鄙出五古一章，樊山（樊增祥）五体投地，谓此真晋、宋诗，湘绮（王闿运）毕生，何曾梦见。虽谬赞，却惬鄙怀。其实只用皇疏川上章义，引而申之。湘绮虽语妙天下，湘中《选》体，镂金错采，玄理固无人能会得些子也。其实两晋玄言，两宋理学，看得牛皮穿时，亦只是时节因缘之异，名文身句之异，世间法异；以出世法观之，良无一无异也。就色而言，亦不能无抉择。李、何不用唐以后书，何尝非一法门（自注：观刘后村集可反证），无如目前境事，无唐以前人智理名句运用之，打发不开，真与俗不融，理与事相隔，遂被人呼伪体。其实非伪，只是呆六朝，非活六朝耳。凡诸学古不成者，诸病皆可以“呆”字统之。在今日学人，当寻杜、韩树骨之本，当尽心于康乐、光禄二家（自注：所谓字重光坚者）。康乐善用《易》，光禄长于《书》（自注：兼经纬），经训菑畬，才大者尽容耨获。韩子因文见道，诗独不可为见道因乎？

这一段议论的写出，后于“三元”说的提出已经二十年。但信的一开头便说“吾尝谓”，可见“三关”之说是沈氏早已有之的。“三元”重在宗宋，而推本于杜、韩；“三关”重在宗颜、谢，要人着意通此关，做到“活六朝”，才有解脱月在。要人能通经学、玄学、理学以为诗，要因诗见道。这才是道道地地的“合学人、诗人之诗二而一之”的主张。早在“三关”说写出以前二十六年，光绪壬辰（1892），沈氏为袁昶作《安般簃集序》，已赞许袁昶的诗“庶几脱落陶、谢之枝梧，含咀风、雅之推激”（按：“陶谢不枝梧，风骚共推激”，杜甫诗句。意谓与二家精神相通，没有隔碍）。而沈氏彼时写诗，也和袁昶一致。《海日楼诗集》卷一《题渐西村人初集》为袁昶作的二诗，便是融颜谢、北宋于一手的。王蘧常《沈寐叟年谱》称沈“壮岁论诗与爽秋尤契，二人取径未尝有二也”，就是指这一点。《寒雨遣闷》一诗叙述的是与陈衍谈诗的话，所以没有提到“三关”。金蓉镜是传沈氏诗学的人，所以沈氏信中对他倾筐倒箧地谈“三关”。金氏后来把这封书札作为自己《滮湖遗老集》的代序，等于神会高举慧能旗帜，刊定南宗宗旨。陈衍不是看不到沈、袁一派的特点的。《近代诗钞》说：“爽秋诗根柢鲍（照）、谢，而用事遣词力求僻涩，则纯乎祧唐抱宋者。”《石遗室诗话》卷十一也说：“余谓爽秋五言古，实以潘（岳）、陆（机）、颜、谢骨格，傅以北宋诸贤面目，故觉其僻涩苛碎。然工力甚深，终不愧雅音也。”《石遗室诗话》卷二十六评沈曾植《秋斋杂诗》八首，也说是“以平原（陆机）、康乐之骨采，写景纯（郭璞）、彭泽（陶渊明）之思致”。评价相同。沈、袁浙派与闽派不同处，关键正在于要不要元嘉一关。沈氏与金氏信中所论，尤其值得注意的是借用佛家天台宗所宣扬的《中论》“空、假、中”三观和慈恩宗所宣扬的《瑜伽师地论》《显扬圣教论》《成唯识论》等的“遍计、依他、圆成实”三性以论诗。沈氏就金氏信中“意、笔、色”三点作分析，用今天的话说，意相当于思想性，色相当于诗篇所反映的现实，而笔则是客观现实、主观情思与艺术性的统一。客观现实反映在诗中，是通过诗人主观认识的媒介的。它已不等同于现实的本身，可以约略相当于《中论》的“众因缘生法”的“假名”，思想性即在诗篇反映的现实境界中显示，是虚处体现而不是实发议论，可以约略相当于《中论》的“众因缘生法，我说即是空”的“空”。《中论》的“亦是中道义”的“中”，是“空”“假”的统一，所以用来比拟前者与艺术性的统一。用慈恩宗术语，意思也是这样。遍计本是指周遍地虚妄分别种种无实相实名空华般的事物，沈氏用来比拟“空”和“意”；依他指意识所变现的一切，众缘所生，有如幻事，非有似有，沈氏用来比拟“假”和“色”；圆成实是不执着于遍计、依他，所显圆满成就诸法实性，与依他起非一非异，沈氏用来比拟“中”和“笔”。这种理论，和单纯着眼艺术性的，显然不同。

“同光体”中的浙派，虽然不同于清前期的浙派，但仍然与旧浙派有一定的联系，特别是与秀水派有渊源。秀水派在清初和清中叶，以朱彝尊、钱载为宗师。沈曾植既推尊朱，又推尊钱，在《惜抱轩诗集跋》中，曾以钱诗与姚鼐诗“参互证成，私以为经纬唐、宋，调适苏、杜，正法眼藏，甚深妙谛，实参实悟，庶其在此”。陈衍则特别重视钱载，《近代诗钞》说：“有清一代，诗宗杜、韩者，嘉、道以前，推一钱萚石侍郎。”《石遗室诗话》卷四说：“《萚石斋诗》，造语盘崛，专于章句上争奇，而罕用僻字僻典，盖学韩而力求变化者。”由此可知，沈曾植的浙派与陈衍的闽派，主张和诗作都有同有异。就艺术上力求奇奥这一点来说，沈派倒和陈三立派较近。所以，陈衍也常将陈、沈并称，《石遗室诗话》卷三论述道、咸以来诗派概括为两大派，其说是：

> 前清诗学，道光以来，一大关捩，略别两派。一派为清苍幽峭，自《古诗十九首》，苏、李、陶、谢、王、孟、韦、柳以下逮贾岛、姚合，宋之陈师道、陈与义、陈傅良、赵师秀、徐照、徐玑、翁卷、严羽，元之范椁、揭傒斯，明之钟惺、谭元春之伦，洗炼而熔铸之，体会渊微，出以精思健笔。蕲水陈太初（沆）《简学斋诗存》四卷、《白石山稿手稿》一卷，字皆人人能识之字，句皆人人能造之句，及积字成句，积句成韵，积韵成章，遂无前人已言之意、已写之景，又皆后人欲言之意、欲写之景。当时嗣响，颇乏其人。魏默深源之《清夜斋稿》，稍足羽翼，而才气所溢，时出入于他派。此一派近日以郑海藏为魁垒，其源合也；而五言佐以东野，七言佐以宛陵、荆公、遗山，斯其异矣。后来之秀，效海藏者，直效海藏，未必效海藏所自出也。其一派生涩奥衍，自《急就章》《鼓吹词》《铙歌十八曲》以下逮韩愈、孟郊、樊宗师、卢仝、李贺、黄庭坚、薛季宣、谢翱、杨维桢、倪元璐、黄道周之伦，皆所取法，语必惊人，字忌习见。郑子尹珍之《巢经巢诗钞》为其弁冕，莫子偲足羽翼之。近日沈乙庵、陈散原，实其流派。而散原奇字，乙庵益

以僻典，又少异焉，其余诗亦不尽然也。

陈衍所述，前一派正是指闽派，后一派便包括沈、陈二派在内。沈、陈二派之同，在于刻意雕镂，力求奇奥；而二派之异，则在于沈追颜、谢而陈则专宗江西，不是什么陈尚奇字，沈多僻典之别。陈三立诗奇字并不多。因此，沈、陈各代表一派，不应混同。

今人论“同光体”诗，往往一笔抹倒，视为反动、保守的流派，这是不全面的，也是缺乏分析的。就“同光体”在民国以后的情况看，大体上还可以那样说。从总的各方面看，应作具体分析。林学衡的话颇中肯，《今诗选自序》说：

诗至清代而极盛，亦至清而极衰，变化多而真意渐失也。同、光诗人，号祧唐祖宋，王闿运则高言汉、魏、六朝。不知时世去古日以远，举文物典章以迄士大夫齐民日常之生活，皆前乎此者所未有。于此而仅求似于古人，则观其诗无以知其时与世，章句虽工，末矣。民国诗滥觞所谓“同光体”，变本加厉。自清之达官遗老扇其风，民国之为诗者资以标榜，展转相沿，父诏其子，师勖其弟，莫不以清末老辈为目虾而自为其水母。门户既张，于是此百数十人之私言，浅者盗以为一国之公言，负之而趋。其尤不肖者，且沾沾自喜，以为得古人之真。其实不惟不善学古人，其视清之江湜、郑珍、范当世、郑孝胥、陈三立，虽囿于古人之藩篱，犹能屹然自成其一家之诗，盖又下焉。

又在《丽白楼诗话》上说：

清戊戌维新，迄于民国，远沿五口通商之旧，近经辛亥与丁卯革命之变，文物典章，几于空前。生活之因革，虽或矛盾杂陈，要其于人情与风俗之推移，实为有史以来之创局。苟诗人于此，懵焉无睹，行今人之行，而言古人之言。人人自以为陶、谢、李、杜，其去陶、谢、李、杜益远矣。

同光诗人什九无真感。

学衡，闽人，为诗本自“同光体”入手。少年读书京师大学，与同学姚锡钧刊《太学二子集》行世，姚也是学“同光体”的。后期反戈一击，便能击中要害。然“同光体”诗人也未尝不知此理，所以陈衍选《近代诗钞》，其序文自谓道、咸以降，“丧乱云膴，迄于今变故相寻而未有届，其去小雅废而诗亡也不远矣”，“身丁变雅变风以迨于将废将亡，上下数十年间，亦近代文献得失之林乎？”看法虽然是向后，没有看到前途，但他把近代诗歌联系近代历史来看待，也是正确的，我们不应该因为《石遗室诗话》多谈艺术而忽视他理论中正确的一面。具体到“同光体”主要的诗人，如沈曾植、陈三立、陈衍、沈瑜庆、林旭诸家，在清光绪年代，他们还是壮年或青年。林旭、陈三立、沈曾植、陈衍，都参加戊戌维新变法运动。陈三立在湖南助其父湖南巡抚陈宝箴推行新政，政变后被革职；林旭是被杀害的“戊戌六君子”之一；沈曾植赞助康有为开强学会于京师，赞成变法自强；陈衍在戊戌（1898）年曾入都，作《戊戌变法榷议》十条，在当时，都是较进步而不是反动的士大夫。那时，他们的诗作保存下来的虽不多，还有不少可取之作。如沈曾植在光绪丙申（1896）所作《柬黄公度》《游仙词用前韵和公度二首》，都是因英、德二国无理阻挠黄遵宪出使而大发其愤慨；戊戌所作《野哭五首》，是感伤变法失败、“六君子”的被害；己亥（1899）所作《抱冰堂夜集纪言》，主张练兵自强。陈三立辛丑（1901）所作《书感》，是为庚子（1900）八国联军进犯京师而抒愤；《江行杂感》五首之四，为和议赔款而不平；癸卯（1903）《园馆夜集，闻俄罗斯、日本战事甚亟，感赋，用前韵》《小除夕后二日闻俄、日海战已成作》、甲辰（1904）《感春五首》之四、《短歌寄杨叔玫，时杨为江西巡抚，令入红十字会观日、俄战局》，都是为日、俄二国在我国领土上进行战争而作，是爱国精神强烈的作品。沈瑜庆《哀余皇》是伤甲午（1894）之战海军败北的名篇；《咏史寄虞山师》《杂感》《贾谊》《晁错》则是反映戊戌变法前后国事。林旭《叔峤、印伯居伏魔寺，数往访之》是愤慨甲午战败后议和的局势，其余诗篇字里行间表现为国事而忧心的为数不少。这都说明初期“同光体”诗人并不都是一味追求艺术、脱离政治的。陈三立《赠黄公度》七律一首见于《饮冰室诗话》的，更可以看到三立和“诗界革命”巨子的关系。当时，“同光体”诸诗人对主张以旧瓶装新酒的“诗界革命”诗人黄遵宪都是极力赞赏的。陈三立评为“驰域外之观，写心上之语，才思横轶，风格浑转，出其余技，乃近大家，此之谓天下健者”。（陈三立乙未年所作《人境庐诗草》题识）郑孝胥叹为：“开拓心胸，推倒豪杰，微公其孰当之？”（郑孝胥乙未年所作《人境庐诗草》题识）陈衍也说：“自古诗人足迹所至，往往穷荒绝域，山川因而生色，更千百年，成为胜迹，表著不衰……中国与欧、美诸洲交通以来，持英簜与敦槃者不绝于道，而能以诗鸣者惟黄公度。其关于外邦名迹之作，颇为夥颐。而南海康长素（有为）先生以逋臣流寓海外十余年，多可传之作。”（《石遗室诗话》卷九）“《人境庐诗》惊才绝艳，人谓其濡染定庵，实则宗仰《晞发集》（宋谢翱著）甚至。”（同上卷八）而另一方面，“诗界革命”诗人对“同光体”诗人也未尝不倾倒。梁启超可为代表，《饮冰室诗话》说：“陈伯严吏部……其诗不用新异之语，而境界自与时流异，醲深俊微，吾谓于唐、宋人集中罕见伦比。”可见“同光体”诗人和“诗界革命”诗人，并不是水火不相容的对立面。他们后来消极了，但也不只“同光体”诗人如此，“诗界革命”诗人，黄遵宪早殁，康、梁到民国后，不但思想倒退，连写诗也渐和“同光体”诗人合流。康有为和沈曾植相唱和，梁启超则“中年后一意学宋人”（陈兼于《论诗》自注）。“同光体”诗人陈三立、郑孝胥、陈宝琛、沈曾植等人清亡后都成了遗老，大量地写了“赞颂旃裘，诋諆民国”（凌景坚《近代闺秀诗话序》）的诗，当然更不值得提。

当“同光体”在极盛的时期，陈衍、郑孝胥的同乡朋友林纾就已出来反对。他在翻译小说《旅行述异·画征》识语上说：

> 观秋谷（赵执信）、渔洋之哄于康熙之朝，子才（袁枚）、归愚（沈德潜）之争于乾、嘉之朝，互相鄙薄。至于今日，则又昌言宋诗，搜取枯瘠无华者，用以矜其识力，张其坛坫。其视渔洋、归愚，直同刍狗……盖诗人之门户党派，等诸理学。理学争朱、陆，诗家区唐、宋，一也。吾尝持论，谓诗者，称人之性情。性情近开元、大历者，开元、大历可也；近山谷、后山者，山谷、后山可也。必揭麾举纛，令人望景而趋，是身为齐人，屈天下均齐语，身为楚产，屈天下皆楚语，此势所必不至者也。

林纾这种非议，还不很有力。进一步从政治的立场给“同光体”诗人以痛斥的是南社的首领柳弃疾。他在《胡寄尘诗序》中说：

> 曩者畏庐老人（林纾）序林先生述庵（崧祁）诗曰：“近十年来，唐诗祧矣。一二巨子，尚倡为苏、黄之派，又降为力摹临川，又降则非后山、简斋，众咸勿齿。忆壬寅（1902）都下与某公论诗，竟严斥少陵为颓唐。余至噤不能声，知北地（李梦阳）、信阳（何景明）在今更刍狗耳。”呜呼！何其言之痛也。
>
> 虽然，今日诗道之弊，其本原尚不在此。论者亦知倡宋诗以为名高，果作俑于谁氏乎？盖自一二罢官废吏，身见放逐，利禄之怀，耿耿勿忘。既不得逞，则涂饰章句，附庸风雅，造为艰深，以文浅陋。彼其声气权势，犹足奔走一世之士。士之夸毗无识者，辄从而和之，众响漂山，群盲诧日。后生小子，目不见先正之典型，耳不闻大雅之绪论，诋之蚩蚩，惟扪盘逐臭者是听。而黄茅白苇之诗派遂遍天下矣。夫天水一朝，最重名节，王荆公得君行政，有志三代，徒以新法奉行不善，见诟于世，苏、黄之伦，遽攻之如仇敌，沦谪天涯，九死靡悔。韩平原抗疏北伐，齐襄复九世，鲁庄败乾时，《春秋》所曲予，时人恶其专政，未之许也。放翁一记南园，遂贻口实。宋人清议之严如此。而今之称诗坛渠率者，日暮途穷，东山再出，曲学阿世，迎合时宰，不惜为盗臣民贼之功狗，不知于宋贤位置中当居何等也。其尤无耻者，妄窃汝南月旦之评，撰为诗话，已不能文，则假手捉刀，大书深刻，以欺当世。就而视之，外吏则道府，京秩

则部曹，多材多艺，炳炳麟麟，而韦布之士独阒然无闻焉。呜呼！此与职官表、缙绅录何异，而诗话云乎哉！昔吕崇德（留良）有言：“今日之文字，坏不在文字，其坏在人心风俗。”夫人心风俗之既坏，即工诗何益？而况其背谬嚣妄，如畏庐所言者耶？

余与同人倡南社，思振唐音以斥伧楚，而尤重布衣之诗，以为不事王侯，高尚其志，非肉食者所敢望。海内贤达，不非吾说，相与激清扬浊，赏奇析疑，其事颇乐……

柳弃疾这篇批判文章无异是声讨“同光体”的檄文，当时颇得到一部分南社社员的支持。南社又一首领陈去病《论诗三章寄安如》说：“豺狼当大道，狐鼠任横飞……骚坛旗鼓在，高唱莫嫌迟。”就是在给柳弃疾打气。但在南社内部，还有赞赏“同光体”的一派，姚锡钧、朱玺、林学衡、胡先骕诸人都是。朱玺攻击柳弃疾尤力，掀起了柳弃疾以“南社主任”名义将朱玺“驱逐出社”的轩然大波。他们中间，姚锡钧、林学衡、胡先骕在京师大学读书时，都是陈衍的学生，胡先骕又是沈曾植的学生。可是“同光派”前辈未必把他们放在眼里，陈衍选《近代诗钞》只选了林学衡的诗，总算还有些好评，姚、朱、胡等人的诗，都没有入选。郑孝胥对林则有嘲讽，题其诗集二绝句，有“喜子能诗通性命，何妨取径近艰辛”之句，林甚“愤孝胥之讽”（见林《吞日集自序》）。陈三立虽有誉词，说“大作多与明‘七子’为近，才气充溢行间，绝句尤酷肖渔洋”（见同上），却并不誉其为“同光体”。学衡自说：“民国三年，刊《急就集》，流传旧京，诗渐有进，仍不能拔于所谓‘同光体’之窠臼。嗣后又有《舟车集》，视《急就集》无大差别。陈衍选入《近代诗钞》者，可什之一。余雅不自惬，私以为余诗裁堪与乡人李宣龚辈颉颃，容犹不逮，何以轶孝胥？遂废诗不作。”（同上）姚、胡则始终扬“同光体”之死灰不变。南社虽然反对“同光体”，但并不能夺“同光体”的坛坫而代之。正如林学衡所指出：“南社诸子倡导革命，而什九诗才苦薄，诗功甚浅，亦无能转移风气。”（《今诗选自序》）“同光体”继续霸占民国的诗坛。因此，在南社柳弃疾诸人之后，又有大力抨击“同光体”的诗人出来，那是名不列于南社的柳弃疾的同乡吴江金天羽。金氏论诗主张略同于“诗界革命”的黄遵宪，而尤强调在艺术方面要广博吸取前代诗人之长以自成面目。因此，他对旧体诗歌的造诣之深，比柳弃疾诸人大不相同。他反对“同光体”的持论，引起不少人的注意。他在《与郑苏戡先生论诗书》中指出：

> 石遗之序海藏诗，侔色揣称于句律之间，评量古人，务轻彼而轩此者，其无乃仪毫失墙，而未得帝之悬解乎……如牵课于宗派，衡量于格调，则必如刘彦和（勰）所谓“会己则嗟讽，异我则沮弃”，循行数墨，文学之道苦矣。

又在《五言楼诗草序》中大声疾呼道：

> 诗至今日，难言之矣。创作者恶夫袭古人之貌……而泥古者则又规仿唐、宋，标举一二家以自张其壁垒，师古而不能驭古……又其甚者，举一行省十数缙绅，风气相囿，结为宗派，类似封建节度，欲以左右天下能文章之士，抑高唱而使之喑，摧盛气使之绌，纤靡委随，而后得列我之坛坫。卒之儇薄者得引为口实，而一抉其樊篱，诗教由是而隳焉。

可算是痛哭流涕以言之。陈衍晚年，与金天羽同寓居苏州，倡办国学会，互相周旋，天羽抨击的锋芒稍杀。然在辛巳（1941）所写《箹园诗钞序》中还是说：

> 吾观三百年来，诗坛之盟主，如渔洋、归愚、随园、石遗之伦，当其全盛之时，百城冠盖，四至趋风，诵叹之声，旁及巾帼，逮于厮养。洎事会将去，而微辞起于道路，虽宋襄之孱弱，犹欲起而与桓、文争伯，庄周所谓豨苓桔梗相代为帝。夫帝者谛也，帝者在己，谛之者在人……吾友钱子泉（基博）撰《现代文学史》，以余名缀于石遗老人之后，则欲使余谬托为知己而不可得者。子泉固褊见，然吾亦尽其在我者而已。

这是天羽对“同光体”诗派的最后一击，也是与陈衍关系的坦率表白。至于自谓“不能拔于所谓‘同光体’之窠臼”因而“遂废诗不作”的林学衡，自谓“又三四年，余始治社会主义之学，旁及欧美文学，于中国古人之诗，则……尽发古人之奥。民国十七年戊辰（1928），余之诗一变而熔经铸史，兼擅魏、晋、唐、宋人之长矣”。（《吞日集自序》）他又以为“洎五四新文化之运动，震撼全国，语体诗突起，欲取旧体而代之。卒以作者但剽窃欧美人之糟粕，与‘同光体’诗人挦撦古人之残骸于墟墓中者，其弊惟均。而又以旧体诗流传较久之故，浸假而语体诗人亦为旧体诗所溺，竞为五七言。顾诗之不振愈甚，莫为之前，又莫为之后，使之然也”。（《今诗选自序》）以为自己的诗，“涵盖一切”，说“曩余尝语人，十年前郑孝胥诗今人第一，余居第二。若近数年，则尚论今古之诗，当推余第一，杜甫第二，孝胥不足道矣”。可说是高自位置，与“同光体”割断关系。他的《丽白楼自选诗》确有新意境，但“同光体”诗的构思琢句遣词等艺术手段，却仍然不排除。

陈衍自壬子开始在《庸言杂志》发表《石遗室诗话》，至甲寅（1914）而印行了十三卷。乙卯（1915）以后，继续在《东方杂志》发表，增加到十八卷。后来再有增益，到己巳（1929），商务印书馆出版其三十二卷的全本。以后又继续在《青鹤杂志》发表《续编》，在抗日战争前年，由无锡国学专门学院刊行其《续编》全部。二十多年的影响及于全国，不算小了。诗话捃猎所及，除一部分不是“同光体”诗人外，大抵属于“同光体”诗派。此外，陈衍又选有《近代诗钞》二十四巨册，于癸亥（1923）由商务印书馆出版，以陈宝琛以后的入选者计，其中大约五分之一强的人是“同光体”作者。这一流派既然客观存在，不论其利弊如何，就不能在文学史上抹掉。

今天看来，“同光体”自然是历史的陈迹了。怎样评价，不应用几句话骂倒的简单办法。特别是“同光体”诗的艺术，对我们今天怎样做到诗是精练的语言这方面，还有可以借鉴的地方。林学衡诗能取“同光体”之长为己用，就是明证。

（原载《文学评论丛刊》第9辑，
中国社会科学出版社1981年版）

沈曾植诗学蠡测

沈曾植（1851—1922），字子培，号乙庵，晚号寐叟，还有薏庵、睡庵、逊斋、李乡农、皖伯、谷隐居士、东轩、灊皤、姚埭老民、癯禅等许多别号，浙江嘉兴人。清光绪六年（1880）进士，官刑部主事。康有为主张改革，曾植赞助他开强学会于京师。二十三年丧母，康往唁，曾植劝他再上万言书，言变法自强。二十四年三月南归，五月，湖广总督张之洞聘其往武昌主两湖书院史席。八月，政变作，未被祸及。母丧服满后，历任江西按察使、安徽提学使、署布政使、护理巡抚。宣统二年（1910）辞官归里。清亡后，以遗老居上海。丁巳，为人所挟持，北上参与溥仪复辟之役。事败归上海。壬戌十月病卒，年七十三。其生平事迹载于《清史稿》本传及其门人谢凤孙所撰墓志铭、王蘧常所撰《沈寐叟年谱》、宋慈抱所撰传。

沈曾植为近代我国在国内外有影响的著名学者，邃于旧学，经、史、音韵训诂、西北与南洋地理、佛、道、医、古代刑律、版本目录、书画、乐律，无不精通。胡先骕《海日楼集跋》以为他是“同、光朝第一大师，章太炎、康长素、孙仲容、刘左庵、王静庵先生，未之或先也”。王国维《沈乙庵先生七十寿序》中作过这样的概括：“先生少年固已尽通国初及乾、嘉诸家之说，中年治辽、金、元史，治四裔地理，又为道、咸以降之学，然一秉先正成法，无或逾越。其于人心世道之污隆，政事之利病，必穷其源委，似国初诸老；其视经、史为独立之学，而益探其奥窔，拓其区宇，不让乾、嘉诸先生；至于综览百家，旁及两氏，一以治经、史之法治之，则又为自来学者所未及。”这对沈氏学术面目作了基本的勾勒，是符合实际的。沈氏早期曾与陈澧讲论，中年又与李慈铭、李文田、洪钧、文廷式诸人探讨学术，精研律学；与杨文会探索佛典，启示他治唯识法相之学；与罗振玉、王国维讲论古音韵；与陈衍、陈三立、朱祖谋、张尔田探讨诗词，尔田并为沈氏《蒙古源流笺证》整理校补。在国外，著名汉学家如日本那珂通、藤田丰八、内藤虎次郎、法国伯希和诸博士都闻声倾慕，谒谈相契。俄国卡伊萨林为作《中国大儒沈子培》一文，日本西本省三为沈作小传。沈氏无愧为中外学苑的祭尊。沈氏学术的成就是卓越的，但学术不断在前进，沈氏学术反映了清末民初的水平，用今天我国及世界的学术成就相衡量，已不免后来居上。而沈氏在诗学领域的成就，在文学史的地位，却不可动摇。诚如张尔田先生所云：“以乙老而论，其史学、佛学，今日视之，已有积薪之叹，而其诗则自足千古，异日之传，固当在此而不在彼也。”(《文献》第十六辑：《张尔田论学遗札》)

沈曾植在创作上的成就，以诗为第一。他是清末陈衍、郑孝胥所楬橥的“同光体”诗人的魁杰。(见《石遗室文集·沈乙庵诗序》）所谓“同光体”，是陈、郑二人“戏称同（治）、光（绪）以来诗人不墨守盛唐”。（同上）它包括江西派、闽派、浙派三大支。“不墨守盛唐”，实际是以中唐的孟郊、韩愈、柳宗元，宋人梅尧臣、王安石、黄庭坚、陈师道、陈与义为学习对象，侧重在宗宋。而同光派宗宋之风，导源于道（光）、咸（丰）以来程恩泽、曾国藩、郑珍、莫友芝诸家的宗法西江。这就是近人文学史所说的“宋诗运动”。陈衍作《近代诗钞序》，把它溯源于清中叶的钱载，又明确提出了他们“盖合学人、诗人之诗二而一之也”。（《近代诗钞·石遗室诗话》）又公开反对严羽“诗有别才，非关学也”的论点，以为“诗也者，有别才而又关学者也”。（《石遗室文集·瘿唵诗序》）由此可知，陈衍是在标榜“同光体”诗人为学人之诗与诗人之诗合而一之者。但我们仔细考察一下，程、郑、莫诸人诚然不愧是学人，而在“同光体”诗人中，则很难举出著名的学人。有之，只一沈曾植。所谓学人，在清代也有个发展过程。清初，以顾炎武为代表，是通经致用的学人；到乾、嘉时代，以戴震为代表，是以音韵、训诂、典章制度等考据为主的学人；道、咸以后，公羊学派代兴，又从公羊学折入通经致用，出现龚自珍到康有为一派的学人，同时考据学仍继承乾、嘉余派，黄以周、孙诒让、俞樾、章炳麟等学人也未尝绝迹，章氏是不借道《公羊》的又一通经致用者。在清末民初，西北地理、辽金元史、甲骨文字等开拓了新的学术领域，又有以罗振玉、王国维为代表的学人。沈曾植则是一方面继承乾、嘉学风，一方面又跨入新学术领域的学人，其学术成就，已如前文所引王国维氏的概括。至于从学人合诗人之诗为一的角度来说，陈衍推崇钱载，以程恩泽诸家直接钱载之统，钱载当然也被陈氏算作学人了。其实，沈曾植才是地地道道的学人。钱载是浙派中秀水派的代表，也是沈氏诗法所自出。在钱氏之前，浙派秀水派的开山祖朱彝尊是清初的著名学人，为顾炎武所推许。沈氏推重朱诗，以为朱诗能结唐、宋分驰之轨（沈氏门人王蘧常为余言），当然是学人之诗，不过与陈衍所标举的乾、嘉考据学派的学人、诗人合而一之的，并不相同。但陈衍也不能不承认“胜清数学人，终首朱锡鬯。经史既淹通，诗文复跌宕”。（《题竹垞图》）曾植门人金蓉镜《论诗绝句寄李审言》说：“乙翁硬句接朱翁（自注：谓竹垞），不怕新来火雨攻。未到昆仑谁信及，中天原有化人宫。”（《滮湖遗老集》）可见沈、朱之间的关系。沈氏也有自道：

> 吾禾县邑起春秋，州于晋，府于南宋，控吴引越，实乐且讦。诗道自先唐邱、顾以来，南宋坛坫属寓公。元、明之交，徐、鲍、贝、程，名流辈起。厥后虽鲜大家，而相质披文，音和且平，亦不诡随于当时风气。以迄我朝，竹垞老人综唐、宋之大成，建标海内，坛宇崇闳。萚石宗伯以渊才邃学继之，事博趣昭，溯源弥广。同时并起者，前若曹、彭、“三李”，后若柘坡、丁辛。其人皆旷代逸才，在他方足以雄长群伦，而在我郡，乃附叶同条，若骖之靳。承学之士，人自得师，本其乡闾所诵习，出而应世，往往不蕲胜人而人自有不能胜者。吾郡文学之盛，近二百年，盖前古所未有。学者或日用不知，抑不可不诵其本末。诏我后生，勿愆勿忘，保之勿坠者也。（《续檇李诗系序》）

上文还说明了沈氏对秀水派的自信与自负。秀水派的钱仪吉，其诗清新奥涩，不落寻常窠臼，更是学人。曾植在为钱仪吉《定庐集》所作序中，将自己的渊源及对仪吉的崇仰交待得清清楚楚：

曾植少孤，独学无友。所由粗识为学门径，近代诸儒经师、人师之渊源派别，文字利病得失，多得之武进李申耆及吾乡钱衎石（按：即钱仪吉）先生文集中。两先生，吾私淑师也，而钱先生同乡里为尤亲……举凡先生之扬历志事，与夫音容笑貌，性情嗜好，往往有小闻琐语，覆而证诸文字空曲交会之中。先生之微尚渊思，若亲接于謦欬，若从先生上丘陵而从其指向，其乐意乃每得之意外。而视俗尚所趋，当代闻人所标持为职志，而哗宠一时者，又若先生时时为吾抉其利弊，学在此，不在彼也。同此志，同此乐者，则昆山李桔农廉使表弟与吾弟子封学使。光绪初元，甲乙丙丁之间，桔农、子封治算学，余治地理书，三人各有专业，而文学指归，一折衷于钱氏。荒庭寒日，步屐相过，往往想象李杏村、朱云陆、董方立诸君与先生讲习从游时，意拟其性情赏会，以为笑乐。境有所触，则相与歌先生诗以自遣。若《宝真斋法书赞》《仲家浅》《虞仲翔祠》诸篇，皆当时所遥吟俯唱，沉吟不已者也。

所以从学人之诗与诗人之诗合而一之的要求说，曾植可说是上承清初顾炎武、朱彝尊、清中叶钱仪吉的一派。

沈氏的学人之诗，不仅受到秀水派的影响，其奇气横逸的一面尤其受到龚自珍的影响，治学的畛域也大都与龚氏相同。曾植《龚自珍传》："自珍幼秉异资，聪俊绝常伦。博通今古，精六书音韵之学，兼能读蒙古、西番、天竺字书。生平著作等身，出入九经、七纬、诸子百家。其于经通《公羊春秋》，于史长西北舆地。其为文以六书小学为入门，以周秦诸子、吉金乐石为崖郭，以朝章国故、世情民隐为质干。尤好西方之书，自以为造深微云。”其中对西北舆地的研究并非仅仅是为学术而学术，俄罗斯对中国虎视眈眈，这一点有识之士如魏源、何秋涛等人都已认识到，林则徐在晚年也有所察觉，曾说：“为中国患者，终俄罗斯乎。”（《清史稿》本传）对西北舆地的研究就是为了经世致用，抵御外来侵略。曾植对西北史地之研究，正与龚氏的用心相同。而且，曾植不仅继承了龚自珍的这一治学传统，并继承新变了龚氏深沉新奇的思想。他在《书龚定庵文集后》中说道：

> 才非盛世之所有也。盛世之民，浑浑淳淳而已，中声以为言，中制以为行，中气以为养。无过听之声，固无荡心者以发其声也；无眩视之色，固无有耀神者以发其色也。才之兴，其于中古乎？智与愚角，智又与智角，尤智者又与群智角，其间有通天人、齐古今之智者出，则又与尤智者角，尤智者或抑首喙气，不敢与角焉。于是才之量成，而才之事亦极。其声非寻常之声也，其色非寻常之色也，其回薄激宕，江海不足以为深，山岳不足以为高。群天下魁儒、硕学、长德、伟人、大豪、大奸邪、大盗、大猾，震之、骇之、颂之、赞之、摈弃之、绝之，而其幽灵殊异之心，疏通知远、体物无遗之智，如电入物，如水注地，积微造微，泯然藏密，不可思议。

对龚自珍的推崇备至，正可视作曾植自况。

沈氏的学人之诗表现在其诗的融通经学、玄学、佛学等思想内容以入诗，表现在腹笥便便，取材于经史百子、佛道二藏、西北地理、辽金史籍、医药、金石、篆刻的奥语奇词以入诗，从而形成了自己奥僻奇伟、沉郁盘硬的风格，与同时的江西派陈三立、闽派郑孝胥、陈衍的“同光体”大异其趣。对此，张尔田的评价是：“公诗以六籍、百氏、叶典、洞笈为溉，而度材于绝去笔墨畦町者，以意为輗，而以辞为辖，如调黄钟，左韶右濩，如朝明堂，尧酤舜醺，谲往诡今，蹠瘁攘窳，上薄霄霓，下游无垠，捽拔劖露，耸踔歁立。其绳切物状，如眇得视，如跛得践；其蛰扶复迈，如寒厉肤，煦以温燠，如溽大酷，扇以凉清；其幽咽骚屑，缮性鞠情，辫如孤葩，空壑自嫮，土视粉黛；其严听尊瞻，醲化可醇，君都臣俞，父熙子皞，如莅廉陛，指挥督御，如居幡座，天龙海众，膜拜礼赞，赍赍赫赫，睨之背芒，慄不敢近。呜呼！其可状者如此，其不可状者岂极耶！”（《乙卯稿后序》）陈三立一方面称“其诗沉博奥邃，陆离斑驳，如列古鼎彝法物，对之气敛而神肃”，一方面又说“盖硕师魁儒之绪余，一弄狡狯耳，疑不必以派别正变之说求之也”。（《海日楼诗集跋》）意思是说只是学人的余事，而不必是诗坛的正宗。但大多数的当代名家对沈诗是一致推许的，这些评论，散见于陈衍、孙德谦、张尔田、蒯寿枢、李证刚、胡先骕诸家序跋中，三立所云“疑不必以派别正变求之”之说是不符合事实的。曾植于诗，有自己的一套主张，主要见于《与金甸丞太守论诗书》中：

吾尝谓诗有元祐、元和、元嘉三关。公于前二关均已通过，但着意通第三关，自有解脱月在。元嘉关如何通法，但将右军兰亭诗与康乐山水诗，打并一气读。刘彦和言：

"庄老告退，而山水方滋。"意存轩轾，此二语便堕齐、梁人身份。须知以来书意、笔、色三语判之，山水即是色，庄老即是意；色即是境，意即是智；色即是事，意即是理；笔则空、假、中三谛之中，亦即遍计、依他、圆成三性之圆成实性也。康乐总山水、庄老之大成，开其先支道林。此秘密平生未尝为人道，为公激发，不觉忍俊不禁，勿为外人道，又添多少公案也。尤须时时玩味《论语》皇疏（自注：与紫阳注止是时代之异耳），乃能运用康乐，乃亦能运用颜光禄。记癸丑年同人修禊赋诗，鄙出五古一章，樊山五体投地，谓此真晋、宋诗，湘绮毕生何曾梦见。虽谬赞，却惬鄙怀。其实止用皇疏川上章义，引而申之。湘绮虽语妙天下，湘中《选》体，镂金错采，玄理固无人能会得些子也。其实两晋玄言，两宋理学，看得牛皮穿时，亦只是时节因缘之异，名文身句之异，世间法异，以出世法观之，良无一无异也。就色而言，亦不能无抉择，奈何！不用唐后书，何尝非一法门（自注：观《刘后村集》可反证）。无如目前境事，无唐以前人智理名句运用之，打发不开。真与俗不融，理与事相隔，遂被人呼伪体。其实非伪，只是呆六朝，非活六朝耳。凡诸学古不成者，诸病皆可以"呆"字统之。在今日学人，当寻杜、韩树骨之本，当尽心于康乐、光禄二家（自注：所谓字重光坚者）。康乐善用《易》，光禄长于《诗》（自注：兼经纬），经训菑畲，才大者尽容耨获。韩子因文见道，诗独不可为见道因乎？

这段话主要有四层意思。第一，倡"三关"之说。这和中年客武昌时与陈石遗论诗主“三元”（开元、元和、元祐）之说不同，主要差别在“元嘉”一关。“三元”重在宗宋，而推本于杜、韩；“三关”重在宗颜、谢，要人着意通此关，做到“活六朝”，才有解脱月在。这与袁昶的取径是一致的，所以早在光绪十八年（1892）沈氏为袁昶作《安般簃集序》，已赞许袁昶的诗“庶几脱落陶、谢之枝梧，含咀风骚之推激”。第二，用佛理谈诗。以天台宗的空、假、中三谛，法相宗的遍计、依他、圆成三性处理意、笔、色。所谓空谛，指世界万有因缘和合而成，空无自性；假谛又称有谛，指万有空无自性，但并非纯无所有，仍有假相在；既看到现象空的一面又看到假的一面即是中谛。三谛圆融，亦就把握了佛教的绝对真理，三性一际，也就会真如和万有、彼岸世界与此岸世界都在一心的基础上交互融通，不可分离。这也就说明了意、笔、色三者虽三而一，虽一而三，不相妨碍而又举一全收，真妄互融，性无障碍。第三，主张通经学、玄学、理学为诗，要因诗见道。主张无论经学、玄言、理学、诗歌，就其反映世界的本质而言是一致的。这才是地地道道的“合学人、诗人之诗二而一之”的主张。第四，对“明人学古”并不完全否定，以为学古本身并没做错，关键是活学还是呆学。学古而泥古则呆，则成伪体；学古而变古则活，则成正体。曾植肯定了学古的重要性，并对两种不同的方法进行了批评。

曾植的诗学观点不仅在文章中得以表达，在诗中也有《题渐西村人集》《寒雨积闷，杂书遣怀，襞积成篇，为石遗居士一笑》《八月二十八日渔洋生日》诸篇发挥其宗旨。在其他文章中如《止庵诗集序》《涛园诗集序》等，也可以窥见沈氏取法所在。

所谓“经纬唐、宋，调适苏、杜，正法眼藏，甚深妙谛，实参实悟，庶其在此”。(《海日楼题跋·惜抱轩诗集跋》) 合以上述“三关”之说，曾植诗学学古的全貌都可以概括无遗了。

（原载《文学遗产》1996年第1期）

诗词集叙论

《鲍参军集注》前言

曾被大诗人杜甫冠以“俊逸”[1]称号的鲍照，是我国南朝宋著名文学家。他在南朝文坛的颓靡风尚中，“颇自振拔”[2]，继承和发扬了现实主义文学的传统。他的创作，在文学园地中，特别是在古代诗歌的园地中，开放了惊人的奇葩。

鲍照，字明远，本是上党[3]人，后来迁于东海[4]。生活年代（约414—466）稍后于同时代的著名诗人陶渊明（365—427）。他出身于寒族家庭，自称“负锸下农”[5]，“废耕学文”[6]。他是有抱负的才士，不甘心屈从于当时的门阀制度而要争取政治上的地位。但是，在世族豪门的压抑下，他在政治上一直是不得志的。

[1] 杜甫《春日忆李白》：“清新庾开府，俊逸鲍参军。”

[2] 胡应麟《诗薮》。

[3] 上党，南朝侨置县名，属徐州淮阳郡，今江苏宿迁县地。

[4] 东海郡，属徐州。

[5] 见《解褐谢侍郎表》。

[6] 见《侍郎报满辞阁疏》。

二十多岁时，献诗于临川王刘义庆，被提拔为王国的侍郎，那是一个起码的事务官。继而在衡阳王刘义季、始兴王刘濬的王国里当侍郎，经常过着贫病交迫的生活。后来在刘宋王朝直属的官府里，任过太学博士、中书舍人、海虞令、秣陵令、永嘉令等官职。为了避免忌才的宋世祖的猜忌，曾故意写些“鄙言累句”[1]的文章以苟全性命。最后任临海王刘子顼参军，在统治阶级的内部斗争中被乱兵所杀。封建统治者的压抑和迫害，造成了鲍照悲剧性的一生。

鲍照是诗人，又是骈文家，主要的成就在诗歌创作方面。他生活的时代，民族矛盾和阶级矛盾十分尖锐，而他的“家世贫贱”[2]，则又使他同下层人民比较接近，所接触的生活面比较广阔，因此，他的作品首先是反映那个时代的现实。在《代苦热行》《代东武吟》《拟行路难第十四》《拟古第三》等篇中，描写了佛狸窥江[3]威胁下战争给人民带来的痛苦，统治阶级对士兵的残酷压迫，抒发了自己抵御外敌的壮志；在《拟古第六》中，揭发了贵族大地主加在农民头上繁重的租税徭役；在《拟行路难第三》中，控诉了统治者的内讧战争给民间家庭带来的离愁别恨。这些作品是鲍照全部作品中最光辉的部分，它在一定程度上反映了当时的民族矛盾和阶级矛盾，表达了人民的思想感情。其次，较多的是对不合理的门阀制度的揭露。在《拟

[1]《宋书·临川王传》附鲍照传。

[2] 虞炎《鲍照集序》。

[3] 佛狸，北魏太武帝拓跋焘的小字。宋文帝元嘉二十七年（公元450年），拓跋焘南侵宋，直抵长江北岸的瓜步。

行路难第六》《代结客少年场行》《代放歌行》等篇里，抒发了寒族士人怀才不遇的愤懑和对于黑暗现实的不满。除此以外，有一部分写自然景物的作品，其中如“松色随野深，月露依草白”[1]，“青冥摇烟树，穹跨负天石”[2]，“木落江渡寒，雁还风送秋”[3]，“风起洲渚寒，云上日无辉”[4]，“晨光被水族，晓气歇林阿”[5]，“复涧隐松声，重崖伏云色”[6]，“凉埃晦平皋，飞潮隐修樾。孤光独徘徊，空烟视升灭”[7]，“差池玉绳高，掩霭瑶井没。广岸屯宿阴，悬崖栖归月”[8]等，形象都很鲜明而新异。一些写游子之情的诗篇，如《代东门行》《日落望江赠荀丞》《吴兴黄浦亭庾中郎别》《赠傅都曹别》《上浔阳还都道中》《发后渚》《岐阳守风》，也都生动地勾画出哀愁惨切的情景，具有感人的魅力。

鲍照的诗不仅在内容上能反映社会现实，抒写个人的真情实感，不同于同时代一般贵族诗人的故弄玄言和沉溺于山水之间，就是在形式方面，也和谢灵运、颜延之的过于雕琢华辞、堆砌故实，走着不同的道路。鲍照善于学习民歌，“欲汰去浮靡，返于

[1] 见《过铜山掘黄精》。
[2] 见《从登香炉峰》。
[3] 见《登黄鹤矶》。
[4] 见《吴兴黄浦亭庾中郎别》。
[5] 见《还都至三山望石头城》。
[6] 见《行京口至竹里》。
[7] 见《发后渚》。
[8] 见《岐阳守风》。

浑朴”[1]。他的诗作，多得益于汉魏乐府和同时代的江南吴歌、荆楚西声。就学习吴歌西声来说，他还是六朝第一人。他从民歌吸收营养，丰富了诗歌的语言，发展了诗歌的表现形式，创作了大量的乐府诗。他不仅写了不少五言乐府，而且还写了二十多篇七言乐府，把七言诗推进到成熟的阶段。从此，七言的新形式，逐渐被诗人们广泛地采用。到了唐代，七言就成为我国古代诗歌的主要形式。可以说，在我国诗歌的发展史上，他是一个“上挽曹、刘之逸步，下开李、杜之先鞭”[2]的重要诗人。鲍照的创作，不同于陶渊明。陶渊明不写乐府诗，全力发展五言诗；鲍照则乐府与五言古诗双轨并进，突出的成就在乐府方面。鲍照作乐府又不同于陆机。陆机拟乐府，完全是摹仿；鲍照则能创造性地自制新题，或是借旧题以寄托新意。他运用现实主义的创作手法，融入民歌的风格，创造了大量生动活泼而又精练新颖的诗歌语言。因此，他的作品就和颜、谢一派“典正可采，酷不入情”[3]的形式主义倾向异趣。在当时，他对形式主义逆流，是曾经进行过斗争的。他曾当面批评当时处于诗坛领袖地位的颜延之的诗作“如铺锦列绣，雕缋满眼”[4]，而使颜延之“终身病之”[5]，这也使他更加受到延之的贬抑与排挤。延之素来瞧不起和尚汤惠休的作品，

[1] 胡应麟《诗薮》。
[2] 同上。
[3]《南齐书·文学传论》。
[4]《南史·颜延之传》。
[5] 同上。

称之为“委巷中歌谣耳”[1]，却又故意将鲍、汤两人并提，“立休、鲍之论”[2]，列鲍于汤后以示贬抑。这样，就使“才秀人微，取湮当代”[3]的鲍照，在南朝诗坛上招来了更多的歧视。作《南齐书·文学传论》的大贵族萧子显，尽管客观上不得不承认鲍照的诗歌风格已经成为当时的“三体”之一，可是仍然说他“雕藻淫艳，倾炫心魂，亦犹五色之有红、紫，八音之有郑、卫”。作《诗品》的钟嵘，也把鲍照诗列在中品，说他“贵尚巧似，不避危仄，颇伤清雅之调，故言险俗者，多以附照”。这种指摘，显然是指鲍照学习民歌，抒写爱情的作品。事实上，鲍照乐府中描写爱情的作品，多来源于民间歌谣，富有真挚的情感，内容是健康的。而堪称“淫艳”“红紫”的不健康的作品，倒是那些南朝贵族所写的宫体诗。从鲍照对颜延之的批评和颜延之等人对鲍照的贬斥，可以看出当时文学领域内两条创作道路的斗争。

必须指出，鲍照诗的内容，也存在着某些封建性糟粕。鲍照一生不得志，地位低微，这固然使他比较接近社会下层，同情人民的疾苦，写出了不少表现人民思想感情的现实主义诗篇，但同时也造成他思想上的矛盾。他一方面对自己的身居卑位、怀才不遇感到愤愤不平，另一方面却又在诗中表现了对“出入重宫里，结友曹与何。车马相驰逐，宾朋好容华”[4]那样一种生活的向往。由于自己的“十载学无就”，面对着“善官一朝通”的人，同样

[1]《南史·颜延之传》。

[2] 钟嵘《诗品》。

[3] 同上。

[4] 见《代堂上歌行》。

流露出企羡的情绪。因此，他又对贵族藩王表示了忠诚，在诗中有“命逢福世丁溢恩，簪金藉绮升曲筵，思君厚德委如山，洁诚洗志期暮年，乌白马角何足言”[1]和“犬马恋主情”[2]之类的谀词。集中还有一定数量的侍宴从游的作品，如《从过旧宫》《从临海王上荆初发新渚》《侍宴覆舟山》《从拜陵登京岘》《蒜山被始兴王命作》等。同时，不得志的环境给予他的刺激，使他产生了宿命论的思想，发出了“对酒叙长篇，穷途运命委皇天”[3]的哀叹。在这种思想影响下，他在黑暗的社会现实面前采取了明哲保身、消极退隐的态度，以“鹿鸣在深草，蝉鸣在高枝”[4]自况。还有像“寄语后生子，作乐富及春”[5]，“浮生念当儿，欢酌忽盈衷”[6]，“穷途悔短计，晚志重长生”[7]等，表现出一种颓废的情绪。这是他作品中的糟粕。在表现形式方面，元嘉时代雕琢的诗风，不能不吹到他的身上。在部分五言诗中，也有一些近于谢灵运的那种过于矫揉造作的语句，有时爱用一些替代字以标新立异。这对于后世，起着某些不良的影响，为韩、孟一派刻意致力于生僻奇奥者所祖述。但这些形式上的缺点，并不足以造成对鲍照“俊逸”风格的严重损害。

鲍照的骈文，向来被谈艺家所推崇，被许以“镵雕云风，琢

[1] 见《代白纻歌辞》。
[2] 见《从临海王上荆初发新渚》。
[3] 见《拟行路难》。
[4] 见《代别鹤操》。
[5] 见《代边居行》。
[6] 见《望孤石》。
[7] 见《代升天行》。

削支鄂”“垒乎其气，煊乎其华”[1]“藻耀高翔”的美誉[2]。在今天，应该给以恰当的评价。骈文这一与贵族地主阶级豪侈绮靡生活相适应的文学形式，随着两晋以来世族豪门势力的发展而发展。茅盾先生说：“这一股风，吹遍了一切的文字领域。不论是记事、哲学或文学理论、应用文，都用骈体。这就使得先秦诸子和司马迁所发展的散文优良传统，突然中断，而同时也形成了文言与口语的越来越大的距离。”[3]遗憾的是，“六朝的杰出的诗人们，虽然曾经有意识地反对当时绮靡的诗体，并且从民歌得到了启示，不同流俗，然而他们对骈文还没大张旗鼓来反对”[4]。出身寒族的进步诗人鲍照，也承袭了这种骈俪形式，并没有超越时代风尚的限制。如颂扬刘宋王朝“功德”的《河清颂》，对贵族统治者感恩图报的《野鹅赋》《拜侍郎上疏》《转常侍上疏》，宣传佛教思想的《佛影颂》，这些作品，无疑是夹杂了许多封建糟粕的。不过，鲍照骈文的内容，毕竟不完全等同于南朝帮闲文人的作品。在他的集子里，我们看到更多的，有敢于揭露门阀制度的不合理的《瓜步山楬文》，有反映统治集团内战给人民带来沉重灾难的《芜城赋》等，这类作品，都具有一定的现实意义。在《尺蠖赋》中，拂去明哲保身消极思想的灰尘，依然显现了“见义而守勇”的正义感。在《飞蛾赋》中，表现了敢于面对现实的昂扬的精神状态。另外，有几篇在艺术上具有较高的成就：《登

[1] 张惠言《七十家赋钞序》。

[2] 李详《与孙隘堪书》。

[3] 茅盾《夜读偶记》，载《文艺报》1958年第1期。

[4] 同上。

大雷岸与妹书》描绘庐山景色，设色妍丽，像金碧楼台一样；《石帆铭》又善于刻画奇突的山川形象。这种美术化了的写景文，在南朝影响了陶弘景、吴均写景书札的写作，在北方，则对郦道元撰写《水经注》产生了一定影响。又如《飞白书势铭》则能形象地绘摹我国古代书法的艺术境界。鲍照的骈文，是他文学创作的一个重要的组成部分，被称为是“远追扬、马”[1]、“气体恢宏”[2]的佳构。

关于鲍集版本问题和先祖父创始作注一直到本人校补的过程，已详于先祖父原序、黄节先生序文和本人的附识中，这里不再赘述了。

一九五八年九月钱仲联写于江苏师范学院

（原载《鲍参军集注》卷首，
上海古籍出版社1980年版）

[1] 吴汝纶评《河清颂》语。

[2] 孙德谦《六朝丽指》。

《韩昌黎诗系年集释》前言

韩愈（768—824）是唐代著名的文学家、思想家，字退之，河南河阳（今孟县西）人，郡望是昌黎。德宗贞元八年（792）进士及第，历任监察御史、阳山令、河南令、考功郎中、中书舍人、太子右庶子、刑部侍郎、潮州刺史等职。穆宗长庆时，官至吏部侍郎。卒年五十七。著有《昌黎先生集》。

韩愈所生活的年代，唐王朝已由鼎盛期转入内乱频发的中期，统治阶级内部和社会各种矛盾开始激化。在他的一生中，就经历了德宗年代的四镇之乱、泾原兵变、汴州兵变，顺宗年代的王叔文集团改革运动，宪宗年代的刘辟、吴元济藩镇叛乱等事件。韩愈出身于庶族地主家庭，年轻时就积极求进于仕途，自称“念昔始读书，志欲干霸王”，“报国心皎洁，念时涕汍澜”，对“前古之兴亡，未尝不经于心也，当世之得失，未尝不留于意也”。贞元十九年，关中大旱，韩愈以监察御史上疏朝廷请宽民徭，受到贬斥。宪宗元和十二年，曾随裴度去淮西平吴元济叛乱，穆宗长庆元年，奉命往镇州宣抚兵变，在反对藩镇割据的斗争中有所建功。在思想上，他尊崇儒学，主张儒、墨、法兼用；同时，力排愚民蠹财的佛、老。宪宗十四年，韩愈谏迎佛骨，反对皇帝带头奉佛，虽受贬斥，但仍不改其反佛主张。在文学上，韩愈主张“文道合一”，他不仅是唐代古文运动的领导者，在诗歌创作上也独辟一径，与白居易、元稹等人的诗形成“元和体”中的不同流派。（李肇《国史补》）现留存的诗有三百多首。

韩愈在唐代诗歌史上有重要的地位。继李、杜之后的五六十年间，诗歌领域中以“大历十子”为代表的卑弱诗风成为主要倾向。一般文人作诗，往往流连风花雪月，脱离社会现实，诗歌风格也卑弱颓靡。韩愈的诗，在一定程度上反映了当时的社会现实。其表现手法又融入了散文的清新笔调，加上他才力充沛，想象雄奇，使他的作品成为“唐诗之一大变”（叶燮《原诗》），对纠正当时的颓弱诗风，具有积极的作用。宋以后的著名诗人如梅尧臣、欧阳修、苏轼、王安石、黄庭坚、陆游，直到清代的郑珍等，都在一定程度上受到韩诗的影响。具体地谈韩诗的内容和特色，主要有如下几个方面：

（一）韩愈一生仕途坎坷，对当时政治的黑暗和社会动乱给百姓带来的苦难有所感受。作品在这方面作了一定程度的反映。如《龊龊》《归彭城》中写东郡水灾，《赴江陵途中》写关中旱情，《宿曾江口示侄孙湘》写三江水区百姓的困境，表现了作者对人民的同情和欲“排云上阊阖”，“上陈人疾苦”的意愿。这类作品直接敷陈其事，继承了杜甫《九日寄岑参》《北征》诸作的传统。又如《丰陵行》指斥了皇帝葬仪的奢靡，《华山女》揭露了豪门贵族的丑行和道教清修的虚伪性，《送灵师》批判了佛教的蠹国败俗。有的作品则是对德宗、宪宗时代一些权臣、弄臣的鞭挞，如《李花二首》之一、《陆浑山火》《杂诗四首》《谴疟鬼》《南山有高树行》《猛虎行》《读东方朔杂事》等。《题炭谷湫祠堂》《秋怀诗》之四，表现了作者疾恶如仇的情怀，并对当时的上层统治集团投以鄙夷的目光。在《谒衡岳庙》《记梦》诗中，表现了“我能屈曲自世间，安能从女巢神山”那种傲岸不屈的气骨。

（二）对祖国壮丽河山的歌咏，是韩诗中写得很有特色的篇章。《南山诗》洋洋大篇，写终南山全貌；《送惠师》《送灵师》《此日足可惜》《谒衡岳庙》《陪杜侍御游湘西两寺，独宿有题》《岳阳楼别窦司直》《答张彻》《卢郎中云夫寄示送盘谷子诗两章，歌以和之》等篇中有描写天台观日、瞿塘遇险、黄河夜渡、雾后登岳、湘山夜景、洞庭风浪、华山绝陉、太行瀑布的片断，用雄伟瑰异的笔墨，在读者面前展现了魅人的画卷。除了这种刻意锤炼、色彩浓郁的作品外，又有另一种清秀绝尘的写景好诗，如“瞰临眇空阔，绿净不可唾”“太白山高三百里，负雪崔嵬插花里”等诗句，都是不繁绳削，自然高妙。至于通篇白描写景的，又有脍炙人口的《山石》，诗论家何焯说它“一变谢（灵运）家模范之迹，如画家之有荆（浩）、关（仝）”，点出了它在写景诗发展中的地位。

（三）韩愈有一些叙事咏物的诗篇，刻画事物形象生动，描绘情态体察入微。这类作品，还往往寄寓言外深意，耐人寻味。《郑群赠簟》《赤藤杖歌》赞颂了手工艺者的精制，《听颖师弹琴》表现音乐的形象性和它强烈的感染力，都是这方面的佳作。《汴泗交流赠张仆射》《雉带箭》写击球打猎，而归结到习战杀贼的谋略，或兼喻赋诗作文的构想；《短灯檠歌》通过长檠短檠及有关人事的对照，表现了对世态炎凉的愤慨；《石鼓歌》刻画古色斑斓的文物，隐含着对陋儒的嘲弄和对朝中大官的讽刺。这类作品，又表明韩诗题材和表现手法的多样性。

韩愈为诗，境界独辟，不甘蹈袭前人。它的艺术风格，以雄豪奇崛著称。他在《调张籍》中谈李白、杜甫的创作时说："想当施手时，巨刃摩天扬。垠崖划崩豁，乾坤摆雷硠。"而韩愈自己所追求的，是"我愿生两翅，捕逐出八荒。精神忽交通，百怪入我肠。刺手拔鲸牙，举瓢酌天浆。腾身跨汗漫，不著织女襄"的意境。对奇伟壮丽事物的爱好和悲歌慷慨的浪漫气质，使韩愈的诗新颖奇突，色彩瑰异，在继承李、杜特别是李白的艺术风格的基础上，又别开生面。唐末诗人兼诗论家司空图说它"驱驾气势，若掀雷挟电，撑抉于天地之间，物状奇怪，不得不鼓舞而徇其呼吸也"，形象地说明了这一特点。韩诗的艺术风格，还有平易清新、天然去雕饰的一面，除上举之《山石》外，还有古诗如《落齿》《赠刘师服》《送李翱》《除官赴阙至江州寄鄂岳李大夫》《寄元协律》《庭楸》《杏花》《李花赠张十一署》《南溪始泛》《玩月喜张十八员外以王六秘书至》等篇。这一类作品较多地受到陶渊明的影响，具有"一往清切，愈朴愈真，耐人吟讽"（方东树《昭昧詹言》）的特点。绝诗如《答张十一功曹》《题驿梁》《题楚昭王庙》《宿神龟》《早春呈水部张十八员外》，语言朴素自然，也属于这一类。而《秋怀诗》五古十一首，则是奇警与清新兼而有之，遣词造句，不同一般蹊径，于阮籍、陶渊明、陈子昂、李白等人的同类五古组诗以后，开拓了新的意境。其他律诗中如“银烛未消窗送曙，金钗半醉座添春”等名句，则又风华旖旎，发晚唐温庭筠、李商隐一派诗人之先声。

对韩诗的评价，自北宋以来，就有两种对立的意见，尤其在“以文为诗”这一问题上。贬之者认为，韩愈诗是押韵之文，于诗无所解；褒之者推尊韩愈为大家，与李、杜可鼎足而三，诗文合一，不仅空前，恐亦绝后。两派的分歧极大。他们批评韩诗，有切中弊病的一面，赞扬韩诗，也有符合实际的一面，但都把问题说得绝对化了。韩愈的“以文为诗”，其部分作品具有流畅平易的特点，与六朝以来浮艳萎靡的诗文形成鲜明的对照，也确实扩大了诗歌领域。但这种古文式的语言，当然有它的缺陷。其一，有些诗篇几成押韵之文，特别是那些古文中常用的虚词出现在诗中，几乎不像诗句。其次，有些诗长篇议论，用逻辑思维代替形象思维，显然不符合写诗规律，缺乏诗趣。其三，用辞赋家铺张雕绘的手法作诗，铺排堆砌，晦涩呆钝，加上佶屈聱牙的僻词怪字，饾饤满纸，这就损伤了诗的真美和感染力。有些联句，在险韵窄韵上逞奇斗巧，几近文字游戏。韩愈“以文为诗”的得失，大致如此。

韩愈诗集的单行旧注，清代有顾嗣立、方世举注两种。全集旧注，宋代已有韩醇、洪兴祖、樊汝霖、孙汝听、祝充、蔡梦弼、蔡元定、文谠、魏怀忠、王伯大、廖莹中各家的注和方崧卿《举正》、朱熹《考异》。各家注本，现在只存韩、祝、文、魏、王、廖数种，其余各注，仅因魏注中辑收，才不至全部堙没。《考异》本是单行，廖注和元人复刻王注把它散入正文各句之下。

廖注删节魏本旧注，而又尽没旧注诸家之名，选择失当，文义疏舛，世称为“世彩堂本”，并非善本，但经明代东雅堂复雕后，流传最广。明人注本有蒋之翘注，新义不多。顾氏诗注，号为删补旧注，也无新义，且有删去不应删的旧注。方氏诗注，创为编年，增补注释，附会史事，互有得失，但未及从事版本校订。清代学者，出其治学绪余，旁治韩集，成绩远出宋、明人之上。本书初版于1957年，仿照清人集解、间诂一类的撰述方法，采集多家论说外，重新系年编排。内容包括四个方面：（1）校，首列《举正》《考异》全文，次以祝、魏、廖、王四种影宋、元本为主，偶及明、清版本，下逮清人考订，参比同异，择善而从；（2）笺，考索作品的时代背景、本事、有关人物等；（3）注，包括训诂、典故、地理等；（4）选辑有关评论。另外，增补了一些注释，采摭范围，下限到近代。今人著作不辑入本集。这次重版，加了标点，对原有集释作了一些修改和增删，难免还有错误和缺漏，统请读者指正。

钱仲联

一九七八年四月于江苏师范学院

（原载《韩昌黎诗系年集释》卷首，

上海古籍出版社1984年版）

《剑南诗稿校注》前言

陆游（1125—1210），字务观，号放翁，越州山阴（今浙江绍兴县）人，是我国古代著名诗人，也是宋诗人中对后代影响很大的人。即使在摹拟汉、魏、盛唐成为风气的明中叶，也有人赞扬他是“南渡诗人大家”（杨循吉《放翁诗选序》），后“七子”的首领王世贞也不得不承认他是“广大教化主”（《艺苑卮言》卷四）。而他的全集、选集等宋、元刊本，也正是在弘治、正德、嘉靖、天启年代先后得到了翻刻，扩大了流传。

陆游一生，正当宋王朝民族矛盾、阶级矛盾十分尖锐而尤以民族矛盾为主要矛盾的年代。他在政治上，坚持抗金，反对投降，主张善政固本，反对敝政蠹民。早年临安应试，就和秦桧作斗争，出仕以后，又和曾觌、龙大渊作斗争。张浚都督江淮，他曾力说用兵；王炎宣抚四川，他在幕府参与恢复关中的策画；韩侂胄北伐，他寄予热烈的期望。民族斗争的风暴，人民苦难的呻吟，反映到诗人笔下，使《剑南》一集无愧为那一时代的最强音。

爱国主义精神是陆游思想内容的核心。在南宋的历史条件下，爱国与否的鸿沟，区分在对北方女真贵族统治集团的南侵是坚持抵抗还是主张投降，对宋王朝的国土是主张统一还是听任分裂。陆游坚决站在抗金者的一边，他的爱国主义思想，是扎根在现实斗争的土壤之上的。

毛泽东同志说："中华民族的各族人民都反对外来民族的压迫，都要用反抗的手段解除这种压迫。他们赞成平等的联合，而不赞成互相压迫。"（《中国革命和中国共产党》）用反抗手段解除民族压迫，是爱国的正义行动。在陆游诗中看到的，首先就是一生不忘统一、反抗女真贵族压迫的战斗精神和乐观精神。从早期的《闻武均州报已复西京》到绝笔的《示儿》，其中重要作品，包括直接抒怀、送别、忆昔、投赠、行役、登览、吊古、饮酒、读书、看画题字、记梦、咏物以及乐府杂歌等，题材多种多样，而反对国家分裂、"南北会当一"（《仆顷在征西大幕》）的坚定信念，是这些作品的共同主题。陆游诗中的爱国主义精神，还体现在对北方人民期望恢复的深厚同情心方面，不少篇什，写出了他对女真贵族统治区人民爱国热情的深切感受。当然，在南宋投降派气焰熏天的现实面前，诗人的壮志是无从实现的，全集中也有不少表现感伤心情的作品，那是在现实矛盾中所产生的内心痛苦的抒发。然而这和悲观主义并无共同之点。"壮心未与年俱老，死去犹能作鬼雄"（《书愤》），这是陆游诗的基调。

其次是对南宋投降派苟安偷生的愤怒鞭挞。大地主官僚集团所支配的南宋政权，为了保持他们在半壁河山内对农民压迫剥削的阶级利益，不惜对敌人无耻屈膝。他们杀害和排挤了抗金的将相，自己在销金锅的西湖上过着醉生梦死的生活。诗人在作品中，对他们作了愤怒的谴责，表现了自己“蓬窗老抱横行略，未敢随人说弭兵”（《书愤》）的反投降精神。

陆游诗的主要思想内容，是反映了当时历史阶段的民族矛盾。由于诗人长期的行役和更多时间的退居农村，对人民的苦难生活有较多的接触，也表示了一定程度的关怀，所以在全部作品中也包含着一部分反映阶级矛盾的作品。他明白地说出了“富豪役千奴，贫者无寸帛”（《岁暮感怀》）的悬殊生活，控诉了“有司或苛取，兼并亦豪夺”（《书叹》）的血腥罪行。这类作品，和杜甫、白居易、李贺、皮日休、杜荀鹤诗同类主题的精神是一致的。

此外，陆游诗中对当时统治阶级内部突出的党争问题和由此而导致的不良的政治局面，也表达了自己的看法。陆游祖父陆佃，是王安石门下“绛帐横经二十年”（陆佃《陶山集》卷三《丞相荆公挽歌词》）的弟子，一生服膺安石，修撰《神宗实录》，“数与史官范祖禹、黄庭坚争辩，大要多是安石，为之隐晦”（《宋史》卷三四三《陆佃传》）。陆游不能不受到家庭一定的影响。他在《岁暮感怀》中说：“在昔祖宗时，风俗极粹美。人材兼南北，议论忘彼此。谁令各植党，更仆而迭起。中更夷狄祸，此风犹未已。”这对元祐旧党的反对安石和后来冒充安石一派的小人集团的祸国殃民都作了批判。他深有感慨地说到南渡以后，“党禁兴来士气孱”（《寄别李德远》其二），“党禁久不解，胡尘暗神州。修怨以稔祸，哀哉谁始谋？小人无远略，所怀在私仇”（《北岩》），都是比较正确的认识。

所有这些，体现了陆游诗的积极一面，它长远以来激动了读者的心魂。其他描写生活领域的种种见闻和经历、朋友骨肉间的情感以及山水风景等作品，佳构名篇也不少。抒情诗方面，如对故妻唐氏的悲悼，对独孤策、张缜等朋友的怀念，写得真挚动人。写景诗往往能用锤炼而归于自然的笔触，捕捉形象，情景交融，突破李白、杜甫、王维、柳宗元、苏轼、黄庭坚、陈与义的樊篱而自辟境界。这不仅由于诗人对自然景色善于深刻观察，融入诗境，也由于一生行路万里，脚踏千山，视野开阔所使然。更由于诗人对祖国壮丽河山具有深厚的感情，因此出现在诗人笔底的黄河、长江、华山、岷山等奇伟雄杰的形象，永远和诗人爱国精神结合在一起。“老夫合是征西将，胸次先收一华山”（《过灵石三峰》）这样的诗句，跟那种有闲阶级游山玩水的消极作品，显然大有不同。

陆游是我国古代诗人存诗数量最多的一人，在九千首以上的作品里，正同其他著名诗人一样，存在封建性的糟粕。作为一个爱国诗人的陆游，同时又是封建制度的积极拥护者。他诗中表现的忠君思想，被封建统治阶级所强调和赞扬。正由于此，在反映阶级矛盾的作品方面，也是站在自己的阶级立场上说话。在集中，还可以看到一些监督雇农劳动、向农民剥削收租的诗题，把地主剥削农民，说成是“贷粮助耕耘，客主更相依”（《九月七日子坦、子聿俱出敛租谷》）的“合作”关系。所以他一生虽然生活在农民起义连续爆发的年代里，但他对起义并不表示同情，相反地，他是“但愿时清无盗贼”（《记老农语》）的。阶级局限，给陆游的诗蒙上灰尘。此外，诗中存在的理学语、佛老语、炼丹、星相、人生如梦、及时行乐等颓废思想都是旧时代封建文人所欣赏的东西，而我们必须严肃批判地对待。

从现实生活斗争中锻炼过来的诗人，在探索诗艺术的道路上，是有过曲折的。早期他曾受江西诗派的影响。江西诗派的名称，起于南宋初期吕本中作《江西诗社宗派图》。与陆游同时，杨万里还来个“江西续派”的增补。陆游早年从江西诗派的曾幾学诗，自说是“亲从夜半得玄机”。(《追怀曾文清公呈赵教授，赵近尝示诗》)赵庚夫题曾幾诗集,也说是“咄咄逼人门弟子，剑南已见祖灯传”。(韦居安《梅磵诗话》卷中引)曾幾则说陆游诗“渊源殆自吕紫微”(见《渭南文集》卷一四《吕居仁集序》)。《诗稿》中古体如《和陈鲁山十诗》《醉中歌》《寄黄龙升老》《过放生池追怀江民表谏议，池盖公所创也》，近体如《看梅绝句》《二月二十四日作》《霁夜观月》《次韵鲁山新居绝句》《寄陈鲁山》《读赵昌甫诗卷》等篇，明显地是学习黄庭坚的。当然，陆游学习的，还不限于江西派。他曾说过“年十三四时”读陶渊明诗，“欣然会心”(《渭南文集》卷二八《跋渊明集》)，“年十七八时读摩诘诗最熟”(《文集》卷二九《跋王右丞集》)，又说“少时绝好岑嘉州诗”(《文集》卷二六《跋岑嘉州诗集》)。于梅尧臣诗用力尤深，称它为“突过元和作”(《书宛陵集后》)，诗题标明为效宛陵体的，就有八首之多。此外，苏轼、王安石、陈与义诗，对他也有不小影响。更重要的，是继承李白、杜甫的传统，同时人周必大就曾比之于李白(见罗大经《鹤林玉露》卷四，周必大《书稿》卷二《与陆务观书》)，刘应时称之为“前身少陵”(《颐庵居士集》卷一《读放翁剑南集》)。陆游看待前人诗作，具有后胜于前的发展观点。（见卷四八《夜雨》）而自己是报国无路，“蹭蹬乃去作诗人”（《初冬杂咏》）的，这就使他的创作能大胆越出前人的畛域，特别是江西诗派的畛域。他的友人尤袤在对姜夔评论同时成名的范成大、杨万里、萧德藻和陆游四家诗的时候，就已指出：“是皆自出机轴，亶有可观者，又奚以江西为？”（见姜夔《白石道人诗集自序》）而陆游诗转变的关键，在于他中年入蜀时。广阔的前线生活，使他的诗作有飞跃的发展。他自己说：“四十从戎驻南郑，酣宴军中夜连日。打球筑场一千步，阅马列厩三万匹。华灯纵博声满楼，宝钗艳舞光照席。琵琶弦急冰雹乱，羯鼓手匀风雨疾。诗家三昧忽见前，屈贾在眼元历历。天机云锦用在我，剪裁妙处非刀尺。”（《九月一日夜读诗稿有感，走笔作歌》）这里，他虽然不可能认识到生活的本质，但确已理解到现实生活和艺术的关系问题。因此，他回头来看自己过去的学这家学那家，不得不慨叹地说是“我昔学诗未有得，残余未免从人乞”（同上）了。这是他从学古的框子里摆脱出来的一个转折，也是《示子遹》中所说“我初学诗日，但欲工藻绘”到“中年始少悟，渐若窥宏大”的过程。他不仅指出“大抵此业在道途则愈工……绝尘迈往之作，必得之此时为多”（《嘉庆广西通志》卷二二四《金石》十载陆游与杜思恭札），更强调“文以气为主，出处无愧，气乃不挠”（《文集》卷一五《傅给事外制集序》）。到晚年，他对诗歌创作“工夫在诗外”（《示子遹》）的认识，越来越明确，对宋代形式主义的诗风，作了有力的批判：“琢雕自是文章病，奇险尤伤气骨多。”（《读近人诗》）“今人解杜诗，但寻出处，不知少陵之意，初不如是……如《西昆酬唱集》中诗，何曾有一字无出处者，便以为追配少陵，可乎？”（《老学庵笔记》卷七）“文章最忌百家衣，火龙黼黻世不知。”（《次韵和杨伯子主簿见赠》）陆游正是在这样的诗论指导下，以艺术技巧有益地为思想内容服务，取精用宏，融铸百家，自出手眼，使《剑南诗稿》取得卓越的成就。

陆游的艺术风格，具有奇秀、豪横、沉雄、雅健、空灵、超妙、淡远、明丽等各种特色，而以雄健沉郁和清新圆润两种为主。前者多体现在爱国作品方面，后者多体现在闲散作品方面。由于他摆脱了江西派的束缚，他的诗歌语言往往能达到“文章本天成，妙手偶得之”（《文章》）的自然境界。然而陆游诗的艺术，也并非完美无缺的，特别是那种“花前技痒又成诗”（《还东》）的作品，朱彝尊就曾指出他的“句法重叠”（《曝书亭集》卷五二《书剑南集后》）之病；赵翼说他“晚年家居，写乡村景物，或有见于此又见于彼者……盖一时凑用完篇，不及改换耳”（《瓯北诗话》卷六）。《诗稿》第二十一卷以下为诗人最后二十年的作品，其数量占全部《诗稿》三分之一以上，未经严格删汰，不免精粗杂陈。其中近体诗过多，有的不免率易浮滑，又往往只有佳句而通篇不称，李慈铭以为“其诗派之不高，自由于此”（《越缦堂日记》同治八年十二月初六日记）。近人说他“多文为富，而意境实鲜变化”，“高明之性，不耐沉潜……殆夺于外象，而颇阙内景者”。（钱锺书《谈艺录》）这些批评，都比较中肯。还有令人感到不足的，集中缺乏长篇巨制，这比起杜甫、白居易来，就不免输一筹了。

《剑南诗稿》全集，向来未有注本。宋代史温有《陆诗选注》

十卷、《续集》一卷，见马瀛《吟香仙馆书目》卷四著录，此注今尚未发现。宋末闻仲和曾作注，见陈著《本堂先生文集》卷四三《跋闻仲和注陆放翁剑南句图》，其书不传，大概只是注一些律句。清人无锡许美曾有《陆诗选注》，见周镐《犊山类稿》卷三《陆诗选注序》，没有刊行。日本铃木虎雄有《陆放翁诗解》六卷，也只是据《唐宋诗醇》所选作注。现在作全部《诗稿》的注，还是一个无所依傍的创始工作，跟整理前人注释的“集注”不同，难免有罅漏和错误的地方。项目分三部分：一是题解，包括写作时地、历史背景和题中涉及的人物，有话则长，无话则短。二是注释，包括地名、诗中涉及的人物、典故、僻词、持论之所自出、借鉴自前人的诗句等。这两部分，凡是《诗稿》《渭南文集》和《老学庵笔记》中有关材料可以参证的，用以陆注陆的办法，予以拈出。三是校记，除注全部《诗稿》外，毛晋所辑毛扆续添的《逸稿》和我所增辑的《逸稿补遗》，也一并注释。引书直接引自原书，古书已佚的引用古类书或古书旧注所引。凡删节原文之处，加省略号。有的原文太繁不能照引的，撮举大要，下注明见某书某卷。一事前后诗中复见的，注于首见的一篇，以下复出处只注见某卷某诗。少数人名、地名和典故，限于我的见闻，未能考出的，只能阙疑。前人评论陆游诗的话，近人已辑有专书（《古典文学研究资料汇编·陆游卷》），本注不再复出。惟前人笔记、诗话中有些与陆诗本事或用事有关的材料，还是尽量采用。

陆游一生事迹，见附录所载《宝庆会稽续志》《宋史》和《山阴陆氏族谱》的本传。三文可互相补充，也各有小误之处，所以又附以简要的年表。陆游的仕履年代，一以年表为准。在有关诗篇的题解或注释中，则有较详的交待。

关于《剑南诗稿》的校勘问题，说明如下：

《剑南诗稿》，其前集，陆游生前自定，按年编次，于淳熙十四年刻于严州郡斋，即陈振孙《直斋书录解题》“诗集类”所著录的《剑南诗稿》二十卷本。《书录解题》“诗集类”又著录《续稿》六十七卷，说是自淳熙十五年戊申以至其逝世前二十余年之作，其幼子子遹复守严州所续刻。考《景定严州续志》卷二《知州题名》，子遹守严州在宝庆二年十一月到绍定二年三月，刻续稿当在此三数年内。《书录解题》“别集类”著录的《剑南诗稿续稿》八十七卷，当是合严州前后两刻的总称。别有嘉定十三年游长子子虡在江州所刻题作《剑南诗稿》的八十五卷本，也是按年编次，子虡跋文，详述其编刻过程。现在通行的八十五卷本《剑南诗稿》，是明末常熟毛晋汲古阁刻本。其祖本当即出于子虡的江州刻本，卷数相符，且卷末有子虡跋文可证。这里整理的《剑南诗稿》，以汲古阁后印本（以下简称毛本）为底本。（毛晋初印本有错误，经毛扆、毛绥德后印之本校改，较初印本为胜。）主要根据北京图书馆藏宋刻《新刊剑南诗稿》残本（以下简称严州本）及宋刻《放翁先生剑南诗稿》残本（以下简称残宋本）、《四部丛刊》影印明弘治本、宋罗椅（《涧谷精选陆放翁诗集前集》十卷）、宋刘辰翁（《须溪精选陆放翁诗集后集》八卷）二家选集及明刘景寅从《瀛奎律髓》中抄出的《别集》（以下分别简称涧谷本、须溪本、《别集》本）、影印本《永乐大典》作校勘，偶亦旁及其他。校例如下：

1. 毛本目录次第有与卷内次第不合的，据卷内次第和严州本改正。

2. 毛本目录有衍题、衍字、误字，据残宋本校正。

3. 毛本卷内诗题有与各本不同的，择善而从；出入不大的，两存。

4. 毛本与他本字句不同可两存的，加校语，不轻改；他本较毛本为胜者，择善而从，仍存原字于校记以备考。

5. 宋本或涧谷本、须溪本的字不误，而毛本误者，据以改正，存其误字于校记以备考。

6. 毛本字误，而无他本可校，根据文义或旁证加以改正，存其误字于校记以备考。

7. 毛本有缺字或漫漶不清的，据他本校补。

8. 毛本有少数古字，改为现在通行字。如“頫”改作“俯”，兵陈之“陈”改作“阵”，寂莫之“莫”依严州本改作“寞”，朝莫之“莫”改作“暮”，以避免混淆。

在整理过程中，上海古籍出版社陈振鹏、富寿荪两同志为订补其误漏，在此表示感谢。

钱仲联记于江苏师范学院

一九八一年一月

（原载《剑南诗稿校注》卷首，

上海古籍出版社1985年版）

《人境庐诗草笺注》前言

黄遵宪（1848—1905）是晚清古典诗歌改革的倡导人，是我国近代诗歌史上著名诗人之一。

黄遵宪的一生，正处在中国社会由封建社会转化为半殖民地半封建社会的时期。在他出生前的八年，发生了鸦片战争。此后，经过了第二次鸦片战争、中法战争、甲午战争、八国联军入侵等，一个侵略风暴接着一个侵略风暴；也经过了太平天国起义、捻军起义、苗民起义、回民起义、义和团起义等，一个革命浪潮接着一个革命浪潮。这是社会经济、阶级关系起着急剧变化的时代。反映在意识形态各方面，相应起着急剧的变化。作为意识形态之一的文学，也是一样。在这时期，代表资产阶级政治上的要求的，有改良派的戊戌维新党人和革命派的同盟会。而在文学领域，特别在诗歌领域，则革命派在当时还没有揭起鲜明的旗帜。首先吹出古典诗歌改革运动号角的，就是以黄遵宪为首的新派诗人。

黄遵宪，字公度，广东嘉应州（今梅县）人。著有《人境庐诗草》十一卷、《日本杂事诗》二卷、《日本国志》四十卷。还有未刊的文稿、书札等。

他的一生，可分四个时期：

1. 从他诞生到二十九岁（清道光二十八年到光绪二年，即1848年到1876年）。

这一时期，他经历了太平天国革命和英法联军入侵等重要事变。二十六岁中拔贡生，出游天津、烟台等地。二十九岁中式顺天乡试举人，曾被李鸿章所赏识，称他为“霸才”。

2. 从三十岁到四十七岁（清光绪三年到二十年，即1877年到1894年）。

这一时期，是他过着外交僚属生活的时期。三十岁随何如璋出使日本，为使馆参赞。三十五岁调任美国旧金山总领事。三十八岁解任回国后，在家写《日本国志》。四十三岁再度出仕，随薛福成出使英国，为使馆参赞。四十四岁调任新加坡总领事。四十七岁，甲午战争爆发，张之洞为两江总督，因为筹防需人，奏调他回国。

3. 从四十八岁到五十一岁（清光绪二十一年到二十四年，即1895年到1898年）。

这一时期，是他参加维新变法运动的时期。张之洞调他回国后，命他主持洋务局，办理五省积存教案。1896年他到上海，参加上海强学会组织，创办《时务报》。奉德宗召入京，被命为出使英国大臣，后改为出使德国，被阻。改任湖南长宝盐法道，署湖南按察使。与湖南巡抚陈宝箴协力举办新政，仿西国巡警制度，设保卫局，又设课吏馆，成效显著。办时务学堂和南学会，宣传维新，湖南风气大变。戊戌年奉使日本，道经上海，值维新变法失败，去职回家。

4. 从五十二岁到五十八岁（清光绪二十五年到三十一年，即1899年到1905年）。

这是他去职家居的时期。中间一度应李鸿章召，往广州。绝大部分时间，在忧愤疾病中消磨，一直到逝世。

二十年的外交生活，扩大了他的视野。他一方面认识到日本维新成功对我国的影响和美国民主的虚伪性，在对待美国驱逐华工、甲午战争后苏州开辟租界等问题上，坚持正义的斗争；一方面又接触到日、美、法各国政治制度，尝"取卢梭、孟德斯鸠之说读之，知太平世必在民主也"。因此主张"奉主权以开民智，分官权以保民生，及其成功，则君权民权，两得其平"。他所谓民权，实际就是绅权。他的维新途径，是要以一省为全国倡，官僚与士绅相结合，培养人才以救时艰，所以赞同康有为变法之说。但他又以为"顿进难求速效，不若用渐进法"，"使群治明而民智开，民气昌，然后可进以民权之说"，"至于议院之开设，今日尚早也"。又因为"身在宦途，尤畏弹射"，于时论稍激进的，"亦以为骇俗"，以为救死之方，"当避其名而行其实"。这些主张，显然是资产阶级的改良思想。但他晚年，政治思想还是随着客观形势的发展而发展，对革命也不是绝对排斥，甚至说"再阅数年，加富尔变而为玛志尼，吾亦不敢知"了。

在学术思想方面，他也有不少进步的见解。早年论学，认为宋人义理，汉人考据，都是无用之学。晚年论保存国粹，以为"中国旧习，病在尊大，病在固蔽，非病在不能保守"。论孔教，以为“儒教不过九流之一，可议者尚多”，而劝梁启超“昌言排击之无害”，反对康有为之尊孔子为教主。他要求严复造新字，变革文体。严复以为“文界无革命”，他不同意，以为“无革命而有维新”。在“五四”运动以前二十多年，这些进步主张的提出，是值得重视的。

跟黄遵宪一生政治上学术上的改良思想相适应，在诗歌领域里，也揭橥了“别创诗界”的旗帜。他在政治改良的道路上失败了，而在“诗界维新”方面，却取得了一定的成功。在黄遵宪当时的中国诗坛，笼罩着浓厚的复古云雾。主要出现了这样几个流派：一是摹仿汉、魏、六朝的湖湘派，以邓辅纶、王闿运为首；一是摹仿宋诗的江西派和闽派，当时号称“同光体”，以陈三立、沈曾植、陈衍为首；一是标榜唐人风格的，以张之洞为首，他的门人樊增祥、易顺鼎隶属于这一派；一是摹仿“西昆体”的，以李希圣、曾广钧、曹元忠为首。“同光体”在这个时期独占上风。这些流派，模古的目标不同，其为模古则一。他们之中，除少数曾参加当时的维新运动以外，一般都是封建统治阶级的高级官僚和封建文人，政治思想是反动或保守的。只有那资产阶级改良派的几个主脑，在从事政治改革的同时，提出了反对复古、革新诗界的口号。康有为在《与菽园论诗》中说：“新世瑰奇异境生，更搜欧亚造新声。”“意境几于无李杜，目中何处着元明？”这就是一种突破旧诗樊篱的主张。梁启超、夏曾佑、谭嗣同诸人更有意识地提倡“诗界革命”。所谓“诗界革命”，按照梁启超的说法，是“革其精神，非革其形式”，要“能以旧风格含新意境”，而不是“以堆积满纸新名词为革命”。(《饮冰室诗话》) 他又说："今日不作诗则已，若作诗，必为诗界之哥伦布、玛赛郎然后可……欲为诗界之哥伦布、玛赛郎，不可不备三长：第一要新意境，第二要新语句，而又须以古人之风格入之，然后成其为诗。"(《夏威夷游记》)由此可知，当时的"诗界革命"，是要从诗歌内容到语言技巧都进行改革。所以梁氏对"喜挦撦新名词以自表异"的夏、谭二家的新诗，认为不够要求，而独以为"近世诗人能熔铸新理想以入旧风格者，当推黄公度"，"元气淋漓，卓然为大家"，"友视《骚》、汉而奴畜唐、宋"。事实也确是这样，黄遵宪的成就，不仅高出于同时旧派诗的作家，而且也超越了同时新派诗的作家；不仅在创作上是这样，就是诗歌改革主张的提出，也远远地早于康、梁、夏、谭诸人。他在少年时期，已"有别创诗界之论"，自"譬之西半球新国"，为"独立风雪中清教徒之一人"。(《与邱炜萲书》)在二十一岁所写的《杂感》诗里，就已主张"我手写我口"，用通俗语言入诗，反对盲目尊古与模仿。在以后三十多年的创作实践中，他坚持了自己楬橥的原则。夏曾佑跋《人境庐诗草》所说："此诗殆以命世之资，而又适当世会之既至，天人相合，乃见此作，非偶然也。"正是指出了遵宪诗在诗歌改革上的时代意义。

遵宪自称他的诗为"新派诗"。(《酬曾重伯编修》："费君一月官书力，读我连篇新派诗。")它之所以为新，表现在新的内容和新的风格上，表现在新的诗歌的创造上。从他一生所经历的四个时期，可以看出他的诗歌创作的发展过程。第一时期，虽然已经提出了"别创诗界"的主张，但所作跟过去时代的旧体诗还没有多大差别。第二时期，出游海外，濡染了东西各国的"文明"，认清了侵略者的面目，对本国封建制度的腐朽，也有了新的认识，于是大量写作了以新意境、新风格表现新事物的诗篇。第三、第四时期，艺术上更加臻于成熟之境，作品以感慨时事为主要内容。这时期并有意识地选择了前一时期的现实题材，用新的风格、技巧补写了不少重要的作品。二十年的域外经历，固然开拓了他的诗歌内容的疆宇；而后期政治上的失意，使他有更深的愤慨，更多的时间与精力，从事于新派诗的创作，取得进一步的成就。

黄遵宪生活在列强疯狂侵略中国的时代，他的爱国精神，渗透在全部诗作里。从《香港感怀》里，我们听到了诗人对祖国失地的悲痛呼声；从《台湾行》里，我们听到了诗人为坚决保卫国土发出的英勇誓辞；从《题黄佐廷赠尉遗像》里，听到了诗人对为国牺牲的壮士作馨香膜拜的礼赞；从《冯将军歌》里听到了诗人为英雄将帅唱出声入云霄的高歌；在《羊城感赋》《马关纪事》《书愤》等诗里，听到了诗人对误国庸臣、卖国汉奸的愤怒呵斥；在《逐客篇》里，我们又听到了“倒倾四海水，此耻难洗濯”的悲慨；在《天津纪乱》里，又听到了诗人对侵略者罪恶的控诉。其他在历次战役中缘事而发的作品，在在表示了诗人深厚的爱国情感，体现了中国人民的意志，声裂金石地震撼了读者的心弦。基于诗人炽烈的爱国感情，在政治方面就主张变法自强，在外交方面反对屈辱投降。他在湖南推行新政，在旧金山坚持反排华的斗争，正是诗人爱国精神的具体表现。这就不能不为国内外反动力量所排击，使诗人在政治上陷于失败。然而诗人在最后六年的废居生活中，丝毫也不曾动摇他的意志。仍然是"仰天击缶唱乌乌，拍遍阑干碎唾壶"那样悲歌慷慨。最后还说"举世趋大同，度势有必至"，"倘见德化成，愿缓须臾死"，对当时政治革新的愿望是多么地迫切。黄遵宪和一切爱国诗人一样，作品中激荡着的海涛般的诗情，使人亲切地感到祖国的脉搏在强烈地跳动。

这些作品的积极的思想内容，往往是通过了卓越的艺术手腕表现出来。如在《罢美国留学生感赋》里，生动地塑造了顽固守旧、作威作福的官僚形象；在《度辽将军歌》里，又塑造了一个夜郎自大而又胆怯如鼠的将帅形象，用细致的笔触，幽默的讽刺，把这一时代富有代表性的军事人物，作了真实的刻画；在《台湾行》里，一面极力描绘了官僚绅士们的迎降丑态，一面又描绘了敌人的耀武扬威和欺骗人民的一套手法；又如在《纪事》里，对美国两党竞选时公开贿赂、互相攻讦等作了淋漓尽致的描述。不仅长篇的叙事诗是这样，短篇的抒情绝句也不例外。如《己亥杂诗》的"左列牛宫右豕圈""寒垆爆栗死灰燃"二首，就是几笔传神，把半殖民地半封建落后地区人们的面貌，勾勒了出来，同时也抒发了诗人无限的忧愤。这种描写手法，基本上符合于现实主义的原则，而在同时的旧诗人和新派诗人的作品里，是很少见到的。

黄遵宪诗的艺术成就，我们还可以用他自己所得出的写作主张作一对照。他在1891年四十四岁客伦敦时，写了《人境庐诗草自序》，这样说：

仆尝以为诗之外有事，诗之中有人。今之世异于古，今之人亦何必与古人同。尝于胸中设一诗境：一曰复古人比兴之体；一曰以单行之神，运排偶之体；一曰取《离骚》、乐府之神理而不袭其貌；一曰用古文家伸缩离合之法以入诗。其取材也，自群经三史，逮于周、秦诸子之书，许、郑诸家之注，凡事名物名切于今者，皆采取而假借之。其述事也，举今日之官书会典、方言俗谚，以及古人未有之物，未辟之境，耳目所历，皆笔而书之。其炼格也，自曹、鲍、陶、谢、李、杜、韩、苏讫于晚近小家，不名一格，不专一体，要不失乎为我之诗。诚如是，未必遽跻古人，其亦足以自立矣。

在这里，黄遵宪指出了我国古典诗歌遗产方面可以继承的写作经验，提出了创新的主张。就是说，诗歌要成为时代的镜子，要有诗人独特的风格。而在具体的创作途径上，作者指出要"取《离骚》、乐府之神理而不袭其貌"。这正是把古典诗歌的积极浪漫主义与现实主义的优良传统继承和发展起来。本集中如《都踊歌》《纪事》《拜曾祖母李太夫人墓》《今别离》《番客篇》《悲平壤》《东沟行》《哀旅顺》《哭威海》等巨篇，都是实践了这个主张而取得成功的。正因为它是取神理而不是袭貌，所以跟明代前、后"七子"、清代邓辅纶、王闿运之流划清了界线。复次，作者要"复古人比兴之体"，"以单行之神，运排偶之体"，"用古文家伸缩离合之法以入诗"，取材于"群经三史逮于周、秦诸子之书，许、郑诸家之注"，述事则"举官书会典、方言俗谚"，"皆笔而书之"等等，这里包括了写作技巧方面的许多问题。比、兴是《诗三百篇》以来乐府古诗常用的方法，所谓"比则畜愤以斥言，兴则环譬以托讽"（《文心雕龙·比兴》），是一种属于形象思维的创作方法。本集中全篇用比兴的如《雁》《杜鹃》《五禽言》等诗，都体现了这样的精神。而如《拜曾祖母李太夫人墓》《番客篇》《为同年吴德潚寿其母夫人》等发端用比兴的，更是《诗三百篇》、乐府常用的方法。以文为诗，从唐韩愈开始，宋代欧阳修、王安石、苏轼都曾在这方面用力。作者吸取了他们的经验，运用到自己的创作里。如《西乡星歌》《赤穗四十七义士歌》《冯将军歌》《降将军歌》《度辽将军歌》《聂将军歌》等七古，《锡兰岛卧佛》等五古，都是用古文家伸缩离合之法写成的长篇。从《史记》到周、秦诸子和历代散文的写作技巧，他尽量取精用宏地移植到诗歌中来。这就大大扩展了诗歌表达的功能，有利于反映当时比较复杂的现实内容。至于律诗如《夜饮》《到广州》《酬曾重伯编修》《寒夜独坐卧虹榭》等篇，则是以单行之神运排偶之体的尝试，但为数不多。正如同时诗人俞明震所评："七律纯用单气转折，又开一派，能多作，则妙境尚当层出不穷。集中此体，是开派之始，尚非大而化之之候。"借用经史古籍的词汇和典故以入诗，在本集中是屡见不鲜的，如《书愤》的"已见德车旌""转使鲁无鸠"，都是成功的范例。在作者当时，这不失为一种旧瓶装新酒的办法。官书、俗语等，是一般旧诗作者所不肯用以入诗的，但一入作者的手，臭腐也能化为神奇。如《番客篇》里"簇新好装束，争来看新郎"一段，就是运用了《清会典》里面所载的当代仪制，生动地刻画了一个侨商子弟入赀取得官衔者的形象。这类材料，在《乌之珠歌》《冯将军歌》《悲平壤》等篇里，都可看到。俗谚入诗，如《拜曾祖母李太夫人墓》的"因裙便惜带"，《聂将军歌》的"欲杀一龙二虎三百羊"都是。甚至在律诗《感事又寄丘仲阏》

里，也出现了“黄花落地”的民谣。所有这一切，证明他所揭橥的写作原则，在实践方面基本上都能做到。

正因为遵宪诗能广泛地吸取旧体诗歌的写作经验，“自曹、鲍”以下“讫于晚近小家”，变化运用，自铸新词，才能于古典诗歌领域内一新壁垒。他尝汇抄戊戌到辛丑四年的诗寄梁启超，自谓“与杜、李、苏、陆，足并驾并驱”。最大的成就，在五古方面。他自称“五古诗凌跨千古。若七古诗不过比白香山、吴梅村略高一筹，犹未出杜、韩范围”。同时诗人对他的评价，如俞明震就说：“公诗七古沉博绝丽，然尚是古人门径，五古具汉魏人神髓，生出汪洋诙诡之情，是能于杜、韩外别创一绝大局面者。”何藻翔也说他：“五古奥衍盘礴，深得汉魏人神髓。律诗纯以古诗为之，其瘦峭处，时类杜老入夔州后诸作。”温仲和说他：“五古渊源从汉魏乐府而来，其言情似杜，其状景似韩。”丘逢甲则说：“四卷后七古乃美而大；七绝大矣，而未尽化也。已大而化，其五古乎！七律乎！”这些评骘，跟作者自己所衡量的大致相符。五古得力于汉魏乐府、杜韩诸家，臻于化境，也就是说能自具独特的风格。其他从清代名家中取得借鉴的，还是不少，主要是吴伟业、宋湘、黄景仁、龚自珍诸家。如七古的《流求歌》《九姓渔船曲》《南汉修慧寺千佛塔歌》等，显然是梅村体的变调。以单行之气运用于七律，正是宋湘诗的专长。而作者生长在宋湘的家乡，很早从《红杏山房诗》中有所濡染，也是无可置疑的。所以在早期作品如《武清道中作》等五律里，还明显地保存着学习宋湘诗的痕迹。古诗才气纵横之处，与其说他是近于袁枚、赵翼，毋宁说他是受宋湘影响更为符合事实。从黄景仁诗夺胎而来的也有好几首，如《西乡星歌》《冯将军歌》等七古和《岁暮怀人诗》中的一些近体诗就是。不过因为青胜于蓝，人们也就忘却它的根脚了。龚自珍诗对作者的影响特别显著，那种雄奇的境界、瑰丽的藻彩、风雷鼓荡的生气，正是当时古典诗歌改革者的共有的特色。它们大都带有一种浪漫主义的精神。作为近代学术史上启蒙思想家的龚自珍，在诗歌领域里，同样成为晚清诗界维新的先导者。遵宪的《己亥杂诗》八十九首，固然是忍俊不禁地学步龚氏《己亥杂诗》三百六十首而作，连题目也借用了过来，而如《不忍池晚游诗》《樱花歌》《海行杂感》等篇，濡染自珍，也很明显。此外，清诗人如王士禛、舒位等，有时也为遵宪所取资。但遵宪对这些名家作品的借鉴，绝不同于模拟，而只是为了取得“转益多师是汝师”的好处。归根结蒂，在于形成自己独特的风格。《赤穗四十七义士歌》《逐客篇》《纪事》《锡兰岛卧佛》《今别离》《番客篇》《以莲菊桃杂供一瓶作歌》《病中纪梦，述寄梁任父》等表现新事物、新意境的巨篇，无论如何，总不是前代诗人所能范围的。权奇倜傥，弘丽恢张，是黄诗风格上的特色。它正像山岳那样地峥嵘，又像江涛那样地奔放，甚至在小诗里，也往往出现以百炼钢代替绕指柔的神技。当然，全集中温婉妍媚的作品，并非没有，《都踊歌》就是回荡着百折的柔情的。

特别要指出的，是他对民间文艺的认识上，对诗歌现实意义的认识上，有卓越的见解。他的家乡嘉应州，是诞生“山歌”的摇篮。月明之夜，男女隔山唱和，以“山歌”为表情的工具。一字千回万转，哀厉而长。他生长在这样的环境里，自小就受到

“山歌”的熏陶。《拜曾祖母李太夫人墓》说：“牙牙初学语，教诵《月光光》。一读一背诵，清如新炙簧。”在祖母怀抱里烙下的深刻印象，中年以后，还在激荡他的诗魂。他的早年作品《山歌》九首，就是在民歌基础上加工所写成。直到他四十四岁在伦敦时，还续写了六首。他在后面的题记中说：

> 十五国风妙绝古今，正以妇人女子矢口而成。使学士大夫操笔为之，反不能尔。以人籁易为，天籁难学也。余离家日久，乡音渐忘。辑录此歌谣，往往搜索枯肠，半日不成一字。因念彼冈头溪尾，肩挑一担，竟日往复，歌声不歇者，何其才之大也！

这种对劳动人民口头文学的认识和向往，正是我们古来优秀作家从民间文艺中吸取营养的传统精神的继承。尽管作者还没有认识到民歌在反映阶级矛盾方面的意义和作用，但基于如上的努力，他的诗里，也就注入了健康的血液。复次，作者对诗歌的社会作用，有正确的理解。他肯定了诗歌的现实价值与教育意义。在他晚年给梁启超的信上说：“吾论诗以言志为体，以感人为用。”给邱炜萲的信上说：“诗虽小道，然欧洲诗人出其鼓吹文明之笔，竟有左右世界之力。”这种理论继承了元稹、白居易诸人诗论的传统，而且在新的时代条件下，有了发展。而他的创作，也正是这种理论指导下的产物。

当然，黄遵宪的政治思想与诗歌成就，都存在一些问题。他对满清统治者抱有幻想，主张改良而害怕革命，对太平天国起义、义和团运动都曾采取过仇视态度。〔庚子以后，态度稍有改变，壬寅十月与梁启超书评论曾国藩，谓：“彼视洪、杨之徒，张（总愚）、陈（玉成）之辈，犹僭窃盗贼，而忘其为赤子，为吾民也。"]他的"别创诗界"说，也是不彻底的。他重视古风格，就不可能完全突破旧形式，而新意境的创造也受到限制。他的诗里，用典故成语的地方，也远较流俗语为多。特别是在内容方面，早年反对太平天国、晚年污蔑义和团的篇章，占相当数量，这无疑是封建性的糟粕。

尽管作者有如上的缺点，但在旧民主主义革命时代，仍然不愧是难得的诗人。不同流派的作家，都曾给以相当高的评价。梁启超以为"公度之诗，独辟境界，卓然自立于二十世纪诗界中，群推为大家"。丘逢甲以为"茫茫诗海，手辟新洲，此诗世界之哥伦布"。陈三立也以为"驰域外之观，写心上之语，才思横轶，风格浑转，出其余技，乃近大家。此之谓天下健者"。这些评赞，我认为是恰当的。

这部笺注，初刊于四十多年以前，采用的是旧时代笺注的形式，着重在笺释本事，注明典故与训诂。其中有看似不用典，而实是用典，必须拈出以后，才能理解诗意的，例如卷十《七月十五夜暑甚，看月达晓》诗："满酌清尊聊一醉，漫愁秋尽落黄花。"如果不笺明北齐童谣讽刺穆后的故事，读者就无从理解作者指斥那拉后的用意。全书体例，详于"发凡"，这里不再赘述。这一注本于1957年重印，有了些更改。现在重加厘定，增补改正了很多材料，并加标点再版。

黄遵宪自己编定的诗，除《人境庐诗草》外，又有《日本杂事诗》二卷，写成于清光绪五年己卯（1879），凡四易稿而成。这时他正在驻日使馆参赞任上，写作动机，在于"网罗旧闻，参考新政”。(《日本杂事诗自序》) 计诗一百五十四首，每首都有自注，着重在纪事而不在诗。书既成，送北京总理各国事务衙门，用同文馆聚珍板刊行，称为官本。接着有王韬在香港循环报馆重印的二版，又有第三版的日本凤文馆本，第四版的中华印务局本，第五版的日本东京本，第六版的日本京都本，这都是他人所印。光绪十一年乙酉（1885），黄氏在梧州高博厚堂印第七版，是自印。光绪二十三年丁酉（1897），他按察湖南，发现这书又有第八版的长沙坊刻本。次年，在长沙富文堂自印第九版。为了配合他的《日本国志》，使能彼此互相印证起见，所以将原本诗篇，删去八篇，增五十四首，合成二百首。约略依照国势、天文、地理、政治、文学、风俗、服饰、技艺、物产等内容为次第。自跋中曾郑重声明：“此乃定稿，有续刻者，当依此为据。”之后，又有第十版的小方壶斋本、第十一版的《西政丛书》本、第十二版的作新社本以及南洋侨胞钢笔版油印的本子。翻印之多，可以说明这书影响的广泛。

我国人以诗写日本事，据《日本杂事诗》自注所说：“宋濂集有《日东曲》十首，《昭代丛书》有沙起云《日本杂咏》十六首。宋诗自言问之海东僧，僧不能答，亦可知矣。起云诗仅言长崎民风，文又甚陋。至尤西堂《外国竹枝词》，日本止二首。然述丰太阁事，已谬不可言。”黄氏这书，可以说是创举。虽说重在纪事，但仍然有文学上的价值。狄葆贤《平等阁诗话》说它“写物如绘，妙趣横生。以悲悯之深衷，作蝉嫣之好语”，确非过誉。它不仅在国内起过一定影响，在日本，也颇为彼国文坛所重视。在全诗写成的己卯九月，日本人源辉声就乞取其最初稿本，在自己的桂林阁园子里，建“诗冢”埋藏，并为志文，立石碑。实藤惠秀与丰田穰，复合译此书，再加日文注解，以定本与原文并列对照，于1943年，由日本生活社刊行。但原诗的第三、五、八、八十、八十八等首，都被译本删掉，失去真面。现在用富文堂定本校点，改正了一些误文，配合《人境庐诗草笺注》刊行，以成黄诗全璧。

一九七八年三月，钱仲联记于江苏师范学院

（原载《人境庐诗草笺注》卷首，
上海古籍出版社1981年版）

《全宋诗》序

唐诗宋诗，世所称我国古代诗歌并峙之双峰也。唐诗有《全唐诗》之总汇，又有今人《外编》之补其罅漏矣。而天水朝之诗，尚未都为一全集，此北京大学古文献研究所，所以成立《全宋诗》编纂委员会，肩此巨任而义无旁贷，俾承学者有以观大海之汪洋，据其全而证此双峰果足以并峙于霄壤与否也。然唐诗之与宋诗，是否有正闰高下之殊，初非众喙一致者；而《全宋诗》较《全唐诗》之辑纂，孰难孰易，皆不可以无说。

禹域之治诗学者众矣，皆以其所宗，为不可加矣。尊唐者贬宋，严羽、明“七子”是也。宗八代者自八代而上溯风骚，所宗弥古，其门庙弥隘，而摈斥弥广，至谓“自《商颂》以来，歌诗失纪”。“中国废兴之际，枢于中唐，诗赋亦由是不竞。”“讫于宋世，小说、杂传、禅家、方技之言，莫不征引。”“宋世诗势已尽，故其吟咏情性，多在燕乐。”“今宜取近体一切断之。唐以后诗，但以参考史事存之可也，其语则不足诵。”（《国故论衡》卷中《辨诗》）此与“一代有一代之文学”论者，昌言“唐之诗，宋之词"，"后世莫能继"（《宋元戏曲史自序》）者奚异焉。然宋词果超于宋诗乎？论者以写宋词能抒诗歌所不能抒之燕婉要眇之情，由诗体拘于五七言，无词体长短百变、自由运行之妙也，亦由于词适于浅斟低唱所需，而宋诗尚意，言情非所长，故宋词得以胜诗也。是说也，拘墟之论也。今读两宋大家之诗集而知其不然，试举其隅。陆游能为《钗头凤》词，而其于沈园所为七言律绝，其抒情之深婉不特与词同，且过之矣。斯知词家所能表之词心、词境，诗家固优为之也。至于宋世已有新兴之词，同时之诗，即不容与之抗衡并超越之乎？此则决于宋诗本身生机是否已竭，今读两宋大家之诗集，而知"宋世诗势已尽"之说为不然。宋诗流派之众多，内容之充实，艺术之精湛，其记事征史之作，美轮美奂者，更为词家所不能为也。故纠彼贬宋者偏激之谈，近世诗论家陈衍乃谓："诗莫盛于三元，上元开元，中元元和，下元元祐。""宋人皆推本唐人诗法，力破余地。"沈曾植谓"'三元'皆外国探险家觅新世界，殖民政策，开埠头本领"。（俱见《石遗室诗话》卷一）陈衍复以唐、宋二代之诗，拟于殷、周二代之创业与中兴，譬唐诸大家为殷、周开国伊尹、周公之伦，宋诸大家则殷、周中兴之甘盘、傅说、方叔、召虎、尹吉甫之伦。（其说见《宋诗精华录》）此继承与发展辩证之言，持平之论，为得帝之悬解者也。然则宋诗固不让于词，且胜于词矣。宋源于唐，又出一奇，所谓"一波才动万波随"者，变态百出而未有尽。唐、宋各擅其长，互补其阙。唐之《奉先咏怀》《北征》《秋日夔府咏怀》《连昌》《长恨》《南山》《行次西郊》《秦妇吟》诸巨篇，宋大家集中无之；而宋人汪元量《湖州歌》《越州歌》

诸巨型七绝史诗组诗，开后世《己亥杂诗》《咄咄吟》之先河者，唐人亦无有也。况《全唐诗》已有成书在，论者可据其全而知其荦荦大者；宋诗则不尔，矿藏待发者尚多，此则《全宋诗》之纂，所以刻不容缓也。

虽然，我见其难也。曷言也？玄烨之命彭定求等十人编纂《全唐诗》也，其时唐诗之存世者，家不过二千二百余，篇不过四万八千九百余而已，今人《外编》，增益无多。非如宋诗作者，今日已可考知者不下九千人，倍四于《全唐诗》，此则求全之难一也。《全唐诗》之纂，时已有明胡震亨《唐音统签》、清初季振宜《唐诗》之成书在，加以网罗放佚而已。而宋诗，清人所编刊之总集以选本为多。康熙十年辛亥，吕留良、吴之振、吴自牧《宋诗钞》为最先，收诗人才一百家，其中有目而未刻者十六家，选诗一万二千余首而已。康熙四十八年己丑，玄烨命张豫章编《御定四朝诗》，其中《宋诗》七十八卷，作者八百八十二人，此与同时所纂《全金诗》不同，亦选本也。乾隆时曹庭栋纂《宋百家诗存》，补《宋诗钞》所未收之作家，亦仅百家。厉鹗《宋诗纪事》，收作者三千八百十二家，陆心源《补遗》，约增三千家，此则畸零资料之汇集而已。至于宋人自编之总集，少数作者酬唱之小集不计外，其巨帙，《江湖小集》九十五卷，所收亦仅六十二家；《江湖后集》二十四卷，四十七家；《两宋名贤小集》三百八十卷，一百五十七家；而《江西诗派》一百三十七卷，《续派》十三卷，全帙已失传。凡宋诗已有之专代总集尚存者，各书所收，作者最多不越一百五十余家。合计之，距《宋诗纪事》所录及之数，不足四之一。其后法式善、陈焯、李元鼎等所汇刊，虽非选本，每一编亦不逾百种。今欲征宋诗之全，路漫漫其修远，则上下求索之难二也。宋以来总集别集，刊本夥颐，一家复有多种刊本者，刊本文字复有与他书征引不同者，此皆有待于校勘。专家之诗，有散失于集外，如见于《永乐大典》残存影印本、《诗渊》残抄本各书以及短书笔记中者，有待于补辑。专集非诗人自定者，以及后人补辑之逸稿辑佚之类，常有他人之作羼入，有待于辨伪正误。必如是旁皇周匝，毫发无恨，方可臻于至善。此则校订之难三也。

克兹诸难，而后《全宋诗》之纂，较之《全唐诗》，足以后来居上而无疑矣。今北京大学《全宋诗》编纂委员会，力能任此，其藏书访书之取资足，其考订探讨之人材足，其知难而进之勇气足，斯其所以举重若轻，克底于成也。而国家教委全国高等院校古籍整理研究工作委员会之重点支持，尤征大雅扶轮之力也。

是书之成，将俾海内外研究者以丰硕可信之文献，使宋诗之光芒辐射于九垓。洵为盛世之鸿业，传之于万祀而不朽。其为功之巨，宁浅浅之言所能尽乎？至于是书编纂中甘苦疾徐之数，正编、补篇措置之宜，则编纂委员会之前言，论之详矣，兹不复云。

一九八九年二月钱仲联序于苏州大学

（原载《全宋诗》卷首，北京大学出版社1991年版）

《宋诗话全编》序

诗话之为，若征其朔，由来已久。清中叶何文焕氏刊《历代诗话》，其序以为“赓歌纪于虞书，六义详于古序，孔、孟论言，别伸远旨，春秋赋答，都属断章。三代尚矣，汉、魏而降，作者渐夥，遂成一家之言”。何书所收，以梁钟嵘《诗品》为首，而宋人诗话为最富，达十六种。盖正名为诗话之书，宋人实为开山。至于为丛编之辑，则宋人阮阅《诗话总龟》、胡仔《苕溪渔隐丛话》、魏庆之《诗人玉屑》，亦为先路之导。后世于何氏《历代诗话》之后，又有丁福保氏《历代诗话续编》之辑，可谓沉沉夥颐。其断代为编者，丁福保氏又有《清诗话》，收四十三种。郭丈绍虞踵之为《清诗话续编》，收三十四种。凡此俱选收选辑，窥豹一斑者焉。

至于欲囊括无遗，致力于《中国历代诗话全编》之纂者，则前未曾有，而今吴君文治乃奋勇主编斯巨帙，与全国大庠、各研究所近三百合志同方、营道同术者协力以赴，已完成《宋诗话全编》《辽金元诗话全编》《明诗话全编》三大种，以视前修，诚可谓譬如积薪，后来居上者矣。近八百万字之《明诗话全编》，已于一九九七年由江苏古籍出版社绣梓行世。兹则七百六十余万字、收录诗话五百六十二家之《宋诗话全编》，亦即问世，吴君嘱余一言弁首。余于宋诗，夙所笃好，连类及其诗话，曾为《宋人诗话鸟瞰》一文，略抒蠡测。今序吴君书，第就其断代分编之型式、选辑与全编之区分等言之。尤特旌吴教授之功在艺苑，世之治诗话学者，治诗学理论者，以至从事旧体诗写作者，胥将获其沾溉而受益无穷焉。

钱仲联序于苏州大学文学院

（原载《宋诗话全编》卷首，江苏古籍出版社1998年版）

《全明词》序

断代词作，勒成全集，昉于亡友唐圭璋先生之《全宋词》，《全金元词》继之。他家踵武，则先后有《唐五代词》《全明词》《全清词》之纂，而后历代词作之渊海始备。然其间编者之为力有难易焉，《全宋词》筚路开山之功不待言，然在此之前，朱孝臧先生刊《彊村丛书》，囊括宋词别集达一百十二家，名、大家已备，继之而补苴扩大，易措手矣。吾友程千帆先生之纂《全清词》，所欲辑之别集既浩繁，稿本暨散篇之网罗更无涯涘，此其所以为难也；然有叶恭绰先生之《全清词钞》为之启行，循其发踪指示之迹而求其备，苦于费时而已，非不可为也。独张璋先生之纂《全明词》，其卷帙不必逾于唐、程二家之书，而其难则有倍蓰而不止者，一则朱明一代，词家专集刊播之广，不如宋、清两代，收藏家或嗜词之人经眼不易，汇为总集，亦无岷觞之导，非若宋、清两代之有初基也。再则明词早蒙“芜秽”之讥，陈廷焯所谓“词至于明而词亡”，称道明词者已鲜，欲尽猎其散失者于一编，岂能沉沉夥颐乎？然则张璋先生之独肩巨任为此编也，其毅力可谓绝人矣。

至于词家全书之纂，陈廷焯曾有所非议。《白雨斋词话》之言曰："余友尝语余云：有《全唐诗》，不可无《全宋词》，有能为是举者，固是大观，且不患其不传也。然余谓借以传一己之名则可，欲以教天下后世之为词者则不可。盖兵贵精不贵多，精则有所专注，多则散乱无纪。如《全唐诗》九百卷，多至四万八千首，精绝者亦不过三千首，可数十卷耳。余则仅备观览，供采掇、资谐笑而已，虽不录无害也。""不过壮观邺架，于本原无涉，亦可不必。""录至百家，下乘必多于上驷，博而不精，终属过举。"斯论也，淆总汇与选政之功能而加以抑扬也，隅照而未能圆该。言为词固应求精，然精亦难言矣，审美之心目不同，彼以为精者，此或不必以为然。至于研讨，则非博览何以鉴别其高下。纂全书者，舍已为人，使为词者、研讨者胥取资于是，省广博求书之劳，其为功匪细，岂仅为传一己之名乎？此《全宋词》诸书之纂，所以为词苑不朽之盛业也。至于明词，接触之人既鲜，孰精孰芜，资于全帙。故张先生此编，为功似更出于他编之上也。今《全清词》之杀青，仅限前期，全帙问世，尚有所待。而《全明词》乃先底厥成，尤词林所乐闻也。

抑又有进者，明词虽云衰落，然亦非可概其全也。陈廷焯之言曰："明初如杨孟载、高季迪、刘伯温辈，温丽芊绵，去两宋不远；至李昌祺、王达善、杨升庵之流，风格稍低，犹堪接武。"此言三百年中，未尝无合作也。况明词固有光芒万丈者在，盖在于沧桑变易之末季。陈廷焯所云"明末陈人中，为一时杰出"，朱孝臧《望江南》所云"湘真老，断代殿朱明"者，非谭献所特尊为“重光后身”者乎？其门人夏完淳《玉樊堂词》，非沈雄所谓“慷慨淋漓”之强音乎？如吴易，如张煌言，国殇毅魄，贞节凌霜，悲歌斫地，非与陈、夏同趋一辙者乎？参与南明抗清之志士仁人，如屈大均，非朱孝臧所谓“不信明珠生海峤，江南哀怨总难平”，叶恭绰所谓“纵横排荡，稼轩神髓”“声情激越”“一字一泪”者乎！如王夫之，非朱孝臧所谓“苍梧恨，竹泪已平沉。万古湘灵闻乐地，云山韶濩入凄音，字字楚骚心”，叶恭绰所谓“故国之思，体兼骚辨”“清露泣香，红情至语”者乎！斯皆一代爱国词雄，转移风会者也。其余极品尚多，名家非一，与批风抹露者迥殊。诚有如况周颐《蕙风词话》所云：“含婀娜于刚健，有风骚之遗则，庶几纤靡者之药石。”明词得此，晚霞弥天。张先生是编，足以证成诸家之论无疑焉。他日者，新编在手，与先生拍肩高唱，仿佛见诚意、湘真诸贤凌云一笑于五湖烟浪间矣。

岁在重光协洽，且月，钱仲联序于苏州大学

（原载《苏州大学学报》1994年第4期）

《全清词》序

一代之词都为一集谥之曰全者，奚昉乎？昉自《全宋词》。《全宋词》奚为而纂也？以匹《全唐诗》。持一代有一代之文学论者，以为皆所谓一代之文学，而后世莫能继焉者也。故唐诗、宋词必纂其全。而程先生千帆之主纂《全清词》，又奚为也？请循其本。夫一代之文学，后世果不能继之乎？清词不足以继宋词乎？抑不徒能继之且能超越之乎？是皆不可以无说。

漆园叟之言曰："指穷于为薪，火传也，不知其尽也。"火传之得以无尽，生机在也。文学生机之不至遏绝，在于变。穷则变，变则通。以言夫词，其在宋，犹人之少壮，生机方盛，而未必无疾疢。其在清，犹人之由中身而趋老，老当益壮，则因其生机之未濒灭熄，光焰犹万丈也，斯善变之效也。曷言夫词在宋之未尝无病？观其所表露者，词人小己之生涯，囿于相思、欢会、饮宴、伤春者为多，大抵资以藻饰承平而已。苏轼拓大其境，然迈往而亦杂消沉。南宋爱国词人辈出，而更多者则醉梦于销金锅中之流也。宋词之美，在于韵律、艺术之精，以言思想质素，则成就且不逮宋诗。此非予戋戋之私言，而固《全宋词》弁言之笃论也。

今以清词衡之：如张皇爱国之精神，则邓廷桢、林则徐之为我族英杰，宁在岳飞、文天祥下乎？而自屈大均、王夫之、金堡以迄于清末，爱国高唱，视南宋十余家偻指可数者，倍蓰而不止。非谓清词中无宋词所有之病也，较其精英，则病居其次矣。况清词者，拓境至宏，不拘于墟，其内涵之真善美者，至夥颐乎！此清词之缵宋之绪而后来居上者一也。清词人之主盟壇坫或以词雄者，多为学人，朱彝尊、张惠言、周济、龚自珍、陈澧、谭献、刘熙载、俞樾、李慈铭、王闿运、沈曾植、文廷式、曹元忠、张尔田、王国维，其尤著者也。盖清贤惩明人空疏不学之敝，昌明宝学，迈越唐、宋。诗家称学人之诗与诗人之诗合，词家亦学人之词与词人之词合。而天水词林则不尔，周、程、张、陆不为词，朱熹仅存十三首，叶适一首而已，以视清词苑之学人云集者，庸非曹郐之望大国楚乎？此则清词根茂宝遂、膏沃光晔高出于宋者二也。复次则各派词流之众多也。浙派自朱、厉以还，中历吴锡麒、姚燮、黄燮清，下迄李慈铭、王诒寿辈，法乳未尝中绝；常州派自张氏开宗以迄谭献结集，每变益上，清中期后，词客大抵不越其樊；阳羡不以派名，而陈维崧与朱彝尊对树旗纛，影响所及，不徒“嘉庆以前，为二家牢笼者十居八九”(《箧中词》)，下迄清末，冒广生犹为其尾声。经《全清词》之裒集，知此派在曼殊前期，已具众流趋海之钜观。光绪末，朱祖谋在吴下标梦窗一宗为彊村派，则又囊括近代词人之泰半。回视宋代，所谓豪放、婉约，不过当时区示风格之特征，非谓派也。二晏非派也，苏、辛非派也，姜、张非派也，二窗非派也，非如诗家之明标江西诗派、续派之名，列为图，刊为集也。此其三也。抑清词于宋词之后，所以能变而益上，则因有词论为之启迪。浙派张醇雅之说；常州派论意内言外，论比兴，论有寄托入、无寄托出；刘熙载论流变；况周颐论词境词心；王国维融中西之学论境界、论理想与写实。多罙入其阻，发前人所未发。以视宋人李清照词别是一家说之断简，张炎《词源》之论乐律与赏鉴、作法者，其深浅、精粗、广狭之度，固大不侔矣。惟清人词论之邃密高卓，词乃不复蒙小道之讥，词体益尊，词坛益崇。此其四也。复次，则词人之数，宋亦非清敌。《全宋词》作者一千三百三十馀人而已。清词仅以《全清词钞》初选作者计，已达四千馀家，此第选录而已，视宋倍三，今《全清词》之纂，则不待言而数必倍十，宋词视之，绝尘莫蹑，将叹河汉而无极矣。此其五也。

综兹数端，而知词至于清，生机犹盛，发展未穷，光芒犹足以烛霄，而非如持一代有一代文学论者所断言宋词之莫能继也，此世论之所以有清词号称中兴之誉也。（见梁启超《清代学术概论》）。何止中兴，且又胜之矣。文廷式以为词之境界，至清方开拓，朱祖谋以为清词独到之处，虽宋人亦未必能及（俱见叶恭绰《全清词钞序》）。文、朱，近代词坛之射雕手也，其言如是，固犁然有当于人心。然则《全清词》之纂，宁非当务之急，而为盛世之鸿业哉！

虽然，吾见其难为焉。尝试言之，一曰：清人词作，除已刊词集外，其未刊之集，或集外之作暨不知名者之零篇，散见于已刊未刊之短书笔乘者，不易一一裒集之，即已刊之集，亦不易一一网罗之而无缺。二曰：清词人专集，有多种版本可资对雠互勘者，计不逾十家。大量词集，孤行天壤，鲁鱼亥豕，在所不免，既不得蹈奋笔直改之失，但又需斟酌尽善，况杂书所录，有与专集刊本歧异之词句，资以勘定，方无遗憾。三曰：清代词人，除有科名出身可知者外，其余不知名者匪尠，生卒年月，经历撰著，非各有传记碑志及他书可稽，则撰写小传，编序先后，何以求其精确无讹。欲解此连环，非纤儿操政所能为力也，而必由学人为词人之程先生者主之，斯能举重若轻，措置裕如，润色鸿业而底于成矣。凯不盛哉！

余于倚声，门外也，望洋兴叹，顾亦笃好之，尤嗜清词。先生书成，诏为引嗅，又奚敢以不文辞。

一九八八年九月钱仲联序于苏州大学

（原载《全清词·顺康卷》卷首，中华书局2002年版）

梦苕庵诗话

《梦苕庵诗话》序

《梦苕庵诗话》，余四十七年以前所为，先后发表于《中央时事周报》《国专月刊》《国专校友会集刊》等刊物。今汇集之，篇幅亦不少矣。余撰诗话，与前人诗话不同，重点在于系统详论清代名家与作品，介绍与考订有诗史价值之杰构，而一般诗话之摘句与记述友朋间琐事者，余仅附带及之。今兹结集，略加删汰，并增益未发表之残稿若干条。研究清诗者，于此或不无参考之用焉。

一九八三年三月钱仲联记于苏州大学

梦苕庵诗话选

樊山前后《彩云曲》，哀感顽艳，传诵艺林已久。余友王君瑗仲尊人部畇（甲荣）先生，亦有此曲，特较樊山为胜。有序云："曩在天津，耳赛金花之名。休沐之暇，与朋辈访之。直其晨妆未竟，良久始出。一出而满室生春，坐客六人，罔不周旋合度。徐娘半老，而秾粹犹不亚于雏鬟，真尤物也。往者，侍郎某公，奉使德意志，宠妾傅彩云，有艳名。德后爱之，乃与同照小影。后为英吉利女皇维多利亚之子，亦丽姝也，贵宠震于欧洲，其事遂哄传海外。彩云故苏台歌妓，侍郎薨后，不安于室，重隶教坊，乃更名赛金花云。予不禁为之感叹，爰仿长庆体，为赋斯篇。非但征尤物，间纬以时事，且谂来者尔。"诗云："冶坊滨里移兰棹，船娘纤手调羹妙。袭人花气正慵眠，隔岸山容如巧笑。有约邻娃斗草来，游春公子飞笺召。晨梳螭上玉搔头，黠婢欢呼偏识窍。儿生璧月中秋夜，彩云拥出银河界。小字拈来阿母怜，他年只许仙人跨。天生佳丽住横塘，日坐花前斗艳妆。三五年华尚娇小，春风到处姓名香。闻名但欲求识面，相见谁知即断肠。

万里关前金殿客，三生石上玉箫娘。近来绣毂应须早，怎奈泷冈犹待表。大妇恩情斯易求，词臣礼法敢轻掉。苦烦密友代藏娇，金屋偷营乌鹊桥。料得弹琴不成调，度他拥髻可怜宵。转瞬明年别乡树，双飞同向燕台去。夫婿朝衣待漏行，侍儿画阁熏香护。君王选使重怀柔，凤诏传宣第一流。远唱皇华三万里，闺中翻起细君愁。却教小妇相随往，好学夫人莫慢羞。异宠新颁紫霞佩，乌雅飞入青鸾队。同行侠客虬髯公，便认李郎红拂妹。为译蛮奴鴃舌音，遂娴绝国龟兹伎。花枝才展柏灵城，梨园唱遍罗敷媚。瑶宫仙子爱娉婷，博士披香欢接引。狻猊潜收威凤仪，琉璃照彻惊鸿影。（此一节予亲闻之彩云。）从此丰姿海外传，别开生面星轺幸。星轺述职返皇都，千金买得方舆图。贾胡弄舌工欺诳，一寸山河千里讹。乖厓旧是同心友，反覆无端一挥手。蜀道褒斜随处成，人心鬼蜮奚从剖？茂陵秋雨但愁眠，荡妇空床难独守。爱唱云中赤凤来，悄谐花底秦宫偶。无何寡鹄起长悲，消渴文园竟莫医。燕子不栖关盼盼，鸨儿重迓李师师。灯火樊楼温旧梦，花砖学士谛新知。轻歌缓舞依然乐，换羽移宫总弗思。万事荣枯车转毂，一枕荒唐蕉覆鹿。俄惊庙火焚袄神，争看黄巾拜张角。鼙鼓联邦动地来，莺花满院随风逐。飞来天外一将军，钿合金钗缘再续。七宝雕鞍细马驮，九华锦帐双鸳宿。两宫西狩音尘断，上国衣冠尽涂炭。宝玦王孙泣路隅，金鱼朝贵遭索贯。锁骨菩萨心惨然，每向将军代乞怜。宰相和戎倾帑藏，诸夷满欲整归鞭。猋轮待发匆匆别，珠泪轻弹粒粒圆。烽烟散尽回銮辂，繁华气象还如故。五陵侠少纵豪游，一曲缠头不知数。尤物移人人自近，徐娘半老犹风韵。充房面首聊自娱，容尔心头敢何问。白皙刚垂雅婢涎，红颜遽绝鱼姑刃。妒花风雨黯长安，铁铸爰书为雪冤。牍背多端从吏示，槖馇还仗所欢传。刑庭对簿回天易，孽海生波捩柁难。紫阳春浓歌缓缓，花开花落自江南。”自跋云：“作此诗后，未几拳事起，遽付劫灰。事阅二十余年，忘怀久矣。近甬上秦生，以予稿本散佚，为钞此寄来。展览之余，浑如隔世。但所作廑及其去帏而止，而庚子慁迹花门，事尤奇恣，不可不加以煊染。因复衍数百言，缀诸其后。若传其楼傍玉台，敖游京洛，予所不审，则从略焉。或曰：樊山方伯，亦有此曲，命名正同。方伯雅什，予未之见。东施独处，无心效颦。鲁门不窥，放手弄斧。得弗使人齿冷？老年闲旷，近日正自录旧作，因即写在待选草中，其次序未免参错尔。辛酉长至后三日冰叟跋。”论者谓樊山二曲，犹是梅村，而先生此制则长庆矣。

同时侯官薛秀玉（绍徽）女士，亦有《老妓行》一诗咏彩云事，虽沉博绝丽，未逮樊、王二家，而翔实胜之。出诸闺秀手笔，尤为难能可贵。并录之，以资比较。诗云：“芙蓉张席咽流霞，沉沉银烛喧筝琶。中有徐娘已半老，依然颜色浥朝华。双眸剪水歌喉涩，举止偏能似大家。伸拳拇战杂欢笑，旁人道是赛金花。金花自言本姓傅，彩云一朵苏台住。折花时上虎丘游，门前溪水横塘路。十五韶年见丽质，歌舞场中称第一。上头嫁得状元郎，眉妩画邀学士笔。奉使乘槎八月时，辎轩远采单鹰旗。皇华六辔秉龙节，海天一舸随鸱夷。柏林城筑鸳鸯阙，锦鸡官诰骄回鹘。奚须江汜论国风，竟作小星夺明月。联邦破法声望高，相国铁血将军毛。可汗头白尚英武，阏氏腰细能英豪。太岁金床见天使，锦车冯嫽充陪侍。莺语善传通译辞，鸾书代解旁行字。恪尊喜与忘年交，酪浆腥肉开天庖。镜殿名花偕照影，俨如姊妹双同胞。爰剑种人尽艳羡，茶筵舞会寻常见。可怜嗅地骨都侯，画图想识春风面。好梦未醒羊胛熟，归舟仍载人如玉。联镳并骑入长安，晓镜夕灯看不足。瑞锦窠通清闷阁，袍笏朝回听弦索。共道侍郎艳福多，那知邮女姻缘恶。或云容斋未第年，济南沦落囊无钱。独有青楼人青眼，悄从花底赠金钿。山盟海誓如蝴蝶，但愿生生比鹣鲽。小别楼头盼好音，大魁殿上成高捷。衣锦重为历下吟，高车驷马快登临。不妨选取豪奴俊，蓦地来挑卓女心。太息樊笼小娇鸟，覆雨翻云未分晓。钱树惟图阿母欢，搴帷岂料故人消。相见无言但泣血，六州错铸郎心铁。宛转君前死便休，指环再世烦冤结。玉箫颜貌同前人，老眼模糊认不真。奴星命照红鸾暗，祸水歌来赤凤频。漏泄春光终愧愤，病深缩骨红秋殒。早惊结局事难收，悔煞当初心太忍。未闻荷叶出污泥，翻使桃花坠藩溷。葫芦更画莫短长，琵琶重抱谁恩怨？申江飘荡上津沽，艳帜高标又入都。宠姬乐籍归寇侠，故妓侯门剩孟珠。亡何阙下嘶胡马，滚滚旌旗黯原野。统帅老将碧眼高，当时曾唤真真者。捕卒六街扰妇女，兰闺淑媛伏如鼠。偏有冬儿慷慨前，短衣缚裤能胡语。酋帅撚髯起携手，意中喜见使君妇。鸾殿相逢如梦中，特令诸军静刁斗。外史莫争玫瑰花，约章似藉章台柳。兵气既消日月光，遂遭斥逐飞蓬首。即今居傍泥城桥，短发萧萧泪暗消。贸得雏娃教度曲，惜无狎客与吹箫。酒阑时话故家事，曲罢犹歌西国谣。飞絮成萍浑不管，牵萝补屋亦无聊。我闻众说慢然起，参观前后皆天理。名士恃才总负心，佳人绝代偏蒙耻。种瓜得瓜势使然，以暴易暴终无已。果报只存眉睫间，纪纲都在伦常里。女传弗因孽嬖删，妇道要论容德美。一编为谱《老妓行》，用告采风士君子。”余伯母单士厘夫人《国朝闺秀正始再续集》一下曰：“‘忘年交’‘偕照影’等句，仍是未谙外事者之语。德国后尊贵自居，欧土世爵妇女且不轻交，况吾国妇女乎？‘开天庖’亦不过外交例宴，不足为重。‘偕照影’则西土工人往往能合两幅以上之照相，凑成一幅，天衣无缝，不知者以为庐山真相，此正用是法也。予夫子（钱恂）习知外事，矧光绪庚寅、辛卯，夫子正在英、德两国间，不但确闻，并且确见，故为正之，总之，误于小说《孽海花》之讹言耳。”秀玉，侯官陈寿彭室，著《黛韵楼诗集》四卷，词集二卷，文集二卷。又《国朝闺秀词综》十卷，未见传本。《国朝女文苑小传》仅成百余篇，未毕事。兼能画，尝卖画佐家用。诗多纪事之作，《丰台老媪歌》五古一首，记庚子事，尤无愧诗史，太长不录。

部畇先生著有《二欣室诗集》八卷，瑗仲仿梁任公写康南海诗例，手写成巨帙。先生论诗，以雅正为归，不以时贤之吊诡幽涩为然。颇自喜其《台湾秋兴》八首，以为近杜老苍凉之作。兹录之：“西望澎湖数点青，奇峰六六壮沧溟。山多虺蜴烟云毒，地近蛟龙草木腥。织网鲛人栖窟穴，数钱姹女掌门庭。版舆为考兴朝绩，一柱天南拱外屏。”“藩篱无使吠惊庞，台北台南健牡双。海若百年空顿辔，山精五夜暗窥窗。炎风吹雨秋先至，冻霰流云冷不降。斗酒彘肩竟何事？观涛孤负广陵江。”“治国新书续考工，经营草昧亦英雄。横驰疾电来天外，直激飞流出地中。塞雁传书愁远道，云龙润物策奇功。将军大树留余荫，赤嵌城边夕照红。”“百两锋车走怒雷，危涂苦费五丁平。乱山苍莽群番窟，列戍森严上将台。东指扶桑看日出，西通穷发款关来。不容瓯脱沉沙水，筹笔楼高薙草莱。”“笔架凌虚玉案西，木冈远障柳林迷。山中新社供番酒，海上寒潮咽戍鞞。薯蓣香凝饥鼠攫，桄榔树秃怪鸮啼。郊原冷落秋心迥，一路清阴纵马蹄。”“艳绝蛮花绕画阑，桶裳魋结礼尊官。登台有梦思巫峡，窃药能灵入广寒。当户子孙羌校尉，梨涡夫婿汉衣冠。为郎梳就盘龙髻，百裥罗裙绣彩鸾。”“为筹生计拓蛮疆，阴厉全消致阜康。林壑无霜凋众绿，村寮有赋贡留黄。流沙滚滚金银气，湛露溶溶黍稷香。比户人声含乐岁，弦歌何日遍炎荒？”“文献其如杞宋何！延平事迹半消磨。神祠月黑狐狸舞，乔木烟荒魑魅过。镇惜丛残湮老屋，虚闻耆旧述名科。天涯别有无穷感，独立西风发浩歌。”

部畇先生诗，佳构绝夥，大抵情深志远，陶冶乎唐之玉溪，宋之剑南，而不为噍杀之音。五律如《九江夜泊》云：“夜泊古浔阳，东南旧战场。临江犹戍鼓，断岸独危樯。野老余烽镝，将军几国殇？偶来一凭吊，烟月剧苍凉。”蒋绍由评云：五律如四十贤人，着一屠沽儿不得。此诗真得唐人三昧。七律如《上海也是园》云：“城外繁华互市场，闲来岸帻觅清凉。池塘春水涵新绿，楼阁斜阳抹淡黄。老树参天鹰下掠，狂花满地蝶成行。吴儿愁绝掉头去，乱掷缠头锦瑟旁。”钱新甫评云：三四香山佳句。《与闺人话别》云：“不胜惆怅梦难成，来日征帆第一程。画幔明灯偎有影，丽谯残柝噤无声。纵谈且讳江湖险，挥涕翻憎儿女情。但祝康强抛药裹，归来同践菊花盟。”《题阳湖恽季文世丈横塘追梦图》云：“仙境迷离渺何处？满林香雪绕孤村。柔波十里横塘路，明月三更倩女魂。往事凄凉归碧落，暂时缱绻向黄昏。

怜侬也抱微之感，欲访灵山觅梦痕。"《老女远嫁词》云："明镜羞看白发新，蓬门弱质可怜人。标梅早过今方嫁，压线翻思旧习贫。此去好从夫婿命，不知能免舅姑嗔？萧萧风雪苍梧野，稠叠云山隔断亲。"按此诗为先生晚年之官广西富川时所作，能以古意入律。《山斋雨后即事》云："短短疏篱曲曲廊，扶筇行药小相羊。山从远看方多态，花不轻开始久香。静坐渐知心可养，苦吟偏与睡相妨。窗前一阵芭蕉雨，隔着纱橱送嫩凉。"钱新甫评云：三四名句。按，或嫌"行药""静坐""睡"等字，用于一首中，少融洽。但按诗意是病后光景，行药之后而静坐而睡也，尚无不融洽，但未免步骤太快耳。绝句如《岭南杂咏》之一云："腰如弱柳手柔荑，雪白双趺不染泥。一曲荔支歌宛转，夕阳红过板桥西。"钱新甫评云：神韵逼近新城。《梦中得句枕上续成》云："洲前放鹤波如镜，湖上骑驴月印潭。一夜思乡寻好梦，有风吹不到江南。"（二句梦中得。）

袁氏窃国时，各省多独立。宵小乘机骚动。部畇先生集中，有《老革谣》一篇刺之。诗云："噫嘻乎悲哉！生民贱如草，日暮莫能保。白白不肯明，山精敢肆扰。青燐闪闪大道边，独足起舞惊风旋。眼瞪鼻掀耸两肩，撩牙皑皑口流涎。被发抟膺叫呼天，挨门逐户搜金钱。曰我当年老革命，今日之事我为政。汝若不应要汝命，即不要命亦成病。短枪炸弹惟汝认。金钱满囊颜色喜，疾躄归来媚妻子。喜犹未了梦魂惊，官兵已入吴江城。噫嘻乎悲哉！矛头淅米剑头炊，还汝泥中曳尾龟。"

甲午割台事起，部畇先生有《台湾感事》二首云："军书旁午走天街，和战纷纷计未谐。郭令请行盟党项，贾山议决弃珠匡。登陴有誓穷臣力，却敌无能慰圣怀。满载归装漓水隐，妇人醇酒早安排。”“蝉蜕功名亦狡哉！孤城荡荡戟门开。三千珠履成残客，卅六洪炉铸横财。黄歇浦边挥手去，要离冢畔戴头来。烟云变幻浑闲事，谁向昆明问劫灰？”二诗皆指斥台湾巡抚唐景崧而作。今日事过境迁，平情而论，以唐氏当日所处地位，自难抵敌日本，失败固不足怪。然而在亚洲首建民主国，不得不谓为远东史上光荣之一页也。

黄公度遵宪人境庐诗，以旧格律运新理想，诚不愧诗世界之哥伦布。然传诵一时之《今别离》四章、《以莲菊桃杂供一瓶作歌》诸首，笔路粗疏，大似张船山一流，并不见佳。余最爱其《拜曾祖母李太夫人墓》长五古，曲折详尽，语皆本色，真公度所谓“我手写我口”者。运用古乐府之神理，而全变其面貌，不足与皮相者道也。

黄公度《冯将军歌》云：“奋梃大呼从如云，同拚一死随将军。将军报国期死君，我辈忍孤将军恩。将军威严若天神，将军有命敢弗遵。负将军者诛及身，将军一叱人马惊，从而往者五千人。”连用“将”字，此《史》《汉》文法，用之于诗，壁垒一新。

公度《度辽将军歌》，为吴大澂而作也。悲愤之思，出以突梯滑稽之笔，集中七古压卷之作也。首段云：“闻鸡夜半投袂起，檄告东人我来矣。此行领取万户侯，岂谓区区不予畀。将军慷慨来度辽，挥鞭跃马夸人豪。平时搜集得汉印，今作将印悬在腰。”中段云：“雄关巍峨高插天，雪花如掌春风颠。岁朝大会召诸将，铜炉银烛围红毡。酒酣举白再行酒，拔刀亲割生彘肩。自言平生习枪法，炼目炼臂十五年。目光紫电闪不动，袒臂示客如铁坚。

淮河将帅巾帼耳，萧娘吕姥殊可怜。看余上马快杀贼，左盘右辟谁当前？鸭绿之江碧蹄馆，坐令万里销烽烟。座中黄曾大手笔，为我勒碑铭燕然。”后段云：“两军相接战甫交，纷纷鸟散空营逃。弃冠脱剑无人惜，只幸腰间印未失。”一结云：“燕云北望忧愤多，时出汉印三摩挲。忽忆辽东浪死歌，印兮印兮奈尔何！”以印为首尾绾合，趣极妙极。

公度《杂感》诗云：“我手写吾口，古岂能拘牵。即今流俗语，吾若登简编。五千年后人，惊为古斓斑。”此公度二十余岁时所作，非定论也。今人每喜揭此数语，以厚诬公度。公度诗正以使事用典擅长。《锡兰岛卧佛》诗，煌煌数千言，经史释典，澜翻笔底。近体感时之作，无一首不使事精当。

公度《雁》诗云：“汝亦惊弦者，来归过我庐。可能沧海外，为寄故人书？四面犹张网，孤飞未定居。匆匆还不暇，他莫问何如。”此公度以戊戌党狱自上海放归后所作。故人，指梁任公。咏物至此真得唐人三昧，可与张篑斋（佩纶）《雁》诗数首并传。

公度《由轮舟抵天津作》句云：“华夷岛国无分土，人鬼浮生共转轮。”大句不让陈独漉“海水有门分上下，江山无地限华夷”一联独雄千古。

人境庐诗，于写景似非所措意，然偶然兴到，亦有佳作。如《游丰湖》句云：“浓绿泼雨洗，森森竹千个。亭亭立荷叶，万碧含露唾。四围垂柳枝，随风任颠簸。中有屋数椽，周遭不为大。”灵活异常。《游箱根》句云：“舆人出裸国，皮绉龟兆裂。螭蛟绣满身，横胸施绛袜。两肩乍抬举，双杖互扶挈。前枝后更撑，仰攀俯若跌。有如蚁旋磨，又似蛇出穴。趺趺上竹鮎，蠢蠢爬沙鳖。噫风竹筒吹，汗雨蒸甑泄。劳倦时一歌，乡音鸟嘲哳。烟树绕千回，风花眩一瞥。峭壁俯绝壑，旁睨每挢舌。四山呼无人，一堕便永诀。"登山险状，形容逼肖。又句云："举国无名川，一湖何滉瀁。环抱三百里，下窥五十丈。神武开辟来，亘古无消长。氿泉日穴出，洑流失归向。一碧湛空明，万象绝依傍。昂头只日月，两轮互摩荡。""一碧"十字，前无古人。《登巴黎铁塔》句云："并世无二尊，独立绝依傍。即居最下层，高已莫能抗。苍苍覆大圜，森芒列万象。呼吸通帝座，疑可通肸蚃。自天下至地，俯察不复仰。但恨目力穷，更无外物障。离离画方罫，万顷开沃壤。微茫一线遥，千里走河广。宫阙与城垒，一气作苍莽。不辨牛马人，沙虫纷扰攘。我从下界来，大小顿变相。未知天眼窥，么麽作何状？北风冰海来，秋气何飒爽。海西数点烟，英伦郁相望。"苍莽之气，居然不减少陵、达夫《登慈恩寺塔》之作。余尤喜其《游丰湖》之第一首云："西湖吾未到，梦想或遇之。蒙蒙水云乡，荷花交柳枝。今日见丰湖，万顷青琉璃。持问老东坡，杭颍谁雄雌？浃旬困积暑，泼眼惊此奇。恍如画图中，又疑梦寐时。人生为何事？毕世狂奔驰。黄尘没马头，劳劳不知疲。嗟我不能仙，岂能免人羁。要留一片地，自谋老来私。悠悠湖上云，耿耿我所思。下与鸥鹭盟，上告云天知。"闲适之味，令人尘虑顿释。

陈石遗称"戊戌六君子"诗，以杨漪春（深秀）为最。余谓当以刘裴村（光第）为冠，林暾谷（旭）次之，又次为谭复生（嗣同）。石遗喜香山、放翁二家，故亟称漪春而不知其论之不公也。

刘裴村《介白堂诗》，工于设色，故写景之作为最胜，而峨眉纪游诗其最工者也。峨眉山高一万馀尺，为禹域名山之冠。荒怪神奇，秀出人境，故咏峨眉，必须别具手眼，以寻常模山范水之笔状之，必不能取胜。裴村知之，而才力又足以副之，遂成此空前之绝作。其律句如《望峨眉山》云："香象河流腾白足，澹娥江影照青衣。寸心尘外寻烟客，一笑云端见玉妃。"《清音阁》云："片石雷霆撑众壑，一僧风雨立双桥。草香喷雪春眠麝，松气沉山瞑下雕。"《双飞桥》云："泉分太始雪，人立过来身。绝壑晴雷午，深山乱石春。"《龙升冈》云："晓看瓦屋云空白，春过嘉州麦不青。"《古化成寺》云："雕眼射人风力劲，木皮衣屋雹声微。"《罗汉三坡》云："鬅鬙似鬼阴厓树，拗怒冲人大壑鹰。"《大小云壑》云："倒嘘人影龙初过，半没松身鹤不知。涌地佛光暄震旦，浮天海色照西夷。"《大坪》云："不知松柏云中绿，疑是蓬莱海上青。客子瘦筇阴磴雪，仙娥宝瑟夜池星。"《雷洞坪》云："如丝龙气南天雨，小咳儿声下界雷。雹积阴林诸客肃，风吹残瘴百蛮开。"《华严顶》云："老猿抱子求僧饭，闲客看人打佛钟。下界云霞招杖履，夕阳红翠动杉松。"《金刚台》云："九叠屏风回日月，一螺苍翠见东南。下方鸟泛红云海，上界龙分白石潭。"《小金刚台》云："洞雷生午屐，岩雪落晴钟。"《锡瓦殿》云："虎过人边石，雕盘佛顶松。"《白龙池》云："云雷孕虚白，参井落寒青。"《由八十四盘阅沉香塔、天门石诸胜，渐达山顶》云："怪石天门排虎豹，大云香塔护龙蛇。"《宿光相寺》云："高寒星斗窥人大，清净官骸对佛尊。"《华藏寺》云："云海楼台生日气，雪山鳞甲是江源。登参踏井双行屟，拜猓朝蛮五色幡。"《宝云庵》云："日光射井生虹气，风力飞人带虎腥。”《峨嵋山顶见月》云：“山藏蜀国逃封禅，月逐沧洲照谪仙。”《峨嵋最高顶》云：“诗客入天争秀骨，神僧埋地结真胎。三秦鸟道衣边接，六诏蛮云杖底来。”《夜灯》云：“二更出地金银气，万丈腾空木叶声。久抱尘心伤黯淡，迟来世界住光明。”《接引殿望绝顶》云：“山僧化树春无著，雪虹如雷夜堕悬。”《华严顶》云：“栋香花凤窟，松黑老猿宫。”《白水寺》云：“雪龛好供低眉佛，池镜曾窥大胆人。得道天怀忘白水，出山云气杂红尘。”风雷雪月，岩湍云水，草树禽兽，入之此笔，无一不瑰异奇诡。杜陵“高江急峡雷霆斗，古木苍藤日月昏”，东坡“天外黑风吹海立，浙东飞雨过江来”一类之句，在裴村诗中，真有俯拾即是之乐。

刘裴村《介白堂诗》，最工写景，律句已见前，至其古体，尤尽镌刓造化之能事。如《溪桥》句云：“人语松上云，鸟鸣花间露。涧草碧如烟，僧楼红在树。寺隐襟渐灵，山空梦初悟。”《独临宝见溪，危石上小坐》句云：“是时春涧碧，小风扇蒲蒋。我心欢素闲，山灵助孤赏。鸟负溪日飞，鱼吞浸霞响。岩语落猱玃，潭气发蛟象。藏天水心宽，胎云石神长。真境隐喧途，即之鲜畴党。”《洪椿坪》句云：“宝峰出西檐，秀气生南扉。空翠自成响，如语静者机。元览随化迁，神听异音希。”灵秀玄悟，康乐、柳州间，左挹而右拍。至《清音阁》句云：“陡涧注危潭，悬波鸣杰阁。回林与沓嶂，宛转分碧落。尝闻战雷霆，大声坠猿鹤。风涛落方寸，梦寐随烟屟。到来符文隐，双桥缓扃钥。禅悦生细涓，听因解岩壑。淡如有生初，见此真静乐。虚深得琴理，喷薄腾诗谑。”《双飞桥》句云：“晴风吹风雨，洒白东南天。阴壑冰陷日，阳坡雪流泉。名山骨干胜，诸水系络连。一雨腾百脉，双桥束微咽。缺月共青嶂，挂虹摇紫烟。雷霆斗地裂，草木飞空悬。”《大坪》句云：“道旁有遗衣，道是虎迹过。风林响暗叶，切切如牙磨。脱险力已疲，赏胜气翻和。山谷苍雪炼，松顶翠雨摩。”《仙姑弹琴池》句云：“玉姜迷寿年，阳娃感精变。寥天上清月，不鼓琴理善。坦坦古池平，凄凄漏泉咽。借问谁动操？众山响葱蒨。岂拨琉璃弦？圣凡为舞遍。岂奏隐形钟？声闻不可见。”《钻天坡》句云：“人影共明灭，山云亦飘飖。呼吸通帝座，升攀俯仙桥。佳气东南来，郁郁千里遥。挥策拨氛霭，耸心寄霞标。小咳惊猛隼，侧身抟飞猱。”《接引殿》句云：“冰蚕抱倒景，雪虹飞岩陬。寒晕一何润？玉海皓以幽。吹冰风无春，化石木万秋。”《雷洞坪》句云：“云中入雷地，出地似云鸣。云雷一以合，天笑与相声。绝壁音空圆，乱山响纵横。裂岩散冰雹，悬空划阴晴。回风荡成焰，白日照自明。”则荒怪奇伟，至非谢、柳所能限矣。

刘裴村《介白堂诗》，峨眉诸篇外，写景之作，美不胜收。律句如“暖风秧马水，迟日海棠楼”“月喧穿石水，风折过桥烟”“雪风吹黑塞，珠斗挂黄河”“壁雨长垂画，溪云不掩钟”“石壁天心满，湖楼客话闲”“江白孤槎客，云乌一发天”“大波颓作阱，长舸立如锥”“湖山澄战气，吴楚变潮声”“钟过古愁散，花深春梦圆”“雨气浮春塔，城阴入午钟”“地偏春一角，天淡韵千秋”“云通西域白，天盖蓟门青”“冰灯人影瘦，霜角月阴清”“白云依水静，黄叶与秋深”“野云浮作岛，河月散如星。风吐乱洲白，天摇双橹青”“日光西倒海，水气黑盘天”“蜒雨秋船细，蛮花海寺腥”“鸡鸣满东日，龙力压南天”“松声凉作雨，云气晓成楼”“云动高松响，岩闲瘦瀑存”“水白栖云树，山红抱石花”“荷花低枝压满月，梧桐大叶扇疏星”“丹黄粉碧青千状，龙虎龟蛇鸟一家”“山月犬声寒似豹，荒江客梦淡于鸥”“隔树乡音山鸟识，归船人意渚花亲”“野水照天浮塔去，江云留雨入城飞”“客心清镜开尘沼，人语疏钟共翠微”“翠幙客来双燕子，绿窗人静一虫丝”“连筒一水分岩细，卷幔群峰入户高”“双崖云洗肌如铁，一石江穿骨在喉。风静鱼龙排日睡，水还巴蜀接天流”“系舟江水无情地，到眼阴岩一笑春”“残蔬雨过还新绿，老树春迟得久花”“地看北极浮空浅，天入南荒让水多”，其情景交融者，固已风骨高骞；即专写景者，亦复深秀雄健，各极其致。古诗如《巫峡石》句云：“韵分九峰高，骨挟万古瘦。尺腹藏风雷，百怪入空漏。元精吐殊形，远势合众皱。”《滤州忠山，访来青园，过江山，行泛龙马潭，游古冲虚宫》四首句云：“一鸟坐树言，已过春之半。游兴浓于云，好风吹不断。”又云：“春暄与夏凉，虚实各成玩。”又云：“夕照沙上敛，红楼天际悬。云际压暝树，人语乱春船。”又云：“竹风意欣欣，松径阴密密。钟鸣潭愈空，客歌花自默。”又云：“长螺泛清涎，曲蚌浮半壳。片秀吐波心，白云随涨落。群山若渴龙，一一俯头角。”《游方山，题名庆云岩下，览新旧云峰二寺》句云：“紫天高悬墨屏风，卷收老日青冥中，四角塞天天欲穷。嚼云入毫写龙背，万田剪碧玻璃碎，乱磬浮空戛瑶佩。”《游翠微山》句云：“微云堕马前，照我万古襟。虎峰带霞色，龙池转松阴。暗泉穿寺来，如听篁中琴。香界木兰花，高檐宿仙禽。"《宿黄龙观》句云："众山肩背生虚空，负天抱海光无穷。入之峰翠静不散，万绿浸眼无青红。石磴蛇盘踏烟雾，幽泉如佩锵金步。鹤毛萧萧堕苍藓，龙气郁郁缠珠树。乱松瀑顶过吟身，一鹘空中绕诗句。"亦精微，亦锤炼，能壮阔，能静穆，有杜陵，有柳州，有长吉，有东坡，可谓无所不能。

刘裴村刺时之作，大声疾呼，读之令人心惊骨折。如《城南行》句云："路有殴死人，可抵蝼蚁命。将相勒马过，台谏尽阿顺。余曰辇毂下，乃有此暴横。想见天上人，天心为倾震。平时不法事，此间犹谨慎。"疾贵胄之横恣也。《美酒行》句云："杀孩养老亲，子妇诚何当。亦有成童儿，不值两饼偿。明知非我子，肉颤心已僵。"又云："后堂进马烛，摄屣来名倡。主人命射覆，还成赌百觞。"哀茕独之无告也。《万寿山》句云："维昔经营日，淫潦迷川陆。海雨吸垂龙，村氓乱浮鹜。鼋头大如人，出水听众哭。伟哉乌府彦，涕泣陈忠牍。膏血为涂丹，皮骨为版筑。请分将作金，用振灾黎谷。天容惨不欢，降调未忍逐。海军且扬威，嬉此明湖曲。仙人且弄姿，媚此西山绿。"《屯海戍》句云："大帅心有在，我方悲汝曹。汝曹死自悲，无为怨圣朝。"以及《杂诗》二十首，皆讽刺时事，备极深刻。其《送坳出守梧州》句云："利风百窍中人身，国脉一丝悬鬼守。斡旋天地虽无力，排击风雷犹有口。"足以见其抱负。

刘裴村《厚村还蜀，作诗四首送之》，能用白描抒情，真挚语可匹郑子尹。第一首句云："可怜欲别未别时，强作慰语含悲辛。"又云："常时每诩丈夫志，对汝今为儿女仁。"语淡而情深。第二首句云："别时弟作家园图，动我乡愁涕如屑。池中鲤鱼长尺半，竹间好鸟调新舌。霜清龙目烂垂珠，月冷梅枝曲蟠铁。对花遥忆看花人，往往空樽过佳节。娇儿七岁长都中，吐说已如嚼冰雪。泚笔题诗满其上，亦说思乡情内热。落句直仿《离骚经》，作书还拟龙门阙。当筵惊起老兄弟，一笑别肠儿拗折？”娇儿数语，善状家人父子呴沫之情。第三首句云：“孤鸿分飞寡鹊翔，我有一妹称未亡。颇闻抚子在婴幼，乳点泪痕凄断肠。自生女子名桂仙，想见丫角簪花长。生平未睹梦不得，安得抱之置膝旁。今年三十妹初过，早梅十月含冰霜。杯盘灯火亦无分，空寄寿简称宁康。妹颜丰皙身颇健，不如弟貌瘦以黄。弟归岂免问及我，发凋齿豁心空强。”絮絮写来，热泪盈把，与吴陋轩《七歌》第五首，可谓异曲同工。

谭复生诗，代表当时浪漫风气，仿佛似龚定庵。如《儿缆船》云：“北风蓬蓬，大浪雷吼，小儿曳缆逆风走。惶惶船中人，生死在儿手。缆倒曳儿儿屡仆，持缆愈力缆縻肉。儿肉附缆去，儿掌惟见骨。掌见骨，儿莫哭。儿掌有白骨，江心无白骨。”《六盘山转饷谣》云：“马足蹩，车轴折。人蹉跌，山岌嶪。朔雁一声天雨雪。舆夫舆夫尔勿嗔，官仅用尔力，尔胡不肯竭？尔不思车中累累物，东南万户之膏血。呜呼车中累累物，东南万户之膏血。”二诗笔大如椽，稍嫌其音节急促。复生《报刘淞芙书》云：“嗣同于韵语，初亦从长吉、飞卿入手，转而太白，又转而昌黎，又转而六朝，近又欲从事玉溪。特苦不能丰腴，类皆抗而不能坠，辟而不能翕。拔起千仞，高唱入云，瑕隙尚不易见，迨至转调旋宫，陡然入破，便绷弦欲绝，吹竹欲裂，猝迫卞隘，不能自举其声。不得已而强之，则血涌筋粗，百脉腾沸，岌岌无以为继。此中得失，惟自知最审，道之最切。今时暂辍不为，别求所以养之者，必且有异。不然，匪惟寡德之征，抑亦薄福之象。”此真寸心得失之言也。

林暾谷诗，用意谿刻，而措词涩苦，镵削之痕未泯。天夺其年，不克徐待其成，致使海藏所望“试回刻意功，一极才与思”者，不见于《晚翠轩集》中，亦恨事也。佳句如“芳波照影知谁见？斜日攀条却独来”“思先清晓车轮转，意共黄昏烛本阑”“宿雨反风寒作雪，高楼含雾远如山”“日出先明千叶露，雨余尽绿四围烟”“春浅桃花轻着粉，江寒凫影婉将雏”“桅影涎涎过屋角，水鸥跕跕下花间”“雨声月色和同坐，马足镫光一并飞”“花鸟鲜妍人气静，屋庐深远市声闲”“十里人声趋短夜，百年海水变东流”“月静方知双塔闹，雾低惟觉满城香”“书声课弟灯初上，竹影关门雨自深”“修翠含阴香宿润，杂花浮水散幽春”“老树刺天青自直，空潭留日绿还沉”“月转觚棱成曙色，风摇烛影作清寒”“寒生晓梦知方雨，雷转秋阴喜渐开”俱瘦折可喜。《即目与拔可》句云：“墙阴地下潴春潦，便被儿童唤作池。微雨复来时点缀，好风肯至亦涟漪。”《张园呈石遗》句云：“深篁傍水飘蛛网，三两拒霜照眼明。穷巷幽姿端可比，秋风斜日若为情。”眼前意境，未经人道，略似《渐西村人集》中之作。

暾谷古体，余最喜其《马房沟》一诗云：“昨日老子山，雨打又风吹。今日高邮湖，过湖日未迟。雨气化为烟，何处露筋祠？金葩扬翠盖，空中见参差。径行忘混漾，难进渐逶迤。新蝉第一声，欣然得闻之。浅浅绿铺褥，高高青垂帷。霞光由外铄，倒蘸水之湄。蓝滑如泼油，红艳如凝脂。扪之不着手，脚踏跌爬龟。千载苧萝溪，人言浴西施。扬州夸佳丽，此理信可推。如何杀风景，火轮衷而驰。何殊铁如意，打碎赤琉璃。刀蠡织女锦，车裂文君肌。扫泥断萍根，吹灰粘柳须。惭极急遁去，犬吠非关谁。湖光挟堤树，苦苦远相随。清丽与幽淡，万状难具辞。仍为诗人觇，不同湖寇追。舵楼得晚饭，新月正如规。焚楮舟谢神，鸣锣官税厘。荷香不见花，暗里勾我诗。风浪一回首，既往亦勿思。”通首精力弥满，有古图画之景色，有古美人之风致，有古子部之恢诡，有古衣冠之伟异。一结亦有千钧之力，非湛思者不办。

杨雪峤（锐）诗，早年多学选体，泰半词腴于理，不免嚼蜡之嫌。佐张广雅幕时，已不为之，学苏颇有神肖者，如《窦谷早发》云：“窦村夜半鼍更绝，空中行云走孤月。馆人见月呼天明，枕上寒鸡催我发。是时连旬罕晴霁，积潦浮空荡银阙。朔风琅铎响纵横，白露油鞋照明灭。云颓月转已复暗，倏忽晦明谁可决？穿帷急雨驱淋浪，破空惊雷下突兀。岂惟重褐无寸干，更恐联车同一蹶。仆痡马瘏两怀怨，涂泥上鞍水过袜。奔流乱辙迷远近，篝火惊人愁出没。前林有物畏豺虎，朔野无声散鸦鹘。迟明已见琉璃河，晓寒中人砭肌骨。渐看飞雾卷长桥，稍喜炊烟出黔突。土床宿火呵手冻，铜瓶村酒浇肠热。我生饥渴分自了，天意阴阳那可说。芦笳早动墟市开，石道凌兢惮轮铁。”《游顺庆白塔，归渡嘉陵江，大风作》云：“火云烘天作黄纸，须臾幻形处釜底。大风吹下白塔来，刮起嘉陵半江水。嘉陵水阔船如刀，塔尖回望明秋毫。放舟老翁簸欲踬，腥蛟掉尾涎龙逃。太阴黑入层冰涣，雪点翻空鹭群散。气冲尘堁阴霾昏，血沥泉源老株断。归来雨脚猛翻盆，夜静空闻风破门。”俱有真骨。律句如“潮声高过闸，河势曲随帆”“峡势回看鸟，江声正断猿”“天虚云出岫，沙迴月侵门”“峡云朝易变，岩月午难留”“霜巢明野鹤，风磴落危蝯”“日高尘过马，天阔树如人”“米市依沙聚，盐船避碛喧”“两浙山川钱尚父，六陵风雨宋先皇”“炎方不断四时雾，涨海常吹千里风”“去客身如霜后雁，望乡心似月中猿”“人间志士虬髯去，海外孤臣马角还”“朝禁何殊生死地，山河不变主臣恩”“华夷表里争孤注，日月东西转两丸”“雁飞犹见汾云白，龙起虚传晋水清”“船羡吴儿如使马，策怜楚客久亡羊”“江国万家天积雨，山城四面水浮空”“化国楼台衔暮景，异乡云物发秋心”，颇规模作家，不免明“七子”学唐太肖之病。

赵尧生（熙）诗全无刻本，其与南通费范九书云：“不佞三十前学诗，三十后颛治小学、古文，年近五十又学诗。每观近人刻集，多空陋，心嗤其骛名而无本，遂自戒不轻付刻。宣统三年游西湖，得诗一卷。齐年汤蛰老将取而刻之，不佞强取归，守前戒也。瞬经六十，友人咸劝董理。亦自思删定大略，乃清时稿一概佚去，遍索不能获。惟十年来今体犹有存者，恐难据此浅鲜，播恶于众矣”云云，其笔墨矜慎如此。今所见者，大抵载于《近代诗钞》及近作之散见于各报者，尤以晚作近体为胜。音节苍凉，意味渊永，千锤百炼，无浮烟涨墨其绕笔端，蜀中诗人，刘裴村后一人而已。兹录其未见于《近代诗钞》及《石遗室诗话》者。《峨嵋绝顶看日出》云：“朝气净东方，地衔鸡子黄。微升万壑霁，静袅一钟凉。呼吸馀秋色，虚空荡水光。摇摇日天子，红处认扶桑。”《峨嵋绝顶观日入》云：“日落未落处，万山如火红。天西亘雪界，玉立琢屏风。绝壑神灯出，群星鼻息通。夜堂挝法鼓，摇荡小鸿蒙。”《舨公馈仁寿蟹》云：“陵州蟹种称新题，满壳含黄出浙西。失喜尖团成雅馈，幻闻郭索响春泥。诗材入夜琴三叠，秋味和花菊一畦。未用鱼羹劳宋嫂，湖壖小市捣香荠。”“南北爬沙派苦分，十年腥味倦知闻。枉思莺脰为渔父，长使猪肝累使君。事与莼羹菰菜例，梦回三泖九峰云。老惭得陇方思蜀，传盏花前盼马军。”《野行》云：“绿草方塘鸭一群，人家隔竹笑声闻。山坳古庙欹榕树，邻女新衣拜野坟。菜子花凋农事急，春鸿声过水田分。陈陶血染沟中水，红作桃花护隐君。”《癸亥上元》云：“春灯红胜百花开，白发西园梦上才。金粉竞妆人影出，珠星齐捧月华来。九门游骑长安远，六郡良家战信哀。山郭依然太平世，烛龙衔火照楼台。”《秋夜》云：“静极小三昧，夜蛩秋满庭。风清闻远水，天碧撒群星。故友书多断，衰年梦每灵。诗成呼病妇，试踞灶觚听。”《大坪》云：“所居但群木，山顶四无邻。种竹多新理，娱花畏杂宾。云藏不近俗，屋小自留春。弈弈星光大，长松夜愕人。”《病起过西林寺》云：“无灾即是福，向晚步西邱。境圣诸林正，苔荒古碣留。逃禅成世法，待月养诗愁。一井朱砂气，山花不受秋。”《蛩》云：“幽意满庭际，草荒虫所家。秋心浓枕箔，天籁响缫车。入梦疑山远，吟窗待月斜。合题宵雅室，篱豆一园花。”《龙门峡道中》云：“出郭二十里，入山千万重。遥寻瀑布水，忽听松林钟。石涸樵生路，云开雁过峰。传闻葛由侣，于此伏虬龙。”《息心所》云：“凡心于此息，今夜过秋分。虎患防香客，僧雏喜藏文。人生一晌乐，世事万重云。有梦无寻处，山精语夜闻。”《清音阁》云：“一窗当瀑起，此水自雷坪。说有苍龙住，晴来石气生。老僧持佛号，对客数山名。借我杉边屋，看云听雨声。”《赠月山僧》云：“赵子秦中秀，萧然病鹤形。悬崖五年坐，伸脚万山青。忍辱禅餐缺，操琴指法灵。杉棚谈逸事，微雪虎听经。”《得辟叟诗却寄》十四首之二云：“放翁爱子有书声，老我无家听子行。谁理宗文鸡栅事？落花时节到南京。”（不佞二、三子投医馆渝州，四子丁卯死去，五子在南京政府，今八子又德，一力趋潮。诸子于乃翁无一钱之奉。家中女辈外，只廿子廿一子，方牙牙学语，老翁一应门奴耳。晚节不同，同归一笑。）“浩劫无名十八年，早知命分本天然。白头渭水铜仙泪，商略余生到紫鹃。”（四十年前与友人赏传奇，即《红楼梦》言志。友人曰：“平儿第一。”不佞曰：“乃所愿则紫鹃也。”本少年耍语，而其人入翰林，守大邦，大吏先后列荐。若仆者，其以啼血终矣，尝自笑他年小传，惟入虞初耳。）《上巳》云：“老去春光非我春，东风修禊又芳辰。且歌乔木莺啼序，曾侍华林马射人。三月摇杨夹城路，百花流水采桑津。临河北望今何地，云白山青万里身。”《春日怀范九海上》云：“相思无此久，江海各残春。过雨花如客，忘机鸟近人。所嗟衰老逼，（病目将一月。）谁信乱离频？寄语南飞雁，休嗟懒是真。”《秋夜怀范九并讯兴化老人》云：“夜凉双耳草虫秋，一卷灯前雪满头。不尽寒潮吹地转，每怀南国减诗愁。白云岭上能持赠，黄浦书来感旧游。遥忆美人千里共，月明何处寄扬州？”（龙君榆生寄影相，中有彊村、散原、病山，故有旧游之句。）《答榆生》云：“人日题诗寄草堂，因循残腊换春光。寒经百事都成债，老忆穷交各一方。是处繁霜歌小雅，古来高会胜重阳。眼中端复知名早，雁后花前补报章。”人日登高，六朝尤尚。《榆生示彊村、散原、病山诸老相，且赋诗见怀，敬和》云：“故人沧海各西东，镜里相看抵梦中。文苑依稀成小传，江关萧瑟认衰翁。新亭堕泪无人识，饿鬼团餐一笑同。何日黄龙真痛饮，且凭南雁问秋风。”（饿鬼团餐，散原壬子谑也。公渚、榆生最英少，故有黄龙痛饮之语。）《八十四盘》云：“是真散原笔，高词镵石尖。树横夜叉臂，苔绖老君髯。百转行无极，洪荒物所潜。山高受日早，立义悟华严。”《己巳九月怀鲜叟》云：“一江吴蜀本相通，烟水南天阻断鸿。长苦茂陵秋雨后，相思韩绰月明中。故乡游钓今余几，憎命文章老更穷。眇眇余怀竹西路，不堪黄叶响西风。”《己巳岁除得晴，便寄鲜叟》云：“快雪时晴岁又除，梅花红处小村居。算来远信千山外，已到扬州二月初。国计刊章仇汉腊，野人临水看春锄。梦中不识长淮路，各检山岩屋壁书。”皆胜于《近代诗钞》所甄录者。

萍乡文芸阁（廷式）以词名一代，其词气王神流，得稼轩之髓。于晚清王半塘、郑叔问、朱古微、况蕙风四家外，别树一帜。平生与沈乙庵先生颇投契，尝问乙庵曰：“余诗于古人奚似？”乙庵云：“君诗自具一种冲和之气，殊肖王摩诘。此意外人那得知，则亦以为似高青邱也。”可谓名论。今按《云起轩诗录》一卷，虽所存不多，卓然可传。《咏月》七绝一首，为吊珍妃而作者，固已传诵万口。《自七月至十月有感而作》四首，纪庚子乱事，与樊山《闻都门消息》诸诗媲美。《幽人》诗句云：“晋代衣冠半南渡，汉家城阙又秋阴。”沉郁苍凉，上追遗山矣。

冯梦华（煦）倚声当家，绝句清隽，亦逼渔洋。如“淮南一夜潇潇雨，莫倚空帘弄晓寒”“为语离人莫回首，乱鸦残照是江南”“黄陵暮雨孤帆远，楚竹湘烟一望愁”“剑南雨过延新爽，始得疏林第一声”情韵殊佳，阮亭见之，定当叹赏不置。

集句贵天衣无缝，运用自如，曾见曹君直（元忠）先生集玉溪生句云：“由来碧落银河畔，家住红蕖曲水滨。”为咏珍妃宫婢白海棠而作，最为切合，余雅爱诵之。

诗之意境，有深至微妙、不可思议者。梁节庵（鼎芬）《得伯严书》云：“千年浩不属，君乃沉痛之。神思可到处，缱绻通其辞。穷山何所乐？余心忽然疑。试君置我处，魂梦当自知。把书阖且开，情语生微漪。出见东流水，汤汤将待谁？”不特意妙，句法亦入北宋高境。又《洗肝亭杂诗》四首，亦绝佳。已见《近代诗钞》，不再举。五古写景佳句，余最喜其“湖宽取月敛”五字，精炼入微。律句“闻雁知兵气，看花长道心”一联与张绳庵（佩纶）“惜花生佛意，听雨养诗心”十字，有异曲同工之妙。

阅陈石遗《近代诗钞》一过，未能满意。石遗交游遍海内，晚清人物，是集已得大半。然名家如丘逢甲等皆未入选。而选录诸家，如魏源、姚燮、朱琦、鲁一同、王锡振、邓辅纶、高心夔、黄遵宪、袁昶、沈汝瑾、范当世、刘光第、康有为、金天羽，皆未尽所长。即郑珍、陈三立、沈瑜庆、陈曾寿诸家，名篇尚多，皆从刊弃。至于樊增祥之《彩云曲》，王国维之《颐和园词》，皆誉满艺林，无愧诗史者，岂得以长庆体之故，遂屏不录。况王闿运之《圆明园词》，明明入选乎？此种不当人意处且不议，乃致有编辑之误，人人共见者，如张之洞诗，十九页载《中兴一首答樊山》，二十六页此诗又见，而省其题曰《中兴》；陈三立诗

《正月二十二日通州南郊外会送肯堂葬》，既见于二十页，又见于二十五页。此虽小疵，无害大体，甚可委过于手民，然并可知选辑之未尽具苦心矣。

陈弢庵（宝琛）诗，学宋颇有力量，五古尤胜。《石遗室诗话》已屡举之，兹不再论。记其绝句“入峡海潮还出峡，和沙淘尽可怜生”二句，最为感喟沉郁，读之令人回肠百折。

林畏庐先生，以迻译说部名，以古文名，以画名，誉满海内外，诚旷代逸才也。浅学无知，妄为蚍蜉之撼树，于先生何损？《畏庐诗存》，多清矫之作。曾十三度谒景陵，语人曰：“吾自感知遇，非求遗老名也。”如《题画》绝句云：“十四年中过御河，杨花阵阵水微波。秋来满眼伤摇落，愁比涵元殿里多。”“生平低首许先生，光禄词人旧有名。长念孝陵心不死，青山只画石头城。”皆松禅老人所谓“萧寥数笔云林画，中有忧时血泪痕”者，律句如“不才无可编生传，多难居然及白头”“经乱真如温昨梦，伤时只好托春愁”“残年自分无余望，巨变都疑有夙因”“天高难问沧桑局，事去宁灰犬马心”“家国已非仍抗节，心肝若剖岂沽名”“无补兴亡同有恨，得全节概在能贫”皆是。鼎革以来，遗老多可怪，独畏庐真率。

畏庐写景，颇多佳语。如“积阴销庭除，不纳门外云。暮色已潜动，初疑为游氛。月光注矢下，才觉人影分”“清江面千帆，明灭如潇湘”“卷帘东际楼，万象混一绿”“舟动溪光来，时时见春雁。数里积阴绿，水深葭竹乱”“月痕合山翠，著眼益寒靓”“胸际不平气，幻此最高峰”“溪桥入深绿，弱柳摇斜曛”“一白直到天，吾亦表吾洁”“冰气寒如雪，楼峰暗似山”“绿封疑路断，天豁助溪明”“石华经雨润，松势受风骄”“田水赴溪微作瀑，露萤过竹远疑灯”“瞬息阴晴终作雨，高低松栝偶来云”“响泉坠涧前溪应，危径穿山积绿分”“独树临流迎雨势，乱虫入店聚灯光”“晓色上窗添绿意，新凉入枕识秋声”。《题画》绝句云：“一亭高立俯群山，路转苍岩待几湾？清晓玉童扫红叶，偶吹余片落人间。”《园居晓起》云：“夜来凉雨渍槐心，破晓微微冷意侵。湿绿愈浓秋不觉，小窗增上一重阴。”《题画》二首云：“小假僧寮涤客襟，理安雨过竹房深。到门怪道秋衫薄，做得新凉是绿阴。”“危栈粘天路不分，鞭丝帽影印斜曛。半程微觉驴鞍湿，记犯山腰一阵云。”《题画》云：“闲中泼墨学清湘，湘水空明楚雨凉。堤下吴船方夜泊，瓦灯漏出一丝光。”“舍南舍北万琅玕，瑟瑟时时作夏寒。何必银河见全月，碎痕留向月中看。”皆有画境。至其情境交融之作，律句如“通宵诗思偏无月，数里徐州早见山。颓绿尚饶秋望美，片云如傲旅人闲”“溪水还留曾照影，樱花久作避人香”。绝句如《自写富春钓台》云：“打桨桐江看客星，四更趁月过烟汀。此中犹道先生在，才入芦花酒便醒。”《题画》云：“昔年湖上看庐山，不到开花鼓棹还。收得空青入诗梦，水声长在枕头间。”“粉本新翻戴鹿床，碧云摇曳竹间庄。故居忆在莲塘路，尽日杨花入草堂。”《淮上闻牧笛》云：“三两青牛起草间，牧童吹笛意萧闲。老来俱有归耕事，只作寻常画本看。”《张园双松图》云：“花开花落石头城，谁动伤今吊古情？独有张园秋气足，都无人处作涛声。”皆耐人寻味。此外佳句如“风怀忏尽归遒峭，格律严中寓性情”“屡解吾愁原过计，不经人觉始真情”，亦清真可诵。畏庐于诗，非深造，然世之敝精一世，专攻此道者，视之正恐未必有加。

山阴俞恪士（明震）《觚庵诗》，于海藏、散原二派外，独出机杼，自成一宗。其诗初学钱仲文，后由简斋以规杜，淡远幽深，清神独往。惟变态无多，出笔不广，是其病耳。全集中写景之作称最工，律句如“新霁铃声活，晨炊松叶香。片云驻灵石，一鸟答松篁”“入谷窥天近，因松坐雨深。秋蝉悲旦暮，山鸟课晴阴”，皆深得仲文三昧。五古佳语如“湿雾散蒙蒙，凫雁静不翔”“层台吐曙鲜，大星没城头”“破晓一禽鸣，阴阴树如浴。朝霞犹未升，但觉天微绿。孤花谁与春？幽人梦遥属”“一树尚残照，雨过南山南。月出天水分，始知风露酣”“石骨敛春容，怒立拒奔马。披霜万叶黄，背日一峰赭。入寺不知门，雾湿钟声哑。梯树引泉根，泠泠堕檐瓦。蹑足出丛薄，豁然露平野。残阳淡淡收，飞鸟悠悠下”“远望烟中山，秀列如屏奁。近山失山态，历乱沙石兼。俯听云有声，怒挟虎豹潜。巨浸俨其上，数峰青露尖。须臾辨天色，一一排牙签。人从树杪行，鱼贯穿水帘。水声去复返，岩底嘶渐渐。万窍各自悲，馀响穷微纤”“月黑树蒙茸，惊鸦入窗里。团团一山雾，江势来不已。槛外灯忽明，舳舻走千里”“江山不满眼，万荷补其隙。初花弄光影，颠倒一湖叶。繁声疑雨来，微凉散空阔”“乱星倒山影，浸入碧玉壶。三潭风露香，缥缈化人居。佛灯影荷盖，桥语惊河鱼。奇石鬼皴面，黄柳萤悬珠。翼翼三角亭，一暝收全湖”“卧闻菰蒲声，疏棂觉风入。灭烛延曙光，荷边有微月。湿萤飞渐稀，阴阴一湖白”“石佛垂古眉，披烟露寒胫。滉瀁洞牖开，幽极得鸟敬。掩关千层云，破寂一声磬”“谷口渐通樵，人家枕斜日。春风入云隙，炊烟相与白”“鱼贯出层岚，帽檐欹晓日。呷哑答鸟声，风舆坐超忽。直上穷窅如，下临诧奇绝。云与石争山，怒泉抵其隙。回风一震荡，乔林溅飞沫。危桥通两崖，关锁见气力”，空灵高秀，自苦吟中得之，与貌为平淡者不同。

觚庵度陇诸诗，高抗浏亮，海藏所谓得杜味者，如《宿新安县示子言》句云：“车马乱流渡，隐隐如浮蚁。莫吊古战场，中原事未已。风起远天黄，落日淡如水。”《行土峡中，抵会宁行馆，次子言原韵》句云：“悬车下绝壁，浊流倏弥漫。飞鸟到来深，颓云匿不散。槎枒生地穴，破碎撑霄汉。仰望白日干，俯穿泥没骭。车从涧底行，心与悬岩乱。出险眼渐明，停鞭指行馆。”《阌县宿黄河堤岸》句云：“麦陇叠成梯，层层如划簪。其颠平如掌，山态不可寻。”又云：“沉忧斗靡丽，厌作东南人。此行入莽苍，反觉眼底新。”《月夜登兰州城楼望黄河隔岸诸山》句云：“月中望黄河，满目金破碎。沙堤不受月，因水得明晦。城影落山腰，雁声出云背。三更天宇高，七月残暑退。树动风无声，坐久得秋态。”《渡黄河西岸行万山中》句云：“积土如穹庐，垒石如夏屋。落日如车轮，奔驰入荒谷。风含万里声，草无一寸绿。”又云：“昆仑西来脉，矫若龙蛇伏。积气尽东趋，尾闾成大陆。神功不到处，留此洪荒局。”《宿凉州》句云：“地远古愁多，草枯残垒在。天山一线脉，盘旋走关内。流泉满驰道，千里有灌溉。巍然古重镇，四郊如拥戴。风吹大月来，南山忽沉晦。莽莽天无根，静与长城对。”《大雪登乌稍岭》句云：“昨夜雪嵯峨，长城万峰聚。眩光鸟雀静，构相龙虎踞。巑岏露空隙，是水湍行处。东水奔黄河，西水穿沙去。”《泛黄河，自宁夏达包头镇，舟行杂咏》句云：“穷边飞鸟尽，残月大河横。”“岸蚀沙能语，云开风有形。”“杂树自生灭，河流时往还。毡庐寒暑共，国界有无间。”“梦悬青冢影，风有黑河声。”诸诗句浩瀚泱漭，真得江山之助矣。

（选自《梦苕庵诗话》，齐鲁书社1986年版）